suhrkamp taschenbuch 3197

Tôkyô, ferne Gegenwart. Es herrscht Datenkrieg. Das *System*, die Organisation der – gar nicht so guten – ewig Guten, entwikkelt immer ausgeklügeltere Verschlüsselungstechniken, die von der *Fabrik*, einer Art Datenmafia, immer wieder geknackt werden. Ein genialer greiser Wissenschaftler, der Professor, entwirft dem *System* jedoch ein absolut sicheres Kodierverfahren: Einer Gruppe professioneller Datenwäscher, allesamt Mitarbeiter des *Systems*, isoliert er die Persönlichkeitsstruktur, den »Psychokern«, und implantiert ihn einigen Versuchspersonen als jederzeit per Kodesignal aufzurufende Black Box ins Gehirn. Ver- und Entschlüsselungen können nun im Unterbewußtsein stattfinden, jeder unerwünschte Zugriff auf Daten wird verhindert. Doch nur der 35jährige coole Held und Ich-Erzähler überlebt die Prozedur – und findet sich zwischen allen Fronten. Auf seinen parallelen Reisen durch das mehr oder weniger reale Tôkyô und die phantastische Stadt in seinem Kopf, erlebt der hirnmanipulierte Yuppie wundersame Abenteuer.

Murakamis spannender Roman durchzieht eine sanfte Melancholie, gemischt mit unterkühltem Humor und einer Fülle von Video- und Musikzitaten, die das brausende Zwei-Welten-Triebwerk zu einer literarischen Jukebox machen – und zu einem Film: Easy Rider in Tôkyô!

Murakami Haruki, geboren 1949 in Ashiya bei Kobe, »ist einer der erfolgreichsten Schriftsteller Japans und ein Held der jüngeren Generation. Seine Romane verherrlichen, gegen die Tradition des Landes, das Glück des Individuums.« (Der Spiegel) Im Suhrkamp Verlag erschien zuletzt sein Roman *Wilde Schafsjagd* (st 2738).

# Murakami Haruki
# Hard-boiled Wonderland und das Ende der Welt

*Roman*

Aus dem Japanischen von
Annelie Ortmanns und Jürgen Stalph

Mit einem Nachwort von
Jürgen Stalph

Suhrkamp

Originaltitel: *Sekai no owari to Hard-boiled Wonderland*
German translation rights arranged with Murakami Haruki
through Japan Foreign-Rights Centre
Deutsche Übersetzung nach der überarbeiteten Version in den
*Gesammelten Werken 1979–1989*

Umschlagfoto: Gueorgui Pinkhassov/Magnum/Focus

suhrkamp taschenbuch 3197
Erste Auflage 2000

Druck: Ebner Ulm
Printed in Germany
Umschlag nach Entwürfen von
Willy Fleckhaus und Rolf Staudt

3 4 5 6 – 05 04 03 02

INHALT

*Why does the sun go on shining?*
*Why do the birds go on singing?*
*Don't they know it's the end of the world?*

The End of the World
(Sylvia Dee / Arthur Kent)

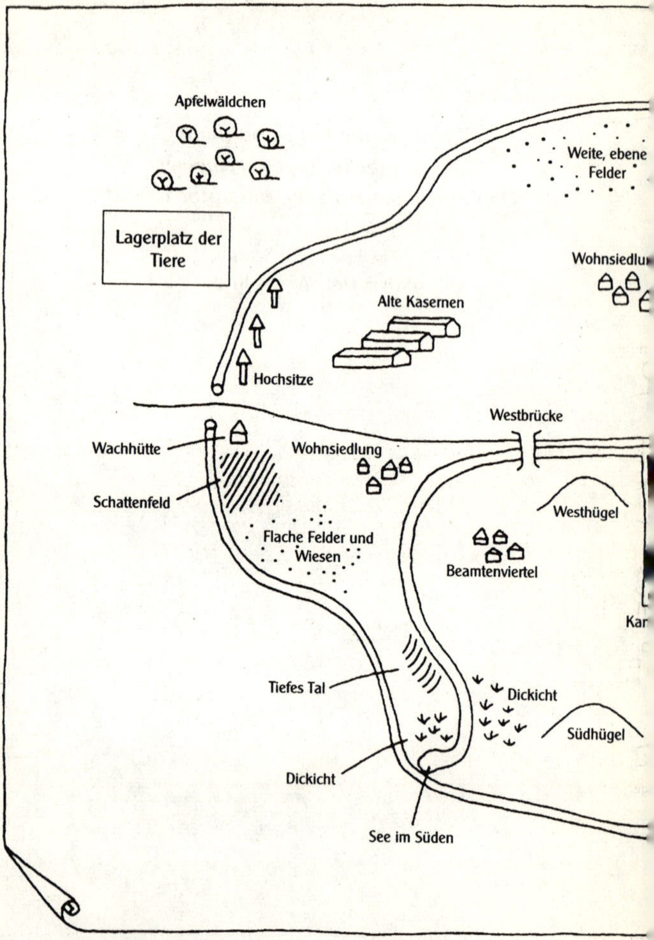

Apfelwäldchen
Lagerplatz der Tiere
Weite, ebene Felder
Wohnsiedlu
Alte Kasernen
Hochsitze
Westbrücke
Wachhütte
Wohnsiedlung
Schattenfeld
Westhügel
Flache Felder und Wiesen
Beamtenviertel
Kar
Tiefes Tal
Dickicht
Südhügel
Dickicht
See im Süden

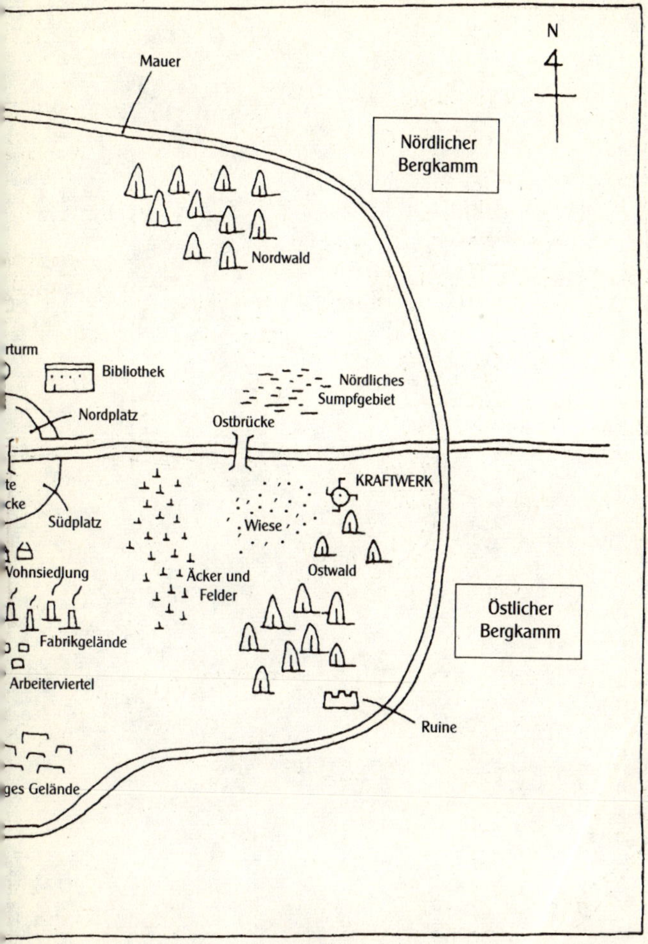
N
Mauer
Nördlicher Bergkamm
Nordwald
rturm
Bibliothek
Nördliches Sumpfgebiet
Nordplatz
Ostbrücke
KRAFTWERK
te
cke
Südplatz
Wiese
Ostwald
Vohnsiedlung
Äcker und Felder
Östlicher Bergkamm
Fabrikgelände
Arbeiterviertel
Ruine
ges Gelände

## Der Aufzug, Geräuschlosigkeit, Leibesfülle

Der Aufzug fuhr ungemein träge aufwärts. Jedenfalls vermutete ich, daß er sich aufwärts bewegte, genau wußte ich es nicht. Er fuhr so langsam, daß ich mein Richtungsgefühl verlor. Möglicherweise war es auch abwärts gegangen, oder er hatte sich überhaupt nicht bewegt. Den Zustand des Davor und des Danach im Kopf, entschied ich, daß es aufwärts gegangen sein mußte. Das war alles. Eine bloße Vermutung, die jeder Grundlage entbehrte. Möglicherweise war er auch zwölf Stockwerke auf- und drei abwärts gefahren oder hatte einmal die Erde umrundet. Ich wußte es nicht.

Der Aufzug unterschied sich in allen nur denkbaren Punkten von dem in meinem Mietshaus, einem billigen Fahrstuhl von der Schlichtheit eines weiterentwickelten Flaschenzuges. Er unterschied sich so sehr, daß man kaum glauben mochte, daß es sich hier um eine zum selben Zweck gebaute, den gleichen Mechanismus besitzende und denselben Namen tragende maschinelle Vorrichtung handelte. Die beiden Fahrstühle waren so weit voneinander entfernt, wie man sich überhaupt nur vorstellen kann.

Punkt Nr. 1 betraf die Geräumigkeit. Der Aufzug, in dem ich mich befand, hatte etwa die Größe eines gemütlichen Büros. Wenn man einen Schreibtisch hineinstellte, einen Spind, einen Schrank und dazu eine Kochnische installierte, bliebe immer noch Platz. Drei Kamele und eine mittelgroße Palme hätten natürlich auch hineingepaßt. Punkt Nr. 2 betraf die Sauberkeit. Der Aufzug war sauber wie ein nagelneuer Sarg. Die Wände und die Decke bestanden aus makellos glänzendem Edelstahl, der Boden war mit einem langflorigen, moosgrünen Teppich ausgelegt. Punkt Nr. 3: Es war erschreckend still. Als ich eingestiegen war, glitt lautlos – im wahrsten Sinne des Wortes: ohne jeden Laut – die Tür zu, und danach war nicht mehr das geringste Geräusch zu hören, so daß ich nicht sagen konnte, ob der Aufzug nun stillstand oder ob er sich bewegte. Tiefe Flüsse rauschen nicht.

Zudem fehlte der größte Teil jener Armaturen, die gemeinhin zur Grundausstattung eines Aufzuges gehören. Zunächst einmal fehlte das Paneel mit den diversen Knöpfen und Schaltern. Es gab weder Knöpfe für die einzelnen Etagen noch für die Schließfunktion der Tür noch eine Notstoppvorrichtung. Überhaupt alles fehlte. Ich kam mir reichlich hilflos vor. Und nicht nur die Schalter: Die Etagenleuchtanzeige fehlte, es fehlten die Hinweise zur Benutzung und zur zugelassenen Personenzahl, sogar das Metallschildchen mit dem Namen des Herstellers war nirgends zu entdecken. Unklar war auch, wo sich der Notausstieg befand. Ein regelrechter Sarg, ohne Zweifel. Eine baupolizeiliche Zulassung könnte dieser Aufzug nie und nimmer bekommen. Ein Aufzug hat die Merkmale eines Aufzugs zu tragen.

Während ich die vier Edelstahlwände taxierte, die so gar keinen Angriffspunkt boten, fielen mir die Bravourstücke Houdinis ein, die ich als Kind in einem Film gesehen hatte. Er ließ sich mehrfach mit Ketten und Stricken fesseln, in einen großen Koffer stecken, um den wiederum schwere Ketten gewickelt wurden, und mitsamt Koffer die Niagarafälle hinabstoßen oder in der Arktis unter Eis begraben. Nachdem ich einmal tief durchgeatmet hatte, verglich ich kühl meine Lage mit der Houdinis. Für mich sprach, daß ich nicht gefesselt war, gegen mich, daß ich den Trick nicht kannte.

Nein, genaugenommen kannte ich nicht nur nicht den Trick: Ich wußte ja nicht einmal, ob der Aufzug sich bewegte oder ob er stand. Ich räusperte mich. Das Räuspern klang allerdings irgendwie seltsam – nicht wie ein Räuspern. Nur ein merkwürdig dumpfes Klatschen war zu hören, wie von weichem Lehm, der an eine glatte Betonwand geworfen wird. Das sollte mein Räuspern gewesen sein? Vorsichtshalber räusperte ich mich noch einmal, aber das Ergebnis blieb sich gleich. Resigniert stellte ich das Räuspern ein.

Ziemlich lange stand ich einfach nur still da. Die Tür ging ewig nicht auf. Der Aufzug und ich verharrten ruhig wie ein Stilleben mit dem Titel »Mann im Aufzug«. Allmählich wurde ich unsicher.

Vielleicht war die Mechanik defekt, vielleicht hatte auch der Aufzugführer – vorausgesetzt natürlich, daß irgendwo jemand dieses Amtes existierte – einfach vergessen, daß ich mich in dem Kasten befand. Hin und wieder kommt es schon mal vor, daß jemand vergißt, daß ich existiere. Aber was auch der Fall sein mochte, letztendlich war ich in dieser Zelle aus Edelstahl eingeschlossen. Ich lauschte angestrengt, aber nicht das kleinste Geräusch drang an meine Ohren. Ich preßte ein Ohr an eine der stählernen Wände, konnte aber auch so nichts hören. Nur der weiße Abdruck meines Ohres blieb zurück. Der Aufzug kam mir vor wie ein zum Zweck der Schallabsorption sondergefertigter Metallkasten. Versuchsweise pfiff ich *Danny Boy*, brachte aber nur etwas heraus, das sich anhörte wie das Seufzen eines Hundes mit fortgeschrittener Lungenentzündung.

Ich gab's auf, lehnte mich an eine Wand und vertrieb mir die Zeit mit der Berechnung des Kleingeldes in meinen Hosentaschen. Für Leute meines Berufes ist das allerdings ein eher wichtiges Training, so wie Profiboxer dauernd Gummibälle in den Händen kneten. Also kein Zeitvertreib im eigentlichen Sinne. Stetig wiederholtes Tun allein ermöglicht den Ausgleich tendenzieller Ungleichgewichte.

Jedenfalls achte ich darauf, immer eine größere Menge Kleingeld in den Hosentaschen zu haben. In die rechte Tasche stecke ich 100- und 500-Yen-Stücke, in die linke Fünfziger und Zehner. 1- und 5-Yen-Stücke verstaue ich in den Hüfttaschen, benutze sie aber beim Rechnen grundsätzlich nicht. Ich stecke die Hände in die Hosentaschen und zähle mit der rechten den Betrag der 100- und 500-Yen-Münzen sowie parallel dazu mit der linken den der Fünfziger und Zehner.

Wer so eine Berechnung noch nicht angestellt hat, wird es

sich nur schwer vorstellen können, aber anfangs ist das eine recht mühsame Prozedur. Mit der rechten und der linken Hirnhemisphäre werden zwei völlig verschiedene Berechnungen durchgeführt, die zuletzt wie die Teile einer geborstenen Wassermelone zusammenzubringen sind. Ohne Üben gelingt das kaum.

Ob das rechte und das linke Hirn dabei wirklich getrennt arbeiten, weiß ich nicht genau. Hirnphysiologen würden das vermutlich ganz anders ausdrücken. Ich bin jedoch kein Hirnphysiologe, und in praxi habe ich den Eindruck, daß meine rechte und meine linke Hirnhemisphäre beim Rechnen tatsächlich getrennt arbeiten. Das Gefühl der Ermüdung nach dem Zählen scheint mir ebenfalls von ganz anderer Natur zu sein als das nach einer gewöhnlichen Berechnung. Der Einfachheit halber glaube ich deshalb, daß ich mit dem rechten Hirn die rechte und mit dem linken die linke Hosentasche berechne.

Ich halte mich für einen, der die Erscheinungen, Ereignisse und Dinge dieser Welt eher praktisch begreift. Nicht, weil ich praktisch veranlagt wäre – obwohl das, zugegeben, natürlich eine gewisse Rolle spielt –, sondern weil man in sehr vielen Fällen durch praktische Herangehensweise dem Wesen der Dinge besser auf die Spur kommt als durch orthodoxe Interpretation.

Welche Nachteile ergäben sich denn im Alltagsleben, wenn man beispielsweise die Erde nicht als Kugel, sondern als riesigen Kaffeetisch auffaßte? Das ist natürlich ein ziemlich extremes Beispiel, und nicht alles und jedes läßt sich mir nichts, dir nichts auf diese Weise ummodeln. Gleichwohl ist Tatsache, daß sich durch die praktische Auffassung von der Erde als riesigem Kaffeetisch eine ganze Reihe trivialer Probleme, wie sie die Auffassung von der Erde als *Kugel* mit sich bringt – die Schwerkraft zum Beispiel, die Datumsgrenze, der Äquator und ähnliches nicht sonderlich nützliches Zeug – überzeugend beiseite wischen lassen. Wie oft im Leben hat denn der normale Mensch mit dem Äquator zu tun?

Deshalb bemühe ich mich, die Dinge immer möglichst praktisch zu betrachten. Ich bin der Ansicht, daß die Welt sich aus tausenderlei, um nicht zu sagen, aus einer Unendlichkeit von Möglichkeiten zusammensetzt. Und die Auswahl ist zu einem gewissen Grade den die Welt strukturierenden Individuen anheimgestellt. Die Welt ist ein aus kondensierten Möglichkeiten bestehender Kaffeetisch.

Parallel – um zum Ausgangspunkt zurückzukehren – mit der rechten und der linken Hand völlig verschiedene Berechnungen anzustellen, ist beileibe nicht einfach. Auch ich habe ziemlich lange gebraucht, bis ich es beherrschte. Wenn man es aber einmal kann, wenn man, anders gesagt, den Trick einmal draufhat, geht man dieser Fähigkeit so leicht nicht wieder verlustig. Das ist wie beim Fahrradfahren oder Schwimmen. Was aber nicht heißt, daß man nicht der Übung bedürfte. Nur durch unablässiges Üben erzielt man Fortschritte und stilistisches Raffinement. Deshalb achte ich immer darauf, Kleingeld in den Hosentaschen zu haben, und wenn ich Muße habe, berechne ich es.

In meinen Hosentaschen befanden sich drei 500- und achtzehn 100-Yen-Stücke sowie sieben Fünfziger und sechzehn Zehner. Das ergab in der Summe 3810 Yen. Die Berechnung machte nicht die geringste Mühe. Bei solchen Beträgen ist das einfacher, als die Finger einer Hand abzuzählen. Zufrieden lehnte ich mich an die Wand aus Edelstahl und starrte auf die Tür. Sie öffnete sich immer noch nicht.

Warum der Aufzug dermaßen lange geschlossen blieb, war mir ein Rätsel. Nach kurzem Überlegen kam ich allerdings zu dem Schluß, daß sowohl die These des mechanischen Defektes als auch die These, der zuständige Angestellte habe aus Unachtsamkeit vergessen, daß ich existierte, getrost verworfen werden konnten. Sie waren nicht realistisch. Damit will ich natürlich keineswegs sagen, daß maschinelle Defekte oder unachtsame Angestellte realiter nicht vorkommen können. Ich bin ganz im Gegenteil der Auffassung, daß es in Wirklichkeit solche Störfälle häufig gibt. Was ich sagen will, ist, daß in einer spezifischen Wirklichkeit – und damit meine ich selbstredend diesen idiotischen Gleitaufzug – Aspezifika als paradoxe Spezifika verworfen werden müssen. Würden Leute, die zu nachlässig sind, eine Mechanik instand zu halten, würden Leute, die einen Besucher in den Aufzug stecken und dann vergessen, diesen zu bedienen, einen solch kunstvoll exzentrischen Aufzug bauen?

Die Antwort lautete natürlich: *No, Sir.*

Das konnte nicht sein.

Bisher war man – waren sie – erschreckend vorsichtig, bedachtsam und präzise vorgegangen. Sie hatten, gleichsam, als ob sie beim Laufen jeden Schritt mit dem Lineal vermäßen, noch auf das kleinste Detail geachtet.

Im Eingangsbereich des Gebäudes hatten mich zwei Wachmänner angehalten, gefragt, wen ich besuchen wolle, das mit der Liste derer verglichen, die Besucher erwarteten, hatten meinen Führerschein gecheckt, im Zentralcomputer meine Personalien überprüft, mich mit einem Metalldetektor abgetastet und zu guter Letzt in diesen Aufzug geschoben. So rigide kontrollierte nicht einmal die Nationalbank ihre Besucher. Daß sie nach all dem nun plötzlich ihre Wachsamkeit verloren haben sollten, konnte ich mir beim besten Willen nicht vorstellen.

Damit blieb als letzte Möglichkeit nur, daß sie mich absichtlich in dieser Lage hielten. Vermutlich wollten sie nicht, daß ich die Bewegung des Aufzuges durchschaute, und betrieben ihn deshalb mit so geringer Geschwindigkeit, daß die Fahrtrichtung unklar bleiben mußte. Vielleicht war sogar eine Kamera installiert. In der Wachloge am Eingang hatten sie ein ganzes Spalier von Monitoren gehabt, und es wäre nicht weiter verwunderlich, wenn einer davon die Kabine des Aufzuges wiedergäbe.

Ich spielte mit dem Gedanken, das Auge der Kamera zu suchen, um die Zeit totzuschlagen, aber genau besehen brächte mir das, selbst wenn ich etwas in der Art entdeckte, rein gar nichts. Man würde nur mißtrauisch werden und den Aufzug womöglich noch verlangsamen. Das wollte ich nicht auf mich nehmen. Es würde mich nur unnötig verspäten.

Am Ende harrte ich gelassen der Dinge, ohne etwas Besonderes zu tun. Schließlich war ich nur hierher gekommen, um meinen mir auferlegten, völlig legitimen Dienstpflichten nachzukommen. Ich hatte nichts zu befürchten, es gab keinen Grund zur Nervosität.

Ich lehnte mich an die Wand, steckte die Hände in die Hosentaschen und begann noch einmal, das Kleingeld zu berechnen. 3750 Yen. Absolut mühelos. Im Handumdrehen war ich fertig.

3750 Yen?

Die Rechnung war falsch.

Irgendwo hatte ich einen Fehler gemacht.

Ich fühlte, wie ich an den Handflächen zu schwitzen begann. Gepatzt hatte ich bei der Berechnung des Taschen-Geldes in den drei Jahren noch nie. Nicht ein einziges Mal. Das war zweifellos ein schlechtes Omen. Bevor es offen als Unglück zutage trat, mußte ich das verlorene Terrain restlos zurückerobern.

Ich schloß die Augen und leerte, so wie man Brillengläser putzt, meine Hirnhälften. Dann zog ich die Hände aus den Hosentaschen und spreizte sie, um den Schweiß zu trocknen. Diese vorbereitenden Prozeduren erledigte ich schnell und professionell, wie Henry Fonda in *Warlock*, bevor er zum Duell schreitet. Es tut hier eigentlich nichts zur Sache, aber ich liebe diesen Film.

Nachdem ich mich vergewissert hatte, daß beide Hände völlig trocken waren, steckte ich sie wieder in die Hosentaschen und machte mich das dritte Mal an die Berechnung. Wenn die dritte Summe mit einer der beiden vorigen übereinstimmte, wäre das Problem erledigt. Einen Fehler macht jeder mal. Ich war in einer besonderen Lage nervös geworden und hatte mich außerdem, zugegeben, eine Kleinigkeit überschätzt. Das hatte meinen dilettantischen Fehler verursacht. Auf alle Fälle die korrekte Zahl bestimmen – das sollte mich retten. Bevor es jedoch zur Rettung kam, öffnete sich die Tür des Aufzuges. Ohne jedes Vorzeichen glitt sie völlig geräuschlos nach beiden Seiten weg.

Zuerst erfaßte ich gar nicht richtig, daß die Tür aufging, weil ich mich auf das Kleingeld in den Hosentaschen konzentriert hatte. Das heißt, um es etwas genauer auszudrücken: Ich hatte zwar optisch wahrgenommen, daß sie sich öffnete, war aber eine Zeitlang nicht imstande zu begreifen, was das konkret bedeutete. Natürlich bedeutete es die Wiederherstellung des bis dahin durch die Tür unterbrochenen Kontinuums zweier Räume. Und es bedeutete gleichzeitig, daß der Aufzug, in dem ich mich befand, an seinem Ziel angelangt war.

Ich stellte das Fingerspiel in den Taschen ein und blickte nach draußen. Draußen lag ein Korridor, und auf dem Korridor stand eine Frau. Sie war dick und jung und trug ein rosafarbenes Kostüm und rosafarbene Stöckelschuhe. Das Kostüm war gut geschnitten und aus glattem Stoff, und ihr Gesicht war etwa ebenso glatt. Sie sah mich eine Weile an, wie um sich zu vergewissern, und nickte mir dann zu. Das war offenbar das Signal: ›Bitte sehr‹. Ich entsagte der Berechnung des Kleingeldes, zog die Hände aus den Hosentaschen und stieg aus. Sobald ich draußen war, schloß sich hinter mir der Aufzug, als hätte er darauf gewartet.

Auf dem Korridor schaute ich mich einmal gründlich um, entdeckte aber nichts, was meine Lage hätte erhellen können. Klar war mir, daß es sich um einen Korridor innerhalb eines Gebäudes handeln mußte, aber das wäre auch jedem Grundschüler klar gewesen.

Jedenfalls war es ein Gebäude mit einer geradezu befremdlich ausdruckslosen Innenausstattung. Wie bei dem Aufzug, mit dem ich gekommen war, waren die verwendeten Materialien vom Besten, aber sie boten keinen Angriffspunkt. Der Boden bestand aus fein poliertem, glänzendem Marmor, und die Wände waren gelblich-weiß wie die Semmeln, die ich immer zum Frühstück esse. Zu beiden Seiten des Korridors reihten sich massive Holztüren, jede mit einem die Zimmernummer anzeigenden Metallschild versehen; die Nummern waren allerdings blödsinnig unregelmäßig. Auf ›936‹ folgte ›1213‹, die nächste war ›26‹. So verrückte Zimmeranordnungen gibt's nicht. Irgend etwas lag hier schief.

Die junge Frau redete fast nichts. Sie hatte zwar ›Hier entlang, bitte‹ zu mir gesagt, aber das waren nur die entsprechenden Lippenbewegungen gewesen, die Stimme fehlte. Vor meinem jetzigen Job hatte ich circa zwei Monate lang einen Lippenlesekursus besucht, und deshalb konnte ich in etwa verstehen, was sie sagte. Anfangs dachte ich, mit meinen Ohren wäre etwas nicht in Ordnung. Erst der lautlose Aufzug, dann das klanglose Räuspern und Pfeifen, das hatte mich in Sachen Akustik ziemlich fertiggemacht.

Versuchsweise räusperte ich mich. Es war immer noch gedämpft, klang aber wesentlich besser als das Räuspern im Aufzug. Ich war erleichtert und gewann wieder ein Stück Vertrauen in meine Ohren. Alles bestens: Meine Ohren waren okay. Demnach lag das Problem am Mund der Frau.

Ich ging hinter ihr her. Das Geklapper ihrer spitzen Absätze hallte in dem leeren Korridor wie ein Steinbruch kurz nach der Mittagspause. Der Marmor spiegelte ihre bestrumpften Waden.

Die Frau war fett. Sie war jung und schön, nichtsdestoweniger aber fett. Dicke Frauen, die jung und schön sind, haben etwas Merkwürdiges. Ich sah mir, während ich hinter ihr herging, ihren Nacken, ihre Arme und Beine an. Ihr Körper war in einem Maße fleischig, als wäre über Nacht eine Menge leisen Schnees darauf gefallen.

In Gesellschaft junger, schöner, dicker Frauen gerate ich immer ganz durcheinander. Warum, weiß ich selber nicht. Das heißt, vielleicht deswegen, weil ich mir dann einfach die Eßgewohnheiten der Betreffenden ausmalen muß. Wenn ich eine dicke Frau sehe, schwirren mir automatisch Szenen im Kopf herum, wie sie genüßlich die mitten auf dem Teller liegengebliebene Kresseverzierung verspeist oder mit einem Stück Brot liebevoll den letzten Tropfen Buttersahnesoße aufwischt. Ich kann nicht anders. Wie Säure, die sich durch Metall frißt, habe ich dann den Kopf so voll von ihren Tischszenen, daß die diversen anderen Funktionen lahmgelegt werden.

Wenn sie bloß dick sind, hat es sein Bewenden. Dicke Frauen sind wie Wolken am Himmel. Sie schweben dort und gehen mich nichts an. Wenn sie aber dick sind und jung und schön, dann ist das etwas anderes. Solche Frauen nötigen mich zu einer gewissen Haltung ihnen gegenüber. Das heißt, womöglich mit ihnen zu schlafen. Vermutlich ist es das, was mich so verwirrt. Mit einer Frau schlafen, wenn der Kopf nicht richtig funktioniert, das ist nicht einfach.

Was aber keineswegs heißt, daß ich dicke Frauen hasse. Verwirrung und Haß sind nicht synonym. Ich hatte schon mit einer Reihe dicker, junger und schöner Frauen geschlafen, und im ganzen gesehen war das wirklich keine schlechte Erfahrung. Wenn man die Verwirrung in die richtigen Bahnen lenkt, kann etwas Schönes dabei herauskommen, etwas, dessen man sonst nicht teilhaftig wird. Natürlich klappt das nicht immer. Sex ist ein sehr delikates Geschäft, etwas ganz anderes, als sonntags im Kaufhaus eine Thermoskanne zu erstehen. Frauen mögen gleichermaßen jung und schön und dick sein und doch in ihrer Fleischlichkeit sich unterscheiden; eine gewisse Art von Leibesfülle kann ich in die rechte Bahn lenken, eine andere dagegen stürzt mich in helle Verwirrung.

Mit dicken Frauen ins Bett zu gehen, war in diesem Sinne für mich eine Herausforderung. Es gibt mindestens ebenso viele und verschiedene Arten des Dickseins wie Arten des Sterbens.

Das war in etwa, was ich dachte, als ich hinter der jungen, schönen und dicken Frau den Korridor entlanglief. Um den Kragen ihres modisch fein abgestimmten, rosafarbenen Kostüms hatte sie einen weißen Schal geschlungen. Von ihren angenehm fleischigen Ohrläppchen hingen längliche Goldohrringe, die bei jedem Schritt aufblitzten wie Signalleuchten. Im ganzen hielt sie sich für ihre Fülle leise und leicht. Natürlich konnte es sein, daß ein Korsett oder ähnliches ihre Figur zusammenhielt, aber der Schwung ihrer Hüften war, selbst wenn man das mit einbezog, von angenehmer Festigkeit. Ich fand Gefallen an ihr. Ihre Dicke war von der Art, die ich mochte.

Ich will mich nicht rechtfertigen, aber es ist nicht so, daß ich an fast jeder Frau Gefallen finde. Eher das Gegenteil ist der Fall. Und deshalb möchte ich, wenn ich denn schon einmal ein solches Gefallen hege, dieses Gefallen testen, will mich auf meine

Weise vergewissern, ob es echt ist und, wenn ja, wie es funktioniert.

Ich schloß also zu ihr auf und entschuldigte mich dafür, acht oder neun Minuten später als verabredet gekommen zu sein.

»Ich wußte nicht, daß die Formalitäten am Eingang soviel Zeit kosten«, sagte ich. »Und daß der Aufzug so langsam ist. Ich war pünktlich zehn Minuten vor der Zeit am Gebäude.«

›Ich weiß‹, bedeutete sie, kurz nickend. Ihr Nacken duftete nach Eau de Parfum. Ein Duft, als stünde man an einem Sommermorgen in einem Melonenfeld. Der Duft befremdete mich irgendwie, ein seltsames, paradoxes und doch auch wehmütiges Gefühl, als ob zwei verschiedenartige Erinnerungen an einem mir unbekannten Ort verbunden wären. Ich komme öfters in solche Stimmungen. Und meistens werden sie von einem besonderen Duft ausgelöst. Warum das so ist, kann ich mir auch nicht erklären.

»Ein ziemlich langer Korridor ist das«, sagte ich zu ihr, um ein Gespräch anzuknüpfen. Sie sah mich im Gehen an. Ich schätzte sie auf zwanzig, einundzwanzig. Sie hatte ausgeprägte Gesichtszüge, eine hohe Stirn und schöne Haut.

Sie sah mich weiter an und sagte »Proust«. Das heißt, sie artikulierte nicht präzise »Proust«, sondern ich hatte lediglich den Eindruck, daß sie ihre Lippen in dieser Form bewegte. Nach wie vor fehlte der Ton. Nicht einmal ihr Atmen war zu hören. Es war gerade so, als ob sie von jenseits einer dicken Glasscheibe zu mir spräche.

Proust?

»Marcel Proust?« erkundigte ich mich.

Sie sah mich verwundert an. ›Proust‹, wiederholte sie. Ich gab's auf, ließ mich auf meinen alten Platz zurückfallen und suchte intensiv nach Wörtern, die den Lippenbewegungen von ›Proust‹ entsprachen. »Prusten«, »Brust«, »Blues«; leise artikulierte ich ein bedeutungsloses Wort nach dem andern, aber keines paßte exakt zu den Lippenbewegungen. Sie hatte ohne Zweifel ›Proust‹ gesagt. Unklar war mir allerdings, wo die Verbindung zwischen Proust und dem langen Korridor lag.

Möglicherweise hatte sie Marcel Proust als Metapher für den langen Korridor angeführt. Aber selbst wenn dem so wäre, käme es als Gedanke doch allzu plötzlich und wäre vom Ausdruck her immerhin unhöflich. Hätte sie den langen Korridor als Metapher für Prousts Werke angeführt, gut, dem hätte ich folgen können. Aber umgekehrt? Das war rätselhaft.

*Ein langer Korridor wie Marcel Proust?*

Jedenfalls lief ich ihr den langen Korridor entlang hinterher. Er war wirklich lang. Wir bogen um tausend Ecken und stiegen kurze, fünf- oder sechsstufige Treppen hinauf und wieder hinab. Wir liefen Korridore für fünf oder sechs gewöhnliche Gebäude. Vielleicht gingen und kamen wir auch immer nur wie in einem Escherschen Vexierbild. Jedenfalls änderte sich, soviel wir auch liefen, die Umgebung nicht im geringsten. Marmorboden, eiergelbe Wände, verrückte Zimmernummern und Holztüren mit Knäufen aus Edelstahl. Wir bekamen kein einziges Fenster zu Gesicht. Der Korridor hallte rhythmisch korrekt vom ewig gleichen Absatzgeklapper der Frau, und ich folgte in meinen Joggingschuhen, die ein Geräusch verursachten wie zäh sich auflösendes Gummi. Meine Schuhe schmatzten derart über Gebühr, daß ich fast befürchtete, die Gummisohlen seien tatsächlich dabei, sich aufzulösen. Da ich zum erstenmal in meinem Leben in Joggingschuhen über Marmorboden lief, konnte ich nicht genau beurteilen, ob das Geräusch normal war oder eher abnorm. Ich sagte mir, daß es wohl zur Hälfte normal und zur anderen Hälfte abnorm sei. Ich hatte nämlich den Eindruck, daß hier alles in diesen Proportionen verwaltet wurde.

Die Frau blieb abrupt stehen, und weil ich mich die ganze Zeit auf das Schmatzen meiner Schuhe konzentriert hatte, nahm ich es nicht wahr und prallte mit der Brust gegen ihren Rücken. Er war angenehm weich wie eine wohlgefüllte Regenwolke, und von ihrem Nacken ging der besagte Melonenduft aus. Sie war im Begriff, durch die Wucht des Aufpralls vornüberzufallen, und deshalb faßte ich sie rasch mit beiden Händen um die Schultern und zog sie hoch.

»Verzeihung«, entschuldigte ich mich. »Ich war ein bißchen in Gedanken.«

Die Dicke sah mich leicht errötend an. Genau kann ich es nicht sagen, aber sie schien nicht böse zu sein. »Tazser«, sagte sie und lächelte unmerklich. Dann zuckte sie mit den Achseln und sagte »Sela«. Natürlich sagte sie das nicht wirklich, sondern bewegte nur, ich wiederhole mich, die Lippen in dieser Form.

»Tazser?« artikulierte ich, wie um es mir beizubringen. »Sela?«

»Sela«, bestätigte sie.

Das klang wie Türkisch, irgendwie; das Problem war nur, daß mir Türkisch noch nie zu Ohren gekommen war. Demnach war es also kein Türkisch. Langsam geriet ich durcheinander und beschloß deshalb, mich nicht weiter mit ihr zu unterhalten. Meine Lippenlesekünste bedurften noch der Entwicklung. Lippenlesen ist ein überaus heikler Prozeß, nichts, was man so eben mal in einem Zweimonatskurs an der Volkshochschule lernen kann.

Sie zog einen elektronischen Schlüssel aus ihrer Jackettasche, ein kleines, flaches Oval, und preßte ihn auf das Schloß der Tür mit dem Schild ›728‹. Knackend entriegelte es sich. Ein tolles Gerät.

Sie öffnete. Dann sagte sie zu mir, auf der Schwelle stehend und die Tür mit einer Hand aufhaltend: »Somto, sela«.

Ich nickte natürlich und trat ein.

## Die goldenen Tiere

Wenn es Herbst wird, überzieht dicker goldener Pelz ihre Körper. Im wahrsten Sinne golden. Kein anderer Farbton hätte sich daruntermischen können. Ihr Gold kommt als Gold auf die Welt und existiert auf der Welt als Gold. Golden gefärbt ohne den geringsten Zwischenton sind sie da zwischen allem Himmel und aller Erde.

Als ich in die Stadt kam – das war im Frühling –, trugen die Tiere kurzes Fell in unterschiedlichen Farben. Es gab schwarze, graubraune, helle und rotbraune. Buntgescheckte waren auch dabei. In alle erdenklichen Fellfarben gehüllt strich das Vieh leise wie vom Wind zerstoben über die mit jungem Grün bedeckte Erde. Die Tiere waren schon fast beschaulich zu nennen, so still waren sie. Selbst ihr Atem ging leise wie Morgennebel. Lautlos fraßen sie das grüne Gras, und waren sie satt, lagen sie mit untergeschlagenen Läufen auf der Weide und nickten ein.

Frühling und Sommer gingen vorüber, und als das Licht matte Klarheit bekam und die ersten Herbstwinde im stockenden Flußwasser kleine Wellen aufwarfen, machte sich der Wandel im Aussehen der Tiere bemerkbar. Die goldenen Stellen tauchten zunächst ganz vereinzelt auf, wie ein paar zufällig und zur Unzeit sprießende Pflänzchen, doch bald wurden daraus unzählige Fühler, die das kurze Fell durchsetzten, um schließlich alles in leuchtendes Gold zu hüllen. Der ganze Prozeß dauerte nicht länger als eine Woche. Die Verwandlung begann fast gleichzeitig bei allen Tieren und endete fast gleichzeitig. Nach einer Woche hatten alle ohne Ausnahme ein vollkommen goldenes Vlies. Und als am Morgen danach die Sonne aufging und die Welt in frisches Gold tauchte, hatte der Herbst Einzug gehalten.

Nur das eine lange Horn, das ihnen mitten aus der Stirn wuchs, war und blieb von edlem Weiß. Es sah weniger wie ein Horn, eher wie ein Stück gebrochener Knochen aus, das die Haut durchstoßen hatte und so festgewachsen war. Einzig und allein das Weiß des Horns und das Blau ihrer Augen hatte sich nicht in vollkommenes Gold verwandelt. Die Tiere warfen den Kopf ein paarmal hoch und stießen ihr Horn in den hohen Herbsthimmel, als wollten sie ihr neues Gewand ein wenig testen. Dann tauchten sie die Läufe in das kühler gewordene Flußwasser und reckten die Hälse nach den roten Herbstbeeren.

Als die Abenddämmerung die Silhouette der Stadt blau zu färben beginnt, steige ich auf einen Hochsitz am Westwall, um zu sehen, wie der Torwächter das Horn bläst und das Vieh zusammentreibt. Das Horn tönt einmal lang und dreimal kurz. So lautet die Vorschrift. Immer, wenn das Horn erklingt, schließe ich die Augen und lasse mich von dem weichen Ton durchdringen. Der Klang des Horns unterscheidet sich von allen anderen Klängen. Wie ein durchsichtiger, bläulich schimmernder Fisch gleitet er durch die in Dunkelheit versinkenden Straßen, legt sich über Kopfsteinpflaster, Gemäuer und die Mäuerchen am Weg entlang des Flusses. Als schlängele er sich durch eine in die Atmosphäre eingeschlossene, unsichtbare Zeitschicht, breitet sich der Ton leise bis in den letzten Winkel der Stadt aus.

Sobald das Signal ertönt, heben die Einhörner in uralter Erinnerung den Kopf. Mehr als tausend Tiere nehmen gleichzeitig ein und dieselbe Haltung an und wenden den Kopf in die Richtung, aus der das Horn ertönt. Eines hält inne, träge seine Goldregenblätter zu kauen, ein anderes hört auf, mit dem Huf das Kopfsteinpflaster, auf dem es liegt, zu beklopfen, wieder ein anderes wacht aus seinem Nachmittagsschlaf im letzten sonnigen Fleckchen auf – und alle heben den Kopf.

Alle stehen still in diesem Augenblick. Allein ihr goldenes Vlies bewegt sich leise im Abendwind. Keine Ahnung, an was sie jetzt denken oder was sie da anstarren. Sie drehen den Kopf im selben Winkel in die eine Richtung, und während sie so in die

Luft starren, regen sie sich keinen Deut. Dann spitzen sie die Ohren und lauschen dem Klang des Horns. Und schließlich, wenn der letzte Nachklang in der blassen Abenddämmerung verhallt ist, stehen sie auf und setzen sich alle in dieselbe Richtung in Bewegung, als wäre ihnen gerade etwas eingefallen. Der kurze Bann ist gebrochen, und in der Stadt hallt es von Hufgetrommel. Ich stelle mir dabei immer unzählige aus dem Untergrund hervorquellende, winzige Bläschen vor. Dieser Schaum bedeckt die Straßen, kriecht die Häuserwände hinauf und begräbt schließlich sogar den Uhrturm unter sich.

Doch das ist bloß eine abendliche Sinnestäuschung. Sobald ich die Augen öffne, ist der Schaum augenblicklich verschwunden. Es ist bloß das Trommeln der Hufe, und die Stadt sieht aus wie immer. Der Zug der Tiere zieht sich wie ein Fluß über das Pflaster, durch die gewundenen Straßen. Ohne Führung, ohne Leittier. Mit gesenktem Haupt und wankenden Schultern trotten sie einfach ihren verschwiegenen Flußlauf entlang. Sie wirken wie fest verbunden durch enge Stricke der Erinnerung, die ohne jeden Zweifel vorhanden sind, auch wenn man sie den einzelnen Tieren nicht direkt ansehen kann.

Sie kommen von Norden, überqueren die Alte Brücke, treffen ihresgleichen, die von den südlichen Flußufern nach Osten gezogen sind, laufen am Kanal entlang über das Fabrikgelände, weiter nach Süden durch die Unterführung an der Gießerei und passieren den Fuß des Westhügels, an dessen Hängen die alten und ganz jungen Tiere, die sich nicht weit vom Tor wegbewegen können, auf die Herde warten. Dort drehen sie dann nordwärts, überqueren die Westbrücke und erreichen schließlich das Tor.

Sobald die ersten Tiere dort ankommen, öffnet der Wächter das Tor. Zur Verstärkung ist es kreuz und quer mit mächtigen Eisenbeschlägen versehen und sieht schwer und fest aus. Es ist ungefähr vier bis fünf Meter hoch, und damit man nicht hinüberklettern kann, ist es oben wie ein Nadelkissen mit scharfen, spitzen Nägeln gespickt. Der Wächter zieht dieses wuchtige Tor mühelos auf und treibt die versammelten Tiere hinaus. Das Tor hat zwei Flügel, aber der Wächter zieht immer nur einen auf.

Der linke Flügel bleibt gewöhnlich fest verschlossen. Sobald alle Tiere das Tor passiert haben, schließt der Wächter es und schiebt den Riegel vor.

Soweit ich weiß, ist das Westtor der einzige Ein- und Ausgang der Stadt. Sie ist von einer sieben bis acht Meter hohen, gewaltigen Mauer umschlossen, die nur Vögel überwinden können.

Bei Anbruch des Morgens öffnet der Wächter das Tor wieder, bläst ins Horn und läßt die Tiere ein. Befinden sich alle innerhalb der Stadtmauern, schließt er, wie gehabt, das Tor und schiebt den Riegel vor.

»Eigentlich nicht nötig, den Riegel vorzuschieben«, erklärt mir der Wächter. »Außer mir könnte sowieso niemand das schwere Tor aufziehen. Auch mehrere zusammen nicht. Aber was soll man machen, Vorschrift ist Vorschrift.« Und damit zieht er sich die Wollmütze bis kurz über die Augenbrauen und schweigt.

Der Wächter ist der gewaltigste Mann, den ich je gesehen habe. Er wirkt fleischig, jeden Moment, bei der kleinsten Bewegung seiner Muskeln, scheinen Hemd und Jacke aufplatzen zu wollen. Aber mitunter schließt er die Augen und versinkt in dieses gewaltige Schweigen. Ich weiß nicht, ob es nur so eine Art Melancholie ist, die ihn befällt, oder ob seine inneren Körperfunktionen lediglich durch irgendeinen Prozeß von der Außenwelt abgeschnitten werden. Wie auch immer, wenn das Schweigen von ihm Besitz ergriffen hat, bleibt mir nichts anderes übrig, als zu warten, bis er wieder zu Bewußtsein kommt. Der Wächter schlägt dann langsam die Augen auf, sieht mich lange mit trägem Blick an und reibt dabei die Hände aneinander, als suche er sich angestrengt den Grund für mein Dasein zu erklären.

»Warum treiben Sie abends die Tiere zusammen und aus der Stadt hinaus, nur um sie am nächsten Morgen wieder hereinzulassen?« frage ich ihn, sobald er wieder bei Bewußtsein ist.

Der Wächter starrt mich eine Weile völlig ausdruckslos an. »Weil es Vorschrift ist«, antwortet er. »Deshalb. Genauso wie die Sonne, die im Osten auf- und im Westen untergeht.«

Abgesehen vom Öffnen und Schließen des Tores scheint er den Rest der Zeit beinahe ausschließlich auf die Pflege seiner Werkzeuge zu verwenden. In der Wachhütte liegen sie in allen möglichen Formen und Größen: Äxte, kleine Handbeile, Messer, und wann immer er Zeit hat, schärft er sie mit größter Sorgfalt am Schleifstein. Die geschliffenen Schneiden blitzen eisig weiß und gefährlich. Sie scheinen das Licht nicht zu reflektieren, vielmehr ist mir, als besäßen sie selbst irgendeine rätselhafte Lichtquelle.

Sehe ich mir die Reihe von Werkzeugen an, macht sich in den Mundwinkeln des Wächters immer ein zufriedenes Lächeln breit. Aufmerksam verfolgt mich sein Blick.

»Paß auf, die schneiden sofort, schon bei der kleinsten Berührung!« Der Wächter zeigt mit seinen knorrigen Fingern auf die Messer. »Das ist was anderes als die Massenware dieser Stümper, die's überall gibt! Jede einzelne Klinge habe ich selbst geschmiedet. Das ist ordentliches Handwerk, ich war nämlich früher Schmied. I a gepflegt, liegen hervorragend in der Hand. Gar nicht einfach, einen Griff zu wählen, der genau zum Gewicht der Klinge paßt. Nimm ruhig mal eins in die Hand, egal welches, aber paß auf, komm nicht an die Schneide!«

Aus der Reihe Werkzeuge auf dem Tisch suche ich mir das kleinste Messer aus und nehme es in die Hand. Tatsächlich, es reagiert so scharf wie ein abgerichteter Jagdhund und zerschneidet mit trockenem Zischen die Luft. Der Wächter kann wirklich stolz auf sich sein.

»Die Griffe mache ich auch selbst. Ich schnitze sie aus zehn Jahre alter Esche. Über das beste Material für die Griffe kann man geteilter Meinung sein, ich jedenfalls bevorzuge zehn Jahre alte Esche. Nicht jünger und nicht älter, mit zehn Jahren hat sie genau die richtige Stärke, Feuchtigkeit und Spannkraft. Gute Esche wächst im Ostwald.«

»Wozu brauchen Sie all die Messer?«

»Ganz verschieden«, sagt der Wächter. »Im Winter ständig. Du wirst es sehen, wenn der Winter kommt. Der Winter dauert hier lang.«

Außerhalb des Tores haben die Tiere ihren Platz, wo sie während der Nacht schlafen. Ein Bach ist auch da, aus dem sie trinken können. Dahinter erstreckt sich ein Meer von Apfelbäumen.

Entlang des Westwalls stehen drei Hochsitze mit einfachen Dächern zum Schutz gegen Regen, von denen aus man die Tiere durch eisenvergitterte Fenster beobachten kann.

»Außer dir schaut sich kein Mensch die Tiere an«, sagt der Wächter. »Aber das wird sich auch bei dir legen, du bist ja kaum da. Hast du erst mal eine Zeitlang hier gelebt, wirst du das Interesse schon verlieren. Wie alle anderen. Die allererste Frühlingswoche ausgenommen.«

Der Wächter erzählt mir, daß die Stadtbewohner in der ersten Frühlingswoche auf die Hochsitze steigen, um den Tieren beim Kämpfen zuzusehen. Nur in dieser einen Woche wandelt sich der sonst so friedliche Anblick drastisch, nur in dieser Zeit – wenn die Tiere gerade den Winterpelz verlieren, kurz bevor die Weibchen Junge werfen – stürmen die Böcke mit unvorstellbarer Brutalität aufeinander los. Die unermeßlichen Mengen Blut, die zu Boden fließen, gebären dann eine neue Ordnung und neues Leben.

Jetzt im Herbst kauert ein jedes still an seinem Platz, ihr langes goldenes Vlies leuchtet in der Abendsonne. Vollkommen regungslos wie in den Boden eingelassene Statuen warten die Tiere mit erhobenen Köpfen, bis die letzten Lichtstrahlen des Tages im Ästemeer des Apfelwäldchens versunken sind. Als die Sonne schließlich untergeht und sich blaue Dunkelheit über ihre Leiber legt, senken sie die Köpfe, betten ihr weißes Horn auf den Boden und schließen die Augen.

So geht ein Tag in der Stadt zu Ende.

# Ölzeug, Schwärzlinge, Zahlenwaschen

Das Zimmer, in das sie mich geführt hatte, war groß und leer. Die Wände und die Decke waren weiß, der Teppichboden kaffeebraun, jeweils geschmackvolle, edle Farben. Weiß, sagt man, aber es gibt edles Weiß und ordinäres Weiß, auch die Farben haben ihre Herkunft. Die Milchglasscheiben des Fensters ließen einen prüfenden Blick nach draußen nicht zu, aber das von dort kommende diffuse Licht war ohne Zweifel das der Sonne. Was hieß, daß ich mich nicht in einem unterirdischen Geschoß befand, der Aufzug mußte sich aufwärts bewegt haben. Das beruhigte mich ein bißchen. Mein Gefühl hatte nicht getrogen. Da die Frau mir bedeutete, mich zu setzen, nahm ich auf dem Ledersofa in der Mitte des Zimmers Platz und schlug die Beine übereinander. Sobald ich saß, verließ die Frau durch eine andere Tür als jene, durch die wir eingetreten waren, den Raum.

In dem Zimmer befand sich fast nichts, was man als Mobiliar hätte bezeichnen können. Auf dem Couchtisch standen ein Feuerzeug, ein Aschenbecher und ein Zigarettenkästchen, alles aus Keramik. Ich lupfte den Deckel, aber das Kästchen war leer. An den Wänden kein Bild, keine Fotos, kein Kalender. Es gab nichts Überflüssiges.

Seitlich am Fenster stand ein großer Schreibtisch. Ich erhob mich vom Sofa, trat ans Fenster und warf dabei einen Blick auf den Schreibtisch. Er bestand aus einer massiven Platte mit großen Schubladen an beiden Seiten. Auf der Platte waren eine Tischlampe, drei Bic-Kugelschreiber und ein Tischkalender, daneben lag verstreut eine Handvoll Büroklammern. Ich warf einen prüfenden Blick auf den Kalender, das Datum stimmte. Das Datum von heute.

In einer Ecke standen drei gewöhnliche Stahlspinde, wie man sie fast überall findet. Sie paßten nicht recht zu dem Zimmer. Sie wirkten zu geschäftsmäßig, zu direkt. *Ich* hätte elegante Holzkommoden in das Zimmer gestellt, aber es war nicht mein Zimmer. Ich war dienstlich hier, und ob nun mausgraue Stahlspinde herumstanden oder Musikboxen in Pfirsichpastell, ging mich nichts an.

Die Wand links barg einen Einbauschrank mit langen, schmalen Falttüren. Soviel zum Mobiliar. Es gab keine Uhr, kein Telefon, keinen Bleistiftspitzer, keine Wasserkanne. Kein Bücherregal, keine Ablage. Die Funktion und der Zweck dieses Zimmers waren mir ein Rätsel. Ich setzte mich wieder aufs Sofa, schlug die Beine übereinander und gähnte.

Nach etwa zehn Minuten kam die Frau zurück. Ohne mich auch nur anzusehen, öffnete sie eine der Spindtüren, holte etwas Schwarzes, Glänzendes heraus und trug es, an die Brust gepreßt, zum Tisch. Es handelte sich um säuberlich zusammengelegtes Ölzeug und Stiefel. Ganz obenauf lag gar eine Schutzbrille der Art, wie Piloten sie im Ersten Weltkrieg getragen haben mögen. Ich hatte keinen Schimmer, was sich abspielte.

Die Frau sagte etwas zu mir, aber ihr Mund bewegte sich zu schnell, ich konnte nichts lesen.

»Könnten Sie bitte etwas langsamer sprechen? So gut bin ich im Lippenlesen nun auch wieder nicht.«

›Ziehen Sie das bitte über.‹ Sie sprach nun langsam und mit weit geöffnetem Mund. Große Lust, das Ölzeug anzuziehen, hatte ich eigentlich nicht, aber da ein Wortwechsel zuviel Mühe gemacht hätte, folgte ich stumm ihren Anweisungen. Ich zog meine Joggingschuhe aus und die Stiefel an und streifte mir den Gummimantel übers Sporthemd. Er war schwer wie Blei, und die Schuhe waren ein oder zwei Nummern zu groß, aber auch dazu sagte ich nichts.

Die Frau trat vor mich hin, knöpfte mir den Mantel bis zu den Knöcheln zu und zog mir die Kapuze über den Kopf. Dabei berührte meine Nasenspitze ihre glatte Stirn. »Wie das duftet!« sagte ich. Ein Lob für ihr Eau de Parfum.

›Danke‹, sagte sie und hakte mir den Kapuzenverschluß bis unter die Nase zu. Dann zog sie mir über der Kapuze die Schutzbrille zurecht. Ich sah aus wie eine für Regenwetter zurechtgemachte Mumie.

Anschließend öffnete sie eine Tür des Einbauschrankes, zog mich an der Hand hinein, machte Licht und zog mit der freien Hand die Tür hinter uns zu. Wir befanden uns in einem Kleiderschrank. Kleider hingen allerdings keine da, nur ein paar Bügel und Mottenkugeln. Das mußte, stellte ich mir vor, ein als Schrank camouflierter geheimer Durchgang oder etwas in der Art sein. Mich in Ölzeug verpackt in einen gewöhnlichen Kleiderschrank zu schieben, hätte keinen Sinn gemacht.

Die Frau fummelte an einem Metallgriff in der Ecke, worauf sich schließlich wie erwartet die Stirnwand zu uns auftat – ein Loch von der Größe eines Kleinwagenkofferraumes. Das Loch war rabenschwarz, und deutlich war zu spüren, wie es kalt und feucht daraus hervorwehte. Eine nicht gerade angenehme Brise. Außerdem war ununterbrochenes Rauschen zu hören, wie von einem Flußlauf.

»Da drinnen fließt ein Bach«, sagte die Frau. Das Rauschen, schien mir, verlieh ihrem tonlosen Sprechen ein wenig mehr Realität. Als ob sie wirklich spräche, die Stimme aber vom Rauschen des Baches unterdrückt würde. Ich hatte den Eindruck, sie so besser verstehen zu können. Merkwürdig, aber wahr.

»Gehen Sie einfach nur bachauf, dann kommen Sie an einen großen Wasserfall; den durchqueren Sie. Dahinter liegt das Labor meines Großvaters. Das sehen Sie dann schon.«

»Dort erwartet mich Ihr Großvater, ja?«

»Ja«, sagte sie und reichte mir eine große, mit einer Riemenschlaufe versehene wasserdichte Taschenlampe. Eigentlich hatte ich nur wenig Lust, mich in das schwarze Loch zu begeben, aber was sollte ich jetzt noch groß drumrum reden. Ich riß mich zusammen und stellte ein Bein in die Finsternis, die weit das Maul aufsperrte. Dann duckte ich mich, steckte Kopf und Schultern hinein und zog das andere Bein nach. In dem steifen Ölzeug war das eine ziemlich mühselige Angelegenheit, aber dann hatte ich den Ortswechsel vom Kleiderschrank zur rückwärtigen Seite der Wand geschafft. Dann schaute ich das dicke Mädchen im Kleiderschrank an. Durch die Schutzbrille gesehen wirkte es von dem dunklen Loch aus unendlich süß.

»Nehmen Sie sich in acht! Nicht vom Bach entfernen, und auf keinen Fall abbiegen. Immer geradeaus!« sagte sie. Sie beugte sich vor und sah mir ins Gesicht.

»Geradeaus: Wasserfall«, sagte ich laut.

»Geradeaus: Wasserfall«, wiederholte sie.

Versuchsweise formte ich die Lippen zu einem lautlosen ›Sela‹. Sie lächelte und grüßte zurück: ›Sela‹. Dann schloß sich krachend die Tür.

Als die Tür zu war, stand ich in völliger Dunkelheit. In völliger Dunkelheit im wahrsten Sinne des Wortes, keine Nadelspitze Licht drang herein. Ich konnte nichts, absolut nichts sehen. Nicht einmal meine Hand, die ich mir vor die Augen hielt. Benommen, wie von etwas niedergestreckt, blieb ich erst mal eine Weile stehen. Kalte Hilflosigkeit überkam mich, ich fühlte mich wie ein Fisch, schön verpackt in Frischhaltefolie und ab in den Kühlschrank: Tür zu, peng! Wenn man unvorbereitet in völlige Dunkelheit geworfen wird, weicht einen Moment lang alle Kraft aus dem Körper. Das Mädchen hätte mich, wenn es die Tür schon zumachte, wenigstens warnen müssen.

Als ich den Schiebeschalter der Taschenlampe ertastet hatte, durchbrach in kerzengeradem Strahl altvertrautes gelbes Licht die Dunkelheit. Zunächst strahlte ich meine Füße an, dann leuchtete ich nach und nach den Boden ringsum ab. Ich stand auf einer etwa drei Meter im Quadrat messenden Betonbühne; jenseits davon fiel steil eine Felswand ab, die Sohle war nicht auszumachen. Und es gab weder Geländer noch Absperrung. Ich war einigermaßen verärgert: Auch darauf hätte das Mädchen mich aufmerksam machen müssen.

Seitlich an der Bühne war eine Aluminiumleiter angebracht, für den Abstieg. Ich schlang mir die Taschenlampe schräg um die Brust und stieg vorsichtig Stufe für Stufe die glitschige Leiter hinab. Mit jeder Stufe wurde das Rauschen des Wassers lauter und deutlicher. Hinter dem Wandschrank im Zimmer eines Hochhauses ein Felseinschnitt, auf dessen Grund ein Bach floß: Das gab's doch nicht! Und noch dazu mitten in Tōkyō! Je länger ich über alles nachdachte, desto heftiger schmerzte mir der Kopf. Zuerst der gräßliche Aufzug, dann das dicke Mädchen, das sprach, ohne einen Ton hervorzubringen, und nun dies. Vielleicht hätte ich den Auftrag einfach ablehnen und nach Hause gehen sollen. Das Ganze war zu gefährlich und von vorne bis hinten verrückt. Trotzdem stieg ich in der Dunkelheit weiter die Felswand hinab. Zum einen aus einem Gefühl von Berufsehre, und zum anderen wegen der dicken Kleinen in dem rosafarbenen Kostüm. Irgendwie machte ich mir Sorgen um sie, den Auftrag zu schmeißen und mich zurückzuziehen brachte ich einfach nicht fertig.

Nach zwanzig Stufen verschnaufte ich ein bißchen, nach weiteren achtzehn stand ich auf Grund. Vorsichtig leuchtete ich vom Fuß der Leiter aus in die Runde. Ich stand auf einer harten, flachen Felsplatte, etwas weiter vorn floß ein zirka zwei Meter breiter Bach. Im Licht der Taschenlampe tanzte die Wasseroberfläche wie eine Fahne im Wind. Der Bach schien ziemliche Strömung zu haben, aber wie tief er war und welche Farbe das Wasser hatte, konnte ich nicht erkennen. Ich sah nur, daß er von links nach rechts floß. Mehr nicht.

Den Boden ableuchtend, marschierte ich die Felsplatte entlang bachauf. Hin und wieder hatte ich das Gefühl, daß irgend etwas um mich herumlungere, und riß dann die Taschenlampe hoch, bekam aber nichts zu Gesicht. Nur der Bach und die zu beiden Seiten lotrecht aufragenden Felswände waren zu sehen. Wahrscheinlich spielten mir meine Nerven in der Dunkelheit einen Streich.

Nach fünf, sechs Minuten Fußweg merkte ich am Hall des Wasserrauschens, daß die Decke wesentlich niedriger geworden sein mußte. Ich richtete den Strahl der Taschenlampe nach oben, konnte die Decke aber wegen der undurchdringlichen Dunkelheit nicht ausmachen. Danach kamen, wie das Mädchen gesagt hatte, auf beiden Felsseiten ein paar Abzweigungen, die aber besser als Felsspalten zu bezeichnen waren. Unten sickerte Wasser heraus, das sich in dünnen Bahnen zum Bach schlängelte. An eine dieser Spalten trat ich heran und versuchte sie auszuleuchten, konnte aber nichts sehen. Klar war nur, daß sie sich nach hinten zu enorm verbreiterte. Hineinzugehen hatte ich nicht im entferntesten Lust.

Die Taschenlampe fest in der linken Hand, tappte ich durch die Dunkelheit weiter bachauf; ich kam mir vor wie ein Fisch auf der Evolutionsleiter. Der felsige Boden war vom Wasser des Baches so glitschig, daß ich bei jedem Schritt höllisch aufpassen mußte. Wenn ich in dieser Rabenschwärze ausglitt und in den Bach fiel oder die Taschenlampe zerschlüge, säße ich ganz schön in der Tinte.

Ich konzentrierte mich voll und ganz auf meine Füße, so daß ich das weiter vorn hin und her schwankende schwache Licht zuerst gar nicht bemerkte. Als ich dann hochsah, war es schon auf sieben, acht Meter herangekommen. Automatisch machte ich die Taschenlampe aus, fuhr mit der Hand durch den Schlitz im Gummimantel und zog mein Messer aus der Gesäßtasche. Ich tastete nach der Klinge und richtete sie auf. Um mich herum nur Schwärze und das Rauschen des Baches.

Als ich die Taschenlampe ausgeknipst hatte, hatte das schwache gelbe Licht drüben sofort seine Bewegungen eingestellt. Jetzt beschrieb es in der Luft zwei große Kreise. Das sollte offenbar ›Keine Sorge, alles okay‹ bedeuten. Ich blieb aber so stehen, ganz gespannte Aufmerksamkeit, und wartete ab, was mein Gegenüber tun würde. Schließlich wurde das Licht wieder hin und her geschwenkt. Es kreiselte auf mich zu wie ein vernunftbegabter Riesenleuchtkäfer. Wie gebannt starrte ich auf das Licht, in der Rechten mein Messer, in der Linken die ausgeknipste Taschenlampe.

In etwa drei Metern Entfernung blieb das Licht stehen, bewegte sich in die Höhe und verharrte dann so. Es war ziemlich schwach, so daß ich zuerst nicht richtig sehen konnte, was es anstrahlte, aber nach angestrengtem Starren erkannte ich, daß es ein von einer schwarzen Kapuze verhüllter Kopf war. Auf der Nase saß eine Schutzbrille, wie ich sie trug. Der Mann hatte eine kleine Handlampe, wie man sie in Sportgeschäften verkauft. Damit leuchtete er sein Gesicht an. Er redete in einem fort und eindringlich, wegen des Rauschens konnte ich aber nichts verstehen; zum Lippenlesen war es zu dunkel, und die Mundbewegungen waren zu undeutlich.

»... liegt an ... anzunehmen. Da Ihre ... leid, damit ...«, schien der Mann zu formulieren, aber das sagte mir wenig. Da aber immerhin keine Gefahr zu bestehen schien, knipste ich die Taschenlampe an, leuchtete von der Seite her mein Gesicht an und gab dem Mann, indem ich mir ans Ohr tippte, zu verstehen, daß ich absolut nichts hören konnte.

Der Mann nickte ein paarmal, daß er verstanden habe, setzte seine Handlampe ab, steckte die Hände in die Taschen seines Gummimantels und fummelte darin herum; bald darauf ließ das Getöse um uns langsam nach, als hätte auf einmal Ebbe eingesetzt. Ich dachte, ich sei im Begriff, in Ohnmacht zu fallen, dachte, die Geräusche verschwänden deshalb aus dem Kopf, weil das Bewußtsein sich zurückzog. Und spannte deshalb in der Erwartung umzukippen – warum ich hätte in Ohnmacht fallen sollen, war mir zwar nicht klar – alle Muskeln an.

Die Sekunden verrannen, doch ich fiel weder um noch wurde mir schlecht. Nur der Geräuschpegel um uns hatte sich gesenkt.

»Ich bin Ihnen entgegengekommen«, sagte der Mann. Diesmal konnte ich ihn klar und deutlich verstehen.

Ich schüttelte den Kopf, klemmte mir die Taschenlampe unter den Arm, klappte das Messer zu und verstaute es wieder in der Hosentasche. Was für ein Tag!

»Was ist denn mit dem Geräuschpegel los?« fragte ich.

»Ah ja, der Geräuschpegel. Man verstand ja nichts. Ich habe den Ton leiser gestellt. Entschuldigen Sie. Alles in Ordnung jetzt«, sagte der Mann, immer wieder nickend. Das tosende Rauschen das Baches hatte sich zu einem bloßen Murmeln abgeschwächt. »Dann wolln wir mal.« Der Mann drehte mir den

Rücken zu und stapfte sicheren Schrittes bachauf. Ich ging hinter ihm her, den Boden mit der Taschenlampe ausleuchtend.

»Den Ton leiser stellen, heißt das, die Geräusche hier sind künstlich?« sagte ich dorthin, wo ich den Rücken des Mannes vermutete.

»Nein«, sagte der Mann. »Das sind natürliche Geräusche.«

»Und Sie können die Natur leiser stellen?« fragte ich.

»Genaugenommen stelle ich sie nicht leiser«, antwortete der Mann. »Ich nehme Ton weg.«

Ich schwankte ein bißchen, verzichtete dann aber lieber auf weitere Fragen. Jemanden mit Fragen zu überhäufen, stand mir nicht zu. Ich war hergekommen, um meinen Auftrag zu erledigen, und ob mein Auftraggeber nun Ton leiser stellte oder wegnahm oder mit Wodka-Lime verrührte, hatte mit dem Auftrag nicht das geringste zu tun. Also hielt ich den Mund und lief stumm hinter ihm her.

Da der Mann das Wasserrauschen weggenommen hatte, war es ringsum sehr still. Sogar das Quietschen der Gummistiefel war deutlich zu hören. Ein paarmal knirschte es über uns, als ob jemand Kiesel aneinanderriebe, dann war es wieder still.

»Es gab Anzeichen, daß Schwärzlinge hier herumlungern, da bin ich Ihnen lieber entgegengegangen. Normalerweise wagen die sich auf keinen Fall bis hierher vor, aber es ist schon vorgekommen, Teufel auch«, sagte der Mann.

»Schwärzlinge ...«, sagte ich.

»Sie werden doch nicht wollen, daß die ihnen auf den Pelz rücken, oder?« sagte der Mann und lachte, daß es dröhnte.

»Nur das nicht«, gab ich heiter zurück. Schwärzlinge oder was auch immer – in dieser Rabenschwärze würde ich niemandem und nichts begegnen wollen, was nicht ganz geheuer war.

»Deshalb bin ich Ihnen entgegengekommen«, wiederholte der Mann. »Mit den Schwärzlingen ist nicht zu spaßen.«

»Sehr nett von Ihnen«, sagte ich. Nach einer Weile war weiter vorn ein Rauschen zu hören, als hätte jemand vergessen, einen Hahn abzudrehen. Es war der Wasserfall. Ich strahlte ihn nur kurz an und konnte deshalb nichts Genaues sehen, aber er schien ziemlich groß zu sein. Es mußte hier, wenn der Ton nicht weggenommen worden wäre, gewaltig tosen. Die Gischt stäubte bis zur Schutzbrille hoch.

»Da müssen wir durch, nicht?« fragte ich.

»Ja«, sagte der Mann. Dann ging er ohne jedes weitere Wort der Erklärung auf den Wasserfall zu – und verschwand. Eilig, was sollte ich machen, lief ich hinterher.

Glücklicherweise führte der Wasserfall an unserem Durchgang am wenigsten Wasser; gleichwohl schlug mich seine Wucht fast zu Boden. Ein Forschungslabor nur betreten und verlassen zu können, indem man sich, Ölzeug hin, Ölzeug her, jedesmal von einem Wasserfall bearbeiten ließ, war einfach idiotisch, auch bei wohlwollender Betrachtung. Selbst unter Geheimhaltungserwägungen mußte es doch einen gescheiteren Weg geben. Mitten unter dem Wasserfall glitt ich aus und schlug mir an einem Felsen das Knie auf. Das Fehlen des Tones hatte das Gleichgewicht zwischen den Geräuschen und der die Geräusche hervorbringenden Wirklichkeit empfindlich gestört und mich völlig durcheinandergebracht. Ein Wasserfall muß seiner Wassermenge entsprechend tosen!

Hinter dem Wasserfall tat sich ein Grottengang auf, gerade breit genug für eine Person; er führte auf eine Eisentür. Der Mann zog so etwas wie einen kleinen Rechner aus der Tasche seines Gummimantels, steckte ihn in den an der Tür angebrachten Schlitz und betätigte ihn eine Zeitlang, bis die Tür lautlos nach innen aufglitt.

»Wir sind da. Treten Sie bitte ein«, sagte der Mann, mir den Vortritt lassend, um anschließend die Tür von innen zu verriegeln. »Das war schlimm, was?«

»Ich kann beim besten Willen nicht behaupten, daß dem nicht so gewesen wäre«, hielt ich mich vornehm zurück.

Der Mann lachte, auf der Nase noch die Schutzbrille, die Kapuze auf dem Kopf und an einem Riemen um den Hals die Handlampe. Er lachte tief und gurgelnd, ein merkwürdiges Lachen.

Der Raum, in dem wir uns befanden, war groß, aber kalt und unfreundlich wie der Umkleideraum einer öffentlichen Badeanstalt; an und auf Regalen hingen, standen und lagen in Reih und Glied ein halbes Dutzend schwarze Gummimäntel, Gummistiefel und Schutzbrillen. Ich nahm meine Brille ab, hängte den Mantel auf einen Bügel und stellte die Gummistiefel ins Regal. Die Taschenlampe hängte ich an einen Haken an der Wand.

»Tut mir leid, daß ich Ihnen soviel Mühe machen mußte«, sagte der Mann, »aber wir müssen auf der Hut sein. Nachlässigkeiten können wir uns nicht leisten, denn da draußen lungern welche, die es auf uns abgesehen haben.«

»Die Schwärzlinge?« fragte ich listig.

»Die auch«, sagte der Mann und nickte. Dann führte er mich in das hinter dem Umkleideraum gelegene Empfangszimmer. Ohne das schwarze Ölzeug war der Mann nur mehr ein kleiner, vornehmer alter Herr. Nicht dick, aber von kräftiger, untersetzter Statur. Er hatte eine gesunde Gesichtsfarbe, und als er eine randlose Brille aus der Tasche zog und aufsetzte, sah er aus, wie vor dem Krieg hochrangige Politiker ausgesehen haben.

Er wies mir einen Platz auf dem Sofa zu und ließ sich selbst hinter dem Büroschreibtisch nieder. Das Zimmer entsprach genau dem, in das ich zuallererst geführt worden war. Die Farbe des Teppichs, die Beleuchtung, die Tapete, das Sofa, alles gleich. Auf dem Couchtisch stand die gleiche Rauchergarnitur. Auf dem Schreibtisch ein Tischkalender und eine Handvoll Büroklammern, auf dieselbe Art und Weise verstreut. Man konnte den Eindruck haben, nach einer hübschen Runde wieder im selben Zimmer gelandet zu sein. Vielleicht war dem so, vielleicht auch nicht. Schließlich konnte ich mich nicht an die genaue Lage jeder einzelnen Büroklammer erinnern.

Der alte Mann sah mich eine Weile an. Dann nahm er eine Büroklammer, bog sie gerade und pickte damit eine Zeitlang an der Nagelhaut des linken Zeigefingers herum. Als er fertig war, warf er die geradegebogene Büroklammer in den Aschenbecher. Ich überlegte mir, daß ich, falls ich je in irgendeiner Form wiedergeboren werden sollte, jedenfalls keine Büroklammer werden wollte. Die Nagelhaut eines albernen alten Herrn zurückzuschieben und anschließend im Aschenbecher zu landen, das waren wenig berauschende Aussichten.

»Nach meinen Informationen arbeiten die Schwärzlinge und die Semioten jetzt Hand in Hand«, sagte der Alte. »Was natürlich nicht heißt, daß sie eine richtiggehende Allianz gebildet hätten. Dazu sind die Schwärzlinge zu vorsichtig, und die Semioten planen zu weit voraus. Die Verbindung ist also noch auf sehr kleine Gruppen beschränkt. Aber es ist ein schlechtes Zeichen. Jetzt lungern sogar schon hier, wo sie gar nichts zu suchen haben, Schwärzlinge herum. Wenn das so weitergeht, wird es über kurz oder lang von denen nur so wimmeln. Das brächte mich allerdings in Schwierigkeiten.«

»Zweifellos«, sagte ich. Ich hatte keine Ahnung, wer oder was die Schwärzlinge waren, aber wenn die Semioten sich mit irgendeiner Macht verbündet haben sollten, dann hätte das auch für mich äußerst unangenehme Folgen. Wir und die Semioten standen in einem ohnehin nur sehr notdürftig austarierten Konkurrenzverhältnis, bei der geringsten Erschütterung konnte alles über den Haufen geworfen werden. Die Balance war allein schon dadurch nicht mehr gegeben, daß wir von den Schwärzlingen nichts wußten, die anderen aber wohl. Vielleicht hatte aber auch nur ich, ein kleiner Kalkulator, der selbständig vor Ort arbeitete, von den Schwärzlingen keine Ahnung, und die Führung wußte das alles schon seit langem.

»Nun ja, wie auch immer«, sagte der alte Herr. »Wenn es Ihnen recht ist, würde ich gern gleich mit der Arbeit beginnen.«

»Jederzeit«, sagte ich.

»Ich hatte die Agentur gebeten, mir den fähigsten Kalkulator zu empfehlen, und die Wahl fiel auf Sie. Man hat Sie allenthalben gelobt. Sie seien technisch beschlagen, hätten Courage und arbeiteten gewissenhaft. Abgesehen von mangelndem Teamgeist gäbe es nichts auszusetzen.«

»Verbindlichsten Dank«, sagte ich. Aus reiner Bescheidenheit.

»Hohoho«, dröhnte der alte Herr wieder. »Aber der Teamgeist ist schnurz. Auf die Courage kommt es an. Ohne Courage kann man kein erstklassiger Kalkulator werden. Nun, dafür beziehen Sie auch ja auch ein gutes Gehalt.«

Ich hatte darauf nichts zu entgegnen und hielt den Mund. Der alte Herr lachte wieder und führte mich dann in das benachbarte Arbeitszimmer.

»Ich bin Biologe«, sagte er. »Aber mein Arbeitsbereich umfaßt viel mehr, mit dem bloßen Wort Biologie läßt sich das kaum umreißen. Er erstreckt sich von der Hirnphysiologie über die Akustik und Linguistik bis hin zur Religionswissenschaft. Meine Arbeiten sind, wenn ich das sagen darf, originär und eminent bedeutsam. Zur Zeit beschäftige ich mich hauptsächlich mit dem Palatum von Säugetieren.«

»Palatum?«

»Gaumen und Mund. Die Architektonik des Mundes. Wie bewegt er sich, wie wird artikuliert und so weiter. Darüber forsche ich. Schauen Sie sich doch das mal an.« Er betätigte einen Wandschalter, im Arbeitszimmer flammte das Licht auf. Die ganze Stirnwand wurde von einem Regal eingenommen, auf dem dicht an dicht Schädelknochen von allen nur denkbaren Säugetieren lagen. Von der Giraffe zum Pferd zum Panda zur Maus, Schädel von allen Säugetieren, die ich nur benennen konnte, lagen dort. Bestimmt drei- oder vierhundert. Natürlich auch Menschenschädel. Schädel von Weißen und Schwarzen, von Asiaten und Indios, jeweils ein männlicher und ein weiblicher.

»Die Wal- und Elefantenschädel habe ich im Keller. Die nehmen, wie Sie sich denken können, ziemlich viel Platz weg«, sagte der Alte.

»Weiß Gott«, sagte ich. Bei zwei Walschädeln wäre der Raum ohne Zweifel voll.

Alle Schädel hatten wie auf Verabredung das Maul weit aufgesperrt, und jeder starrte aus zwei leeren Höhlen auf die gegenüberliegende Wand. Es waren zu Forschungszwecken präparierte Exemplare, gewiß, doch besonders angenehm war es nicht, von so vielen Schädeln umgeben zu sein. Auf einem anderen Regal stand ein ganzes Spalier von in Formaldehyd eingelegten Zungen, Ohren, Lippen und Kehlköpfen, wenn auch nicht in der Anzahl der Schädel.

»Eine schöne Sammlung, finden Sie nicht?« sagte der Alte zufrieden. »Manche sammeln Briefmarken, manche Schallplatten. Andere legen sich einen Weinkeller an, ein Krösus stellt sich womöglich Panzer in den Garten. Ich sammle Schädel. Die Welt ist bunt. Und gerade das macht sie interessant. Finden Sie nicht?«

»Doch, doch«, sagte ich.

»Ich hatte schon in verhältnismäßig jungen Jahren ein nicht unbeträchtliches Interesse an Säugetierschädeln und habe eifrig gesammelt. Na, warten Sie, seit bald vierzig Jahren jetzt. Einen Schädel zu begreifen dauert wesentlich länger, als man denkt. Einen Menschen aus Fleisch und Blut zu verstehen ist ein Kinderspiel dagegen. Das meine ich ganz ernst. Wenn man allerdings so jung ist wie Sie, interessiert man sich mehr fürs Fleisch, nicht wahr?« sagte der Alte und lachte wieder dröhnend. »Ich habe volle dreißig Jahre gebraucht, bis ich die Töne hören konnte, die von den Schädeln ausgehen. Dreißig Jahre, mein Freund, das ist keine Kleinigkeit!«

»Töne?« sagte ich. »Von den Schädeln gehen Töne aus?«

»Aber sicher«, sagte der Alte. »Jeder Schädel hat seinen eigenen Ton. Ein Art Geheimsignal, könnte man sagen. Die Schädel sprechen, und das meine ich nicht metaphorisch, sondern ganz wörtlich. Zur Zeit arbeite ich an der Analyse dieser Signale. Wenn sie erst analysiert sind, eröffnet sich die Möglichkeit, sie künstlich zu beherrschen.«

»Allerhand«, sagte ich. Bis in die Details war mir das nicht klar, aber wenn es sich so verhielt, wie der Alte sagte, dann war seine Arbeit zweifellos von eminenter Bedeutung. »Das ist ja von eminenter Bedeutung«, sagte ich.

»In der Tat«, sagte der Alte und nickte. »Daß die Burschen jetzt wild darauf sind, ist kein Wunder. Die hören das Gras wachsen. Und wollen meine Forschungsergebnisse zu üblen

Zwecken mißbrauchen. Wenn sich aus den Schädeln beispielsweise Erinnerung herausfiltern ließe, könnte man sich Folter sparen. Man brauchte sein Opfer nur umbringen, das Fleisch ablösen und den Schädel reinigen, das wäre alles.«

»Das ist ja furchtbar«, sagte ich.

»So weit bin ich aber noch nicht, ob zum Glück oder Unglück, sei dahingestellt. Zur Zeit kommt man noch zu präziseren Erinnerungen, wenn man unmittelbar das ausgelöste Hirn filtert.«

»Na großartig«, sagte ich. Ob Schädel oder Hirn, was machte das für einen Unterschied?

»Und deshalb bitte ich Sie, zu rechnen: Die Labordaten sollen von den Semioten nicht entwendet werden können«, sagte der Alte mit ernstem Gesicht. »Die zivilisatorische Krise, in der wir uns befinden, rührt von der Nutzung, von der Anwendung der Wissenschaften her, im guten wie im schlechten. Ich bin der festen Überzeugung, daß die Wissenschaft nur für die Wissenschaft dazusein hat.«

»Ihre Überzeugung in Ehren«, sagte ich. »Eines hätte ich aber gerne klargestellt. Etwas Geschäftliches. Der Auftrag kam diesmal weder vom *System* noch von einer offiziellen Agentur, sondern direkt von Ihnen. Das ist ein Präzedenzfall. Und es besteht die Möglichkeit, um es noch klarer auszudrücken, daß ein Verstoß gegen die Arbeitsbestimmungen vorliegt. Falls dem so sein sollte, wird man mir eine Disziplinarstrafe auferlegen und die Lizenz entziehen. Das wissen Sie, ja?«

»Das weiß ich sehr gut«, sagte der Alte. »Daß Sie sich Sorgen machen, kann ich verstehen. Aber der Auftrag ging ganz regulär übers *System*. Den Büroweg übergangen und Sie direkt kontaktiert habe ich lediglich aus Geheimhaltungsgründen. Eine Disziplinarstrafe wird auf keinen Fall auf Sie zukommen.«

»Können Sie das garantieren?«

Der Alte zog einen Aktenordner aus der Schreibtischschublade und reichte ihn mir. Ich blätterte darin. Er enthielt tatsächlich eine offizielle Auftragsschrift des *Systems*. Das richtige Formular, die richtigen Unterschriften.

»Sehr schön«, sagte ich und gab den Ordner zurück. »Ich arbeite meinem Rang entsprechend *double scale*. Das geht in Ordnung, ja? *Double scale* bedeutet ...«

»Daß Sie das Zweifache der Standardgebühr nehmen. Ich habe nichts dagegen. Ich lege sogar noch einen Bonus zu: *triple scale*!«

»Sie sind großzügig.«

»Die Berechnungen sind sehr wichtig. Und Sie mußten immerhin einen Wasserfall durchqueren!« Er dröhnte wieder.

»Ich würde mir gerne erst einmal die Zahlen anschauen«, sagte ich. »Welche Methode ich anwende, entscheide ich danach. Wer führt die Berechnungen auf der Computerebene durch?«

»Das mache ich, auf meinem Computer. Sie kommen, wenn es Ihnen recht ist, vorher und nachher zum Zuge.«

»Um so besser. Das erspart mir eine Menge Mühe.«

Der Alte erhob sich und fummelte eine Weile an der Wand herum, bis sich plötzlich eine Stelle auftat, die wie ein Stück Wand ausgesehen hatte. Für dieses Labor hatte man allerhand Aufwand betrieben. Der Alte zog einen zweiten Ordner hervor und verschloß die Öffnung. Die Wand war wieder nichts als eine weiße Wand. Ich nahm den Ordner in Empfang und schaute ihn mir an: Sieben Seiten, kleinbedruckt mit Zahlen. Die Werte an sich waren völlig unproblematisch. Reine Zahlen.

»Die zu waschen dauert keine zehn Minuten«, sagte ich. »Bei so wenigen analogen Häufigkeiten ist kaum zu befürchten, daß temporär überbrückt werden kann. Theoretisch besteht diese Möglichkeit natürlich immer, aber es gibt keinen Nachweis für die Richtigkeit der Brücken, und ohne solchen Nachweis läßt sich der ganze folgende Rattenschwanz von Fehlern nicht ausschließen. Das hieße, ohne Kompaß durch die Wüste zu wollen. Moses hat das allerdings geschafft.«

»Moses hat sogar das Meer durchquert.«

»Das sind alte Geschichten. Mir ist jedenfalls kein Fall bekannt, daß die Semioten auf dieser Ebene erfolgreich geknackt hätten.«

»Sie meinen also, daß *single trapping* genügt, daß nur einmal konvertiert werden muß?«

»*Double trapping* ist zu riskant. Es reduziert die Möglichkeit einer Intervention per temporärer Überbrückung zwar auf Null, aber zur Zeit ist das noch so etwas wie ein Kunststück. Der Konvertierungsprozeß ist nicht eindeutig fixiert. Das *double trapping* befindet sich noch in der Entwicklung.«

»Ich rede nicht von *double trapping*«, sagte der Alte und bearbeitete wieder mit einer Büroklammer seine Nagelhaut. Diesmal die des linken Mittelfingers.

»Sondern?«

»*Shuffling*. Ich rede von Shuffling. Ich möche, daß Sie die Zahlen waschen und shuffeln. Deshalb habe ich Sie kommen lassen. Nur zum Waschen hätte auch jemand anders genügt.«

»Sie geben mir Rätsel auf«, sagte ich und schlug die Beine übereinander. »Woher haben Sie diese Information? Shuffling ist *top secret*, außerhalb des Stabes weiß niemand davon.«

»Ich schon. Ich habe einen ziemlich guten Draht zur oberen Etage des *Systems*.«

»Dann nutzen Sie Ihren Draht mal und fragen Sie nach: Das Shufflingsystem ist eingefroren worden. Warum, weiß ich nicht. Wahrscheinlich hat es Ärger gegeben. Jedenfalls darf es nicht mehr angewendet werden. Wenn herauskäme, daß es angewendet wurde, ginge das kaum mit einem Lizenzentzug ab.«

Der Alte hielt mir erneut den Ordner mit den Auftragsunterlagen hin. »Schauen Sie sich mal die letzte Seite an. Da müßte unter anderem eine Genehmigung zur Anwendung des Shufflingsystems dabei sein.«

Ich schlug wie geheißen die letzte Seite auf und las sie durch. Die Genehmigung zur Anwendung des Shufflingsystems war dabei, ohne Zweifel. Ich las sie ein paarmal, sie war echt. Fünf Unterschriften. Da sollte sich noch einer auskennen, was die da oben im Schilde führten. Erst hieß es, ein Loch graben, dann mußte man es wieder zuschütten. Wenn es zu war, hieß es wieder: graben. Die Gelackmeierten waren immer wir vor Ort.

»Machen Sie mir bitte von allen Auftragsformularen eine

Farbkopie. Wenn ich die im Falle eines Falles nicht vorweisen kann, bekomme ich die größten Schwierigkeiten.«

»Kein Problem«, sagte der Alte. »Ihre Kopien sollen Sie haben. Sie brauchen sich nicht die geringsten Sorgen zu machen. Die Unterlagen sind in allen Punkten lupenrein und wasserdicht. Ihr Honorar zahle ich heute zur Hälfte, die andere Hälfte bei Übergabe der Daten. Ist das recht?«

»Sehr recht. Das Waschen erledige ich jetzt hier. Die sauberen Zahlen nehme ich dann zum Shuffeln mit nach Hause. Das Shuffling bedarf einiger Vorbereitungen. Die fertigen Daten bringe ich Ihnen dann wieder hier vorbei.«

»Spätestens in drei Tagen zur Mittagszeit brauche ich sie aber ...«

»Zeit genug«, sagte ich.

»Sie dürfen sich aber auf keinen Fall verspäten«, sagte der Alte nachdrücklich. »Wenn Sie zu spät kämen, hätte das entsetzliche Folgen.«

»Was denn? Wird dann die Welt untergehen?« fragte ich spaßeshalber.

»*In gewissem Sinne schon*«, sagte der Alte bedeutungsschwer.

»Keine Angst. Ich habe noch nie eine Frist überschritten«, sagte ich. »Wenn es geht, hätte ich gerne eine Thermoskanne heißen Kaffee, schwarz, und Eiswasser. Und ein leichtes Abendessen, das ich nebenbei einnehmen kann. Ich habe das Gefühl, das wird eine längere Sache.«

Es wurde tatsächlich eine längere Sache. Die Anordnung der Zahlen an sich war verhältnismäßig simpel, aber es gab viele kasusdeterminierte Stufenwerte, die die Berechnung mühsamer machten, als es den Anschein gehabt hatte. Beim Berechnen gebe ich die Zahlenwerte an die rechte Hirnhemisphäre, transportiere sie nach Umwandlung in völlig andere Zeichen zum linken Hirn, wo ich die von der rechten Hirnhälfte übernommenen Zeichen wieder in ganz andere Zahlen verwandele, bevor ich sie auf Schreibmaschinenpapier austippe. Das nennt man –

die Beschreibung ist stark vereinfacht – Zahlenwaschen. Jeder Kalkulator hat seinen eigenen Kode. Von numerischen Zufallszahlenreihen unterscheidet sich dieser Kode durch seine Diagrammatizität. Der Schlüssel liegt in den Bruchzacken zwischen der linken und rechten Hirnhemisphäre (das ist natürlich eine erklärungstechnische Einteilung; in Wirklichkeit liegt keine Links-Rechts-Teilung vor). Im Diagramm sieht das folgendermaßen aus:

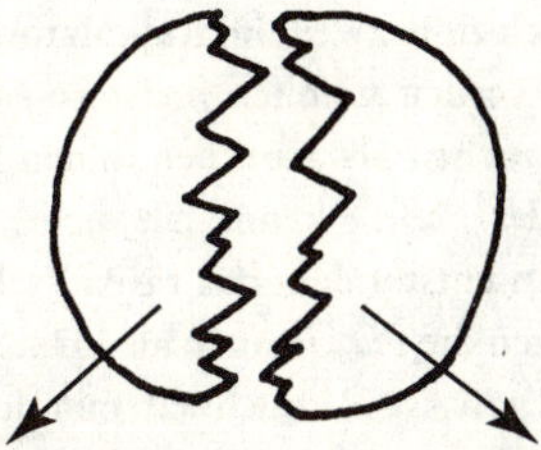


Wenn, mit anderen Worten, die gezackten Flächen nicht nahtlos zusammenpassen, ist es unmöglich, die ermittelten Zahlen in die Originaldaten zurückzuverwandeln. Die Semioten versuchen allerdings, gehackte Daten mittels temporärer Überbrükkung zu entziffern: Sie reproduzieren die analysierten Zahlenwerte als Zackenhologramm. Manchmal funktioniert das, manchmal nicht. Wenn wir unsere Technik verfeinern, verfeinern sie ihre Gegentechnik. Wir schützen Daten, sie entwenden sie. Das klassische Räuber-und-Gendarm-Spiel.

Die Semioten geben die illegal gewonnenen Daten hauptsächlich an den Datenschwarzmarkt weiter, wo riesige Gewinne erzielt werden. Die wertvollsten Daten, das ist der schlimmste Fall, halten sie jedoch zurück, um sie gewinnbringend für ihre eigene Organisation einzusetzen.

Unsere Organisation wird allgemein *Das System* genannt, die der Semioten nennt man *Die Fabrik*. Das *System* war ursprünglich ein Konglomerat privater Firmen, das aber mit zunehmender Bedeutung halbstaatlichen Charakter annahm. Strukturell ist es der amerikanischen Bell Company nicht unähnlich. Die einzelnen Kalkulatoren arbeiten allein und auf selbständiger Basis, wie Steuerberater oder Rechtsanwälte, benötigen aber eine staatliche Lizenz und dürfen nur vom *System* oder von anerkannten Agenturen vermittelte Aufträge annehmen. Das ist eine Maßnahme zum Schutz vor Mißbrauch durch die *Fabrik*, bei Zuwiderhandlung werden Disziplinarstrafen vergeben und die Lizenz entzogen. Ob diese Maßnahme aber in jedem Fall richtig ist, wage ich zu bezweifeln. Kalkulatoren, die ihre Lizenz verloren haben, werden nämlich meist von der *Fabrik* absorbiert, das heißt tauchen als Semioten in den Untergrund ab.

Die Struktur der *Fabrik* kenne ich nicht. Sie ist aus einem Kleinunternehmen entstanden, das rasend schnell expandierte. Manche bezeichnen die *Fabrik* auch als »Datenmafia«, und tatsächlich ist eine gewisse Ähnlichkeit mit der Mafia insofern gegeben, als sie mit einer Vielzahl verschiedener Untergrundorganisationen verwoben ist. Der Unterschied zur Mafia liegt darin, daß die *Fabrik* ausschließlich mit Daten handelt. Daten sind sauber und bringen Geld. Die *Fabrik* überwacht zielgerichtet Computer und zapft sie an.

Ich wusch die Zahlen; dabei trank ich die ganze Kanne Kaffee. Eine Stunde arbeiten, eine halbe Stunde pausieren – das ist Vorschrift. Andernfalls greifen das linke und das rechte Hirn nicht exakt ineinander, und die Zahlenwerte geraten durcheinander.

In den halbstündigen Pausen unterhielt ich mich mit dem Alten über Gott und die Welt. Sprechen, egal über was, ist die beste Methode, das müde Hirn zu regenerieren.

»Was sind denn das für Zahlen?« fragte ich.

»Labormessungen«, sagte der Alte. »Die Ergebnisse einjähriger Forschungsarbeit. Arithmetisch transformierte dreidimensionale Darstellungen des Volumens von Schädeln und Mundhöhlen, verbunden mit einer Dreifaktorenanalyse der emanierten Töne. Ich sagte eben, daß ich dreißig Jahre brauchte, bis ich die von den Schädeln ausgehenden Töne hören konnte: Wenn ich mit den Berechnungen fertig bin, werden wir in der Lage sein, die Töne nicht empirisch, sondern theoretisch zu extrahieren.«

»Und sie also künstlich zu kontrollieren?«

»Genau«, sagte der Alte.

»Künstliche Kontrolle, was brächte das mit sich?«

Der Alte leckte sich die Oberlippe und sagte eine Weile nichts. »Alles mögliche«, fuhr er dann fort. »Das brächte alles mögliche mit sich. Ich kann es Ihnen nicht mitteilen, aber es brächte Dinge mit sich, von denen Sie sich nichts träumen lassen.«

»Zum Beispiel könnte man den Ton wegnehmen?« fragte ich.

»Treffer, genau, hohoho.« Der Alte lachte vergnügt. »Man könnte sich beim Menschen in die Schädelsignale einklinken und den Ton wegnehmen oder auch verstärken. Die Schädelformen sind individuell sehr verschieden, so daß der Ton sich nicht ganz wegnehmen ließe, aber ziemlich leise stellen könnte man ihn schon. Man stellt, einfach gesagt, eine Nullresonanz von Schall- und Gegenschallwellen her. Das Wegnehmen von Ton gehört aber zu den harmloseren Ergebnissen meiner Forschung.«

Wenn das harmlos war, konnte ich mir ausmalen, wie furchtbar der Rest sein mußte. Schon beim bloßen Gedanken, daß jedermann nach Belieben den Ton abdrehen oder verstärken konnte, wurde mir schlecht.

»Der Ton läßt sich in beiden Richtungen wegnehmen, artikulatorisch und auditiv«, sagte der Alte. »Auditiv zum Beispiel wie eben beim Rauschen des Wassers, aber artikulatorisch löschen kann man auch. Die Artikulation ist individuell gebunden, da besteht die Möglichkeit hundertprozentiger Ausschaltung des Tons.«

»Wollen Sie diese Ergebnisse veröffentlichen?«

»Um Himmels willen, nein«, sagte der Alte und winkte ab. »So etwas Interessantes werde ich doch nicht in fremde Hände geben. Das mache ich nur zu meinem Privatvergnügen.« Er lachte wieder sein dröhnendes Lachen. Ich lachte auch.

»Meine wissenschaftlichen Veröffentlichungen halte ich auf extrem abstraktem Niveau, von den Phonetikern hat so gut wie niemand daran Interesse«, sagte der Alte. »Und der normale wissenschaftliche Dummkopf kann meiner Theorie gar nicht folgen. Außerdem werde ich von der Akademia sowieso nicht ernst genommen.«

»Die Semioten sind allerdings keine Dummköpfe. Und was das Dekodieren angeht, sind sie Genies. Die lesen ihre Ergebnisse wie ein offenes Buch.«

»Da sorge ich vor. Ich veröffentliche in rein hypothetischer Form, ohne Daten, ohne Beschreibung der Vorgehensweise. Das verstehen die nie und nimmer. Die Wissenschaft nimmt mich nicht ernst, aber das macht nichts. In hundert Jahren wird sich die Richtigkeit meiner Theorie bestätigen, das genügt mir.«

»Nun denn«, sagte ich.

»Deshalb sollen Sie waschen und shuffeln. Davon hängt alles ab.«

»Geht in Ordnung«, sagte ich.

Die nächste Stunde konzentrierte ich mich auf die Berechnungen. Dann folgte wieder eine Pause.

»Eine Frage noch«, sagte ich.

»Fragen Sie«, sagte der Alte.

»Sie betrifft die junge Frau am Eingang. Die etwas rundliche, in einem rosafarbenen Kostüm ...«

»Das ist meine Enkelin«, sagte der Alte. »Ein sehr begabtes Kind, geht mir trotz ihrer jungen Jahre bei meinen Studien zur Hand.«

»Die Frage, die ich stellen wollte: Ist das Mädchen stumm, oder spricht sie nur so, weil Sie den Ton weggenommen haben ...?«

»Eijeijei«, sagte der Alte und schlug sich mit der flachen Hand aufs Knie. »Das habe ich ja ganz vergessen! Nach dem Experiment den Ton wieder zu normalisieren ... Eijeijeijeijei. Ich muß gleich hin und das in Ordnung bringen.«

»Tun Sie das«, sagte ich.

## Die Bibliothek

Das Zentrum der Stadt ist ein halbkreisförmiger Platz nördlich der Alten Brücke. Die andere Hälfte des Halbkreises, das heißt die untere Kreishälfte, liegt südlich davon, jenseits des Flusses. Die beiden Halbkreise werden Nordplatz und Südplatz genannt und als Teile eines Ganzen verstanden, doch der Eindruck, den sie dem Betrachter vermitteln, ist so verschieden, daß man sie als krasse Gegensätze bezeichnen könnte. Auf dem Nordplatz fühlt man die Schwere einer mysteriösen Atmosphäre, als liefe hier aus allen vier Himmelsrichtungen die Stille der Stadt zusammen. Auf dem Südplatz dagegen gibt es nichts, was man überhaupt spüren könnte. Höchstens ein vages Gefühl absoluten Mangels schwebt darüber. Im Vergleich zur Nordhälfte gibt es hier weniger Wohnhäuser, die Blumenbeete und das Pflaster sind nicht besonders gepflegt.

In der Mitte des Nordplatzes erhebt sich ein hoher Uhrturm, der sich regelrecht in den Himmel bohrt. Genaugenommen kann man ihn gar nicht als Uhrturm bezeichnen, eher als *objet* in Form eines Uhrturms. Die Zeiger stehen nämlich still, und damit erfüllt er in keinster Weise mehr seine eigentliche Funktion.

Der Turm ist aus Stein gebaut, viereckig und verjüngt sich nach oben, seine vier Seiten zeigen in die vier Himmelsrichtungen Osten, Westen, Süden und Norden. An der Spitze sind auf allen vier Seiten Zifferblätter angebracht, deren Zeiger jeweils auf zirka zehn Uhr fünfunddreißig stehen und sich keinen Millimeter weiterbewegen. Den kleinen Fenstern nach zu urteilen, die kurz unter den Zifferblättern zu sehen sind, scheint der Turm hohl zu sein, und man hätte eine Leiter oder irgend etwas zum Hinaufsteigen vermutet, doch nirgendwo ist ein Eingang auszumachen. Der Turm ragt derart hoch empor, daß man schon über die Alte Brücke auf die südliche Seite gehen muß, um die Zifferblätter überhaupt lesen zu können.

Fächerförmig umschließen mehrere Halbkreise von Stein- und Ziegelhäusern den Nordplatz. Kein Gebäude zeigt irgendwelche auffälligen Merkmale – keine Verzierungen, nicht einmal Schilder, alle Fensterläden sind fest verschlossen, und es gibt niemanden, der ein- oder ausgeht. So ähnlich wie ein Postamt ohne Briefe oder eine Zeche ohne Kumpel oder eine Leichenhalle ohne Leiche. Doch seltsamerweise machen diese absolut totenstillen Häuser nicht den Eindruck des Verlassenseins. Jedesmal, wenn ich an den Häuserreihen vorbeigehe, habe ich vielmehr das Gefühl, als hielten hinter den Mauern um mich herum Menschen, von denen ich keine Ahnung habe, den Atem an und führen heimlich fort, Dinge zu tun, von denen ich noch weniger Ahnung habe.

In einem dieser stillen Häuserblocks liegt auch die Bibliothek. Nicht, daß sie sich in irgendeiner Weise von den anderen Gebäuden unterscheiden würde, sie ist ein ganz normaler Steinbau. Es gibt absolut nichts, was sie als Bibliothek ausweisen würde, keinerlei äußere Anzeichen. Mit den düster wirkenden, verwitterten alten Steinmauern, dem schmalen Vordach, den eisenvergitterten Fenstern und den massiven Holzläden könnte sie ebensogut als Getreidespeicher durchgehen. Wenn der Wächter mir nicht einen detaillierten Lageplan gezeichnet hätte, wäre ich wahrscheinlich nie im Leben auf die Idee gekommen, daß es die Bibliothek ist.

»Sobald du dich eingelebt hast, gehst du in die Bibliothek«, hatte der Wächter am Tag meiner Ankunft gesagt. »Dort hat eine Frau Dienst, der sagst du, daß du von der Stadt den Auftrag bekommen hast, alte Träume zu lesen. Sie wird dir den Rest dann schon beibringen.«

»Alte Träume?« wiederholte ich unwillkürlich. »Was soll ich denn darunter verstehen?«

Der Wächter hielt inne, mit einem kleinen Messer aus einem Stück Holz irgend etwas Rundes – einen Keil oder Holznagel oder so etwas – zu schnitzen, sammelte die auf dem Tisch verstreuten Späne auf und warf sie in den Abfalleimer.

»Alte Träume sind alte Träume. Die Bibliothek hat Unmengen davon. Es reicht, wenn du dir die genauer anschaust, die dir gefallen.« Der Wächter inspizierte eingehend das fertige runde und spitze Holzstück, war's zufrieden und legte es auf ein Regal hinter sich. Dort lagen schon ungefähr zwanzig davon.

»Es steht dir frei, Fragen zu stellen, aber ob ich sie beantworte, steht *mir* frei«, sagte der Wächter mit hinter dem Kopf verschränkten Händen. »Und es gibt auch ein paar Dinge, auf die ich dir gar keine Antwort geben *kann*. Du gehst jetzt jedenfalls jeden Tag in die Bibliothek und liest alte Träume. Das ist nämlich deine Arbeit. Du gehst um sechs Uhr abends hin und liest bis zehn oder elf. Die Frau sorgt für dein Abendessen. Mit dem Rest der Zeit kannst du machen, was du willst. Es gibt keinerlei Einschränkungen. Verstanden?«

»Verstanden«, erwiderte ich. »Diese Arbeit – wie lange habe ich sie zu machen?«

»Tja, das weiß ich auch nicht. Bis die Zeit gekommen ist, nehme ich an«, sagte der Wächter. Dann zog er aus einem Stapel Holz ein passendes Stück heraus und begann wieder zu schnitzen.

»Wir sind schließlich ein armes Städtchen und können uns keine Faulenzer leisten. Jeder hat seinen Platz, und jeder macht seine Arbeit. Deine ist, in der Bibliothek alte Träume zu lesen. Du hast doch nicht gedacht, du könntest dir hier einen schönen Lenz machen, oder?«

»Arbeit ist für mich keine Plage. Auf alle Fälle besser als Nichtstun«, entgegnete ich.

»Na siehst du«, nickte der Wächter mit Blick auf die Messerspitze. »Je früher du mit der Arbeit beginnst, desto besser. Ab sofort bist du der ›Traumleser‹. Du hast keinen Namen mehr. Der ›Traumleser‹, das ist dein Name. So wie ich der ›Wächter‹ bin. Verstanden?«

»Verstanden«, sagte ich.

»Genauso wie es in dieser Stadt nur einen Wächter gibt, gibt es auch nur einen Traumleser. Ein Traumleser muß nämlich als Traumleser zugelassen sein. Ich muß dir die nötige Qualifikation dazu erst erteilen.« Sprach's und nahm ein flaches weißes Tellerchen aus dem Geschirrschrank, stellte es auf den Tisch und goß Öl hinein, das er dann mit einem Streichholz anzündete. Als nächstes nahm er ein eigenartig geformtes Messer vom Regal, breitklingig wie ein Buttermesser, und hielt die Spitze zehn Minuten in die Flamme. Dann blies er das Feuer aus und ließ die Klinge abkühlen.

»Das ist nur, um dich durch ein Zeichen auszuweisen«, sagte der Wächter. »Es tut überhaupt nicht weh, du brauchst also keine Angst zu haben. Es ist im Nu vorbei.«

Er schob mein rechtes Lid mit dem Finger weit nach oben und stach mit der Messerspitze in meinen Augapfel. Aber es tat, wie der Wächter gesagt hatte, überhaupt nicht weh, und seltsamerweise hatte ich auch keine Angst. Weich und lautlos glitt das Messer in meinen Augapfel, als stäche es in Gelee. Dann machte er dasselbe mit meinem linken Auge.

»Wenn du deine Arbeit als Traumleser beendet hast, werden die Narben von selbst verschwinden«, sagte der Wächter, während er das Messer und das Tellerchen wegräumte. »Das heißt, sie sind sozusagen Erkennungszeichen des Traumlesers. Aber hüte dich vor Tageslicht, solange du diese Zeichen trägst! Mit diesen Augen darfst du nicht in die Sonne sehen, ist das klar? Tust du es trotzdem, folgt die Strafe auf dem Fuß. Das bedeutet für dich, daß du nur abends oder an bewölkten Tagen ausgehen kannst. An sonnigen Tagen mußt du das Haus hüten und dein Zimmer möglichst abdunkeln.«

Dann gab er mir eine Brille mit dunklen Gläsern und sagte, daß ich sie außer beim Schlafen ständig tragen müsse.

So verlor ich das Sonnenlicht.

Am Abend eines der nächsten Tage stehe ich schließlich vor den Toren der Bibliothek. Die schwere Holztür knarrt, als ich sie aufdrücke. Dahinter erstreckt sich ein langer, gerader Korridor. Alles ist verstaubt, und die Luft steht, anscheinend schon jahrelang. Die Dielen sind an den typischen Stellen abgelaufen und durchgetreten, die verputzten Wände passend zum Licht der Glühbirnen vergilbt.

Zu beiden Seiten des Korridors befinden sich Türen, die mit Ketten verriegelt sind und auf deren Knäufen sich weißer Staub angesammelt hat. Nur die fragile Milchglastür am Ende des Korridors ist unverriegelt. Man sieht Licht dahinter. Ich klopfe mehrere Male an, bekomme aber keine Antwort. Ich drehe leise den altmodischen Messingknauf; lautlos öffnet sich die Tür nach innen. Es ist niemand zu sehen. Der schlichte leere Raum erinnert an einen zu groß geratenen Bahnhofswartesaal – kein Fenster, nichts, was die Bezeichnung Dekoration verdient hätte. Ein einfacher Tisch, drei Stühle und ein alter gußeiserner Kohleofen, das ist alles. Außerdem noch eine große Standuhr und die Büchertheke. Auf dem Ofen verströmt eine schwarze Kanne, deren Emailüberzug an einigen Stellen abgesprungen ist, weißen Dampf. Hinter der Theke befindet sich eine Milchglastür in der Art der Eingangstür, und auch dahinter sieht man Licht. Ich schwanke, ob ich auch an diese Tür klopfen soll oder besser nicht, und beschließe schließlich, lieber zu warten, bis jemand auftaucht.

Auf der Theke liegen ein paar silbrige Büroklammern herum. Ich nehme eine in die Hand und spiele ein bißchen damit, bis ich mich schließlich auf einen der Stühle am Tisch setze.

Zehn oder fünfzehn Minuten sind vergangen, als die Frau aus der Tür hinter der Theke tritt. In der Hand hält sie eine Papierschere oder so etwas. Sie scheint ein wenig erschrocken zu sein, mich zu sehen, denn augenblicklich röten sich ihre Wangen. »Entschuldigen Sie«, wendet sie sich an mich, »aber ich wußte nicht, daß jemand gekommen ist. Sie hätten anklopfen sollen. Ich war die ganze Zeit im Hinterzimmer und habe aufgeräumt. Da liegt nämlich soviel überflüssiges Zeug herum.«

Wortlos starre ich sie ziemlich lange an. Ihr Gesicht scheint irgendeine Erinnerung in mir wachrufen zu wollen, das fühle ich. Irgend etwas an ihr schüttelt quasi den *Bodensatz* auf, der auf den Grund meines Bewußtseins gesunken ist. Ich habe keine Ahnung, was das zu bedeuten hat – alle Worte liegen in ferner Dunkelheit begraben.

»Wie Sie wissen, kommt niemand mehr hierher. Es gibt hier nur ›alte Träume‹, sonst nichts.«

Ich nicke kurz, ohne den Blick von ihrem Gesicht abzuwenden. Ich versuche, irgend etwas darin abzulesen – aus ihren Augen, ihren Lippen, der hohen Stirn und der Linie ihrer schwarzen Haare, die sie hinten zusammengebunden hat, aber je mehr ich in die Details gehe, um so mehr scheint mir ihr Gesamteindruck zu entgleiten, zu verschwimmen. Ich gebe auf und schließe die Augen.

»Verzeihen Sie, aber haben Sie sich nicht vielleicht im Gebäude geirrt? Hier in der Gegend sehen ja alle Häuser gleich aus«, sagt sie und legt die Papierschere neben die Büroklammern auf die Theke. »Nur der Traumleser kann die Bibliothek benutzen und alte Träume lesen. Außer ihm darf niemand dieses Gebäude betreten.«

»Ich bin gekommen, um Träume zu lesen«, sage ich. »So wurde es mir aufgetragen, von der Stadt.«

»Verzeihen Sie, aber könnten Sie die Brille abnehmen?«

Ich nehme die dunkle Brille ab und wende ihr mein Gesicht zu. Sie sieht mir tief in die Augen, in die beiden blaß verfärbten Pupillen – die Zeichen des Traumlesers. Mir kommt es vor, als dringe ihr Blick bis in mein tiefstes Inneres.

»Das genügt. Sie können die Brille wieder aufsetzen«, sagt sie. »Möchten Sie einen Kaffee?«

»Ja, bitte«, sage ich.

Sie holt zwei Tassen aus dem hinteren Zimmer, füllt sie mit Kaffee aus der Kanne und setzt sich mir gegenüber.

»Für heute habe ich noch nichts vorbereitet – lassen Sie uns doch morgen mit dem Traumlesen beginnen«, sagt sie. »Ist dieser Raum für Sie in Ordnung? Ich kann Ihnen auch eines der Lesezimmer aufsperren.«

»Nur keine Umstände«, erwidere ich. »Sie werden mir helfen, nicht?«

»Ja. Meine Aufgabe ist es, mich um die alten Träume zu kümmern und dem Traumleser zur Hand zu gehen.«

»Sind wir uns nicht früher schon irgendwo begegnet?«

Sie hebt den Kopf und sieht mich an. Sie scheint in ihrer Erinnerung zu kramen, irgendeinen Anhaltspunkt zu suchen, gibt aber schließlich auf und schüttelt den Kopf. »Wie Sie wissen, sind Erinnerungen in dieser Stadt sehr labil und unsicher. An manches kann man sich erinnern, an anderes nicht. Es tut mir leid, aber an Sie scheine ich mich nicht erinnern zu können.«

»Schon gut«, sage ich. »Nicht so wichtig.«

»Aber ich könnte Sie durchaus schon einmal irgendwo gesehen haben, möglicherweise. Ich lebe schließlich schon immer hier, und die Stadt ist klein.«

»Ich bin aber erst seit ein paar Tagen hier.«

»Ein paar Tage erst?« Sie ist überrascht. »Ja, dann müssen Sie mich mit jemand verwechseln. Ich habe diese Stadt nämlich seit meiner Geburt nicht ein einziges Mal verlassen. Vielleicht meinen Sie jemand, der mir ähnlich sieht?«

»Ja, wahrscheinlich«, sage ich und schlürfe an meinem Kaffee. »So was passiert mir oft. Manchmal glaube ich, daß jeder von uns früher an einem anderen Ort gelebt und ein ganz anderes Leben geführt hat. Und aus irgendwelchen Gründen haben wir das alles vollkommen vergessen und leben jetzt, ohne davon zu wissen. Hatten Sie nicht auch schon einmal diesen Eindruck?«

»Nein«, sagt sie. »Sie denken das vielleicht auch nur, weil Sie Traumleser sind. Ein Traumleser hat eine ganz andere Gedanken- und Gefühlswelt als gewöhnliche Menschen.«

»Mag sein«, sage ich.

»Wissen Sie denn, wo Sie damals gewesen sind und was Sie gemacht haben?«

»Ich kann mich nicht erinnern«, antworte ich. Dann gehe ich zur Theke, nehme eine der Büroklammern in die Hand und besehe sie mir eine Weile. »Aber irgendwas war da, das spüre ich ganz genau. Und auch, daß ich Ihnen dort begegnet bin.«

Die Bibliothek hat eine hohe Decke, es herrscht eine Stille wie auf dem Meeresgrund. Leeren Kopfes, die Büroklammer in der Hand, lasse ich meinen Blick ziellos im Raum umherschweifen. Sie bleibt am Tisch sitzen und trinkt still ihren Kaffee.

»Ich weiß auch nicht genau, warum ich hier bin«, sage ich.

Ich starre an die Decke. Die gelben Lichtpartikel, die von der Glühbirne heruntersegeln, beginnen sich aufzublähen und wieder zusammenzuschrumpfen. Offensichtlich wegen meiner verwundeten Pupillen. Der Wächter hat meine Augen umfunktioniert, damit sie irgend etwas Besonderes zu sehen vermögen. Die große alte Standuhr an der Wand tickt behäbig in die lange Stille hinein.

»Ich muß wohl einen Grund gehabt haben, hierher zu kommen, aber daran kann ich mich jetzt nicht mehr erinnern«, sage ich.

»Diese Stadt ist sehr ruhig«, sagt sie. »Wenn es Ruhe gewesen ist, was Sie gesucht haben, wird es Ihnen hier bestimmt gefallen.«

»Ja, mag sein«, antworte ich. »Und was soll ich heute hier tun?«

Sie schüttelt den Kopf, steht langsam auf und räumt die beiden leeren Tassen weg. »Heute gibt es hier nichts für Sie zu tun. Lassen Sie uns morgen mit der Arbeit beginnen. Gehen Sie jetzt ruhig nach Hause und ruhen Sie sich aus.«

Ich sehe noch einmal zur Decke und dann in ihr Gesicht. Ganz sicher, ihr Gesicht ist eng mit irgend etwas in meiner Seele verbunden, das spüre ich. Und daß dieses Etwas ganz leise an meine Seele rührt. Ich schließe die Augen und versuche, meine dumpf vernebelte Seele zu durchforsten. Dabei habe ich ein Gefühl, als lege sich die Stille auf meinen Körper wie feiner Staub.

»Ich komme morgen um sechs«, sage ich.

»Auf Wiedersehen«, sagt sie.

Als ich die Bibliothek verlassen habe, lehne ich mich an das Geländer der Alten Brücke, lausche dem Rauschen des Flusses und betrachte die Stadt. Die Tiere sind verschwunden. Alles ist in die blaßblaue Dunkelheit des frühen Abends getaucht – der Uhrturm, die Mauer, die die Stadt umschließt, die Häuser entlang des Flusses, der nördliche Bergkamm, gezackt wie ein Sägeblatt. Außer dem Rauschen des Flusses dringt kein Laut an mein Ohr. Auch die Vögel sind wohl schon irgendwohin abkommandiert worden.

Sie hat gesagt, daß ich vielleicht hierhergekommen sei, um Ruhe zu finden. Doch das zu ergründen liegt nicht in meiner Macht.

Um mich herum wird es stockdunkel, und als auf dem Weg entlang des Flusses die Straßenbeleuchtung angeht, mache ich mich durch die menschenleeren Straßen Richtung Westhügel auf den Weg.

## Berechnungen, Evolution, Sexualtrieb

Während der Alte unterwegs nach oben war, um seiner Enkelin, die er tonlos zurückgelassen hatte, die Stimme wiederzugeben, arbeitete ich bei Kaffee still an den Berechnungen.

Wie lange der Alte weg war, weiß ich nicht. Ich hatte den Alarm meiner Digitalarmbanduhr auf einen Zyklus von 1 Stunde – 30 Minuten – 1 Stunde – 30 Minuten eingestellt, und nach diesem Rhythmus rechnete ich und pausierte, rechnete, pausierte. Die Zeitanzeige der Uhr hatte ich ausgeschaltet. Die Zeit im Kopf erschwert das Rechnen. Wie spät es jeweils ist, hat für meine Arbeit nicht die geringste Bedeutung. Wenn ich mit den Berechnungen beginne, fängt die Arbeit an, und wenn ich mit den Berechnungen fertig bin, ist die Arbeit zu Ende. Wichtig ist für mich allein der Zeitzyklus 1 Stunde – 30 Minuten – 1 Stunde – 30 Minuten.

Während der Abwesenheit des Alten habe ich, glaube ich, zwei- oder dreimal pausiert. Ich legte mich aufs Sofa und dachte an nichts Bestimmtes, ging zur Toilette, machte Liegestütze. Auf dem Sofa lag es sich sehr bequem. Es war nicht zu hart und nicht zu weich, und auch das Kopfkissen war gerade richtig. Bei meiner Arbeit komme ich viel herum und lege mich in den Pausen stets hin, aber bequeme Sofas finde ich selten. In der Regel sind es ungeschlachte Dinger, die man sich aufs Geratewohl angeschafft zu haben scheint, und selbst die schönen Sofas, denen man auf den ersten Blick ansieht, daß sie teuer waren, enttäuschen meistens, wenn man sich erst einmal darauf ausstreckt. Warum die Leute bei der Wahl ihrer Sofas dermaßen nachlässig sind, ist mir ein Rätsel.

Ich bin davon überzeugt – das ist eines meiner Vorurteile –, daß sich die Vornehmheit eines Menschen in der Wahl seines Sofas zeigt. Das Sofa ist eine der festen Burgen, die sich nicht erschüttern lassen. Das wissen aber nur die, welche mit bequemen Sofas großgeworden sind. Es ist dasselbe, wie mit guten Büchern oder guter Musik großgeworden zu sein. Ein gutes Sofa gebiert wieder ein gutes, ein schlechtes ein schlechtes. So ist das nun einmal.

Ich kenne eine ganze Reihe von Leuten, die Luxuslimousinen fahren, zu Hause aber höchstens zweit- oder drittklassige Sofas haben. Solchen Leuten traue ich nicht. Ein teures Auto hat seinen Wert, ohne Frage, aber es ist und bleibt eben nur ein teures Auto. Jeder, der Geld hat, kann sich eins kaufen. Zum Erwerb eines guten Sofas aber braucht man Würde, Erfahrung, Philosophie. Geld braucht man auch, aber eben nicht nur Geld allein. Ohne feste Vorstellung davon, was Sofa heißt, kann man ein erstklassiges nie und nimmer erstehen.

Das Sofa des alten Herrn, auf dem ich mich ausstreckte, war ohne jeden Zweifel von erster Güte. Das nahm mich für ihn ein. Ich machte mich lang, schloß die Augen und dachte über den Alten nach, der so seltsam sprach und so seltsam lachte. Ich vergegenwärtigte mir, daß er Ton wegnahm: Damit gehörte er als Wissenschaftler, das stand wohl außer Zweifel, zur absoluten Spitzenklasse. Welcher normale Wissenschaftler kann schon nach Belieben Ton ab- und anstellen? Ein normaler Wissenschaftler käme nicht einmal auf die Idee, so etwas zu unternehmen. Der Alte mußte also außerdem ziemlich exzentrisch sein. Seltsame Käuze und Misanthropen sind unter Wissenschaftlern nicht gerade eine Seltenheit, aber wer ging schon so weit, sich tief unter der Erde, hinter einem Wasserfall vor allen Blicken verborgen ein Geheimlabor einzurichten?

Wenn er seine Technik des Tonein- und -ausschaltens vermarktete, würde er ein enormes Vermögen machen. Zunächst verschwänden sämtliche Audioanlagen aus den Konzerthallen. Die riesigen Verstärker würde man ja nicht mehr brauchen. Ferner könnte man alle Störgeräusche einfach abschalten. Mit Dephonatoren ausgestattete Flugzeuge wären für Flughafenanrainer die reine Wohltat. Andererseits ließe sich diese Technologie zweifellos auch zu allerlei militärischen und verbrecherischen Zwecken nutzen. Man würde in rascher Folge lautlose Bomber und stille Gewehre entwickeln, aber auch Bomben, deren Schallexplosion Hirne zerschmettern würde, das systematische Töten per Schall würde immer weiter verfeinert werden. Bestimmt war das dem Alten bewußt, deshalb hielt er seine Forschungsergebnisse wohl zurück, deshalb verzichtete er darauf, sie zu veröffentlichen. Das machte ihn mir noch sympathischer.

Ich befand mich im fünften oder sechsten Arbeitszyklus, als der Alte zurückkam. Er trug einen großen Korb.

»Ich habe frischen Kaffee und Sandwiches mitgebracht«, sagte er. »Mit Gurken, Schinken und Käse. Ist Ihnen das recht?«

»Vielen Dank. Genau nach meinem Geschmack«, sagte ich.

»Wollen Sie jetzt gleich essen?«

»Wenn ich mit diesem Zyklus fertig bin.«

Beim Piepsen der Armbanduhr hatte ich fünf der sieben Zahlenlisten gewaschen. Es war fast geschafft. Ich stand auf, streckte mich ausgiebig und machte mich über die Sandwiches her. In einem Restaurant oder Café hätte man daraus fünf oder sechs Portionen gemacht. Ich aß etwa zwei Drittel davon, allein, schweigend. Bei längerem Zahlenwaschen bekomme ich irgendwie immer enormen Hunger. Ich steckte mir die Sandwiches in der Reihenfolge Schinken – Gurken – Käse in den Mund und spülte mit heißem Kaffee nach.

In der Zeit, die ich für drei Sandwiches brauchte, aß der Alte eins. Er mochte offenbar Gurken: Er klappte seine Sandwiches auf, bestreute die Gurken bedächtig mit stets der gleichen Menge Salz und aß sie dann auf; dabei knirschte und knackte es leise. Der Sandwich essende Alte machte irgendwie den Eindruck einer Grille mit Tischmanieren.

»Greifen Sie nur zu, greifen Sie nur zu«, sagte er. »Im Alter nimmt der Appetit ab. Man ißt in Maßen, man arbeitet in Maßen. Aber junge Leute müssen ordentlich zulangen. Ordentlich zulangen und ordentlich zunehmen. Zuzunehmen, dick zu werden ist nicht besonders populär, aber ich sage Ihnen, das liegt daran, daß man auf die falsche Weise dick wird. Falsches Dickwerden macht krank und häßlich. Wenn man auf die richtige Weise dick wird, ist das nie der Fall. Man lebt auf, der Geschlechtstrieb nimmt zu, das Hirn arbeitet klar. Jetzt bin ich zwar nur noch ein Strich, aber in meiner Jugend war ich auch dick!« Der Alte lachte breit und dröhnend. »Die Sandwiches sind ziemlich gut, finden Sie nicht?«

»Sehr gut sogar«, lobte ich. Sie waren wirklich gut. Bei Sandwiches bin ich ebenso kritisch wie bei Sofas, aber diese hier genügten meinen strengen Qualitätsansprüchen ohne weiteres.

»Meine Enkelin hat sie gemacht, Ihnen zu Ehren!« sagte der Alte. »Sandwiches sind ihre starke Seite.«

»Sie schmecken hervorragend. Bessere könnte kein Küchenmeister machen.«

»Das freut mich. Und die Kleine wird sich auch freuen, das zu hören. Wir bekommen ja selten Besuch, und die Gelegenheit, etwas zuzubereiten und die Meinung eines anderen zu hören, hat sie nie. Sie kocht zwar, aber beim Essen sind wir immer nur zu zweit.«

»Sie beide leben allein?« fragte ich.

»Ja, seit Jahren. Ich habe mich schon lange von der Welt zurückgezogen, das färbt nun auf das Mädchen ab, das macht mir Kummer. Sie geht nie aus. Sie ist gescheit und sehr gesund, aber sie geht nicht unter die Leute. Wenn man jung ist, muß man ausgehen. Der Geschlechtstrieb muß auf gute Weise ausgelebt werden. Das Mädchen ist doch sexuell attraktiv, finden Sie nicht?«

»Das ist sie, ohne Zweifel«, sagte ich.

»Der Geschlechtstrieb ist eine gute Energie. Das steht fest. Wenn er kein Ventil hat, wenn man ihn unterdrückt, arbeitet das Hirn nicht mehr klar und man verliert seine körperliche Ausgewogenheit. Das gilt für Männer wie für Frauen. Bei Frauen wird die Menstruation unregelmäßig, und mit unregelmäßiger Menstruation geht psychische Instabilität einher.«

»Aha«, sagte ich.

»Die Kleine muß sehr bald mit einem für sie richtigen Mann zusammenkommen. Davon bin ich überzeugt, als Vormund und als Biologe«, sagte der Alte und bestreute sein Gurkensandwich mit Salz.

»Haben Sie ihr den Ton wieder richtig einstellen können?« fragte ich zur Abwechslung. Bei der Arbeit wollte ich nicht unbedingt vom Sexualtrieb anderer Leute hören.

»Ach, das habe ich ja ganz vergessen zu erwähnen«, sagte der Alte. »Aber ja, gewiß, der Ton ist wieder da. Vielen Dank übrigens, daß Sie mich darauf aufmerksam gemacht haben. Andernfalls hätte das Mädchen noch wer weiß wie lange ohne Ton auskommen müssen. Wenn ich mich hier eingegraben habe, tauche ich erst mal eine ganze Weile oben nicht mehr auf. Und lautlos zu leben ist doch recht beschwerlich.«

»Das ist es wohl«, stimmte ich zu.

»Das Mädchen pflegt zwar, wie ich eben schon sagte, kaum gesellschaftlichen Verkehr, so daß sie in dieser Hinsicht kaum Unannehmlichkeiten hat, aber am Telefon zum Beispiel gibt es doch Probleme. Ich hatte ein paarmal von hier angeläutet und mich gewundert, daß niemand an den Apparat ging. Ich muß ja wirklich zerstreut gewesen sein!«

»Hat sie, wenn sie stumm ist, keine Probleme beim Einkaufen?«

»Nein, das geht«, sagte der Alte. »Die Welt hat Supermärkte, da kann man einkaufen, ohne ein Wort zu sagen. Sehr bequem. Das Mädchen liebt Supermärkte, sie geht ständig dorthin einkaufen. Eigentlich lebt sie nur zwischen Supermarkt und Büro.«

»Geht sie nicht nach Hause?«

»Sie mag das Büro. Es hat Küche und Dusche, man kann da gut wohnen. Nach Hause fährt sie höchstens einmal pro Woche.«

Ich nickte ohne besonderen Grund und trank einen Schluck Kaffee.

»Aber daß Sie sich so gut mit ihr haben verständigen können«, sagte der Alte. »Wie haben Sie das gemacht? Per Telepathie etwa?«

»Per Lippenlesen. Ich habe früher mal einen Kurs an der Volkshochschule belegt. Ich hatte damals nichts anderes zu tun und dachte, es könnte mir vielleicht einmal von Nutzen sein.«

»Lippenlesen, ah ja, natürlich«, sagte der Alte und nickte ausgiebig. »Das ist eine wirklich nützliche Technik. Ich verstehe auch ein bißchen was davon. Wie wär's: Wollen wir uns ein wenig stumm unterhalten?«

»Lieber nicht. Mit Ton ist mir lieber«, sagte ich hastig. Zweimal an einem Tag hätte ich das nicht ertragen.

»Das Lippenlesen ist natürlich eine äußerst primitive Technik, die allerlei Mängel hat. Im Dunkeln versteht man gar nichts, und man muß dem andern ständig auf den Mund schauen. Aber als Übergangstechnik hat sie ihren Wert. Daß Sie sie erlernt haben, zeugt von Weitblick.«

»Übergangstechnik?«

»Ganz recht«, sagte der Alte und nickte wieder. »Ihnen will ich es verraten: In der Welt wird es in Zukunft ohne jeden Zweifel lautlos zugehen.«

»Lautlos?« fragte ich unwillkürlich zurück.

»Ganz recht. Ohne jeden Laut. Für die Evolution des Menschen ist die Stimme nicht nur nicht erforderlich, sondern sie steht ihr im Wege. Über kurz oder lang werden Stimme und Ton verlorengehen.«

»Meinen Sie damit«, sagte ich, »daß das Zwitschern der Vögel, das Plätschern von Wasser, die Musik und so weiter verschwinden werden?«

»Genau das meine ich.«

»Das wird aber öde und einsam werden.«

»Das ist das Wesen der Evolution. Die Evolution ist immer bitter, und sie ist traurig. Eine vergnügliche Evolution kann es nicht geben«, sagte der Alte, stand auf, ging zum Schreibtisch, entnahm einer der Schubladen einen kleinen Nagelknipser, kam damit wieder zum Sofa und begann, sich die Nägel zu kürzen, zuerst den des rechten Daumens, zuletzt den des linken kleinen

Fingers. »Ich bin noch mitten in der Forschung und kann Ihnen deshalb keine Details geben, aber im großen und ganzen wird es so verlaufen. Aber lassen Sie bitte kein Wort davon nach außen dringen. Von dem Tag an, an dem die Semioten Wind davon bekommen, wird es schlimm werden.«

»Keine Sorge. Niemand hütet Geheimnisse besser als wir Kalkulatoren.«

»Gut, das zu wissen«, sagte der Alte, schabte mit einer Postkarte die auf dem Tisch verstreuten Nagelfragmente zusammen und warf sie in den Papierkorb. Dann nahm er sich ein neues Gurkensandwich, bestreute es mit Salz und ließ es sich schmekken. »Die sind wirklich vortrefflich, das kann man nicht anders sagen.«

»Kocht Ihre Enkelin auch gut?« fragte ich.

»Nein, eigentlich nicht, superb sind nur ihre Sandwiches. Sie kocht nicht schlecht, das nicht, aber ihre Kochkunst ist nichts im Vergleich zu ihren Sandwiches.«

»Sandwiches bedürfen einer eigenen Begabung«, sagte ich.

»So ist es«, sagte der Alte. »Genauso ist es. Mir scheint, daß Sie die Kleine wirklich verstehen. Ihnen könnte ich sie ohne weiteres anvertrauen.«

»Mir?« fragte ich ein wenig erschrocken. »Nur weil ich ihre Sandwiches gelobt habe?«

»Schmecken Sie Ihnen nicht?«

»Sie schmecken mir sogar sehr«, sagte ich. Dann stellte ich mir das dicke Mädchen vor, aber nur so weit, daß es mir nicht bei den Berechnungen in die Quere kommen würde. Und dann trank ich einen Schluck Kaffee.

»Wenn Sie mich fragen: Sie haben etwas. Oder andersherum: Ihnen fehlt etwas. Das kommt ja aufs gleiche heraus.«

»Manchmal kommt mir das auch so vor«, sagte ich ganz offen.

»Wir Wissenschaftler nennen diesen Zustand Evolutionsprozeß. Die Evolution ist unbarmherzig, früher oder später werden auch Sie das verstehen. Das Unbarmherzigste an der Evolution ist – na, was meinen Sie?«

»Ich weiß es nicht, klären Sie mich bitte auf.«

»Sie läßt sich nicht wählen, niemand hat eine Wahl. Die Evolution fällt in dieselbe Kategorie wie Überschwemmungen, Lawinen, Erdbeben. Man weiß nichts von ihr, bis sie kommt, und wenn sie da ist, ist man machtlos.«

»Mhm«, sagte ich. »Meinen Sie mit Evolution die Lautlosigkeit, von der Sie eben sprachen? Daß ich nicht mehr werde sprechen können?«

»Wenn ich genau sein soll, nein. Das eigentliche Problem ist nicht, ob man sprechen kann oder nicht. Das ist nur ein Schritt, nicht mehr.«

»Das verstehe ich nicht«, sagte ich. Ich bin im allgemeinen ein ehrlicher Mensch. Wenn ich etwas verstanden habe, sage ich, daß ich es verstanden habe, und wenn ich etwas nicht verstanden habe, sage ich, daß ich es nicht verstanden habe. Ambivalente Aussagen treffe ich nicht. Die meisten Schwierigkeiten sind, glaube ich, auf unklare Ausdrucksweise zurückzuführen. Ich bin der Überzeugung, daß viele Leute sich deshalb so unklar ausdrücken, weil sie unbewußt, im Grunde ihres Herzens, Schwierigkeiten suchen. Anders kann ich es mir nicht erklären.

»Aber sprechen wir nicht weiter davon«, sagte der Alte und lachte wieder sein spezielles Lachen, daß mir die Ohren dröhnten. »Halten wir Maß, allzu kompliziertes Zeug stört Sie nur bei Ihren Berechnungen.«

Dagegen hatte ich nichts einzuwenden. Außerdem piepste gerade meine Uhr, und ich machte mich wieder ans Zahlenwaschen. Der Alte nahm etwas aus einer Schreibtischschublade, eine Art Feuerzange aus Edelstahl, ging mit dem Instrument in der rechten Hand vor dem Regal, auf dem die Schädel lagen, auf und ab, klopfte mal hier, mal dort und lauschte. Er machte den Eindruck eines Meisterviolinisten, der vor einer Sammlung Stradivaris steht und hier und da eine herausnimmt, um ihre Pizzicati zu prüfen. Allein an den Geräuschen hörte man, daß der Alte den Schädeln eine ungewöhnliche Liebe entgegenbrachte. Jeder dieser Schädel hieß einfach »Schädel«, und doch produzierten sie wirklich die unterschiedlichsten Töne. Der eine klang wie ein Whiskeyglas, der andere wie ein großer Blumentopf. Und sie alle waren einmal mit Fleisch und Haut bedeckt gewesen, hatten Gehirn durchaus unterschiedlicher Größe umschlossen, hatten an Essen und an Sex gedacht. Das war nun alles weg, geblieben waren nur die verschiedenen Klänge. Klänge wie Glas und wie Blumentöpfe, wie Teekessel, wie Kistchen aus Holz, wie Rohre aus Blei.

Ich stellte mir vor, wie mein Schädel, gehäutet und entfleischt, das Hirn entnommen, dort auf dem Regal stand und von dem Alten mit der Feuerzange beklopft wurde. Mir wurde seltsam zumute. Was würde der Alte wohl aus meinem Schädel heraushören? Würde er meine vergangenen Gedanken lesen oder etwas, das mit meinen Gedanken nichts zu tun hatte? Was es auch sein mochte, es beunruhigte mich.

Den Tod an sich fürchtete ich nicht so sehr. Wie Shakespeare sagt: Wer dies Jahr stirbt, ist für das nächste quitt. So simpel war das, recht besehen. Aber nach dem Tod als Schädel auf einem Regal zu stehen und mit einer Feuerzange beklopft zu werden, das wollte mir wenig gefallen. Allein der Gedanke, daß man noch nach meinem Tode etwas aus mir herauszöge, machte mich trübsinnig. Das Leben war nicht einfach, keineswegs, aber seine Klippen umschiffte ich in der Weise, die ich für richtig hielt. Und das war in Ordnung. Wie bei Henry Fonda in *Warlock*. Aber nach dem Tod würde ich doch gerne sanft schlafen. Ich glaubte zu verstehen, warum die Pharaonen im alten Ägypten darauf brannten, sich nach dem Tod in Pyramiden einmauern zu lassen.

Ein paar Stunden später war ich endlich mit dem Zahlenwaschen fertig. Wie lange genau ich gebraucht hatte, weiß ich nicht, da ich die Zeit nicht genommen hatte, aber nach meinem Erschöpfungszustand zu schließen, mußten es um die acht oder neun Stunden gewesen sein. Ein schönes Stück Arbeit. Ich erhob mich vom Sofa, gähnte ausgiebig und machte verschiedene Lokkerungsübungen. Das Handbuch für Kalkulatoren beschreibt in

Diagrammen Lockerungsübungen für 26 Muskelpartien. Wenn man sie gewissenhaft ausführt, erholt sich das Gehirn rasch, und je rascher es sich erholt, desto länger kann man als Kalkulator arbeiten. Das Kalkulatorensystem existiert noch keine zehn Jahre, so daß niemand genau weiß, wie lange man in diesem Beruf arbeiten kann. Zehn Jahre, sagen manche, und manche sagen zwanzig. Andere behaupten, man könne das ein ganzes Leben machen. Es gibt auch die Theorie, daß man über kurz oder lang zum Krüppel würde. Aber das sind alles nur Spekulationen. Was ich tun konnte, war, gewissenhaft meine 26 Muskelpartien zu lockern. Das Spekulieren muß man den Spekulanten überlassen.

Nach den Lockerungsübungen setzte ich mich aufs Sofa, schloß die Augen und verfugte langsam das linke und das rechte Hirn wieder zu einer Einheit. Damit war meine Arbeit beendet. Genau nach Handbuch.

Der Alte stellte einen Schädel, der aussah wie der eines großen Hundes, auf den Schreibtisch, maß ihn mit einem Nonius genau aus und übertrug die Werte mit einem Bleistift auf die kopierte Fotografie des Schädels.

»Fertig?« fragte der Alte.

»Fertig«, sagte ich.

»Das war ja ein schönes Stück Arbeit, vielen Dank!« sagte er.

»Ich gehe jetzt heim und lege mich schlafen. Morgen oder übermorgen führe ich zu Hause das Shuffling durch und bringe die Daten auf alle Fälle bis spätestens überübermorgen mittag bei Ihnen vorbei. Das ist recht, ja?«

»Wunderbar, wunderbar«, sagte der Alte und nickte. »Aber bitte absolut pünktlich sein! Sie dürfen sich auf keinen Fall verspäten! Das hätte furchtbare Folgen.«

»Verlassen Sie sich auf mich«, sagte ich.

»Und passen Sie gut auf, daß Ihnen niemand die Listen entwendet. Wenn die Listen wegkommen, sitze ich in der Tinte. Und Sie auch.«

»Keine Sorge. In dieser Hinsicht sind wir bestens geschult.

Gewaschene Daten lassen wir uns nicht entwenden.« Ich entnahm der innen in der Hose angebrachten Sondertasche eine Art metallene Brieftasche, die für wichtige Dokumente gedacht ist, verstaute die Zahlenlisten darin und verschloß sie. »Dieses Schloß kann nur ich öffnen. Wenn jemand anders versucht, das Schloß zu entfernen, werden die Dokumente vernichtet.«

»Eine hübsche Vorrichtung«, sagte der Alte.

Ich verstaute die Brieftasche wieder in der Hoseninnentasche.

»Möchten Sie vielleicht noch ein paar Sandwiches? Es sind noch welche da, und ich esse während der Arbeit fast nichts; es wäre schade, wenn sie übrigblieben.«

Da ich noch Hunger hatte, nahm ich das Angebot an und verputzte den ganzen Rest. Die Gurkensandwiches, auf die sich der Alte beim Essen konzentriert hatte, waren alle, es gab nur noch welche mit Schinken und Käse. Aber da ich nicht besonders scharf auf Gurken bin, ging das in Ordnung. Der Alte schenkte Kaffee nach.

Ich zog wieder den Gummimantel an, setzte die Schutzbrille auf und kehrte mit der Taschenlampe in der Hand den unterirdischen Gang entlang zurück. Diesmal kam der Alte nicht mit.

»Die Schwärzlinge habe ich mit Schallwellen vertrieben, die werden sich fürs erste nicht wieder blicken lassen«, sagte der Alte. »Die haben selbst auch Angst, hier aufzutauchen. Die kommen bloß auf Weisung der Semioten, da genügt es, sie ein bißchen einzuschüchtern.«

Gleichwohl war es nun, da ich wußte, daß irgendwo unter der Erde Schwärzlinge und dergleichen existierten, nicht gerade ein Vergnügen, allein durch die Dunkelheit zu wandern. Und zwar um so weniger, da ich nicht wußte, wer diese Schwärzlinge eigentlich waren, welche Gestalt und welche Gewohnheiten sie hatten und wie man sich vor ihnen schützen konnte. Ich nahm den Weg, den ich gekommen war, immer den unterirdischen Bach entlang, in der Linken die Taschenlampe, in der Rechten mein Messer.

Als ich dann am Fuße der langen Aluminiumleiter, die ich auf dem Hinweg herabgestiegen war, die Dicke in dem rosafarbenen Kostüm entdeckte, fühlte ich mich wie gerettet. Sie schwenkte ihre Taschenlampe. Als ich bei ihr ankam, sagte sie etwas, aber der Ton des Baches schien wieder eingeschaltet worden zu sein, so daß ich wegen des Rauschens nichts hören konnte, und da es zum Lippenlesen zu dunkel war, hatte ich keine Ahnung, was sie gesagt hatte.

Wir ließen es dabei bewenden und stiegen erst einmal die Leiter hoch, hoch ins Helle. Ich kletterte voran, das Mädchen kam nach. Die Leiter war furchtbar hoch. Beim Abstieg war ich wegen der absoluten Dunkelheit ohne Angst einfach abgestiegen, aber nun beim Aufstieg konnte ich mir Stufe um Stufe die Höhe vorstellen; im Gesicht und unter den Achseln stand mir der kalte Schweiß. Die Leiter mußte drei, vier Stockwerke hoch sein; außerdem waren die Stufen von der Feuchtigkeit glitschig, so daß man, wenn man nicht abgleiten wollte, jeden Schritt mit Bedacht setzen mußte.

Ich hätte unterwegs gerne ein Weilchen pausiert, aber mit dem Mädchen dichtauf war an Anhalten nicht zu denken, so daß wir die Leiter schließlich in einem Zug erklommen. Wenn ich daran dachte, daß ich in drei Tagen diesen Weg zum Labor noch einmal nehmen mußte, wurde mir übel, aber was wollte ich machen? Das war im Bonus inbegriffen.

Als wir durch den Wandschrank wieder das Zimmer betraten, nahm die Kleine mir die Schutzbrille ab und zog mir den Gummimantel aus. Ich zog die Stiefel aus und legte die Taschenlampe irgendwo ab.

»Hat es mit der Arbeit geklappt?« fragte sie. Ihre Stimme, die ich zum erstenmal hörte, war weich und klar.

Ich sah sie an und nickte. »Wenn es nicht geklappt hätte, wäre ich noch nicht zurückgekommen. Das ist unser Job.«

»Vielen Dank, daß Sie meinem Großvater das mit dem Ton gesagt haben. Es hat mir sehr geholfen. Das ging nämlich schon eine ganze Woche so.«

»Warum haben Sie es mir nicht auf einem Zettel mitgeteilt?

Ich hätte früher Bescheid gewußt, und es hätte einiges Durcheinander erspart.«

Die Kleine ließ stumm ihren Blick über den Schreibtisch schweifen und korrigierte den Sitz ihrer beiden großen Ohrringe. »Das ist Vorschrift«, sagte sie.

»Sich nicht schriftlich zu unterhalten?«

»Das ist auch Vorschrift.«

»Aha«, sagte ich.

»Alles, was Regression bedeuten könnte, ist verboten.«

»Verstehe«, sagte ich anerkennend. Man war wirklich gründlich.

»Wie alt bist du?« fragte die Kleine.

»35«, sagte ich. »Und du?«

»17«, sagte sie. »Einem Kalkulator bin ich noch nie begegnet. Einem Semioten allerdings auch noch nicht.«

»Bist du wirklich erst siebzehn?« fragte ich verblüfft.

»Sicher. Ich lüge nie. Ich bin wirklich siebzehn. Aber ich sehe älter aus, nicht?«

»Ja«, sagte ich ehrlich. »Du siehst aus wie über zwanzig.«

»Wie siebzehn will ich auch nicht aussehen«, sagte sie.

»Gehst du nicht zur Schule?«

»Von der Schule möchte ich nicht reden. Jedenfalls nicht jetzt. Ich sag's dir beim nächsten Mal.«

»Okay«, sagte ich. Sie würde schon ihre Gründe haben.

»Sag mal, wie lebt eigentlich ein Kalkulator so?«

»Abgesehen von der Arbeit führen wir, ob wir nun Kalkulatoren sind oder Semioten, ein ganz normales Leben, wie ganz normale Leute.«

»Normale Leute sind vielleicht normal, aber ihr Leben ist kein Leben.«

»Nun ja, so kann man das sehen«, sagte ich. »Was ich meine, ist die ganz gewöhnliche Oberfläche. Wir sitzen in der Bahn und fallen niemandem auf, wir essen wie alle, wir trinken Bier – vielen Dank übrigens für die Sandwiches. Sie waren großartig.«

»Wirklich?« sagte sie und strahlte.

»So gute Sandwiches bekommt man selten. Und ich habe schon viele gegessen.«

»Und der Kaffee?«

»Der Kaffee war auch gut.«

»Möchtest du hier noch eine Tasse trinken? Dann könnten wir uns noch ein bißchen unterhalten.«

»Nein danke«, sagte ich. »Kaffee habe ich unten schon zu viel getrunken, ich kriege keinen Tropfen mehr runter. Außerdem will ich nach Hause, mich so schnell wie möglich aufs Ohr legen.«

»Schade.«

»Das finde ich auch, wirklich.«

»Na gut, ich bring dich aber noch zum Aufzug. Alleine findest du ihn doch nicht, oder? Der Korridor ist ziemlich labyrinthisch.«

»Alleine finde ich ihn kaum, nein«, sagte ich.

Das Mädchen nahm ein rundes, hutschachtelähnliches Ding vom Schreibtisch und reichte es mir. Ich wog es prüfend in den Händen. Für seine Größe war es nicht sehr schwer. Wenn es wirklich eine Hutschachtel war, dann mußte sie einen ziemlich großen Hut enthalten. Um zu verhindern, daß der Deckel aufging, war die Schachtel mit dickem Klebeband umwickelt.

»Was ist das denn?«

»Ein Geschenk für dich von meinem Großvater. Mach es auf, wenn du zu Hause bist.«

Ich schüttelte die Schachtel sachte. Kein Geräusch, kein Widerstand.

»Es sei zerbrechlich, du sollst bitte aufpassen«, sagte die Kleine.

»Vielleicht eine Vase oder so etwas?«

»Ich habe keine Ahnung. Mach's zu Hause auf, dann weißt du's.« Dann öffnete sie ihre rosafarbene Handtasche und gab mir einen Umschlag mit einem Scheck. Er war auf einen etwas höheren Betrag ausgestellt, als ich erwartet hatte. Ich steckte ihn in meine Geldbörse. »Quittung?«

»Brauche ich nicht«, sagte die Kleine.

Wir verließen das Zimmer und liefen denselben langen Korridor zurück zum Aufzug, treppauf, treppab, um tausend Ekken. Und wie auf dem Hinweg hallte es im Korridor vom Geklapper ihrer Stöckelschuhe. Ihre Dicke brachte mich diesmal aber nicht so sehr aus dem Konzept. Neben ihr hergehend vergaß ich sogar beinahe, daß sie dick war. Wahrscheinlich hatte ich mich inzwischen an ihr Dicksein gewöhnt.

»Bist du verheiratet?« fragte sie.

»Nein«, sagte ich. »Ich war es mal, aber jetzt bin ich es nicht mehr.«

»Ist deine Ehe gescheitert, weil du Kalkulator geworden bist? Man hört ja oft, Kalkulatoren seien keine Familienmenschen.«

»Das hat nichts damit zu tun. Auch Kalkulatoren können Frau und Kinder haben, ich kenne eine Menge, die das prima schaffen. Aber die meisten sind in der Tat der Ansicht, daß die Arbeit ohne Familie leichter zu bewerkstelligen ist. Unsere Arbeit geht aufs Nervensystem, und oft ist sie gefährlich, Frau und Kinder belasten da.«

»Wie war es denn bei dir?«

»Ich bin Kalkulator geworden, als ich schon geschieden war. Mit dem Beruf hatte das nichts zu tun.«

»Ach so«, sagte sie. »Entschuldige, daß ich so komische Sachen frage, aber du bist der erste Kalkulator, den ich treffe, da würde ich gern alles mögliche wissen.«

»Bitte, bitte, nur zu«, sagte ich.

»Ich hab gehört, daß Kalkulatoren, wenn sie mit einer Arbeit fertig sind, unglaubliche Lust auf Sex kriegen, stimmt das?«

»Ich weiß nicht. Kann sein, daß so etwas vorkommt. Bei der Arbeit werden ja die unmöglichsten Nerven beansprucht.«

»Gehst du dann mit der Erstbesten ins Bett? Oder hast du eine feste Freundin?«

»Ich habe keine feste Freundin«, sagte ich.

»Mit wem schläfst du denn dann? Oder interessiert Sex dich nicht? Oder bist du homosexuell? Willst du darauf lieber nicht antworten?«

»Weder noch«, sagte ich. Ich bin nicht der Typ, der bereitwillig sein Privatleben ausplaudert, aber da ich auch nichts zu verbergen habe, gebe ich auf eine anständige Frage eine anständige Antwort.

»Ich schlafe in solchen Fällen mal mit dieser und mal mit jener«, sagte ich.

»Würdest du auch mit mir schlafen?«

»Mit dir wahrscheinlich nicht.«

»Warum nicht?«

»Aus Prinzip nicht. Mit Bekannten schlafe ich selten. Das zieht meistens Probleme nach sich. Und mit Frauen, die mit der Arbeit zu tun haben, schlafe ich auch nicht. Mein Beruf ist, anderer Leute Geheimnisse zu hüten, da muß man eine scharfe Trennlinie ziehen.«

»Ist es, weil ich dick bin und häßlich?«

»Erstens bist du nicht so dick, und zweitens bist du kein bißchen häßlich«, sagte ich.

»Danke«, sagte sie. »Mit wem schläfst du denn nun? Sprichst du einfach irgendeine an?«

»Manchmal, ja.«

»Oder kaufst du dir eine?«

»Auch das manchmal, ja.«

»Wenn ich dir sagen würde, für Geld schlafe ich mit dir, gingst du dann mit mir ins Bett?«

»Nein«, antwortete ich, »der Altersunterschied wäre zu groß. Wenn die Mädchen zu jung sind, fühle ich mich unsicher.«

»Ich bin anders.«

»Kann sein. Aber ich will nicht für mehr Ärger sorgen, als ich schon habe. Wenn's geht, möchte ich ein stilles Leben führen.«

»Mein Großvater sagt, beim ersten Beischlaf wäre ein Mann von über 35 am besten. Wenn der Sexualtrieb unterdrückt würde, würde das Gehirn nicht mehr klar arbeiten.«

»Das hat er mir auch erzählt.«

»Ob das stimmt?«

»Ich weiß nicht, ich bin kein Biologe«, sagte ich. »Aber der sexuelle Appetit ist bei jedem verschieden, ich glaube nicht, daß man das so einfach behaupten kann.«

»Deiner ist groß?«

»Eher normal, würde ich sagen«, antwortete ich nach kurzem Überlegen.

»Wie meiner ist, weiß ich nicht«, sagte das dicke Mädchen. »Deswegen würde ich gerne das eine oder andere mal ausprobieren.«

Während ich noch überlegte, wie darauf am besten zu antworten sei, kamen wir am Aufzug an. Brav wie ein dressierter Hund öffnete er sich und wartete, daß ich einstiege.

»Tja dann«, sagte das Mädchen, »bis zum nächsten Mal.«

Als ich einstieg, schlossen sich lautlos die Türen. Ich lehnte mich an die Edelstahlwand und seufzte.

## Der Schatten

Als sie mir die ersten alten Träume auf den Tisch legt, kann ich zunächst nicht begreifen, was daran alte Träume sein sollen. Nachdem ich eine ziemliche Weile daraufgestarrt habe, sehe ich zu der Frau hoch, die neben mir steht. Sie sagt nichts, blickt nur weiter auf die »alten Träume« hinunter. Aber das Objekt, das da auf dem Tisch liegt, entspricht für mich nicht einmal annähernd der Bezeichnung »alte Träume«. Dem Klang des Wortes nach habe ich mir alte Schriften oder wenigstens irgend etwas mit einer vageren, absurderen Gestalt vorgestellt.

»Das sind alte Träume«, sagt sie. Ihre Stimme klingt abwesend und unbestimmt – sie scheint es weniger mir erklären als vielmehr sich selbst bestätigen zu wollen. »Genaugenommen sind sie da drin.«

Ich nicke verständnislos.

»Nehmen Sie ihn mal in die Hand«, sagt sie.

Sachte hebe ich ihn an und bemühe mich nach Kräften, ihn mit den Augen nach wie auch immer gearteten Spuren alter Träume abzutasten. Aber so aufmerksam ich auch hinsehe, ich finde keinerlei Anhaltspunkte dafür. Es ist und bleibt der Schädel eines Tieres. Kein großes Tier. Er sieht aus, als sei er lange Zeit der Sonne ausgesetzt gewesen, denn die Knochenoberfläche hat ihre ursprüngliche Farbe verloren, ist völlig ausgetrocknet und ausgeblichen. Der weit vorstehende Kiefer steht leicht offen, als sei er just in dem Moment versteinert, als er zu erzählen anhub. Die beiden kleinen Augenhöhlen haben ihren Inhalt längst eingebüßt und führen in tiefes, weites Nichts.

Der Schädel ist unnatürlich leicht; seine materielle Existenz scheint ihm geradezu abhanden gekommen zu sein. Welche Art von Leben er beherbergt hat, kann ich nicht einmal erahnen.

Alles Leibliche, alle Erinnerung, alle Wärme ist entwichen. Mitten auf der Stirn ist eine kleine Vertiefung, die sich rauh anfühlt. Ich untersuche sie eine Weile mit dem Finger und komme zu dem Schluß, daß es sich um das Mal eines abgebrochenen Horns handeln könnte.

»Das ist der Schädel eines der städtischen Einhörner, nicht wahr?« frage ich sie.

Sie nickt. »Die alten Träume wurden in den Schädel eingelassen und dort versiegelt«, sagt sie leise.

»Und ich soll sie jetzt da herauslesen?«

»Das ist die Arbeit des Traumlesers«, sagt sie.

»Und was soll ich dann mit den Träumen machen?«

»Nichts. Sie brauchen sie nur herauszulesen.«

»Also, das begreife ich nicht«, sage ich. »Daß ich alte Träume lesen soll, habe ich soweit verstanden. Aber daß ich dann nichts weiter damit machen soll, will mir nicht in den Kopf. Das bedeutet doch, daß die Arbeit gar keinen Sinn hat. Arbeit muß doch irgendeinen Zweck haben! Zum Beispiel, die Träume irgendwie festzuhalten oder sie nach irgendeinem System zu ordnen oder zu kategorisieren oder so.«

Sie schüttelt den Kopf. »Worin der Sinn liegt, kann ich Ihnen auch nicht erklären. Vielleicht kommen Sie bei der Arbeit von alleine drauf. Aber das spielt auch keine Rolle, solcher Sinn hat mit Ihrer eigentlichen Arbeit nicht das geringste zu tun.«

Ich stelle den Schädel wieder auf den Tisch und sehe ihn mir noch einmal aus der Entfernung an. Man denkt unwillkürlich an das Nichts, so fest umschließt ihn tiefe Stille. Nein, umgekehrt – diese Stille kommt gar nicht von außen, sie scheint vielmehr wie Rauch aus dem Inneren des Schädels aufzusteigen. Wie auch immer – es ist jedenfalls eine merkwürdige Stille. Mir ist, als sei er dadurch fest mit dem Erdmittelpunkt verbunden. Schweigend starrt der Schädel mit leerem Blick auf einen Punkt im Nichts.

Je länger ich hinsehe, desto weniger kann ich mir vorstellen, daß dieses Ding etwas zu erzählen haben soll. Es scheint auch von einer irgendwie traurigen Atmosphäre umgeben zu sein, aber nicht einmal mir selbst kann ich diese Traurigkeit genau benennen. Das rechte Wort ist mir abhanden gekommen.

»Na gut, ich lese«, sage ich, nehme den Schädel noch einmal in die Hand und versuche, sein Gewicht abzuschätzen. »Mir bleibt ja wohl nichts anderes übrig.«

Mit dem Hauch eines Lächelns nimmt sie mir den Schädel aus der Hand, wischt mit zwei Tüchern sorgfältig den Staub ab, der sich darauf angesammelt hat, und stellt ihn bleicher als bleich auf den Tisch zurück.

»Nun, dann will ich Ihnen erklären, wie man Träume liest«, sagt sie. »Natürlich kann ich nur so tun als ob, ich bin nicht wirklich imstande dazu. Nur Sie können tatsächlich lesen. Passen Sie auf. Zunächst drehen Sie den Schädel nach vorne, so, und legen sachte beide Hände auf, ungefähr da, wo die Schläfen sind.«

Sie umfaßt den Schädel an beiden Seiten und sieht mich prüfend an.

»Jetzt richten Sie Ihre Augen auf die Stirn. Aber nicht starren, sondern nur sachte und sanft hinsehen. Doch abwenden dürfen Sie Ihre Augen nie. So sehr es auch blenden mag, wegsehen dürfen Sie nicht.«

»Es blendet?«

»Ja. Wenn Sie ihn eine Weile angesehen haben, beginnt der Schädel zu glühen und zu strahlen. Sie brauchen diesen Lichtstrahlen nur leise mit den Fingerspitzen zu folgen, dann müßten Sie die alten Träume lesen können.«

Ich versuche, die Arbeitsschritte, die sie mir erklärt hat, noch einmal der Reihe nach im Kopf zu rekapitulieren. Natürlich kann ich mir nicht vorstellen, was das für Lichtstrahlen sein sollen, von denen sie gesprochen hat, oder wie sie sich anfühlen würden, aber fürs erste habe ich die Arbeitsgänge memoriert. Während ich so ihre schlanken Hände auf dem Schädel betrachte, überfällt mich plötzlich ein starkes Gefühl von *déjà-vu*. Habe ich diesen Schädel nicht schon einmal irgendwo gesehen? Diese bleiche, wie ausgekochte Farbe, die Vertiefung in der Stirn – der Anblick erschüttert mich auf ähnliche Weise, wie mich der erste Blick in ihr Gesicht erschütterte. Aber ich weiß nicht, ob es sich um ein Fragment echter Erinnerung handelt oder um eine Sinnestäuschung infolge einer plötzlichen Störung meiner Wahrnehmung von Ort und Zeit.

»Was haben Sie denn?« fragt sie.

Ich schüttele den Kopf. »Nichts. Ich war nur ein bißchen in Gedanken. Ich glaube, ich habe Ihre Anweisungen jetzt begriffen. Bleibt nur noch, es selbst zu probieren.«

»Lassen Sie uns erst essen«, sagt sie. »Wenn Sie mit der Arbeit angefangen haben, werden Sie keine Zeit mehr dazu haben, glaube ich.«

Sie holt einen Topf aus der kleinen Kochecke im Hinterzimmer und stellt ihn zum Warmmachen auf den Ofen. Es ist ein Gemüseeintopf mit Zwiebeln und Kartoffeln. Als die Suppe gemütlich zu brodeln beginnt, füllt sie sie in zwei Teller, die sie zusammen mit Nußbrötchen zum Tisch trägt.

Wir sitzen uns gegenüber und löffeln wortlos. Es ist ein einfaches Essen, mit Gewürzen, die ich noch nie gekostet habe, aber es schmeckt gar nicht übel, und nach dem Essen fühle ich mich wohlig warm. Danach gibt es heißen Tee. Grünlicher Tee mit dem bitteren Beigeschmack von Heilkräutern.

Das Traumlesen ist anstrengender, als die Erläuterungen der Frau haben vermuten lassen. Die Lichtstrahlen sind hauchdünn, und wie sehr ich mich auch auf meine Fingerspitzen konzentriere, ich kann dem labyrinthischen Gewirr nur schwer folgen. Trotzdem, ich spüre jetzt mit den Fingerspitzen ganz genau die Existenz der alten Träume. Es ist wie ein Rauschen, wie eine nicht enden wollende Bilderflut. Doch meine Hände vermögen noch keine klaren Informationen zu entnehmen. Ich kann lediglich mit Sicherheit sagen, daß die Träume da sind.

Als ich endlich zwei Träume zu Ende gelesen habe, ist es schon nach zehn Uhr. Ich gebe ihr den Schädel zurück, den ich um ein paar Träume erleichtert habe, nehme die Brille ab und reibe mir langsam die brennenden Augen.

»Erschöpft, was?« fragt sie mich.

»Ja, ein bißchen«, antworte ich. »Die Augen machen nicht so recht mit. Wenn ich lange hingesehen habe, nimmt das Auge den Strahl des alten Traums zwar auf, aber ich bekomme Kopfschmerzen, hier hinten. Es ist nicht sehr schlimm, aber das Blickfeld verschwimmt und ich kann meine Augen nicht mehr auf einen Punkt fixieren.«

»Das ist am Anfang immer so«, sagt sie. »In der ersten Zeit wollen die Augen nicht so recht, und das Lesen fällt schwer. Aber machen Sie sich keine Sorgen, die Augen werden sich bald daran gewöhnt haben. Wir wollen die Arbeit langsam angehen lassen.«

»Das wird das beste sein«, sage ich.

Sie bringt die alten Träume wieder zurück ins Archiv und trifft Vorbereitungen, nach Hause zu gehen. Sie öffnet die Ofentür, holt mit einem Schäufelchen die rotglühende Kohle heraus und schüttet sie in einen Eimer mit Sand.

»Die Erschöpfung darf sich nicht in der Seele breitmachen«, sagt sie. »Das hat meine Mutter immer gesagt. Körperlich darf man sich ruhig verausgaben, aber seine Seele muß man davon freihalten.«

»Ein guter Rat«, sage ich.

»Aber ehrlich gesagt, ich weiß gar nicht, was das eigentlich ist, die Seele, welche genaue Bedeutung sie hat, wie und wozu man sie benutzt. Für mich ist es nur ein Wort.«

»Man benutzt die Seele nicht«, sage ich, »sie ist einfach da. Wie der Wind. Sie brauchen sie nur zu spüren.«

Sie schließt die Ofentür, bringt die Emailkanne und die Tassen in das Hinterzimmer und spült sie ab. Dann zieht sie sich einen blauen Mantel aus grobem Stoff über. Ein mattes Blau, wie ein vor langer Zeit herausgerissener Fetzen Himmel, bar jeder Erinnerung an seine Herkunft. Doch in Gedanken versunken bleibt sie noch eine Zeitlang vor dem erloschenen Ofen stehen.

Plötzlich scheint ihr wieder eingefallen zu sein, was sie mich fragen wollte: »Sie sind von woanders hierher gekommen?«

»Ja«, sage ich.

»Was war das für ein Ort?«

»Ich kann mich an nichts erinnern«, sage ich. »Wirklich an nichts, es tut mir leid. Als mir der Schatten genommen wurde, habe ich offenbar zugleich die Erinnerung an diese alte Welt verloren. Auf jeden Fall ist sie weit, weit weg.«

»Ja, aber Sie wissen, was es mit der Seele auf sich hat, nicht wahr?«

»Ich glaube, ja.«

»Meine Mutter hatte auch eine Seele«, sagt sie. »Sie verschwand, als ich sieben war. Bestimmt weil sie diese Seele hatte, so wie Sie.«

»Sie verschwand?«

»Ja, sie verschwand. Aber hören wir auf davon. Hier bringt es Unglück, von den Verschwundenen zu reden. Erzählen Sie lieber von der Stadt, in der Sie gelebt haben. An irgendeine Kleinigkeit werden Sie sich doch erinnern können?«

»Es gibt da zwei Dinge«, sage ich. »Erstens, daß die Stadt, in der ich lebte, nicht von einer Mauer umschlossen war, und zweitens, daß wir alle einen Schatten hatten.«

Ja, wir hatten alle einen Schatten. Als ich in die Stadt hier kam, mußte ich meinen beim Wächter abgeben.

»Damit darfst du die Stadt aber nicht betreten«, sagte der Wächter. »Entweder du verzichtest auf deinen Schatten, oder du kehrst um, eins von beiden.«

Ich verzichtete auf meinen Schatten.

Der Wächter hieß mich, mich auf einen freien Platz neben dem Tor zu stellen. Die Drei-Uhr-Nachmittagssonne warf meinen Schatten klar auf den Boden.

»Steh jetzt still«, sagte der Wächter. Er holte ein Messer aus seiner Tasche, stach mit der scharfen Spitze tief in den Rand zwischen Schatten und Boden und bewegte das Messer auf und ab, um den Schatten zu zähmen, der sich dann auch wunderbar vom Boden lösen ließ.

Der Schatten zitterte noch ein bißchen, als wollte er sich wehren, doch einmal vom Boden abgezogen, ließ er sich schließlich kraftlos auf eine Bank fallen. Ein vom Körper abgetrennter Schatten sieht viel elender und erschöpfter aus, als ich gedacht hätte.

Der Wächter schob sein Messer in die Scheide, und wir beide sahen uns den Schatten noch eine Weile an.

»So für sich genommen ein seltsames Ding, was?« sagte der Wächter. »Völlig nutzlos, so ein Schatten, bloß Ballast.«

Ich ging auf den Schatten zu und sagte: »Tut mir leid, aber es sieht so aus, als müßte ich dich für eine Weile allein lassen. Das wollte ich zwar nicht, aber unter den gegebenen Umständen bleibt mir keine andere Wahl. Hältst du es kurzfristig alleine aus?«

»Kurzfristig – was heißt das, bis wann denn?« fragte der Schatten.

Ich gab zu, das nicht zu wissen.

»Wirst du das nicht nachher bereuen?« sagte der Schatten leise. »Ich kenne zwar die Umstände nicht genau, aber ist es nicht verrückt, einen Schatten vom Menschen zu trennen? Das ist verkehrt, der ganze Ort hier ist verkehrt – das ist, was *ich* davon halte. Der Mensch kann ohne Schatten nicht leben, und ohne den Menschen existiert der Schatten nicht. Und trotzdem sind wir jetzt getrennt, du lebst, ich bin da. Da stimmt doch was nicht! Denkst du das nicht auch?« Der Schatten schüttelte den Kopf. »Die Luft hier gefällt mir nicht, sie ist anders als überall sonst. Sie hat weder auf mich noch auf dich einen guten Einfluß. Warum läßt du mich bloß im Stich?«

Doch es half alles nichts, es war zu spät. Der Schatten war längst von meinem Körper getrennt worden.

»Das ist bestimmt nur zeitweilig, es wird nicht ewig dauern. Wir werden schon wieder zusammenkommen«, sagte ich.

Der Schatten seufzte leise und sah mit verschwommenen Augen zu mir auf. Die Drei-Uhr-Nachmittagssonne brannte auf uns beide herunter. Ich hatte keinen Schatten, der Schatten hatte keinen Körper.

»Wenn das nur gutgeht ...«, sagte der Schatten. »Ich habe ein schlechtes Gefühl dabei. Laß uns bei der erstbesten Gelegenheit abhauen und dahin zurückgehen, wo wir hergekommen sind, ja? Nur wir beide.«

»Wir können nicht zurück. Ich wüßte nicht wie. Und du doch auch nicht, oder?«

»Im Moment nicht. Aber ich werde schon einen Weg finden, und wenn ich dabei draufgehe. Ich möchte mich ab und zu mit dir treffen, damit wir uns besprechen können. Du kommst mich besuchen, ja?«

Ich nickte, legte dem Schatten kurz die Hand auf die Schulter und ging dann zum Wächter zurück. Während meines Gesprächs mit dem Schatten hatte er auf dem Platz herumliegende Steine aufgesammelt und dorthin geworfen, wo sie nicht stören. Als ich näher kam, wischte er sich an den Hemdsärmeln den weißen Staub von den Händen und legte mir seinen starken Arm um die Schultern. Ich war mir nicht sicher, ob das eine Geste der Nähe war oder ob er mir nur zeigen wollte, wie bärenstark er ist.

»Ich werde mich schon um deinen Schatten kümmern«, sagte er. »Er bekommt dreimal am Tag zu essen und darf einmal raus zum Spazierengehen. Also, mach dir keine Sorgen, es gibt keinen Grund dazu.«

»Kann ich ihn ab und zu treffen?«

»Tja, kommt drauf an«, sagte der Wächter. »Wenn Zeit und Umstände es zulassen und wenn es mir paßt, kannst du ihn besuchen.«

»Und was ist, wenn ich meinen Schatten wiederhaben will, was muß ich dann tun?«

»Also, anscheinend hast du die Regeln hier noch nicht begriffen«, sagte der Wächter, weiterhin den Arm um meine Schultern gelegt. »In dieser Stadt darf niemand einen Schatten haben, und wer einmal hier ist, kann nie wieder weg. Folglich ist deine Frage kompletter Unsinn.«

So verlor ich meinen Schatten.

Beim Verlassen der Bibliothek biete ich ihr an, sie nach Hause zu begleiten.

»Ach, das ist nicht nötig«, sagt sie. »Ich habe keine Angst im Dunkeln, und Sie wohnen doch in einer ganz anderen Gegend.«

»Ich möchte Sie aber nach Hause bringen«, beharre ich. »Irgendwie bin ich aufgewühlt, ich könnte zu Hause sowieso nicht sofort einschlafen.«

Nebeneinander gehen wir über die Alte Brücke nach Süden. Es ist Frühlingsanfang, und der noch ziemlich kalte Wind fährt in die Weiden auf der Sandbank im Fluß. Das seltsam direkte Mondlicht läßt das Kopfsteinpflaster glänzen. Die feuchte Luft streicht dumpf und schwer über die Erde. Sie löst ihr Haarband, umfaßt das offene Haar mit einer Hand, schlägt es nach vorne und steckt es unter den Mantelaufschlag.

»Sie haben wunderschönes Haar«, sage ich.

»Danke«, sagt sie.

»Hat Ihnen schon einmal jemand Komplimente darüber gemacht?«

»Nein, nie. Sie sind der erste«, sagt sie.

»Was fühlen Sie, wenn Ihnen Komplimente gemacht werden?«

»Ich weiß nicht«, sagt sie und sieht mir ins Gesicht, die Hände in den Manteltaschen vergraben. »Ich weiß zwar, daß Sie mir ein Kompliment über mein Haar gemacht haben, aber in Wirklichkeit ging es gar nicht darum, nicht wahr? Mein Haar hat bei Ihnen irgend etwas anderes ausgelöst, und eigentlich wollten Sie darüber sprechen.«

»Nein, nein. Ich rede von Ihrem Haar.«

Sie sieht zum Himmel, als hätte sie dort etwas verloren, und lächelt. »Bitte entschuldigen Sie. Ich komme bloß mit Ihrer Art zu reden nicht zurecht.«

»Macht nichts. Sie werden sich bald daran gewöhnen«, sage ich.

Sie wohnt im Arbeiterviertel, einer heruntergekommenen Gegend im Südwesten des Fabrikgeländes. Das ganze Fabrikgelände ist eine einsame, fast ausgestorbene Gegend. Auch der große Kanal, auf dessen randvollem, klaren Wasser früher die Frachter und Barkassen hin- und hergefahren sein sollen, hat jetzt seine Schleusen geschlossen. An einigen Stellen ist er ganz ausgetrocknet, so daß man das Kanalbett sehen kann. Weiß erstarrter Schlamm kommt zum Vorschein wie die runzligen Leichen riesiger Steinzeitlebewesen. Am Ufer sind zum Verladen und Löschen der Fracht breite Steintreppen eingelassen, doch sie werden jetzt nicht mehr benutzt, meterhohes Unkraut treibt seine Wurzeln in die Risse im Stein. Alte Flaschen und verrostete Maschinenteile lugen aus dem Schlamm, daneben modert ein flaches Holzboot vor sich hin.

Entlang des Kanals und seiner Seitenarme erstrecken sich verwaiste Fabrikhallen. Die Tore sind geschlossen, das Fensterglas verschwunden, die Wände efeuüberwuchert, das Geländer der Feuerleitern von Rost zerfressen, und überall wächst Unkraut.

Hinter den Reihen von Fabrikhallen liegt die Arbeitersiedlung. Lauter heruntergekommene fünfstöckige Häuser. Früher seien dies elegante Apartmenthäuser für Wohlhabende gewesen, sagt sie, doch die Zeiten hätten sich geändert, und nach und nach seien sie in Klein- und Kleinstwohnungen unterteilt worden, in die mittellose Arbeiter zogen. Und heutzutage seien diese Leute nicht einmal mehr Arbeiter. Die Fabriken seien nämlich fast alle geschlossen worden. Die Fähigkeiten der Arbeiter seien nicht mehr gefragt, nur ab und an bekämen sie von der Stadt noch kleinere Aufträge, je nach Bedarf. Auch ihr Vater ist einer dieser Arbeiter.

Über eine kurze, geländerlose Steinbrücke überqueren wir den letzten Seitenkanal; gleich jenseits davon liegt der Häuserblock, wo sie wohnt. Die Blocks sind durch leiterähnliche Durchgänge verbunden, die an umkämpfte mittelalterliche Burgen erinnern.

Es ist kurz vor Mitternacht, die meisten Fenster sind dunkel. Sie nimmt mich an der Hand und zieht mich flink durch das Gewirr von Gäßchen, wie um mich den Augen eines riesigen menschenfressenden Raubvogels zu entziehen. Schließlich bleibt sie vor einem der Häuser stehen und verabschiedet sich von mir.

»Gute Nacht«, sage ich.

Dann steige ich alleine den Hang des Westhügels hinauf, um zu meiner eigenen Behausung zurückzukehren.

# Der Schädel, Lauren Bacall, Die Stadtbücherei

Ich nahm ein Taxi nach Hause. Draußen war es schon dunkel, die Straßen wimmelten von Menschen, die ihre Arbeit hinter sich hatten. Da es nieselte, dauerte es ziemlich lange, bis ich ein Taxi erwischte.

Ich brauche ohnehin immer recht lange, wenn ich ein Taxi nehmen will. Ich lasse nämlich, um jeder Gefahr aus dem Wege zu gehen, immer mindestens zwei freie Wagen passieren. Die Semioten unterhalten falsche Taxis, und hin und wieder hört man, daß sie damit von der Arbeit kommende Kalkulatoren auflesen und irgendwohin verbringen. Vielleicht ist das nur ein Gerücht. Weder mir noch meinen Kollegen ist jemals so etwas passiert. Aber man kann nie vorsichtig genug sein.

Normalerweise nehme ich deshalb immer die U-Bahn oder den Bus, aber diesmal war ich extrem erschöpft und schläfrig, außerdem regnete es, und beim Gedanken an die übervolle Bahn bekam ich das Grausen; also nahm ich die Mühe auf mich und fuhr mit dem Taxi. Während der Fahrt wäre ich ein paarmal fast eingeschlafen, aber ich kämpfte dagegen an: Zu Hause kannst du so lange schlafen, wie du willst. Hier darfst du nicht einschlafen! Hier zu schlafen ist gefährlich!

Ich konzentrierte mich auf die Baseballübertragung im Autoradio. Da ich vom Profibaseball wenig verstehe, hielt ich mit der gerade angreifenden Mannschaft und verdammte die gerade in der Verteidigung befindliche. Meine Mannschaft lag eins zu drei zurück. Der Schlagmann hatte beim Stand von *two out, second base* einen Treffer gelandet, aber der Läufer war in der Eile auf dem Weg zur dritten Base gestolpert und hingefallen: OUT, keinen Punkt. *Hat man so was schon gesehen!* sagte der Reporter, und ich teilte seine Ansicht. In der Eile stolpern kann jeder mal, aber in so einer Situation, zwischen der zweiten und dritten Base, sollte das nun wirklich nicht passieren. Anschließend warf dann der Pitcher dem ersten Schlagmann der anderen – vermutlich hatte ihn die Sache mitgenommen – einen dürftigen Straight, den der halblinks über die Absperrung jagte: *Home run*, vier zu eins.

So stand es noch, als das Taxi vor meiner Wohnung hielt. Ich bezahlte, nahm die Hutschachtel unter den Arm und stieg halb im Traum aus. Der Regen hatte fast ganz nachgelassen.

Mein Briefkasten war leer. Der Anrufbeantworter enthielt auch keine Nachricht. Niemand schien etwas von mir zu wollen. Um so besser. Ich wollte auch von niemandem was. Ich holte Eis aus dem Kühlschrank und machte mir in einem großen Glas einen großen Whiskey *on the rocks*, mit ein bißchen Soda. Dann zog ich mich aus, kroch ins Bett und nippte, an die Rückwand gelehnt, den Whiskey. Ich war drauf und dran, das Bewußtsein zu verlieren, aber auf das süße Ritual des Feierabends konnte ich unmöglich verzichten. Die kleine Weile, die der Schlaf braucht, mich, wenn ich ins Bett gekrochen bin, zu übermannen, liebe ich über alles. Ich nehme mir etwas zu trinken mit, höre Musik, lese ein Buch. Ich liebe diese Minuten, wie andere den Sonnenuntergang oder frische Luft lieben.

Ich hatte den Whiskey zur Hälfte geleert, als das Telefon klingelte. Der Apparat stand auf dem runden Tisch, etwa zwei Meter vom Bettende entfernt. Da ich, einmal im Bett, nicht vorhatte, so weit zu laufen, starrte ich das klingelnde Telefon einfach nur an. Es klingelte dreizehn-, vierzehnmal, aber das störte mich nicht. In alten Zeichentrickfilmen zittert und bebt das Telefon bei jedem Klingeln, aber in der Wirklichkeit ist das natürlich anders. Der Apparat auf dem Tisch vibrierte nicht, er klingelte nur. Ich trank Whiskey und sah ihm dabei zu.

Neben dem Apparat lagen meine Geldbörse, das Messer und die Hutschachtel, die man mir geschenkt hatte. Mir schoß durch den Kopf, daß es vielleicht besser wäre, sie heute noch zu öffnen. Vielleicht mußte der Inhalt im Kühlschrank aufbewahrt werden, oder es handelte sich um etwas Lebendes oder war extrem wichtig. Aber ich war einfach zu müde dazu. Wenn dem so wäre, hätte man mich beim Schenken schon darauf hingewiesen. Als das Telefon verstummte, leerte ich in einem Zug den Rest des Whiskeys, löschte das Licht am Kopfende und schloß die Augen. Im selben Augenblick, als hätte es darauf gewartet, umfing mich das große, schwarze Netz des Schlafes. Sei's drum, dachte ich noch.

Als ich erwachte, war es ringsum dämmerig. Die Uhr zeigte 6:15, ob Morgen oder Abend, wußte ich nicht. Ich zog mir Hosen an, ging vor die Tür und schaute beim Nachbarapartment nach. Dort lag die Morgenzeitung, also war es Morgen. In solchen Situationen ist ein Abonnement sehr nützlich. Vielleicht sollte ich auch eine Zeitung abonnieren.

Ich hatte etwa zehn Stunden geschlafen. Mein Körper brauchte noch Ruhe, und da ich ohnehin den ganzen Tag nichts zu tun hatte, hätte ich mich noch einmal hinlegen können, aber ich besann mich eines Besseren und blieb auf. Das schöne Gefühl, gemeinsam mit einer neuen, unverbrauchten Sonne aufzustehen, läßt sich so leicht durch nichts ersetzen. Ich duschte gründlich und rasierte mich. Dann absolvierte ich meine übliche zwanzigminütige Gymnastik und frühstückte, was es so gab. Der Kühlschrank war fast leer, ich mußte ihn wieder auffüllen. Ich setzte mich an den Küchentisch, trank Orangensaft und stellte dabei mit Bleistift auf Notizpapier eine Einkaufsliste zusammen. Ein Blatt reichte nicht, ich brauchte zwei. Da der Supermarkt aber noch nicht auf hatte, beschloß ich, zu Mittag draußen zu essen und danach einzukaufen.

Ich warf die schmutzigen Sachen aus dem Wäschekorb im Bad in die Waschmaschine und säuberte dann in der Spüle meine Tennisschuhe, als mir plötzlich das mysteriöse Geschenk des Alten wieder einfiel. Ich ließ den halbgewaschenen rechten Tennisschuh Schuh sein, trocknete mir mit einem Küchentuch die Hände, ging ins Schlafzimmer und hob die Hutschachtel an. Sie war nach wie vor leicht für ihre Größe. Eine irgendwie unangenehme Leichtigkeit. Sie war leichter, als sie hätte sein dürfen. In meinem Kopf klickte es. Eine Art berufliche Intuition, nichts, was sich auf etwas Konkretes gründete.

Ich schaute mich im Zimmer um. Es war merkwürdig still, so still, als wäre der Ton weggenommen worden. Ich räusperte mich – es klang nach Räuspern. Ich klappte das Messer auf und schlug mit der Rückseite der Schneide ein paarmal leicht gegen den Tisch: Es kamen echte und richtige Klopfgeräusche. Wenn man einmal Tonlosigkeit erfahren hat, wird man Stille gegenüber offenbar eine Zeitlang mißtrauisch. Dann machte ich die Balkontür auf. Herein drangen Verkehrsgeräusche und Vogelgezwitscher, das beruhigte mich. Evolution hin, Evolution her, die Welt hatte ihre Geräusche zu haben.

Dann zerschnitt ich vorsichtig, um den Inhalt des Päckchens nicht in Mitleidenschaft zu ziehen, das Klebeband. Ganz obenauf lag zerknülltes Zeitungspapier. Ich entfaltete ein paar Blatt und las darin, aber es gab nichts Auffälliges, es war eine ganz normale, drei Wochen alte Tageszeitung, eine *Mainichi*; ich holte eine Mülltüte aus der Küche und warf die Zeitung hinein. Die Hutschachtel war mit ungefähr vierzehn Ausgaben gestopft, Zeitungen für zwei Wochen. Ausschließlich *Mainichi*. Darunter kam weiches, kinderfingerlanges Füllmaterial aus Polyäthylen oder Styropor zum Vorschein. Ich schöpfte es mit beiden Händen aus der Schachtel und schmiß es in die Mülltüte. Was die Hutschachtel enthielt, wußte ich nicht, aber das Geschenk machte jedenfalls Mühe. Als das Polyäthylen beziehungsweise Styropor etwa zur Hälfte draußen war, kam etwas wieder in Zeitungspapier Verpacktes zum Vorschein. Langsam hatte ich es satt, holte mir aus dem Kühlschrank in der Küche eine Dose Coca Cola, setzte mich aufs Bett und trank sie in Ruhe aus. Dann kürzte ich mir erst einmal mit dem Messer die Fingernägel. Auf der Veranda erschien krächzend der Vogel mit dem schwarzen Brustgefieder und pickte wie immer die Brotkrumen auf, die ich auf den Tisch gestreut hatte. Ein friedlicher Morgen.

Schließlich nahm ich mich zusammen, ging zum Tisch und zog sachte das zeitungsverpackte Etwas aus der Schachtel. Das

Papier war rundherum mit Klebeband umwickelt, so daß der Gegenstand wie ein modernes Kunstobjekt aussah. Es hatte die Form einer in die Länge gezogenen Wassermelone und war von nicht nennenswertem Gewicht. Ich nahm das Messer und die Schachtel vom Tisch und schälte auf der geräumigen Platte sorgsam das Klebeband und das Zeitungspapier ab. Zum Vorschein kam ein Tierschädel.

Na großartig, dachte ich. Hatte der Alte etwa gedacht, ich würde mich freuen, wenn ich einen Schädel bekäme? Jemandem einen Tierschädel zu schenken, war, wie man es auch drehen mochte, nicht normal.

Der Schädel ähnelte dem eines Pferdes, war aber wesentlich kleiner. Jedenfalls stand nach meinen zoologischen Kenntnissen außer Frage, daß er auf den Schultern eines nicht allzu großen Säugetiers gesessen haben mußte, eines pflanzenfressenden Huftieres mit länglicher Kopfform. Ich sagte mir die Namen solcher Tiere her. Reh, Ziege, Schaf, Antilope, Rentier, Esel ... Sicher gab es noch eine ganze Menge anderer, aber mehr fielen mir nicht ein.

Fürs erste stellte ich den Schädel auf den Fernseher. Richtig zur Geltung kam er dort nicht, aber einen anderen Platz wußte ich nicht. Hemingway hätte ihn bestimmt auf den Kamin neben seine Elchschädel gestellt, aber in meiner Wohnung gab es selbstredend keinen Kamin. Ich hatte auch kein Sideboard, ja nicht einmal ein Schuhschränkchen. Der Fernseher war deshalb der einzige Platz, wo ich den Schädel dieses Tieres, dessen Namen ich nicht wußte, abstellen konnte.

Als ich den Rest des Füllmaterials vom Boden der Hutschachtel in den Müllsack leerte, fand ich noch ein längliches, in Zeitungspapier gewickeltes Päckchen. Als ich es auswickelte, entpuppte es sich als Edelstahlzange der Art, wie sie der Alte zum Beklopfen der Schädel benutzt hatte. Ich nahm sie in die Hand und sah sie mir eine Weile an. Im Gegensatz zu dem Schädel wog sie schwer in der Hand und vermittelte etwas von der Strenge des elfenbeinernen Taktstockes, mit dem Furtwängler die Berliner Philharmoniker dirigiert.

Ich konnte nicht anders: Ich trat mit der Zange vor den Fernseher und klopfte dem Schädel damit sachte auf die Stirn. Ein tiefes Vibrato wie das nasale Knurren eines großen Hundes. Ich hatte ein hohles Klong oder ein scharfes, hartes Klacken erwartet und war daher durchaus ein wenig überrascht, allerdings nicht so sehr, daß ich den Ton hätte beanstanden wollen. Der Schädel brummte nun einmal, wie er brummte, da gab es nichts zu bekritteln. Einwände würden den seltsamen Ton nicht verändern, und die Seltsamkeit des Tons änderte ihrerseits nichts.

Schließlich hatte ich genug davon, den Schädel zu betrachten und zu beklopfen, ging weg vom Fernseher, setzte mich aufs Bett, nahm das Telefon auf den Schoß und wählte die offizielle Agentur des *Systems* an, um meine nächsten Termine zu erfragen. Mein Agent meldete sich, sagte, in vier Tagen läge etwas an, ob das in Ordnung gehe. Ja, sagte ich. Zuerst dachte ich daran, mir, um allen eventuellen Problemen aus dem Weg zu gehen, bestätigen zu lassen, daß es mit dem Shuffling seine Richtigkeit habe, wollte aber keine langen Erklärungen geben und ließ es. Die Unterlagen waren korrekt gewesen, und das Honorar anständig. Außerdem hatte der Alte aus Geheimhaltungsgründen den Agenten umgangen. Das Ganze zu komplizieren, bestand keine Notwendigkeit.

Hinzu kam, daß ich meinen Agenten nicht besonders mochte. Er war um die Dreißig, groß, schlank, der Typ, der glaubt, alles und jedes selbst absegnen zu müssen. Mich in die Lage zu versetzen, mit so jemandem langatmige Gespräche führen zu müssen, wollte ich nach Möglichkeit vermeiden.

Sobald die bürokratischen Angelegenheiten abgehakt waren, legte ich auf, setzte mich im Wohnzimmer aufs Sofa, machte eine Dose Bier auf und schaute mir ein Humphrey Bogart-Video an: *Key Largo – Hafen des Lasters*. Lauren Bacall in *Key Largo* – ich liebe sie. In *Tote schlafen fest* ist sie auch gut, ohne Frage, aber in *Key Largo* hat sie, scheint mir, etwas Besonderes, etwas, das in ihren anderen Filmen nicht zur Geltung kommt.

Den Blick auf den Bildschirm gerichtet, wanderten meine Augen unweigerlich zu dem Tierschädel hoch. Ich konnte mich einfach nicht wie sonst auf den Film konzentrieren und hielt das Band an der Stelle, wo der Hurrikan aufkommt, an; auf den Rest des Films verzichtete ich. Statt dessen schaute ich mir, Bier trinkend, den Schädel auf dem Fernseher an. Er kam mir, je länger ich schaute, irgendwie vertraut vor. Aber auf welche Weise vertraut, darauf konnte ich mich beim besten Willen nicht besinnen. Ich zog ein T-Shirt aus der Schublade, hängte es über den Schädel und sah mir den Rest von *Key Largo* an. Endlich konnte ich mich ganz auf Lauren Bacall konzentrieren.

Um elf Uhr verließ ich die Wohnung, lud im Supermarkt am Bahnhof an Lebensmitteln ein, was mir in die Finger kam, und kaufte dann beim Getränkehändler Rotwein, Mineralwasser und Orangensaft. In der Reinigung holte ich ein Sakko und zwei Laken ab, kaufte in der Schreibwarenhandlung einen Kugelschreiber, Umschläge und Briefpapier und im Haushaltswarengeschäft den feinsten Schleifstein, den sie hatten. Im Buchladen erstand ich zwei Zeitschriften, beim Elektrohändler Glühbirnen und Tonbandkassetten, und im Fotoladen kaufte ich einen Polaroidfilm. Dann ging ich noch zum Plattenladen und kaufte ein paar Schallplatten. Auf dem Rücksitz meines Kleinwagens drängten sich die Einkaufstüten. Die Kauflust ist mir wahrscheinlich angeboren. Emsig wie ein Eichhörnchen im November kaufe ich immer ganze Berge von Kleinkram, wenn ich in die Stadt gehe.

Mein Auto habe ich ausschließlich zum Einkaufen gekauft. Einmal hatte ich so viel eingekauft, daß ich die Tüten nicht mehr tragen konnte, da kaufte ich den Wagen eben dazu. Ich war mit den Einkaufstüten im Arm zu dem Gebrauchtwagenhändler gegangen, der mir schon ein paarmal ins Auge gefallen war. Da standen wirklich alle möglichen Arten von Autos. Ich mag Autos nicht besonders, kenne mich auch nicht aus und sagte deshalb einfach: »Geben Sie mir bitte eins, irgendeins, nur allzu groß darf es nicht sein.«

Der Herr in mittleren Jahren, der mich bediente, zog einen Katalog heraus und zeigte mir dieses und jenes, aber ich wollte mir keinen Katalog ansehen und erklärte ihm, daß ich nichts weiter wolle als einen Wagen zum Einkaufen. Ich wolle nicht auf die Autobahn, wolle kein Mädchen spazierenfahren, wolle auch nicht mit der Familie auf Reisen. Ich brauchte keine Hochleistungsmaschine, keine Klimaanlage, kein Autostereo, kein Schiebedach, keine Superbereifung. Was ich wolle, sei ein wendiger, schadstoffarmer, leiser, zuverlässiger, funktionstüchtiger Kleinwagen. Wenn er dunkelblau sei, um so besser.

Er empfahl mir einen kleinen, gelben japanischen Wagen. Die Farbe gefiel mir nicht besonders, aber er fuhr nicht schlecht und war wendig. Er sah nett aus, war, was meinem Geschmack entgegenkam, mit nichts Überflüssigem ausgestattet und, da es sich um ein Auslaufmodell handelte, billig.

»Das ist ein Auto, mehr braucht man nicht!« sagte der Herr in mittleren Jahren. »Der ganze Schnickschnack, ich sage Ihnen, die Leute sind alle verrückt.«

»Ganz meine Meinung«, sagte ich.

Auf diese Weise bin ich zu meinem Einkaufsauto gekommen. Zu anderen Zwecken benutze ich es so gut wie nie.

Nach meinen Einkäufen fuhr ich auf den Parkplatz eines nahen Restaurants, bestellte drinnen Bier, Garnelensalat und Zwiebelringe; ich aß allein und schweigend. Die Garnelen waren zu kalt und die Zwiebelringe lappig. Ich schaute mich um, sah aber niemanden, der die Kellnerin herangewunken und sich beschwert oder sein Geschirr auf dem Boden zertrümmert hätte, so daß auch ich nichts sagte und alles aufaß. Enttäuschungen kommen zustande, weil man Erwartungen hegt.

Vom Fenster aus war die Stadtautobahn zu sehen. Es fuhren Autos in allen Farben und Formen vorbei. Ich sah sie mir an und dachte dabei noch einmal an den Alten, für den ich gestern gearbeitet hatte, und an seine dicke Enkelin. Doch wie wohlwollend ich es auch betrachtete, die beiden lebten in einer verrückten Welt, die mein Begriffsvermögen bei weitem überstieg. Der idiotische Aufzug, die riesige Höhle hinten in dem Wandschrank, die Schwärzlinge, das Tonwegnehmen, das alles war einfach verrückt. Und dann hatte man mir zum Abschied auch noch einen Schädel geschenkt.

Die langweilige Pause, bis der Kaffee kam, nutzte ich dazu, mir in allen Einzelheiten das dicke Mädchen in Erinnerung zu rufen. Die viereckigen Ohrringe, das rosafarbene Kostüm, die Stöckelschuhe, die fleischigen Waden und den fleischigen Nakken, das Gesicht, all das. An diese Details konnte ich mich relativ gut erinnern, aber das Gesamtbild, das ich daraus zusammensetzte, geriet unerwartet verschwommen. Wahrscheinlich, weil ich in der letzten Zeit nicht mit einem dicken Mädchen geschlafen hatte. Deshalb konnte ich mich nicht auf den Körper einer dicken Frau besinnen.

Ich hörte auf, mir das dicke Mädchen nackt vorzustellen, bezahlte und verließ das Restaurant. Dann ging ich zu Fuß zu der öffentlichen Bücherei, die in der Nähe lag, und fragte die dünne, langhaarige junge Frau, die an der Auskunft saß: »Haben Sie etwas zu Säugetierschädeln da?«

Sie war in ein Taschenbuch vertieft, sah aber doch zu mir auf: »Bitte?« sagte sie.

»Et-was zu Säu-ge-tier-schä-deln«, wiederholte ich, jede Silbe betonend.

»Säugetierschädel,« sagte die junge Frau. Sie sang es beinahe. Es hörte sich wie ein Gedichttitel an. Wie wenn ein Dichter seinem Publikum den Titel des Gedichtes mitteilt, das er gleich rezitieren wird. Ich sann einen Moment darüber nach, ob die Frau wohl jede Anfrage auf diese Weise wiederholte.

*Die Geschichte des Puppentheaters* zum Beispiel.

Oder *Einführung in das Tai chi.*

Wie amüsant es doch wäre, wenn es Gedichte mit solchen Titeln gäbe, dachte ich.

Sie überlegte eine Weile, dabei auf der Unterlippe kauend. »Einen Augenblick bitte. Ich sehe nach«, sagte sie, drehte sich am Tisch um und tippte auf der Tastatur ihres Computers das Wort *Säugetier*. Auf dem Bildschirm erschienen zirka zwanzig Buchtitel. Zwei Drittel davon löschte sie mit dem Lichtstift. Den Rest speicherte sie ab und gab dann das Wort *Skelett* ein. Zwei von den erscheinenden sieben oder acht Titeln ließ sie stehen und fügte sie der Liste der zuvor abgespeicherten an. Wie sich doch die Bibliotheken verändert haben! Die Zeiten, als die Leihkarten in hinten in die Bücher geklebten Taschen steckten, scheinen wie ein ferner Traum. Als Kind habe ich mir immer gern die Datumsstempel auf den Leihkarten angesehen.

Während sie mit geübten Fingern die Computertastatur bediente, betrachtete ich ihren schlanken Rücken und ihr langes Haar. Ich war mir ziemlich unschlüssig, ob sie mir gefiel oder nicht. Sie war schön, freundlich, offenbar auch gescheit und sprach wie in Gedichttiteln. Es schien keinen Grund zu geben, daß sie mir nicht gefallen sollte.

Sie drückte die Kopiertaste und reichte mir den Bildschirmausdruck. »Aus diesen neun Titeln können Sie wählen«, sagte sie.

1. *Die Säugetiere.*
2. *Das Säugetier in Bildern und Graphiken.*
3. *Das Säugetierskelett.*
4. *Geschichte der Säugetiere.*
5. *Ich, das Säugetier.*
6. *Die Anatomie des Säugetiers.*
7. *Das Säugetiergehirn.*
8. *Tierskelette.*
9. *Knochengerüste erzählen.*

Auf meine Karte konnte ich drei Titel entleihen. Ich nahm die Nummern 2, 3 und 8. Die beiden Titel *Ich, das Säugetier* und *Knochengerüste erzählen* versprachen interessant zu sein, hatten aber mit dem anstehenden Problem direkt offenbar nichts zu tun, so daß ich ihre Entleihe auf ein andermal verschob.

»*Das Säugetier in Bildern und Graphiken* gehört zum Präsenzbestand, das können Sie nicht ausleihen, tut mir leid«, sagte sie und kratzte sich mit dem Kugelschreiber die Schläfe.

»Bitte«, sagte ich, »das ist eine ganz wichtige Sache. Ich bring das Buch ganz bestimmt morgen vormittag wieder zurück, ich mach keinen Ärger, könnte ich es nicht für einen Tag mitnehmen, nur einen Tag?«

»Die Bild- und Graphikserie ist beliebt, und wenn auffällt,

daß ich aus dem Präsenzbestand verliehen habe, bekomme ich von oben mächtig Druck.«

»Nur einen Tag. Das fällt doch nicht auf.«

Sie war unschlüssig. Dabei legte sie die Zungenspitze an die unteren Schneidezähne. Sie hatte eine süße, rosafarbene Zunge.

»Okay, ich geb's raus. Aber wirklich nur dieses eine Mal. Und bitte bis morgen früh, halb zehn zurückbringen!«

»Danke«, sagte ich.

»Gern geschehen«, sagte sie.

»Ich würde dir auch gern einen Gefallen tun, wie kann ich mich erkenntlich zeigen?«

»Gegenüber ist eine Eisdiele, ein 31. Kaufst du mir eins? Ein doppeltes im Hörnchen, unten Pistazie, oben Kaffee-Rum, kannst du das behalten?«

»Ein doppeltes im Hörnchen, unten Pistazie, oben Kaffee-Rum.«

Ich ging also zu dem 31 gegenüber, und sie holte unterdes von hinten meine Bücher. Als ich zurückkam, war sie noch nicht wieder da, so daß ich mit dem Hörnchen in der linken Hand vor der Auskunft verharrte. Die alten Männer, die auf der Bank saßen und Zeitung lasen, schauten mit großen Augen mal zu mir, mal zu dem Eis in meiner Hand. Das Eis war glücklicherweise sehr hart, es würde noch etwas dauern, bis es zu schmelzen begann. Wartend, mit einem Eis in der Hand, ohne es zu essen, fühlte ich mich gleichwohl merkwürdig unbehaglich, wie eine im Stich gelassene Bronzestatue.

Auf dem Schreibtisch lag wie ein eingeschlafenes Zwergkaninchen ihr angefangenes Taschenbuch, den Rücken gekrümmt. Es war der zweite Band der japanischen Übersetzung von H.G. Wells' Biographie *Der Zeitreisende*. Das Buch gehörte nicht zum Bibliotheksbestand, offensichtlich war es ihr Privatexemplar. Daneben lagen drei sauber gespitzte Bleistifte. Und sieben oder acht Büroklammern. Warum überall immer Büroklammern herumliegen mußten, war mir ein Rätsel.

Vielleicht hatten sie aus irgendeinem Grund plötzlich zu wuchern begonnen. Oder es war bloß ein Zufall, dem ich mehr Aufmerksamkeit schenkte, als ihm zukam. Nein, das war nicht normal, etwas stimmte da nicht. Wie von langer Hand geplant lagen überall, wo ich hinging, an auffälliger Stelle Büroklammern herum. Irgendwo in meinem Kopf klickte es. In der letzten Zeit klickte es ein bißchen viel. Bei dem Schädel, bei den Büroklammern. Ich hatte das Gefühl, daß da irgendein Zusammenhang bestand, aber was ein Tierschädel mit Büroklammern zu tun haben sollte, konnte ich mir beim besten Willen nicht vorstellen.

Bald darauf kam die langhaarige junge Frau mit drei Büchern im Arm zurück. Sie gab sie mir, nahm dafür das Eis, setzte sich in ihre Box und aß es, vornübergebeugt, so daß man es von außen nicht sah. Ich schaute von oben hinein; ihr ungeschützter Nacken war schön.

»Vielen Dank«, sagte sie.

»Ich danke auch«, sagte ich. »Sag mal, wozu brauchst du eigentlich die Büroklammern?«

»*Die Büroklammern*«, sang sie. »Die Büroklammern brauche ich, um Papiere zusammenzuklammern. Du weißt doch, was Büroklammern sind, oder? Überall gibt es welche, jeder benutzt sie.«

Sie hatte zweifellos recht. Ich bedankte mich, nahm meine Bücher und ging. Büroklammern gab es überall. Für tausend Yen konnte man einen ganzen Lebensvorrat Büroklammern kaufen. Ich ging zum Schreibwarenladen und kaufte für tausend Yen Büroklammern. Dann fuhr ich nach Hause.

Zu Hause räumte ich die Lebensmittel in den Kühlschrank. Das Fleisch und den Fisch wickelte ich in Folie, die Tiefkühlkost legte ich ins Gefrierfach. Das Brot und die Kaffeebohnen fror ich auch ein. Das Tōfu legte ich in eine Schüssel mit Wasser. Das Bier stellte ich in den Kühlschrank, das alte Gemüse räumte ich nach vorn. Das Sakko hängte ich in den Schrank, das Spülmittel stellte ich auf das Küchenregal. Danach verstreute ich auf dem Fernseher neben dem Schädel ein paar Büroklammern.

Eine merkwürdige Zusammenstellung.

So merkwürdig wie ein Daunenkissen mit Eiswürfeln oder ein Fläschchen Tinte mit Kopfsalat. Ich ging auf den Balkon, um es mir von weitem anzusehen, aber der Eindruck blieb der gleiche. Der Schädel und die Klammern hatten nichts gemein. Und doch mußte es irgendwo eine geheime Verbindung geben, die mir unbekannt war – beziehungsweise an die ich mich nicht erinnern konnte.

Ich setzte mich aufs Bett und starrte lange die Dinge auf dem Fernseher an. Aber ich konnte mich auf nichts besinnen. Es verging nur Zeit. Ein Rettungswagen und ein Parolen brüllender Kampfwagen der Nationalisten fuhren in der Nähe vorbei. Ich hatte Lust auf einen Whiskey, hielt mich aber zurück. Eine Weile mußte ich mit klarem Kopf denken können. Etwas später kamen die Nationalisten denselben Weg zurück. Wahrscheinlich hatten sie sich verfahren. Die Straßen in der Nachbarschaft waren ziemlich labyrinthisch.

Schließlich ließ ich es sein, stand auf, setzte mich an den Küchentisch und blätterte die Bücher durch, die ich in der Bibliothek entliehen hatte. Zuerst suchte ich alle mittelgroßen pflanzenfressenden Säugetiere heraus, dann sah ich mir die einzelnen Skelette an. Es gab wesentlich mehr mittelgroße pflanzenfressende Säugetiere, als ich gedacht hatte. Allein an Hirschen waren über dreißig Arten verzeichnet.

Ich holte den Schädel vom Fernseher, stellte ihn auf den Küchentisch und verglich ihn mit jeder einzelnen Abbildung. In einer Stunde und zwanzig Minuten verglich ich ihn mit den Abbildungen von 93 verschiedenen Tierschädeln; keine paßte zu dem Schädel auf meinem Küchentisch. Nun wußte auch ich nicht weiter. Ich klappte die drei Bücher zu, stapelte sie am Tischrand, streckte die Arme und reckte mich. Da war nichts zu machen.

Ich gab auf, legte mich aufs Bett und schaute mir ein Video an, John Fords *The Quiet Man – Der Sieger*, als es klingelte. Ich linste durchs Fischauge. Vor der Tür stand ein Mann mittleren Alters in einer Uniform der Tōkyōter Gasgesellschaft. Ich ließ die Kette, wo sie war, öffnete die Tür einen Spalt und fragte, was er wünsche.

»Gas, Routineuntersuchung«, sagte der Mann.

»Einen Augenblick«, gab ich zurück, holte das Messer vom Tisch im Schlafzimmer und schob es in die Hosentasche; dann machte ich auf. Die Gasleitungen waren erst letzten Monat auf Lecks untersucht worden. Außerdem wirkte der Mann irgendwie unnatürlich.

Ich tat jedoch völlig unbeteiligt und sah mir weiter das Video an. Mit einem Gerät, das wie ein Blutdruckmesser aussah, prüfte der Mann zuerst die Leitung im Bad, dann ging er in die Küche. Auf dem Küchentisch lag immer noch der Tierschädel. Ich ließ den Fernseher laufen und schlich zur Küche; wie ich erwartet hatte, wollte der Mann den Schädel gerade in einer schwarzen Plastiktüte verschwinden lassen. Ich klappte das Messer auf, sprang in die Küche, nahm den Mann in den Würgegriff und setzte ihm direkt unter der Nase das Messer an. Überstürzt ließ er die Plastiktüte auf den Tisch fallen.

»Ich hab's nicht böse gemeint«, rechtfertigte er sich mit zitternder Stimme. »Ich hab das Ding gesehen und wollte es haben. Es kam einfach über mich. Verzeihen Sie bitte!«

»Nichts da!« sagte ich. Ein Gasmann sieht auf einem Küchentisch einen Schädel, ihn überkommt's, er muß ihn haben – hat man so etwas schon gehört? »Sag die Wahrheit, oder ich schneid dir die Kehle durch!« sagte ich. Es klang wie die reinste Lüge, aber dem Mann kam es offenbar nicht so vor.

»Warten Sie, ich sag's, ich sag alles«, sagte er. »Man hat mir Geld gegeben, damit ich ihn stehle. Zwei Männer haben mich auf der Straße angesprochen, ob ich nicht was nebenbei verdienen wolle, und mir fünfzigtausend Yen gegeben. Wenn ich den Schädel brächte, bekäme ich noch mal fünfzigtausend. Ich wollte das gar nicht, aber einer von den beiden war ein richtiger Schrank, mit dem wollte ich mich nicht anlegen. Da hab ich's wider Willen gemacht. Bringen Sie mich nicht um, bitte! Ich habe zwei Töchter, beide auf dem Gymnasium, in der Oberstufe.«

»Beide in der Oberstufe?« fragte ich leicht beunruhigt.

»Ja, elfte und dreizehnte Klasse«, sagte der Mann.

»Soso«, sagte ich. »Welches Gymnasium?«

»Die ältere geht aufs Städtische Shimura-Gymnasium, die jüngere aufs Futaba in Yotsuya«, sagte der Mann. Diese Kombination war so unnatürlich, daß sie nur wahr sein konnte. Ich beschloß, dem Mann zu glauben.

Ich fischte ihm, vorsichtshalber das Messer weiter an seinem Hals, das Portemonnaie aus der Gesäßtasche und sah nach, was drin war. 67 000 Yen, davon 50 000 in nagelneuen Zehntausendern. Dazu ein Ausweis der Tōkyōter Gaswerke und ein Familienfoto in Farbe. Die beiden Mädchen waren im Sonntagsstaat. Schönheiten waren sie beide nicht gerade. Da sie die gleiche Pose einnahmen, war nicht zu entscheiden, welche aufs Städtische Gymnasium und welche aufs Futaba ging. Außerdem enthielt das Portemonnaie noch eine Zeitkarte für die Strecke Sugamo – Shinanomachi. Der Mann sah nicht gefährlich aus, also klappte ich das Messer zusammen und ließ ihn los.

»Okay, verschwinde!« sagte ich und gab ihm sein Portemonnaie zurück.

»Vielen Dank«, sagte der Mann. »Aber was soll denn nun werden? Ich hab das Geld genommen und komme mit leeren Händen.«

Das wüßte ich auch nicht, sagte ich. Die Semioten – höchstwahrscheinlich waren es Semioten – stellten je nach Lage alles mögliche an. Und zwar ganz bewußt, damit sich kein leicht zu durchschauendes Handlungsmuster herausschälte. Vielleicht würden sie dem Mann die Augen ausstechen. Oder ihm für seine Bemühungen danken und die restlichen fünfzigtausend geben. Da steckte man einfach nicht drin.

»Einer war ein Schrank, ja?« fragte ich.

»Ja, ein Riesenkerl. Der andere war ein Zwerg. Knapp einsfünfzig, und gut angezogen. Die beiden waren jedenfalls ein furchteinflößendes Gespann.«

Ich erklärte ihm, wie er vom Parkplatz aus zum Hinterausgang hinauskonnte. Der Hinterausgang des Hauses war ein schmaler Gang, von außen schwer zu erkennen. Mit ein bißchen Glück würden ihn die beiden nicht entdecken.

»Haben Sie vielen Dank«, sagte der Mann erleichtert. »Darf ich darauf rechnen, daß Sie auch meiner Firma nichts von der Sache sagen?«

Ich sagte, ich würde nichts sagen. Dann setzte ich den Kerl vor die Tür, schloß ab und legte die Kette vor. Anschließend hockte ich mich an den Küchentisch, legte das zusammengeklappte Messer auf den Tisch und nahm den Schädel aus dem Plastiksack. Eines immerhin war klargeworden: Die Semioten hatten es auf den Schädel abgesehen. Er mußte für sie also einige Bedeutung haben.

Zur Zeit lag ich mit den Semioten gleichauf. Ich hatte den Schädel, kannte aber seine Bedeutung nicht. Die Semioten kannten seine Bedeutung – oder vermuteten sie jedenfalls –, hatten aber den Schädel nicht. Fifty-fifty. Mir standen nun zwei Vorgehensweisen zur Wahl. Die eine war, das *System* zu kontaktieren, den Sachverhalt zu erklären und Schutz vor den Semioten anzufordern beziehungsweise den Schädel in Sicherheit bringen zu lassen. Die andere war, mich mit dem dicken Mädchen in Verbindung zu setzen und mir die Bedeutung des Schädels erklären zu lassen. In dieser Situation das *System* mit hereinzuziehen, behagte mir gar nicht. Höchstwahrscheinlich würde man mich verschiedener lästiger Nachforschungen unterziehen wollen. Große Organisationen lagen mir einfach nicht. Man war nicht flexibel, alles und jedes kostete Zeit und Mühe. Es gab einfach zu viele Dummköpfe.

Mit dem dicken Mädchen Verbindung aufzunehmen, war allerdings nicht möglich: Ich kannte die Nummer ihres Büros nicht. Ich könnte sie zwar direkt aufsuchen, aber jetzt das Haus zu verlassen, war zu gefährlich, und außerdem stand nicht zu vermuten, daß man mich in dem streng bewachten Bürogebäude einfach so vorlassen würde.

Ich beschloß also, nichts zu unternehmen.

Ich griff mir die Edelstahlzange und klopfte noch einmal leicht auf den Schädel. Das gleiche Brummen wie zuvor. Ein irgendwie trauriges Geräusch, als lebte dieses mir unbekannte Tier, als lebte es und stöhnte. Warum brachte der Schädel diesen merkwürdigen Laut hervor? Ich nahm ihn in die Hand und sah ihn mir aufmerksam an. Dann beklopfte ich ihn noch einmal leicht mit der Zange. Dasselbe Brummen, das mir aber, wenn ich genau hinhörte, von nur einer Stelle des Schädels auszugehen schien.

Ich klopfte, bis es mir schließlich gelang, die Stelle zu lokalisieren. Das Brummen kam aus einer kleinen Vertiefung in der Stirn, die einen Durchmesser von etwa zwei Zentimetern hatte. Sachte tastete ich sie mit einem Finger ab. Sie fühlte sich etwas rauher an als normaler Knochen. Als ob etwas gewaltsam herausgebrochen worden wäre. Irgend etwas – beispielsweise ein Horn ...

Ein Horn?

Wenn das zutraf, dann hielt ich den Schädel eines Einhorns in der Hand. Ich schlug noch einmal *Das Säugetier in Bildern und Graphiken* auf und suchte nach Tieren mit nur einem Horn. Es gab keine, ich konnte suchen, solange ich wollte. In Frage gekommen wäre allenfalls ein Rhinozeros, aber von der Größe und der Kopfform her konnte das nicht sein.

Ich holte Eis aus dem Kühlschrank und machte mir einen Old Crow *on the rocks* – ich mußte etwas trinken. Der Tag neigte sich seinem Ende zu, ein Whiskey schien mir angebracht. Dann aß ich Spargel aus der Dose. Ich liebe weißen Spargel. Nach dem Spargel aß ich zwei Scheiben Toastbrot, mit geräucherten Austern dazwischen. Danach trank ich noch einen Whiskey.

Aus praktischen Gründen beschloß ich, den ehemaligen Träger des Schädelknochens für ein Einhorn zu halten. Alles andere würde mich nicht weiterbringen.

ICH BIN IN DEN BESITZ EINES EINHORNSCHÄDELS GELANGT.

Na großartig, dachte ich. Warum passierten dauernd so merkwürdige Sachen? Und warum gerade mir? Ich war ein realistischer, allein arbeitender Kalkulator, weiter nichts. Ich war weder besonders ehrgeizig noch habgierig. Ich hatte keine Familie, keine Freunde, keine Geliebte. Ich war einer, der möglichst viel auf die hohe Kante legen und nach seiner Laufbahn als Kalkulator ein stilles Pensionärsdasein führen wollte, Cello lernend meinetwegen oder auch Griechisch. Warum mußte ausgerechnet ich mit solchen Albernheiten wie Einhörnern und Dephonatoren zu tun haben?

Ich trank meinen zweiten Whiskey aus, ging ins Schlafzimmer, suchte im Telefonbuch die Nummer der Stadtbücherei heraus, wählte und verlangte die Auskunft. Es dauerte zehn Sekunden, dann war die langhaarige junge Frau am Apparat.

»*Das Säugetier in Bildern und Graphiken*«, sagte ich.

»Vielen Dank für das Eis«, sagte sie.

»Gern geschehen«, sagte ich. »Ich hätte übrigens noch eine Bitte, geht das?«

»Das kommt auf die Bitte an«, sagte sie.

»Könntest du dich für mich über Einhörner kundig machen?«

»Einhörner?« wiederholte sie.

»Zuviel verlangt?«

Ein Weile blieb es ruhig. Wahrscheinlich kaute sie auf der Unterlippe.

»Was willst du denn über Einhörner wissen?«

»Alles«, sagte ich.

»Hör mal, es ist zehn vor fünf, wir machen gleich zu, dann ist immer viel los. Ich kann jetzt nicht. Warum kommst du nicht morgen früh, sobald die Bibliothek aufmacht? Dann kannst du über Einhörner oder meinetwegen Dreihörner so viel nachschlagen, wie du Lust hast.«

»Die Sache ist extrem dringend und extrem wichtig.«

»Aha«, sagte sie. »Wie extrem wichtig?«

»Die Evolution hängt davon ab«, sagte ich.

»Die Evolution?« wiederholte sie. Nun schien sie doch ein wenig erschrocken zu sein. »Die Evolution, die Zehntausende von Jahren braucht, um voranzukommen? Warum das so dringend sein soll, weiß ich nicht. Hat das nicht einen Tag Zeit?«

»Es gibt eine Evolution, die Zehntausende von Jahren braucht, und es gibt eine, die sich in nur drei Stunden entwikkelt. Am Telefon läßt sich das nicht so schnell erklären. Glaub mir bitte, die Sache ist extrem wichtig. Die weitere Entwicklung des Menschen hängt davon ab.«

»Wie in *2001: Odyssee im Weltraum*?«

»Genau«, sagte ich. *2001* hatte ich auch schon ein paarmal auf Video gesehen.

Sie sagte eine Weile nichts.

»Ich bin nicht verrückt«, sagte ich. »Ich bin mehr oder weniger exzentrisch und halsstarrig und verabscheue Selbstüberschätzung, aber verrückt bin ich nicht. Man hat mich auch schon gehaßt, aber daß ich verrückt wäre, hat noch niemand behauptet.«

»Okay, okay«, sagte sie. »Wie ein Verrückter redest du nicht gerade. Ein ganz schlechter Mensch scheinst du auch nicht zu sein, außerdem hast du mir ein Eis spendiert. Also gut, treffen wir uns heute abend um halb sieben in dem Café neben der Bücherei. Ich bring die Bücher mit. Okay?«

»So einfach ist die Sache leider nicht. Ich kann aus verschiedenen Gründen nicht aus der Wohnung.«

»Das heißt«, sagte sie und trommelte mit den Fingernägeln gegen ihre Schneidezähne. Jedenfalls hörte es sich so an. »Das heißt, du verlangst, daß ich dir die Bücher in die Wohnung bringe, ja? Oder sehe ich das falsch?«

»Nein«, sagte ich. »Aber ich verlange es nicht, ich bitte dich darum.«

»Es hängt also von meinem guten Willen ab?«

»Genau«, sagte ich. »Du glaubst nicht, was alles los ist, wirklich.«

Sie sagte lange nichts. Daß sie schwieg und nicht der Ton entfernt worden war, verriet die Musik im Hintergrund. Die Melodie von *Annie Lowly* zeigte an, daß die Öffnungszeit der Bücherei zu Ende ging.

»Ich arbeite seit fünf Jahren in der Bücherei, aber ein so unverschämter Kerl wie du ist mir noch nie untergekommen«, sagte sie. »Einer, der verlangt, daß man ihm die Bücher ins Haus liefert. Und das gleich beim ersten Mal! Findest du nicht, daß das unverschämt ist?«

»Doch«, sagte ich. Üblich war es nicht, keine Frage.

»Großartig«, sagte sie. »Wie finde ich denn zu dir?«

Ich erklärte es ihr gerne.

## Der Oberst

Sehe kaum Chancen für dich, deinen Schatten wiederzubekommen«, sagt der Oberst und schlürft seinen Kaffee. Wie die meisten Leute, die lange Jahre gewohnt waren, anderen Befehle zu geben, spricht er in strammer Haltung und mit vorgestrecktem Kinn. Doch hochmütig oder aufdringlich ist er nicht. Der lange Militärdienst hat ihm lediglich diese stramme Haltung, ein Leben nach Vorschrift und eine Unmenge Erinnerungen beschert. Als Nachbar ist der Oberst einfach ideal für mich. Er ist freundlich, sehr still und ein guter Schachspieler.

»Stimmt schon, was der Wächter gesagt hat«, fährt der alte Oberst fort. »Sowohl theoretisch als auch praktisch besteht zunächst keine Möglichkeit, deinen Schatten zurückzubekommen. Solange du hier bist, darfst du keinen Schatten haben, und verlassen kannst du diese Stadt nie mehr. Militärisch gesprochen ist das hier eine Falle. Man kann zwar hinein, aber nicht hinaus. Das heißt, solange die Mauer steht.«

»Aber ich hätte nie gedacht, den Schatten für immer zu verlieren. Ich dachte, es handelt sich um eine kurzfristige Maßnahme. Und es hat mich auch niemand darauf hingewiesen!«

»Hier weist einen niemand auf irgend etwas hin«, sagt der Oberst. »Diese Stadt läuft nach ihren eigenen ganz bestimmten Regeln. Ob jemand irgend etwas weiß oder nicht, spielt für die Stadt überhaupt keine Rolle. Traurig, aber wahr.«

»Und was wird jetzt aus dem Schatten?«

»Nichts. Der wird bloß dasein. Bis er stirbt. Hast du ihn seitdem mal zu Gesicht bekommen?«

»Nein. Ich bin zwar immer wieder hingegangen, aber der Wächter ließ mich nicht zu ihm vor. Angeblich aus Sicherheitsgründen.«

»Tja, da kann man nichts machen«, sagt der Oberst kopfschüttelnd. »Der Wächter ist für die Bewachung der Schatten zuständig, er trägt die alleinige Verantwortung. Ich kann da überhaupt nichts für dich tun. Der Wächter ist, wie du weißt, ein schwieriger Mensch, ein rauher Geselle, der hört nicht auf andere Leute. Dir bleibt nichts übrig, als geduldig zu warten, bis er es sich anders überlegt.«

»Das tue ich ja«, sage ich. »Aber was fürchtet er denn bloß?«

Der Oberst trinkt den Kaffee aus, stellt die Tasse auf den Unterteller zurück, holt ein Taschentuch aus der Tasche und wischt sich damit die Mundwinkel ab. Wie seine Kleidung sieht auch das Taschentuch ziemlich strapaziert und alt aus, aber tadellos gepflegt und sauber.

»Er fürchtet, daß du und dein Schatten wieder eins werden. Dann muß er die ganze Prozedur nämlich noch mal machen.« Und damit wendet er seine Aufmerksamkeit wieder dem Schachbrett zu. Von den Figuren und den Zugregeln her ist dieses Schachspiel ein wenig anders, als ich es gewohnt bin, und deshalb gewinnt fast immer der Alte.

»Mein Affe schlägt deinen Läufer, tut mir leid.«

»Bitte«, sage ich. Ich bewege meine Mauer und schneide dem Affen den Rückweg ab.

Der Oberst nickt ein paarmal und richtet seinen Blick wieder fest auf das Schachbrett. Die Würfel sind gefallen, sein Sieg steht so gut wie fest, trotzdem brüstet er sich nicht damit, gibt mir nicht den letzten Stoß, sondern spielt bedächtig Zug um Zug aus. Ihm geht es nicht darum, andere zu besiegen, er will seine eigenen Fähigkeiten auf die Probe stellen.

»Es ist bitter, sich von seinem Schatten zu trennen, ihn sterben zu lassen«, sagt der Alte, zieht seinen Springer seitwärts herüber und setzt ihn geschickt zwischen Mauer und König. Damit ist mein König praktisch ungedeckt. Noch drei Züge, dann bin ich schachmatt. »Das ist für jeden schwer. Auch für mich war es das. Und es ist schon ein Unterschied, ob man den Schatten als unwissendes Kind verliert, ihn sterben läßt, ohne ihn richtig zu kennen, oder im Alter – das geht einem an die

Nieren, kann ich dir sagen. Ich habe meinen Schatten sterben lassen, als ich 65 war. In dem Alter hat man schon eine ganze Menge gemeinsamer Erinnerungen.«

»Wie lange lebt denn ein Schatten noch, nachdem er abgetrennt wurde?«

»Das hängt vom Schatten ab«, sagt der Alte. »Es gibt gesunde und weniger gesunde. Aber abgetrennte Schatten können in dieser Stadt nicht sehr lange überleben. Das Klima hier ist nichts für sie. Der Winter ist lang und hart. Es gibt wohl keinen, der den nächsten Frühling noch erlebt hätte.«

Ich sehe mir die Situation auf dem Schachbrett eine Weile an und gebe schließlich auf.

»Du könntest dich noch fünf Züge dem Matt entziehen«, sagt der Oberst. »Lohnt sich das nicht? Bei fünf Zügen kann man auf einen Fehler des Gegners hoffen. Erst der letzte Zug entscheidet über Sieg oder Niederlage.«

»Ich will's versuchen.«

Während ich überlege, geht der Alte zum Fenster, schiebt mit dem Finger den dicken Vorhang ein wenig zur Seite und sieht durch diesen schmalen Spalt nach draußen.

»Das ist jetzt für dich die schlimmste Zeit hier. So ähnlich wie Zahnen. Die Milchzähne sind weg, die neuen aber noch nicht da. Du verstehst, was ich sagen will?«

»Daß mein Schatten zwar von mir getrennt, aber noch nicht tot ist?«

»Genau«, sagt der Alte und nickt. »Ich kann mich noch gut erinnern. Man hat die rechte Balance zwischen *dem, was war*, und *dem, was sein wird*, noch nicht gefunden. Man ist deshalb uneinig mit sich selbst. Aber wenn die neuen Zähne erst da sind, vergißt man die alten bald.«

»Das heißt, wenn die Seele verschwindet?«

Darauf antwortet der Alte nicht.

»Entschuldigen Sie, daß ich soviel frage«, sage ich. »Aber ich weiß fast nichts über diese Stadt. Alles verwirrt mich hier. Wie die Stadt organisiert ist, warum die hohe Mauer da ist, wieso das Vieh jeden Tag herein- und wieder herausgelassen wird, was alte Träume sind – alles ist mir ein Rätsel. Und Sie sind der einzige, den ich fragen kann!«

»Ich habe weiß Gott auch nicht alles bis ins letzte begriffen«, sagt der Alte leise. »Außerdem gibt es Dinge, die ich dir nicht einfach so erklären kann, und solche, die ich nicht erklären darf. Aber du brauchst dir wirklich keine Sorgen zu machen. In gewissem Sinne ist die Stadt gerecht. Dinge, die du unbedingt brauchst und wissen mußt, wird man dir schon vorlegen, eines nach dem anderen. Aber es ist an dir, dies alles gewissenhaft zu erlernen. Verstehst du, diese Stadt hier ist perfekt. Perfekt in dem Sinne, daß alles da ist. Doch sofern man es nicht wirklich begreift, ist nichts da. Perfektes Nichts. Merk dir das gut! Was andere Leute dir beibringen, bleibt bei ihnen – wirklich verinnerlichen kannst du nur, was du selbst gelernt hast. Und nur das wird dir weiterhelfen. Also mach die Augen auf, spitz die Ohren, gebrauche deinen Kopf und versuche den Sinn dessen, was die Stadt dir bietet, zu verstehen. Und solltest du eine Seele haben – benutze sie, solange du sie hast. Das ist alles, was ich dir raten kann.«

Wenn sich der frühere Glanz des Arbeiterviertels, wo die Bibliothekarin wohnt, in Dunkelheit verloren hat, dann steht das Beamtenviertel im Südwesten der Stadt im Begriff, seine Farbe unwiederbringlich an das dörrende Licht zu verlieren: Ausgewaschen vom Frühling, vom Sommer versengt und vom schneidenden Wind der kalten Jahreszeit verwittert. Entlang des breiten, sanften Hangs, der »Westhügel« genannt wird, stehen Reihe an Reihe weiße, zweistöckige Häuser: die Dienstwohnungen. Die Häuser waren ursprünglich für jeweils drei Familien angelegt, wobei nur die vorgebaute Eingangshalle zur gemeinschaftlichen Nutzung gedacht war. Alles ist weiß gestrichen: die Verschalungen aus Zedernholz, die Fensterrahmen, die kleinen Veranden, die Balustraden vor den Fenstern – weiß, soweit das Auge reicht. Der Westhügel bietet Weiß in allen seinen Schattierungen: von frisch gestrichenem, unnatürlich strahlendem Weiß und durch lange Sonneneinstrahlung gelbstichigem Weiß bis hin zu jenem Un-Weiß, dem Wind und Regen alles geraubt zu haben scheinen – alle diese Weißtöne finden sich überall entlang der Kieswege, rund um den Hügel. Zäune haben die Reihenhäuser nicht. Nur Blumenbeete sind vor den kleinen Veranden angelegt, zirka ein Meter schmal, länglich und sehr sorgfältig gepflegt. Im Frühling blühen dort Krokusse, Stiefmütterchen und Ringelblumen, im Herbst Kosmeen. Wenn die Blumen blühen, sehen die Gebäude auf verblüffende Weise Ruinen ähnlich.

Vor langer Zeit soll dies einmal eine »feine« Gegend gewesen sein, die wohl mit Recht so bezeichnet worden ist. Denn wenn man durch das Viertel schlendert, sind hier und dort die Geister der Vergangenheit noch zu spüren. Auf den Straßen scheinen Kinder zu spielen, man hört jemanden Klavier spielen, und der Duft von warmem Abendessen liegt in der Luft. Als hätte ich mehrere durchsichtige Türen zur Vergangenheit durchschritten, kann ich diese Erinnerungen ganz real auf der Haut spüren.

Wie der Name des Viertels schon sagt, haben hier einmal Beamte gewohnt. Keine hochrangigen und auch keine kleinen Beamten, sondern Mittelklasse, Leute, die ihren bescheidenen Lebensstil zu bewahren suchten.

Aber von diesen Leuten ist jetzt niemand mehr da. Wohin sie verschwunden sind, weiß ich nicht.

Nach ihnen kamen die pensionierten Militärs. Sie haben ihre Schatten hinter sich gelassen und fristen nun auf dem Westhügel, an dem sich die Jahreszeitenwinde austoben, ihr einsames Leben – jeder für sich, wie leere Insektenpuppen an einer lichten Wand. Sie haben nichts mehr zu bewahren. Jeweils sechs bis neun alte Militärs wohnen in einem Haus.

Vom Wächter wurde mir eine dieser Dienstwohnungen als Behausung zugewiesen. Im selben Haus wohnen außer mir und dem Oberst noch zwei Majore, zwei Oberleutnants und ein Unteroffizier. Der Unteroffizier kocht und spielt Mädchen für alles, der Oberst trifft alle Entscheidungen. Wie beim Militär. Die alten Leutchen sind alleinstehend; zwischen Kriegsvorbereitung, Krieg und Wiederaufbau, zwischen Revolution und Gegenrevolution war für Familie keine Zeit geblieben.

Gewohnheitsgemäß stehen sie früh auf und nehmen ein hastiges Frühstück ein, um sich dann auch ohne Befehl ihren täglichen Arbeiten zu widmen. Der eine kratzt mit einem Spatel die alte Farbe von irgendwelchen Hausteilen ab, ein anderer jätet im Vorgarten Unkraut, wieder einer repariert Möbel, und einer zieht einen Handkarren den Hügel hinunter, um die Lebensmittelration des Hauses abzuholen. Nachdem sie allmorgendlich ihre Arbeiten erledigt haben, versammeln sich die Alten in der Nachmittagssonne und schwelgen in ihren Erinnerungen.

Mir wurde ein nach Osten gelegenes Zimmer im ersten Stock zugewiesen. Die Aussicht ist nicht so gut, sie wird durch den Hügel davor versperrt; dennoch: ich kann ein Stück des Flusses und den Uhrturm sehen. Das Zimmer scheint lange nicht benutzt worden zu sein, die verputzten Wände sind übersät mit dunklen Flecken, die Fensterrahmen mit weißem Staub bedeckt. Ein altes Bett, ein kleiner Eßtisch und zwei Stühle. Am Fenster hängen dicke, nach Moder riechende Vorhänge. Die Dielen sind ziemlich verkratzt und knarren.

Jeden Morgen kommt der Oberst von nebenan, um mit mir zu frühstücken. Nachmittags spielen wir bei zugezogenen Vorhängen Schach. An sonnigen Nachmittagen habe ich keine andere Möglichkeit, die Zeit zu verbringen.

»Für einen jungen Menschen wie dich ist es bestimmt hart, an einem so schönen Tag im abgedunkelten Zimmer hocken zu müssen«, sagt der Oberst.

»Kann man wohl sagen.«

»Für mich ist es wunderbar, ich habe endlich einen Schachpartner. Die anderen interessiert das nämlich nicht mehr.«

»Warum haben Sie Ihren Schatten abgegeben?«

Der Alte starrt auf seine Finger, die durch den Spalt im Vorhang in Sonnenlicht getaucht sind, löst sich aber bald vom Fenster und kehrt an seinen Platz mir gegenüber am Tisch zurück. »Tja«, sagt er. »Wahrscheinlich weil ich diese Stadt so lange verteidigt habe. Ich habe wohl gedacht, wenn ich die Stadt verließe, würde mein Leben seinen Sinn verlieren. Mittlerweile ist mir das völlig egal geworden, aber ...«

»Haben Sie je bereut, den Schatten im Stich gelassen zu haben?«

»Nein. Ich habe nie etwas bereut«, sagt der Alte und schüttelt wiederholt den Kopf. »Kein einziges Mal. Ich habe nämlich nichts zu bereuen.«

Ich schlage mit der Mauer seinen Affen und schaffe mir Raum, den König zu bewegen.

»Ein guter Zug«, sagt der Alte. »Mit der Mauer schützt du dein Horn, und der König ist wieder frei. Aber ich kann jetzt meinen Springer bewegen.«

Während er über seinem nächsten Zug brütet, setze ich Wasser auf und mache frischen Kaffee. Unzählige Nachmittage werden so vorübergehen, sage ich mir. In dieser Stadt, eingeschlossen von der hohen Mauer, hast du keine Wahlmöglichkeiten mehr.

## Appetit, Enttäuschung, Leningrad

Während ich auf sie wartete, bereitete ich ein einfaches Abendessen vor. Aus geriebenen Salzpflaumen machte ich eine Salatsauce, fritierte Sardinen, Tōfu und Yamswurzeln und kochte Rindfleisch mit Sellerie. Das Ergebnis konnte sich sehen lassen. Da noch etwas Zeit war, bereitete ich noch gekochten Ingwer zu und Bohnen mit Sesamsoße; dabei trank ich eine Dose Bier. Dann legte ich mich aufs Bett, hörte alte Platten und starrte die Decke an.

Es war schon nach sieben Uhr und draußen ganz dunkel, aber sie tauchte immer noch nicht auf. Wahrscheinlich hatte sie es sich doch noch anders überlegt. Ich konnte es ihr nicht einmal verdenken. Nicht zu kommen wäre eher normal.

Ich suchte gerade eine andere Platte heraus, als es klingelte. Ich schaute durchs Fischauge: Vor der Tür stand die junge Frau von der Bibliotheksauskunft, Bücher im Arm. Ich öffnete einen Spalt, ohne die Kette zu entfernen, und fragte sie, ob noch jemand auf dem Korridor sei.

»Nein, niemand«, sagte sie.

Ich löste die Kette und ließ die Frau herein. Sofort machte ich die Tür wieder zu und schloß ab.

»Das riecht aber gut«, sagte sie und schnüffelte ein bißchen. »Darf ich mal in die Küche?«

»Bitte, bitte. Waren vor dem Haus vielleicht irgendwelche merkwürdigen Leute? Bauarbeiter vielleicht? Oder saß jemand im Auto, auf dem Parkplatz?«

»Nein, niemand«, sagte sie, legte flugs die beiden mitgebrachten Bände auf den Küchentisch, ging zum Herd und lupfte alle Deckel. »Hast du das alles gekocht?«

»Sicher«, sagte ich. »Du kannst gerne mitessen, wenn du Hunger hast. Es ist aber nichts Besonderes.«

»Was? So etwas esse ich für mein Leben gern!«

Ich trug die Gerichte auf und sah beifällig zu, wie sie eins nach dem anderen verspeiste. Wenn mit solcher Hingabe gegessen wird, macht Kochen Spaß. Ich briet auf großer Flamme Tōfu an und aß es mit geriebenem Rettich zum Whiskey. Sie sagte beim Essen kein Wort. Ich bot ihr etwas Alkoholisches an, aber sie lehnte ab.

»Könnte ich ein bißchen von dem Tōfu haben?« sagte sie. Ich schob ihr den Rest von meinem hin und trank nur noch Whiskey.

»Ich habe noch Reis und Salzpflaumen, und Misosuppe geht auch schnell«, sagte ich vorsichtshalber.

»Das wäre super«, sagte sie.

Ich machte eine schnelle Fischbrühe, gab Algen, Lauch und Miso hinzu und servierte die Suppe mit Reis und Salzpflaumen. Sie vertilgte alles in Null Komma nichts. Endlich, auf dem Tisch lagen nur noch ein paar Pflaumenkerne, stieß sie einen zufriedenen Seufzer aus: »Danke. Das hat geschmeckt!«

Noch nie hatte ich eine Frau, die so schlank und schön war wie sie, dermaßen spachteln sehen. Das war schon eine Leistung. Halb aus Anerkennung und halb aus Sprachlosigkeit schaute ich sie noch eine ganze Weile, nachdem sie mit dem Essen fertig war, einfach nur an.

»Sag mal, ißt du immer so viel?« fragte ich rundheraus.

»Klar. Ungefähr diese Menge«, sagte sie, ohne eine Miene zu verziehen.

»Und du wirst nicht dick?«

»Ich hab eine Magenerweiterung«, sagte sie. »Da kann man essen, soviel man will, ohne zuzunehmen.«

»Das geht aber ins Geld, oder?« fragte ich. Immerhin hatte sie alleine das Abendessen und dazu mein Mittagessen des nächsten Tages verspeist.

»Und wie!« sagte sie. »Fast mein ganzes Gehalt geht für Lebensmittel drauf.«

Ich bot ihr noch einmal etwas Alkoholisches an. Sie sagte, sie hätte gerne ein Bier. Ich holte Bier aus dem Kühlschrank und briet in der Pfanne versuchsweise noch zwei Handvoll Würstchen. Das schafft sie nicht mehr, dachte ich, aber ich bekam nur zwei – den Rest aß sie. Ihr grausiger Appetit fegte die Lebensmittel weg wie ein schweres Maschinengewehr einen alten Schuppen. Vor meinen Augen schwanden die Vorräte einer ganzen Woche dahin. Mit den Würstchen hatte ich eine saftige Sauerkrautplatte zubereiten wollen.

Dann setzte ich ihr fertig gekauften Kartoffelsalat vor, den ich mit Blattalgen und Thunfisch anreicherte; sie verspeiste ihn zum zweiten Bier.

»Jetzt geht's mir gut!« sagte sie. Ich hatte nur Whiskey getrunken und so gut wie nichts gegessen. Ihr fasziniert beim Essen zusehend, hatte sich bei mir kein rechter Appetit einstellen wollen.

»Zum Nachtisch hätte ich noch Schokoladentorte«, sagte ich. Die aß sie selbstverständlich auch noch. Ich koche gern, esse aber eher wie ein Spatz. Vom bloßen Zusehen kam es mir fast hoch.

Wahrscheinlich war das der Grund, daß ich keine richtige Erektion bekam. Daß ich, wenn es darauf ankam, keinen hoch kriegte, war mir seit 1964 nicht mehr passiert, dem Jahr der Olympischen Spiele in Tōkyō.

»Mach dir nichts draus, das ist wirklich nicht so schlimm«, tröstete sie mich. Nach dem Dessert hatten wir Whiskey und Bier getrunken, ein paar Schallplatten gehört und waren dann ins Bett gestiegen. Ich hatte schon mit einer Menge Frauen geschlafen, aber noch nie mit einer Bibliothekarin. Vermutlich ging sie mit mir ins Bett, weil ich sie beköstigt hatte. Allerdings bekam ich ihn, wie gesagt, einfach nicht hoch. Beim Gedanken an die Lebensmittel, die sie verschlungen hatte und die nun in ihrem Magen der Verdauung ausgesetzt waren, blieb unten alles schlapp.

Sie kuschelte ihren nackten Körper an mich und fuhr mit dem Mittelfinger immer wieder etwa zehn Zentimeter mein Brustbein auf und ab. »Das kommt bei jedem mal vor, mach dir keine Gedanken deswegen.«

Je mehr sie mich jedoch tröstete, desto heftiger setzte sich in meinem Bewußtsein die Tatsache fest, daß mein Penis nicht erigierte. Irgendwo habe ich einmal gelesen, daß der Penis im nicht erigierten Zustand ästhetischer sei als in der Erektion, aber das tröstete mich nur wenig.

»Wann hast du das letztemal mit einer Frau geschlafen?«

Ich kramte eine Weile in der Schachtel meiner Erinnerungen. »Warte mal, ja, vor zwei Wochen«, sagte ich.

»Hat es da geklappt?«

»Klar«, sagte ich. Neuerdings schien sich jedermann für mein Sexleben zu interessieren. Vielleicht war das gerade in Mode.

»Was war das für eine?«

»Ein Callgirl. Ein Mädchen, das man telefonisch bestellt.«

»Hast du, wenn du mit so einer schläfst ... hattest du dabei das Gefühl, etwas Lasterhaftes zu tun?«

»Nicht, daß ich wüßte«, sagte ich.

»Hast du in der Zwischenzeit onaniert?«

»Nein«, sagte ich. In den letzten vierzehn Tagen war ich viel zu beschäftigt gewesen, bis heute hatte ich nicht einmal Zeit gehabt, mein kostbares Sakko aus der Reinigung zu holen. Wann hätte ich da onanieren sollen?

Sie hörte sich das an und nickte voller Überzeugung: »Das wird es sein.«

»Daß ich nicht onaniert habe?«

»Unsinn, Dummkopf«, sagte sie. »Die Arbeit natürlich! Du hattest wahnsinnig viel zu tun, nicht wahr?«

»Ja, vorgestern habe ich sechsundzwanzig Stunden nicht geschlafen.«

»Was machst du denn?«

»Computerbranche«, sagte ich. Das sage ich immer, wenn man mich nach meiner Arbeit fragt. Erstens stimmt das halbwegs, und zweitens haben die meisten Leute nicht genug Ahnung von Computern, um weitere Fragen zu stellen.

»Du bist gestreßt, weil du über einen längeren Zeitraum geistige Arbeit geleistet hast, und dann klappt es vorübergehend nicht. Das ist ganz normal.«

»Aha«, sagte ich. Wahrscheinlich hatte sie recht. Meine Erschöpfung, die ganzen unnatürlichen Ereignisse der beiden letzten Tage, die mich doch etwas mitgenommen hatten, und zuletzt ihr fürchterlicher, geradezu gewalttätiger Appetit, den ich hatte mitansehen müssen, hatten mich vorübergehend impotent gemacht. Das konnte sein.

»Leg doch mal dein Ohr an meinen Bauch«, sagte sie. Und stieß die Decke bis zu den Füßen weg.

Sie hatte einen schönen, glatten, schlanken Körper, an dem kein Gramm Fett zuviel war. Auch ihre Brüste waren nicht übermäßig groß. Ich legte wie geheißen mein Ohr auf den wie Zeichenpapier flachen Teil zwischen ihren Brüsten und dem Bauchnabel. Daß ihr Bauch, der dermaßen mit Speisen vollgestopft worden war, sich dennoch nicht im geringsten wölbte, grenzte an ein Wunder. Er schien wie der habgierig alles und jedes schluckende Mantel von Harpo Marx. Ihre Haut war dünn, weich und warm.

»Hörst du etwas?« fragte sie.

Ich hielt den Atem an und lauschte. Aber außer dem gemächlichen Pulsieren ihres Blutes hörte ich nichts. Es war, als läge ich in einem stillen Wald und lauschte auf das ferne Schlagen einer Axt.

»Ich höre nichts«, sagte ich.

»Hörst du den Magen nicht arbeiten?« sagte sie. »Wie er verdaut?«

»Genau weiß ich ja nicht Bescheid, aber große Geräusche entstehen beim Verdauen, glaube ich, nicht. Die Magensäfte zersetzen, das ist alles. Ein paar peristaltische Bewegungen gibt's dabei natürlich, aber so geräuschvoll dürfte das nicht sein.«

»Kann sein, aber ich spüre ganz deutlich, daß mein Magen jetzt mächtig arbeitet. Hör noch mal genau hin.«

Ich konzentrierte mich ganz auf mein Ohr auf ihrem Bauch und betrachtete dabei halb abwesend ihren Unterbauch und das weiter vorn hochkräuselnde Schamhaar. Aber Magengeräusche irgendwelcher Art hörte ich nicht. In regelmäßigen Abständen zu hören war nur ihr Pulsschlag. In *The Enemy Below – Duell im Atlantik* gab es so eine Szene. Heimlich wie das von Curd Jürgens kommandierte U-Boot führte ihr riesiger Magen unter meinem lauschenden Ohr seine Verdauungsmanöver durch.

Ich ließ das Lauschen sein, löste meinen Kopf von ihrem Bauch, lehnte mich in die Kissen und legte ihr den Arm um die Schultern. Ihr Haar duftete.

»Hast du Tonic Water?« fragte sie.

»Im Kühlschrank«, sagte ich.

»Ich würd gern einen Wodka Tonic trinken, geht das?«

»Klar.«

»Möchtest du auch etwas?«

»Dasselbe.«

Sie ging nackt, wie sie war, in die Küche, machte zwei Wodka Tonic und kam damit wieder ins Bett.

»Wie alt bist du?« fragte sie.

»Fünfunddreißig«, sagte ich. »Single, ganz früher mal verheiratet. Keine Kinder, keine feste Freundin.«

»Ich bin neunundzwanzig. In fünf Monaten werd ich dreißig.«

Ich sah ihr noch einmal ins Gesicht. Für knapp dreißig hätte ich sie nie gehalten.

»Ich seh jünger aus, aber ich bin wirklich neunundzwanzig!« sagte sie. »Aber sag mal, bist du nicht in Wirklichkeit ein Baseballspieler oder so?«

Vor Schreck hätte ich mich beinahe mit dem Wodka Tonic besabbert, den ich gerade angesetzt hatte. »Baseball?« sagte ich. »Baseball habe ich schon seit fünfzehn Jahren nicht mehr gespielt. Wie kommst du denn darauf?«

»Ich dachte, ich hätte dich im Fernsehen gesehen. Und ich schau mir nur Baseballübertragungen und Nachrichtensendungen an. Hast du vielleicht mit Nachrichten zu tun?«

»In den Nachrichten war ich noch nie.«

»Werbefernsehen?«

»Negativ«, sagte ich.

»Dann muß das einer sein, der genauso aussieht wie du ...

Nach Computerfachmann siehst du jedenfalls nicht aus«, sagte sie. »Evolution und so weiter, Einhörner, gut und schön, aber in der Hosentasche ein Klappmesser!« Sie zeigte mit dem Finger auf meine Hose, die auf dem Boden lag. Aus der Gesäßtasche lugte das Messer hervor.

»Ich hab mit biologischer Datenverarbeitung zu tun, was Biotechnologisches. Da hängen Industrieprofite dran. In der letzten Zeit klaut jeder jedem die Daten, deswegen muß ich vorsichtig sein.«

»Aha«, sagte sie mit nicht gerade überzeugter Miene. »Lassen wir das. Reden wir statt dessen von den Einhörnern. Die waren doch der eigentliche Grund, weshalb du mich gerufen hast, nicht wahr?«

Ich nickte, nahm die leeren Gläser und stellte sie auf dem Boden ab. Sie griff sich die beiden Bücher, die am Kopfende lagen. Bei dem einen handelte es sich um Bertrand Coopers *Archäologie der Tiere*, bei dem anderen um Borges' *Book of Imaginary Beings*.

»Bevor ich herkam, habe ich die beiden Bücher quergelesen. Kurz gesagt, behandelt dieses hier (sie nahm *The Book of Imaginary Beings* in die Hand) das Einhorn als ein Phantasieprodukt, wie Drachen oder Seejungfrauen, während dieses hier (sie nahm die *Archäologie der Tiere* in die Hand) einen wissenschaftlichen Ansatz vertritt ausgehend davon, daß nicht gesagt sein müsse, daß Einhörner nie existiert haben. Über das Einhorn selbst berichten beide Bücher aber leider nur wenig. Verglichen mit den Beschreibungen von Drachen und Kobolden sogar erstaunlich wenig. Was, denke ich mir, daran liegen könnte, daß das Einhorn ein sehr stiller Vertreter ist ... Mehr war in unserer Bibliothek nicht zu holen, tut mir leid.«

»Das reicht voll und ganz. Hauptsache, ich weiß in groben Zügen Bescheid. Vielen Dank!«

Sie hielt mir die beiden Bände hin.

»Könntest du mir nicht kurz erzählen, was drinsteht?« sagte ich. »Mündlich kriegt man einen besseren Überblick.«

Sie nickte, nahm zuerst *The Book of Imaginary Beings* in die

Hand und schlug es auf. »›Was der Drache bedeutet, ist uns ebensowenig klar wie die Bedeutung des Universums‹«, las sie vor. »Das ist das Vorwort.«

»Nicht uninteressant«, sagte ich.

Dann schlug sie eine Seite ganz hinten im Buch auf, die sie mit einem Lesezeichen markiert hatte. »Was man sich zuerst merken muß, ist, daß es zwei Arten von Einhörnern gibt. Das erste ist die europäische, von Griechenland ausgehende Ausgabe, das andere ist die chinesische. Sie unterscheiden sich vom Aussehen her, und sie werden von den Leuten auch auf völlig verschiedene Weise begriffen. Die Griechen beispielsweise beschreiben das Einhorn so: ›Der Körper ähnelt dem eines Pferdes, der Kopf einem Hirsch, die Füße denen eines Elefanten, der Schwanz dem eines Ebers. Das Einhorn röhrt mit tiefer Stimme, und mitten aus seiner Stirn ragt ein drei Fuß langes, schwarzes Horn. Man sagt, es sei unmöglich, dieses Tier lebend zu fangen.‹ Das chinesische Einhorn dagegen wird so beschrieben: ›Es hat den Körper eines Hirsches, den Schwanz eines Ochsen und die Hufe eines Pferdes. Sein kurzes, aus der Stirn wachsendes Horn ist aus Fleisch. Sein Fell ist auf dem Rücken fünffarbig, der Bauch dagegen ist braun oder gelb.‹ Ein ziemlicher Unterschied, findest du nicht?«

»Doch«, sagte ich.

»Nicht nur das Aussehen, auch das Wesen des Einhorns und die Bedeutung, die man dem Tier beimißt, sind im Osten und im Westen völlig verschieden. Im Westen gilt das Einhorn als extrem wild und angriffslustig. Immerhin hat es ein drei Fuß langes Horn, das ist fast ein Meter. Laut Leonardo da Vinci gibt es nur einen Weg, ein Einhorn zu fangen, und zwar, indem man sich seine Wollust zunutze macht. Man plaziert eine Jungfrau vor das Tier, so daß es vor Wollust vergißt anzugreifen und den Kopf in den Schoß des Mädchens legt; dann kann man es fangen. Was das *Horn* bedeutet, ist dir klar, ja?«

»Ich denke schon.«

»Damit verglichen ist das chinesische Einhorn ein glückverheißendes, heiliges Tier. Es ist eines der vier Glückstiere –

neben dem Drachen, dem Phönix und der Schildkröte – und nimmt unter den 365 Erdtieren den höchsten Rang ein. Es ist von außerordentlich friedliebendem Wesen, achtet darauf, beim Laufen auch nicht das kleinste Lebewesen zu zertreten, und frißt nur verdorrtes, niemals frisches Gras. Es lebt etwa tausend Jahre, und sein Erscheinen zeigt die Geburt eines heiligen Königs an. So hat die Mutter des Konfuzius, als sie schwanger ging, ein Einhorn gesehen. ›Siebzig Jahre danach töteten Jäger ein *k'i-lin*, das um sein Horn noch immer ein Stück des Bandes trug, das Konfuzius' Mutter dort befestigt hatte. Konfuzius sah sich das Einhorn an und weinte, weil er spürte, was der Tod dieses unschuldigen, mysteriösen Tieres bedeutete, und weil in diesem Band seine Vergangenheit lag.‹ Ist das nicht interessant? Im dreizehnten Jahrhundert taucht das Einhorn noch einmal in der Geschichte Chinas auf. Ein Spähtrupp der Armee Dschingis-Khans, die die Invasion Indiens plante, traf mitten in der Wüste auf ein Einhorn. Es hatte den Kopf eines Pferdes, auf der Stirn ein einzelnes Horn, sein Fell war grün, es hatte den Körper eines Hirsches und sprach die Sprache der Menschen. Es sagte folgendes: Für euren Herrn ist die Zeit gekommen, in sein eigenes Land zurückzukehren. ›Einer der chinesischen Minister Dschingis-Khans erklärte auf Befragen, dieses Tier sei eine besondere Art *k'i-lin*, ein *chio-tuan*. »Seit vierhundert Jahren kämpft das große Heer in den westlichen Gebieten«, sagte er. »Der Himmel, der Blutvergießen verabscheut, warnt uns durch das *chio-tuan*. Verschone das Reich, um des Himmels willen. Zurückhaltung wird grenzenlose Freude bringen.« Der Kaiser ließ seine Kriegspläne fallen.‹ So unterschiedlich sieht man also im Osten und im Westen ein und dasselbe Tier. Im Osten steht es für Ruhe und Frieden, im Westen symbolisiert es Aggression und Wollust. Aber wie auch immer: Das Einhorn ist ein fiktives Tier, und gerade wegen dieser Fiktionalität konnte man ihm nach Belieben besondere Bedeutungen zukommen lassen.«

»Existieren wirklich keine einhornigen Tiere?«

»Es gibt den zu den Delphinen gehörenden Narwal, das See-

Einhorn, aber eigentlich handelt es sich dabei nicht um ein Horn, sondern um einen hoch aus dem Kopf gewachsenen Oberkieferzahn. Er ist etwa zweieinhalb Meter lang, ganz gerade und in sich spiralförmig gedreht. Der Narwal ist allerdings eine besondere Spezies von Meeressäuger, im Mittelalter dürften ihn die Menschen kaum zu Gesicht bekommen haben. Unter den mannigfaltigen Arten von Säugetieren, die im Miozän auftraten und wieder verschwanden, waren nicht wenige, die Einhörnern ähneln. Zum Beispiel hier ...« Sie nahm die *Archäologie der Tiere* in die Hand und schlug eine Seite im hinteren Drittel auf. »Zwei Arten von Wiederkäuern, die im Miozän, also vor ungefähr zwanzig Millionen Jahren, auf dem nordamerikanischen Kontinent gelebt haben sollen. Das linke Tier ist ein Synthetokerus, das rechte ein Craniokerus. Beide sind dreihörnig, aber eins der Hörner steht jeweils allein.«

Ich nahm das Buch und schaute mir die Abbildungen an. Der Synthetokerus sah aus wie eine Kreuzung zwischen einem kleinen Pferd und einem Hirsch; er hatte zwei Hörner wie ein Rind und ein weiteres langes, oben ypsilonförmig gegabeltes auf der Schnauze. Der Schädel des Craniokerus war vergleichsweise runder; er trug ein Geweih wie ein Hirsch, hatte zusätzlich aber noch ein nach hinten stehendes langes, spitzes, oben gekrümmtes Horn. Beide Tiere wirkten irgendwie grotesk.

»Tiere mit einer ungeraden Zahl von Hörnern sind aber schließlich fast alle ausgestorben«, sagte sie und nahm das Buch wieder an sich. »Tiere mit einem oder einer ungeraden Zahl von Hörnern sind, wenn wir uns einmal auf die Säuger beschränken, extrem selten, evolutionäre Anomalien oder, andersherum gesagt, Stiefkinder der Entwicklungsgeschichte. Bei anderen Gattungen als den Säugern, zum Beispiel den Sauriern, gab es zwar welche mit drei Hörnern, aber das war eine absolute Ausnahmeerscheinung. Ein Horn ist eine für sich sehr wirksame Waffe, drei braucht man einfach nicht. Stell dir eine Gabel vor: Mit der Zahl der Hörner wächst der Widerstand, das Stechen wird aufwendiger. Und wenn eines davon auf etwas Hartes stößt, kann es rein von der Mechanik her sein, daß keines sich in den Gegner bohren kann. Und wenn unser Tier es mit mehreren Angreifern zu tun hat, fällt es ihm bei drei Hörnern schwerer, einen aufzuspießen, seine Hörner wieder herauszuziehen und sich dem nächsten zuzuwenden.«

»Der Widerstand ist größer, das dauert«, sagte ich.

»Genau«, sagte sie und drückte mir mit drei Fingern auf die Brust. »Das ist der Schwachpunkt der Mehrhörner. Lehrsatz Nummer 1: Ein oder zwei Hörner sind wirkungsvoller als drei oder mehr. Nun zum Schwachpunkt der Einhörner. Das heißt, vorher sollte ich vielleicht noch kurz die Notwendigkeit der Zweihornigkeit erläutern. Zunächst ist von Vorteil, daß sie der Links-rechts-Symmetrie des tierischen Körperbaus entspricht. Das Verhaltensmuster aller Tiere basiert auf einer Links-rechts-Balance beziehungsweise auf einer entsprechenden Zweiteilung der Kräfte. Nasen, Nüstern und Rüssel haben zwei Öffnungen, und selbst der Mund funktioniert praktisch links-rechts-symmetrisch zweigeteilt. Nabel gibt es nur einen, aber das ist eine Art degeneriertes Organ.«

»Was ist mit dem Penis?« fragte ich.

»Penis und Vagina bilden *zusammen* ein Paar. Wie das Brötchen und die Wurst.«

»Aha«, sagte ich. Aha.

»Das Wichtigste sind die Augen. Da sie bei Angriff und Verteidigung den Kontrollturm bilden, sollten die Hörner am besten nahe bei den Augen stehen. Ein gutes Beispiel ist das Rhinozeros. Das Rhinozeros, im Prinzip ein Einhorn, ist extrem kurzsichtig. Die Ursache für seine Kurzsichtigkeit liegt darin, daß es nur ein Horn hat. Eine Art Mißbildung. Trotz dieses Schwachpunktes überleben konnte es, weil es ein Pflanzenfresser und weil es gepanzert ist. Die Notwendigkeit, sich zu verteidigen, besteht für es kaum. In diesem Sinne und auch vom Körperbau her ähnelt das Rhinozeros den dreihörnigen Sauriern. Das Einhorn, wie es auf Abbildungen zu sehen ist, gehört jedoch eindeutig nicht in diese Gruppe. Es ist nicht gepanzert, es ist völlig ... wie soll ich sagen ...«

»Wehrlos«, sagte ich.

»Genau. Wie ein Reh. Wenn dann noch Kurzsichtigkeit hinzukommt, das ist tödlich. Der Geruchs- und Gehörsinn können entwickelt sein, wie sie wollen, wenn dem Einhorn der Fluchtweg abgeschnitten wird, ist es aus mit ihm. Ein Einhorn anzugreifen ist deshalb ungefähr dasselbe, wie mit einem Präzisionsschrotgewehr eine fluguntaugliche Hausente zu erlegen. Ein weiterer Schwachpunkt des Einhornes ist, daß Verletzungen des Horns tödlich sind. Ohne Ersatzreifen mit dem Auto durch die Sahara, so ungefähr ist das. Verstehst du, was ich meine?«

»Ja.«

»Ein zusätzlicher Schwachpunkt liegt darin, daß das Horn nur schwer mit Wucht eingesetzt werden kann. Stell dir Schneide- und Backenzähne vor. Mit den Backenzähnen läßt sich kraftvoller zubeißen, nicht wahr? Das ist, wie ich eben schon angeschnitten habe, eine Frage der Balance der Kräfte. Man braucht schwere Extremitäten, und je mehr Kraft hineingepumpt wird, desto stabiler wird die Gesamtheit. Na? Ist dir jetzt klar, welch eine Fehlkonstruktion das Einhorn ist?«

»Völlig klar«, sagte ich. »Du kannst wirklich gut erklären.«

Sie strahlte und fuhr mir mit den Fingern über die Brust. »Aber das ist nicht alles. *Eine* Möglichkeit, der Auslöschung zu entgehen und zu überleben, ist für das Einhorn theoretisch immerhin denkbar. Das ist der wichtigste Punkt überhaupt – welcher, na, was meinst du?«

»Das Fehlen natürlicher Feinde«, sagte ich.

»Bingo«, sagte sie und gab mir einen Kuß. »Gut: Nenne mir eine Bedingung für das Fehlen natürlicher Feinde.«

»Der Lebensraum des Einhorns muß abgeschieden sein. Andere Tiere dürfen nicht eindringen können«, sagte ich. »Zum Beispiel in einem sehr hoch gelegenen Stück Land, wie in Conan Doyles *Verlorener Welt*, oder in einer tiefen Senke. Oder rings umgeben von hohen Felswänden, wie auf dem Grund eines Kraters.«

»Großartig«, sagte sie und tippte mir mit dem Zeigefinger aufs Herz. »Tatsächlich existieren Aufzeichnungen über den

Fund eines Einhornschädels, und der Fundort erfüllt genau diese Bedingungen.«

Unwillkürlich mußte ich schlucken. Ohne mein Zutun näherte ich mich dem Kern der Sache.

»Gefunden wurde der Schädel im Jahre 1917 an der russischen Front. Im September.«

»Vormonat der Oktoberrevolution, Erster Weltkrieg. Kabinett Kerenskij«, sagte ich. »Unmittelbar, bevor die Bolschewiken in Aktion traten.«

»Den Schädel fand ein russischer Soldat an der ukrainischen Front beim Ausheben eines Schützengrabens. Er hielt ihn für einen gewöhnlichen Rinder- oder Elchschädel und schmiß ihn einfach hinaus. Das wäre es gewesen, und der Schädel wäre vom Dunkel der Geschichte wieder ins Dunkel zurückgewandert, wenn nicht ein Hauptmann, der die Einheit des Soldaten hin und wieder befehligte, Doktorand der Biologie an der Universität Petrograd gewesen wäre. Der nahm den Schädel mit in die Baracken und unterzog ihn einer eingehenden Untersuchung. Und fand, daß er sich von allen Tierschädeln, die er bis dahin gesehen hatte, unterschied. Er meldete den Fund unverzüglich dem Ordinarius für Biologie der Universität Petrograd und wartete auf eine Spezialistengruppe, aber die kam nicht. Kein Wunder: Im damaligen Rußland ging es drunter und drüber, an der Front fehlte es an Nahrungsmitteln, an Munition, an Medikamenten, überall brachen Streiks aus, das war keine Situation, in der eine Gruppe von Wissenschaftlern zu Untersuchungen an die Front hätte ziehen können. Und selbst wenn, hätten sie wohl kaum die Zeit und Muße für eine gründliche Untersuchung gehabt. Die russischen Armeen erlitten nämlich eine Niederlage nach der anderen, die vorderste Linie verschob sich ständig nach hinten, und sofort rückten die Deutschen nach.«

»Was ist aus dem Hauptmann geworden?«

»Im November des Jahres hat man ihn an einem Telegraphenmast aufgehängt. Von der Ukraine bis nach Moskau stand zur Aufrechterhaltung der Nachrichtenlinie ein Mast neben dem anderen, die meisten Offiziere aus der Bourgeoisie wurden dort aufgeknüpft. Und dieser Hauptmann eben auch, obwohl er nur Student der Biologie war und mit Politik nichts zu tun hatte.«

Ich versuchte, mir das russische Flachland vorzustellen mit einem Spalier von Telegraphenmasten, an dem jeweils ein Offizier aufgeknüpft war.

»Unmittelbar bevor die bolschewistische Armee die Macht übernahm, gelang es ihm aber, den Schädel einem vertrauenswürdigen, verwundeten Soldaten, der zurückverlegt wurde, zu übergeben, mit dem Hinweis, daß ihm eine beträchtliche Belohnung winke, wenn er ihn einem gewissen Professor der Universität Petrograd aushändige. Der betreffende Soldat konnte nach seiner Entlassung aus dem Lazarett jedoch erst im Februar des nächsten Jahres die Universität aufsuchen, und die war zu diesem Zeitpunkt erst einmal geschlossen. Die Studenten übten Revolution, die meisten Professoren waren geflohen oder vertrieben, an eine Öffnung der Universität war nicht zu denken. Er beschloß also, den Schädel erst später zu Geld zu machen, gab die Schachtel mit dem Schädel seinem Schwager zur Aufbewahrung, der in Petrograd eine Sattlerei betrieb, und ging in sein ungefähr dreihundert Kilometer entferntes Heimatdorf zurück. Aus irgendeinem mir unbekannten Grund kam der Mann aber kein zweites Mal nach Petrograd, so daß der Schädel schließlich lange Zeit auf dem Speicher der Sattlerei schlummerte, von allen vergessen.

Das nächste Mal gelangte er 1935 ans Licht. Petrograd war in Leningrad umbenannt, Lenin war tot, Trotzki vertrieben, die Macht hatte Stalin. In der Stadt bewegte sich kaum noch jemand zu Pferde, der Sattler verkaufte die Hälfte seines Betriebes und richtete im verbliebenen Teil ein kleines Geschäft für Hokkey-Bedarfsartikel ein.«

»Hockey?« fragte ich. »War in der Sowjetunion der dreißiger Jahre Hockey in Mode?«

»Was weiß ich? Hier steht das so. Aber das post-revolutionäre Leningrad war ziemlich modern, warum soll man nicht Hockey gespielt haben?«

»Na, ich weiß nicht«, sagte ich.

»Jedenfalls räumte der Sattler deswegen seinen Speicher auf und öffnete die Schachtel, die sein Schwager im Jahre 1918 dagelassen hatte. Obenauf lag ein Brief an den bewußten Professor der Universität Petrograd, in dem es hieß, der Überbringer der Schachtel sei angemessen zu entlohnen. Der Sattler machte sich natürlich auf zur Universität – zur Universität Leningrad, versteht sich – und bat um einen Termin bei dem Professor. Der war aber Jude und mit dem Fall Trotzkis nach Sibirien verbannt worden. Der Sattler hatte nun niemanden mehr, der ihn entlohnen würde, sagte sich, daß er, wenn er den Schädel für die Nachwelt aufbewahrte, keinen roten Heller bekäme, suchte sich einen anderen Biologieprofessor, erzählte dem die ganze Geschichte und ließ ihm gegen ein Almosen den Schädel in der Universität.«

»Immerhin ist der Schädel nach achtzehn Jahren in der Universität angekommen«, sagte ich.

»Laß mich weitererzählen«, sagte sie. »Der Professor untersuchte den Schädel von oben und unten und vorne und hinten und kam zu demselben Ergebnis wie achtzehn Jahre zuvor der junge Hauptmann – nämlich daß er weder einem Tier einer existenten Gattung noch einem Tier einer Gattung, von der man annehmen konnte, daß sie früher existiert hat, zuzuordnen war. Die Schädelform ähnelte am ehesten der eines Hirsches, der Kiefer ließ darauf schließen, daß es sich um ein pflanzenfressendes Huftier handelte, die Backen mußten etwas voller gewesen sein als beim Hirsch. Der größte Unterschied zum Hirsch bestand allerdings fraglos in dem Horn, das aus der Mitte der Stirnpartie wuchs. Es handelte sich, kurz, um ein Einhorn.«

»Soll das heißen, das Horn war noch am Schädel?«

»Ja, das Horn war noch dran. Nicht in seiner ursprünglichen Gestalt natürlich, ein Stumpf nur. Ungefähr drei Zentimeter lang, der Rest war abgebrochen, aber der Stumpf ließ darauf schließen, heißt es, daß das Horn etwa zwanzig Zentimeter lang gewesen sein muß und ganz gerade, wie ein Antilopenhorn. Der Durchmesser an der Basis betrug, warte, zwei Zentimeter.«

»Zwei Zentimeter«, wiederholte ich. Die Delle in dem Schädel, den ich von dem Alten bekommen hatte, maß im Durchmesser genau zwei Zentimeter.

»Perow – so hieß der Professor – machte sich mit ein paar Assistenten und Doktoranden in die Ukraine auf und betrieb einen Monat lang in der Gegend, wo der junge Hauptmann ehedem Schützengräben ausgehoben hatte, Forschungen vor Ort. Auf einen ähnlichen zweiten Schädel stieß er zwar nicht, aber davon abgesehen deckte er einige interessante Tatsachen zu der Region auf. Die Gegend, ein halbhohes Hügelland, wird allgemein Woltafil-Hochland genannt und bildet im Westen der Ukraine inmitten der vielen monotonen Ebenen einen der wenigen natürlichen strategischen Punkte. Im Ersten Weltkrieg lieferten sich deshalb dort die Deutschen und Österreicher mit der russischen Armee einen zähen Kampf um jeden Meter Boden, und im Zweiten Weltkrieg wurden die Hügel von beiden Armeen derart beschossen, daß sich das Hochland topographisch fast verformte – nun ja, das war später. Was die besondere Aufmerksamkeit Professor Perows auf sich zog, war, daß die dort ausgegrabenen Tierknochen und -skelette sich von der ansonsten in der Ukraine heimischen Tierpopulation erheblich unterschieden. Er stellte deshalb die Hypothese auf, daß die Gegend in der Vorzeit kein Hochland gewesen sei, sondern Kratergestalt gehabt habe, in dessen Innerem besondere Formen von Leben existiert hätten. Das, mit einem Wort, was du als Verlorene Welt bezeichnet hast.«

»Ein Krater?«

»Genau. Ein von steilen Felswänden eingeschlossenes, kreisförmiges Hochland. Die Felsen bröckelten in Hunderttausenden von Jahren ab und formten sich zu ganz gewöhnlichen Hügeln. Und mittendrin lebte abgeschieden von der Evolution still und ohne natürliche Feinde das Einhorn. Das Hochland war reich an Quellen und die Erde war fruchtbar, die Hypothese war theoretisch durchaus begründet. Der Professor legte daraufhin der sowjetischen Akademie der Wissenschaften eine Abhandlung vor mit dem Titel *Betrachtungen zu Lebensformen im Woltafil-Hochland*, mit 63 topographischen Belegen und solchen aus Fauna und Flora sowie dem Einhornschädel. Das war im August des Jahres 1936.«

»Die Kritik war sicher vernichtend«, sagte ich.

»In der Tat. Man nahm ihn kaum ernst. Hinzu kam, daß gerade die Universität Moskau mit der Universität Leningrad eine Auseinandersetzung um die akademische Vormachtstellung ausfocht und Leningrad an Boden verlor, so daß solche sogenannten ›a-dialektischen‹ Studien in Grund und Boden gestampft wurden. Die Existenz des Einhornschädels aber konnte niemand ignorieren: Er war keine Hypothese, sondern materiell vorhanden. Also wurde er von einer Reihe von Spezialisten ein Jahr lang untersucht, bis man sich zu dem Schluß durchringen mußte, daß es sich nicht um eine Fälschung, sondern unbestreitbar um den Schädelknochen eines einhörnigen Tieres handele. Schließlich verfügte ein Ausschuß der Akademie der Wissenschaften, daß es sich um den Schädel eines mißgestalteten Hirsches handele, der evolutionsgeschichtlich nicht von Bedeutung und als Gegenstand wissenschaftlicher Forschung wertlos sei, und schickte ihn zu Händen Professor Perows an die Universität Leningrad zurück. Das war's dann.

Professor Perow harrte anschließend darauf, daß der Wind sich drehen und die Zeit kommen möge, in der seine wissenschaftlichen Ergebnisse Anerkennung fänden, aber mit dem deutschen Überfall von 1941 wurde auch diese Hoffnung zunichte gemacht. Perow starb 1943, ein enttäuschter Mann. 1941, während der Schlacht um Leningrad, ging der Schädel dann verloren. Die Universität wurde durch deutschen Beschuß und durch russische Bombardierung in Schutt und Asche gelegt, von Auffinden eines Tierschädels konnte da nicht die Rede sein. Auf diese Weise wurde das einzige Beweisstück für die Existenz von Einhörnern ausgelöscht.«

»Es gibt also keinerlei Belege mehr?«

»Außer den Fotos, nein.«

»Fotos?«

»Ja, Fotos des Schädels. Professor Perow hat beinahe hundert

Aufnahmen von dem Schädel gemacht. Ein paar haben den Krieg überdauert und sollen heute im Archiv der Universität Leningrad liegen. Hier, das ist eine davon.«

Sie reichte mir das Buch, und ich schaute mir das Foto an, auf das sie deutete. Es war ziemlich unscharf, aber die Schädelkonturen waren zu erkennen. Der Schädel lag auf einem mit einem weißen Tuch abgedeckten Tisch, daneben hatte man zum Größenvergleich eine Armbanduhr gelegt. Ein weißer, mitten auf dem Schädel aufgemalter Kreis zeigte an, wo das Horn saß. Das war ohne jeden Zweifel ein Schädel von derselben Art, wie ich ihn von dem Alten bekommen hatte. Absolut gleich – mit dem einen Unterschied, daß bei meinem der Stumpf des Hornes fehlte. Ich schaute zu dem Schädel auf dem Fernseher. Aus der Entfernung sah der mit einem T-Shirt abgedeckte Schädel wie eine schlafende Katze aus. Ich überlegte, ob ich ihr sagen sollte, daß nun ich im Besitz des Schädels sei, hielt aber schließlich den Mund. Ein Geheimnis ist um so mehr Geheimnis, je weniger Leute davon wissen.

»Ist der Schädel im Krieg wirklich zerstört worden?« fragte ich.

»Wer weiß«, sagte sie und spielte mit dem kleinen Finger an ihrem Stirnhaar. »In dem Buch heißt es, in Leningrad sei ein Stadtbezirk nach dem anderen niedergewalzt worden, so heftig seien die Kämpfe gewesen, und da der Bezirk, in dem die Universität stand, mit am schlimmsten betroffen war, lautet die wahrscheinlichste Annahme, daß der Schädel zerstört worden ist. Aber natürlich ist nicht auszuschließen, daß Professor Perow ihn vor Beginn der Schlacht beiseite geschafft und irgendwo versteckt hat oder daß die Deutschen ihn als Beutegut mitgenommen haben ... Jedenfalls hat ihn seitdem nie wieder jemand gesehen.«

Ich schaute mir noch einmal das Foto an, klappte das Buch dann zu und legte es ans Kopfende. Dann dachte ich eine Weile darüber nach, ob der Schädel in meinem Besitz wirklich identisch war mit dem, den man in der Universität Leningrad aufbewahrt hatte, oder ob es sich um einen woanders ausgegrabenen Schädel eines anderen Einhorns handelte. Das Einfachste wäre, direkt den Alten zu fragen. Wie er in den Besitz des Schädels gekommen sei und warum er ihn mir geschenkt habe. Ich würde ihn ohnehin noch einmal aufsuchen müssen, um ihm die geshuffelten Daten zu bringen, dann könnte ich ihn fragen. Bis dahin hatte es wenig Zweck, sich den Kopf zu zerbrechen.

Während ich so grübelte und die Decke anstarrte, legte sie den Kopf auf meine Brust und kuschelte sich an mich. Ich legte meinen Arm um sie. Nachdem das Kapitel Einhorn fürs erste abgeschlossen war, ging es mir ein wenig besser; auf meinen Penis übertrug sich diese Stimmung allerdings nicht. Die Bibliothekarin aber schien es wenig zu kümmern, ob mein Penis erigiert war oder nicht, und malte mit den Fingern allerlei bizarre Muster auf meinen Bauch.

## Die Mauer

Als ich an einem bewölkten Nachmittag unten bei der Hütte des Wächters ankomme, ist mein Schatten gerade dabei, dem Wächter bei der Reparatur eines Karrens zu helfen. Sie haben den Wagen auf den Platz geschoben, die alten Bretter aus Boden und Seiten herausgenommen und ersetzen sie nun durch neue. Mit geübten Händen hobelt der Wächter die Bretter, während der Schatten sie mit einem Hammer festnagelt. Sein Zustand hat sich anscheinend kaum verändert, seit ich mich von ihm getrennt habe. Körperlich scheint es ihm nicht unbedingt schlecht zu gehen, aber seine Bewegungen wirken irgendwie steif, und um die Augen haben sich Falten des Mißmuts gebildet.

Als ich näher komme, halten die beiden inne und sehen auf.

»Was gibt's?« fragt der Wächter.

»Ich möchte kurz mit Ihnen reden«, sage ich.

»Ich bin bald fertig, geh schon mal rein, ich komme gleich«, sagt der Wächter mit Blick auf das Brett, das er gerade unter dem Hobel hat. Der Schatten sieht mich noch einmal flüchtig an, wendet sich aber sofort wieder seiner Arbeit zu. Er scheint stinksauer auf mich zu sein.

Ich gehe in die Hütte, setze mich an den Tisch und warte auf den Wächter. Auf dem Tisch herrscht wie immer Unordnung. Der Wächter räumt ihn nur ab, wenn er seine Messer schleifen will. Schmutzige Teller und Tassen, eine Pfeife, Kaffeemehl und Hobelspäne – alles ein einziges Durcheinander. Nur die Messer auf dem Regal an der Wand liegen fein säuberlich in Reih und Glied.

Der Wächter läßt auf sich warten. Ich stütze die Ellbogen auf die Rückenlehne und starre gelangweilt an die Decke. In dieser

Stadt hat man ständig zu viel Zeit. Nervend ist das. Unweigerlich entwickelt man seine ganz speziellen Methoden, sie totzuschlagen.

Draußen hobelt und hämmert es die ganze Zeit weiter.

Endlich geht die Tür auf – aber herein kommt nicht der Wächter, sondern mein Schatten.

»Ich hab nicht viel Zeit«, sagt er im Vorbeigehen. »Ich soll Nägel aus dem Lager holen.«

Er verschwindet rechts hinter einer Tür am Ende des Raums und holt ein Kistchen Nägel.

»Hör gut zu«, sagt er und prüft dabei die Länge der Nägel in dem Kistchen. »Erstens: Du zeichnest eine Karte dieser Stadt. Und zwar nicht nach Angaben Dritter, du gehst selbst durch die Stadt und zeichnest nur das ein, was du mit eigenen Augen gesehen hast. Alles – du darfst nichts weglassen, nicht die kleinste Kleinigkeit.«

»Das dauert aber«, sage ich.

»Herbstende reicht, bis dahin bringst du sie mir«, sagt der Schatten schnell. »Zweitens will ich schriftliche Erläuterungen dazu. Besonders genau untersuchen sollst du den Verlauf der Mauer, Ostwald und Ein- und Austrittsstelle des Flusses. Das ist alles. Verstanden?«

Damit verschwindet er auch schon durch die Tür, ohne mich ein einziges Mal anzusehen. Als er weg ist, rekapituliere ich langsam, was er gesagt hat. Verlauf der Mauer, Ostwald, Ein- und Austrittsstelle des Flusses. Gar keine schlechte Idee, eine Karte anzufertigen. Ich kann die grobe Anlage der Stadt kennenlernen und zudem noch meine überschüssige Zeit sinnvoll nutzen. Aber am glücklichsten bin ich darüber, daß der Schatten mir noch vertraut.

Der Wächter kommt wenig später. Er wischt sich erst einmal mit einem Handtuch den Schweiß ab und den Schmutz von den Händen. Dann läßt er sich in einen Stuhl mir gegenüber fallen.

»Also, was gibt's?«

»Ich möchte den Schatten besuchen.«

Der Wächter nickt ein paarmal, stopft seine Pfeife und zündet sie mit einem Streichholz an.

»Das geht jetzt noch nicht«, sagt er. »Tut mit leid, aber es ist zu früh. Er ist noch zu stark. Warte, bis die Tage kürzer werden. Das kann nicht schaden.« Dabei bricht er das abgebrannte Streichholz entzwei und wirft es in einen Teller auf dem Tisch. »Auch für dich ist es besser so, glaub mir. Dem Schatten jetzt zwischendurch allzu freundlich zu kommen, gibt nichts als Ärger. Ich hab das schon so oft erlebt. Ich meine es nur gut mit dir, gedulde dich noch ein bißchen.«

Ich nicke nur und sage nichts. Er würde sowieso nicht auf mich hören, und ich habe mich schließlich schon mit dem Schatten kurzgeschlossen. Jetzt kann ich ruhig abwarten, bis der Wächter mir eine neue Gelegenheit gibt.

Er erhebt sich von seinem Stuhl, geht zur Spüle und trinkt Wasser aus einer großen Porzellantasse, die er einige Male nachfüllt.

»Wie steht's mit der Arbeit – gut?«

»Es geht. Langsam gewöhne ich mich ein.«

»Na siehst du«, sagt der Wächter. »Ordentlich arbeiten, das ist die Hauptsache. Leute, die nicht in der Lage sind, ihre Arbeit zu machen, kommen nur auf dumme Gedanken.«

Ich höre, wie mein Schatten draußen weiter Nägel einschlägt.

»Komm, wir gehen ein bißchen spazieren«, sagt der Wächter. »Ich zeig dir was.«

Ich folge ihm hinaus. Draußen auf dem Platz sitzt mein Schatten gerade auf dem Wagen und nagelt die letzte Seitenplanke an. Bis auf Achsen und Räder ist der Karren jetzt nagelneu.

Der Wächter überquert den Platz und führt mich bis unterhalb eines der Hochsitze an der Mauer. Es ist ein schwüler, düster bewölkter Nachmittag. Am Himmel über der Mauer hängen dunkle Wolken, die von Westen her aufgekommen sind; jeden Moment kann es regnen. Klatschnaß vor Schweiß klebt das Hemd des Wächters an seinem gewaltigen Körper und stinkt zum Himmel.

»Das nenn ich eine Mauer!« sagt der Wächter, mit der Hand ein paarmal daraufklopfend, als tätschele er ein Pferd. »Sieben Meter hoch, umschließt die ganze Stadt. Nur die Vögel können sie überwinden. Kein Ein- und Ausgang außer dem Tor hier. Früher gab es noch ein Osttor, aber das ist jetzt zugemauert. Sie ist aus Ziegelsteinen, aber was für welchen – sieh sie dir an! Nichts und niemand schafft es, sie zu durchbrechen oder auch nur anzukratzen. Keine Kanone, nicht einmal ein Erdbeben oder ein Orkan!«

Während er das sagt, hebt er ein Stück Holz vom Boden auf und fängt an, es mit dem Messer zu bearbeiten. Das Messer gleitet fast spielerisch durch das Holz, und bald ist ein kleiner Keil daraus geworden.

»Sieh dir das an«, sagt der Wächter. »Fugen gibt es zwischen den einzelnen Steinen nicht – diese Ziegel haben so was nämlich nicht nötig. Sie sind so genau eingepaßt, daß nicht einmal ein Haar dazwischen Platz finden würde.« Mit dem scharf zugespitzten Keil fährt der Wächter die Trennlinien zwischen den Steinen entlang, die Keilspitze läßt sich aber keinen Mikrometer hineinschieben. Er wirft den Keil weg und kratzt als nächstes mit dem Messer an der Oberfläche der Ziegel. Nicht das kleinste Schrämmchen bleibt zurück, nur ein unangenehmes Kratzen in den Ohren. Der Wächter untersucht die Spitze seines Messers und steckt es dann in Scheide und Tasche zurück.

»Nichts und niemand kann die Mauer auch nur ankratzen. Hinaufzusteigen schafft auch niemand. Und warum? Weil die Mauer perfekt ist. Merk dir das gut. Hier kommt niemand raus. Dumme Gedanken kannst du dir sparen.«

Dann legt er mir seine gewaltige Hand auf die Schulter.

»Ich weiß doch auch, daß es hart für dich ist. Aber schließlich haben das alle mal durchgemacht. Auch du mußt da durch. Aber danach kommt die Erlösung. Kein Grübeln, kein Zweifeln und kein Leiden mehr – alles das ist von einem Augenblick auf den anderen verschwunden, völlig wertlos. Ich meine es nur gut mit dir, vergiß den Schatten. Hier ist das Ende der Welt. Hier endet die Welt, kein Weg führt mehr weiter. Auch du kannst nirgendwo anders mehr hin.« Dabei klopft er mir noch einmal auf die Schulter.

Auf dem Rückweg lehne ich mich ungefähr in der Mitte der Alten Brücke an das Geländer, blicke auf den Fluß und denke darüber nach, was der Wächter gesagt hat.

Das Ende der Welt.

Aber warum sollte ich der alten Welt den Rücken gekehrt haben und zum Ende der Welt gekommen sein? Ich kann mich beim besten Willen nicht an die Umstände erinnern, an keinen Sinn und keinen Zweck. Irgend etwas, irgendeine Macht hat mich hierhin gelotst. Irgendeine unsinnige, starke Macht. Für sie habe ich meinen Schatten und meine Erinnerungen verloren und stehe jetzt im Begriff, meine Seele zu verlieren.

Unter mir plätschert der Fluß munter vor sich hin. Die Weiden auf der Sandbank lassen ihre Zweige ins Wasser hängen und gemütlich von der Strömung wiegen. Das Wasser ist rein und klar. An einer stockenden Stelle bei einem Felsbrocken kann man Fische sehen. Indem ich dem Treiben des Flusses so zusehe, bekomme ich meine innere Ruhe zurück. Das funktioniert immer.

Von der Brücke aus führen Treppen zur Sandbank hinunter. Im Schatten der Weiden steht eine Bank, bei der immer ein paar Tiere liegen und dösen. Ich steige oft hinunter und füttere sie mit Brotstückchen, die ich in meine Hosentaschen gestopft habe. Erst sind die Tiere etwas scheu, dann recken sie rasch ihre Hälse und fressen mir die Brotkrumen aus der Hand. Es sind immer nur die ganz alten oder die ganz jungen Tiere, die mir aus der Hand fressen.

Je weiter der Herbst fortschreitet, erfüllt eine Art Traurigkeit ihre Augen, die an tiefe Seen erinnern. Das verfärbte Laub, die welken Gräser kündigen den Tieren die Zeit des langen, harten Hungers an. Und wie der Alte vorausgesagt hat, wird dies wohl auch für mich eine lange, harte Zeit werden.

## Ankleiden, Chaos

Als die Zeiger der Uhr halb zehn zeigten, stand sie auf, sammelte die auf dem Boden verstreuten Kleider zusammen und zog sich in aller Ruhe an. Ich lag im Bett, einen Ellbogen aufgestützt, und sah ihr dabei aus den Augenwinkeln zu. Ohne jede überflüssige Bewegung und geschmeidig wie ein schlanker Wintervogel legte sie ein Kleidungsstück nach dem anderen an, ruhig, still. Sie zog den Reißverschluß des Rockes hoch, knöpfte sich von oben nach unten langsam die Bluse zu, setzte sich schließlich auf die Bettkante und streifte die Strümpfe über. Dann küßte sie mich auf die Wange. Frauen, die sich auf faszinierende Weise ausziehen, gibt es viele; Frauen, die sich auf faszinierende Weise anziehen, sind seltener. Als sie fertig angezogen war und mit dem Handrücken ihr langes Haar nach hinten strich, schien die Atmosphäre im Zimmer verändert.

»Vielen Dank für das Essen«, sagte sie.

»Gern geschehen«, sagte ich.

»Kochst du immer so viel für dich?« fragte sie.

»Wenn ich nicht zuviel zu tun habe«, sagte ich. »Wenn ich viel zu tun habe, koche ich nicht. Dann esse ich Reste oder gehe ins Restaurant.«

Sie setzte sich auf einen Küchenstuhl, nahm die Zigaretten aus ihrer Handtasche und zündete sich eine an. »Ich koche fast nie für mich. Ich koche nicht gerne, und außerdem wird mir schon schlecht, wenn ich nur daran denke, abends kurz vor sieben nach Hause zu kommen, jede Menge zu kochen und dann restlos alles wegzuputzen. Dann kommt's einem so vor, als ob man nur für's Essen lebt, findest du nicht?«

Ich sagte, da wäre was dran.

Während ich mich ankleidete, zog sie ein Notizbuch aus ihrer Tasche, schrieb mit einem Kugelschreiber etwas hinein, riß das

Blatt heraus und gab es mir. »Meine Telefonnummer«, sagte sie. »Wenn du dich mit mir treffen möchtest oder etwas zu essen übrig hast, ruf mich an. Ich komme dann.«

Als sie mit den drei ausgeliehenen Säugetierbüchern unterm Arm verschwunden war, kam es mir merkwürdig still in der Wohnung vor, unangenehm still. Ich stellte mich vor den Fernseher, nahm das T-Shirt ab und sah mir noch einmal den Einhornschädel an. Und mir schien, obwohl es nicht den geringsten Beleg dafür gab, daß mein Einhornschädel eben jener rätselhafte Schädel war, den der unglückselige junge Infanteriehauptmann an der ukrainischen Front aufgelesen hatte. Je länger ich ihn ansah, desto deutlicher glaubte ich eine Art Karma wahrzunehmen, das ihn umgab. Da ich gerade erst die Geschichte gehört hatte, bildete ich mir das vielleicht auch nur ein. Ohne besonderen Vorsatz griff ich nach der Stahlzange und klopfte damit sachte auf den Schädel.

Danach spülte ich das Geschirr und die Gläser und wischte den Küchentisch ab. Langsam war es Zeit für das Shuffling. Um nicht gestört zu werden, stellte ich den Anrufbeantworter an, unterbrach die Leitung der Türklingel und löschte bis auf die Stehlampe in der Küche alles Licht in der Wohnung. Für mindestens zwei Stunden mußte ich mich voll und ganz auf das Shuffling konzentrieren.

Mein Shuffling-Paßwort lautet »Das Ende der Welt«. Auf der Basis eines »Das Ende der Welt« betitelten, höchst individualistisch zugeschnittenen Schauspiels ordne ich die gewaschenen Daten computerberechenbar neu an. Mit »Schauspiel« ist natürlich etwas völlig anderes gemeint als das, was man im Fernsehen oder auf der Bühne sieht. Alles geht durcheinander, einen roten Faden gibt es nicht. Die Bezeichnung »Schauspiel« ist nichts weiter als eine Hilfsbenennung, aus praktischen Gründen. Um was es in dem Stück geht, weiß ich nicht, man hat es mir nicht mitgeteilt. Ich kenne lediglich den Titel: »Das Ende der Welt«. Sonst nichts.

Determiniert wurde das Schauspiel von Wissenschaftlern des

*Systems*. Nach einem Jahr vorbereitenden Trainings wurde ich nach Bestehen der letzten Kalkulatorprüfung für zwei Wochen eingefroren. In dieser Zeit untersuchte man alle meine Gehirnwellen, extrahierte etwas, das man als Bewußtseinsnukleus bezeichnen könnte, bestimmte ihn als Paß-Schauspiel fürs Shuffling und pflanzte ihn mir wieder ins Gehirn ein. Man sagte mir, der Titel des Schauspiels laute »Das Ende der Welt«, und das sei mein Paßwort fürs Shuffling. Mein Bewußtsein ist also vollständig doppelstrukturiert. Zum einen existiert die Gesamtheit des Bewußtseins als Chaos, und zum anderen, darin eingebettet wie der Kern einer Salzpflaume, der Bewußtseinsnukleus, das komprimierte, zusammengefaßte Chaos.

Den Inhalt des Bewußtseinsnukleus teilte man mir jedoch nicht mit.

»Den brauchen Sie nicht zu kennen«, erklärte man. »Bei Bedarf können Sie den Nukleus abrufen. Denn das Paß-Schauspiel ›Das Ende der Welt‹ sind Sie selbst. Den Inhalt des Stückes können Sie aber nicht in Erfahrung bringen. Alles spielt sich im Meer des Chaos ab. Sie tauchen mit leeren Händen in das Chaos ein, und Sie tauchen mit leeren Händen wieder daraus hervor. Genau diese Bewußtseinslosigkeit brauchen wir. Verstehen Sie?«

»Ich denke schon«, sagte ich.

Dann brachten sie mir das Shuffling bei. Durchzuführen sei es allein, nachts, mit nicht zu vollem und nicht zu leerem Magen. Dreimal sei ein festgelegtes Tonmuster abzuhören. Auf diese Weise könne ich »Das Ende der Welt« abrufen. Sobald es abgerufen werde, ginge mein Bewußtsein im Chaos unter. Inmitten dieses Chaos würde ich die Daten shuffeln. Mit Beendigung des Shuffling würde »Das Ende der Welt« abgebrochen und mein Bewußtsein träte wieder aus dem Chaos heraus. Damit sei das Shuffling vollzogen, ich würde mich an nichts erinnern. Beim Re-Shuffling liefe der Prozeß schlicht umgekehrt. Zum Re-Shuffling sei das Re-Shuffling-Tonmuster abzuhören.

Das war das Programm, das man mir eingegeben hatte. Ich

fungierte lediglich als Tunnel zum Unbewußten. Alles ging nur durch mich hindurch. Beim Shuffling fühlte ich mich deshalb immer ungeheuer verletzlich und unsicher. Beim Datenwaschen war das anders. Das Datenwaschen war mühsam und aufwendig, aber ich konnte dabei stolz sein auf mich, denn es verlangte den konzentrierten Einsatz all meines Könnens.

Das Shuffling dagegen hatte mit Können oder Stolz nicht das geringste zu tun. Ich wurde nur benutzt. Jemand benutzte mein Bewußtsein, das ich nicht kannte, um damit, ohne daß ich es wahrnahm, irgend etwas zu verarbeiten. Beim Shuffling konnte ich mich, schien mir, eigentlich nicht mehr als Kalkulator bezeichnen.

Doch mir stand es natürlich nicht zu, die Berechnungsmethode zu wählen, die ich bevorzugte. Man hatte mir zwei Lizenzen erteilt, eine fürs Datenwaschen und eine fürs Shuffling, und wie die Arbeit auszuführen war, wurde mir von oben vorgegeben. Wenn mir das nicht paßte, mußte ich den Beruf wechseln. Das hatte ich jedoch nicht vor. Es gab, wenn man sich nicht gerade mit dem *System* anlegte, kaum einen anderen Beruf, wo man allein und frei sein Können entfalten konnte, und die Bezahlung stimmte auch. In fünfzehn Jahren ließ sich genug zurücklegen, um anschließend ein sorgenfreies Leben führen zu können. Dafür hatte ich immer wieder an Tests teilgenommen, deren Durchfallquote einen zur Verzweiflung treiben konnte, und sie schließlich geschafft, dafür hatte ich das harte Training durchgestanden.

Alkohol stört beim Shuffling nicht, eine gewisse Menge wird zum Abbau von Spannungen sogar empfohlen, aber ich persönlich achte immer darauf, vorher völlig nüchtern zu sein. Zudem war, da ich seit dem »Einfrieren« dieser Kodiermethode über zwei Monate nicht mehr geshuffelt hatte, besondere Vorsicht geboten. Ich duschte kalt, betrieb eine Viertelstunde intensiv Gymnastik und trank dann zwei Tassen schwarzen Kaffee. Das reicht in der Regel, um den Restalkohol abzubauen.

Danach öffnete ich den Tresor, entnahm ihm die Seiten mit den getippten Zahlenwerten sowie ein kleinformatiges Tonbandgerät und legte alles auf den Küchentisch. Dann legte ich fünf säuberlich gespitzte Bleistifte und ein Notizbuch zurecht und setzte mich an den Tisch.

Zunächst stellte ich das Tonbandgerät ein. Ich setzte den Kopfhörer auf, ließ den Zähler auf 16 vorlaufen, dann zurück auf 9, dann wieder vor auf 26. Nach zehnsekundigem Arretieren erlosch die Zählerzahl, und der Signalton setzte ein. Bei jedem anderen Vorgehen würde der aufgenommene Ton automatisch gelöscht.

Nach Beendigung dieser Prozedur legte ich rechterhand das neue Notizheft zurecht und linkerhand die gewaschenen Zahlenwerte. Damit waren die Vorbereitungen beendet. An der Wohnungstür und an allen Fenstern, die eine Einstiegsmöglichkeit boten, zeigte ein Rotlicht an, daß das Warnsystem auf ON stand. Alles in Ordnung, kein Fehler. Ich streckte den Arm aus und drückte auf PLAY; der Signalton setzte ein, sachte und lau kam das Chaos und sog mich in sich auf.

[Mich]

saugt auf —— endlich          Chaos ——→

Der Signalton, end

## Die Karte vom Ende der Welt

Am Tag nach dem Gespräch mit dem Schatten mache ich mich gleich daran, die Karte zu erstellen.

In der Abenddämmerung steige ich zunächst auf den Gipfel des Westhügels und schaue mir das Panorama an. Aber der Hügel ist nicht hoch genug, um die ganze Stadt überblicken zu können, und meine Sehkraft hat sich doch ziemlich verschlechtert; es ist mir unmöglich, den genauen Verlauf der Mauer auszumachen. Ich kann nur die ungefähren Ausmaße der Stadt abschätzen.

Sie ist weder besonders groß noch besonders klein. Das heißt, sie ist weder groß genug, meine Vorstellungskraft und Auffassungsgabe zu übersteigen, noch klein genug, um sie mit einem Blick erfassen zu können. Das ist die ganze Erkenntnis, die mir der Ausflug auf den Westhügel einbringt. Die hohe Mauer schließt die Stadt vollständig ein, der Fluß teilt sie in eine Nord- und eine Südhälfte. Das Abendlicht färbt den Fluß dunkelgrau. Schließlich ertönt das Horn, und das Trommeln der Hufe begräbt alles unter sich, wie Schaum.

Um den genauen Verlauf der Mauer festzustellen, bleibt mir also nichts anderes übrig, als sie zu Fuß abzugehen. Doch das ist keinesfalls so einfach. Ich kann das Haus nur an stark bewölkten Tagen oder abends verlassen und muß gehörig aufpassen, wenn ich in Gegenden will, die weit vom Westhügel entfernt liegen. Es kann vorkommen, daß es plötzlich aufklart, wenn ich am Ziel angekommen bin, oder umgekehrt, daß es in Strömen zu regnen beginnt. Deshalb habe ich den Oberst gebeten, für mich allmorgendlich die Wetterlage zu prüfen. Seine Vorhersage trifft in der Regel zu.

»Habe ja nichts anderes als das Wetter, über das ich mir Gedanken machen könnte«, sagt der Oberst nicht ohne Stolz.

»Man versteht schon ein wenig davon, wenn man Tag für Tag die Bewegung der Wolken verfolgt.«

Aber selbst er kann plötzliche Schwankungen der Wetterlage nicht voraussehen, und meine Ausflüge in weiter entfernte Gebiete sind und bleiben gefährlich.

Dickes Gestrüpp, Gehölz oder Felsen machen es mir außerdem oft unmöglich, direkt an der Mauer entlangzugehen und alles genau zu inspizieren. Die Häuser konzentrieren sich um das Zentrum der Stadt entlang des Flusses, und sobald man dieses Wohngebiet verläßt, wird es schon schwierig, überhaupt Wege zu finden. Selbst Trampelpfade, durch die ich mich gerade eben hindurchzwängen kann, enden oft plötzlich in dichtem Dornengestrüpp, so daß ich mühsame Umwege machen oder auf demselben Weg wieder umkehren muß.

Ich beschließe, meine Erkundungen am Westende der Stadt zu beginnen, das heißt in der Gegend um das Westtor, wo die Hütte des Wächters steht, und mich dann im Uhrzeigersinn um die ganze Stadt vorzuarbeiten. Zunächst läuft alles glatt, viel einfacher, als ich gedacht habe. Vom Stadttor in Richtung Norden erstrecken sich entlang der Mauer weite, flache Felder mit dichtem, hüfthohem Gras, durch das sich, wie fein säuberlich hineingestickt, Wege ziehen. Keine nennenswerten Hindernisse also. In den Feldern bauen Vögel, allem Anschein nach Lerchen, ihre Nester. Manchmal fliegen sie auf, kreisen Futter suchend am Himmel und kehren schließlich an ihren Nistplatz zurück. Ein paar Einhörner sind auch da, aber nicht viele. Man sieht von ihnen nur Kopf und Rücken. Auf der Suche nach frischen, grünen Sprossen bewegen sie sich langsam durch die Felder, als trieben sie auf Wasser.

Als ich eine Weile gelaufen bin und die Mauer eine Rechtskrümmung macht, kommen in südlicher Richtung die alten, verfallenen Kasernen in Sicht. Schmucklos-schlichte zweistökkige Gebäude, jeweils drei in einer Reihe. Etwas weiter weg steht noch eine Gruppe von Häusern, etwas kleiner als die im Beamtenviertel – wahrscheinlich die Wohnungen der Offiziere. Die Häuser sind von niedrigen Steinmäuerchen eingefaßt, dazwischen stehen Bäume. Doch mittlerweile ist alles von hohem Gras überwuchert, niemand ist zu sehen. Offenbar haben hier früher die pensionierten Militärs des Beamtenviertels gelebt. Und dann muß irgend etwas passiert sein, was sie in die Dienstwohnungen am Westhügel hat ziehen lassen und die Kasernen dem Verfall preisgab. Die weiten Felder sind anscheinend die ehemaligen Manöver- und Exerzierplätze, denn im Gras kann man hier und da noch die Überreste eines Schützengrabens oder den Steinsockel für einen Fahnenmast entdecken.

Ich arbeite mich immer weiter nach Osten vor, und schließlich gehen die ebenen Felder in Wald über. Zuerst wächst zwischen den Gräsern nur hier und da einmal ein Strauch, doch bald wird regelrechtes Gehölz daraus. Es sind zumeist Büsche, deren dünne Stämme ineinander verschlungen hochwachsen, um dann in Schulter- oder Kopfhöhe auszuschlagen. Der Boden ist überwuchert mit den verschiedensten Gewächsen, hier und da lugt die Fingerspitze eines farblosen Blümchens hervor. Dann beginnt allmählich der Wald, wird das Gelände ausgesprochen unwirtlich. Zwischen den Büschen stehen jetzt meterhohe Bäume unterschiedlichster Art. Außer dem gelegentlichen Zwischern eines Vögelchens, das von Zweig zu Zweig fliegt, höre ich keinen Ton.

Mit winzigen Schritten bahne ich mir meinen Weg, aber das Gehölz wird dichter und dichter, über meinem Kopf ist alles hoch verästelt zugewachsen, weshalb mir die Sicht versperrt ist und ich dem Verlauf der Mauer nicht mehr folgen kann. Ich gebe auf, nehme einen nach Süden abgehenden Pfad zurück in die Stadt, überquere die Alte Brücke und gehe nach Hause.

Jetzt ist es schon Herbst, aber mehr als äußerst primitive Umrisse bringe ich nicht aufs Papier. Die Topographie der Stadt läßt sich grob als Oval beschreiben, das sich von West nach Ost erstreckt, mit Erhebungen im Norden und Süden, dem Nordwald und dem Südhügel. Der östliche Hang des Südhügels besteht aus grobem, felsigem Gelände, das weit zur Mauer hin ausläuft und einen guten Abschnitt ihrer unmittelbaren Umgebung bildet. Im Osten der Stadt liegt zu beiden Seiten des Flusses ein großer Wald, im Vergleich zum Nordwald finster, rauh und unwegsam. Lediglich ein Weg führt hindurch, den Fluß entlang zum Osttor – zumindest dort kann ich mir also die Mauergegend näher ansehen. Das Osttor ist, wie der Wächter gesagt hat, dick verzementiert worden und unpassierbar.

Der Fluß kommt mit ziemlichem Druck aus den östlichen Bergen, taucht plötzlich neben dem Osttor unter der Mauer auf, fließt dann gerade Richtung Westen durch das Stadtzentrum und wirft in der Gegend um die Alte Brücke ein paar schöne Sandbänke auf. Drei Brücken führen hinüber: die Ostbrücke, die Alte Brücke und die Westbrücke. Die Alte Brücke ist die älteste, größte und auch die schönste. Ungefähr an der Stelle unterhalb der Westbrücke macht der Fluß eine plötzliche Biegung nach Süden und erreicht schließlich in einer leichten Ostschleife, als würde er zurückfließen, die Mauer im Süden. Kurz vor der Mauer hat der Fluß eine Seite des Südhügels ausgewaschen und ein tiefes Tal geschnitten.

Aber der Fluß verläßt die Mauer im Süden nicht wieder, sondern staut sich kurz davor zu einem See und versickert in den darunterliegenden Höhlen aus Kalkgestein. Seine unzähligen unterirdischen Wasseradern sollen – der Erzählung des Oberst zufolge – die sich jenseits der Mauer unendlich weit erstrekkende Wüste aus Kalkgestein durchlöchert haben wie ein Sieb.

Natürlich läuft unterdessen meine Arbeit als Traumleser weiter. Punkt sechs drücke ich das Bibliothekstor auf, esse mit der Bibliothekarin zusammen zu Abend und lese dann alte Träume.

Mittlerweile kann ich an einem Abend fünf bis sechs Träume lesen. Ich bin jetzt in der Lage, dem Strahlengewirr bis in die kleinsten Verästelungen zu folgen, und kann das Gesamtbild und die Schwingungen klarer aufnehmen. Was das Traumlesen für einen Sinn haben soll, begreife ich noch nicht, ebenso weiß ich nicht, nach welchem Prinzip diese »alten Träume« überhaupt zustande kommen, aber daß meine Leistung zufriedenstellend ist, sehe ich an der Reaktion der Bibliothekarin. Ich kann jetzt in das Licht sehen, das der Schädel freisetzt, ohne daß mir die Augen schmerzen, und ich ermüde längst nicht mehr so leicht. Die Schädel, die ich zu Ende gelesen habe, stellt die Bibliothekarin auf der Theke auf. Wenn ich am nächsten Tag in die Bibliothek zurückkomme, werden sie wie immer verschwunden sein.

»Sie machen aber sehr rasch Fortschritte!« sagt sie. »Die Arbeit geht viel schneller voran, als ich gedacht hatte.«

»Wie viele Schädel sind denn noch da?«

»Unmengen. Tausend oder zweitausend. Soll ich sie Ihnen mal zeigen?«

Sie führt mich hinter die Theke in das Magazin. Es ist ein großer schlichter Raum, wie ein Klassenzimmer, voller Regalreihen, und überall, wo man auch hinsieht, stehen weiße Tierschädel. Der Anblick paßt nicht zu einem Bibliotheksmagazin, ich muß sofort an einen Friedhof denken. Grabeskälte und Stille erfüllen den Raum.

»Na großartig«, sage ich. »Das dauert ja Jahre, bis ich die alle gelesen habe!«

»Sie brauchen sie gar nicht alle zu lesen«, sagt sie. »Nur so viele Sie können. Wenn welche übrigbleiben, liest sie eben der nächste Traumleser. Die alten Träume schlummern bis dahin weiter.«

»Und dem nächsten Traumleser helfen Sie dann auch wieder?«

»Nein, ich darf nur Ihnen helfen. Das ist so vorgeschrieben. Eine Bibliothekarin kann jeweils nur einem Traumleser zur Hand gehen. Das heißt, wenn Sie aufhören sollten, Träume zu lesen, werde auch ich diese Bibliothek verlassen.«

Ich nicke. Warum, weiß ich nicht, aber es ist vollkommen selbstverständlich für mich, es könnte gar nicht anders sein. Wir lehnen uns eine Weile an die Wand und betrachten die Reihen weißer Schädel auf den Regalen.

»Sind Sie schon mal an dem See im Süden der Stadt gewesen?« frage ich sie beiläufig.

»Ja, aber das ist schon ewig her. Als ich klein war, hat meine Mutter mich mal mitgenommen. Normale Leute gehen da nicht hin, aber meine Mutter war anders. – Wie kommen Sie darauf?«

»Ich möchte ihn mir mal ansehen.«

Sie schüttelt den Kopf. »Der See ist gefährlich, gefährlicher, als Sie glauben. Außerdem dürfen Sie gar nicht dahin. Es gibt auch keinen Grund dazu, vollkommen uninteressant, der See. Weshalb wollen Sie denn überhaupt hin?«

»Ich möchte die Gegend hier ein bißchen kennenlernen. Von einem Ende zum anderen. Und wenn Sie mich nicht herumführen wollen, gehe ich eben alleine.«

Sie sieht mich eine Weile an, gibt aber schließlich mit einem kleinen Seufzer nach: »Na gut. Sie scheinen sowieso nicht auf das zu hören, was man Ihnen sagt, und ich kann Sie auf keinen Fall alleine gehen lassen. Aber merken Sie sich eines gut: Ich fürchte mich so sehr vor dem See, daß ich eigentlich nie wieder hin wollte. Irgend etwas Unnatürliches ist da, ganz sicher.«

»Es wird schon nichts passieren«, sage ich. »Wir sind zu zweit und werden vorsichtig sein. Sie brauchen wirklich keine Angst zu haben.«

Sie schüttelt den Kopf. »Sie wissen nicht Bescheid, weil Sie noch nicht da waren. Es ist wirklich gefährlich dort. Das Wasser des Sees ist nicht normal, es lockt Menschen in die Tiefe. Ohne Scherz, ich meine das vollkommen ernst!«

»Ich werd' schon aufpassen, daß wir nicht zu nah herangehen«, verspreche ich und nehme ihre Hand. »Ich will nur mal einen Blick drauf werfen. Von weitem reicht.«

An einem düsteren Tag im November brechen wir also nach dem Mittagessen gen Süden auf. In dem tiefen Tal, das der Fluß kurz vor dem See in die Westseite des Südhügels geschnitten hat, ist der Weg mit dichtem Gestrüpp zugewachsen, weshalb wir gezwungen sind, einen Umweg um die Ostseite des Südhügels zu machen. Die Erde ist dick mit Laub bedeckt, das, da es am Morgen geregnet hat, unter unseren Füßen feucht schmatzt.

Unterwegs kommen uns zwei Einhörner entgegen. Sie trotten vorbei, ohne uns zu beachten, die goldenen Köpfe schaukeln gemächlich nach rechts und nach links.

»Das Futter reicht nicht mehr«, sagt sie. »Der Winter naht, und die Tiere suchen verzweifelt nach Beeren und Nüssen. Dafür wagen sie sich sogar bis hierher vor, wo sie sonst nicht hinkommen.«

Der Hang des Südhügels liegt hinter uns; von jetzt an sind keine Einhörner mehr zu sehen, ab hier gibt es auch keinen richtigen Weg mehr. Durch verwaiste, ausgetrocknete Felder und verlassene Anwesen gehen wir weiter nach Westen; da dringen vom See her Geräusche an unsere Ohren und werden allmählich lauter.

Die Laute unterscheiden sich von allem, was ich je gehört habe. Kein Wasserfall, kein Windheulen und auch kein unterirdisches Dröhnen. Sie ähneln vielmehr heftigen Seufzern, ausgestoßen von einer gewaltigen Kehle. Manchmal ist es nur ein leises Winseln, dann wieder ein lautes Stöhnen, ab und an setzt es stoßweise aus oder klingt chaotisch, als würde versucht, es zu ersticken.

»Das klingt ja fast so, als würde der See uns etwas zuschreien«, sage ich.

Sie dreht sich nur wortlos zu mir um. Dann bahnt sie sich mit ihren behandschuhten Händen weiter den Weg durchs Gebüsch. »Der Weg ist im Vergleich zu früher viel schlechter geworden«, sagt sie. »Beim letzten Mal war es längst nicht so schlimm. Wir sollten besser umkehren.«

»Jetzt haben wir es schon bis hierhin geschafft. Komm, laß uns gehen, bis wir nicht mehr weiterkommen.«

Es geht ständig auf und ab, im dichten Gestrüpp orientieren wir uns am Seufzen des Wassers und sind gute zehn Minuten vorangekommen, als sich das Dickicht plötzlich auftut. Vor uns liegt eine ebene Wiese, die sich zum Fluß hinunterzieht. Rechterhand blickt man in das tiefe Tal, das der Fluß ausgespült hat. Dort, wo er aus dem Tal heraustritt, verbreitern sich Bett und Ufer, er fließt durch das Dickicht und schließlich durch die

Wiese, auf der wir stehen. Ungefähr an der Stelle, wo die Wiese beginnt und er seine letzte Biegung macht, beginnt der Fluß plötzlich zu stocken, ändert allmählich seine Farbe in ein unglückverheißendes tiefes Blau und bläht sich, wie eine Schlange, die sich gerade ein Beutetier einverleibt hat, zu dem riesigen See auf. Ich gehe am Ufer entlang darauf zu.

»Nicht näher rangehen!« sagt sie und faßt mich sachte am Arm. »Man sieht keinen Wellengang, er wirkt vollkommen friedlich und ruhig, aber unter der Oberfläche sind starke Strudel, die dich hinunterziehen und nicht wieder hergeben, wenn sie dich einmal erfaßt haben.«

»Wie tief ist er wohl?«

»Du kannst dir gar nicht vorstellen, wie tief. Die Strudel fressen sich immer weiter in die Erde, wie Drillbohrer. Dadurch wird der See tiefer und tiefer. Man erzählt sich, daß hier früher die Ketzer und Verbrecher hineingeworfen wurden ...«

»Und was passierte dann mit ihnen?«

»Sie tauchten nie wieder auf. Von den Höhlen auf dem Grund des Sees hast du sicher gehört, oder? Wenn man einmal in so einen Schlund hinuntergezogen wird, ist man auf alle Ewigkeit dazu verdammt, in der Finsternis der Höhlen umherzuwandern.«

Die Gegend wird beherrscht vom schweren Atem des Sees, den er wie Dampfschwaden ausstößt. Es hört sich an wie der zahllosen Toten Wehklagen und Stöhnen, das vom Grunde des Sees zu uns heraufhallt.

Sie hebt ein handtellergroßes Stück Holz auf, zielt auf die Seemitte und wirft. Das Holz schwimmt gerade fünf Sekunden auf der Wasseroberfläche, da wird es plötzlich von ruckartigem Zittern erfaßt und verschwindet schließlich, als wäre es von unten gepackt und unter Wasser gezogen worden. Es kommt nicht wieder hoch.

»Na bitte, wie ich gesagt habe – glaubst du mir jetzt, daß es da unten starke Strudel gibt?«

Wir setzen uns ungefähr zehn Meter vom Ufer entfernt auf die Wiese und essen von dem Brot, das ich in meinen Taschen habe. Von weitem betrachtet vermittelt die Landschaft um uns nichts als friedliche Ruhe. Herbstblumen setzen bunte Tupfer auf die Wiese, das Laub ist leuchtend rot – und mittendrin die Wasseroberfläche des Sees, spiegelglatt, nicht das kleinste Fältchen. Hinter dem See türmen sich Kalkklippen, darüber thront schwarz die Mauer aus Ziegelstein. Außer dem Atmen des Sees ist alles still, nicht einmal die Bäume rauschen.

»Wieso willst du unbedingt eine Karte haben?« fragt sie. »Verlassen können wirst du diese Stadt nicht mehr, mit oder ohne Karte.« Sie fegt die Brotkrumen aus dem Schoß und blickt auf den See hinaus. »Willst du die Stadt verlassen?«

Ich schüttele schweigend den Kopf. Ob das nun Nein bedeutet oder ob es nur heißt, daß ich mich nicht entscheiden kann, weiß ich selbst nicht. Nicht einmal das weiß ich mehr!

Ich sage: »Ich weiß es nicht. Ich will bloß die Stadt kennenlernen. Wie sie aussieht, wie sie entstanden ist, wie die Menschen leben, das will ich wissen. Ich will wissen, was mich bestimmt, was mich bewegt. Was danach kommt, weiß ich auch nicht.«

Sie schüttelt langsam den Kopf, nach rechts, nach links, dann sieht sie mir tief in die Augen. »Ein Danach gibt es nicht«, sagt sie. »Ja, weißt du denn nicht? Hier ist das wahre Ende der Welt. Wir sind dazu verdammt, für immer hierzubleiben.«

Ich lege mich auf den Rücken und sehe in den Himmel. Ein Himmel, in den ich sehen kann, ist immer dunkel bewölkt. Morgens hat es geregnet, und das Gras fühlt sich noch naß und kalt an, trotzdem hüllt mich der wohlige Duft der Erde ein.

Flügelschlagen – ein paar Wintervögel fliegen aus dem Gebüsch auf und verschwinden über die Mauer, Richtung Süden. Nur Vögel können die Mauer überwinden. Die dicken, schweren Wolken hängen tief. Sie kündigen den strengen Winter an, der vor der Türe steht.

## Frankfurt, Die Tür, Eine eigenständige Organisation

Die Wahrnehmung setzte wie immer von den Rändern des Sehfeldes her ein. Zuallererst verankerten sich die Badezimmertür, die sich am rechten Rand befand, und die Stehlampe links außen in meinem Bewußtsein, bis es allmählich wie die sich zur Mitte hin zuziehende Eisdecke eines Sees nach innen wanderte. Genau im Zentrum meines Sehfeldes befand sich der Wecker, dessen Zeiger auf 11 Uhr 26 standen. Den Wecker hatte ich einmal bei einer Hochzeitsfeier als Geschenk bekommen. Um den Summer abzuschalten, mußte man gleichzeitig links einen roten und rechts einen schwarzen Knopf drücken. Anders ließ sich das Summen nicht abstellen. Ein origineller Mechanismus zur Verhinderung des oft anzutreffenden Verhaltens, den rasselnden Wecker im Halbschlaf mit einem Knopfdruck abzuschalten, um anschließend wieder einzudösen; tatsächlich mußte ich mich, um gleichzeitig den linken und rechten Knopf betätigen zu können, im Bett aufrichten und den Wecker auf die Knie stellen, kam also nicht umhin, einen oder zwei bewußte Schritte in die Welt des Wachseins zu tun. Bekommen hatte ich den Wecker, ich wiederhole das, bei irgendeiner Hochzeitsfeier. Bei wessen Hochzeit, weiß ich nicht mehr. Als ich Mitte Zwanzig war und noch Freunde und Bekannte hatte, wenn auch wenige, gab es ein paar Jahre hintereinander Hochzeiten, und auf einer davon bekam ich den Wecker. Aus freien Stücken hätte ich mir ein so lästiges Gerät, bei dem man, um den Summer abzustellen, zwei Knöpfe gleichzeitig drücken mußte, nie und nimmer zugelegt. Normalerweise komme ich gut aus dem Bett.

Als sich mein Sehfeld um den Wecker herum verdichtete, nahm ich ihn automatisch auf die Knie und drückte mit beiden

Händen den roten und den schwarzen Knopf. Erst da merkte ich, daß er gar nicht gesummt hatte. Ich war nicht im Bett gewesen, hatte folglich auch den Wecker nicht gestellt, sondern ihn nur, wie ich das manchmal tat, auf dem Küchentisch plaziert. Ich hatte geshuffelt. Den Wecker abzustellen war nicht nötig.

Ich stellte ihn wieder hin und sah mich um. Im Zimmer hatte sich nicht das geringste verändert. Die roten Leuchten zeigten an, daß das Warnsystem eingeschaltet war, abseits auf dem Tisch stand die leere Kaffeetasse. In dem gläsernen Untersetzer, den die Bibliothekarin als Aschenbecher benutzt hatte, lag der kerzengerade Stummel der Zigarette, die sie zum Schluß geraucht hatte. Eine *Marlboro Light*. Keine Lippenstiftspuren. Sie hatte, wenn ich es recht überlegte, überhaupt kein Make-up getragen.

Danach sah ich mir das unmittelbar vor mir liegende Notizheft und die Bleistifte an. Von den fünf säuberlich angespitzten Bleistiften, Härtegrad F, waren zwei zerbrochen und zwei bis auf die Zackenkrause stumpf geschrieben; nur einer war spitz wie zuvor. Der Mittelfinger meiner rechten Hand war ein wenig taub – jene Taubheit, die sich einstellt, wenn man lange schreibt. Das Shuffling war vollendet. Sechzehn Seiten des Notizheftes waren eng mit Zahlenwerten beschrieben.

Ganz nach Vorschrift verglich ich die Zahlenmenge der gewaschenen Daten mit den Shuffling-Kolumnen und verbrannte dann die ursprüngliche Liste in der Spüle. Das Notizheft steckte ich in die Sicherheitstasche und verstaute sie mit dem Tonbandgerät im Tresor. Dann setzte ich mich im Wohnzimmer aufs Sofa und tat einen Seufzer. Die Hälfte der Arbeit hatte ich hinter mir. Mindestens einen ganzen Tag hatte ich nun frei.

Ich goß mir zwei Fingerbreit Whiskey ein, schloß die Augen und trank ihn in zwei Schlucken. Warm rann der Alkohol durch die Kehle, durch die Speiseröhre, in den Magen. Dann trug das Blut die Wärme in alle Körperteile. Zuerst wärmte es meine Brust und die Wangen, danach die Hände und zuletzt die Beine. Ich ging ins Bad, putzte mir die Zähne, trank zwei Glas Wasser, pinkelte, spitzte anschließend in der Küche die Bleistifte neu an und legte sie in der Schreibtischablage ordentlich nebeneinander ab. Dann stellte ich den Wecker ans Kopfende des Bettes und schaltete den Anrufbeantworter aus. Der Wecker zeigte 11 Uhr 57. Morgen würde ich den ganzen Tag nichts tun müssen. Eilig legte ich meine Kleider ab, zog meinen Schlafanzug an, kroch ins Bett, zog mir die Bettdecke bis unters Kinn und löschte das Licht. Jetzt kannst du zwölf Stunden schlafen, dachte ich. Zwölf Stunden völlig ungestört schlafen. Die Vögel mochten singen, die Leute in die Bahnen steigen und zur Arbeit fahren, irgendwo auf der Welt mochte ein Vulkan ausbrechen, im Nahen Osten eine bewaffnete Einheit der Israelis ein Dorf niedermachen – ich jedenfalls würde schlafen.

Dann sann ich darüber nach, was für ein Leben ich führen würde, sobald ich mich als Kalkulator zur Ruhe gesetzt hätte. Ich hätte genug gespart, zusammen mit der Rente würde das für ein ruhiges Leben reichen; ich würde Griechisch lernen und Cello. Ich würde mit dem Auto in die Berge fahren, auf dem Rücksitz mein Cello, und dort nach Herzenslust üben.

Mit etwas Glück könnte ich mir vielleicht sogar ein kleines Häuschen in den Bergen kaufen. Eine hübsche kleine Hütte mit einer richtigen Küche. Ich würde dort lesen, Musik hören, alte Videos anschauen und kochen. Kochen – dabei fiel mir die langhaarige Frau von der Bibliotheksauskunft ein. Vielleicht wäre es nicht schlecht, wenn sie auch da wäre, in meiner Hütte in den Bergen. Ich würde kochen, und sie würde essen.

Mit dem Gedanken ans Kochen fiel ich in Schlaf. So plötzlich, als stürze der Himmel ein. Das Cello, die Hütte, das Kochen, alles zerstob, erlosch im Nichts. Nur ich blieb zurück, schlafend wie ein Murmeltier.

Jemand bohrte mir ein Loch in den Schädel und puhlte mit einem hart zusammengedrehten Papierstab darin herum. Der Stab war sehr lang, immer mehr, immer mehr wurde in meinen Schädel gestopft. Ich wedelte mit der Hand, um ihn zu vertreiben, aber das Wedeln nützte nichts, er drang immer tiefer in meinen Schädel ein.

Ich richtete mich auf und preßte beide Hände an den Kopf, aber ein Stab war nicht da. Auch kein Loch. Es klingelte. Es klingelte ununterbrochen. Ich tappte nach dem Wecker, stellte ihn auf die Knie und preßte mit beiden Händen den roten und den schwarzen Knopf. Es klingelte weiter. Es war das Telefon. Der Wecker stand auf 4 Uhr 18. Draußen war es noch dunkel – also 4 Uhr 18 morgens.

Ich stieg aus dem Bett, lief in die Küche und nahm ab. Jedesmal, wenn nachts das Telefon klingelt, nehme ich mir vor, es das nächste Mal vor dem Schlafengehen auf alle Fälle mit ins Schlafzimmer zu nehmen, vergesse das aber immer wieder. Um mir dann wieder an einem Tischbein oder am Ofen oder sonstwo das Schienbein zu stoßen.

»Hallo?« sagte ich.

Am anderen Ende herrschte Stille. Absolute Stille, als läge das Telefon unter einem Haufen Sand.

»Hallo!« schrie ich. Aber es blieb totenstill. Kein Atmen war zu hören, kein Knistern. Die Stille war so dicht, daß sie mich durchs Telefon in sich hineinzusaugen schien. Wütend legte ich auf, holte eine Milch aus dem Kühlschrank, stürzte sie hinunter und kroch wieder ins Bett.

Das nächste Mal klingelte das Telefon um 4 Uhr 46. Ich stieg wieder aus dem Bett, nahm denselben Kurs wie vorher und hob ab. »Hallo?« sagte ich.

»Hallo«, sagte eine Frauenstimme. Wessen Stimme, konnte ich nicht ausmachen. »Entschuldige wegen eben. Das Tonfeld ist gestört. Manchmal fällt der Ton ganz aus.«

»Der Ton fällt aus?«

»Ja, genau«, sagte die Frau. »Seit eben ist auf einmal das Tonfeld gestört. Meinem Großvater muß etwas zugestoßen sein. Hallo, kannst du mich hören?«

»Klar und deutlich«, sagte ich. Es war die Enkelin des merkwürdigen Alten, der mir den Einhornschädel geschenkt hatte. Das dicke Mädchen in dem rosafarbenen Kostüm.

»Mein Großvater ist die ganze Zeit nicht hoch gekommen. Und dann war auf einmal das Tonfeld gestört. Irgend etwas muß passiert sein. Ich hab versucht, ihn im Labor anzurufen, aber er nimmt nicht ab ... Die Schwärzlinge müssen ihn überfallen haben, wer weiß, was sie mit ihm gemacht haben!«

»Bist du sicher? Dein Großvater war vielleicht nur in seine Studien vertieft und ist deshalb nicht hoch gekommen. Hat er dich nicht neulich eine ganze Woche ohne Ton gelassen, ohne es zu merken? Er ist der Typ, der alles mögliche vergißt, wenn er sich in irgendwas verbissen hat.«

»Nein, nein, diesmal ist es anders. Ich weiß es. Mein Großvater und ich spüren, wenn dem anderen etwas zustößt. Ihm ist etwas zugestoßen. Etwas Furchtbares. Außerdem ist die Tonschranke durchbrochen, ganz sicher. Deshalb ist auch das unterirdische Tonfeld gestört.«

»Bitte was?«

»Die Tonschranke, eine Vorrichtung, die ein spezielles Signal aussendet, um die Schwärzlinge fernzuhalten. Sie ist gewaltsam zerstört worden, deshalb schwankt dort das Tonniveau. Die Schwärzlinge haben meinen Großvater überfallen, ganz sicher!«

»Wozu?«

»Auf seine Forschungsergebnisse sind alle scharf, die Schwärzlinge, die Semioten, alle. Sie versuchen, ihm seine Ergebnisse abzujagen. Sie haben ihm ein Tauschgeschäft angeboten, er hat es abgelehnt und sich wahnsinnig aufgeregt. Komm schnell her, bitte! Etwas furchtbar Schlimmes wird passieren, hilf mir, bitte!«

Ich stellte mir vor, wie die Schwärzlinge in dem unheimlichen unterirdischen Gang umherhuschten, stolz wie die Herren. Der bloße Gedanke machte mich schaudern.

»Hör mal, es tut mir wirklich leid, aber mein Job ist das Rechnen. Andere Tätigkeiten stehen nicht in meinem Vertrag, und ich könnte auch nichts ausrichten. Wenn ich etwas für dich tun kann, gerne, jederzeit, aber mich mit den Schwärzlingen schlagen, um deinen Großvater herauszupauken, das kann ich nicht. Das ist was für die Polizei oder die Profis vom *System*, die man für solche Fälle ausgebildet hat.«

»Die Polizei kommt nicht in Frage. Dann würde alles an die Öffentlichkeit dringen, die Folgen wären katastrophal. Wenn die Forschungen meines Großvaters jetzt bekannt würden, das wäre das Ende der Welt!«

»Das Ende der Welt?«

»Bitte!« sagte das Mädchen. »Komm, so schnell du kannst, und hilf mir! Sonst passieren Dinge, die nicht wiedergutzumachen sind. Nach meinem Großvater bist du der nächste auf der Liste!«

»Warum sollte man hinter mir her sein? Von den Forschungen deines Großvaters weißt du vielleicht – ich jedenfalls weiß nicht das geringste.«

»Du bist der Schlüssel. Ohne dich geht die Tür nicht auf.«

»Ich habe keine Ahnung, wovon du sprichst.«

»Ich habe nicht die Zeit, dir das lange am Telefon zu erklären. Es ist extrem wichtig, glaub mir. Viel wichtiger, als du dir vorstellst. Es ist wichtig *für dich*. Wenn wir nicht handeln, solange noch gehandelt werden kann, ist alles vorbei. Das ist die Wahrheit, glaub mir!«

»Na großartig«, sagte ich und schaute auf die Uhr. »Sieh jedenfalls zu, daß du dort wegkommst. Wenn es stimmt, was du sagst, ist es dort zu gefährlich.«

»Wo soll ich hin?«

Ich schlug einen Supermarkt in Aoyama vor, der rund um die Uhr geöffnet hatte, und erklärte ihr, wo er lag. »Warte drinnen an der Kaffeebar. Spätestens halb sechs bin ich da.«

»Ich hab furchtbare Angst. Was –«

Der Ton war wieder weg. Ich schrie wiederholt in die Muschel, aber es kam keine Antwort. Wie der Rauch aus einer Pistolenmündung stieg Schweigen aus dem Hörer. Das Tonfeld war gestört. Ich legte auf, entledigte mich meines Schlafanzuges und zog ein Sweatshirt und Baumwollhosen an. Dann ging ich ins Bad, rasierte mich schnell trocken, wusch mir das Gesicht und glättete mir vor dem Spiegel mit Wasser das Haar. Mir fehlte Schlaf; mein Gesicht war aufgedunsen wie ein billiger Käsekuchen. Was ich wollte, war ausschlafen. Ausschlafen, fit werden und ein stinknormales Leben führen. Warum zum Teufel ließ man mich nicht in Ruhe? Einhörner, Schwärzlinge, was hatte ich denn damit zu tun?

Ich streifte mir einen Nylonblouson über das Sweatshirt und steckte mein Portemonnaie, Kleingeld und das Messer ein. Nach kurzem Zögern wickelte ich den Einhornschädel in zwei Badetücher und verstaute ihn mit der Zange in einer Sporttasche, in die ich außerdem die Sicherheitstasche mit den geshufgelten Daten schmiß. Meine Wohnung war ohne Frage nicht mehr sicher. Für die Tür und das Tresorschloß würde ein Profi nicht mehr Zeit benötigen, als man braucht, um ein Taschentuch auszuwaschen.

Ich zog die Tennisschuhe an, von denen ich letztendlich nur einen gesäubert hatte, griff mir die Sporttasche und verließ die Wohnung. Im Korridor war niemand. Ich verzichtete auf den Fahrstuhl und nahm die Treppe. Es war noch vor Morgengrauen, im Haus herrschte Totenstille. In der Tiefgarage war auch niemand zu sehen.

Irgend etwas war nicht in Ordnung. Es war zu still. Wenn man derart scharf auf den Schädel war, hätte man doch wenigstens einen Mann zur Bewachung abstellen müssen. Aber nichts, niemand. Als hätte man mich vergessen.

Ich schloß den Wagen auf, warf die Tasche auf den Beifahrersitz und ließ den Motor an. Es war kurz vor fünf. Mich aufmerksam umschauend fuhr ich aus der Garage, dann Richtung Aoyama. Es herrschte kaum Verkehr, außer Taxis, die zum Schichtwechsel eilten, und Nachtlastern war niemand unterwegs. Ab und zu schaute ich in den Rückspiegel, aber man folgte mir nicht.

Alles ging merkwürdig reibungslos. Ich weiß, wie die Semioten vorgehen. Wenn sie ein Ziel haben, verfolgen sie es ohne Rücksicht auf Verluste. Einen lahmen Gasmann anwerben, die Person, auf die sie es abgesehen haben, nicht beschatten – solche Halbheiten unterliefen denen nicht. Die Semioten entschieden sich immer für das rascheste und präziseste Verfahren und führten es knallhart durch. Vor zwei Jahren hatten sie einmal fünf Kalkulatoren geschnappt und ihnen mit Elektrosägen die Schädel aufgesägt. Sie nahmen, um die Daten in frischem Zustand zu extrahieren, die Hirne heraus. Der Versuch schlug fehl, und die schädeldecken- und hirnlosen Leichen der fünf Männer trieben schließlich in der Bucht von Tōkyō. *So* gingen die Semioten vor. Irgend etwas stimmte nicht.

Als ich den Wagen auf dem Parkplatz des Supermarktes abstellte, war es 5 Uhr 28, kurz vor der verabredeten Zeit. Der Himmel über Tōkyō hatte sich ein kleines bißchen aufgehellt. Mit der Sporttasche in der Hand betrat ich das Geschäft. In dem großen Verkaufsraum war kaum eine Menschenseele zu sehen; an der Kasse saß in gestreifter Uniform ein junger Angestellter und las eins der zum Verkauf bestimmten Wochenmagazine. Eine Frau unbestimmten Alters und unbestimmter Profession schob einen turmhoch mit Konservendosen und Instant-Lebensmitteln beladenen Einkaufswagen durch die Gänge. Hinter der Spirituosenabteilung bog ich ab zur Kaffeebar.

Die zwölf Hocker an der Theke standen verwaist. Ich setzte mich ganz ans Ende der Reihe und bestellte eine kalte Milch und Sandwiches. Die Milch war so kalt, daß ich sie nicht schmecken konnte, die Sandwiches waren von der vorgefertigten, in Folie eingeschweißten Sorte, die Scheiben feucht und pappig. Ich aß sehr langsam, kaute Bissen für Bissen und trank in kleinen Schlucken die Milch dazu. Eine Weile vertrieb ich mir die Zeit mit der Betrachtung eines Werbeplakates für Frankfurt. Auf dem Bild war es Herbst, die Bäume und Sträucher am Fluß trugen rotes Laub, ein alter Mann in einem schwarzen Mantel und mit Sportmütze fütterte die Schwäne auf dem Fluß. Eine prächtige alte Steinbrücke war zu sehen, im Hintergrund ragte der Turm des Domes auf. Auf den Bänken am Ufer saßen viele Leute. Alle trugen Mäntel, viele von den Frauen hatten Schals umgebunden. Ein schönes Foto, aber mich fröstelte allein beim Hinschauen. Ein bißchen vielleicht, weil der Herbst in Frankfurt kalt zu sein schien, aber beim Anblick hoher, spitzer Türme wird mir immer kalt.

Dann sah ich mir die an der gegenüberliegenden Wand hängende Zigarettenwerbung an. Ein glattgesichtiger junger Mann, zwischen den Fingern eine brennende Filterzigarette, schaute schräg nach vorne ins Weite. Wie schaffen es die Zigarettenmodels bloß, immer diesen »Ich-sehe-nichts-ich-denke-nichts«-Ausdruck in die Augen zu kriegen?

Während ich auf diese Weise die verschiedenen Plakate im Supermarkt betrachtete, wurde es sechs Uhr. Die Enkelin des Professors tauchte immer noch nicht auf. Mir war nicht klar, warum sie sich dermaßen verspätete. Sie war es schließlich gewesen, die mich gebeten hatte, möglichst rasch zu kommen. Mit Nachdenken war dieser Frage allerdings nicht beizukommen. Ich war möglichst rasch hergekommen. Alles andere war ihr Problem. Und zwar eines, mit dem ich im Grunde überhaupt nichts zu tun hatte.

Ich bestellte eine Tasse Kaffee; ich trank sie langsam, ohne die Milch und den Zucker einzurühren.

Nach sechs nahm die Zahl der Kunden allmählich zu. Es kamen Hausfrauen, die Toastbrot und Milch fürs Frühstück einkauften, es kamen Studenten, die die Nacht durchgemacht hatten und sich etwas zu essen besorgen wollten. Eine junge Frau kaufte Toilettenpapier, ein Büroangestellter drei Tageszeitungen. Zwei Männer mittleren Alters mit geschulterter Golfausrüstung deckten sich mit Flachmännern ein.

Ich wartete bis halb sieben, aber das Mädchen tauchte nicht auf. Ich verließ den Supermarkt, stieg in meinen Wagen und fuhr zum Bahnhof Shinjuku. Ich parkte in der Tiefgarage, ging zur temporären Gepäckaufbewahrung und gab meine Sporttasche auf. Ich bat um vorsichtige Handhabung, da die Tasche Zerbrechliches enthalte; der Schalterbeamte befestigte am Griff ein rotes Schildchen, das ein Cocktailglas zeigte: FRAGILE. Ich vergewisserte mich, daß meine blaue Nike-Tasche auf dem Regal landete, wo sie hingehörte, und nahm dann den Aufbewahrungsschein in Empfang. Dann kaufte ich an einem Kiosk einen Briefumschlag und für 260 Yen Briefmarken, steckte den Schein in den Umschlag, versiegelte ihn, klebte die Marken auf, adressierte ihn an ein geheimes privates Postfach, das ich mir unter einem fiktiven Firmennamen zugelegt hatte, und warf ihn in den nächsten Briefkasten. Damit waren die Sachen, es sei denn, es passierte etwas wirklich Außergewöhnliches, erst einmal sicher. Eine Maßnahme, die ich aus Vorsichtsgründen hin und wieder ergriff.

Nachdem ich den Brief eingeworfen hatte, fuhr ich nach Hause. Bei dem Gedanken, daß ich nichts mehr hatte, was mir gestohlen werden könnte, wurde mir leicht ums Herz. Ich parkte den Wagen in der Tiefgarage, nahm die Treppe zu meiner Wohnung, duschte, kroch ins Bett und schlief tief und fest ein, als wäre nichts gewesen.

Man kam um elf Uhr. Besonders erstaunt war ich nicht, denn nach dem, wie die Sache verlaufen war, hatte ich mir gedacht, daß langsam jemand auftauchen würde. Allerdings klingelte dieser jemand nicht, sondern rammte gleich die Wohnungstür ein. Und zwar auf eine Weise, die kaum als einfaches Rammen zu bezeichnen war: Der Boden bebte, als würde eine Abrißbirne gegen die Tür gewuchtet. Schrecklich. Wer über so viel Kraft verfügte, hätte doch dem Hausmeister einen Passepartout entlocken können. Was mir, da keine Reparaturkosten für die Tür angefallen wären, zustatten gekommen wäre. Und bei dem Krach, der veranstaltet wurde, lief ich Gefahr, hinterher aus der Wohnung geworfen zu werden.

Während dieser jemand dabei war, die Tür einzurammen, zog ich mir Hosen an, streifte das Sweatshirt über, steckte mir das Messer hinten in den Gürtel und ging aufs Klo, pinkeln. Dann öffnete ich vorsichtshalber den Tresor, stellte am Tonbandgerät die Notautomatik ein und holte mir, als das Band zerstört war, aus dem Kühlschrank ein Bier und ein Schälchen Kartoffelsalat als Mittagessenersatz. Vom Balkon aus führte eine Feuerleiter nach unten, so daß ich durchaus hätte fliehen können, aber ich war total erschöpft; wegzulaufen war mir zu aufwendig. Außerdem hätte es keines der Probleme, mit denen ich konfrontiert war, gelöst. Ich war mit äußerst lästigen Problemen konfrontiert – beziehungsweise in solche verwickelt worden –, Probleme, die ich aus eigener Kraft nicht lösen konnte. Ich brauchte jemanden, mit dem ich mich ernsthaft darüber unterhalten konnte.

Ich war im Auftrag eines Wissenschaftlers in dessen unterirdischem Labor gewesen und hatte Daten verarbeitet. Bei dieser Gelegenheit hatte ich einen Tierschädel, anscheinend den eines Einhorns, bekommen und nach Hause mitgenommen. Etwas später hatte ein offenbar von den Semioten gekaufter Gasmann versucht, mir diesen Schädel zu stehlen. Am Morgen darauf hatte ich ein Telefonat von der Enkelin meines Auftraggebers erhalten, die mitteilte, daß ihr Großvater von den Schwärzlingen überfallen worden sei und um Hilfe bat. Ich hatte mich eilends zu dem vereinbarten Treffpunkt aufgemacht, doch das Mädchen war nicht aufgetaucht. Offenbar war ich im Besitz zweier wertvoller Gegenstände. Das eine war der Schädel, das andere waren die geshuffelten Daten. Beide hatte ich an der Gepäckaufbewahrung am Bahnhof Shinjuku aufgegeben.

Eine Ungereimtheit nach der anderen. Ich brauchte einen Tip, egal von wem. Sonst würde ich ewig mit dem Schädel unter dem Arm weglaufen, ohne je zu wissen, was eigentlich Sache war.

Ich hatte mein Bier ausgetrunken und den Kartoffelsalat verzehrt und verschnaufte gerade einen Augenblick, als die Stahltür mit einem explosionsartigen Knall nach innen fiel und ein Riese von einem Mann, wie ich noch nie einen gesehen hatte, die Wohnung betrat. Er trug ein grellbuntes Hawaiihemd, khakifarbene, hier und da ölverschmierte Militärhosen und weiße Tennisschuhe, die so groß waren wie Taucherflossen. Sein Kopf war kurz geschoren, seine Nase gedrungen und sein Hals so stämmig wie bei einem normalen Menschen der Rumpf. Seine Lider waren dick wie schweres, graues Metall, bei seinen schläfrig blickenden Augen stach unangenehm das Weiße hervor. Sie wirkten fast wie Glasaugen, aber bei genauem Hinsehen erkannte man, daß das Schwarze sich ab und zu flüchtig bewegte, daß es also echte Augen waren. Der Mann war bestimmt eins fünfundneunzig. Er war breitschultrig, und das riesige Hawaiihemd, ein halbes Bettlaken, spannte um die Brust, daß die Knöpfe abspringen wollten.

Der Riese besah sich kurz die Tür, die er zerstört hatte, wie ich mir den Korken einer Flasche Wein besehe, die ich geöffnet habe; dann kam er auf mich zu. Kompliziertere Gefühle schien er mir gegenüber nicht zu hegen. Er sah mich an wie einen Einrichtungsgegenstand. Und nichts wäre mir lieber gewesen, als einer zu sein.

Als der Riese zur Seite trat, gewahrte ich hinter ihm einen kleinwüchsigen Mann. Er war unter eins fünfzig, dünn, hatte regelmäßige Gesichtszüge. Er trug ein pastellblaues Poloshirt von Lacoste, beige Leinenhosen und hellbraune Lederschuhe. Wahrscheinlich hatte er die Sachen in einem Luxusgeschäft für Kinderbekleidung erstanden. An seinem Handgelenk blitzte eine goldene Rolex; sie wirkte überdimensional groß, in der Art der Funkgeräte, wie sie die Leute in *Star Trek* am Handgelenk tragen: Rolex für Kinder gibt es ja nicht. Der Mann war Ende Dreißig, Anfang Vierzig. Wenn er zwanzig Zentimeter größer gewesen wäre, hätte er als zweitklassiger Fernsehschauspieler durchgehen können.

Der Riese stapfte, ohne sich groß die Schuhe auszuziehen, in die Küche, ging um den Tisch herum und zog den Stuhl mir gegenüber ein Stück vor. Worauf der Knirps herbeischlenderte und sich setzte. Der Riese lehnte sich an die Spüle, verschränkte seine oberschenkeldicken Arme vor der Brust und richtete seinen stumpfen Blick auf meinen Rücken, in Nierenhöhe. Ich hätte doch lieber über die Feuerleiter verschwinden sollen. Mein Urteilsvermögen mußte falsch gepolt sein. Ich sollte mal in die Werkstatt, mir unter die Haube schauen und die Schrauben nachziehen lassen.

Der Knirps sah mich nicht richtig an und grüßte auch nicht. Er zog eine Schachtel Zigaretten und ein Feuerzeug aus der Tasche und legte beides auf den Tisch. *Benson & Hedges* und ein goldenes Dupont. Die Sache mit den Einfuhrbeschränkungen mußte eine vom Ausland zusammengesponnene Erfindung sein.

Der Mann nahm das Feuerzeug zwischen zwei Finger und wirbelte es geschickt herum. Eine Zirkusnummer, Privatvorstellung, wenn ich mich natürlich auch nicht erinnern konnte, eine bestellt zu haben.

Ich tappte auf dem Kühlschrank nach dem Budweiser-Aschenbecher, den ich irgendwann mal von meinem Getränkehändler bekommen hatte, wischte mit der Hand den Staub ab und stellte ihn dem Knirps hin. Er zündete sich mit einem kurzen, schönen Klicken eine Zigarette an, verengte die Augen und blies den Rauch in die Luft. Die Kleinheit des Mannes hatte etwas Merkwürdiges. Sein Gesicht, die Arme und Hände, die Beine, alles war wohlproportioniert klein. Ein Körper, als hätte man einen normalwüchsigen Menschen kopierverkleinert. Die *Benson & Hedges*, die er rauchte, wirkte entsprechend lang wie ein nagelneuer Buntstift.

Ohne ein Wort zu sagen, richtete der Knirps seinen Blick unverwandt auf die Glut seiner Zigarette. Ein Film von Jean Luc Godard wäre in diesem Falle mit *Er starrte die Glut seiner Zigarette an* untertitelt, aber Filme von Jean Luc Godard sind schon lange nicht mehr in – ob glücklicher- oder unglücklicherweise, sei dahingestellt. Als die Asche lang genug war, schnippte der Mann sie über dem Tisch ab. Den Aschenbecher würdigte er keines Blickes.

»Die Tür zu demolieren war notwendig«, sagte der Knirps mit hoher, durchdringender Stimme. »Deshalb haben wir sie demoliert. Wir hätten sie natürlich auch einfach aufschließen können, aber nun ja, es mußte sein. Trag es uns nicht nach.«

»Ich habe nichts im Haus. Sie können alles durchsuchen«, sagte ich.

»Durchsuchen?« Der Knirps tat erstaunt. »Durchsuchen?« Die Zigarette im Mund, kratzte er sich heftig die Handflächen. »Was sollten wir denn suchen?«

»Was, weiß ich nicht, aber warum sollten Sie sonst hier sein? Und die Tür demoliert haben?«

»Ich kann dir absolut nicht folgen«, sagte der Mann. »Du verstehst das völlig falsch. Wir wollen nichts. Außer uns mit dir unterhalten. Das ist alles. Wir suchen nichts, wir wollen nichts. Das heißt, eine Cola wäre nicht schlecht. Hast du eine Cola?«

Ich machte den Kühlschrank auf, holte zwei Dosen Cola heraus, die ich für meinen Whiskey gekauft hatte, und stellte sie mit zwei Gläsern auf den Tisch. Dann holte ich für mich eine Dose *Ebisu*-Bier.

»Der hätte vielleicht auch gerne was«, sagte ich und deutete auf den Riesen hinter mir.

Der Knirps gab dem Riesen mit gekrümmtem Finger ein Zeichen, worauf der lautlos heranglitt und sich eine Dose Cola vom Tisch nahm. Für seine Körpermasse bewegte er sich erstaunlich behende.

»Wenn du sie getrunken hast, mach dein Kunststück«, sagte der Knirps zu dem Riesen. »Extravorstellung«, warf er mir hin.

Ich drehte mich um und sah zu, wie der Riese mit einem einzigen Schluck die Cola leerte. Um sicherzugehen, daß die Dose keinen Tropfen mehr enthielt, drehte er sie um, dann nahm er sie zwischen die Hände und machte sie, ohne auch nur mit der Wimper zu zucken, platt. Ein hohles Schlagen wie von Zeitungspapier, das der Wind aufwirbelt, und die rote Dose war nur mehr eine flache Scheibe Metall.

»Nun, so weit kann das jeder«, sagte der Knirps. Jeder? Vielleicht. Ich jedenfalls nicht.

Der Riese faßte die Metallscheibe mit den Fingerspitzen und riß sie säuberlich in zwei Teile; diesmal zuckte es um seinen Mund, wenn auch nur eine Spur. Ich hatte schon mal jemanden ein Telefonbuch zerreißen sehen, aber eine platte Coladose? Selbst versucht hatte ich es noch nie, aber ein Kinderspiel war es bestimmt nicht.

»Er kann auch eine Hundert-Yen-Münze verbiegen. Das können nur wenige«, sagte der Knirps.

Ich nickte. Zweifellos.

»Er kann auch Ohren abreißen.«

Ich nickte. Zweifellos.

»Bis vor drei Jahren war er Proficatcher«, sagte der Knirps.

»Und zwar ein ziemlich guter. Wenn er sich nicht das Knie verletzt hätte, wäre er heute ganz oben. Er war jung, hatte Power und war schneller, als man denkt. Aber mit dem Knie ist nichts zu machen. Beim Catchen braucht man Speed.«

Hier sah der Mann mich an; ich nickte schnell.

»Seither kümmere ich mich um ihn. Schließlich ist er mein Cousin.«

»Normale Größen gibt's in Ihrer Familie wohl nicht?« sagte ich.

»Bitte was?« sagte der Knirps und starrte mich an.

»Nichts, nichts«, sagte ich.

Der Knirps schien einen Moment unschlüssig zu sein, wie zu verfahren sei, warf dann aber seine Zigarette auf den Boden und trat sie aus. Ich beschloß, keine Einwände zu erheben.

»Du mußt lockerer werden, lockerer. Öffne dein Herz, sei frei. Sonst läßt sich kein offenes Gespräch führen«, sagte der Knirps. »Deine Schultern sind immer noch verspannt.«

»Kann ich mir noch ein Bier aus dem Kühlschrank holen?«

»Aber bitte, natürlich. Das ist doch deine Wohnung, nicht wahr, dein Kühlschrank und dein Bier.«

»Und meine Tür«, sagte ich.

»Vergiß die Tür. Sie war kümmerlich, ein billiges Ding. Du verdienst doch gut, zieh woanders hin, wo die Türen solider sind.«

Ich ließ die Tür auf sich beruhen, holte mir eine neue Dose Bier aus dem Kühlschrank und trank. Der Knirps goß Cola in sein Glas, wartete, bis der Schaum sich gesetzt hatte, und trank es zur Hälfte aus.

»Wir wollen dich nicht lange raten lassen, ich sage es deshalb gleich: Wir sind hier, um dir zu helfen.«

»Indem ihr meine Tür demoliert?«

»Sagte ich nicht, daß ich an die Tür nicht erinnert werden will?« sagte der Knirps ganz ruhig. Dann richtete er dieselbe Frage noch einmal an den Riesen. Der nickte zustimmend. Der Kleine schien ziemlich cholerisch zu sein. Mit Cholerikern habe ich nicht gerne zu tun.

»Wir sind aus reinem Wohlwollen hier«, sagte der Knirps. »Du bist durcheinander, und deshalb sind wir gekommen, dir ein wenig auf die Sprünge zu helfen. Oder sagen wir, wenn dir das Wort *durcheinander* nicht gefällt: Du weißt nicht weiter. Stimmt's?«

»Stimmt. Ich bin durcheinander, und ich weiß nicht weiter«, sagte ich. »Ich habe keinerlei Informationen, nicht die geringste Ahnung und außerdem keine Tür.«

Der Knirps packte sein goldenes Feuerzeug und schmiß es, ohne sich zu erheben, gegen den Kühlschrank. Es gab ein verhängnisvoll dumpfes Geräusch, und mein Kühlschrank hatte eine deutliche Delle. Der Riese hob das Feuerzeug auf und gab es seinem Besitzer zurück. Alles war wie vorher, bis auf die Delle in der Kühlschranktür. Zur Beruhigung trank der Knirps seine Cola aus. Bei Cholerikern gerate ich immer in Versuchung zu testen, wie weit ihre Geduld reicht.

»Was faselst du dauernd von der blöden Tür? Denk lieber daran, in welcher Situation du dich befindest. Sei froh, daß ich nicht die ganze Wohnung in die Luft jage. Kein Wort mehr von der Tür, verstanden!«

Ob die Tür billig gewesen war oder nicht, stand nicht zur Debatte. Die Tür war ein Symbol.

»Auf der Tür will ich nicht weiter herumreiten, aber wegen dieser Sache fliege ich hier womöglich raus. Im Haus wohnen nur anständige, ruhige Leute«, sagte ich.

»Wenn jemand was zu meckern hat und versucht, dich rauszuwerfen, ruf mich an. Ich sorge dann dafür, daß ihm das Maul gestopft wird. Zufrieden? Wir wollen ja nicht, daß du Ärger bekommst.«

Dann würde ich erst recht Ärger bekommen, dachte ich, wollte den Mann aber nicht weiter reizen, nickte also nur und trank einen Schluck Bier.

»Wenn ich dir einen ungebetenen Rat geben darf: Wenn man über fünfunddreißig ist, sollte man das Biertrinken sein lassen«, sagte der Knirps. »Bier ist etwas für Studenten und Bauarbeiter. Es schwemmt den Bauch auf, hat keinen Stil.«

Ich nickte und trank. Was ging den mein Bier an! Um nach Herzenslust Bier trinken zu können, ging ich regelmäßig schwimmen und joggte außerdem.

»Aber was soll ich groß auf andere zeigen?« sagte der Knirps. »Jeder hat so seine Schwächen. In meinem Falle sind es Zigaretten und Süßigkeiten. Und gerade die süßen Sachen haben es in sich. Sie sind schlecht für die Zähne und können Diabetes verursachen.«

Ich nickte. Zweifellos.

Der Knirps warf einen Blick auf seine Rolex. »Nun denn«, sagte er. »Ich habe nicht allzuviel Zeit, lassen wir also das Geplauder. Bist du jetzt ein bißchen lockerer?«

»Ein bißchen«, sagte ich.

»Schön, zur Sache also«, sagte der Knirps. »Der Zweck meines Besuches ist, dir ein wenig, wie ich eben schon sagte, auf die Sprünge zu helfen. Wenn du also etwas nicht weißt, frag, was auch immer. Ich antworte, so gut ich kann.« Er machte eine einladende Handbewegung. »Bitte sehr!«

»Zunächst wüßte ich gerne, wer ihr seid und inwieweit ihr wißt, was Sache ist«, sagte ich.

»Eine gute Frage«, sagte der Knirps, schaute, um dessen Zustimmung zu erheischen, zu dem Riesen hin und wandte sich, als der genickt hatte, wieder mir zu. »Du bist ein kluges Kerlchen. Redest nicht um den heißen Brei herum.« Er streifte seine Asche im Aschenbecher ab. »Sieh die Sache folgendermaßen: Ich bin hier, um dir zu helfen. Welcher Organisation wir angehören, spielt keine Rolle. Zweitens: Was Sache ist, wissen wir ziemlich genau. Wir wissen von dem Professor, von dem Schädel, von den geshuffelten Daten, ziemlich alles. Wir wissen außerdem Dinge, die du nicht weißt. Nächste Frage!«

»Habt ihr den Gasmann bestochen, der gestern nachmittag den Schädel stehlen wollte?«

»Die Frage habe ich eben schon beantwortet«, sagte der Mann. »Wir wollen den Schädel nicht. Wir wollen nichts.«

»Wer hat denn dann den Gasmann bestochen? Oder habe ich mir den am Ende nur eingebildet?«

»Das wissen wir nicht«, sagte der Knirps. »Wie wir auch anderes nicht wissen. Nehmen wir die Experimente des Professors. Wir kennen jedes Detail seiner Forschungen, wissen aber nicht, wohin sie führen sollen. Und das wüßten wir gerne.«

»Ich weiß es auch nicht«, sagte ich. »Habe aber trotzdem jede Menge Ärger deswegen.«

»Das ist uns bekannt. Auch, daß du nichts weißt. Du bist lediglich ein Werkzeug.«

»Warum taucht ihr dann hier auf? Was habt ihr davon?«

»Um guten Tag zu sagen«, sagte der Knirps und klopfte mit dem Feuerzeug auf die Tischkante. »Wir dachten, es sei besser, du wüßtest von uns. Wenn wir unser Wissen und unsere Auffassungen einander angleichen, wird vieles einfacher.«

»Darf ich meine Phantasie ein bißchen spielen lassen?«

»Nur zu. Die Phantasie ist frei wie ein Vogel und weit wie das Meer. Wer könnte sie aufhalten?«

»Ihr seid weder vom *System* noch von der *Fabrik*. So gehen die nicht vor, weder die einen noch die anderen. Wahrscheinlich habt ihr eine eigenständige kleine Organisation. Und sucht ein paar neue Anteile am Markt. Anteile, die ihr vermutlich der *Fabrik* abnehmen wollt.«

»Na, hab ich's nicht gesagt?« sagte der Knirps zu seinem Cousin, dem Riesen. »Ein kluges Kerlchen!«

Der Riese nickte.

»So klug, daß man sich wundern muß, warum du in so einer Absteige haust. So klug, daß man sich wundern muß, daß dir die Frau weggelaufen ist«, sagte der Knirps. So viel Lob hatte ich schon lange nicht mehr eingeheimst. Ich wurde rot.

»Zum größten Teil stimmen deine Vermutungen«, fuhr der Mann fort. »Mit der Neuentwicklung des Professors kommen wir im Informationskrieg groß heraus. Wir haben das vorbereitet und entsprechend investiert. Nun möchten wir noch gerne dich und die Forschungsergebnisse vereinnahmen. Damit graben wir dem *System* und der *Fabrik* gleichzeitig das Wasser ab. Das ist das Schöne am Informationskrieg: Alle sind gleich. Wer das neueste und beste System in die Finger bekommt, ist Gewinner. Und zwar auf der ganzen Linie. Leistung spielt keine Rolle. Außerdem ist die jetzige Situation eindeutig unnatürlich. Geradezu monopolisiert. Das *System* monopolisiert die informationelle Sonnenseite, und die *Fabrik* den Schatten. Es gibt keinen Wettbewerb. Das widerspricht, wie immer man es betrachtet, den Grundsätzen der freien Marktwirtschaft. Das ist unnatürlich, findest du nicht?«

»Damit habe ich nichts am Hut«, sagte ich. »Leute wie ich sind Rädchen im Getriebe, wir schuften nur. Ich denke ausschließlich an meine Arbeit. Falls ihr gekommen sein solltet, um mich für euch zu gewinnen ...«

»Du hast nicht verstanden«, sagte der Knirps und schnalzte tadelnd. »Wir haben nicht vor, dich für uns zu gewinnen. Ich sagte, daß wir dich *vereinnahmen* wollen. Nächste Frage!«

»Wer sind die Schwärzlinge?«

»Die Schwärzlinge leben unter der Erde. In den U-Bahnschächten, in der Kanalisation, sie fressen die Reste der Stadt und saufen Abwasser. Mit den Menschen kommen sie selten in Berührung. Deshalb gibt es nicht viele, die von ihrer Existenz wissen. Im großen und ganzen schaden sie dem Menschen nicht, es sei denn, einer verirrt sich da unten allein. Den fangen sie und fressen ihn auf. Auf U-Bahnbaustellen verschwindet schon hin und wieder mal ein Arbeiter, nicht wahr?«

»Weiß die Regierung nichts davon?«

»Natürlich weiß sie davon. So dumm ist der Staat nun auch wieder nicht. Die Burschen wissen genau Bescheid – ein paar Topleute jedenfalls.«

»Warum warnt man dann die Bevölkerung nicht oder bläst zur Jagd?«

»Erstens«, sagte der Mann, »würde eine Warnung nur Panik auslösen. Oder bist du anderer Meinung? Das würde den Leuten gar nicht gefallen, daß unter ihren Füßen diese unheimlichen Wesen herumwimmeln. Zweitens: Ausrotten geht nicht. Selbst wenn die gesamte Armee in den Tōkyōter Untergrund ginge, könnte sie nicht alle Schwärzlinge erledigen. Die haben da unten im Dunkeln ein Heimspiel. Das würde Krieg bedeuten, nichts weniger. Außerdem ist noch folgendes zu bedenken: Die Schwärzlinge unterhalten ein riesiges Nest direkt unter dem Kaiserpalast. Wenn irgend etwas passiert, graben die sich nachts hoch zur Erdoberfläche und ziehen nach unten, wer immer sich oben aufhält. Japan würde im Chaos versinken. Oder bist du anderer Meinung? Deshalb läßt die Regierung die Schwärzlinge Schwärzlinge sein. Umgekehrt bekommt unendliche Macht, wer sich mit den Schwärzlingen verbündet. Ob Putsch oder Krieg, wer mit den Schwärzlingen alliiert ist, kann nicht verlieren. Die würden sogar einen Atomkrieg überleben. Zur Zeit ist aber niemand mit ihnen verbündet, denn die Schwärzlinge sind extrem mißtrauisch; mit den Menschen pflegen sie unter keinen Umständen Umgang.«

»Ich habe allerdings gehört, daß die Semioten sich mit ihnen verbündet hätten«, sagte ich.

»Das Gerücht kursiert, das stimmt. Wenn dem so sein sollte, betrifft es ohne Frage nur einen Teil der Schwärzlinge, die aus irgendeinem Grund zeitweilig mit den Semioten zusammenarbeiten. Mehr hat das nicht zu bedeuten. Daß die Schwärzlinge und die Semioten auf Dauer eine Allianz bilden, ist undenkbar. Ich glaube nicht, daß man deswegen beunruhigt sein muß.«

»Aber die Schwärzlinge haben den Professor entführt!«

»Die Geschichte ist mir auch zu Ohren gekommen. Genaueres wissen wir aber nicht. Immerhin besteht die Möglichkeit, daß der Professor nur Theater spielt, aus Gründen der Camouflage. Hier streiten drei, vier Parteien um die Wurst, da ist alles möglich.«

»Was hat der Professor denn angestellt?«

»Der Professor hat ein ganz besonderes Projekt vorangetrieben«, sagte der Mann und besah sich von allen Seiten sein Feuerzeug. »Und zwar autonom, ohne das *System* und ohne die *Fabrik*. Die Semioten versuchen ständig, die Kalkulatoren zu übertrumpfen, und die Kalkulatoren versuchen, die Semioten auszubooten. In die Lücke dazwischen stieß der Professor und trieb Forschungen voran, mit denen er die ganze Welt aus den

Angeln heben kann. Und nun braucht er dich. Nicht den Kalkulator, der du bist, sondern dich, den Menschen.«

»Mich?« fragte ich erschrocken. »Warum sollte er mich brauchen? Ich habe keine besonderen Fähigkeiten, ich bin ein ganz gewöhnlicher Mensch. Wie sollte ausgerechnet ich dazu beitragen können, die Welt aus den Angeln zu heben?«

»Genau das möchten wir auch wissen«, sagte der Knirps und wendete sein Feuerzeug in der Hand hin und her. »Wir haben eine Ahnung, wissen aber nichts Genaues. Jedenfalls stehst du im Brennpunkt seiner Studien. Der Professor hat lange daran gearbeitet, und jetzt geht es in die letzte Phase, die Vorbereitungen sind abgeschlossen. Ganz ohne dein Wissen.«

»Und sobald die letzte Phase vorbei ist, wollt ihr mich und die Ergebnisse vereinnahmen, ja?«

»So ist es«, sagte der Knirps. »Aber langsam kommt Schlechtwetter auf. Die *Fabrik* hat Wind von der Sache bekommen und ist in Aktion getreten. Was uns zwang, ebenfalls in Aktion zu treten. Wirklich unangenehm.«

»Weiß das *System* Bescheid?«

»Nein, die haben wohl noch keine Ahnung. Wenn sie auch in Sachen Professor doppelt genau hinschauen.«

»Was ist denn das für einer, der Professor?«

»Der Professor hat ein paar Jahre für das *System* gearbeitet. Nicht auf geschäftlicher Ebene allerdings, wie du, sondern in der zentralen Forschungseinrichtung. Sein Fachgebiet ...«

»Für das *System*?« sagte ich. Die Sache wurde immer verwikkelter. Und ich, der ich im Zentrum des Interesses stand, war der einzige, der von nichts wußte.

»Ganz recht. Der Professor war früher mal so was wie ein Kollege von dir«, sagte der Knirps. »Jedenfalls in dem Sinne, daß ihr für dieselbe Organisation gearbeitet habt; begegnet seid ihr euch wohl kaum. Die Organisation war nämlich weitverzweigt und komplex und betrieb zudem einen geradezu beängstigenden Geheimhaltungskult, daß wirklich nur eine Handvoll von Spitzenleuten wußte, wo was wie ablief. Kurzum: Die linke Hand wußte nicht, was die rechte tat, und das rechte

Auge sah andere Dinge als das linke. Es gab, um es auf den Nenner zu bringen, einfach zu viele Daten, als daß man sie hätte verarbeiten können. Die Semioten versuchten, die Daten zu stehlen, und die Kalkulatoren bemühten sich, sie zu schützen. Beide Organisationen wurden immer größer, doch die Datenflut bekam niemand unter Kontrolle.

Der Professor besann sich dann eines Besseren, hörte bei den Kalkulatoren auf und widmete sich seinen eigenen Studien. Er ist enorm vielseitig. Hirnphysiologie, Biologie, Psychologie, physiognomische Studien – auf allen Gebieten, die mit der Psyche und dem Bewußtsein des Menschen zu tun haben, gehört er zur Spitzenklasse. Ein Wissenschaftler von der Genialität der großen Köpfe der Renaissance. Findet man heute sehr selten.«

Wenn ich daran dachte, daß ich diesem Mann das Datenwaschen und das Shuffling erklärt hatte, wurde mir ganz anders.

»Man kann getrost behaupten, daß die Entwicklung der heute von den Kalkulatoren angewandten Rechenmethoden weitestgehend sein Verdienst ist. Ihr seid, mit anderen Worten, die fleißigen Ameisen, denen man das Knowhow des Professors eingetrichtert hat«, sagte der Knirps. »Oder ist dir dieses Bild zu pejorativ?«

»Nein nein, keineswegs«, sagte ich.

»Der Professor zog sich also zurück. Und sofort kamen die Friedensangebote der Semioten. Schließlich wandern ja die meisten ausgestiegenen Kalkulatoren zu den Semioten ab. Der Professor lehnte allerdings ab. Er sagte, er betreibe Studien, die er allein verfolgen müsse. Womit er sich die Kalkulatoren und Semioten zugleich zu Feinden machte. Für die Kalkulatoren war er einer, der zuviel wußte, und für die Semioten gehörte er schlicht zu den *anderen*. Für die ist Feind, wer nicht Freund ist. Der Professor war sich dessen bewußt und richtete sein Labor deshalb in unmittelbarer Nähe eines Schwärzlingnestes ein. Du warst dort, nicht wahr?«

Ich nickte.

»Ein kluger Schachzug. Niemand kommt an das Labor

heran. Es wimmelt dort von Schwärzlingen, und gegen die kommen weder die Kalkulatoren noch die Semioten an. Der Professor sendet beim Betreten und Verlassen des Labors den Schwärzlingen verhaßte Schallwellen aus. Die ziehen sich sofort zurück, der Professor schreitet hindurch wie Moses durch das geteilte Meer. Eine perfekt verteidigte Burg. Abgesehen von der Enkelin des Professors bist du wahrscheinlich der einzige, der je das Labor von innen gesehen hat. Was zeigt, wie wichtig du bist. Der Professor steht zweifellos kurz vor der Lösung; dich hat er kommen lassen, um seine Studien zum krönenden Abschluß zu bringen.«

Eijeijei. Soviel Bedeutung war mir seit meiner Geburt nicht beigemessen worden. Daß ich dermaßen wichtig sein sollte, verursachte ein eigenartiges Gefühl. Ich konnte es nicht recht fassen.

»Wenn der Professor nur bezweckt hat, mich kommen zu lassen«, sagte ich, »waren die Labordaten, die ich für ihn kodiert habe, also nur ein Köder, waren wertloses Zeug, nicht wahr?«

»Nein, keineswegs«, sagte der Knirps. Er warf wieder einen Blick auf seine Uhr. »Diese Daten sind ein sorgfältig ausgeklügeltes Programm. Eine Art Zeitbombe. Wenn es soweit ist, gehen sie hoch: Bamm! Auch das ist allerdings nur eine Vermutung, Genaues wissen wir nicht. Dazu müßte man den Professor selbst fragen. Leider bleibt uns nicht mehr viel Zeit – wie wär's, wenn wir unsere Plauderei an dieser Stelle beenden? Wir haben nachher noch eine Kleinigkeit zu erledigen.«

»Was ist mit der Enkelin des Professors?«

»Ja, was ist mit ihr?« sagte der Knirps verwundert. »Wir wissen es nicht. Wir können nicht auf alles und alle ein Auge haben. Du hast was für die Kleine übrig?«

»Nein«, sagte ich. Nein, wahrscheinlich nicht.

Ohne den Blick von mir abzuwenden, erhob sich der Knirps, nahm sein Feuerzeug und die Zigaretten vom Tisch und steckte beides in die Hosentasche. »Ich denke, du hast zur Genüge begriffen, wo du stehst und wo wir stehen. Ein kleiner Nachtrag noch: Wir verfolgen einen Plan. Zur Zeit verfügen wir über detailliertere Informationen als die Semioten und haben die Nase vorn. Aber im Vergleich zur *Fabrik* ist unsere Organisation schwach. Wenn die richtig loslegen, überholen sie uns – und machen uns dabei platt. Wir müssen die Semioten also, damit das nicht passiert, ablenken. Das verstehst du, ja?«

»Ja«, sagte ich. Das verstand ich nur zu gut.

»Aus eigener Kraft können wir das aber nicht. Folglich brauchen wir jemandes Beistand. Wessen Beistand würdest du suchen, hmm?«

»Den des *Systems*«, sagte ich.

»Hab ich's nicht gesagt?« sagte der Knirps zu dem Riesen. »Ein kluges Kerlchen!« Er sah mich wieder an. »Dazu brauchen wir nun einen Köder. Kein Köder, kein Fisch. Der Köder wirst du sein.«

»Darauf bin ich gar nicht scharf«, sagte ich.

»Ob du darauf scharf bist oder nicht, steht nicht zur Debatte«, sagte der Mann. »Uns bleibt keine andere Wahl. Apropos – da hätte ich übrigens meinerseits eine Frage: Was in deiner Wohnung hat für dich den meisten Wert?«

»Nichts«, sagte ich. »Ich habe nichts Wertvolles. Das ist alles billiges Zeug.«

»Das sehe ich. Aber ein, zwei Dinge, die du vor der Zerstörung bewahren möchtest, hast du doch bestimmt! Das mag alles billiges Zeug sein, aber du wohnst schließlich hier.«

»Zerstörung?« ich erschrak. »Was meinen Sie damit?«

»Zerstörung heißt ... Zerstörung, schlicht und einfach. Schau dir die Tür an«, sagte der Knirps und zeigte mit dem Finger auf die verbogene, aus den Scharnieren gesprengte Eingangstür. »Zerstörung um der Zerstörung willen. Wir werden hier alles demolieren.«

»Wozu?«

»In einem Wort kann ich das nicht erläutern, und selbst wenn, würde das nichts daran ändern, daß wir die Wohnung demolieren werden. Also sag, was dir wichtig ist. Wir verfahren entsprechend.«

»Das Videogerät«, lenkte ich ein. »Und der Fernseher. Die Geräte waren teuer, außerdem hab ich sie gerade erst gekauft. Und mein Whiskeyvorrat im Küchenschrank.«

»Was noch?«

»Meine Lederjacke und mein neuer dreiteiliger Maßanzug.«

»Was noch?«

Ich überlegte einen Augenblick, ob ich sonst noch etwas Wertvolles besaß. Nein, nichts, das war alles. Ich gehörte nicht zu denen, die ihre Wohnungen zu Schatzkammern umfunktionieren.

»Das ist alles«, sagte ich.

Der Knirps nickte. Der Riese nickte auch.

Zuerst machte der Riese die Küchen- und Einbauschränke auf. Dann zog er den Bullworker, mit dem ich manchmal trainiere, aus dem Einbauschrank, führte ihn sich hinters Kreuz und drückte ihn bis zum Anschlag zusammen. So weit hatte ich noch nie jemand einen Bullworker zusammendrücken sehen. Das war nicht von schlechten Eltern.

Dann packte er das Gerät mit beiden Händen, wie einen Baseballschläger, und ging ins Schlafzimmer. Ich lehnte mich vor, um zu sehen, was er machte. Der Riese stellte sich vor den Fernseher, holte mit dem Bullworker weit aus und ließ ihn auf den Bildschirm sausen. Glas splitterte, hundert Blitze blitzten, und der Fernseher – 72er Schirm! –, den ich erst vor drei Monaten gekauft hatte, lag da wie eine zerschellte Wassermelone.

»Moment mal …«, sagte ich und wollte aufspringen, aber der Knirps hielt mich zurück, indem er mit der flachen Hand auf den Tisch hieb.

Der Riese bemächtigte sich nun des Videogerätes und hämmerte es mit der Armaturenseite mehrmals gegen eine Kante des Fernsehers. Ein paar Schalter sprangen ab, Kabel schlossen kurz; wie eine gerettete Seele, die gen Himmel fährt, stieg eine Säule weißen Rauches auf. Als der Riese sicher war, daß das Videogerät seinen Geist aufgegeben hatte, warf er den Schrott zu Boden und zog ein Messer aus der Tasche. Mit einem einfachen, aber eindeutigen Klicken sprang die scharfe Klinge heraus. Dann machte er den Kleiderschrank auf und zerfetzte meine Lederjacke und den Brooks-Brothers-Anzug, die mich zusammen fast zweihunderttausend Yen gekostet hatten.

»Was soll der Scheiß?« schrie ich den Knirps an. »Sie haben gesagt, die wertvollen Sachen bleiben heil!«

»Das habe ich nicht gesagt«, antwortete er ungerührt. »Ich habe dich gefragt, was dir am wichtigsten ist. Kein Wort, daß es verschont bleibt. Zuerst wird das Wichtigste zerstört. Das ist doch klar!«

»Na großartig!« sagte ich, holte mir aus dem Kühlschrank ein Bier und sah zusammen mit dem Knirps zu, wie der Riese meine feine, kleine 2-ZKB-Wohnung in Stücke schlug.

## Der Wald

Der Herbst ist vorüber. Eines Morgens wache ich auf, sehe zum Himmel auf – und es ist nicht mehr Herbst. Die klaren Schatten der Herbstwolken fehlen, statt dessen zeigt sich über dem nördlichen Bergkamm eine dicke, dunkle Wolke, wie ein Bote des Unglücks. Der Herbst ist der Stadt ein freundlicher, angenehmer Gast gewesen, doch sein Aufenthalt war kurz und sein Aufbruch überstürzt.

Dem Herbstende folgt ein Provisorium, nicht Herbst noch Winter, ein seltsam stilles Vakuum. Das goldene Vlies der Tiere verliert langsam seinen Glanz, wird weißer und weißer, als würde es ausgebleicht, und kündet den Menschen den nahen Winter an. Alle Lebewesen, alle Naturerscheinungen bereiten sich auf die eisige Jahreszeit vor: Man zieht den Kopf ein und erstarrt. Wie eine unsichtbare Membran legt sich die Vorahnung des Winters über die Straßen. Das Heulen des Windes, das Rauschen der Bäume und Sträucher, die Stille der Nacht, sogar die Schritte der Menschen – alles klingt schwer und kalt, alles scheint auf den Winter anzuspielen, selbst das im Herbst noch so sanft und beruhigend gewesene Plätschern an der Sandbank kann mich jetzt nicht mehr trösten. Alles zieht sich in einen Panzer zurück, um die eigene Haut zu retten, und legt sich diese eigenartige Finalität zu. Für alle ist der Winter etwas ganz Besonderes, er ist anders als jede andere Jahreszeit. Selbst die Rufe der Vögel werden kurz und spitz, nur ihr gelegentliches Flügelschlagen bringt Bewegung in das kalte Vakuum.

»Dieses Jahr bekommen wir allem Anschein nach einen außerordentlich kalten Winter«, sagt der alte Oberst. »Man sieht es an der Form der Wolken. Schau mal, da drüben.«

Der Alte geht mit mir zum Fenster und zeigt auf die dicke, dunkle Wolke über dem nördlichen Bergkamm. »Jedes Jahr um diese Zeit zeigen sich über dem Kamm Vorboten der Winterwolken. Spähtrupps sozusagen. Anhand der Form dieser Wolken läßt sich die zu erwartende Kälte des Winters vorhersagen. Glatte, flache Wolken deuten auf mildes Wetter. Je dicker sie sind, desto strenger wird der Winter. Und am allerschlimmsten sind Wolken, die wie ein Vogel mit ausgebreiteten Schwingen aussehen. Das bedeutet, daß alles zufrieren wird. Eine Wolke wie genau die da.«

Ich kneife meine Augen zu Schlitzen zusammen und sehe mir den Himmel über dem nördlichen Bergkamm an. Meine Sicht ist zwar verschwommen, doch die Wolke, von der der Alte gesprochen hat, kann ich erkennen. Sie zieht sich den ganzen Kamm entlang, von rechts nach links, von einem Ende zum anderen, ihr Zentrum ragt dick und hoch empor wie ein Berg, und sie hat zweifellos die Form eines Vogels mit ausgebreiteten Schwingen, wie der Alte gesagt hat. Ein riesiger, aschgrauer Unglücksvogel, der über den Kamm her auf uns zufliegt.

»So ein eiskalter Winter kommt nur alle fünfzig bis sechzig Jahre vor. Apropos, du hast gar keinen Mantel, oder?«

»Nein, hab ich nicht«, sage ich. Ich besitze bloß das dünne Baumwolljäckchen, das mir zugeteilt wurde, als ich in die Stadt kam.

Der Oberst öffnet einen Schrank, zieht einen marineblauen Militärmantel heraus und gibt ihn mir. Er ist schwer wie Stein, und die rauhe Schafswolle kratzt und sticht auf der Haut.

»Ein bißchen schwer, aber besser als nichts. Ich hab ihn vor kurzem für dich besorgt. Hoffentlich paßt er.«

Ich probiere ihn an. Er ist in den Schultern etwas zu weit und so schwer, daß ich wohl werde dahertaumeln müssen, wenn ich mich nicht schleunigst daran gewöhne. Doch im großen und ganzen paßt er. Außerdem ist er besser als nichts, um mit den Worten des Alten zu sprechen. Ich bedanke mich.

»Sitzt du immer noch an der Karte?« fragt der Oberst.

»Ja«, sage ich. »Es gibt noch ein paar weiße Flecken, und ich will sie so schnell wie möglich fertigbekommen. Wo ich schon soviel Mühe hineingesteckt habe.«

»Ich habe nichts dagegen, daß du die Karte zeichnest. Es ist deine Sache, und du störst schließlich niemanden damit. Aber ich gebe dir den guten Rat, hör auf, so weite Ausflüge zu machen, wenn der Winter da ist. Dann darfst du die bewohnte Gegend auf keinen Fall mehr verlassen. Man kann nicht vorsichtig genug sein, besonders in einer so grimmigen Kälte, wie sie dieses Jahr zu erwarten ist. Ausgesprochen groß ist die Stadt zwar nicht, aber im Winter birgt sie viele Gefahren, von denen du keine Ahnung hast. Warte mit der Fertigstellung der Karte, bis es Frühling wird!«

»Mach ich«, sage ich, »aber wann fängt der Winter denn nun an?«

»Wenn der Schnee kommt. Der Winter ist da, sobald die ersten Schneeflocken fallen. Und er ist zu Ende, sobald der Schnee auf der Sandbank geschmolzen ist.«

Wir betrachten weiter die Wolke über dem nördlichen Bergkamm und trinken unseren Morgenkaffee.

»Noch etwas ganz Wichtiges«, sagt der Alte. »Halte dich unter allen Umständen von der Mauer fern, sobald der Winter da ist. Und auch vom Wald. Im Winter sind sie überaus mächtig.«

»Was ist denn eigentlich los im Wald?«

»Nichts«, antwortet der Alte nach einer kleinen Pause. »Rein gar nichts. Zumindest nichts, was für dich oder mich von Bedeutung wäre. Für uns ist der Wald vollkommen unwichtig.«

»Lebt dort niemand?«

Der Alte macht den Ofen auf, entfernt den Staub und legt ein paar dünne Scheite Brennholz und etwas Kohle ein.

»Sieht ganz so aus, als müßten wir ab heute abend heizen«, sagt er. »Die Kohle hier und das Holz stammen aus dem Wald. Außerdem wachsen dort Pilze, Tee und andere Nahrungsmittel. In dieser Hinsicht brauchen wir den Wald. Aber das ist auch schon alles. Sonst gibt es dort nichts.«

»Aber das heißt doch, daß es Leute geben muß, die davon leben, im Wald nach Kohle zu graben, Brennholz zu sammeln oder Pilze zu suchen, nicht wahr?«

»Ja, sicher. Es wohnen dort ein paar Menschen. Sie versorgen die Stadt mit Kohle, Brennholz, Pilzen und so weiter, wir geben ihnen dafür Getreide und Kleidung. Der Austausch findet einmal pro Woche an einem festgesetzten Ort durch autorisierte Personen statt. Aber darüber hinaus pflegen wir keinen Kontakt. Sie kommen nicht in die Stadt, und wir gehen nicht in den Wald. Wir und sie – das sind grundverschiedene Menschenschläge.«

»Inwiefern verschieden?«

»In jeder Hinsicht«, sagt der Alte. »Verschieden in jedem erdenklichen Sinne. Aber paß auf, die wollen bloß, daß man sich für sie interessiert. Sie sind gefährlich, warten nur darauf, schlechten Einfluß auf dich ausüben zu können. Du bist nämlich jemand, der – wie soll ich sagen – noch nicht gefestigt ist. Und solange nicht ordnungsgemäß gefestigt ist, was gefestigt werden muß, solltest du dich nicht unnötig in Gefahr begeben. Der Wald ist der Wald. In deine Karte brauchst du also einfach nur ›Wald‹ einzutragen. Verstanden?«

»Verstanden.«

»Aber es gibt nichts Gefährlicheres als die Mauer im Winter. Im Winter hält die Mauer die Stadt noch fester zusammen als sonst. Uns wird deutlich und unmißverständlich bewußt, daß wir hinter ihr eingeschlossen sind. Ihr entgeht nichts von dem, was hier passiert, absolut nichts. Deshalb solltest du dich in keinster Weise mit ihr anlegen, nicht einmal nähern solltest du dich ihr. Ich kann es nicht oft genug wiederholen: Du bist noch nicht gefestigt. Du bist unschlüssig, hast deine Zweifel und Widersprüche, du bereust und zeigst Schwäche. Der Winter wird für dich die gefährlichste Jahreszeit überhaupt.«

Aber ich muß etwas über den Wald herausbekommen, bevor der Winter anbricht, und wenn es noch so wenig ist. Es ist langsam an der Zeit, dem Schatten die Karte zu liefern, und er hat verlangt, daß ich mich um den Wald kümmere. Nur noch der Wald, dann steht die Karte.

Langsam, aber sicher breitet die Wolke über dem Bergkamm

ihre Schwingen aus und kommt auf die Stadt zu, die Sonnenstrahlen haben längst ihren goldenen Glanz verloren. Der Himmel ist trübe und düster, als hätte man ihn mit feiner Asche bestäubt, in der sich das schwache Licht verfängt. Wie geschaffen allerdings für meine verwundeten Augen, diese Jahreszeit. Der Himmel vermag nicht mehr aufzubrechen, nicht einmal ein Sturm würde diese Wolke mehr vertreiben können.

Ich nehme den Weg am Fluß entlang in den Wald hinein und versuche, möglichst nahe bei der Mauer zu bleiben, um mich nicht zu verlaufen. So kann ich den Wald erforschen und gleichzeitig den Verlauf der Mauer in die Karte eintragen.

Aber das ist kein Kinderspiel. Unterwegs tun sich Gräben auf, so tief, daß man denkt, die Erde sei eingebrochen, oder ich gerate in einen riesigen Brombeerstrauch, der hoch über mich hinauswuchert. Es gibt Sumpfgebiete, die mir den Weg abschneiden, und überall haben Riesenspinnen ihre Netze gesponnen; sie kleben mir im Gesicht, am Kopf und an den Händen. Ab und zu höre ich im Gebüsch ein Rascheln. Die Äste riesiger Bäume decken alles über mir zu und tauchen den Wald in eine Dunkelheit, so tief wie auf dem Meeresgrund. Wie ein unappetitlicher Hautausschlag haben kleine und große Pilze in allen erdenklichen Farben die Stämme und Wurzeln der Bäume befallen.

Doch seltsamerweise – sobald ich mich einmal von der Mauer entferne und ins Waldesinnere vordringe, eröffnet sich mir eine Welt des Friedens und der Ruhe. Nichts als urwüchsige Natur und Leben – das ruhige Atmen der Erde heitert mich auf. Statt der Gefahr, vor der der Oberst mich so eindringlich gewarnt hat, sehe ich die Bäume, die Gräser, die kleinen Tiere – spüre ich den endlosen Kreislauf des Lebens und so etwas wie Bestimmung, unverrückbar in jedem Stein und jedem kleinsten Stückchen Erde.

Dieser Eindruck wird um so stärker, je weiter ich mich von der Mauer entferne und in das Waldesinnere vordringe. Die Schatten des Unglücks verfliegen, die Formen der Baumstämme und die Farben der Blätter werden irgendwie friedlicher, die

Rufe der Vögel klingen wieder angenehm. Auch den kleinen Lichtungen, die sich hin und wieder auftun, fehlt die Spannung und die Finsternis, die in Mauernähe zu spüren ist. Ich habe keine Ahnung, was diesen eklatanten Gegensatz bewirken könnte. Vielleicht greifen die Kräfte der Mauer die Waldatmosphäre an, vielleicht ist es auch nur eine ökologische Frage.

Aber so angenehm es ist, im Wald umherzulaufen, ganz von der Mauer entfernen darf ich mich nicht. Der Wald ist tief, und wenn ich mich einmal verlaufe, werde ich nicht einmal mehr die Himmelsrichtungen bestimmen können. Es gibt keine Wege, nicht einmal Orientierungspunkte. Ich arbeite mich deshalb ganz vorsichtig weiter durch den Wald, die Mauer immer gerade noch im Augenwinkel, und achte darauf, diesen Abstand zu halten. Es ist nicht so einfach zu durchschauen, ob der Wald nun Freund ist oder Feind – die beruhigende, angenehme Wirkung, die er auf mich ausübt, kann schließlich eine Täuschung sein, um mich tiefer hineinzulocken. Wie auch immer – für diese Stadt bin ich eine schwache Existenz, noch nicht gefestigt, wie der Alte gesagt hat. Ich kann nicht vorsichtig genug sein.

Vielleicht liegt es daran, daß ich nicht wirklich bis ins Waldesinnere vorgedrungen bin, aber ich kann keine einzige Spur von den Menschen entdecken, die hier leben sollen, nirgendwo. Keine Fußspuren, auch nicht die geringsten Anzeichen, daß irgend etwas von Menschenhand berührt worden wäre. Halb habe ich mich davor gefürchtet, halb habe ich gehofft, ihnen zu begegnen, aber nun bin ich schon tagelang unterwegs, und mir ist nicht der geringste Hinweis auf ihre Existenz untergekommen. Ich komme zu dem Schluß, daß sie tiefer im Waldesinnern leben müssen. Oder daß sie mir geschickt aus dem Weg gehen.

Am dritten oder vierten Tag meiner Erkundungen, gerade dort, wo die östliche Mauer eine scharfe Biegung nach Süden macht, entdecke ich eine kleine Lichtung direkt an der Mauer. Sie liegt genau in der Biegung, von der Mauer geschützt, und breitet sich von dort fächerförmig aus. Der dichte Wald läßt dieses winzige Fleckchen Erde vollkommen unberührt, und auch von der sonst so rauhen Spannung in unmittelbarer Nähe der Mauer ist hier eigenartigerweise nichts zu spüren. Alles ist friedlich und ruhig, wie im Waldesinneren. Ein samtweicher Teppich aus kurzem, saftigem Gras bedeckt die Erde, über mir spannt sich ein ungewöhnlich geformtes Stück Himmel, wie abgesetzt. In der einen Ecke der Lichtung muß einmal ein Gebäude gestanden haben, denn es sind noch die Reste eines Steinfundamentes zu sehen. Ich schaue mir diese Überreste genauer an und erkenne, daß es ein regelrechtes Haus gewesen sein muß, ein geräumiges sogar. Jedenfalls keine provisorisch hochgezogene Hütte. Ich kann drei abgetrennte Zimmer, Küche, Bad und die Eingangshalle erkennen und mir direkt vorstellen, wie das Haus ausgesehen haben muß. Aber ich habe keine Ahnung, wer hier in der hintersten Ecke des Waldes zu welchem Zweck ein Haus gebaut und aus welchem Grunde er es dann wieder verlassen haben soll.

Hinter der Küche ist ein Steinbrunnen, doch er ist mit Erde aufgefüllt worden und von Gras überwuchert. Offensichtlich hat der, der dies alles verließ, auch den Brunnen zugeschüttet. Wer weiß, wozu.

Ich setze mich hin, lehne mich an die verwitterte Brunnenmauer und sehe zum Himmel auf. Der Wind weht aus den nördlichen Bergen und fährt in die Zweige der Bäume, daß sie sich wiegen und rauschen. Dicke, regenschwere Wolken ziehen langsam vorüber. Ich schlage den Jackenkragen hoch und sehe den Wolken nach.

Hinter der Ruine erhebt sich die Mauer. Es ist das erstemal, daß ich im Wald so nah an sie herankomme. Jetzt sieht sie tatsächlich lebendig aus, beinahe, als würde sie atmen. Wie ich so dasitze, dem Wind lausche und die Mauer betrachte, in einer Lichtung mitten im Ostwald, an einen alten Brunnen gelehnt, kann ich den Worten des Wächters glauben. Wenn es überhaupt etwas Perfektes geben sollte auf dieser Welt, dann ist es die Mauer. Sie scheint schon seit ewigen Zeiten dazusein, wie die

Wolken, die am Himmel ziehen, wie der Regen, der einen Fluß in die Erde gräbt.

Die Mauer ist zu gewaltig, um sie auf ein Blatt bannen zu können, ihr Atmen zu heftig, ihre gebogene Linie zu anmutig. Jedesmal, wenn ich den Verlauf der Mauer in mein Heft zeichnen will, überfällt mich ein grenzenloses Gefühl der Ohnmacht. Ihr Aussehen ändert sich je nach Blickwinkel unglaublich, was es mir beinahe unmöglich macht, sie genau zu fassen.

Ich schließe die Augen und versuche, ein bißchen zu schlafen. Ich höre immer noch das Heulen des schneidenden Windes, aber die Bäume und die Mauer schützen mich vor seiner Kälte. Vor dem Einschlafen denke ich an meinen Schatten. Ich muß ihm jetzt bald die Karte geben. Natürlich ist sie im Detail noch ungenau, die Stelle, wo der Wald liegt, ist beinahe weiß geblieben, aber der Winter steht vor der Tür, und wenn er erst da ist, wird es mir unmöglich sein, meine Erkundungen in irgendeiner Weise fortzusetzen. Ich habe die ungefähre Form der Stadt, Lage und Aussehen dessen, was sich darin befindet, in mein Heft eingezeichnet und außerdem alles, was ich darüber herausfinden konnte, notiert.

Ich bin mir nicht sicher, ob der Wächter mich zu dem Schatten vorlassen wird, aber schließlich hat er versprochen, daß ich ihn besuchen darf, sobald die Tage kürzer geworden sind und die Energie des Schattens nachgelassen hat. Jetzt, kurz vor Winteranbruch, scheinen diese Bedingungen erfüllt.

Dann denke ich mit geschlossenen Augen an die Bibliothekarin. Aber je mehr ich an sie denke, desto stärker wird das Gefühl von Verlust. Ich kann nicht ergründen, wie es entsteht und durch was es hervorgerufen wird, aber daß es ein reines Gefühl von Verlust ist, weiß ich genau. Mir ist, als würde mir ständig irgend etwas von ihr abhanden kommen, unaufhörlich.

Ich sehe sie jeden Tag, aber auch diese Tatsache vermag das immer größer werdende Loch in mir nicht zu füllen. Wenn ich in einem Zimmer der Bibliothek alte Träume lese, ist sie ständig an meiner Seite. Wir essen zusammen zu Abend, trinken etwas Warmes, und nachher bringe ich sie nach Hause. Unterwegs reden wir über alles mögliche. Sie erzählt mir von ihrem Vater, von ihren beiden Schwestern, von ihrem Alltag.

Doch jedesmal, wenn wir an ihrem Haus angekommen sind und uns verabschiedet haben, fühle ich den Verlust noch stärker als zuvor. Ich kann mit diesem unsinnigen Gefühl absolut nichts anfangen. Der Brunnen ist zu tief und zu dunkel, alle Erde der Welt könnte ihn nicht füllen.

Ich vermute, das Gefühl hängt mit dem Verlust meines Gedächtnisses zusammen. Meine Erinnerung fragt nach irgend etwas von ihr, auf das ich aber keine Antwort finden kann, und dieses Mißverhältnis läßt in meiner Seele eine schwer ausfüllbare Leere zurück. Aber das ist ein Problem, mit dem ich mich jetzt nicht belasten kann. Ich selbst bin viel zu schwach und zu unsicher.

Ich wische die vielen komplizierten Gedanken in meinem Kopf beiseite und versinke in Schlaf.

Als ich erwache, ist es erstaunlich kalt. Ich zittere am ganzen Leibe und ziehe mir die Jacke fester zu. Es wird dunkel. Ich stehe auf und fege mir das trockene Gras von der Kleidung – da streift die erste Schneeflocke meine Wange. Als ich zum Himmel aufblicke, hängt die Wolke viel tiefer als zuvor, dunkler und unglücksseliger. Dicke, behäbige Schneeflocken wiegen sich im Wind und tanzen langsam zur Erde herab. Der Winter ist da.

Bevor ich aufbreche, sehe ich mir die Mauer noch einmal an. Die vor dem düsteren Himmel tanzenden Schneeflocken lassen sie noch perfekter wirken als sonst. Als ich zur Mauer aufblicke, habe ich das Gefühl, sie sieht mit tausend Augen auf mich herab. Wie ein eben erwachtes Urlebewesen baut sie sich vor mir auf. Sie scheint mir zuzurufen: **Warum bist du hier? Was suchst du?**

Aber ich kann ihre Fragen nicht beantworten. Der kurze Schlaf in der Kälte hat meinem Körper alle Wärme geraubt. Mein Kopf fühlt sich an, als wäre er mit irgendeiner zähen Masse gefüllt. Als gehörte er gar nicht zu mir, als säße er auf fremden Schultern. Alles ist schwer und vage.

Ich bemühe mich, beim Durchqueren des Waldes möglichst nicht zur Mauer zu sehen, und beeile mich, zum Osttor zu kommen. Der Weg ist lang, und die Dunkelheit wird dichter und dichter. Das empfindliche Gleichgewicht meines Körpers ist zusammengebrochen. Mehrmals muß ich unterwegs stehenbleiben, um Luft zu holen, um genügend Kraft zum Weitergehen zu sammeln und meine wie ausgefransten, bloßliegenden Nervenstränge wieder zusammenzudrehen. Außerdem habe ich das Gefühl, daß irgend etwas schwer auf mir lastet, etwas, das sich in der Abenddämmerung verborgen hält. Ich meine, den Ton des Horns bis in den Wald hinein zu hören – aber er geht einfach durch mich hindurch und berührt mich nicht.

Als ich endlich den Wald hinter mir gelassen habe und am Flußufer ankomme, ist die Erde schon in schwarze Dunkelheit gehüllt. Kein Mond, keine Sterne, nur der schneeige Wind und das kalte Rauschen des Wassers beherrschen die Umgebung. Hinter mir erhebt sich der finstere Wald, die Bäume schwanken im Wind. Ich kann mich nicht entsinnen, wieviel Zeit ich danach gebraucht habe, um die Bibliothek zu erreichen. Das einzige, was ich weiß, ist, daß ich unendlich lange am Fluß entlang lief, immer und immer weiter. In der Dunkelheit wiegten die Weidenzweige, über mir brauste der Wind. Der Weg wollte und wollte nicht enden.

Die Bibliothekarin setzt mich vor den Ofen und legt mir die Hand auf die Stirn. Ihre Hand ist gräßlich kalt, mein Kopf schmerzt, als hätte man einen Eiszapfen hineingejagt. Ich will ihn instinktiv herausziehen, den Schmerz wegwischen, doch ich kann den Arm nicht heben; als ich es mit aller Kraft versuche, muß ich mich fast übergeben.

»Du hast furchtbar hohes Fieber«, sagt sie. »Wo warst du bloß, was hast du so lange gemacht?«

Ich will antworten, doch alle Worte sind aus meinem Kopf verschwunden. Selbst ihre kann ich kaum verstehen.

Sie sucht irgendwo ein paar Decken zusammen, wickelt mich darin ein und legt mich vor dem Ofen schlafen. Ihr Haar berührt meine Wange. Ich will sie nicht verlieren, denke ich, aber ich weiß nicht, ob dieser Gedanke meinem eigenen Bewußtsein entspringt oder ob er mir aus einem alten Erinnerungssplitter plötzlich in den Sinn kommt. Ich habe so viel verloren, und ich bin viel zu müde. Vollkommen machtlos fühle ich, wie mir langsam, aber sicher das Bewußtsein entgleitet. Es drängt zwar zu mir herauf, doch mein Körper hält mit aller Kraft dagegen. Ich fühle mich merkwürdig gespalten. Welchem von beiden soll ich mich überlassen, dem Bewußtsein oder dem Körper? – Ich weiß es nicht.

Sie hält die ganze Zeit meine Hand.

»Schlaf jetzt«, höre ich sie sagen. Worte aus dem hintersten Winkel der Finsternis, die lange, lange brauchen, bis sie zu mir dringen.

## Whiskey, Folter, Turgenjew

Der Riese zertrümmerte in der Spüle meinen gesamten Whiskeyvorrat – nicht eine, nicht eine einzige Flasche ließ er unversehrt. Ich hatte mich mit dem Inhaber der Spirituosenhandlung an der Ecke angefreundet und bekam, wenn er Importwhiskey im Sonderangebot hatte, stets eine kleine Lieferung ins Haus, so daß ich über eine recht stattliche Sammlung verfügte.

Zuerst zerschlug der Riese zwei Flaschen *Wild Turkey*, ging dann, bevor er drei *I. W. Harper* erledigte, zu *Cutty Sark* über, zerbrach zwei *Jack Daniels*, gab *Four Roses* das letzte Geleit, zersplitterte eine *Haig* und exekutierte zu guter Letzt auf einen Schlag ein halbes Dutzend *Chivas Regal*. Es krachte grausig, noch schlimmer war jedoch der Geruch, kein normaler Whiskeygeruch: In der ganzen Wohnung stank es zum Gotterbarmen. Immerhin hatte der Kerl einen Halbjahresvorrat zertrümmert.

»Da kriegt man schon beim Einatmen einen Schwips, nicht wahr?« bemerkte der Knirps wie anerkennend. Ich stützte den Kopf in die Hände und sah resigniert zu, wie sich die Scherben in der Spüle türmten. Was steigt, muß fallen, was fest ist, zerfließen, Asche zu Asche und Staub zu Staub. In das Splittern des Glases mischte sich durchdringendes Pfeifen; es ging von dem Riesen aus und hörte sich an, als würde mit Zahnseide ein Riß in der Luft bearbeitet. Die Melodie kannte ich nicht – das heißt, es war eigentlich keine. Die Seide scheuerte mal oben, mal in der Mitte, mal unten, sonst nichts. Es ging mir durch Mark und Bein und zerrte an sämtlichen Nerven. Ich schüttelte mir die Ohren frei und stürzte das Bier hinunter. Mein Magen war hart wie der Lederkoffer eines Bankangestellten im Außendienst.

Der Mann setzte seine sinnlose Zerstörung fort. Für die beiden mochte sie ihren Sinn haben, für mich jedenfalls nicht. Der Riese schmiß das Bett um, zerschlitzte die Matratze, riß sämtliche Kleidungsstücke aus den Schränken, verteilte den Inhalt der Schreibtischschubladen auf dem Fußboden, rupfte das Kontrollpaneel der Klimaanlage aus der Wand, stülpte den Papierkorb um und zerschlug im Einbauschrank, was er gerade darin fand. Er arbeitete schnell und geschickt.

Nachdem er das Schlafzimmer in ein Schlachtfeld verwandelt hatte, wandte er sich der Küche zu. Der Knirps und ich zogen ins Wohnzimmer um, richteten das umgestürzte Sofa auf, dessen Rückseite völlig zerfetzt war, setzten uns und sahen zu, wie der Riese die Küche demolierte. Daß die Sitzfläche und die Rükkenlehne des Sofas beinahe keinen Schaden genommen hatten, war Glück im Unglück. Das Sofa war ein erstklassiges Stück, es saß sich äußerst bequem darauf; ein befreundeter Fotograf hatte es mir preiswert überlassen. Er war hochtalentiert gewesen, spezialisiert auf Werbefotografie, drehte aber eines Tages durch, zog sich in die Berge von Nagano zurück und trat mir deshalb das Sofa, das in seinem Büro gestanden hatte, billig ab. Daß er mit den Nerven völlig fertig war, bedauerte ich aufrichtig, aber immerhin war ich so an das Sofa gekommen: ein Glücksfall. Jedenfalls würde ich mir kein neues kaufen müssen.

Ich saß ganz rechts auf dem Sofa und umklammerte meine Dose Bier, der Knirps saß ganz links, an die Armlehne gelehnt, die Beine übereinandergeschlagen. Trotz des Höllenlärms ließ sich keiner meiner Mitbewohner blicken. Auf meiner Etage wohnten fast ausschließlich Alleinstehende, so daß an Werktagen, wenn nichts wirklich Außergewöhnliches anstand, tagsüber niemand da war. Veranstalteten die beiden deshalb so ungerührt diesen Krach, weil sie das wußten? Höchstwahrscheinlich. Die wußten alles. Sie führten sich auf wie die Berserker, gingen aber doch systematisch und planvoll vor.

Der Knirps schaute ab und zu auf seine Rolex, als prüfe er den korrekten Arbeitsablauf, während der Riese ohne jede überflüssige Bewegung der Reihe nach alles, was ihm in die

Finger kam, zertrümmerte. Bei einer so gründlichen Durchsuchung hätte ich nicht einmal einen Bleistift verstecken können. Aber die beiden suchten ja, wie der Knirps zu Anfang behauptet hatte, nichts. Sie demolierten nur.

Doch wozu?

Um einen Dritten glauben zu machen, daß sie etwas suchten.

Wer war der Dritte?

Ich überlegte nicht weiter, trank den letzten Schluck Bier und stellte die leere Dose auf dem niedrigen Tisch ab. Der Riese öffnete den Geschirrschrank, fegte die Gläser auf den Boden und widmete sich dann den Tellern. Er zerschlug alles, den Teekocher und die Teekanne, das Salzfäßchen, die Zucker- und die Mehldose, alles. Der Reis fand sich auf dem Fußboden wieder. Dasselbe Schicksal ereilte die tiefgefrorenen Lebensmittel. Ein Dutzend steinharte Garnelen und Rindfleischfilets und Eiskrem und ein circa dreißig Zentimeter langer Schlauch Tomatensoße, die ich versuchsweise mit Sahne und Lachsrogen verfeinert hatte, polterten mit einem Getöse auf den Linoleumboden, als schlüge ein Meteoritenschwarm auf Beton.

Danach hob der Mann den Kühlschrank an, zog ihn vor und stieß ihn so um, daß er seitlich zu liegen kam. Ein Funkenregen ging nieder – offenbar hatte es am Radiator einen Kurzen gegeben. Was sollte ich dem Elektriker als Erklärung anbieten? Mir schwirrte der Kopf.

So plötzlich, wie die Zerstörung begonnen hatte, war sie vorbei. Kein Wenn, kein Auch, kein Aber, kein Obwohl – von einem Augenblick auf den anderen war alles vorüber, herrschte Stille. Der Riese, der sein Pfeifen eingestellt hatte, stand im Türrahmen zwischen Küche und Wohnzimmer und sah mich unbestimmt an. Wie lange er gebraucht hatte, meine Wohnung in einen Schutthaufen zu verwandeln, vermochte ich nicht zu sagen. Zwischen einer Viertel- und einer halben Stunde, um diesen Dreh. Etwas länger als eine Viertelstunde, etwas weniger als eine halbe. Von dem zufriedenen Gesichtsausdruck des Knirpses her zu urteilen, der das Zifferblatt seiner Rolex befragte, mußte er jedenfalls in etwa in der Zeit gelegen haben, die man normalerweise braucht, um eine 2-ZKB-Wohnung zu demolieren. In der Welt gibt es wirklich für alles und jedes Normzeiten und Mittelwerte, vom Marathonlauf bis zur Blattzahl des pro Toilettenbesuch benutzten Klopapiers.

»Das Aufräumen wird Zeit kosten«, sagte der Knirps.

»Ohne Frage«, sagte ich. »Und Geld.«

»Geld hat hier keine Rolle zu spielen. Das ist Krieg. Wer Taler zählt, kann keinen Krieg gewinnen.«

»Das ist nicht mein Krieg.«

»Wessen Krieg, tut nichts zur Sache, ebensowenig, wessen Geld. So ist das im Krieg.«

Der Knirps zog ein blütenweißes Taschentuch aus der Hosentasche, hielt es sich an den Mund und hustete ein paarmal. Dann betrachtete er es eine Weile und steckte es wieder ein. »Später, wenn wir weg sind, werden welche vom *System* kommen. Denen wirst du hübsch von uns berichten. Wir hätten dich überfallen und die Wohnung nach etwas durchsucht. Dann hätten wir dich gefragt, wo der Schädel sei. Von einem Schädel hättest du aber nichts gewußt, rein gar nichts. Kapiert? Und was du nicht wüßtest, hättest du weder verraten noch preisgeben können. Auch nicht unter Folter. Wir wären also wieder mit leeren Händen abgezogen.«

»Unter Folter?« sagte ich.

»Man wird dich nicht verdächtigen. Daß du beim Professor im Labor warst, wissen die nicht. Zur Zeit wissen das nur wir. Deshalb wird man dir nichts tun. Du bist ein hervorragender Kalkulator, man wird dir glauben. Man wird annehmen, wir seien von der *Fabrik*. Und entsprechend in Aktion treten. Alles wie geplant.«

»Unter Folter?« sagte ich. »Zum Beispiel unter welcher Folter?«

»Das erfährst du noch, keine Sorge«, sagte der Knirps.

»Und wenn ich denen von der Zentrale die volle Wahrheit sage?« fragte ich.

»Legen sie dich um«, sagte der Knirps. »Das ist keine leere

Drohung, glaub mir. Du bist, ohne das *System* zu informieren, zum Professor, und du hast geshuffelt – was verboten ist. Das ist schon schlimm genug, doch der Professor hat dich obendrein noch zu einem Experiment benutzt. Das lassen die nicht einfach so durchgehen. Deine Lage ist brenzlig, brenzliger, als du dir vorstellen kannst. Laß mich deutlich werden: Du balancierst praktisch auf einem Brückengeländer, und zwar auf einem Bein. Überleg dir genau, auf welche Seite du fallen willst. Wenn die Knochen erst kaputt sind, kommt Reue zu spät.«

Wir saßen auf dem Sofa, er ganz links, ich ganz rechts, und sahen uns an.

»Eines wüßte ich gerne«, sagte ich. »Aus welchem Grund sollte ich mit euch zusammenarbeiten und das *System* belügen? Als Kalkulator bin ich ordentliches Mitglied des *Systems*, von euch dagegen weiß ich nichts. Warum also die eigenen Leute hintergehen und mit Fremden gemeinsame Sache machen?«

»Ganz einfach«, sagte der Knirps. »Wir kennen die Situation, in der du dich befindest, und lassen dich leben. Deine Organisation weiß von der Situation, in der du dich befindest, noch so gut wie nichts. Sobald sie Bescheid weiß, legt sie dich vermutlich um. Bei uns stehen deine Aktien besser. Ganz einfach, oder?«

»Ich weiß zwar nicht, was das für eine Situation ist, in der ich mich befinde, aber früher oder später wird das *System* sie kennen. Das *System* ist riesig, und es ist nicht dumm.«

»Nein, dumm wohl nicht«, sagte der Knirps. »Aber das wird noch eine Weile dauern, und mit ein bißchen Glück können wir die anstehenden Probleme bis dahin lösen, wir unsere und du deine. Genau das ist Entscheidungsfindung. Man entscheidet sich für die höhere Wahrscheinlichkeit, auch wenn die Marge nur ein Prozent beträgt. Das ist wie beim Schach. Dein Partner bietet Schach, du weichst aus. Und während du ausweichst, macht er vielleicht einen Fehler. Jeder macht mal einen Fehler, selbst der stärkste Spieler. Nun denn.« Der Knirps sah auf die Uhr, wandte sich dem Riesen zu und schnipste mit den Fingern. Worauf der wie ein durch das Fingerschnipsen eingeschalteter Roboter das Kinn hob, behende zum Sofa kam und sich vor mir aufbaute, breit wie ein Wandschirm. Oder besser: Wie die Leinwand eines Autokinos. Vor mir sah ich nichts mehr. Der Riese verdeckte die Deckenbeleuchtung, so daß ich in fahlen Schatten getaucht war. Ich mußte an die Sonnenfinsternis denken, die wir als Grundschüler vom Schulhof aus beobachtet hatten. Jeder von uns hatte ein Stückchen Glas mit Kerzenruß geschwärzt, und durch diesen Filterersatz schauten wir in die Sonne. Das war vor einem Vierteljahrhundert. Ein Vierteljahrhundert war verflossen, und wohin hatte es mich geführt?

»Nun denn«, wiederholte der Mann. »Du wirst nun leider eine etwas unerfreuliche Erfahrung machen müssen. Man könnte auch sagen: eine *sehr* unerfreuliche Erfahrung. Beiß die Zähne zusammen, denk daran, es ist nur zu deinem Besten! Wir tun das nicht, weil es uns Spaß macht. Es muß einfach sein. Zieh die Hose aus!«

Ich zog die Hose aus. Widerstand wäre zwecklos gewesen.

»Knie dich hin!«

Ich erhob mich, wie geheißen, vom Sofa und kniete nieder. Nur in Sweatshirt und Jockey-Unterhosen auf dem Teppich zu knien, war schon recht merkwürdig, aber bevor ich Zeit hatte, diesen Gedanken weiter zu verfolgen, trat der Riese hinter mich, griff mir unter die Arme und preßte meine Hände auf dem Rükken zusammen. Er machte das schnell und professionell. Ich spürte keinen ungewöhnlich starken Druck und bewegte mich deshalb versuchsweise eine Spur, aber sofort durchfuhr meine Schultern und Handgelenke reißender Schmerz. Danach klemmte der Riese mit den Beinen meine Knöchel zusammen. Ich war so beweglich wie eine Pappente in der Schießbude.

Der kleine Mann holte unterdessen vom Küchentisch das Messer des Riesen. Er ließ die etwa sieben Zentimeter lange Klinge herausschnappen, zog sein Feuerzeug aus der Hosentasche und machte das Messer ordentlich heiß. Es war kompakt und vermittelte keinen übermäßig brutalen Eindruck; trotzdem sah man auf einen Blick, daß es sich von den Messerchen, die man in jedem Gemischtwarenladen kaufen kann, unterschied. Um einen Menschen aufzuschlitzen, war es groß genug. Der

Mensch ist kein Bär, sein Körper ist weich wie ein Pfirsich. Eine stabile Sieben-Zentimeter-Klinge reicht für die meisten Zwecke völlig aus.

Nachdem das Messer desinfiziert war, wartete der Knirps ruhig ab, bis die Klinge abkühlte. Dann griff er mit der linken Hand an das Gummiband meiner weißen Unterhose und zog sie so weit herunter, daß mein Penis halb bloßlag.

»Jetzt tut es ein bißchen weh. Beiß die Zähne zusammen«, sagte er.

Ich spürte, wie mir eine tennisballgroße Luftblase vom Magen in die Kehle stieg. Auf meiner Nasenspitze sammelten sich Schweißtröpfchen. Ich hatte Angst. Angst, daß man mir am Schwanz herumschnippeln würde. Und daß ich ihn dann nie wieder hochbekommen würde.

Doch der Mann ließ meinen Schwanz in Ruhe. Er schnitt mir ungefähr fünf Zentimeter unter dem Nabel etwa sechs Zentimeter breit den Unterbauch auf. Die scharfe, noch warme Spitze des Messers tauchte problemlos in meinen Bauch und wanderte in einer geraden Linie, wie von der Schnur gezogen, nach rechts. Ich wollte ausweichen, doch der Riese hatte mich fest im Griff, ich konnte mich nicht rühren. Zudem umklammerte der Knirps mit der linken Hand meinen Schwanz. Aus allen Poren brach mir der kalte Schweiß. Einen Wimpernschlag später durchzuckte mich scharfer Schmerz. Der Knirps wischte mit einem Papiertuch das Blut vom Messer; als er die Klinge einschnappen ließ, gab der Riese mich frei. Ich sah, wie meine weiße Unterhose sich rot verfärbte. Der Riese brachte mir aus dem Bad ein frisches Handtuch, das ich auf die Wunde drückte.

»Sieben Stiche, und es ist wieder okay«, sagte der Knirps. »Eine kleine Narbe wird bleiben, aber nun ja, da unten fällt sie kaum auf. Es tut mir wirklich leid, aber so ist nun mal der Lauf der Welt. Beiß die Zähne zusammen.«

Ich nahm das Handtuch vom Bauch und sah mir die Wunde an. Der Schnitt war nicht sehr tief, aber immerhin tief genug, um unter dem Blut hellrosafarbenes Fleisch schimmern zu sehen.

»Wenn wir weg sind und die vom *System* auftauchen, zeig ihnen die Wunde. Sag, wir hätten gedroht, tiefer zu schneiden, wenn du nicht verrätst, wo der Schädel sich befindet. Du hättest es aber wirklich nicht gewußt und es uns also nicht sagen können. Daraufhin wären wir abgezogen. Das ist Folter. Wenn's ernst wird, machen wir aber ganz andere Sachen – damit wir uns recht verstehen. Doch für heute mag das reichen. Vielleicht ergibt sich noch mal die Gelegenheit. Dann zeigen wir dir, was wir sonst noch draufhaben.«

Ich nickte nur, das Handtuch auf den Bauch gepreßt. Ich wußte nicht genau weshalb, aber es schien mir das beste, mich so zu verhalten, wie sie gesagt hatten.

»Den armen Gasmann übrigens, den habt ihr doch bestochen, oder?« fragte ich. »Und habt ihm eingeschärft, sich erwischen zu lassen, damit ich den Schädel und die geshuffelten Daten in Sicherheit bringe, nicht wahr?«

»Ein kluges Kerlchen«, sagte der Knirps und sah den Riesen an. »Das nenne ich Grips! So kann man überleben – mit ein bißchen Glück.«

Damit verschwanden die beiden. Die Tür aufzumachen und zu schließen war nicht notwendig. Meine aus den Scharnieren gesprungene, verbogene Stahltür stand nun der ganzen Welt offen.

Ich zog die blutverschmierte Unterhose aus, warf sie in den Müll und säuberte mit in Wasser getränktem Mull den Einschnitt von Blut. Bei jedem leichten Beugen und Strecken pulsierte der Schmerz in der Wunde. Das Sweatshirt schmiß ich auch weg, am Ärmel klebte Blut. Dann suchte ich aus den auf dem Boden verstreuten Sachen ein T-Shirt heraus, auf dem auch Blutflecken nicht besonders ins Auge fallen würden, und zog außerdem eine möglichst knapp sitzende Unterhose an. Das war schon harte Arbeit.

Dann ging ich in die Küche, trank zwei Glas Wasser, überlegte dieses und jenes und wartete dabei auf die Leute vom *System*.

Es dauerte eine halbe Stunde, dann tauchten drei von der Zentrale auf. Bei einem davon handelte es sich um den jungen Fatzke von der Verbindungsstelle, der immer kam, um die Daten abzuholen. Er trug den dunklen Anzug, den er immer trug, ein weißes Hemd und eine Krawatte, wie sie sich Bankangestellte in der Kreditabteilung umbinden. Die beiden anderen trugen Turnschuhe und waren ansonsten gekleidet wie Arbeiter einer Speditionsfirma. Das heißt nicht, daß die drei wie ein Bankangestellter und zwei Arbeiter aussahen. Sie gaben sich nur den entsprechenden unauffälligen Anschein. Sie sahen sich beständig nach allen Seiten um, und ihre Muskeln waren angespannt, bereit, auf jede Situation und jeden Angriff zu reagieren.

Auch diese drei machten sich nicht die Mühe, anzuklopfen und sich beim Eintreten die Schuhe auszuziehen. Während die beiden Arbeitertypen die Wohnung von oben bis unten durchsuchten, wurde ich von dem Verbindungsmann zur Sache befragt. Er zog ein schwarzes Notizbuch aus der Innentasche seines Jacketts und notierte sich mit einem Druckbleistift die wesentlichen Punkte. Ich erklärte, zwei Typen seien gekommen und hätten die Wohnung nach einem Schädel durchwühlt, dann zeigte ich meine Wunde. Der Fatzke sah sie sich genau an, äußerte sich aber nicht dazu.

»Ein Schädel, was soll das heißen?« fragte er.

»Keine Ahnung«, sagte ich. »Das wüßte ich selber gerne.«

»Davon wissen Sie also wirklich nichts?« sagte der junge Verbindungsmann völlig ausdruckslos. »Denken Sie bitte genau nach, das ist ganz wichtig. Hinterher läßt sich nichts mehr gutmachen. Die Semioten agieren nie ohne Grund. Wenn die Ihre Wohnung nach einem Schädel durchforsten, dann hatten sie Grund anzunehmen, daß hier ein Schädel ist. Von nichts kommt nichts. Und der Schädel wird es wert gewesen sein, daß man nach ihm sucht. Daß Sie damit nichts zu tun haben sollen, ist eigentlich undenkbar.«

»Wenn Sie so gescheit sind, erklären Sie mir doch bitte, was es mit dem Schädel auf sich hat.«

Eine Weile klopfte der Verbindungsmann mit dem Bleistift auf seinem Notizbuch herum. »Wir gehen dem gerade nach. Wir gehen dem gründlich nach. Und wenn wir einer Sache ernsthaft nachgehen, kommen wir ihr in der Regel auf den Grund. Falls sich herausstellen sollte, daß Sie etwas verbergen, wird das kein Zuckerschlecken. Das ist Ihnen klar, ja?«

Ich sagte, das sei mir klar. Wer weiß schon, was sich wie entwickeln wird? In die Zukunft schauen kann niemand.

»Daß die Semioten etwas im Schilde führen, ist uns bekannt. Sie sind in Aktion getreten. Wir wissen aber nicht, auf was genau sie es abgesehen haben. Wieso die Fäden bei Ihnen zusammenlaufen, wissen wir ebenfalls nicht. Ferner nicht, was es mit dem Schädel auf sich hat. Je mehr Indizien jedoch zusammenkommen, desto näher kommen wir dem wirklichen Sachverhalt. Das steht ganz außer Zweifel.«

»Was soll ich nun tun?«

»Seien Sie wachsam. Gönnen Sie sich eine Verschnaufpause und seien Sie wachsam. Stornieren Sie bis auf weiteres alle Aufträge. Und melden Sie uns, sobald sich etwas tut. Ist das Telefon in Ordnung?«

Ich nahm den Hörer ab. Es war in Ordnung. Das Telefon mußten die beiden absichtlich verschont haben. Warum, wußte ich nicht. »Es funktioniert«, sagte ich.

»Hören Sie zu«, sagte der Mann. »Melden Sie sich sofort, bei welcher Kleinigkeit auch immer. Unternehmen Sie nichts auf eigene Faust. Verheimlichen Sie nichts. Die Burschen meinen es ernst. Das nächste Mal kommen Sie nicht mehr mit so einem Kratzer davon.«

»Kratzer?« entfuhr es mir.

Die beiden Arbeitertypen hatten ihre Inspektion beendet und kamen in die Küche zurück.

»Die waren gründlich«, sagte der Ältere. »Sind systematisch vorgegangen und haben nichts übersehen. Das waren Profis. Semioten, ohne Zweifel.«

Der Verbindungsmann nickte, und die beiden zogen sich zurück. Ich war mit dem Mann allein.

»Warum Kleider zerfetzen, wenn man einen Schädel sucht?« fragte ich. »In Kleidern kann man keinen Schädel verstecken. Welcher Art auch immer.«

»Das sind Profis. Die denken alle Möglichkeiten durch. Sie könnten den Schädel in einem Schließfach aufbewahrt und den Schlüssel versteckt haben. Einen Schlüssel kann man überall verstecken.«

»Ach so«, sagte ich. Ach so.

»Was ich noch fragen wollte: Haben die Semioten Ihnen keinen Vorschlag unterbreitet?«

»Einen Vorschlag?«

»Zur *Fabrik* zu wechseln. Geld, Prestige, so etwas. Oder umgekehrt: Erpressung.«

»Nichts dergleichen, kein Wort«, sagte ich. »Sie haben mir nur den Bauch aufgeschlitzt und nach dem Schädel gefragt.«

»Hören Sie gut zu«, sagte der Verbindungsmann. »Wenn man auf Sie zukommt und Sie umzustimmen versucht, gehen Sie auf keinen Fall darauf ein. Wenn Sie umfallen, liquidieren wir Sie, und wenn wir Sie bis ans Ende der Welt verfolgen müssen. Das ist keine Drohung. Es ist ein Versprechen. Wir haben den Staat hinter uns. Es gibt nichts, was uns unmöglich wäre.«

»Ich halte die Augen offen«, sagte ich.

Als sie weg waren, ging ich das ganze Geschehen noch einmal Punkt für Punkt durch. Das brachte mich jedoch nirgendwohin. Die Kernfrage war: Was hatte der Professor eigentlich vor? Solange ich die nicht beantworten konnte, hatten alle Vermutungen keinen Sinn. Ich hatte nicht den geringsten Schimmer, was sich im Kopf des Alten abspielen mochte.

Eines aber war mir klar – ich hatte, wenn auch durch den Lauf der Dinge quasi gezwungenermaßen, das *System* hintergangen. Wenn das herauskam – und früher oder später würde es herauskommen –, saß ich, wie dieser Fatzke von Verbindungsmann angekündigt hatte, ganz tief in der Tinte. Selbst wenn man berücksichtigte, daß ich, weil man mich bedroht hatte, lügen *mußte*. Pardon würde man mir nie und nimmer geben.

Während mir diese Dinge durch den Kopf gingen, begann die Wunde wieder so zu schmerzen, daß ich im Telefonbuch die Nummer des nächsten Taxiunternehmens heraussuchte und dort anrief, um mich zur Behandlung in ein Krankenhaus fahren zu lassen. Ein Handtuch auf die Wunde gepreßt, zog ich weite Hosen an, dann meine Schuhe. Dazu mußte ich mich vorbeugen. Es schmerzte, als würde ich mitten entzweigerissen. Ein läppischer Schnitt von kaum sechs Zentimetern, und der Mensch ist eine Jammergestalt. Er kann sich die Schuhe nicht richtig anziehen, und er kann keine Treppen mehr steigen.

Ich fuhr mit dem Fahrstuhl nach unten, setzte mich auf den Blumenkübel am Eingang und wartete auf das Taxi. Die Uhr zeigte halb zwei. Seit der Riese und der Knirps meine Wohnungstür demoliert hatten, waren erst zweieinhalb Stunden vergangen. Zweieinhalb wirklich lange Stunden. Sie waren mir vorgekommen wie zehn.

Hausfrauen mit Einkaufskörben gingen an mir vorbei, eine nach der anderen. Aus den Supermarkttüten lugten Rettiche und Lauch. Ich beneidete die Frauen ein bißchen. Man demolierte ihnen nicht den Kühlschrank, und man schnitt ihnen nicht den Bauch auf. Wenn man sich nur um die Zubereitung von Lauch und Rettich und um das Vorankommen der Kinder kümmerte, verlief die Welt in friedlichen Bahnen. Man brauchte sich nicht mit Einhornschädeln abzugeben, und man mußte sich nicht wegen unverständlicher Geheimkodes und komplizierter Handlungsabläufe den Kopf zerbrechen. Das war das gewöhnliche Leben.

Ich dachte an meine Garnelen, die auf dem Küchenboden vor sich hintauten, an die Butter und die Tomatensoße. Man mußte sie heute noch verzehren. Appetit hatte ich allerdings keinen.

Auf einem roten Moped brauste der Postbote heran und verteilte geschickt die Post auf die Briefkästen neben dem Hauseingang. Es gab Kästen, die geradezu mit Post überfrachtet wurden, und es gab welche, die kaum etwas abbekamen. Meinen Briefkasten rührte der Bote nicht an. Er schaute nicht einmal hin.

Neben den Briefkästen stand ein Gummibaum, in dessen Topf sich Eiskremstielchen und Zigarettenkippen sammelten. Der Gummibaum sah genauso erschöpft aus wie ich. Jeder ging einfach hin, warf seine Kippe in den Topf oder riß ein Blatt ab. Ich hatte keine Ahnung, seit wann der Gummibaum dort stand. Von seinem Zustand her zu urteilen, mußte er schon ziemlich lange dort stehen. Jeden Tag ging ich an ihm vorbei, aber ich mußte erst mit aufgeschnittenem Bauch auf ein Taxi warten, um ihn überhaupt wahrzunehmen.

Der Arzt sah sich die Wunde an und fragte dann, wie ich sie mir zugezogen hätte.

»Ärger, wegen einer Frau«, sagte ich. Eine andere Erklärung konnte ich ihm nicht anbieten. Der Schnitt stammte von einem Messer, das sah man sofort.

»In solchen Fällen bin ich verpflichtet, die Polizei zu benachrichtigen«, sagte der Arzt.

»Keine Polizei bitte«, sagte ich. »Ich bin an der Sache nicht ganz unschuldig, die Wunde ist glücklicherweise auch nicht tief. Können wir das nicht so regeln? Bitte!«

Der Arzt meckerte ein bißchen herum, bedeutete mir dann aber, mich auf das Bett zu legen, desinfizierte, setzte ein paar Spritzen, nahm Nadel und Faden und nähte die Wunde mit wenigen geschickten Stichen zu. Als er fertig war, legte mir eine Schwester unter bösen Blicken einen dicken Mullverband an und schlang mir zur Stabilisierung eine Art Gummigürtel um die Hüften. Ich bot ein wunderliches Bild.

»Möglichst wenig bewegen«, sagte der Arzt. »Außerdem keinen Alkohol, keinen Sex und nicht zu heftig lachen. Lassen Sie es eine Weile langsam angehen, lesen Sie ein bißchen. Kommen Sie morgen wieder.«

Ich bedankte mich, zahlte an der Kasse meinen Obolus, nahm ein entzündungshemmendes Mittel in Empfang und fuhr nach Hause. Dort legte ich mich, wie der Arzt geraten hatte, aufs Bett und las Turgenjews *Rudin*. Lieber hätte ich die *Frühlingswogen* gelesen, aber das Buch im Schutthaufen meiner Wohnung herauszusuchen, wäre einer Sisyphusarbeit gleichgekommen; außerdem waren die *Frühlingswogen* genau besehen keineswegs so viel besser als der *Rudin*.

Den Bauch verbunden, noch vor Sonnenuntergang mit einem alten Roman von Turgenjew auf dem Bett, war mir auf einmal alles egal. Was in den vergangenen drei Tagen passiert war, ich hatte mich nicht danach gedrängt. Es war auf mich zugekommen, ich war in die Sache verwickelt worden. Weiter nichts.

Ich ging in die Küche und räumte vorsichtig die sich in der Spüle türmenden Scherben zur Seite. Fast alle Flaschen waren hoffnungslos zersplittert; das Bodenstück einer Flasche *Chivas Regal* hatte das Desaster jedoch unbeschädigt überstanden und enthielt noch einen Rest Whiskey. Ich goß ihn in ein Glas und hielt es gegen das Licht; Splitter waren nicht zu sehen. Ich legte mich wieder aufs Bett, trank den lauwarmen Whiskey und las weiter in meinem Buch. Den *Rudin* hatte ich zuletzt als Student gelesen, vor fünfzehn Jahren. Jetzt, fünfzehn Jahre später und mit verbundenem Bauch, kam mir der Held sympathischer vor als früher. Allein kann der Mensch seine Fehler nicht beheben. Spätestens im 25. Lebensjahr hat sich sein Charakter fest herausgebildet, danach ist, soviel Mühe er sich auch geben mag, nichts Wesentliches mehr zu ändern. Die Frage ist, wie die Außenwelt auf diesen Charakter reagiert. Unterstützt von der berauschenden Wirkung des Whiskeys, sympathisierte ich mit Rudin. Dostojewskis Romanfiguren lassen mich fast alle kalt, aber Turgenjews Personen gefallen mir sofort. Mir kommen sogar die aus der Serie *Polizeirevier 87* sympathisch vor. Wahrscheinlich, weil ich selbst eine Menge Fehler habe. Menschen neigen dazu, Menschen, die ebenso viele Fehler haben wie sie selbst, zu mögen. Dostojewskis Romanfiguren haben aber oft Fehler, die keine eigentlichen Fehler sind, so daß ich mich nicht hundertprozentig mit ihnen identifizieren kann. Bei Tolstoj sind diese Fehler oft zu groß angelegt und zu statisch.

Als ich das Taschenbuch ausgelesen hatte, warf ich es aufs Bücherregal und fahndete in der Spüle nach einem neuen Whiskey. Ganz unten hatte sich ein winziger Rest *Jack Daniels Black*

*Label* gehalten, den goß ich in mein Glas, sah zu, daß ich wieder aufs Bett kam, und nahm mir Stendhals *Rot und Schwarz* vor. Ich scheine ein Faible für altmodische Romane zu haben. Wer von den jungen Leuten liest heute schon noch *Rot und Schwarz*? Jedenfalls identifizierte ich mich beim Lesen mit Julien Sorel. Sorels Fehler standen schon mit fünfzehn fest, ein Punkt, der ihn mir noch sympathischer machte. Einer, dessen weiterer Lebensweg schon mit fünfzehn klar umrissen war, war wirklich zu bedauern. Er begab sich quasi selbst in ein ausbruchssicheres Gefängnis. Bewegte sich auf seinen Untergang zu, eingeschlossen in eine von einer Mauer umgebene Welt.

Etwas rührte mich an.

Die Mauer.

Diese Welt war von einer Mauer umgeben.

Ich klappte das Buch zu, kippte das letzte Schlückchen *Jack Daniels* und stellte mir eine ummauerte Welt vor. Die Mauer und das Tor fielen mir relativ leicht. Die Mauer war sehr hoch, und das Tor war mächtig. Und es war still. Und ich selbst war auch dort drinnen. Aber ich war mir meiner nur sehr verschwommen bewußt, um mich herum konnte ich nichts ausmachen. Die ganze Stadt stand mir klar bis in die Einzelheiten vor Augen, aber um mich herum war alles verschwommen. Und von jenseits dieses undurchdringlichen Schleiers rief mich jemand.

Ich schüttelte den Kopf, um das Bild zu vertreiben. Ich war müde, erschöpft. Die Mauer, dachte ich, symbolisierte gewiß mein begrenztes Leben. Die Stille repräsentierte den weggenommenen Ton. Der Nebel um mich herum bedeutete, daß meine Phantasie sich in einer existentiellen Krise befand. Und die Person, die mich rief, war bestimmt das rosafarbene Mädchen.

Nach dieser billigen Analyse meiner kurzen Träumerei schlug ich das Buch wieder auf. Aber ich konnte mich nicht mehr darauf konzentrieren. Mein Leben hat keinen Sinn, dachte ich, es bedeutet nichts, null. Was hatte ich bisher produziert? Nichts hatte ich produziert. Hatte ich jemanden glücklich gemacht? Ich hatte niemanden glücklich gemacht. Besaß ich etwas? Ich besaß nichts. Keine Familie, keine Freunde, keine Tür. Ich bekam nicht mal einen hoch. Und war im Begriff, meinen Job zu verlieren.

Auch mein letztes Lebensziel, Friede und Freude mit Cello und Griechisch, war höchst gefährdet. Wenn ich jetzt meine Arbeit verlor, bliebe mir finanziell nicht der geringste Spielraum, das in die Tat umzusetzen, und wenn das *System* mich bis ans Ende der Welt verfolgte, würde ich kaum Zeit haben, die unregelmäßigen Verben des Griechischen zu memorieren.

Ich schloß die Augen, tat einen Seufzer von der unergründlichen Tiefe eines Inkabrunnens und nahm wieder meine Lektüre auf. Was verloren war, war verloren. Durch Grübeln kam es nicht zurück.

Ehe ich mich versah, hatte die Dämmerung eingesetzt, war ich von turgenjew-stendhalscher Finsternis umgeben. Die Wunde schmerzte nicht mehr so sehr, vielleicht, weil ich ruhig auf einer Seite gelegen hatte. Ab und zu zog ein dumpfer, diffuser Schmerz von der Wunde in die Seiten, als schlüge in der Ferne eine Trommel. Wenn er vorüber war, konnte ich die Verletzung vergessen. Die Uhr zeigte zwanzig nach sieben, aber ich hatte nach wie vor keinen Appetit. Um fünf in der Frühe hatte ich ein labbriges Sandwich mit Milch heruntergespült, später in der Küche den Kartoffelsalat verspeist. Danach hatte ich keinen Bissen mehr zu mir genommen, aber der bloße Gedanke an Essen ließ meinen Magen rebellieren. Ich war erschöpft, übernächtigt, man hatte mir den Bauch aufgeschlitzt, und die Wohnung sah aus, als wäre sie von einem Bataillon Zwerge in die Luft gesprengt worden. Für Appetit war da kein Platz.

Vor Jahren hatte ich einmal eine Science-fiction-Story gelesen, in der die Welt unter Schutt und Abfall versank und sich in eine Ruine verwandelte; genau so sah es in meiner Wohnung aus. Der ganze Boden war mit nutzlosem Zeug bedeckt – ein zerfetzter dreiteiliger Anzug, ein demoliertes Videogerät und ein ebensolcher Fernseher, eine zerbrochene Vase, eine Stehlampe mit gebrochenem Genick, zertrampelte Schallplatten, geschmolzene Tomatensoße, herausgerissene Boxenkabel …

Über die überall verstreuten Hemden und die Unterwäsche war man mit Straßenschuhen gelatscht, sie hatten Tinten- und Traubenflecken, fast nichts war mehr zu gebrauchen. Vor drei Tagen hatte ich Trauben gegessen und den Teller auf dem Nachttischchen stehenlassen, der Riese hatte ihn heruntergefegt und die Trauben zertreten. Die aus den Regalen gerissenen Bücher hatten sich mit dem Schmutzwasser aus der Vase vollgesogen. Die Gladiolen waren auf meinem blaßbeigen Kaschmirpullover gelandet, ein Gebinde für einen gefallenen Soldaten. Einen Ärmel zierte ein golfballgroßer Tintenfleck, Pelikan Königsblau.

Alles, alles hatte sich in Müll verwandelt. In einen Berg von Müll, der immer nur Müll sein würde. Mikroorganismen wurden zu Erdöl, Holz zu Kohle. Aber der Müll in meiner Wohnung war reiner Müll. Zu was sollte ein demoliertes Videogerät werden?

Ich ging noch einmal in die Küche und stapelte die Whiskeyscherben in der Spüle um. Aber es war nichts mehr da, kein Tropfen. Der Whiskey war nicht durch meine Kehle geflossen, sondern durch das Abflußrohr ins unterirdische Nichts geströmt, war wie Orpheus hinabgestiegen in die Unterwelt, in der die Schwärzlinge herrschten.

Beim Umstapeln schnitt mir eine Scherbe in die Kuppe des rechten Mittelfingers. Eine Weile schaute ich zu, wie das Blut aus dem Finger auf die Etiketten der Whiskeyflaschen tropfte. Wer richtig verletzt ist, dem macht eine kleine Wunde nicht viel aus. An einem kleinen Schnitt im Finger ist noch keiner gestorben.

Ich ließ das Blut eine Zeitlang tropfen, wischte dann aber, als es gar nicht aufhören wollte, den Finger mit einem Papiertuch ab und klebte ein Pflaster auf.

Wie die Hülsen abgefeuerter Geschosse lagen sieben, acht Dosen Bier auf dem Küchenboden. Ich hob sie auf, sie fühlten sich lau an. Aber laues Bier war immerhin besser als keins. In jeder Hand eine Dose, ging ich ins Schlafzimmer zurück, las weiter in *Rot und Schwarz* und schlürfte dabei Bier. Mit dem Alkohol wollte ich den Streß, der sich in den vergangenen drei

Tagen angestaut hatte, abbauen – und dann schlafen, nichts als schlafen. Bevor die Probleme des nächsten Tages auf mich einstürzten – und das würden sie wohl zweifellos –, wollte ich so lange schlafen, wie die Erde brauchte, um sich wie Michael Jackson einmal um sich selbst zu drehen. Und dann die neuen Probleme mit frischer Verzweiflung angehen.

Der Sandmann kam um neun. Auch meine kleine Wohnung, die so desolat war wie die Rückseite des Mondes, ließ er nicht aus. Ich schmiß das dreiviertel zu Ende gelesene *Rot und Schwarz* auf den Boden, löschte die Nachttischlampe, die das Massaker heil überstanden hatte, rollte mich zusammen und schlief ein. Ein kleines Kind in einem desolaten Zimmer. Bis es an der Zeit war, würde niemand meinen Schlaf stören können. Ich war der kleine Prinz Verzweiflung, gewandet in Probleme. Um mich wachzuküssen, mußte schon ein Frosch von der Größe eines VW-Golfs daherkommen.

Wider Erwarten dauerte mein Schlaf jedoch nur zwei Stunden. Um dreiundzwanzig Uhr kam das Mädchen im rosafarbenen Kostüm und rüttelte mich wach. Offenbar bot man meinen Schlaf auf dem Markt feil, und zwar zu Schleuderpreisen. Und alle und jeder kam, schön der Reihe nach, und rüttelte, so wie man mit ein paar Tritten die Reifen eines Gebrauchtwagens prüft. Wieso nahm man sich das heraus? Schließlich war ich kein Gebrauchtwagen.

»Laß mich in Ruhe«, sagte ich.

»Aufstehen! Bitte, steh auf!« sagte das Mädchen.

»Laß mich in Ruhe«, wiederholte ich.

»Zum Schlafen ist jetzt keine Zeit«, sagte sie und knuffte mich in die Seite. Ein gewaltiger Schmerz durchzuckte mich, als hätte man den Deckel zur Hölle angehoben.

»Bitte«, sagte das Mädchen. »Wenn wir nichts unternehmen, geht die Welt unter.«

## Die Ankunft des Winters

Als ich aufwache, liege ich im Bett. Es riecht vertraut. Es ist mein Bett, in meinem Zimmer. Und doch kommt mir alles ein wenig anders vor als zuvor. Das Zimmer wirkt wie eine Landschaft, die in meinen Erinnerungen wiedergeboren wird. Die Flecken an der Decke, die Risse im Wandputz, alles.

Ich sehe aus dem Fenster. Es regnet. Eisklarer Winterregen fällt auf die Erde. Ich höre ihn aufs Dach prasseln. Doch mein Sinn für Entfernung ist gestört. Es klingt, als läge das Dach direkt an meiner Ohrmuschel und zugleich kilometerweit weg.

Am Fenster sehe ich den Oberst. Der Alte sitzt auf einem Stuhl, den er ans Fenster gestellt hat, und sieht dem Regen zu – wie immer in strammer Haltung, ohne die kleinste Bewegung. Ich begreife nicht, warum er so angestrengt den Regen betrachtet. Regen ist Regen. Regen prasselt auf Dächer, macht die Erde naß und rinnt in den Fluß – weiter nichts.

Ich versuche, den Arm zu heben, um mit der Hand meine Stirn zu befühlen, aber es tut sich nichts. Alles ist schrecklich schwer. Das will ich dem Oberst sagen, aber meine Stimme versagt auch. Ich bin nicht einmal imstande, Luft aus meinen Lungen zu pressen. Von den Haar- bis zu den Zehenspitzen scheinen mir sämtliche Körperfunktionen abhanden gekommen zu sein. Das einzige, wozu ich in der Lage bin, ist, die Augen aufzuhalten und das Fenster, den Regen und den Alten zu betrachten. Ich kann mich nicht entsinnen, was in aller Welt mich derart mitgenommen haben könnte. Als ich versuche, mich zu erinnern, schmerzt mein Kopf, als würde er gespalten.

»Winter«, sagt der Alte und klopft mit dem Finger an die Scheibe. »Der Winter ist da. Jetzt hast du begriffen, wie gefährlich er ist, was?«

Ich nicke, ganz vorsichtig.

Genau – die Wintermauer, sie hat mir diese Schmerzen zugefügt. Und dann – bin ich durch den Wald gelaufen, habe die Bibliothek erreicht. Plötzlich erinnere ich mich an das Gefühl von ihrem Haar auf meiner Wange.

»Die Kleine von der Bibliothek hat dich hierher gebracht. Der Wächter hat ihr geholfen. Du hattest hohes Fieber und Alpträume. Und geschwitzt hast du – furchtbar! Ganze Eimer voll. Das war vorgestern.«

»Vorgestern ...«

»Ja. Du hast zwei volle Tage geschlafen«, sagt der Alte. »Dachte schon, du wachst nie wieder auf. Bist anscheinend trotzdem im Wald gewesen, was?«

»Verzeihen Sie«, sage ich.

Der Alte nimmt den Topf vom Ofen und füllt dampfende Brühe in einen Teller. Dann setzt er mich auf und lehnt mich an die Rückwand des Bettes. Es knarrt wie müde Knochen.

»Erst mal mußt du jetzt essen«, sagt der Alte. »Nachdenken und dich entschuldigen kannst du später. Hast du Hunger?«

Ich verneine. Das Luftholen ist schon anstrengend genug.

»Aber du mußt etwas essen. Komm, nur drei Löffel hiervon, das reicht. Drei Löffelchen und Schluß, ja?«

Ich nicke.

Die Suppe aus Heilkräutern ist so bitter, daß ich mich fast übergeben muß, aber irgendwie schaffe ich drei Löffel. Danach fühle ich mich vollkommen kraftlos.

»So ist's gut«, sagt der Alte und legt den Löffel auf den Teller zurück. »Die Suppe ist zwar ein bißchen bitter, aber sie zieht den kranken Schweiß aus deinem Körper. Du wirst sehen, noch einmal schlafen, und dann geht's dir viel besser. Schlaf jetzt ruhig ein. Ich bleibe hier, bis du aufwachst.«

Als ich wach werde, ist es draußen schon ganz dunkel. Vom Wind gepeitscht prasselt der Regen an die Scheibe. Der Alte sitzt an meinem Bett.

»Na, wie geht's? Besser?«

»Viel besser als eben jedenfalls«, sage ich. »Wieviel Uhr ist es?«

»Acht Uhr abends.«

Ich versuche aufzustehen, bin aber noch ziemlich wackelig auf den Beinen.

»Wo willst du hin?« fragt der Alte.

»In die Bibliothek. Ich muß Träume lesen«, sage ich.

»Bist du verrückt? In diesem Zustand kommst du keine fünf Meter weit.«

»Aber ich kann doch nicht einfach ...«

Der Alte schüttelt den Kopf. »Die alten Träume können warten. Außerdem wissen der Wächter und die Kleine, daß du dich erst einmal nicht vom Fleck rühren kannst. Die Bibliothek wird sowieso geschlossen sein.«

Der Alte seufzt, geht zum Ofen, gießt sich Tee ein und kommt zurück. Windböen wuchten gegen das Fenster.

»Schätze, du hast dich in die Kleine verliebt«, sagt der Alte. »Konnte nicht umhin, mitanzuhören, was du phantasiert hast, saß ja die ganze Zeit an deinem Bett. Im Fieberwahn redet man halt. Muß man sich nicht für schämen. Alle jungen Leute verlieben sich. Hab ich recht?«

Ich nicke und sage nichts.

»Nettes Mädchen, die Kleine. Sie hat sich außerdem große Sorgen um dich gemacht«, sagt der Alte und schlürft seinen Tee. »Aber daß du dich in sie verliebst, ist unter den gegebenen Umständen unpassend. Bedaure zwar, dir das sagen zu müssen, aber ich habe dir schließlich einiges über die Gegend hier beizubringen.«

»Wieso unpassend?«

»Weil sie deine Gefühle nicht erwidern kann. Niemand kann dafür. Es liegt nicht an dir und auch nicht an ihr. Man könnte höchstens sagen, es ist der Lauf der Welt, und am Lauf der Welt kann man nicht drehen, ebensowenig wie man den Lauf des Flusses umdrehen kann.«

Ich setze mich auf und reibe mir mit beiden Händen die Wangen. Mein Gesicht scheint eingeschrumpft zu sein.

»Sie meinen die Seele, nicht wahr?«

Der Alte nickt.

»Sie meinen, ich habe eine Seele, sie aber nicht, und deshalb wird nichts draus, wie sehr ich sie auch lieben mag – ist es das?«

»Ja, genau«, sagt der Alte. »Du kannst dabei nur verlieren. Es ist, wie du gesagt hast: Sie hat keine Seele. Ich auch nicht. Keiner hier.«

»Ja, aber Sie sind doch so nett zu mir. Sie kümmern sich um mich, wachen Tag und Nacht an meinem Bett. Ist das denn nicht auch Ausdruck Ihrer Seele?«

»Nein, das ist etwas anderes. Freundlichkeit unterscheidet sich von der Seele, ist eine eigenständige Funktion, genauer gesagt, eine oberflächliche Funktion, bloße Angewohnheit. Die Seele ist etwas ganz anderes. Etwas viel Tieferes, Stärkeres. Und auch viel widersprüchlicher.«

Ich schließe die Augen und suche meine verstreuten Gedanken zusammen.

»Was ich glaube, ist«, sage ich, »daß die Menschen ihre Seele verlieren, weil ihr Schatten stirbt. Ist es nicht so?«

»Doch, ganz richtig.«

»Und sie kann ihre Seele nicht zurückbekommen, weil ihr Schatten schon tot ist, nicht wahr?«

Der Alte nickt. »Ich bin zum Stadthaus gegangen und hab mir die Akte über ihren Schatten angesehen. Es besteht kein Zweifel. Ihr Schatten ist gestorben, als die Kleine siebzehn war; er wurde ordnungsgemäß im Apfelwäldchen begraben. Der Eintrag über das Begräbnis ist da. Wenn du Genaueres wissen willst, frag sie selbst. Was du aus ihrem Mund erfährst, wird dich sowieso eher überzeugen, als das, was ich dir sage. Nur noch eins vielleicht: Die Kleine wurde von ihrem Schatten getrennt, bevor sie denken konnte. Das heißt, sie weiß wahrscheinlich nicht einmal, daß sie früher eine Seele hatte. Sie ist also anders als ein Mensch wie ich, der seinen Schatten im Alter und aus freiem Willen verlassen hat. Ich kann immerhin nachfühlen, was in dir vorgeht – die Kleine kann das nicht.«

»Aber an ihre Mutter kann sie sich ganz genau erinnern. Nach dem, was sie erzählt, hat ihre Mutter ihre Seele behalten, auch nachdem man ihren Schatten hatte verenden lassen. Warum das so war, weiß ich nicht, aber es könnte doch irgendwie von Nutzen sein. Sie hat vielleicht einiges von der Seele ihrer Mutter mitbekommen.«

Der Alte schwenkt ein paarmal seine Tasse mit dem kaltgewordenen Tee und trinkt sie dann aus.

»Mach dir nichts vor!« sagt er. »Die Mauer übersieht kein Stückchen Seele! Selbst wenn einmal ein winziger Rest übriggeblieben sein sollte – die Mauer hätte längst alles eingezogen. Und falls sie das nicht geschafft hätte, hätte sie die Kleine in die Verbannung geschickt. Wie das ihrer Mutter offensichtlich passiert ist.«

»Das heißt, ich soll mir keinerlei Hoffnungen machen, nicht wahr?«

»Ich will nur nicht, daß du enttäuscht wirst. Die Stadt ist stark, du bist schwach. Das solltest du mittlerweile begriffen haben.«

Der Alte starrt eine Zeitlang angestrengt auf die leere Tasse in seiner Hand.

»Aber du kannst die Kleine haben.«

»Haben?« frage ich.

»Ja. Du kannst mit ihr schlafen, du kannst auch mit ihr leben. In dieser Stadt kannst du alles haben, was du willst.«

»Nur keine Seele, nicht wahr?«

»So ist es. Seelen gibt es nicht«, sagt der Alte. »Bald wird auch deine verschwinden. Und wenn sie erst weg ist, vergeht auch das Gefühl von Verlust und Verzweiflung. Liebe, die nirgendwo hin kann, vergeht. Nur das Leben bleibt. Ein stilles, ruhiges Leben. Du hast die Kleine gern, sie dich anscheinend auch. Wenn du das willst, gehört es dir schon. Niemand kann es dir nehmen.«

»Mir kommt das alles seltsam vor«, sage ich. »Ich besitze zwar meine Seele noch, trotzdem verliere ich sie manchmal aus den Augen. Nein, umgekehrt: Daß ich sie gerade nicht aus den

Augen verloren habe, kommt eher seltener vor. Und trotzdem habe ich die unbestimmte Gewißheit, daß sie irgendwann zurückkommt, und diese Gewißheit hält mich beieinander, gibt mir Rückhalt. Deshalb kann ich mir gar nicht vorstellen, was es eigentlich heißt, seine Seele zu verlieren.«

Der Alte nickt ein paarmal still. »Du bist ein kluger Kopf. Zeit zum Nachdenken bleibt dir noch genug.«

»Ich werde sie nutzen«, sage ich.

An den Tagen darauf läßt die Sonne sich nicht blicken. Als das Fieber abgeklungen ist, stehe ich auf, öffne das Fenster und atme die frische Luft. Doch mein Körper bleibt noch ungefähr zwei Tage so kraftlos, daß ich mich weder am Treppengeländer festhalten noch die Türknäufe drehen kann. Jeden Abend verabreicht der Oberst mir seine bittere Heilkräutersuppe und kocht mir eine Art Reisbrei. Dann setzt er sich an mein Bett und erzählt mir alte Kriegsgeschichten. Die Themen »Bibliothekarin« und »Mauer« berührt er nicht mehr, und ich wage auch nicht, danach zu fragen. Wenn er mir mehr mitzuteilen hätte, hätte er es längst getan.

Am dritten Tag bin ich wieder so weit auf den Beinen, daß ich mir den Stock des Alten leihen und im Beamtenviertel langsam umherspazieren kann. Beim Laufen fällt mir auf, daß mein Körper schrecklich leicht geworden ist. Durch das Fieber habe ich vermutlich Gewicht verloren, doch das erklärt nicht alles. Allem um mich herum verleiht der Winter eine eigenartige Schwere, nur mir nicht. Ich allein bin davon ausgeschlossen.

Von der Böschung des Westhügels aus kann ich die halbe Stadt überblicken. Ich sehe den Fluß, den Uhrturm, die Mauer, und ganz weit hinten kann ich verschwommen das Westtor erkennen. Durch die dunkle Brille hindurch Details wahrzunehmen, sind meine Augen zu schwach, und doch merke ich, daß die Winterluft der Stadt klare Konturen verleiht, klarer als je zuvor. Als ob der Wintermonsun aus den nördlichen Bergen jeden Winkel ausgefegt und den Staub von den matten Farben geblasen hätte.

Da fällt mir die Karte ein, die ich dem Schatten geben muß. Den vereinbarten Termin habe ich wegen der Krankheit schon um beinahe eine Woche überschritten. Der Schatten macht sich sicher Sorgen um mich – oder er denkt, ich hätte ihn im Stich gelassen. Womöglich hat er schon aufgegeben. Mir wird ganz traurig zumute.

Der Oberst hat mir ein Paar alte Arbeitsstiefel überlassen. Ich löse eine Sohle heraus, falte die Karte ganz klein, stecke sie in den Schuh und lege die Sohle wieder ein. Ich bin überzeugt, der Schatten wird die Schuhe vollkommen auseinandernehmen, um die Karte zu finden. Dann gehe ich mit den Stiefeln zum Alten und frage ihn, ob er nicht für mich den Schatten besuchen und ihm die Stiefel persönlich überbringen könnte.

»Er hat bloß ein Paar dünne Turnschuhe an. Ihm werden die Füße erfrieren, wenn es weiter schneit«, sage ich. »Dem Wächter traue ich nicht. Aber Sie, Sie können den Schatten doch ohne weiteres aufsuchen.«

»Wenn's weiter nichts ist – geht in Ordnung«, sagt der Alte und nimmt die Stiefel entgegen.

Gegen Abend kommt er zurück und sagt, er habe dem Schatten die Schuhe persönlich übergeben können.

»Er hat sich schon Sorgen um dich gemacht«, sagt der alte Oberst.

»Wie geht es ihm?«

»Er scheint ein bißchen unter der Kälte zu leiden, aber sonst geht's ihm gut. Noch kein Grund zur Sorge.«

Gegen Abend des zehnten Tages nach Ausbruch des Fiebers bin ich endlich wieder in der Lage, den Hügel hinabzusteigen und die Bibliothek aufzusuchen.

Ich drücke die Tür auf. Die Luft im Gebäude kommt mir noch abgestandener vor als sonst, seelenlos. Es fehlt die menschliche Atmosphäre – wie in einem Zimmer, in dem lange niemand mehr gewohnt hat. Der Ofen ist aus, die Kanne längst kalt. Ich nehme den Deckel ab – weißlich trübe Kaffeebrühe. Die Decke kommt mir höher vor als sonst. Das Licht ist aus, kein Laut zu hören; nur meine Schritte hallen seltsam staubig im schummrigen Dämmerlicht. Von der Bibliothekarin keine Spur; auf der Büchertheke liegt eine dünne Staubschicht.

Mir fällt nichts Besseres ein, als mich auf die Holzbank zu setzen und auf sie zu warten. Die Außentür war nicht verschlossen, demnach müßte sie irgendwann hier auftauchen. Ich warte und warte. Ich zittere am ganzen Leibe vor Kälte und warte. Aber sie kommt nicht. Nur dunkel wird es. Mir ist, als wäre die Welt untergegangen, nur ich und die Bibliothek sind verschont geblieben. Man hat mich ganz allein am Ende der Welt zurückgelassen. Ich kann die Arme noch so ausstrecken – meine Hände bekommen nichts mehr zu fassen.

Die Schwere des Winters liegt auch auf dem Raum, in dem ich sitze. Die ganze Einrichtung wirkt wie angenagelt. Ich sitze im Dunkeln, meine Gliedmaßen werden schwerelos, machen sich selbständig und scheinen sich von ganz alleine auszudehnen und zusammenzuziehen. Als stünde ich im Spiegelkabinett und spielte mit meinem verzerrten Ebenbild.

Ich stehe auf und mache Licht. Dann fülle ich den Eimer mit Kohle, schichte sie im Ofen auf, zünde sie mit einem Streichholz an und setze mich wieder auf die Bank. Das Licht macht alles nur noch dunkler, das Feuer im Ofen alles nur noch kälter.

Ich muß entweder ganz tief in mich versunken gewesen sein, oder die Müdigkeit, die mir noch in den Knochen sitzt, muß mich zu einem kleinen Nickerchen verführt haben – jedenfalls komme ich plötzlich zu mir und merke, daß sie still vor mir steht und auf mich herabsieht. Hinter ihr schüttet die Birne ihr grobes, gelbes Lichtpulver aus; die Gestalt der Bibliothekarin erscheint deshalb dunkel und verschwommen. Ich sehe eine Weile zu ihr auf. Sie trägt wie immer ihren blauen Mantel und hat ihr Haar auf einer Seite nach vorne geschlagen und unter den Mantelaufschlag gesteckt. Sie riecht nach Winterwind.

»Ich dachte schon, du kommst nicht mehr«, sage ich. »Ich hab hier die ganze Zeit auf dich gewartet.«

Sie nimmt die Kanne, geht zur Spüle, schüttet den alten Kaffee weg, spült die Kanne aus, füllt frisches Wasser ein und stellt sie auf den Ofen. Dann holt sie ihr Haar unterm Revers hervor, zieht den Mantel aus und hängt ihn auf einen Bügel.

»Warum dachtest du, daß ich nicht mehr komme?« sagt sie.

»Weiß ich nicht«, sage ich. »Nur so ein Gefühl.«

»Ich komme hierher, solange du mich brauchst. Du brauchst mich doch, oder?«

Ich nicke. Ja, ich brauche sie, ganz sicher. Da mag, sooft ich sie sehe, das Loch in mir so tief werden, wie es will – ich brauche sie.

»Ich möchte mit dir über deinen Schatten sprechen«, sage ich. »Vielleicht war es ja dein Schatten, den ich in der alten Welt getroffen habe.«

»Ja, vielleicht. Daran hab ich auch zuerst gedacht. Als du davon sprachst, ob wir uns nicht schon kennen würden.«

Sie setzt sich vor den Ofen und sieht eine Weile ins Feuer.

»Mein Schatten wurde von mir getrennt und vor die Mauer geschickt, als ich vier war. Danach lebte er, vielmehr sie, in der Welt draußen und ich in der Welt hier drinnen. Ich weiß nicht, was sie da gemacht hat. Genauso, wie sie nichts über mich weiß. Als ich siebzehn war, kam sie in die Stadt zurück und starb dann hier. Alle Schatten kommen hierher zurück, um zu sterben. Der Wächter hat sie im Apfelwäldchen begraben.«

»Und damit wurdest du ordentlicher Bürger der Stadt, nicht wahr?«

»Ja. Mit dem Schatten wurde auch der Rest meiner Seele begraben. Du hast zwar gesagt, die Seele ist so etwas wie der Wind, aber sind es nicht eher wir, die dem Wind ähneln? Wir sind es, die einfach weiter unseren Weg gehen, ohne uns Gedanken zu machen. Wir werden nicht älter, und wir können nicht sterben.«

»Hast du sie getroffen, als sie zurückkam?«

Sie schüttelt den Kopf. »Nein. Ich hatte keinen Grund dazu. Für mich war sie eine völlig fremde Person, die nichts mit mir zu tun hatte.«

»Aber vielleicht war sie gerade du selbst.«

»Ja, vielleicht«, sagt sie. »Aber jetzt spielt das keine Rolle mehr. Der Kreis hat sich schon geschlossen.«

Die Kanne auf dem Ofen beginnt zu rappeln. Für mich hört es sich an wie zehn Kilometer entferntes Rauschen von Wind.

»Brauchst du mich jetzt trotzdem noch?«

»Ja, ich brauche dich«, antworte ich.

## Das Ende der Welt, Charlie Parker, Die Zeitbombe

Bitte«, sagte das dicke Mädchen. »Wenn wir nichts unternehmen, geht die Welt unter.«

Um so besser, dachte ich. Meine Wunde tat so teuflisch weh, als hätten zwei quicklebendige Zwillingsknaben es darauf abgesehen, mit vierbeiniger Treterei den engen Rahmen meiner Vorstellung von Schmerz zu erweitern.

»Was ist los? Ist dir schlecht?« fragte das Mädchen.

Ich atmete tief ein, griff mir mein T-Shirt und wischte mir mit dem Ärmel den Schweiß vom Gesicht.

»Jemand«, ließ ich den Schwall Luft heraus, »hat mir auf sechs Zentimeter Breite den Bauch aufgeschlitzt.«

»Aufgeschlitzt?«

»Wie eine Spardose«, sagte ich.

»Aber wer denn? Und wozu?«

»Das wüßte ich auch gerne«, sagte ich. »Ich hab mir schon die ganze Zeit den Kopf zerbrochen. Ergebnis: null. Keine Ahnung. Kannst du mir vielleicht sagen, warum alle auf mir herumtrampeln wie auf einem Fußabtreter?«

Die Kleine schüttelte den Kopf.

»Ich dachte, möglicherweise stecken die beiden gar mit dir unter einer Decke. Die beiden, die mich aufgeschlitzt haben.«

Das dicke Mädchen sah mich eine Weile verständnislos an. »Warum glaubst du denn so was?«

»Ich weiß nicht. Vielleicht, um jemandem die Schuld geben zu können. Das macht die Sache erträglicher – wenn man schon keine Ahnung hat.«

»Aber es klärt nichts.«

»Es klärt nichts, nein«, sagte ich. »Aber ist das meine Sache? Ich habe nichts angefangen. Die Sache geölt, gefettet und den

Hebel umgelegt hat dein Großvater. Was habe ich mit der Klärung zu schaffen?«

Wieder überfiel mich heftiger Schmerz. Ich preßte die Lippen aufeinander und wartete – wartete wie ein Schrankenwärter, daß der Zug vorüberrauscht.

»Heute zum Beispiel wieder! Zuerst rufst du in aller Herrgottsfrühe an. Bittest mich um Hilfe, weil dein Großvater verschwunden sei. Ich eile los, wer taucht nicht auf? Du. Ich geh nach Hause und lege mich hin, schon kommen zwei merkwürdige Typen, demolieren meine Wohnung und schlitzen mir den Bauch auf. Anschließend tauchen welche vom *System* auf und nehmen mich ins Kreuzverhör. Und jetzt wieder du. Alles wie geplant und abgesprochen. Einer spielt dem anderen den Ball zu. Was weißt du eigentlich von der ganzen Sache?«

»Nicht viel mehr als du, um ehrlich zu sein. Ich bin nur meinem Großvater bei seinen Studien zur Hand gegangen und habe getan, was er gesagt hat. Tu dies, tu jenes, geh dorthin, geh dahin, ruf an, schreib diesen Brief, schreib jenen. Das ist alles. Worauf mein Großvater hinauswollte, das weiß ich ebensowenig wie du.«

»Aber du hast ihm doch bei seinen Forschungen geholfen!«

»Schon, aber das betraf nur technische Fragen, reine Datenverarbeitung. Ich habe nicht das Fachwissen; wenn ich etwas gesehen oder gehört hätte, hätte ich es gar nicht verstanden.«

Ich ordnete meine Gedanken, trommelte dabei mit den Fingernägeln gegen die Schneidezähne. Ich brauchte einen Anfang. Wenigstens ein Stückchen mußte ich aufdröseln, damit die Situation mich nicht vollends verschlang.

»Du hast eben gesagt, wenn wir nichts unternähmen, ginge die Welt unter. Was meinst du damit? Warum geht die Welt unter, und wie?«

»Das weiß ich nicht. Mein Großvater hat das gesagt. Wenn ihm jetzt etwas zustieße, dann ginge die Welt unter. Mein Großvater sagt so etwas nicht aus Spaß. Wenn er sagt, die Welt geht unter, dann geht sie auch unter. *Die Welt geht unter*!«

»Das verstehe ich nicht«, sagte ich. »Was soll das denn heißen, die Welt geht unter? Hat er das wirklich so gesagt? Oder hat er es anders formuliert, zum Beispiel: *Die Welt ist am Ende*? Oder: *Mit der Welt ist es aus und vorbei* oder so?«

»Nein. *Die Welt geht unter*, hat er gesagt.«

Ich trommelte wieder gegen meine Schneidezähne. *Die Welt geht unter.*

»Und dieser ... Weltuntergang hat irgendwie mit mir zu tun, nicht wahr?«

»Ja. Du wärst der Schlüssel, sagt mein Großvater. Seit Jahren schon hätte er seine Forschungen ganz auf dich ausgerichtet.«

»Denk nach, erinnere dich!« sagte ich. »Was könnte zum Beispiel mit ›Zeitbombe‹ gemeint sein?«

»Zeitbombe?«

»Das hat der Mann gesagt, der mir den Bauch aufgeschlitzt hat. Die Daten des Professors, die ich verarbeitet hätte, wären eine Art Zeitbombe. Wenn es soweit sei, gingen sie hoch: Bamm! Was zum Teufel meinte der damit?«

»Mein Großvater – aber das ist nur eine reine Vermutung von mir«, sagte das Mädchen, »mein Großvater hat sich die ganze Zeit mit der Psyche des Menschen beschäftigt. Seit er das Shuffling erfunden hat. Ich glaube, daß alles mit dem Shuffling-System anfing. Bis zur Entwicklung des Shuffling sprach mein Großvater mit mir immer über alles mögliche. Über seine Studien, an was er gerade arbeitete, was er noch zu bearbeiten vorhatte. Ich verfüge, wie ich eben gesagt habe, über so gut wie kein Fachwissen, aber was mein Großvater erzählte, war immer leicht verständlich und interessant. Diese Unterhaltungen mit ihm habe ich geliebt.«

»Und nach der Entwicklung des Shuffling-Systems wurde er plötzlich schweigsam, ja?«

»Ja. Er zog sich in sein unterirdisches Labor zurück und richtete kein fachliches Wort mehr an mich. Wenn ich nachfragte, gab er nur mehr belanglose Antworten.«

»Und du fühltest dich einsam.«

»Furchtbar einsam.« Sie sah mich wieder eine Weile an. »Darf ich zu dir ins Bett kommen? Es ist furchtbar kalt.«

»Meinetwegen – wenn du meine Wunde nicht berührst und dich nicht bewegst«, sagte ich. Offenbar hatten alle Frauen dieser Welt nichts Besseres zu tun, als zu mir ins Bett zu kriechen.

Sie ging um das Bett herum und kroch, ohne sich ihr rosafarbenes Kostüm auszuziehen, unter die Decke. Ich gab ihr eins von den beiden Kopfkissen, die ich übereinandergelegt benutzt hatte; sie klopfte es bauschig und schob es sich unter den Kopf. Von ihrem Nacken ging der Melonenduft aus, den ich bei unserer ersten Begegnung wahrgenommen hatte. Mit Mühe rollte ich auf die Seite, so daß ich sie anschauen konnte. So lagen wir in meinem Bett, einander zugewandt.

»So nahe war ich einem Mann noch nie«, sagte das dicke Mädchen.

»Ach, Gott«, sagte ich.

»Ich war auch noch nicht oft in der Stadt. Deshalb konnte ich die Verabredung heute morgen nicht einhalten, ich wußte den Weg nicht. Mitten in deiner Beschreibung fiel der Ton aus.«

»Warum hast du kein Taxi genommen? Die Adresse hätte genügt.«

»Ich hatte nicht genug Geld dabei. Ich bin völlig überstürzt aufgebrochen und hatte ganz vergessen, daß man Geld braucht. Deshalb mußte ich zu Fuß gehen.«

»Hast du sonst keine Verwandten?« fragte ich.

»Meine Eltern und Geschwister sind bei einem Verkehrsunfall ums Leben gekommen, als ich sechs war. Ein Lkw fuhr von hinten auf ihren Wagen auf, der Tank fing Feuer, alle sind verbrannt.«

»Du als einzige hast überlebt?«

»Ich lag damals im Krankenhaus, sie waren unterwegs, mich zu besuchen.«

»Hm«, sagte ich.

»Von da an lebte ich bei meinem Großvater. Ich ging nicht zur Schule und auch sonst wenig aus, ich hatte keine Freunde ...«

»Du bist nicht zur Schule gegangen?«

»Nein«, sagte sie, als ob das ganz selbstverständlich sei. »Mein Großvater meinte, das sei nicht notwendig. Er hat mir alles selbst beigebracht. Englisch, Russisch, Anatomie. Kochen und Nähen hat mir meine Tante beigebracht.«

»Deine Tante?«

»Die Haushälterin, die bei uns lebte, eine Seele von Mensch. Sie ist vor drei Jahren an Krebs gestorben. Danach lebten mein Großvater und ich allein.«

»Du bist also nie zur Schule gegangen?«

»Nein, aber das heißt wirklich nicht viel. Ich kann alles. Ich spreche vier Fremdsprachen, spiele Klavier und Altsaxophon, kann ein Funkgerät zusammenbauen, navigieren und seiltanzen und habe jede Menge Bücher gelesen. Und meine Sandwiches haben dir auch geschmeckt, oder?«

»Keine Frage«, sagte ich.

»Schulerziehung heißt dreizehn Jahre lang Hirn abtragen, sagt mein Großvater immer. Er selbst ist auch nur kurz zur Schule gegangen.«

»Alle Achtung«, sagte ich. »Aber warst du nicht einsam, so ganz ohne gleichaltrige Freunde?«

»Ach, ich weiß nicht. Ich hatte so viel zu tun. Darüber nachzudenken hatte ich gar keine Zeit. Außerdem hätte ich mich mit Gleichaltrigen kaum vernünftig unterhalten können ...«

»Na ja«, sagte ich. Sie hatte wohl recht.

»Aber für dich interessiere ich mich sehr.«

»Warum?«

»Du wirkst erschöpft, und doch scheint deine Erschöpfung eine Art Energiequelle zu sein. Das ist mir unbegreiflich. Ich kenne sonst niemanden, der so ist. Mein Großvater ist nie erschöpft, ich auch nicht. Sag mal, bist du wirklich erschöpft?«

»Bis auf die Knochen«, sagte ich. Ich hätte es zwanzigmal wiederholen mögen.

»Wie ist das, erschöpft zu sein?« fragte sie.

»Die Gefühlszonen verschwimmen – das Mitleid mit sich selbst und der Zorn gegen andere, das Mitleid mit anderen und der Zorn gegen sich selbst. So in der Art.«

»Das verstehe ich nicht.«

»Ganz zuletzt versteht man gar nichts mehr. Wie bei einem bunten Kreisel, verstehst du? Je schneller er sich dreht, desto schwieriger sind die Farben auseinanderzuhalten. Am Ende herrscht Chaos.«

»Das hört sich interessant an«, sagte das dicke Mädchen. »Du weißt über solche Dinge sehr gut Bescheid, nicht wahr?«

»Ja«, sagte ich. Erschöpfungszustände, die einem das Leben wegfressen, oder solche, die mitten aus dem Leben heraus wie Blasen aufsteigen, hätte ich auf hunderterlei Weise erläutern können. Auch so etwas lernt man nicht in der Schule.

»Kannst du Altsaxophon spielen?« fragte das Mädchen.

»Nein«, sagte ich.

»Hast du Platten von Charlie Parker?«

»Ich glaube, ja, aber in dem Tohuwabohu werden sie kaum zu finden sein. Außerdem ist die Stereoanlage kaputt, wir könnten sie uns sowieso nicht anhören.«

»Spielst du irgendein Instrument?«

»Nein, keins«, sagte ich.

»Darf ich dich anfassen?«

»Nein«, sagte ich. »Je nachdem, wo, beginnt die Wunde höllisch weh zu tun.«

»Wenn sie verheilt ist, darf ich dich dann anfassen?«

»Ja, das heißt, wenn die Welt dann noch steht. Aber laß uns lieber das Wesentliche besprechen. Wir sind dabei stehengeblieben, daß dein Großvater sich nach der Entwicklung des Shuffling-Systems verändert hat, ja?«

»Ja, genau. Er war wie ausgewechselt. Er redete kaum noch mit mir, wurde launisch und führte dauernd Selbstgespräche.«

»Weißt du noch, wie dein Großvater sich zum Shuffling geäußert hat?«

Das dicke Mädchen überlegte eine Weile. Dabei spielte es mit seinem goldenen Ohrring. »Er sagte, das Shuffling sei das Tor zu einer neuen Welt. Ursprünglich hatte er es als Hilfsprogramm zur Umstrukturierung einzugebender Computerdaten entwickelt, aber richtig angewandt hätte es die Power, sagte er, die ganze Welt umzustrukturieren. So wie die Kernphysik die Atombombe hervorgebracht hat.«

»Das Shuffling ist also das Tor zu einer neuen Welt, und ich bin der Schlüssel zu dem Tor, ja?«

»Darauf läuft es wohl hinaus.«

Ich trommelte mit den Nägeln gegen die Zähne. Ich hätte gern einen doppelten Whiskey mit Eis getrunken, aber bei mir zu Hause waren Eis und Whiskey Mangelware.

»Könnte es sein, daß dein Großvater die Welt untergehen lassen möchte?«

»Nein. Nie und nimmer. Mein Großvater ist ein Misanthrop, ist launisch und eigensinnig, ja, aber in Wahrheit ist er ein guter Mensch. So wie du und ich.«

»Vielen Dank«, sagte ich. Das hatte mir noch niemand gesagt.

»Mein Großvater hatte immer Angst, daß seine Forschungsergebnisse in die falschen Hände geraten und Schindluder damit getrieben werden könnte. Er selbst würde sie nie zu bösen Zwecken einsetzen. Beim *System* hat er aufgehört, weil er glaubte, daß man genau das früher oder später dort tun würde. Deshalb hat er sich zurückgezogen und allein weitergeforscht.«

»Das *System* steht aber doch auf der guten Seite. Es leistet den Semioten Widerstand, die Computerdaten stehlen und sie auf dem Schwarzmarkt verhökern, und es schützt das Datencopyright.«

Das dicke Mädchen sah mich prüfend an und zuckte dann die Achseln. »Als Frage von Gut und Böse hat mein Großvater das nie gesehen. Gut und Böse seien fundamentale Wesenszüge des Menschen, das Copyright ein ganz anderes Problem.«

»Nun ja, da hat er nicht unrecht«, sagte ich.

»Jeder Art von Macht steht mein Großvater mißtrauisch gegenüber. Zeitweise hat er zwar dem *System* angehört, aber nur, weil man ihm dort reiches Daten- und Experimentiermaterial und freie Verfügung über einen Großcomputer bot, auf dem man Simulationsmodelle fahren konnte. Wenn das komplexe Shuffling-System erst fertig sei, würde er, sagte er immer, allein weiterforschen, das sei einfacher und effizienter. Der Rest sei nur noch sogenannte Kopfarbeit, die Infrastruktur des *Systems* brauche er dann nicht mehr.«

»Aha«, sagte ich. »Hat dein Großvater, als er beim *System* aufgehört hat, meine persönlichen Daten kopiert und mitgenommen?«

»Das weiß ich nicht«, sagte sie. »Aber gekonnt hätte er es sicherlich. Er war ja der Direktor des *system*eigenen Forschungsinstitutes und hatte als solcher sowohl Zugang zu allen Daten als auch das Recht, sie zu nutzen.«

Meine Vermutungen stimmten wohl. Wahrscheinlich hatte der Professor meine persönlichen Daten mitgehen lassen, sie bei seinen privaten Forschungen verwendet und mit mir als seinem Versuchsobjekt die Shufflingtheorie bis an die Grenzen vorangetrieben. So paßte alles ins Bild. Der Professor war, ganz wie der Knirps gesagt hatte, zum Kernpunkt seiner Studien vorgestoßen und hatte mich kommen lassen, um mir belangloses Datenmaterial zuzuspielen, das beim Shuffling durch einen versteckten Kode eine psychische Reaktion auslöste.

Wenn das zutraf, dann hatte diese Reaktion in meinem Bewußtsein – beziehungsweise Unterbewußtsein – bereits eingesetzt. Eine Zeitbombe, hatte der Knirps gesagt. Rasch überschlug ich, wieviel Zeit seit dem Shuffling vergangen war. Aus dem Shuffling erwacht war ich gestern kurz vor Mitternacht, seither waren fast vierundzwanzig Stunden vergangen. Ziemlich viel. Auf welche Zeit die Bombe eingestellt war, wußte ich nicht – aber vierundzwanzig Stunden tickte sie schon, soviel stand fest.

»Nur noch eine Frage«, sagte ich. »*Die Welt geht unter*, hast du gesagt, ja?«

»Ja. So hat es mein Großvater gesagt.«

»Hat er das gesagt, bevor er meine Daten zu seinen Studien heranzog, oder danach?«

»Danach«, sagte das Mädchen. »Ich glaube, danach. Vom

Untergang der Welt hat er nämlich erst in der allerletzten Zeit gesprochen. Warum? Hat das etwas zu bedeuten?«

»Ich weiß nicht. Irgendwie stößt mir das auf. Mein Shuffling-Kodewort lautet nämlich *Das Ende der Welt*. Das kann kaum Zufall sein.«

»Worum geht es denn bei deinem *Ende der Welt*?«

»Das weiß ich nicht. Es findet zwar in meinem Kopf statt, aber an einer versteckten Stelle, an die ich nicht heran kann. Ich kenne nur das Schlüsselwort: *Das Ende der Welt*.«

»Kann man es nicht löschen?«

»Unmöglich«, sagte ich. »Selbst eine ganze Armeedivision käme nicht an den unterirdischen Tresor des *Systems* heran. Die Kontrollen sind streng, außerdem ist eine spezielle Sicherung installiert.«

»Mein Großvater hat die Daten unter Ausnutzung seiner Stellung mitgenommen, nicht wahr?«

»Höchstwahrscheinlich. Trotzdem, es ist nur eine Vermutung. Wir müssen ihn schon direkt fragen, einen anderen Weg gibt es nicht.«

»Du wirst ihn also aus den Händen der Schwärzlinge befreien?«

Ich richtete mich, eine Hand auf den Bauch gepreßt, im Bett auf. Stechende Kopfschmerzen.

»Es bleibt mir wohl nichts anderes übrig«, sagte ich. »Jedenfalls kann ich die Sache nicht einfach auf sich beruhen lassen, auch wenn ich nicht weiß, was es mit dem *Ende der Welt* deines Großvaters auf sich hat. Ich habe das Gefühl, daß jemanden ein furchtbares Schicksal ereilen wird, wenn wir der Sache nicht irgendwie Einhalt gebieten.« Und dieser Jemand war vermutlich ich selbst.

»Dazu mußt du aber auf jeden Fall erst meinen Großvater befreien.«

»Weil wir drei so gute Menschen sind?«

»Genau«, sagte das dicke Mädchen.

## Traumlesen

Ich mache also weiter mit dem Lesen alter Träume, ohne über meine eigene Seele Bescheid zu wissen. Draußen wird es immer kälter, und ich kann schließlich meine Arbeit nicht auf ewig hinausschieben. Solange ich mich auf das Traumlesen konzentriere, vergesse ich außerdem das Verlustgefühl in mir – zumindest kurzfristig.

Statt dessen nimmt mich jedoch, je mehr alte Träume ich lese, ein anderes Gefühl immer weiter in Beschlag: eine Ohnmacht, die daraus resultiert, daß ich die Nachricht, die mir die alten Träume erzählen, nicht verstehen kann, egal, wie viele ich lese. Ich kann sie lesen, ja, aber ihre Bedeutung bleibt mir verborgen. Ebensogut könnte ich die Zeit damit verbringen, einen vollkommen unsinnigen Satz immer und immer wieder zu rezitieren oder tagaus, tagein dem Fließen des Flusses zuzusehen. Ich komme einfach nicht weiter. Technisch gesehen habe ich beim Traumlesen Fortschritte gemacht, aber das bringt mich nicht voran. Ich bin zwar jetzt soweit, eine große Anzahl von alten Träumen routiniert und geschickt bewältigen zu können, doch dadurch fällt mir die Hohlheit dieser Tätigkeit um so deutlicher auf. Um des Fortschrittes willen ist der Mensch ja zu allen möglichen Anstrengungen bereit. Aber ich komme einfach nicht vom Fleck.

»Ich weiß nicht, was die Träume eigentlich bedeuten sollen«, sage ich zu der Bibliothekarin. »Du hast irgendwann mal gesagt, es sei meine Aufgabe, aus Schädeln alte Träume zu lesen. Aber von diesen Träumen bleibt nichts bei mir hängen, sie gehen einfach durch mich durch. Nicht einen davon begreife ich, und je mehr ich lese, desto stärker wird das Gefühl, ich selbst würde dabei nur verbraucht, verschlissen.«

»Und doch liest du wie besessen weiter! Warum denn?«

»Weiß ich nicht«, sage ich und schüttele den Kopf. Zum Teil stürze ich mich sicher deshalb in die Arbeit, um das immer größer werdende Loch in mir zuzuschütten. Aber ich weiß nur zu gut, daß dies nicht der einzige Grund sein kann. Was sie gesagt hat, stimmt schon: Ich lese, als sei ich von irgend etwas besessen.

»Das Problem liegt bei dir, glaube ich«, sagt sie.

»Bei mir?«

»Ja. Ich glaube, du mußt deine Seele weiter öffnen. Ich verstehe zwar nichts von der Seele, aber deine scheint mir fest verschlossen zu sein. Du sollst die alten Träume genau so sehr lesen wollen, wie sie von dir gelesen werden wollen.«

»Warum glaubst du das?«

»Weil das den Traumleser ausmacht. Genau wie Vögel sich in der entsprechenden Jahreszeit nach Süden oder Norden aufmachen, muß der Traumleser fortfahren, alte Träume zu lesen.«

Sie streckt ihre Hand über den Tisch, legt sie auf meine. Und lächelt. Ihr Lächeln strahlt mich an wie die sanfte Frühlingssonne, die zwischen Wolken hervorflutet.

»Mach deine Seele weit auf! Du bist kein Gefangener. Du bist ein Vogel am Himmel, auf der Suche nach Träumen.«

Mir bleibt schließlich nichts anderes übrig, als mich jeden einzelnen Traumes mit größter Sorgfalt anzunehmen. Ich nehme also aus den endlosen Schädelreihen auf den Regalen einen in die Hand und trage ihn vorsichtig zum Tisch, wie ein Baby. Mit Hilfe der Bibliothekarin entferne ich sodann Staub und Schmutz mit einem leicht angefeuchteten Lappen, um den Schädel als nächstes mit einem trockenen Tuch blankzupolieren, ausdauernd und gründlich. Bis er weiß strahlt wie frisch gefallener Schnee. Der Kontrast von Licht und Schatten läßt die weit offenstehenden Augenhöhlen an der Vorderseite nun wie ein Paar unergründlich tiefe Brunnen aussehen.

Ich lege sachte die Hände auf den Schädel und warte darauf, daß er auf meine Körperwärme reagiert und schwach zu strahlen beginnt. Sobald er eine gewisse Temperatur erreicht hat –

keine große Hitze, ungefähr so lauwarm wie ein sonnenbeschienenes Plätzchen an einem Wintertag –, beginnt der blankpolierte Schädel, die in ihm verewigten alten Träume zu erzählen. Ich schließe die Augen, atme tief durch, öffne meine Seele und verfolge mit den Fingerspitzen die Geschichten, die *sie* erzählen. Aber ihre Stimmchen sind so dünn, daß die zutage tretenden Bilder weiß vernebelt wirken wie Sterne, die weit, weit weg am Morgenhimmel stehen. Mehr als ein paar undefinierbare Bruchstücke kann ich nicht herauslesen, und so sehr ich auch versuche, diese Fragmente miteinander zu verbinden – ein Gesamtbild bekomme ich nicht zu fassen.

Ich blicke in Landschaften, die ich nie gesehen habe, Musik ertönt, die ich nie gehört habe, es werden Worte geflüstert, die ich nicht verstehen kann. Das alles tritt ganz plötzlich in Erscheinung und versinkt ebenso plötzlich wieder in tiefste Dunkelheit. Zwischen dem einen und dem nächsten Fragment scheint es keinerlei Zusammenhang zu geben. Als stellte man ein Radio blitzschnell von einem Sender auf den nächsten und wieder auf den nächsten ein. Ich versuche alles mögliche, um mich stärker auf meine Fingerspitzen zu konzentrieren, doch es bleibt, wie gehabt, da kann ich mich noch so abmühen. Ich merke sehr wohl, daß die alten Träume mir irgend etwas zu erzählen versuchen, aber ich bin einfach nicht imstande, es als zusammenhängende Geschichte abzulesen.

Das mag an einem Lesefehler meinerseits liegen. Oder daran, daß ihre Sprache sich über die Jahre abgenutzt hat und verwittert ist. Oder aber daran, daß zwischen den von ihnen und den von mir gedachten Erzählungen entscheidende zeitliche und kontextuelle Unterschiede bestehen.

Wie auch immer – mir bleibt nichts anderes übrig, als den auftauchenden und wieder verschwindenden heterogenen Fragmenten sprachlos hinterherzustarren. Natürlich kommen mitunter auch Bilder oder Eindrücke vor, die mir vertraut und ganz selbstverständlich sind. Zum Beispiel so Alltägliches wie im Wind zitterndes grünes Gras, am Himmel vorüberziehende weiße Wolken oder auf dem Wasser glitzernde Sonnenstrahlen.

Aber gerade diese nichtssagenden Bilder erfüllen meine Seele mit einer mysteriösen, schwer in Worte zu fassenden Traurigkeit. Wo in diesen Bildern Elemente verborgen liegen könnten, die Traurigkeit hervorrufen, ist mir vollkommen rätselhaft. Wie Schiffe, die draußen am Fenster vorüberfahren, tauchen die Bilder auf und verschwinden wieder, spurlos, einfach so.

Nach knapp zehn Minuten zieht sich die Wärme zurück wie das Meer bei Ebbe, und vor mir steht wieder der kalte, weiße Tierschädel. Die alten Träume sind wieder in ihren langen, tiefen Schlaf gesunken. Und alles Gesehene rinnt mir wie Wasser zwischen den Fingern zu Boden. – So sieht sie aus, meine Arbeit als »Traumleser«, Schädel um Schädel, ohne Ende.

Sobald der Schädel völlig kalt ist, reiche ich ihn der Bibliothekarin, und sie stellt ihn dann auf die Theke zu den anderen. Unterdes lege ich die Hände auf den Tisch, lockere meine Gliedmaßen und entspanne mich. An einem Abend schaffe ich höchstens fünf bis sechs Träume. Überschreite ich diese Zahl, läßt meine Konzentration nach, und meine Fingerspitzen sind allenfalls noch imstande, das Ganze als winzigen, undifferenzierten Tumult zu bemerken. Wenn der Zeiger der Standuhr die Elf erreicht hat, bin ich meist total ausgelaugt, so erschöpft, daß ich nicht einmal mehr aufstehen kann.

Die Bibliothekarin brüht mir dann immer frischen Kaffee auf, und manchmal hat sie frischgebackene Plätzchen oder Früchtebrot von zu Hause mitgebracht – als Betthupferl sozusagen. Meistens sitzen wir uns schweigend gegenüber, trinken unseren Kaffee und essen das Gebäck. Ich bin immer eine Weile viel zu ausgelaugt, um mich unterhalten zu können; sie versteht das und schweigt aus Sympathie mit.

»Ob es vielleicht meine Schuld ist, daß deine Seele sich nicht öffnet?« fragt sie mich. »Vielleicht verschließt sich deine Seele so fest, weil ich deine Gefühle nicht erwidern kann?«

Wir sitzen wie immer auf der Treppe, die von der Mitte der Alten Brücke aus zur Sandbank hinunterführt, und schauen auf den Fluß. Auf dem Wasser schwimmt in kleinen Splittern der eisig weiße Mond. Das schmale Holzboot, das jemand an den

Steg der Sandbank gebunden hat, verändert leicht den Klang des Wassers. Da wir auf der schmalen Stufe nebeneinandersitzen, spüre ich die ganze Zeit an meiner Schulter die Wärme ihres Körpers. Seltsam, denke ich. Die Menschen setzen die Seele mit Wärme gleich. Aber Körperwärme und Seelenwärme haben nichts miteinander zu tun.

»Nein, nein«, sage ich. »Daß meine Seele sich nicht öffnet, ist ganz allein mein Problem. Das ist nicht deine Schuld. Ich kann meine Seele nicht durchschauen, und das verwirrt mich.«

»Du verstehst also auch nicht, was es mit der Seele auf sich hat?«

»Kommt ganz darauf an«, sage ich. »Manchmal versteht man erst lange Zeit später, was los war, und dann ist es oft schon viel zu spät. Aber in den meisten Fällen müssen wir tatsächlich Entscheidungen treffen, ohne unsere Seele verstehen zu können, und das verwirrt jeden von uns.«

»Die Seele scheint eine ziemlich unvollkommene Angelegenheit zu sein«, sagt sie mit einem Lächeln.

Ich ziehe meine Hände aus den Taschen und betrachte sie. Im Mondschein sehen sie aus wie weiß getüncht, wie ein Paar vollendete Statuen, die ihren Platz auf dieser Welt verloren haben.

»Ja, das scheint mir auch so. Sehr unvollkommen«, sage ich. »Aber sie hinterläßt Spuren. Und diesen Spuren können wir folgen. Wie Fußabdrücken im Schnee.«

»Und wohin führen sie?«

»Zu uns selbst«, antworte ich. »So ist das mit der Seele. Ohne sie führt nichts irgendwohin.«

Ich sehe zum Himmel auf. Über der von der hohen Mauer eingeschlossenen Stadt steht der Wintermond und leuchtet viel zu hell. »Nein, nichts davon ist deine Schuld«, sage ich.

## Hamburger, Die Frist

Zunächst nahmen wir uns vor, irgendwo etwas zu essen. Viel Appetit hatte ich zwar nicht, aber wer wußte, wann wir das nächstemal etwas bekommen würden; ein Happen auf Vorrat schien eine gute Idee. Einen Hamburger und ein Bier würde ich schon irgendwie herunterkriegen. Das Mädchen sagte, sie hätte schrecklichen Hunger, da sie zu Mittag nur eine Tafel Schokolade gegessen hätte. Für mehr hätte ihr Geld nicht gereicht.

Vorsichtig, um die Wunde nicht zu reizen, stieg ich in meine Jeans, zog ein Sporthemd über mein T-Shirt und darüber einen dünnen Pullover. Danach holte ich vorsichtshalber noch meine Bergsteigerjacke, einen Nylonblouson, aus dem Schrank. Das rosafarbene Kostüm der Kleinen war für einen unterirdischen Suchgang ohne Frage höchst ungeeignet, aber ein Hemd und eine Hose, die ihr gepaßt hätten, befanden sich unter meiner Garderobe leider nicht. Ich war zehn Zentimeter größer als sie, und bestimmt zehn Kilo leichter. Am besten wäre, irgendwo für sie bequeme Kleidung zu kaufen, aber jetzt mitten in der Nacht hatten alle Geschäfte zu. Eine von der US-Army ausgemusterte dicke Kampfjacke, die ich früher getragen hatte, paßte ihr gerade so; die gab ich ihr. Ein Problem waren ihre Stöckelschuhe; sie meinte aber, daß im Büro Joggingschuhe und Gummistiefel stünden.

»Rosa Joggingschuhe und rosa Gummistiefel«, sagte sie.

»Ist Rosa deine Lieblingsfarbe?«

»Die meines Großvaters. Rosa stünde mir, sagt er.«

»Es steht dir auch«, sagte ich. Das war keine Lüge. Es stand ihr wirklich. Dicke Frauen sehen in rosafarbener Kleidung meistens wie riesige Erdbeertorten aus, aber bei ihr wirkte die Farbe merkwürdig harmonisch.

»Und außerdem mag dein Großvater bei Mädchen eine gewisse Fülle, nicht wahr?« fragte ich gleich noch nach.

»Klar«, sagte das rosafarbene Mädchen. »Deshalb achte ich immer darauf, schön dick zu bleiben. Ich esse viel Butter und Sahne, sonst nehme ich im Handumdrehen ab.«

»Aha«, sagte ich.

Ich schob den Wandschrank auf, nahm meinen Rucksack heraus, vergewisserte mich, daß er unbeschädigt war, und packte dann unsere beiden Jacken ein, dazu Taschenlampe, Kompaß, Handschuhe, Handtücher, ein großes Messer, ein Feuerzeug, ein Seil und Zündwürfel. Dann ging ich in die Küche und las vom Boden zwei Packungen Brot und ein paar Konservendosen auf, Corned Beef, Pfirsiche, Würstchen, Pampelmusen, und steckte alles in den Rucksack. Die Thermosflasche füllte ich mit Wasser. Anschließend steckte ich mir alles Bargeld, das ich im Haus hatte, in die Hosentasche.

»Wie bei einem Picknick«, sagte das Mädchen.

»Wie bei einem Picknick«, sagte ich.

Bevor wir aufbrachen, schaute ich mich noch einmal um. Meine Wohnung bot das Bild einer Müllkippe. Es ist immer dasselbe im Leben. Der Aufbau braucht Zeit, doch für die Zerstörung genügt ein Augenblick. In diesen drei kleinen Zimmern hatte ich gelebt, bisweilen müde und ausgelaugt, aber doch auf meine Weise zufrieden. Das alles hatte sich aufgelöst wie Morgendunst, in einer Geschwindigkeit, die man braucht, um zwei Dosen Bier zu leeren. Meine Arbeit, mein Whiskey, meine Ruhe, meine Einsamkeit, meine John-Ford-Sammlung – alles, alles war Müll geworden.

*Der Blumen Pracht, der Wiesen Glanz,* zitierte ich im Geiste. Dann langte ich zum Sicherungskasten am Eingang und legte, um den Strom abzustellen, den Hauptschalter um.

Zu ernsthaftem Nachdenken schmerzte die Wunde zu sehr, und da ich außerdem viel zu erschöpft war, beschloß ich, mir gar keine Gedanken mehr zu machen. Das war allemal besser, als halbgares Zeug auszuhecken. Also fuhr ich unerschrocken mit dem Aufzug in die Tiefgarage, schloß den Wagen auf und warf unser Gepäck in den Fond. Wenn jemand Wache stand, bitte, sollte er Wache stehen, wenn er uns folgen wollte, sollte er meinetwegen folgen. Das war mir schon alles einerlei. Vor wem, bitte schön, hatte ich mich denn in acht zu nehmen? Vor den Semioten? Vor dem *System*? Vor den beiden Messertypen? Drei Gegner auf einmal zu düpieren wäre zwar nicht unbedingt unmöglich, aber in meinem jetzigen Zustand war es mir einfach zuviel. Es mit einem sechs Zentimeter langen Schlitz im Bauch in der unterirdischen Finsternis mit den Schwärzlingen aufzunehmen, völlig übernächtigt und das dicke Mädchen im Schlepptau, das reichte mir. Wenn die anderen zuschlagen wollten: Bitte sehr, nur zu.

Da ich nach Möglichkeit nicht selbst steuern wollte, fragte ich die Kleine, ob sie fahren könne. Sie verneinte.

»Tut mir leid. Ich kann nur reiten.«

»Macht nichts«, sagte ich. »Die Notwendigkeit zu reiten ergibt sich vielleicht auch noch.«

Nach einem Blick auf die Tankuhr, die Nadel stand noch fast auf Voll, fuhr ich den Wagen aus der Garage. Dann durch die verwinkelten Gassen der Wohngegend auf eine große Durchgangsstraße. Trotz der späten Stunde herrschte reger Verkehr. Etwa die Hälfte der Autos waren Taxis, der Rest andere Personenwagen und Lkws. Warum so viele Leute um diese Uhrzeit durch die Stadt fahren mußten, war mir ein Rätsel. Warum gingen die nicht alle nach der Arbeit um sechs Uhr nach Hause, löschten um zehn das Licht und legten sich schlafen?

Letztlich war das natürlich nicht mein Problem. Die Welt drehte sich nach anderen Prinzipien, nicht nach denen, die ich für richtig hielt. Unabhängig von mir bohrten die Araber weiter nach Öl, und die Leute kauften es und verarbeiteten es zu Strom und zu Benzin, um damit spät nachts in der Stadt ihren Träumen nachzujagen. Doch was ging mich das an? Ich hatte jetzt meine eigenen Probleme zu lösen.

Wir standen an einer roten Ampel, ich legte beide Hände aufs Lenkrad und gähnte ausgiebig.

Vor uns hielt ein großer Lkw, der fast bis zum Dach mit gebündeltem Papier beladen war. Vorne rechts saß ein junges Pärchen in einem weißen Skyline Coupé. Ob sie auf der Heimfahrt waren oder gerade erst aufbrachen, um sich ins nächtliche Vergnügen zu stürzen, wußte ich nicht, aber beide machten ein irgendwie gelangweiltes Gesicht. Die Frau, deren mit zwei Silberkettchen geschmückter linker Arm zum Fenster heraushing, schaute kurz zu mir herüber. Nicht, weil sie mir besonderes Interesse entgegengebracht hätte, sondern weil es sonst nichts zu sehen gab. Ein Verkehrsschild, eine Denny's-Leuchtreklame, mein Gesicht, das machte keinen Unterschied. Ich schaute zurück. Sie war schön, allerweltsschön. Eine Frau von der Art, die im Fernsehen die Freundin der Heldin spielt und im Café fragt: »Was ist los mit dir? Du wirkst in letzter Zeit so bedrückt!« Eine Schönheit, die nur einen Auftritt hat und an deren Gesicht man sich nicht mehr erinnern kann, sobald es vom Bildschirm verschwunden ist.

Die Ampel sprang auf Grün, und während der Laster vor uns schwerfällig anzog, röhrte der weiße Skyline mitsamt seiner dröhnenden Duran-Duran-Musik von dannen.

»Kannst du die Autos hinter uns ein bißchen im Auge behalten?« bat ich das dicke Mädchen. »Wenn einer lange dranbleibt, sag mir Bescheid.«

Das Mädchen nickte und drehte sich um. »Glaubst du, daß uns jemand folgt?«

»Ich weiß nicht«, sagte ich. »Aber Vorsicht ist die Mutter der Porzellankiste. Wie wär's mit einem Hamburger? Das dauert nicht so lange.«

»Mir ist alles recht.«

Bei der ersten Drive-in-Hamburgeria, die mir auffiel, bog ich ein. Ein Mädchen in einem relativ kurzen, roten Kleid hängte Tabletts in die Seitenfenster und nahm die Bestellung auf.

»Einen doppelten Cheeseburger, Pommes frites und eine heiße Schokolade«, sagte das dicke Mädchen.

»Einen normalen Hamburger und ein Bier«, sagte ich.

»Bier führen wir nicht, tut mir leid«, sagte die Bedienung.

»Einen normalen Hamburger und eine Cola«, sagte ich. Wie war ich bloß auf den Gedanken gekommen, daß man in einem Drive-in Bier ausschenken könnte?

Während wir auf unsere Bestellung warteten, achteten wir auf neu einbiegende Autos, aber es kam kein einziges. Allerdings würde ein ernsthafter Verfolger auch kaum in das Drive-in einbiegen, sondern an einer unauffälligen Stelle unsere Ausfahrt abwarten. Ich hielt nicht weiter Ausschau und verzehrte mechanisch den Hamburger, der gebracht worden war, die Kartoffelchips, das Salatblatt von der Größe einer U-Bahnkarte und trank die Cola dazu. Die Dicke ließ sich Zeit, kaute genüßlich ihren Cheeseburger, pickte die Pommes frites aus der Tüte und schlürfte ihre Schokolade.

»Möchtest du ein paar Pommes?« fragte sie mich.

»Nein danke«, sagte ich.

Als sie alles verputzt und den letzten Schluck Schokolade getrunken hatte, leckte sie sich das Ketchup und den Senf von den Fingern und wischte sich mit der Papierserviette die Hände und den Mund. Es schien ihr geschmeckt zu haben.

»Nun zu deinem Großvater«, sagte ich. »Zuallererst sollten wir uns einmal im Labor umsehen.«

»Das denke ich auch. Vielleicht finden wir irgendeinen Anhaltspunkt. Ich helfe dir.«

»Glaubst du, daß wir am Nest der Schwärzlinge vorbeikommen? Die Vorrichtung zur Abschreckung der Biester ist doch kaputt, oder?«

»Das ist kein Problem. Es gibt ein kleines Notgerät. Besonders wirkungsvoll ist es nicht, aber wenn man es bei sich trägt, ziehen sich die Schwärzlinge immerhin aus der unmittelbaren Umgebung zurück.«

»Wunderbar.« Ich war beruhigt.

»Ganz so einfach ist die Sache leider nicht«, sagte das Mädchen. »Das tragbare Gerät läuft auf Batterie und funktioniert nur dreißig Minuten am Stück. Danach muß es wieder aufgeladen werden.«

»Hm«, sagte ich. »Wie lange dauert das Aufladen?«

»Eine Viertelstunde. Dreißig Minuten laufen, fünfzehn Minuten Pause. Für den Weg vom Büro zum Labor und zurück reicht das, deshalb hat mein Großvater kein größeres gebaut.«

Ich sagte nichts weiter dazu. Das Gerät war besser als nichts, und wir mußten mit dem Vorlieb nehmen, was da war.

Wir verließen das Drive-in. Unterwegs entdeckte ich einen 24-Stunden-Supermarkt und kaufte zwei Dosen Bier und einen Flachmann Whiskey. Dann hielt ich irgendwo und trank die zwei Bier und etwa ein Viertel des Whiskeys. Danach ging es mir ein bißchen besser. Ich schraubte die Whiskeyflasche wieder zu und reichte sie der Kleinen, die sie im Rucksack verstaute.

»Warum trinkst du so viel?« fragte das Mädchen.

»Weil ich Angst habe«, sagte ich.

»Ich habe auch Angst«, sagte sie, »aber ich trinke nicht.«

»Du hast andere Angst als ich.«

»Das verstehe ich nicht«, sagte sie.

»Wenn du älter wirst, ergibt sich immer mehr, was sich nicht wieder reparieren läßt.«

»Und man ist schneller erschöpft?«

»Genau«, sagte ich. »Man ist auch schneller erschöpft.«

Sie drehte sich zu mir und berührte mich am Ohrläppchen. »Mach dir keine Sorgen. Alles ist in Ordnung. Ich verlasse dich nicht«, sagte sie.

»Danke«, sagte ich.

Ich stellte den Wagen auf dem Parkplatz des Gebäudes ab, in dem sich das Büro ihres Großvaters befand, stieg aus und schulterte den Rucksack. In regelmäßigen Abständen zog dumpfer Schmerz durch die Wunde. Ein Schmerz, als zockele ein heubeladener Trecker über meinen Bauch. Das ist nur Schmerz, wischte ich ihn in Gedanken beiseite, oberflächlicher Schmerz, mit meinem Innersten hat er nichts zu tun. Das ist wie Regenwetter – es geht vorbei. Ich kratzte den Rest meiner Selbstachtung zusammen, verscheuchte jeden Gedanken an die Wunde und beeilte mich, dem Mädchen nachzukommen.

Ein großer junger Wachmann am Eingang wollte die Karte sehen, die die Kleine als Bewohnerin des Gebäudes auswies. Sie zog eine Plastikkarte aus der Tasche und reichte sie ihm. Der Wachmann steckte sie in den Computer auf seinem Schreibtisch, prüfte den auf dem Monitor erscheinenden Namen und die Zimmernummer und ließ uns dann per Knopfdruck ein.

»Das ist ein ganz besonderes Gebäude«, erläuterte mir das Mädchen, während wir die geräumige Halle durchquerten. »Die Bewohner haben alle irgendein Geheimnis zu hüten, deshalb hat man ein spezielles Wachsystem eingerichtet. Beispielsweise werden kritische Forschungen durchgeführt oder geheime Versammlungen abgehalten, so etwas. Am Eingang prüft man wie jetzt eben die Identität des Besuchers, und dann wird per Kameraüberwachung sichergestellt, daß jeder dorthin geht, wo er hingehört. Selbst wenn uns also jemand gefolgt sein sollte – in dieses Gebäude kommt er jedenfalls nicht herein.«

»Daß dein Großvater mitten im Gebäude einen Schacht gegraben hat, der unter die Erde führt, ist denen also bekannt?«

»Wer weiß? Ich glaube eher nicht. Als das Gebäude errichtet wurde, hat mein Großvater zwar einen Schacht planen lassen, der vom Büro direkt nach unten führt, aber das wissen nur eine Handvoll Leute. Im Grunde nur der Besitzer und der Architekt. Den Arbeitern hat man einen Abwasserschacht vorgegaukelt, und auf dem Plan für die Baubehörde hat man das auch irgendwie hingekriegt.«

»Das muß ja Unsummen verschlungen haben!«

»Sicher. Aber Geld hat mein Großvater mehr als genug«, sagte das Mädchen. »Ich übrigens auch. Ich bin reich. Wir haben die Erbschaft meiner Eltern und das Geld von der Versicherung vermehrt, mit Aktien.«

Die Kleine zog einen Schlüssel aus der Tasche und entriegelte die Aufzugtür. Wir stiegen in den bewußten seltsamen Großraumaufzug.

»Mit Aktien?« fragte ich.

»Ja, mein Großvater hat mir gezeigt, wie man das macht. Welche Daten zu berücksichtigen sind, wie die Marktsituation zu bewerten ist, wie man die Steuer hintergeht, wie man ins Ausland transferiert und so weiter. Aktien sind hochinteressant. Hast du schon mal welche gekauft?«

»Leider nicht«, sagte ich. Mir waren sogar Festgeldkonten fremd.

»Mein Großvater war früher Aktienmakler. Aber da hat er zuviel Geld verdient, deshalb ist er Wissenschaftler geworden. Toll, was?«

»Toll«, stimmte ich zu.

»Bei allem, was er anfängt, ist mein Großvater Spitzenklasse«, sagte sie.

Wie beim erstenmal bewegte sich der Aufzug in einer Geschwindigkeit, daß man nicht wußte, ob es nach oben oder nach unten ging. Es dauerte wieder elend lange; und das Wissen, die ganze Zeit per Monitor überwacht zu werden, machte mich nervös.

»Um zur Spitzenklasse vorzustoßen, sei die Schulausbildung einfach zu ineffizient, sagt mein Großvater. Was meinst du?« fragte sie mich.

»Kann sein, wahrscheinlich hat er recht«, sagte ich. »Ich war sechzehn Jahre auf der Schule und der Uni, aber besonders viel gebracht hat es mir nicht. Ich spreche keine Fremdsprache, spiele kein Instrument, verstehe nichts von Aktien, und Reiten kann ich auch nicht.«

»Warum bist du denn nicht abgegangen? Abgehen kann man doch immer!«

»Das schon«, sagte ich und dachte ein wenig darüber nach. Das stimmte wohl, abgehen hätte ich jederzeit gekonnt. »An so etwas habe ich damals überhaupt nie gedacht. Meine Familie war anders als deine, stinknormal und mittelmäßig; daß ich womöglich auf irgendeinem Gebiet Spitzenleistungen vollbringen könnte, daran hab ich nicht mal im Traum gedacht.«

»Das war ein Fehler«, sagte das Mädchen. »Die Veranlagung, irgendwo Spitze zu sein, hat jeder Mensch. Nur weil Leute daherkommen, die diese Veranlagung nicht fördern, sondern unterdrücken, schaffen es die meisten nicht.«

»Wie ich«, sagte ich.

»Nein, du bist anders. Du hast, scheint mir, etwas Besonderes. Deine Gefühlsschale ist überaus hart, darunter aber ist vieles roh und unverletzt geblieben.«

»Meine Gefühlsschale?«

»Klar. Deshalb ist es noch nicht zu spät. Wenn wir das hier hinter uns haben, wollen wir dann nicht zusammenleben? Ich meine nicht heiraten oder so, einfach nur zusammenleben. Wir gehen nach Griechenland oder Rumänien oder Finnland, irgendwohin, wo es nicht so hektisch zugeht, und reiten zusammen aus und singen Lieder. Geld habe ich genug, und mit der Zeit wirst du ein Spitzenklassenmensch.«

»Ich weiß nicht«, sagte ich.

Als wir ausstiegen, ging sie wie beim ersten Mal schnellen Schrittes den Korridor entlang voran, und ihre Absätze klapperten. Vor meinen Augen wackelte ihr wohlgeformter Hintern hin und her, und ihre Goldohrringe funkelten.

»Aber gesetzt den Fall, wir würden das so machen«, sagte ich von hinten, »dann bekäme ich alles mögliche von dir, aber du nichts von mir. Das wäre, scheint mir, ziemlich ungerecht und unnatürlich.«

Sie verlangsamte ihre Schritte, so daß wir gleichauf gingen. »Es gibt bestimmt etwas, das du mir geben könntest«, sagte sie.

»Zum Beispiel?« fragte ich.

»Zum Beispiel – deine Gefühlsschale. Darüber möchte ich gerne mehr wissen. Woraus sie gemacht ist, wie sie funktioniert und so. So etwas ist mir bisher noch kaum untergekommen, es interessiert mich brennend.«

»Das ist nun wirklich keine große Sache«, sagte ich. »Jeder versteckt seine Gefühle unter einer mehr oder weniger dicken Schale. Du begreifst die ganz gewöhnliche Seele eines ganz gewöhnlichen Menschen nur deshalb nicht, weil du nichts von der Welt gesehen hast.«

»Du hast tatsächlich keine Ahnung, nicht wahr?« sagte das dicke Mädchen. »Du kannst doch shuffeln, oder?«

»Schon. Aber das ist eine antrainierte Fähigkeit. Kein großer Unterschied zu der, mit dem Abacus umgehen oder Klavierspielen zu können.«

»Das kann man so nicht sagen«, sagte das Mädchen. »Gewiß, am Anfang dachten das alle. Sofern man nur das richtige Training erhalte, könne ausnahmslos jeder – das heißt jeder, der die entsprechenden Tests bestanden hat – das Shuffling beherrschen lernen. Mein Großvater dachte das auch. Tatsächlich haben sich weitere fünfundzwanzig Probanden der gleichen Operation wie du unterzogen, das gleiche Training mitgemacht und shuffeln gelernt. Bis dahin ging auch alles glatt. Die Probleme kamen erst danach.«

»Das hör ich zum erstenmal«, sagte ich. »Mir hat man gesagt, alles verlaufe wie geplant ...«

»Das war die offizielle Version. In Wahrheit war es anders. Fünfundzwanzig der sechsundzwanzig Kandidaten, die das Shuffling gemeistert hatten, sind ein oder eineinhalb Jahre nach Beendigung des Trainingsprogramms gestorben. Du bist der einzige, der länger als drei Jahre überlebt hat und weiterhin problemlos und ohne Behinderung shuffeln kann. Glaubst du immer noch, ein ganz gewöhnlicher Mensch zu sein? Du bist jetzt eine extrem wichtige Person!«

Ich ging eine Weile schweigend den Korridor entlang, die Hände in den Hosentaschen. Die Sache war weit über mich hinausgewachsen und zog immer weitere Kreise. Wohin das noch führen sollte, war mir ein Rätsel.

»Weshalb sind denn alle gestorben?« fragte ich das Mädchen.

»Ich weiß es nicht. Die Ursache ist nicht klar. Man weiß, daß im Hirn eine Fehlfunktion auftrat, aber wie und warum sie entstand, liegt im Dunkeln.«

»Es muß doch eine Vermutung geben!«

»Mein Großvater meinte, wahrscheinlich könne der gewöhnliche Mensch das Gleißen im Zentrum des Bewußtseins nicht aushalten, so daß das Hirngewebe eine Art Antikörperchen zu produzieren versuche. Diese Reaktion setze aber zu schnell und zu heftig ein und führe zum Tode. Tatsächlich stellt sich das Ganze etwas komplizierter dar, aber das ist in groben Zügen die Erklärung.«

»Und weshalb habe ich dann überlebt?«

»Bei dir sind die Antikörperchen wahrscheinlich von Natur aus vorhanden gewesen. Das, was ich als deine Gefühlsschale bezeichnet habe. In deinem Gehirn muß sie bereits existiert haben, deshalb hast du überlebt. Um die Hirnmasse zu schützen, hat mein Großvater versucht, eine solche Schale künstlich zu produzieren; sie habe sich aber, wie er sagt, als zu dünn erwiesen.«

Ich ließ mir das eine Weile durch den Kopf gehen. »Ist diese Schale beziehungsweise sind diese Antikörperchen oder was auch immer angeboren?«

»Zum Teil wohl angeboren, zum Teil auch später erworben, glaube ich. Aber dazu hat mein Großvater nichts mehr gesagt. Zuviel darüber zu wissen wäre zu gefährlich für mich. Nach Berechnungen auf der Basis der Hypothese meines Großvaters verfügt jedenfalls nur einer von einer oder anderthalb Millionen Menschen über diese Antikörperchen, und entdecken lassen sie sich zur Zeit nur, wenn man dem oder der Betreffenden die Fähigkeit zu shuffeln vermittelt.«

»Daß ich unter den sechsundzwanzig war, war demnach – vorausgesetzt, die Hypothese deines Großvaters stimmt – ein außerordentlicher Glücksfall?«

»Deshalb bist du als Versuchsperson so wichtig, kannst du Schlüssel zur Tür sein.«

»Was hatte dein Großvater denn eigentlich mit mir vor? Was hat es mit den Daten, die er mich hat shuffeln lassen, und mit diesem Einhornschädel auf sich?«

»Wenn ich das wüßte, könnten wir dich gleich hier und jetzt aus aller Gefahr befreien«, sagte das Mädchen.

»Mich und die Welt«, sagte ich.

Im Büro herrschte ziemliches Chaos, auch wenn es nicht derart auf den Kopf gestellt worden war wie meine Wohnung. Papiere lagen auf dem Boden verstreut, den Schreibtisch hatte man umgestürzt, den Tresor aufgebrochen, die Schubladen aus den Regalschränken gerissen, und auf der zerschlitzten Bettcouch lagen in wilder Unordnung die aus den Spinden gezogenen Kleidungsstücke des Professors und des Mädchens. Die des Mädchens waren wirklich alle rosa. Rosa in allen Schattierungen, rosenzart bis pinkviolett.

»Ist das nicht furchtbar?« sagte das Mädchen kopfschüttelnd. »Die müssen von unten gekommen sein.«

»Glaubst du, das waren die Schwärzlinge?«

»Nein. Die Schwärzlinge steigen nicht an die Erdoberfläche, und wenn, dann würde es nach ihnen riechen.«

»Riechen?«

»Nach Fisch und Schlamm, ein unangenehmer Geruch. Nein, das waren nicht die Schwärzlinge. Sieht eher nach denen aus, die deine Wohnung auf den Kopf gestellt haben.«

»Könnte sein«, sagte ich und sah mich noch einmal um. Vor dem umgestürzten Schreibtisch funkelte im Neonlicht ein Haufen verstreuter Büroklammern, der Inhalt einer ganzen Schachtel. Die Büroklammern hatten zuvor schon irgend etwas bei mir ausgelöst; ich tat, als suche ich den Boden ab, und steckte mir eine Handvoll in die Hosentasche.

»Sind hier irgendwelche wichtigen Sachen aufbewahrt worden?«

»Nein. Hier liegt nur unbedeutendes Zeug. Die Geschäftsbücher, Quittungen, weniger wichtige Forschungsunterlagen, so etwas. Nichts, was unter keinen Umständen wegkommen dürfte.«

»Hoffentlich ist das Signalgerät zur Abschreckung der Schwärzlinge noch in Ordnung.«

Aus dem Wust von Sachen, der sich vor den Spinden türmte – Taschenlampen befanden sich darunter, ein Radiokassettenrecorder, ein Wecker, ein Tesaspender, eine Dose Hustenbonbons – zog sie ein kleines, wie ein Spannungsmesser aussehendes Gerät hervor und schaltete es mehrmals ein und aus.

»Ist okay. Funktioniert. Man hat es bestimmt für wertlos

gehalten. Außerdem ist es ganz schlicht konstruiert, so schnell geht es nicht kaputt«, sagte sie.

Dann ging das dicke Mädchen in eine Ecke des Zimmers, hockte sich hin, hob den Deckel einer Steckdose an, betätigte einen darin befindlichen Schalter, stand wieder auf und drückte mit der flachen Hand sachte auf eine Stelle an der Wand. Es entstand eine telefonbuchgroße Öffnung, in der eine Art Safe zum Vorschein kam.

»Ist das nicht gut getarnt?« sagte das Mädchen stolz. Dann glich es viermal Zahlen ab und öffnete den Safe. »Würdest du bitte die Sachen auf den Schreibtisch legen?«

Mit zusammengebissenen Zähnen wuchtete ich den umgestürzten Schreibtisch hoch und räumte dann den Safe aus. Er enthielt ein mit einem Gummiband zusammengehaltenes, fünf Zentimeter dickes Bündel Sparbücher, Aktien und Dokumente, zwei oder drei Millionen Yen Bargeld, ein schweres Stoffsäckchen, ein schwarzledernes Notizbuch, einen braunen Umschlag. Das Mädchen entleerte den Umschlag auf die Tischplatte. Zum Vorschein kamen eine alte Omega-Armbanduhr und ein goldener Ring. Die Omega war schwarz verfärbt und das Glas völlig zersplittert.

»Sie gehörte meinem Vater«, sagte das Mädchen. »Der Ring meiner Mutter. Der Rest ist verbrannt.«

Ich nickte; die Kleine steckte die Uhr und den Ring wieder in den Umschlag, griff sich ein Bündel Geldscheine und steckte es in eine Tasche ihres Kostüms. »Daß hier auch Geld liegt, hatte ich vollkommen vergessen.« Dann machte sie das Stoffsäckchen auf und zog ein in ein altes Unterhemd geschlagenes Bündel heraus; sie wickelte es auf und zeigte es mir. Es war eine kleine Automatikpistole. Altertümlich zwar, aber eindeutig kein Spielzeugmodell, sondern eine echte Pistole, mit der man echte Kugeln verschoß. Wahrscheinlich eine Browning oder eine Beretta, auch wenn ich mich mit Pistolen nicht besonders auskenne. Ich kannte das Modell aus Filmen. Zur Pistole gehörten ein Ersatzmagazin und eine Schachtel Patronen.

»Schießt du gut?« fragte das Mädchen.

»Wo denkst du hin?« sagte ich erschrocken. »Ich hab noch nie eine Pistole in der Hand gehabt.«

»Ich schieße gut. Ich übe schon seit Jahren. Wenn wir nach Hokkaidō fahren, in unser Ferienhaus, übe ich allein in den Bergen. Auf zehn Meter Entfernung treffe ich ein postkartengroßes Ziel. Toll, was?«

»Toll«, sagte ich. »Wie seid ihr an die Waffe gekommen?«

»Du bist wirklich dumm«, sagte die Kleine resigniert. »Für Geld kann man alles haben. Wußtest du das nicht? Jedenfalls, wenn du nicht schießen kannst, nehm ich die Pistole. Okay?«

»Bitte sehr. Aber schieß im Dunkeln nicht aus Versehen mich über den Haufen. Noch eine Wunde verkrafte ich nicht.«

»Keine Sorge. Ich bin ein sehr vorsichtiger Mensch«, sagte sie und steckte sich die Pistole in die rechte Jackentasche. Merkwürdigerweise beulten ihre Kostümtaschen, wieviel sie auch hineinsteckte, nicht aus, sie verloren auch nicht ihre Form. Irgendein Trick vielleicht. Vielleicht auch nur ein guter Schnitt.

Als nächstes schlug das Mädchen das schwarzlederne Notizbuch auf, irgendwo in der Mitte, und starrte unter dem Licht lange und ernsthaft auf die Seiten. Ich warf einen flüchtigen Blick darauf, sah aber nur unverständliche Zahlen- und Buchstabenkolonnen, nichts, was unmittelbar Sinn gemacht hätte.

»Das ist das Notizbuch meines Großvaters«, sagte das Mädchen. »Es ist in einem Kode geschrieben, den nur mein Großvater und ich verstehen. Darin steht, was er an einem Tag vorhatte oder was vorgefallen ist. Wenn mir etwas zustößt, lies das Notizbuch, hat er immer gesagt. Hmm, warte. Am 29. September hast du die Daten gewaschen, nicht wahr?«

»Korrekt«, sagte ich.

»Dort steht eine 1. Der erste Schritt, wahrscheinlich. Und am späten Abend des 30. oder am frühen Morgen des 1. Oktober hast du das Shuffling beendet. Stimmt das?«

»Ja.«

»Das ist 2. Der zweite Schritt. Danach, warte, der 2. Oktober, zwölf Uhr mittags. Das ist 3. Dort steht ›Löschung des Programms‹.«

»Um zwölf Uhr am 2. Oktober sollte ich zu ihm. Wahrscheinlich wollte er dann das mir implantierte spezielle Programm löschen. Damit die Welt nicht untergeht. Aber die Situation hat sich geändert. Der Professor ist vielleicht umgebracht worden, oder man hat ihn irgendwohin verschleppt. Das ist jetzt das Wichtigste.«

»Moment. Ich schau mal weiter vorn. Er hat jede Menge kodiert.«

Während die Kleine das Notizbuch durchlas, räumte ich den Rucksack auf und wechselte die Taschenlampenbatterien. Die Regenmäntel und Gummistiefel aus dem Spind waren überall auf dem Fußboden verstreut, aber glücklicherweise nicht so sehr beschädigt, daß sie unbrauchbar geworden wären. Ohne Regenmantel würde man unter dem Wasserfall bis auf die Knochen naß und halb erfrieren. Und halb erfroren würde meine Wunde wieder zu schmerzen anfangen. Danach steckte ich noch ihre herumliegenden rosafarbenen Joggingschuhe in den Rucksack. Die Ziffern meiner Digitaluhr würden bald auf 12 Uhr Mitternacht springen. Die Frist zur Löschung des Programms würde dann noch genau zwölf Stunden betragen.

»Es folgen ziemlich komplexe Berechnungen. Stromvolumen, Schmelzgeschwindigkeit, Widerstands- und Fehlerwerte, solches Zeug. Ich verstehe es nicht.«

»Überschlag, was du nicht verstehst. Wir haben nicht mehr viel Zeit«, sagte ich. »Lies nur, was du entziffern kannst.«

»Da gibt es nichts zu entziffern.«

»Wieso?«

Sie reichte mir das Notizbuch und zeigte mit dem Finger auf die betreffende Stelle. Dort stand kein Kode, nichts, nur ein riesiges X, Datum und Uhrzeit. Die Unausgewogenheit zwischen diesem übermäßig großen X und den anderen Zahlen und Buchstaben, die ohne Lupe kaum zu identifizieren waren, verstärkte noch den ominösen Eindruck, den es vermittelte.

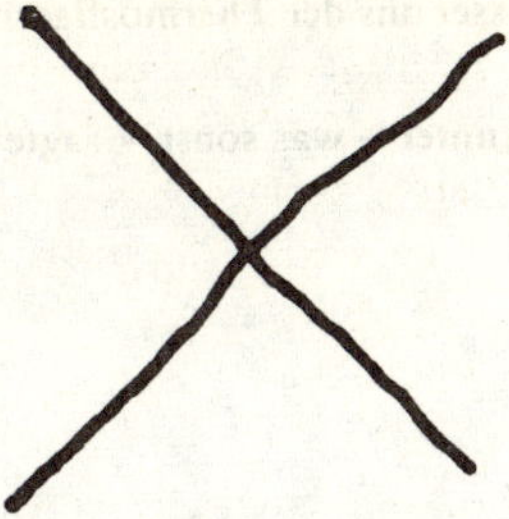

»Es soll das Ende der Frist bedeuten, nehme ich an«, sagte das Mädchen.

»Oder und wahrscheinlicher: Schritt 4. Wenn in Schritt 3 das Programm gelöscht wird, tritt X nicht auf. Wenn es aber aus welchen Gründen auch immer nicht gelöscht werden kann, arbeitet das Programm weiter – bis zu diesem X.«

»Wir müssen meinen Großvater also unter allen Umständen bis zum 2. Oktober, 12.00 Uhr mittags ausfindig machen, nicht wahr?«

»Falls meine Vermutung richtig ist, ja.«

»Ist deine Vermutung richtig?«

»Wahrscheinlich«, sagte ich leise.

»Wieviel Stunden haben wir noch?« fragte das Mädchen. »Bis zu diesem Weltuntergang oder Big Bang oder was weiß ich?«

»Sechsunddreißig Stunden«, sagte ich. Auf die Uhr zu sehen war nicht notwendig. Die Zeit, die die Erde für anderthalb Umdrehungen braucht. Die Zeit, in der einem zwei Morgen- und eine Abendausgabe der Zeitung zugestellt werden. Zeit für zweimal Weckerschrillen, zweimal rasieren. Das sind 36 Stunden. Wenn der Mensch 70 Jahre alt wird: 1/17033stel seiner Lebenszeit. Wenn diese 36 Stunden abgelaufen sind, kommt – wahrscheinlich das Ende der Welt.

»Und was machen wir jetzt?« fragte das Mädchen.

Aus dem Erste-Hilfe-Kasten, der vor dem Spind zu Boden gefallen war, fischte ich eine Schmerztablette, nahm sie mit einem Schluck Wasser aus der Thermosflasche ein und schulterte den Rucksack.

»Wir steigen runter – was sonst?« sagte ich.

## Das Sterben der Tiere

Ein paar von ihnen sind schon verendet. Am Morgen nach dem ersten richtigen Schnee liegen die mit winterweißem Fell durchsetzten goldenen Körper einiger alter Tiere unter einer fünf Zentimeter dicken Schneedecke. Die Morgensonne bricht durch die aufreißende Wolkendecke und läßt die eisstarre Landschaft hell erstrahlen. Weiß tanzt der Atem der über tausendköpfigen Herde im Licht.

Ich wache noch vor Tagesanbruch auf und finde die Stadt in ihrem schneeweißen Kleid vor. Ein überwältigender Anblick. Aus der weißen Landschaft erhebt sich schwarz der Uhrturm, darunter schlängelt sich der dunkle Gürtel des Flusses. Die Sonne ist noch nicht aufgegangen, der Himmel verhangen von einer dicken Wolkendecke. Ich ziehe mir Mantel und Handschuhe an und gehe die menschenleeren Straßen zur Stadt hinunter. Lautlos muß der Schnee gefallen sein, während ich schlief. Noch ist keine einzige Fußspur zu sehen. Ich hebe eine Handvoll Schnee auf. Er fühlt sich weich und locker an, wie Puderzucker. Einige Stellen stehenden Wassers entlang des Flußufers sind zugefroren, die dünne Eisschicht ist mit Schnee bestäubt.

Außer meinem weißen Atem bewegt sich nichts in der Stadt. Es geht kein Wind, nicht einmal einen Vogel sehe ich. Nur meine Schritte im Schnee hallen unnatürlich laut von den Häuserwänden wider, wie mit Synthesizern verstärkt.

Auf dem Platz vor dem Tor sehe ich den Wächter. Er liegt unter dem Wagen, den er vor einiger Zeit mit meinem Schatten zusammen repariert hat, und schmiert die Achsen. Der Wagen ist mit Keramikkrügen beladen, wie man sie zur Aufbewahrung von Rapsöl braucht. Sie sind mit Seilen an den Sparren festgebunden, damit sie nicht umfallen. Wozu der Wächter solche Mengen Öl brauchen könnte, ist mir ein Rätsel.

Er streckt den Kopf unter dem Wagen hervor und hebt die Hand zum Gruß. Er scheint guter Dinge zu sein.

»Du bist aber früh heute. Welcher Teufel hat dich denn geritten?«

»Ich wollte mir die Gegend im Schnee ansehen«, sage ich. »Vom Hügel her sah die Landschaft so wunderschön aus.«

Der Wächter lacht laut auf und legt mir wie immer seine Riesenhand auf die Schulter. Er hat nicht einmal Handschuhe an.

»Du bist mir einer! Kommt extra runter, um sich die Schneelandschaft anzugucken, wo er von jetzt an Schnee sehen wird, bis er kotzen muß. Vollkommen übergeschnappt, der Junge!« Dann sieht er eine Weile zum Tor hinüber und stößt dabei wie eine Dampflok Schwaden weißen Atems aus. »Aber du kommst gerade richtig! Steig mal auf einen der Hochsitze, da draußen gibt's gleich allerhand zu sehen. Das erste Mal diesen Winter. Halt die Augen auf, wenn ich gleich ins Horn blase!«

»Das erste Mal?«

»Du wirst es schon sehen!«

Ohne zu wissen, worum es geht, steige ich also auf den Hochsitz neben dem Tor und schaue mir die Welt draußen an. In den Kronen der Apfelbäume hängt so viel Schnee, daß es aussieht, als hätten sich Wolken darauf niedergelassen. Sowohl der nördliche als auch der östliche Bergkamm sind weiß getüncht, nur noch ein paar unbedeckte Felszüge ziehen sich wie Narben über die Hänge.

Direkt unter dem Hochsitz schlafen die Tiere, wie immer. Mit eingeschlagenen Läufen liegen sie auf dem Boden, das schneeweiße, gerade Horn nach vorne gerichtet. Ihre Rücken sind mit Schnee bedeckt, doch ihr Schlaf ist offenbar so tief und fest, daß sie es nicht zu bemerken scheinen.

Über mir brechen langsam die Wolken auf, die Sonne kommt heraus und beginnt die Erde zu wärmen. Ich bleibe aber trotz meiner empfindlichen Augen auf dem Hochsitz stehen und betrachte weiter die Landschaft. Es sind nur vereinzelte Sonnenstrahlen, wie kleine Scheinwerfer, und ich will mir schließlich »allerhand« ansehen, wie der Wächter mir geraten hat.

Endlich öffnet er das Tor und bläst wie immer ins Horn, einmal lang und dreimal kurz. Mit dem allerersten Ton erwachen die Tiere, heben die Köpfe und wenden sie in die Richtung, aus der das Horn ertönt. An der Menge weißen Atems kann man erkennen, daß in ihren Körpern die Energie für einen neuen Tag frei wird. Schlafend haben sie kaum einen Bruchteil der Luft gebraucht.

Sobald der letzte Ton verklungen ist, stehen sie auf. Erst stellen sie die Vorderläufe auf, wie um sie auszutesten, heben den Körper an und strecken die Hinterläufe aus. Dann stoßen sie ihr Horn ein paarmal in den Himmel, schütteln sich schließlich, als hätten sie ihn gerade erst bemerkt, den Schnee vom Fell und setzen sich Richtung Tor in Bewegung.

Als die Tiere durch das Tor verschwinden, begreife ich, was der Wächter mir zeigen will. Einige Tiere liegen immer noch da, als ob sie schliefen. Jetzt erst merke ich, daß sie erfroren und verendet sind. Aber sie sehen nicht tot aus, eher als dächten sie angestrengt über bedeutende Probleme nach. Aber eine Lösung gibt es nicht mehr für sie. Aus ihren Mäulern und Nüstern dringt kein Hauch weißen Atems mehr. Sie haben jede Bewegung eingestellt, ihr Bewußtsein ist in tiefe Dunkelheit versunken.

Die anderen Tiere passieren das Tor und lassen die Kadaver zurück, die daliegen wie kleine Geschwulste der Erde, in ein Totenhemd aus weißem Schnee gehüllt. Nur die Hörner ragen seltsam lebendig empor. Im Vorüberziehen beugen die meisten überlebenden Tiere ihren Kopf einmal tief hinunter oder scharren kurz mit dem Huf. Sie trauern um ihre Toten.

Ich warte, bis die Sonne höher steht, den Schatten der Mauer fast verdrängt hat und mit ihren Strahlen leise den Schnee auf dem Boden zu schmelzen beginnt. Die ganze Zeit beobachte ich die stillen Kadaver der Tiere. Ich warte darauf, daß die Morgensonne sie ebenso auftaut wie den Schnee, daß sie sich plötzlich von den Toten erheben und ihren allmorgendlichen Trott beginnen, als sei nichts gewesen.

Aber sie stehen nicht auf. Nur ihr vom Tauwasser nasses, goldenes Fell fängt die Sonnenstrahlen ein und leuchtet auf ewig. Da beginnen meine Augen zu schmerzen.

Ich steige vom Hochsitz herab, überquere den Fluß, gehe den Westhügel hinauf und kehre in mein Zimmer zurück. Ich weiß jetzt, daß die Morgensonne meinen Augen viel größeren Schaden zufügen kann, als ich für möglich gehalten hätte. Ich schließe die Augen; Bäche von Tränen quellen hervor – ohne Unterlaß. Ich stolpere und falle auf die Knie. Ich wasche mir die Augen mit kaltem Wasser aus – ohne Erfolg. Ich ziehe die schweren Vorhänge vors Fenster und starre stundenlang mit geschlossenen Augen und ohne jedes Gefühl für Entfernung auf die seltsamen Linien und Figuren, die in der Dunkelheit auftauchen und verschwinden.

Um zehn klopft der Alte an und kommt mit dem Kaffeetablett herein. Als er mich im Bett auf dem Bauch liegen sieht, holt er ein kaltes Tuch und reibt mir damit die Lider. Ich spüre stechenden Schmerz hinter den Ohren, doch die Tränen scheinen ein wenig nachzulassen.

»Was hast du denn jetzt schon wieder angestellt?« fragt der Alte. »Die Morgensonne ist stärker, als du glaubst. Besonders wenn Schnee liegt. Du weißt doch ganz genau, daß die Augen des ›Traumlesers‹ kein grelles Licht vertragen, warum bist du bloß rausgegangen?«

»Ich bin bei den Tieren gewesen«, sage ich. »Sie sind tot. Acht oder neun, nein, mehr.«

»Und es werden noch mehr werden. Jedesmal, wenn es schneit.«

Ich drehe mich auf den Rücken, nehme das Tuch vom Gesicht und frage den Alten: »Warum sterben sie denn so leicht?«

»Weil sie schwach und kraftlos sind. Von der Kälte und vom Hunger. Das war schon immer so.«

»Ja, sterben sie denn nicht aus?«

Der Alte schüttelt den Kopf. »Sie leben jetzt schon Abertausende von Jahren hier, und daran wird sich auch nichts ändern. Im Winter sterben zwar viele, aber im Frühling werden die Jungen geboren. Die Alten machen den Jungen Platz, weiter nichts. Die Zahl der Tiere, die hier leben können, ist schließlich begrenzt. Sie müssen mit dem Futter auskommen, das die Stadt bietet, den Blättern und Gräsern, die hier wachsen.«

»Warum gehen sie denn nicht irgendwo anders hin? Im Wald gibt es Bäume, soviel sie wollen, und wenn sie nach Süden zögen, wo weniger Schnee fällt, wäre es auch nicht so kalt. Sie sind hier doch nicht angewachsen!«

»Das kann ich dir auch nicht erklären«, sagt der Alte. »Jedenfalls können die Tiere nicht weg aus der Stadt. Sie gehören hierhin, sie sind gefangen hier. Genau wie ich und du. Ihr Instinkt sagt ihnen, daß sie die Stadt nicht verlassen können, sie wissen das, alle. Vielleicht können sie auch gar keine anderen Blätter und Gräser fressen als die, die hier wachsen. Oder sie sind nicht in der Lage, das Kalksteingeröll zu überwinden, das sich im Süden erstreckt. Wie auch immer, sie können jedenfalls nicht weg von hier.«

»Und was wird aus den Kadavern?«

»Die werden verbrannt. Vom Wächter«, antwortet der Alte und wärmt seine großen, rauhen Hände an der Kaffeetasse. »Von jetzt an wird das sogar eine Weile seine Hauptbeschäftigung sein. Zuerst schneidet er den verendeten Tieren die Köpfe ab, löst das Hirn und die Augen heraus und kocht die Schädel in einem großen Topf aus, bis sie ganz sauber sind. Den Rest der Kadaver schichtet er auf, begießt sie mit Rapsöl, zündet sie an und äschert sie ein.«

»Und dann werden die Schädel mit alten Träumen gefüllt und im Magazin der Bibliothek aufgestellt, nicht wahr?« frage ich den Alten, immer noch mit geschlossenen Augen. »Warum nur? Warum gerade Schädel?«

Der Alte antwortet nicht. Ich höre bloß das Knarren seiner Schritte auf den Dielen. Es entfernt sich langsam vom Bett und verstummt irgendwo am Fenster. Dann ist eine Zeitlang nichts als Stille.

»Du wirst es begreifen, wenn du verstanden hast, was alte Träume sind«, sagt der Alte. »Warum die Träume in Schädeln aufbewahrt werden, meine ich. Ich kann dir das nicht erklären. *Du* bist der Traumleser. Du mußt die Antwort selbst finden.«

Ich wische mir mit dem Tuch die Tränen ab und mache die Augen auf. Verschwommen sehe ich den Alten am Fenster stehen.

»Im Winter wird dir vieles klar werden«, fährt der Alte fort. »Ob es dir gefällt oder nicht, das ist der Lauf der Dinge. Es wird weiter schneien, und die Tiere werden weiter sterben. Niemand kann das ändern. Am Nachmittag kannst du den grauen Rauch der brennenden Kadaver aufsteigen sehen. Das wird den ganzen Winter so weitergehen, jeden Tag. Weißer Schnee und grauer Rauch.«

# Die Kettchen, Ben Johnson, Der Teufel

Hinten im Wandschrank breitete sich dieselbe Finsternis aus, die ich beim erstenmal gesehen hatte, aber sie kam mir, vielleicht weil ich jetzt von der Existenz der Schwärzlinge wußte, bei weitem dichter und kälter vor. Perfekter kann Finsternis nicht sein. Bevor man die Dunkelheit von der Erde verbannte, indem man in den Städten die Straßen beleuchtete, Neonreklame installierte und Schaufenster illuminierte, muß die Welt voll gewesen sein von solchen Dunkelheiten.

Die Kleine stieg als erste die Leiter hinab. Das Gerät zur Abschreckung der Schwärzlinge in einer der tiefen Taschen ihres Regenmantels verstaut, stieg sie, den Riemen ihrer großen Handlampe schräg über die Schultern geschlungen, geschwind allein in die Finsternis hinab; die Sohlen ihrer Gummistiefel quietschten. Nach einer Weile drang von unten ihre Stimme durch das Wasserrauschen: »Alles in Ordnung, komm runter!« Dann schwenkte sie das gelbe Licht. Diese Hölle kam mir tiefer vor, als ich sie in Erinnerung hatte. Ich steckte die Taschenlampe ein und begann den Abstieg. Die Sprossen der Leiter waren so feucht wie zuvor, man mußte achtgeben, nicht abzurutschen. Beim Abstieg mußte ich die ganze Zeit an das Pärchen in dem Nissan Skyline und an die Musik von Duran-Duran denken. Die wußten von nichts. Hatten keine Ahnung, daß ich gerade mit einer Taschenlampe und einem großen Messer in die Finsternis hinabstieg, eine Hand auf meine Wunde gepreßt. Die hatten nur das Tachometer im Kopf und harmlose Popsongs, die auf den Charts ganz oben standen oder wieder fielen, und dachten an den Sex, den sie haben würden, oder erinnerten sich an den, den sie gehabt hatten. Nicht, daß ich sie kritisieren wollte. Sie hatten bloß keine Ahnung.

Wenn ich selbst von nichts wüßte, könnte ich mir das Ganze hier ebenfalls sparen. Ich stellte mir vor, hinter dem Steuer des Skyline zu sitzen, neben mir die Frau, und zu der Musik von Duran-Duran durch die nächtliche Stadt zu rauschen. Ob die Frau beim Sex wohl die beiden silbernen Kettchen abnahm? Hoffentlich nicht, dachte ich. Die Kettchen müßten, nachdem sie sich ausgezogen hatte, ihr linkes Handgelenk umschließen, als gehörten sie zu ihrem Körper.

Doch wahrscheinlich legte sie sie ab. Frauen legen unter der Dusche immer alles mögliche ab. Ich müßte also vor dem Duschen mit ihr schlafen. Oder sie darum bitten, die Kettchen nicht abzulegen. Was von beidem besser wäre, wußte ich nicht, aber auf jeden Fall würde ich sie dazu bringen müssen, die Kettchen anzubehalten. Das wäre ganz wichtig.

Ich stellte mir vor, wie ich mit der Frau, die ihre Kettchen trug, schlief. Da ich mich beim besten Willen nicht an ihr Gesicht erinnern konnte, löschte ich das Licht im Zimmer. Es ist also dunkel, ihr Gesicht nicht gut zu sehen. Nachdem ich ihre fliederfarben oder weiß oder hellblau schimmernden Dessous ausgezogen habe, sind die Kettchen das einzige, was sie noch anhat. Sie glitzern im Dunkeln ein bißchen; auf den Laken verursachen sie ein feines, angenehmes Klingeln.

Während ich mit diesen Gedanken im Kopf die Sprossen hinabstieg, spürte ich, wie sich unter dem Regenmantel mein Penis versteifte. Großartig, dachte ich. Warum denn ausgerechnet jetzt, auf dieser verdammten Leiter? Warum nicht, als ich mit der Bibliothekarin – dem Mädchen mit der Magenerweiterung – im Bett lag? Was doch zwei läppische Silberkettchen zustande bringen konnten. Und das zu einer Zeit, wo die Welt sich anschickte unterzugehen.

Als ich am Fuß der Leiter auf der Felsplatte stand, leuchtete das Mädchen mit seiner Lampe die Umgebung ab. »Die Schwärzlinge treiben sich hier herum, ganz sicher«, sagte es. »Man hört sie.«

»Man hört sie?«

»Ein feines Klatschen wie von Kiemenschlägen. Leise nur,

aber wenn man aufpaßt, hört man es. Dazu die ganze Atmosphäre und der Geruch.«

Ich spitzte die Ohren und schnüffelte, hörte und roch aber nichts.

»Man muß sich daran gewöhnen«, sagte das Mädchen. »Dann hört man sogar heraus, daß sie sich unterhalten. Das heißt, eigentlich sind es eher Schallwellen. Wie bei Fledermäusen. Im Unterschied zu Fledermäusen liegt aber ein Teil der Frequenzen im Hörbereich des Menschen. Die Schwärzlinge können sich untereinander richtig verständigen.«

»Wie haben denn die Semioten mit denen Kontakt aufgenommen? Dazu bedarf es doch der Sprache!«

»Man muß ein Gerät bauen, das läßt sich machen. Eines, das die Schallwellen der Schwärzlinge in Stimmen transformiert und die Sprache der Menschen in Schallwellen. Die Semioten werden eins gebaut haben. Meinem Großvater wäre das auch ein leichtes gewesen, aber dann hat er doch darauf verzichtet.«

»Warum denn?«

»Weil er nicht mit ihnen reden wollte. Die Schwärzlinge sind schlecht, und was sie sagen, ist schlecht. Sie fressen Aas und modrigen Müll und saufen Abwasser. Früher lebten sie unter den Friedhöfen und fraßen das Fleisch der Toten. Bis man zur Feuerbestattung überging.«

»Lebende Menschen fressen sie also nicht?«

»Wenn sie einen fangen, weichen sie ihn in Wasser ein und beginnen an den Stellen zu fressen, an denen die Verwesung einsetzt.«

»Na, großartig«, sagte ich und seufzte. »Da krieg ich gute Lust umzukehren – egal, was wird!«

Aber wir arbeiteten uns weiter den Bach entlang vor. Sie ging voran, ich hinter ihr her. Wenn ich die Taschenlampe auf ihren Rücken richtete, funkelten ihre briefmarkengroßen Goldohrringe.

»Sind diese großen Ohrringe auf die Dauer nicht schwer?« sagte ich von hinten.

»Man gewöhnt sich daran«, antwortete sie. »Das ist wie mit den Schwänzen der Männer. Ist dir deiner schon mal schwer vorgekommen?«

»Nicht, daß ich wüßte. Nein.«

»Siehst du.«

Eine Zeitlang sagten wir nichts. Sie ging schnell, wie auf vertrautem Grund, und leuchtete mit ihrer Lampe die Gegend ab. Ich leuchtete vor jedem Schritt den Boden aus und kam nur mit Mühe nach.

»Sag mal, legst du die Ohrringe ab, wenn du badest oder duschst?« fragte ich, um nicht abgehängt zu werden. Nur wenn sie sprach, wurde sie ein bißchen langsamer.

»Nein«, sagte sie. »Die Ohrringe bleiben dran. Ganz nackt, nur die Ohrringe, das ist sexy, findest du nicht?«

»Doch«, sagte ich schnell. »Wo du's sagst, doch, doch.«

»Machst du's immer von vorne? Von Angesicht zu Angesicht?«

»Meistens schon.«

»Aber manchmal auch von hinten?«

»Kommt vor.«

»Es gibt noch alle möglichen anderen Stellungen, oder? Im Sitzen, der Mann unten, auf einem Stuhl und so ...«

»Die Geschmäcker sind verschieden, die Gelegenheiten auch.«

»Von Sex verstehe ich nichts«, sagte sie. »Ich hab's nie gesehen, und gemacht habe ich es auch noch nicht. Das hat mir niemand beigebracht.«

»Sex kann man nicht lernen, man muß ihn entdecken«, sagte ich. »Wenn du einen Freund findest und mit ihm schläfst, ergibt sich alles von allein.«

»So etwas mag ich nicht«, sagte sie. »Ich mag, wie soll ich sagen ... Macht und Überwältigung. Ich will genommen werden, es soll mich richtig treffen. Nicht sich *von allein ergeben*.«

»Du warst zu lange mit dem alten Herrn zusammen, mit einem genialen, überwältigenden Menschen. Aber die Welt besteht nicht nur aus solchen Leuten. Die meisten sind Mittelmaß, leben vor sich hin, tappen im dunkeln herum. Wie ich zum Beispiel.«

»Du nicht. Mit dir wäre es okay. Das hab ich doch beim letzten Mal schon gesagt, oder?«

Ich faßte jedoch den Beschluß, mir sämtliche Gedanken an Sex aus dem Kopf zu schlagen. Meine Erektion hielt noch an, aber was hatte sie hier in der pechschwarzen unterirdischen Finsternis für einen Sinn? Außerdem störte sie beim Laufen. »Das Gerät sendet also Schallwellen aus, die den Schwärzlingen unangenehm sind, nicht wahr?« wechselte ich das Thema.

»Genau. Solange wir die aussenden, kommen sie höchstens auf fünfzehn Meter heran. Bleib deshalb nie mehr als fünfzehn Meter hinter mir zurück. Sonst fangen sie dich, hängen dich in einen Brunnen und fressen dich vom fauligen Ende her auf. Du würdest bestimmt zuerst am Bauch faulen, an der Wunde. Die Biester haben extrem scharfe Krallen und Zähne. Praktisch eine Reihe von Bohrern.«

Ich beeilte mich, zu ihr aufzuschließen.

»Tut die Wunde noch weh?« fragte sie.

»Dank der Tablette ist es ein bißchen besser geworden. Wenn ich mich heftig bewege, sticht es, aber sonst hält es sich in Grenzen«, antwortete ich.

»Wenn wir Großvater finden, blendet er dir die Schmerzen bestimmt aus.«

»Dein Großvater? Wie denn?«

»Das ist einfach. Bei mir hat er das schon oft gemacht. Wenn ich zum Beispiel wahnsinnige Kopfschmerzen hatte. Er gibt ein Signal ins Bewußtsein ein, das den Schmerz ausschaltet. Schmerz ist für den Körper eine ganz wichtige Botschaft, allzu oft sollte man es deshalb nicht machen, aber diesmal handelt es sich ja um einen Notfall, nicht wahr?«

»Ich würde es jedenfalls sehr begrüßen«, sagte ich.

»Zuerst müssen wir dazu natürlich meinen Großvater finden«, sagte das Mädchen. Und ging, mit dem starken Strahler nach links und rechts leuchtend, sicheren Schrittes weiter den unterirdischen Weg entlang bachauf. An den felsigen Wänden zweigten auf beiden Seiten Wege ab, rissen ihre Spaltenmäuler auf, und überall taten sich unheimliche Höhlen auf. Aus Ritzen und Rissen sickerte Wasser, das sich zu Rinnsalen zusammenfand und in den Bach ergoß. An den Ufern wuchs Moos, dicht und feucht, wie Schlamm. Es war von beinahe unnatürlich frischem Grün. Wieso unterirdisches Moos, das ja keine Fotosynthese vollziehen konnte, eine solche Farbe annehmen konnte, war mir ein Rätsel. Unter der Erde herrschten offenbar andere Gesetze.

»Sag mal, glaubst du, die Schwärzlinge wissen, daß wir jetzt hier entlanglaufen?«

»Natürlich«, sagte die Dicke ganz ruhig. »Das ist ihr Zuhause. Unter der Erde gibt es nichts, von dem sie nichts wüßten. Die sind überall um uns herum und beobachten uns. Ich hör sie schon die ganze Zeit.«

Ich richtete meine Taschenlampe auf die Felsen ringsum, sah aber nichts außer rauhem, bizarr geformtem Fels und Moos.

»Sie lauern in den Höhlen und hinten in den Abzweigungen, wo das Licht nicht hinreicht«, sagte sie. »Hinter uns dürften auch welche sein.«

»Wie lange läuft das Signalgerät schon?« fragte ich.

»Zehn Minuten«, sagte sie nach einem Blick auf ihre Armbanduhr. »Zehn Minuten und zwanzig Sekunden. Keine Sorge, in fünf Minuten sind wir am Wasserfall.«

Genau fünf Minuten später standen wir am Wasserfall. Er machte wie zuvor fast keinen Lärm, der Dephonator schien noch in Betrieb zu sein. Wir stülpten die Kapuzen über, zurrten die Riemen unter dem Kinn fest, setzten die Schutzbrillen auf und durchquerten den stillen Fall.

»Komisch«, sagte das Mädchen. »Der Dephonator funktioniert, das Labor kann demnach nicht zerstört sein. Wenn die Schwärzlinge hier eingedrungen wären, hätten sie alles in Stücke gerissen. Die hassen das Labor nämlich wie die Pest.«

Wie zur Bestätigung dieser Vermutung stand die Labortür

fest verschlossen. Wenn die Schwärzlinge eingedrungen wären, hätten sie beim Verlassen wohl kaum wieder ordentlich abgeschlossen. Nein – hier hatte jemand anders einen Überraschungsangriff gestartet.

Das Mädchen bediente sehr bedächtig das Zahlenschloß an der Tür und machte sie dann mit dem elektrischen Schlüssel auf. Im Labor war es dunkel und kühl, und es roch nach Kaffee. Das Mädchen schloß rasch die Tür, schob den Riegel vor und knipste, nachdem es sich davon überzeugt hatte, daß die Tür fest verschlossen war, das Licht an.

Das Labor befand sich in etwa demselben außerordentlichen Zustand, in den das Büro oben und meine Wohnung versetzt worden waren. Papiere flogen auf dem Boden herum, das Mobiliar war umgestürzt, das Geschirr zerschmettert, der Teppich herausgerissen, und über dem Ganzen hatte man einen ganzen Eimer Kaffee ausgegossen. Warum sich der Professor soviel Kaffee hätte kochen sollen, war mir nicht klar. Eine solche Menge hätte selbst ein ausgemachter Kaffeenarr nicht trinken können.

Im Vergleich zum Büro oben und zu meiner Wohnung gab es hier aber einen fundamentalen Unterschied: Man hatte sorgfältig zwischen zu Zerstörendem und nicht zu Zerstörendem unterschieden. Was zerstört werden sollte, hatte man restlos zerstört, alles andere aber nicht einmal angerührt. Die Computer und Übermittlungsgeräte, der Dephonator und die Generatoren waren unangetastet geblieben, sie funktionierten beim Einschalten reibungslos. Nur der große Schallwellensender zur Abschreckung der Schwärzlinge, aus dem man ein paar Teile herausgerissen hatte, war nicht funktionstüchtig; das ließ sich aber offensichtlich leicht beheben.

Das hintere Zimmer bot ein ähnliches Bild: Hoffnungsloses Chaos auf den ersten Blick, tatsächlich aber bis ins kleinste berechnet. Die Schädelknochen auf den Regalen waren vollkommen unversehrt, ebenso alle wichtigen Meßwerkzeuge. Nur billige, leicht zu ersetzende Geräte und Labormaterialien hatte man möglichst barbarisch zertrümmert.

Die Kleine sah im Wandtresor nach. Er war nicht verschlossen. Mit beiden Händen holte sie hervor, was von den Papieren übrig war, einen Haufen weißer Asche, und verstreute sie auf dem Boden.

»Die Notautomatik hat funktioniert, wie's scheint«, sagte ich. »Mitnehmen konnten die nichts.«

»Was meinst du, wer das gemacht hat?«

»Das waren Menschen«, sagte ich. »Die Semioten oder weiß der Teufel wer haben sich mit den Schwärzlingen zusammengetan, sind hierher und haben aufgemacht; aber dieses Tohuwabohu haben Menschen veranstaltet, eingedrungen sind nur sie. Um das Labor zu eigenen Zwecken zu nutzen – um die Forschungen des Professors fortzuführen, nehme ich an –, haben sie die wichtigen Geräte verschont. Und hinterher, damit die Schwärzlinge nicht alles verwüsten, wieder abgeschlossen.«

»Wichtiges scheint ihnen nicht in die Hände gefallen zu sein, oder?«

»Sieht so aus«, sagte ich und schaute mich rings im Zimmer um. »Abgesehen von deinem Großvater. Und der ist, wenn wir schon von wichtig reden, am allerwichtigsten. Jetzt haben wir keine Möglichkeit mehr herauszufinden, was der Professor mir eingepflanzt hat. Wir sind in einer Sackgasse.«

»Nein«, sagte das dicke Mädchen, »die haben meinen Großvater nicht. Keine Angst. Das Labor hat einen Geheimausgang. Den hat mein Großvater bestimmt genommen, mit einem Signalgerät gegen die Schwärzlinge, wie wir es benutzen.«

»Woher willst du das wissen?«

»Beweisen kann ich es nicht, aber ich weiß es. Mein Großvater ist überaus vorsichtig, so leicht würde er sich nicht schnappen lassen. Bestimmt ist er, sobald sich jemand an der Tür zu schaffen machte, durch den Geheimausgang geflohen.«

»Dann ist er also jetzt draußen – oben?«

»Nein«, sagte das Mädchen. »So einfach ist die Sache nun auch wieder nicht. Der Fluchtweg ist verschlungen wie ein Labyrinth und führt am Nest der Schwärzlinge vorbei, nach draußen braucht man selbst bei größter Eile mindestens fünf

Stunden. Das Signalgerät hält eine halbe Stunde, Großvater muß also noch unterwegs sein.«

»Es sei denn, die Schwärzlinge haben ihn geschnappt.«

»Das glaube ich kaum. Er hat für den Fall der Fälle einen sicheren Bunker angelegt, dem sich die Schwärzlinge unter keinen Umständen zu nähern wagen. Wahrscheinlich hält er sich da versteckt und wartet auf uns.«

»Das nenn ich Vorsicht, in der Tat«, sagte ich. »Weißt du, wo dieser Bunker ist?«

»Ich glaube schon. Mein Großvater hat mir genau erklärt, wie man hinkommt. Außerdem enthält das Notizbuch hier einen groben Lageplan – und Hinweise auf Stellen, wo Gefahren lauern.«

»Zum Beispiel welche?«

»Ich glaube, es ist besser, dir davon nichts zu erzählen«, sagte das Mädchen. »Manche Leute werden sehr nervös, wenn sie solche Geschichten hören«.

Ich seufzte und verzichtete darauf, weiter nachzufragen, welche Gefahren das sein könnten. Ich war schon nervös genug.

»Wie lange braucht man bis zu der Zone, wo die Schwärzlinge sich nicht hintrauen?«

»Fünfundzwanzig, dreißig Minuten. Von da bis zum Versteck meines Großvaters noch einmal eine Stunde oder anderthalb. Sobald wir die Zone erreichen, sind wir in Sicherheit. Das Problem ist der Weg dahin. Wir müssen uns enorm beeilen, sonst halten die Batterien des Signalgerätes nicht.«

»Was passiert, wenn die Batterien unterwegs den Geist aufgeben?«

»Dann müssen wir auf unser Glück vertrauen«, sagte das Mädchen. »Die Lampen schwenken, damit die Biester nicht heran können, und rennen. Die Schwärzlinge hassen nämlich grelles Licht. Aber bei der kleinsten Unterbrechung im Lichtkreis schlagen sie mit den Klauen nach dir und schnappen dich. Oder mich.«

»Großartig«, sagte ich lahm. »Sind die Batterien aufgeladen?«

Das Mädchen prüfte die Ladeanzeige am Signalgerät und sah dann auf die Armbanduhr. »Noch fünf Minuten.«

»Wir müssen uns beeilen«, sagte ich. »Wenn meine Vermutung richtig ist, melden die Schwärzlinge den Semioten, daß wir hier sind, und dann kommen die Burschen umgehend zurück.«

Das Mädchen entledigte sich des Regenmantels und der Stiefel und zog die Army-Kampfjacke und die Joggingschuhe an, die ich eingesteckt hatte. »Zieh dich lieber auch um. Wir müssen jetzt beweglich sein, sonst kommen wir nicht durch«, sagte es.

Ich legte ebenfalls meinen Regenmantel ab, streifte die Windjacke über den Pullover und zog bis zum Hals den Reißverschluß zu. Dann schulterte ich den Rucksack und tauschte die Gummistiefel gegen Turnschuhe. Es war fast halb eins.

Das Mädchen ging ins hintere Zimmer, schmiß die Bügel, die im Wandschrank hingen, auf den Boden, umfaßte mit beiden Händen die Stahlstange, an der die Bügel gehangen hatten, und drehte sie. Nach einer Weile knarzte es, als griffen Zahnräder ineinander. Nach einer weiteren Drehung in dieselbe Richtung tat sich rechts unten in der Wandschrankwand ein Loch von etwa siebzig mal siebzig Zentimetern auf. Die Finsternis in dem Loch war so dicht, daß ich sie mit den Händen schöpfen zu können glaubte. Kalter Modergeruch wehte ins Zimmer.

»Ist das nicht gut gemacht?« sagte die Kleine zu mir, die Hände noch um die Stange gelegt.

»Sehr gut sogar«, sagte ich. »Kein normaler Mensch käme auf die Idee, daß hier ein Ausgang sein könnte.«

Sie trat zu mir, machte sich lang und drückte mir einen Kuß unters Ohr. Mir wurde ein wenig wärmer zumute, und auch die Schmerzen in der Wunde schienen nachzulassen. Offenbar hatte sie eine besondere Stelle getroffen. Oder ich war einfach nur zu lange nicht mehr von einem siebzehnjährigen Mädchen geküßt worden.

»Man muß nur glauben, daß alles gutgeht, dann flößt einem nichts auf der Welt mehr Angst ein«, sagte sie.

»Wenn man älter wird, nutzt sich so mancher Glaube ab«, sagte ich. »Das ist wie mit den Zähnen. Nicht, daß man unbedingt Skeptiker würde oder Zyniker, aber der Glaube nutzt sich ab.«

»Hast du Angst?«

»Ja«, sagte ich. Dann beugte ich mich vor und spähte noch einmal in das Loch. »Mit Dunkelheit und Enge hatte ich schon immer Probleme.«

»Zurück können wir nicht mehr. Wir *müssen* hinein, oder?«

»Logisch gesehen schon«, sagte ich. Mir war, als entfernte sich mein Körper von mir. Auf der Schule hatte ich hin und wieder dasselbe Gefühl gehabt, beim Basketballspielen. Wenn ich meine Bewegungen dem zu schnellen Zickzack des Balles anzupassen versuchte, kam der Geist nicht mit.

Die Kleine behielt die ganze Zeit die Anzeige des Signalgerätes im Auge. »Gehen wir«, sagte sie schließlich. Die Batterien waren voll.

Wie zuvor ging sie voran, ich folgte. Im Loch drehte sie sich um und betätigte einen seitlich angebrachten Hebel, um den Eingang wieder zu verschließen. Das Lichtquadrat wurde immer schmaler, bis es sich zu einem Schlitz verengte und schließlich ganz verschwand. Ich stand in dichter Dunkelheit, die mir vollkommener erschien als jede, die ich bis dahin erlebt hatte. Eine Dunkelheit, deren Herrschaft die Taschenlampe nicht zu brechen vermochte; sie bohrte nur ein winziges, ängstliches Loch hinein.

»Eins verstehe ich nicht«, sagte ich. »Warum hat dein Großvater denn ausgerechnet einen Fluchtweg gewählt, der mitten durch das Nest der Schwärzlinge führt?«

»Weil er der sicherste ist«, sagte die Kleine und leuchtete mich mit ihrer Lampe an. »Im Zentrum des Nestes haben die Schwärzlinge ihr Sanktuarium, da dürfen sie nicht hinein.«

»Etwas Religiöses?«

»Ich denke, ja. Großvater sagte es, ich selbst war noch nicht da. Als Glaube könne man es nicht bezeichnen, dazu sei es zu primitiv, aber es sei zweifellos eine Art Religion. Ihr Gott ist ein Fisch. Ein riesiger, augenloser Fisch.« Sie richtete ihre Lampe nach vorn. »Aber laß uns gehen. Wir haben nicht viel Zeit.«

Die Decke der Höhle hing so niedrig, daß ich gebückt gehen mußte. Die Felswände waren meist glatt und hatten nur wenige Spitzen und Kanten; trotzdem stieß ich mir gelegentlich an felsigen Vorsprüngen gewaltig den Kopf. Zeit, mich zu bedauern, hatte ich jedoch nicht. Ich richtete das Licht meiner Taschenlampe fest auf ihren Rücken und lief weiter, verzweifelt bemüht, sie ja nicht aus den Augen zu verlieren. Die Kleine bewegte sich trotz ihrer Leibesfülle behende und schnell und schien auch über eine beträchtliche Ausdauer zu verfügen. Ich selbst bin eher robust, doch das gebückte Laufen verursachte in meiner Wunde stechende Schmerzen. Ein Stechen, als triebe man mir Eiskeile in den Unterbauch. Mein Hemd war naß vor Schweiß und klebte mir kalt am Körper. Doch die Schmerzen waren allemal besser, als das Mädchen aus den Augen zu verlieren und allein in der Finsternis zurückgelassen zu werden.

Mit jedem Schritt verstärkte sich das Gefühl, daß mein Körper nicht eigentlich zu mir gehörte. Das lag wahrscheinlich daran, daß ich mich nicht sehen konnte. Nicht die Hand vor Augen war zu sehen.

Sich selbst nicht sehen zu können, ist merkwürdig. Nach einer Weile beginnt man sich zu fragen, ob der Körper nicht bloß eine hypothetische Erscheinung ist. Ich empfand wohl Schmerz, wenn ich mir den Kopf an der Decke stieß, und auch die Bauchverletzung tat pausenlos weh. Und unter den Füßen spürte ich die Erde. Doch das waren bloße Schmerzen, das war mein bloßer Tastsinn. Es waren sozusagen nur aufgrund der Hypothese »Körper« entstandene Begriffe. Deshalb mochte es durchaus sein, daß der Körper schon abgestorben war und nur die Begriffe weiterfunktionierten. So wie ein beinamputierter Mann auch nach der Operation noch Jucken in den Zehen des abgeschnittenen Beines empfindet.

Mehrmals war ich in Versuchung, die Taschenlampe auf mich selbst zu richten, um sicherzugehen, daß mein Körper noch existierte, verzichtete aber schließlich darauf aus Furcht, ich könnte das Mädchen aus den Augen verlieren. Dein Körper ist voll und ganz da, Mann, sagte ich mir. Wenn er abgestorben wäre, wenn nur noch das, was ich wohl als meine Seele zu bezeichnen hätte, da wäre, müßte es mir besser gehen. Wo bliebe denn, wenn die Seele auf ewig Bauchverletzungen, Magengeschwüre und Hämorrhoiden mit sich herumschleppen müßte, die Erlösung? Wenn die Seele sich nicht vom Körper löste, welche Daseinsberechtigung hätte sie dann noch?

Mit diesen Gedanken im Kopf lief ich hinter der beleibten jungen Frau her, ihrer olivgrünen Kampfjacke, dem wie angegossen sitzenden, rosafarbenen Rock, der darunter hervorlugte, und den rosafarbenen Joggingschuhen. Die schwankenden Ohrringe glitzerten im Licht der Taschenlampe. Als schwirrte ihr ein Paar Glühwürmchen um den Kopf.

Sie lief immer weiter, drehte sich nicht nach mir um und sagte keinen Ton. Als wüßte sie gar nicht mehr, daß ich da war. Sie lief nur weiter, mit ihrer Lampe flink die Abzweigungen und Höhlen ausleuchtend.

An einer Gabelung blieb sie stehen, holte die Karte aus der Brusttasche, hielt sie ins Licht und sah nach, in welche Richtung wir weitergehen mußten. Das gab mir Gelegenheit, zu ihr aufzuschließen.

»Alles in Ordnung? Sind wir noch richtig?« fragte ich.

»Alles in Ordnung. Bis jetzt jedenfalls. Wir sind richtig«, antwortete sie mit fester Stimme.

»Woher weißt du das so genau?«

»Weil wir richtig sind«, sagte sie und richtete ihre Lampe auf den Boden. »Da, schau mal!«

Ich kauerte mich hin und starrte auf den ausgeleuchteten Kreis. In den Vertiefungen des felsigen Bodens glitzerte es hier und da silbern. Ich nahm eins der Glitzerdinger in die Hand; es war eine Büroklammer.

»Siehst du!« sagte das Mädchen. »Großvater ist hier entlanggelaufen. Er wußte, daß wir kommen würden, und hat uns den Weg markiert.«

»Oh«, sagte ich.

»Eine Viertelstunde ist vorbei. Komm, weiter.«

Danach kamen noch ein paar Gabelungen, und an jeder wiesen Büroklammern den Weg, so daß wir uns nicht verliefen und außerdem wertvolle Zeit sparten.

Hier und da taten sich im Boden tiefe Löcher auf. Auf dem Plan waren die Stellen mit rotem Filzstift gekennzeichnet, und sobald wir uns einer näherten, machten wir etwas langsamer und leuchteten beim Gehen den Boden aus. Die Löcher hatten etwa fünfzig bis siebzig Zentimeter Durchmesser, so daß man sie leicht umgehen oder überspringen konnte. Einmal ließ ich versuchsweise einen faustgroßen Stein, der in der Nähe lag, hineinfallen, aber man hörte ewig nichts. Als wäre er gleich bis Brasilien oder Argentinien durchgefallen. Mir zog sich bei der bloßen Vorstellung, fehlzutreten und in so ein Loch zu fallen, der Magen zusammen.

Der Weg, eine einzige Schlangenlinie, von der gelegentlich Seitenwege abgingen, führte immerfort nach unten. Steile Gefälle gab es zwar nicht, aber es ging stetig bergab. Mir kam es so vor, als würde mir Schritt für Schritt ein Stück der hellen überirdischen Welt entrissen.

Einmal umarmten wir uns unterwegs. Die kleine Frau blieb plötzlich stehen, drehte sich um, löschte das Licht und schlang beide Arme um mich. Dann tastete sie mit der Hand nach meinen Lippen und küßte mich. Ich umarmte sie auch und drückte sie sacht. Sich in der kohlrabenschwarzen Finsternis zu umarmen, war merkwürdig. Stendhal hat etwas über Umarmungen im Dunkeln geschrieben, dachte ich. Ja, Stendhal. Aber den Buchtitel hatte ich vergessen. Ich versuchte mich zu entsinnen, aber er wollte mir nicht einfallen. Ob Stendhal einmal eine Frau im Dunkeln umarmt hat? Falls ich lebend hier herauskommen sollte und die Welt noch nicht untergegangen wäre, würde ich, nahm ich mir vor, nach diesem Buch von Stendhal suchen.

Der Melonenduft, der von ihrem Nacken ausgegangen war, war verflogen. Ihr Nacken roch nach dem Nacken eines siebzehnjährigen Mädchens. Ein Stück darunter roch es nach mir.

Nach mir und meinem Leben, das sich in der Kampfjacke festgesetzt hatte. Nach den Gerichten, die ich gekocht, nach dem Kaffee, den ich verschüttet, nach dem Schweiß, den ich vergossen hatte. All das hatte sich in der Jacke festgesetzt. In der tiefen unterirdischen Dunkelheit, meine Arme um das siebzehnjährige Mädchen geschlungen, kam mir dieses Leben unwirklich vor, unwirklich und unwiederbringlich. Ich konnte mich erinnern, daß es einmal stattgefunden hatte. Aber daß ich es einmal würde wiederaufnehmen können, schien mir unmöglich.

Wir standen lange so. Die Zeit raste dahin, doch ich empfand das nicht als Problem. In der Umarmung teilten wir unsere Angst. Das war das einzige, was zählte.

Schließlich preßte sie den Busen fest an meine Brust, ihre Lippen öffneten sich, und ihre weiche Zunge und ihr warmer Atem füllten meinen Mund. Ihre Zunge leckte meine, und ihre Finger fuhren mir durchs Haar. Doch nach zehn Sekunden oder so war alles vorbei, löste sie sich mit einemmal von mir. Eine bodenlose Verzweiflung überkam mich, ich fühlte mich wie ein in der Weite des Weltraums verlassener Astronaut.

Ich knipste meine Taschenlampe an, da stand sie. Sie machte ihre Lampe ebenfalls an. »Gehen wir«, sagte sie. Dann drehte sie sich um und lief los wie zuvor. Ich spürte noch ihre Lippen auf meinem Mund. Und ich spürte noch das Pochen ihres Herzens an meiner Brust.

»Ich küsse gut, oder?« sagte sie, ohne sich umzudrehen.

»Sehr gut sogar«, sagte ich.

»Aber irgend etwas fehlt, nicht wahr?«

»Ja«, sagte ich. »Irgend etwas fehlt.«

»Was denn?«

»Ich weiß es nicht«, sagte ich.

Nach etwa fünf Minuten flachen, abschüssigen Weges kamen wir an einen weiten, leeren Platz. Es roch dort anders, und unsere Schritte hallten anders. Wenn man in die Hände klatschte, kam ein wie oval verzerrtes, mittig aufgeblähtes Echo zurück.

Während sie den Plan befragte, leuchtete ich ringsum alles ab.

Die Decke bildete eine Kuppel, der Platz einen entsprechenden Kreis. Einen vollkommenen, eindeutig künstlich geschaffenen Kreis. Die Wände waren glatt, es gab weder Vertiefungen noch Ecken und Kanten. Genau in der Mitte des Platzes wies der Boden eine flache Aushöhlung von ungefähr einem Meter Durchmesser auf, die mit einer unbestimmbaren, schleimigen Masse angefüllt war. In der Luft lag übler Geruch, nicht stechend, aber unangenehm wie aus übersäuerten Mündern.

»Das scheint der Eingang zur Heiligen Stätte zu sein«, sagte das Mädchen. »Jetzt sind wir fürs erste in Sicherheit. Weiter hinein können die Schwärzlinge nicht.«

»Schön und gut, aber können wir wieder heraus?«

»Das überlaß nur meinem Großvater. Der findet bestimmt einen Weg. Außerdem haben wir dann zwei Signalgeräte, damit können wir die Biester auf Dauer in Schach halten. Während wir das eine benutzen, laden wir das andere auf. Dann haben wir nichts mehr zu fürchten. Und die Zeit läuft uns auch nicht mehr davon.«

»Aha«, sagte ich.

»Macht dir das nicht ein bißchen Mut?«

»Doch, ein bißchen«, sagte ich.

Am Eingang zur Heiligen Stätte hingen auf beiden Seiten sorgfältig herausgearbeitete Reliefs. Es waren jeweils zwei riesige, zu einem Kreis gekrümmte Fische, Maul an Schwanz und Schwanz an Maul. Geheimnisvolle Fische. Die Köpfe waren hoch gewölbt wie die Cockpithauben von Bombenflugzeugen, und statt der Augen wuchsen Ranken dicker Fühler heraus. Die Mäuler waren im Verhältnis zum Körper viel zu groß, sie zogen sich in einer geraden Linie fast bis zu den Kiemen. Unterhalb davon, direkt am Bauch stand ein dickliches Organ hervor, wie der verbliebene Stummel eines beinamputierten Tieres. Zuerst dachte ich, es sei eine Art Saugwerkzeug, erkannte dann aber bei genauerem Hinsehen drei scharfe Krallen an der Spitze. Fische mit Krallen waren mir noch nie untergekommen. Die Rückenflossen hatten eine bizarre Form, und die Schuppen stachen heraus wie Dornen.

»Ob das mythische Lebewesen sind, was meinst du? Oder gibt es die etwa wirklich?« fragte ich meine Gefährtin.

»Wer weiß«, sagte sie und klaubte wieder ein paar Büroklammern auf. »Jedenfalls haben wir uns nicht verlaufen. Komm, sehen wir zu, daß wir hineinkommen.«

Ich folgte ihr, nicht ohne vorher noch einmal die Fischreliefs anzuleuchten. Daß die Schwärzlinge in dieser undurchdringlichen Finsternis dermaßen elaborierte Reliefs produzieren konnten, hatte mich einigermaßen geschockt. Und selbst die Tatsache, daß sie in der Dunkelheit sehen konnten, hatte mein Erstaunen beim Anblick der Werke nicht im geringsten gemindert. Auch jetzt verfolgten sie vermutlich alle unsere Bewegungen.

Im Sanktuarium führte der Weg leicht nach oben, und das Deckengewölbe wurde immer höher, bis es schließlich auch bei nach oben gerichtetem Licht nicht mehr zu erkennen war.

»Jetzt kommt der Berg«, sagte das Mädchen. »Hast du Bergsteigererfahrung?«

»Früher hab ich jede Woche eine Bergwanderung gemacht. Im Dunkeln bin ich aber noch nie aufgestiegen.«

»So steil scheint er nicht zu sein«, sagte das Mädchen und verstaute den Plan wieder in der Brusttasche. »Kann man kaum als Berg bezeichnen. Es ist eher ein Hügel. Für die Schwärzlinge ist es aber *Der Berg*, hat mein Großvater gesagt. Der einzige unterirdische Berg. Der Heilige Berg.«

»Den wir jetzt durch unsere Anwesenheit beschmutzen?«

»Ganz im Gegenteil. Der Berg ist schmutzig. Hier konzentriert sich aller Schmutz. Das hier ist quasi eine in der Erdkruste versiegelte Büchse der Pandora. Und wir gehen jetzt mitten hindurch.«

»Hört sich nicht so an, als ob wir je wieder lebend herauskämen.«

»Nur Mut. Glauben mußt du, dann flößt dir nichts auf der Welt mehr Angst ein, das hab ich dir doch eben gesagt. Ruf dir schöne Erinnerungen zurück, denk an Menschen, die du geliebt hast, an Zeiten, in denen du geweint hast, denk an deine Kindheit, an deine Zukunftspläne, an Musik, die du magst, egal was. Dann verschwindet die Angst.«

»Geht auch Ben Johnson?«

»Ben Johnson?«

»Ein Schauspieler, der in alten Filmen von John Ford vorkommt, ein guter Reiter. Der reitet wie ein Gott.«

Sie giggelte. »Du bist wunderbar. Ich mag dich wirklich sehr.«

»Ich bin zu alt für dich«, sagte ich. »Außerdem kann ich kein einziges Instrument spielen.«

»Wenn wir hier herauskommen, bringe ich dir das Reiten bei.«

»Danke schön«, sagte ich. »Übrigens, an was denkst du eigentlich?«

»An den Kuß vorhin«, sagte sie. »Deswegen habe ich dich ja geküßt. Wußtest du das nicht?«

»Nein.«

»Weißt du, woran mein Großvater hier gedacht hat?«

»Nein.«

»An nichts. Er kann seinen Kopf ganz leer machen. Genies können das. Wenn der Kopf ganz leer ist, kann das Böse nicht hinein.«

»Aha«, sagte ich.

Es ging, wie sie gesagt hatte, immer steiler bergauf, so daß wir schließlich beim Klettern die Hände zu Hilfe nehmen mußten. Ich dachte die ganze Zeit an Ben Johnson. Ben Johnson zu Pferde. Ich rief mir alle seine Pferdeszenen in Erinnerung. Ben Johnson in *Fort Defiance*, Ben Johnson in *She Wore a Yellow Ribbon*, in *Wagonmaster* und in *Rio Grande*. Die sonnenüberflutete Prärie, am Himmel blütenweiße, wie gemalte Wolkenstreifen. In den Tälern stehen Büffelherden, Frauen treten aus der Tür und wischen sich an weißen Schürzen die Hände ab. Ein Fluß, im Winde zitterndes Licht und singende Menschen. Durch diese Landschaft jagt wie ein Pfeil Ben Johnson. Und die fahrbare Kamera jagt mit, den stattlichen Reiter immer im Visier.

Mit Händen und Füßen Halt im Felsen suchend, dachte ich an Ben Johnson und sein Pferd. Meine Schmerzen – ob es nun an Ben Johnson lag oder nicht – klangen auf wunderbare Weise ab, und ich kam voran, ohne ständig daran denken zu müssen, daß ich doch eigentlich verletzt war. So gesehen konnte an der Theorie des Mädchens, daß sich durch Eingabe eines speziellen Signals ins Bewußtsein körperliche Beschwerden lindern lassen, durchaus etwas dran sein.

Bergsteigerisch gesehen hatte unser Aufstieg keinen hohen Schwierigkeitsgrad. Die Füße fanden Halt, die Felswand fiel nicht steil ab, und mit den Händen ließen sich immer irgendwelche Vertiefungen erreichen. Nach irdischen Maßstäben befanden wir uns auf einer Anfängerroute, und zwar einer, die ein Grundschüler sonntags morgens gefahrlos im Alleingang bewältigen konnte. In der unterirdischen Dunkelheit war das jedoch etwas anderes. Man sah ja nicht die Hand vor Augen! Man wußte nicht, was weiter oben kam, wie weit man noch zu klettern hatte, in welcher Position man gerade war, wie es unter einem aussah, ob man die richtige Route eingeschlagen hatte, nichts. Daß fehlende Sicht so viel Unsicherheit und Angst mit sich bringt, hatte ich nicht gewußt. Das kann einem unter Umständen das gesamte Wertefundament nehmen, einschließlich des dazugehörigen Selbstwertgefühls und jeden Mut. Wenn man etwas erreichen will, stellt man sich ganz natürlich immer dieselben drei Fragen: Was habe ich zu diesem Zweck bereits getan? Wo befinde ich mich zur Zeit? Was habe ich noch zu tun? Wenn einem diese drei Wegmarken genommen werden, bleiben nur Unsicherheit, Angst und Erschöpfung. Genau das war der Zustand, in dem ich mich befand. Der technische Schwierigkeits- bzw. Leichtigkeitsgrad war nicht das Problem. Das Problem war, wie weit man sich zu beherrschen wußte.

Wir kletterten weiter den dunklen Berg hinauf. Da ich nicht gleichzeitig die Taschenlampe halten und mit den Händen Halt suchen konnte, hatte ich die Lampe in die Hosentasche gesteckt. Die Dicke hatte ihre mit dem Riemen um die Schultern geschlungen; die Lampe baumelte auf ihrem Rücken und strahlte nutzlos ins schwarze All. Wir sahen rein nichts. Schweigend kletterte ich diesem schwankenden Lichtstrahl nach.

Um sicherzugehen, daß ich nachkam, sprach mich die Kleine ab und zu an. »Alles in Ordnung?« sagte sie dann, oder: »Es ist nicht mehr weit.«

Später sagte sie: »Willst du nicht was singen?«

»Was denn?« fragte ich.

»Irgendwas. Irgendein Lied. Sing was!«

»Ich singe nur, wenn ich alleine bin.«

»Sing schon, komm!«

Was sollte ich machen? Ich sang das *Petschka*-Lied, das Lied vom Ofen.

*Heizt in der Nacht, wenn's draußen schneit,*
*den Ofen an –*
*brenn, Petschka, brenn!*
*Und erzählt von alter Zeit,*
*brenn, Petschka, brenn!*

Die folgenden Strophen wußte ich nicht mehr, deshalb erfand ich einfach welche. Alle sitzen um den Ofen herum, als es an die Tür klopft. Der Vater steht auf und sieht nach. Ein verwundetes Rentier steht dort und weint: »Ich habe solchen Hunger, gebt mir bitte zu essen!« Man macht eine Dose Pfirsiche auf und gibt dem Rentier davon. Am Schluß sitzen alle um den Ofen und singen zusammen.

»Du singst doch gut!« lobte mich das Mädchen. »Leider kann ich nicht klatschen, aber das war ein wirklich schönes Lied!«

»Vielen Dank«, sagte ich. »Jetzt bist du dran.«

»Darf ich das *Fahrradlied* singen?«

»Bitte sehr«, sagte ich.

*Früh des Morgens im April*
*will ich über Stock und Stein*
*neue Wege wagen,*

*Richtung Wald, Richtung Wald.*
*Rosa soll mein Fahrrad sein,*
*Rosa soll mich tragen*
*Richtung Wald, Richtung Wald.*
*Lenker, Sattel, rosarot, und*
*rosarot die Speichen.*

»Das klingt ja wie für dich geschrieben«, sagte ich.

»Klar«, sagte sie. »Das ist mein ganz privates Lied. Gefällt es dir?«

»Ja, sehr.«

»Soll ich weitersingen?«

»Ich bitte darum.«

*Farblich paßt zum frühen Morgen*
*nur das Rosarot.*
*Andre Farben will ich nicht,*
*andre Farben passen nicht.*
*Rosa muß mein Fahrrad sein,*
*rosa auch mein Hut.*
*Und die Schuhe und die Hosen*
*alles rosarot.*

»Okay, deine Vorliebe für Rosa kenne ich jetzt. Willst du nicht zur nächsten Strophe kommen?«

»Das ist eine ganz wichtige Stelle!« sagte das Mädchen. »Sag mal, gibt es eigentlich rosafarbene Sonnenbrillen?«

»Ich meine, Elton John hätte mal eine getragen.«

»Ja?« sagte sie. »Aber egal. Hier ist die nächste Strophe.«

*Auf dem Wege stand ein Onkel,*
*Onkelchen trug Blau.*
*Blau war auch sein Stoppelbart,*
*wie die Nacht, wie die Nacht,*
*wie die lange Nacht.*

»Soll ich das sein?« fragte ich.

»Nein. Du kommst in dem Lied nicht vor.«

*»Im Wald regiert das wilde Tier,*
*Mädchen, fahr nicht hin!*
*Wasser kann bergauf nicht fließen,*
*fahr nicht, Kind, es schadet dir!«*

*Doch ich fahr auf meinem Fahrrad*
*früh des Morgens im April*
*Richtung Wald, Richtung Wald.*
*Fahr ich nur auf meinem schönen*
*rosaroten Rad dabei,*
*kenn ich Furcht und Angst nicht mehr.*
*Blau nicht, grau nicht, grün nicht, rot nicht,*
*rosa muß mein Fahrrad sein!*

Kurz nachdem sie ihr »Fahrradlied« zu Ende gesungen hatte, hatten wir den Steilhang erklommen und kamen auf eine Art Hochplateau. Dort legten wir eine Pause ein und leuchteten mit den Lampen in die Runde. Das Plateau hatte ziemliche Ausmaße, flach wie ein Kaffeetisch erstreckte es sich, soweit das Auge reichte. Das Mädchen hockte sich gleich hin und las wieder ein halbes Dutzend Büroklammern auf.

»Wo ist dein Großvater denn noch hin, Mensch?« fragte ich.

»Es kann nicht mehr weit sein. Von dem Plateau hat er oft erzählt, ich glaube, ich weiß, wo er ist.«

»Dein Großvater ist also öfters hier gewesen?«

»Klar. Um die Karte zeichnen zu können, hat er jeden Winkel abgegrast. Großvater kennt hier jede Ecke, jedes Schlupfloch, jeden Stein.«

»Hat er das alleine gemacht?«

»Natürlich«, sagte das Mädchen. »Großvater arbeitet am liebsten allein. Nicht, daß er Misanthrop wäre oder niemandem vertraute, aber die Leute kommen einfach nicht mit ihm mit.«

»Ich glaube, das kann ich nachvollziehen«, sagte ich. »Aber sag mal, was hat es denn mit dem Plateau hier auf sich?«

»Auf dem Berg haben einst die Vorfahren der Schwärzlinge gelebt. In Höhlen, die sie sich gegraben hatten. Und auf dem Plateau, wo wir jetzt stehen, hielten sie ihre religiösen Rituale ab. Hier wohnte ihr Gott. Hier standen ihre Priester oder Magier, riefen den Gott der Finsternis an und brachten ihm Opfer dar.«

»Diesem gräßlichen Krallenfisch?«

»Genau. Die Schwärzlinge glauben, daß dieser Fisch das Reich der Finsternis regiert. Daß er das Leben hier bestimmt, die Logik, das Wertesystem, alles, daß er Herr ist über Leben und Tod. Der Sage nach hat der Fisch dem Urahn der Schwärzlinge den Weg hierher gewiesen.« Das Mädchen richtete seine Lampe auf den Boden und deutete auf eine ungefähr zehn Zentimeter tiefe und einen Meter breite Spur, eine Art Graben. Er führte in schnurgerader Linie über das Plateau in die Finsternis. »Wenn man dem Graben folgt, kommt man zum alten Altar der Schwärzlinge. Wahrscheinlich hält sich Großvater da versteckt. Der Altar ist nämlich der heiligste Platz dieser Heiligen Stätte, dort wagt sich niemand hin, niemand; solange man sich da versteckt, ist man absolut sicher.«

Wir marschierten in der schnurgeraden Spur weiter. Bald neigte sich der Weg, und die Wände zu beiden Seiten wurden immer höher. Ich hatte das Gefühl, sie rückten immer näher und würden uns im nächsten Augenblick zwischen sich zerquetschen, aber ringsum rührte sich nichts, es war unverändert still wie auf dem Grunde eines Brunnens. Nur das Knirschen unserer Gummisohlen erzeugte zwischen den Wänden ein merkwürdig rhythmisches Hallen. Unwillkürlich schaute ich ein paarmal hoch in die Luft. Wer im Dunkeln wandert, sucht automatisch nach den Sternen und dem Mond.

Doch natürlich leuchteten über uns weder der Mond noch die Sterne. Um so stärker lastete die Dunkelheit auf mir. Es regte sich kein Wind, die Luft stand. Alles kam mir bleiern vor und schwer wie nie zuvor. Selbst mein Dasein schien beschwert.

Mein Atem, das Knirschen meiner Schuhe, die Armbewegungen, alles wurde zu Boden gezogen, war schwer wie Schlamm. Nicht unter der Erde schien ich mich zu befinden, sondern auf einem unbekannten Planeten irgendwo im All. Die Schwerkraft, die Dichte der Luft und mein Zeitgefühl, alles, alles war anders, als ich es kannte.

Ich hob den linken Arm und ließ die Digitalanzeige meiner Armbanduhr aufleuchten. 2 Uhr 11. Obwohl ich mich also, da wir ziemlich genau um Mitternacht abgestiegen waren, erst zwei Stunden und ein paar Minuten in dieser Finsternis befand, hatte ich den Eindruck, ein Viertel meines Lebens im Dunkeln verbracht zu haben. Selbst das schwache Licht der Digitalanzeige schmerzte in den Augen, wenn ich länger hinsah. Offenbar paßten sie sich nach und nach der Dunkelheit an. Auch das Taschenlampenlicht stach grell in die Augen. Wer sich länger im Dunkeln aufhält, empfindet die Dunkelheit als das eigentlich Normale und hält im Gegenteil das Licht für fremd und unnatürlich.

Schweigend marschierten wir den engen, tiefen Graben entlang, immer weiter abwärts. Da es einfach nur geradeaus ging und keine Gefahr bestand, mir an der Decke den Kopf zu stoßen, knipste ich die Taschenlampe aus und lief immer nur dem Knirschen ihrer Gummisohlen nach. Bald wußte ich kaum noch, ob ich mit offenen oder geschlossenen Augen ging. Die Dunkelheit war in beiden Fällen dieselbe. Ein paarmal lief ich mit geschlossenen, dann mit offenen Augen, nur um zuletzt überhaupt nicht mehr Bescheid zu wissen.

Das einzige, was ich wahrnahm, war das Knirschen der Schuhe des Mädchens, das mir in den Ohren hallte. Ein sehr befremdliches Hallen, wegen der Beschaffenheit des Bodens vielleicht oder wegen der Luft, wegen der Dunkelheit. Ich versuchte für mich, dieses Knirschen in Sprache zu übersetzen, aber es wollte mir nicht recht gelingen. Es klang wie eine mir unbekannte afrikanische oder arabische Sprache. Ins Lautsystem des Japanischen ließ es sich einfach nicht einpassen. Möglicherweise ginge es mit dem Französischen, dem Deutschen oder dem Englischen. Ich beschloß, es mit dem Englischen zu versuchen. Zuerst dachte ich, ich würde ein

*Even-through-be-shopped-degreed-well*

hören, doch als ich es so artikulierte, merkte ich, daß das Hallen völlig anders klang. Etwas genauer wäre

*Efgvén-gthouv-bge-shpèvg-égvele-wgevl.*

Fast wie Finnisch, aber mit Finnisch kannte ich mich leider überhaupt nicht aus. Rein semantisch hatte ich den Eindruck, das Ganze müsse ›Der Bauer stieß am Weg auf einen alten Teufel‹ heißen, aber das war nur ein Eindruck. Begründen konnte ich ihn nicht.

Danach unterlegte ich dem Knirschen alle möglichen Sprachen und Texte. Und stellte mir vor, wie die rosafarbenen Joggingschuhe des Mädchens abwechselnd auf dem Boden auftraten. Die rechte Ferse setzt auf, das Körpergewicht verlagert sich auf die Zehen, dann landet, bevor der Fuß sich vom Boden entfernt, die linke Ferse. Ohne Unterlaß. Die Zeit floß langsamer. Als wäre eine Feder gebrochen, als kämen die Zeiger nicht mehr voran. In meinem Kopf bewegten sich die rosafarbenen Joggingschuhe langsam vor, langsam zurück. Es knirschte und hallte:

*Efgvén-gthouv-bge-shpèvg-égvele-wgevl.*

*Efgvén-gthouv-bge-shpèvg-égvele-wgevl.*

*Efgvén-gthouv-bge …*

Der alte Teufel saß an dem finnischen Feldweg auf einem Stein. Er war zehn- oder zwanzigtausend Jahre alt, er wirkte sehr erschöpft, seine Kleidung und seine Schuhe waren über und über mit Staub bedeckt. Sogar sein Bart war fadenscheinig geworden. »Wohin des Wegs in dieser Eile?« fragte der Teufel den Bauern. »Meine Hacke ist entzwei, ich muß sie reparieren«, antwortete der Bauer. »Das hat doch keine Eile«, sagte der Teufel. »Die Sonne steht noch hoch, was willst du dich so plagen! Setz dich eine Weile her und hör dir meine Geschichte an.« Der Bauer sah den Teufel mißtrauisch an. Er wußte, daß nichts Gutes dabei herauskommt, wenn man sich mit dem Teufel einläßt, aber der sah so elend und müde aus, daß der Bauer …

Etwas schlug mir ins Gesicht, etwas Weiches, Flaches. Etwas Weiches, Flaches, nicht besonders Großes, etwas Vertrautes. Aber was? Während ich noch überlegte, schlug es ein zweites Mal zu. Ich wollte es mit der rechten Hand wegwedeln, schaffte es aber nicht. Es schlug mich ein drittes Mal. Vor meinem Gesicht glitzerte es hin und her, unangenehm grell. Ich schlug die Augen auf. Bis dahin war mir gar nicht bewußt gewesen, daß sie geschlossen gewesen waren. Meine Augen waren geschlossen gewesen. Direkt vor meinen Augen befand sich die große Handlampe meiner Gefährtin, und was mich geschlagen hatte, war ihre Hand gewesen.

»Laß das, Mensch!« schrie ich. »Das blendet, das tut weh!«

»Red keinen Unsinn! Was soll denn das, hier zu schlafen! Steh auf, los!« sagte das Mädchen.

»Aufstehn?« Ich knipste meine Taschenlampe an und sah mich um. Ich saß auf dem Boden, gegen die Wand gelehnt. Ohne es gemerkt zu haben. Ich mußte irgendwann eingeschlafen sein. Der Boden und die Wand waren klatschnaß.

Ich rappelte mich auf. »Das verstehe ich nicht. Ich bin wohl eingeschlafen. Aber ich kann mich nicht erinnern, mich hingehockt zu haben, und ich kann mich auch nicht erinnern, daß ich hätte schlafen wollen.«

»Das sind die Wesen«, sagte das Mädchen. »Sie versuchen, uns einzuschläfern, hier an Ort und Stelle.«

»Welche Wesen?«

»Die Wesen dieses Berges. Götter oder Gespenster, was weiß ich, irgendwelche Wesen eben. Sie versuchen, uns aufzuhalten.«

Ich schüttelte mich, um einen einigermaßen klaren Kopf zu bekommen. »Mir wurde schummerig zumute, bald wußte ich nicht mehr, ob ich mit offenen oder geschlossenen Augen ging. Und deine Schuhe knirschten so merkwürdig ...«

»Meine Schuhe?«

Ich erzählte ihr, wie mich das Knirschen ihrer Schuhe zu dem alten Teufel geführt hatte.

»Das ist Gaukelei«, sagte sie. »Eine Art Hypnose. Wenn ich nichts gemerkt hätte, hättest du hier gelegen, bis es zu spät gewesen wäre.«

»Zu spät?«

»Genau. Bis es zu spät gewesen wäre«, sagte sie, führte das aber nicht genauer aus. »Du hast doch ein Seil eingesteckt, oder?«

»Ein kurzes, fünf Meter oder so.«

»Hol's raus!«

Ich setzte meinen Rucksack ab, zog zwischen den Büchsen, dem Whiskey und der Feldflasche das Nylonseil heraus und gab es ihr. Sie verknotete ein Ende an meinem Gürtel und schlang sich das andere um die Hüften. Dann zogen wir gegenseitig, um zu prüfen, ob es hielt.

»So geht's«, sagte sie. »Jetzt verlieren wir uns nicht mehr aus den Augen.«

»Es sei denn, wir schlafen beide ein«, sagte ich. »Du hast doch auch noch nicht viel geschlafen, oder?«

»Mal den Teufel nicht an die Wand! Sobald du anfängst, dich zu bemitleiden, weil du nicht genug geschlafen hast, treten die bösen Kräfte auf den Plan. Verstanden?«

»Verstanden.«

»Dann los. Wir haben keine Zeit zu verlieren.«

Wir machten uns wieder auf den Weg, verbunden durch das Nylonseil. Ich gab mir alle Mühe, das Knirschen ihrer Schuhe zu ignorieren. Ich richtete das Licht der Taschenlampe auf ihren Rücken und fixierte die olivgrüne Kampfjacke. Ich hatte sie mir 1971 gekauft, das wußte ich noch genau. In Vietnam herrschte noch Krieg, und Präsident der Vereinigten Staaten war der Herr mit dem ominösen Gesicht, Richard Nixon. Damals hatten alle lange Haare, trugen dreckige Schuhe, lauschten psychedelischer Rockmusik, trugen ausgemusterte US-Parkas mit dem Peace-Zeichen auf dem Rücken und fühlten sich wie Peter Fonda. Das war vor langer, langer Zeit, als die Dinosaurier noch lebten. Ich versuchte, mir ein paar Ereignisse aus dieser Zeit in Erinnerung zu rufen, aber mir fiel absolut nichts ein. Deshalb stellte ich mir

Peter Fonda auf seinem Motorrad vor. Und unterlegte das Bild mit *Born to be wild* von Steppenwolf. *Born to be wild* veränderte sich jedoch urplötzlich zu *Sad rumors* von Marvin Gaye. Vielleicht, weil die Anfangssequenzen so ähnlich sind.

»Woran denkst du?« fragte das dicke Mädchen von vorne.

»An nichts Besonderes«, sagte ich.

»Sing doch etwas!«

»Lieber nicht.«

»Dann schlag was anderes vor!«

»Wir unterhalten uns einfach.«

»Zum Beispiel worüber?«

»Zum Beispiel über Regen.«

»Das ist keine schlechte Idee.«

»Kannst du dich an einen bestimmten Regen erinnern?«

»Abends an dem Tag, als mein Vater, meine Mutter und meine Geschwister starben, hat es geregnet.«

»Erzähl lieber etwas Lustiges.«

»Nein, laß mich. Ich will davon sprechen«, sagte das Mädchen. »Außerdem habe ich sonst niemanden, mit dem ich darüber reden könnte ... Aber wenn du es nicht hören willst, halt ich natürlich den Mund.«

»Nein, wenn du davon sprechen willst, sprich«, sagte ich.

»Es war ein feiner Nieselregen, man wußte kaum, ob es regnet oder nicht. Das ging von morgens an den ganzen Tag. Der Himmel war in immer dasselbe dunstige Grau gehüllt. Ich lag im Krankenhaus im Bett und starrte die ganze Zeit auf diesen Himmel. Es war Anfang November, draußen vor dem Krankenzimmer stand ein Kampferbaum. Ein großer Kampferbaum. Das Laub war schon zur Hälfte abgefallen. Durch die kahlen Äste konnte man den Himmel sehen. Schaust du dir gerne Bäume an?«

»Ich weiß nicht«, sagte ich. »Nicht, daß ich Bäume nicht mag, aber richtig aufmerksam habe ich mir noch keinen angeschaut.«

Ich konnte, um ehrlich zu sein, keine Kastanie von einem Kampferbaum unterscheiden.

»Ich betrachte gerne Bäume, von klein auf schon. Wenn ich Zeit habe, setze ich mich unter einen Baum, befühle die Rinde, schaue hoch ins Laub. Ich kann Stunden so zubringen. Der Kampferbaum im Garten vor dem Krankenhaus war ein ziemlich prächtiges Exemplar. Ich lag im Bett, auf der Seite, und sah mir den ganzen Tag durch die Äste hindurch den Himmel an. Am Ende kannte ich jeden einzelnen Ast. So wie sich Eisenbahnfreaks die Namen sämtlicher Linien und Bahnhöfe merken, weißt du? In dem Baum ließen sich oft Vögel nieder. Alle möglichen Arten. Stare, Würger und so. Und eine schöne bunte Art, die ich nicht kannte. Manchmal auch Tauben. Die Vögel kamen heran, ruhten sich ein Weilchen auf einem Ast aus und flogen wieder weg. Vögel sind sehr regenfühlig, wußtest du das?«

»Nein«, sagte ich.

»Wenn es regnet, oder wenn Regen aufzieht, lassen sie sich in keinem Baum blicken. Sobald der Regen aber nachläßt, kommen sie heran und zwitschern um die Wette. Als ob sie das Ende des Regens feiern würden. Warum das so ist, weiß ich nicht. Vielleicht, weil nach dem Regen die Würmer aus der Erde kriechen. Vielleicht auch nur, weil sie Regen nicht mögen. Jedenfalls wußte ich so immer über das Wetter Bescheid. Kamen keine Vögel, zog Regen heran, kamen sie und zwitscherten, ließ der Regen nach.«

»Warst du lange im Krankenhaus?«

»Ja, einen Monat oder so. Ich hatte einen Herzklappenfehler und mußte operiert werden. Das war eine ganz schwierige Operation, meine Familie hatte mich schon halb aufgegeben. Verrückt, nicht? Ich habe überlebt und bin kerngesund, und die anderen sind alle tot.«

Sie marschierte schweigend weiter. Ich stellte mir ihr Herz vor, den Kampferbaum und die Vögel.

»Der Tag, als die anderen starben, war auch für die Vögel ein harter Tag; sie kamen nicht zur Ruhe. Es fiel ja dieser feine Nieselregen, man wußte nicht, regnet es nun oder hat es aufgehört, und die Vögel verhielten sich entsprechend, sie flatterten heran und flogen wieder weg, in einem fort. Es war ein bitterkalter, vorwinterlicher Tag, im Krankenzimmer lief die Heizung, so daß die Fensterscheiben dauernd beschlugen und ich sie immer wieder abwischen mußte. Ich stand auf, wischte mit einem Handtuch die Scheiben frei und kroch wieder ins Bett. Eigentlich hätte ich gar nicht aufstehen dürfen, aber ich wollte unbedingt den Baum, die Vögel, den Himmel und den Regen sehen. Wenn man lange im Krankenhaus liegt, erscheinen einem diese Dinge wie das Leben selbst. Warst du schon mal im Krankenhaus?«

»Nein«, sagte ich. Meistens strotze ich vor Gesundheit, wie der Bär im Frühling.

»Es gab rotgefiederte Vögel mit schwarzen Häubchen, die immer in Pärchen auftraten. Die Stare dagegen hielten sich unauffällig zurück, wie Bankangestellte. Nur wenn der Regen nachließ, setzten sich alle unterschiedslos auf die Äste und zwitscherten.

In der Welt geht es schon merkwürdig zu, dachte ich damals. Auf der Welt wachsen Milliarden, ja Billionen von Kampferbäumen – natürlich müssen es keine Kampferbäume sein –, auf die scheint die Sonne und fällt der Regen, und Milliarden und Billionen von Vögeln kommen, hocken sich auf die Äste und fliegen wieder weg. Bei diesem Gedanken wurde mir ganz traurig zumute.«

»Wieso denn?«

»In der Welt gibt es unendlich viele Bäume, unendlich viele Vögel, unendlich viel Regen, dachte ich, und ich schaffe es nicht einmal, einen einzigen Kampferbaum und einen einzigen Regen zu begreifen. Nie würde ich das schaffen. Ich dachte, ich müßte alt werden und sterben, ohne je auch nur einen Kampferbaum und einen einzigen Regen begriffen zu haben. Ich fühlte mich so allein, daß ich weinen mußte. Wenn mich nur jemand in den Arm nehmen würde, dachte ich. Aber ich hatte niemanden. Ich lag die ganze Zeit in meinem Bett und weinte.

Bald ging die Sonne unter, es wurde dunkel, so daß ich die Vögel nicht mehr sehen konnte. Deshalb wußte ich auch nicht mehr, ob es noch regnete oder schon aufgehört hatte. An dem

Abend fanden alle von meiner Familie den Tod. Gesagt hat man mir das aber erst viel später.«

»Das muß schlimm gewesen sein.«

»Ich weiß es gar nicht mehr genau. Ich glaube, ich habe überhaupt nichts gefühlt. Genau weiß ich nur noch, daß mich an diesem regnerischen Herbstabend niemand in den Arm nahm. Das war ... das war für mich das Ende der Welt. Wenn es dunkel ist und du dich grenzenlos elend und einsam fühlst und du dir einzig und allein wünschst, daß dich jemand in den Arm nehmen möge, aber niemand, keine Menschenseele da ist, dich zu trösten, weißt du, wie das ist?«

»Ich glaube, ja«, sagte ich.

»Hast du schon einmal einen geliebten Menschen verloren?«

»Ein paarmal.«

»Lebst du deshalb jetzt für dich allein?«

»Nein«, sagte ich und strich mit den Fingern über das Nylonseil an meinem Gürtel. »In dieser Welt kann niemand für sich allein leben. Alle haben ein bißchen miteinander zu tun. Regen fällt, Vögel zwitschern. Man bekommt den Bauch aufgeschlitzt, und es kann vorkommen, daß man im Finstern von einem jungen Mädchen geküßt wird.«

»Aber ohne Liebe ist die Welt doch praktisch nichts«, sagte das dicke Mädchen. »Ohne Liebe ist die Welt wie der Wind, der draußen vor dem Fenster weht. Man kann ihn weder fühlen noch riechen. Du kannst dir Callgirls rufen, sooft du willst, du kannst mit so vielen Bekanntschaften ins Bett hüpfen, wie du willst, das ist nicht echt. Von denen nimmt dich keine richtig in den Arm.«

»So oft rufe ich mir gar keine Callgirls, und so oft hüpfe ich nicht mit x-beliebigen Frauen ins Bett«, protestierte ich.

»Das macht keinen Unterschied«, sagte sie.

Nun ja, sie hatte recht. Keine von denen nahm mich richtig in den Arm. Und ich nahm auch keine richtig in den Arm. Ich wurde älter, allein und einsam wurde ich älter, wie eine Seegurke auf dem Meeresgrund, die an ihrem Felsen klebt.

Ich ging in Gedanken versunken weiter, merkte deshalb nicht, daß sie stehengeblieben war, und prallte gegen ihren weichen Rücken.

»Entschuldige!« sagte ich.

»Psst!« machte sie und packte mich am Arm. »Da sind Geräusche. Hör mal!«

Wir standen still und lauschten auf ein aus der fernen Dunkelheit heranziehendes Rollen. Es kam von weit vorne auf dem Weg, den wir entlangmarschierten, und war so schwach, daß man es leicht hätte überhören können. Ein schwaches Dröhnen, das sich zugleich aber anhörte, als würden massive Metallblöcke gegeneinander verschoben. Was es auch sein mochte, es dröhnte pausenlos und wurde immer lauter. Ein Geräusch wie ein großes Insekt, das einem kalt und eklig den Rücken heraufkriecht. Ein tiefes Vibrieren, das gerade noch im menschlichen Hörbereich lag.

Selbst die Luft geriet in Wallung. Ein zäher Wind strich über uns hin, schwer wie von Wasser fortgespülter Schlamm. Ein feuchter, kalter Wind. Ein Ereignis kündigte sich an.

»Ob es ein Erdbeben gibt?« sagte ich.

»Nein, kein Erdbeben«, sagte meine dicke Gefährtin. »Etwas viel, viel Schlimmeres.«

## Grauer Rauch

Wie der Alte vorausgesagt hat, steigt jetzt Tag für Tag grauer Rauch auf. An einer Stelle irgendwo im Apfelwäldchen steigt er hoch und wird sofort von einer dicken, düsteren Wolke am Himmel verschlungen. Je länger ich hinschaue, desto überzeugender erscheint mir die Vorstellung, im Apfelwäldchen würden alle Wolken dieser Welt produziert. Nachmittags, auf den Schlag genau um drei, beginnt der Rauch aufzusteigen; das Ende hängt ganz von der Anzahl der toten Tiere ab. Am Tag nach einem heftigen Schneegestöber oder einer strengen Frostnacht hält sich die dicke Rauchsäule stundenlang, wie bei einem Waldbrand.

Ich begreife nicht, warum die Menschen sich nicht etwas einfallen lassen, um die Tiere zu retten.

»Warum baut ihr nicht Ställe für sie oder so was?« frage ich den Alten beim Schach. »Warum schützt ihr die Tiere nicht vor Kälte, Schnee und Wind? Es muß ja nichts Großartiges sein. Mit einem Dach und ein paar Zäunen könnte man schon viele retten!«

»Das hat alles keinen Zweck«, sagt der Alte, ohne die Augen vom Brett abzuwenden. »Stell dir vor, wir bauten Ställe – die Tiere würden ja gar nicht da hineingehen. Seit ewigen Zeiten schlafen sie unter freiem Himmel. Selbst wenn sie ihr Leben dabei verlieren. Kälte, Schnee und Wind sind ihre Gefährten!«

Der Oberst zieht seinen Läufer frontal vor meinen König und macht seine Blockade damit unüberwindlich: Zu beiden Seiten des Läufers hat er mit zwei Hörnern eine Schußlinie aufgebaut. Er wartet nur auf meinen Angriff.

»Das klingt ja fast, als würden sich die Tiere darum reißen, Not zu leiden und zu sterben!« sage ich.

»In gewissem Sinne mag das tatsächlich so sein. Aber für sie sind Kälte und Not ganz natürlich, vielleicht sogar wie eine Erlösung.«

Der Alte verstummt; ich kann mich mit meinem Affen an seine Mauer heranschleichen. Ich will die Mauer zum Zug provozieren. Der Oberst fällt auch beinahe darauf herein, besinnt sich aber in letzter Minute, zieht statt dessen seinen Springer ein Feld nach hinten zurück und hat damit sein Verteidigungsnetz so eng gezogen wie ein Nadelkissen.

»Du wirst allmählich auch immer hinterlistiger!« sagt der Alte und lacht.

»Mit Ihnen kann ich aber immer noch nicht mithalten!« Ich lache auch. »Aber, um noch mal auf eben zurückzukommen, was meinten Sie mit ›Erlösung‹?«

»Na, daß sie vielleicht durch den Tod erlöst werden. Natürlich sterben die Tiere, aber im Frühling erwacht neues Leben. Mit ihren Jungen.«

»Und die Jungen wachsen wieder heran und müssen genauso Not leiden, bis sie sterben, nicht wahr? Warum müssen sie nur so leiden?«

»Weil es Vorschrift ist«, sagt der Alte. »Du bist dran. Du mußt schon meinen Läufer schlagen, eine andere Chance zu gewinnen hast du nicht mehr.«

Nach drei Tagen Schnee mit kleineren Unterbrechungen schlägt das Wetter in strahlenden Sonnenschein um: Die weiß befrorenen Straßen werden urplötzlich von grellem Licht überflutet, und bald tropft und gluckert das Tauwasser. Überall blitzt es und funkelt es, und immer wieder hört man Schneeklumpen mit Getöse von den Ästen fallen. Ich ziehe die dicken Vorhänge millimetergenau vors Fenster und bunkere mich in meinem Zimmer ein, um dem Licht auszuweichen. Aber es nützt alles nichts – es gibt kein Entkommen. Die Stadt aus Eis wirkt wie ein präzise geschliffener Riesenbrillant, der das Sonnenlicht in jeden Winkel reflektiert, es seltsam direkt ins Zimmer und in meine Augen katapultiert.

Den ganzen Nachmittag liege ich bäuchlings mit einem Kissen über dem Kopf auf dem Bett und lausche den Vögeln – ganz verschiedene Arten mit dem unterschiedlichsten Gezwitscher. Sie setzen sich kurz auf mein Fensterbrett und fliegen dann zum nächsten, denn sie wissen ganz genau, daß die alten Männer des Beamtenviertels immer Brotkrumen für sie streuen. Ich höre auch die Stimmen der Alten, die vor den Häusern in der Sonne sitzen und schwatzen. Nur ich allein bin ausgeschlossen vom Segen der warmen Sonne.

Als es dunkel geworden ist, stehe ich auf, kühle meine geschwollenen Augen mit kaltem Wasser, setze die dunkle Brille auf und steige den verschneiten Hügel hinab zur Bibliothek. Viele Träume kann ich diesmal jedoch nicht lesen, das ist immer so nach Tagen, an denen grelles Licht meine Augen verletzt hat. Ich erledige einen oder zwei Schädel, und meine Augäpfel beginnen durch die von den alten Träumen freigesetzten Strahlen zu stechen, als würden sie mit Nadeln malträtiert. Die Augenhöhlen fühlen sich zudem schwer an, wie mit Sand gefüllt, und meine Fingerspitzen werden stumpf und unempfindlich.

Die Bibliothekarin massiert mir nach solchen Tagen immer mit einem kalten, feuchten Tuch die Augen und macht mir eine dünne Brühe oder heiße Milch. Beides schmeckte mir zu Anfang nicht. Die Konsistenz ist seltsam sandig, jede Milde fehlt, aber mittlerweile habe ich mich daran gewöhnt und schätze den Geschmack sogar.

Das sage ich ihr, und sie lächelt glücklich.

»Das heißt, du hast dich allmählich hier eingelebt«, sagt sie. »Alles, was wir hier essen und trinken, schmeckt ein wenig anders als überall sonst. Wir müssen mit ganz wenigen Nahrungsmitteln auskommen, um die verschiedensten Sachen zu produzieren. Was wie Fleisch aussieht, ist gar kein Fleisch, die Eier sind keine Eier und der Kaffee kein Kaffee. Alles sieht nur so aus, ist nur nachgemacht. Aber die Brühe ist sehr gesund. Sie hat dich doch aufgewärmt, und dein Kopf tut auch nicht mehr so weh, oder?«

»Stimmt«, sage ich.

Ohne Frage, die Brühe hat mir gutgetan, und mein Kopf fühlt sich längst nicht mehr so schwer an wie vorhin. Ich bedanke mich für die Suppe, schließe die Augen und schalte Körper und Geist ab.

»Brauchst du jetzt nicht etwas?« fragt sie mich.

»Ich? Etwas anderes als dich?«

»Ja, irgendwie kommt es mir so vor, ich weiß auch nicht genau. Ich meine, wenn du dieses Etwas hättest, ob dadurch nicht vielleicht deine wintersteife Seele ein wenig lockerer würde?«

»Was ich brauche, ist Sonnenlicht«, sage ich, nehme die dunkle Brille ab, putze die Gläser mit einem Tuch und setze sie wieder auf. »Aber das geht nicht. Weil meine Augen kein Sonnenlicht vertragen.«

»Nein, etwas viel Einfacheres, bestimmt. Irgendeine Kleinigkeit, die die Seele entspannt. Zum Beispiel so wie eben, als ich dir die Augen massiert habe. So etwas gibt es doch sicher auch für die Seele, oder? Irgendeine Methode, um sie aufzulockern, erinnerst du dich nicht? Was habt ihr denn in eurer Welt gemacht, wenn euch die Seele steif wurde?«

Ich nehme mir Zeit, jedes einzelne Fitzelchen Erinnerung zu durchforsten, das mir geblieben ist, komme aber auf nichts, was annähernd ihren Vorstellungen entsprechen könnte.

»Ich weiß es nicht mehr, beim besten Willen nicht. Ich muß fast alle meine Erinnerungen verloren haben.«

»Es mag noch so eine Nichtigkeit sein, sag bitte alles, was dir einfällt, sofort, ja? Komm, laß uns zusammen darüber nachdenken. Ich möchte dir so gerne helfen, wenigstens ein kleines bißchen.«

Ich nicke und versuche noch einmal mit aller Kraft und Konzentration, zu den verschütteten Erinnerungen an die alte Welt vorzudringen. Doch davor liegen Felsblöcke, fest und unverrückbar – sie bewegen sich keinen Millimeter, so sehr ich mich auch dagegenstemme. Mein Kopf beginnt wieder zu schmerzen. Mit dem Tag, an dem ich mich von meinem Schatten getrennt habe, scheine ich meine Identität unwiederbringlich verloren zu haben. Zurück blieb in mir bloß diese Seele, unsicher und sinnlos. Und jetzt, wo es Winter ist, verspannt und verschließt sie sich auch noch!

Sie legt mir ihre Hände auf die Schläfen.

»Schon gut, schon gut. Wir denken ein andermal weiter. Vielleicht fällt dir ja auch ganz zufällig was ein.«

»So, ich lese jetzt noch einen alten Traum«, sage ich.

»Aber du siehst schon so müde aus. Ist es nicht besser, morgen weiterzumachen? Du darfst dich nicht überanstrengen. Die alten Träume laufen dir nicht weg.«

»Nein, Träume zu lesen ist für mich immer noch besser als Nichtstun. Dann brauch ich wenigstens nicht nachzudenken.«

Sie sieht mich eine Weile an, nickt dann aber, steht auf und verschwindet im Magazin. Ich bleibe am Tisch sitzen, stütze den Kopf in die Hände, schließe die Augen und lasse mich von Dunkelheit umspülen. Wie lange der Winter wohl noch dauern wird? Ein langer, harter Winter, hat der Alte gesagt. Und er hat gerade erst angefangen! Ob mein Schatten diese lange Zeit wohl überstehen wird? Und ich mit meiner verwirrten, ungefestigten Seele – werde ich ihn selbst überstehen können?

Sie stellt den Schädel auf den Tisch, wischt wie immer mit einem feuchten Tuch den Staub ab und poliert ihn dann mit einem trockenen blank. Plötzlich hebt sie den Kopf und sagt: »Gibt es denn nichts, was ich für dich tun kann?«

»Du tust doch so viel für mich!« entgegne ich.

Sie hört auf zu polieren, setzt sich auf einen Stuhl und sieht mich unverwandt an. »Ich rede nicht von solchen Sachen hier. Ich meine etwas Besonderes. Zum Beispiel, mit dir ins Bett zu gehen. So was.«

Ich schüttele den Kopf. »Nein, ich will nicht mit dir schlafen. Es freut mich natürlich, daß du es mir anbietest.«

»Warum denn nicht? Du brauchst mich doch, oder?«

»Ich brauche dich, ja. Aber ich kann nicht mit dir schlafen, zumindest jetzt noch nicht. Das hat mit brauchen oder nicht brauchen gar nichts zu tun, das ist ein ganz anderes Problem.«

Eine Weile sitzt sie da, in Gedanken versunken. Dann fängt sie aber langsam wieder an, den Schädel zu polieren. Mit zurückgelehntem Kopf starre ich unterdes die hohe Decke und die von dort herunterhängende gelbe Birne an. Ich kann hier und jetzt nicht mit ihr schlafen – da mag meine Seele noch so verspannt sein und der Winter mir noch so zusetzen. Es würde meine Seele nur noch mehr verwirren, als sie ohnehin schon ist, und das Gefühl des Verlustes würde nur noch stärker. Außerdem habe ich das unbestimmte Gefühl, die Stadt will, daß ich mit ihr schlafe. Weil es dann nämlich einfacher wäre, an meine Seele heranzukommen.

Sie setzt den blankpolierten Schädel vor mich hin, doch ich lege meine Hände nicht darauf, sondern betrachte ihre Hände auf dem Tisch. Als würde ich irgendeinen Sinn daraus ablesen können. Aber das ist unmöglich. Es sind einfach nur zehn schlanke Finger, nichts weiter.

»Erzähl mir mehr von deiner Mutter!«

»Was denn?«

»Egal, irgendwas.«

»Tja ...«, sagt sie und berührt dabei den Schädel auf dem Tisch. »Ich glaube, für meine Mutter habe ich ganz etwas anderes empfunden als für alle anderen Menschen. Natürlich, das liegt weit zurück, und ich kann mich nicht mehr so genau erinnern, aber irgendwie weiß ich, daß mein Gefühl ihr gegenüber ein anderes war als das, was ich für meinen Vater oder meine Schwestern empfinde. Warum, weiß ich allerdings nicht.«

»So ist das nun mal mit der Seele. Sie funktioniert nie gleichmäßig. Sie ist wie ein Fluß, der sich mit der Landschaft ändert, durch die er fließt.«

Sie lächelt. »Man könnte auch ungerecht dazu sagen.«

»Ja, das stimmt, so ist das nun mal«, sage ich. »Außerdem hast du deine Mutter doch jetzt immer noch gern, oder?«

»Wie soll ich das wissen?« Sie dreht den Schädel auf dem Tisch ein paarmal hin und her und starrt die ganze Zeit darauf.

»Ist dir die Frage zu undeutlich?«

»Ja, vielleicht, das könnte sein, ja.«

»Gut, dann andersherum: Weißt du noch, welche Dinge deine Mutter mochte?«

»Ja, das weiß ich noch ganz genau. Die Sonne, Spazierengehen, im Sommer im Wasser zu planschen, ja, und mit den Einhörnern spielte sie auch gerne. An warmen Tagen haben wir immer lange Spaziergänge gemacht. Die Leute hier tun das normalerweise nicht. Du gehst doch auch gerne spazieren, oder?«

»Ja, sehr gerne«, sage ich. »Und Sonne und Wasser mag ich auch. – Sonst fällt dir nichts ein?«

»Doch. Daß sie zu Hause oft zu sich selbst sprach. Aber ich weiß nicht, ob man das als etwas bezeichnen könnte, was sie gerne machte – sie hat jedenfalls immer mit sich selbst geredet.«

»Worüber denn?«

»Das kann ich nicht mehr sagen. Aber es waren keine Selbstgespräche im gewöhnlichen Sinne. Ich kann nicht erklären, warum, aber für Mutter müssen sie irgendwie einen besonderen Sinn gehabt haben.«

»Einen besonderen Sinn?«

»Ja, sie redete dann nämlich immer mit einer ganz komischen Betonung, dehnte die Wörter und zog sie wieder schnell zusammen, oder sie sprach mal hoch und mal tief – es hörte sich an wie der Wind, wenn er heult.«

Ich starre auf den Schädel in ihren Händen und durchwate dabei noch einmal die Nebel meines Gedächtnisses. Und diesmal werde ich fündig.

»Ein Lied! Sie hat gesungen!« sage ich.

»Kannst du auch so reden?«

»Ein Lied redet man nicht, man singt es.«

»Sing doch mal«, sagt sie.

Ich hole tief Luft und will irgend etwas singen, aber mir fällt nichts ein. Alle Lieder sind aus meiner Brust verschwunden. Ich schließe die Augen und seufze.

»Ich kann nicht. Mir fällt kein Lied ein«, sage ich.

»Was kann man machen, damit dir wieder eins einfällt?«

»Wenn ich einen Plattenspieler mit einer Schallplatte hätte ... Nein, das ist wahrscheinlich zu kompliziert. Ein Musikinstrument täte es auch. Wenn ich auf einem Instrument herumklimpern könnte, würde mir vielleicht ein Lied einfallen.«

»Wie sah denn so ein ›Musikinstrument‹ aus?«

»Das kann man nicht so einfach in einem Satz beschreiben, es gibt Hunderte. Sie werden völlig unterschiedlich bedient, und der Klang der Töne ist je nach Art des Instruments verschieden, ganz zu schweigen von Größe und Form: Es gibt Musikinstrumente, die so groß sind, daß man sie zu viert gerade tragen kann, und solche, die in eine Hand passen.«

Ich habe den Satz gerade zu Ende gesprochen, da fällt mir auf, daß das bißchen Erinnerung in mir, das ich zu fassen bekommen habe, sich langsam zu entwirren beginnt. Oder, daß sich die Dinge vielleicht allmählich zum Guten wenden.

»Vielleicht gibt es so was ja im Archiv der Bibliothek, ganz hinten im Gebäude. ›Archiv‹ ist zuviel gesagt, heute ist es eigentlich nur noch ein Zimmer, vollgestopft mit altem Plunder. Ich weiß selbst nicht, was da alles steht, mehr als einen flüchtigen Blick hab ich noch nicht reingeworfen. Wollen wir uns da mal umsehen?«

»Ja, gut«, sage ich. »Heute schaffe ich sowieso keinen Traum mehr.«

Wir durchqueren das große Magazin mit den Regalen voller Schädel, gehen über einen mir unbekannten Flur bis zu einer Milchglastür, ähnlich der am Eingang der Bibliothek. Auf dem Messingknauf liegt eine dünne Staubschicht; die Tür ist nicht verschlossen. Die Bibliothekarin schaltet das Licht ein. Gelb und staubig erhellt es einen langen, schmalen Raum, in dem sich eine Unmenge Zeug stapelt, das seine Schatten an die weißen Wände wirft.

Das meiste davon sind Koffer und Taschen. Hier und da ist auch ein Schreibmaschinenkoffer oder ein Tennisschläger mit Hülle zu sehen, aber das sind Ausnahmen; den überwiegenden Teil des Raumes nehmen Koffer und Taschen aller möglichen Größen ein. Es sind wohl um die hundert, und alle sind mit einer schon fatal zu nennenden Staubmenge bedeckt. Aus welchen Breitengraden sie hier gelandet sind, ist nicht auszumachen, wohl aber, daß es einige Zeit und Mühe kosten wird, sie alle aufzumachen.

Ich hocke mich hin und hebe fürs erste den Deckel des Schreibmaschinenkoffers an. Lawinen weißen Staubes lösen sich und wirbeln auf wie Schneegestöber. Darunter kommt eine Schreibmaschine altmodischen Typs, noch mit den großen, runden Tasten einer Registrierkasse, zum Vorschein. Sie scheint lange benutzt worden zu sein, denn der schwarze Lack ist an vielen Stellen abgesprungen.

»Weißt du, was das ist?«

»Nein«, sagt sie, tritt neben mich und verschränkt die Arme. »So was hab ich noch nie gesehen. Ist das ein Instrument?«

»Nein, das ist eine Schreibmaschine. Man druckt Buchstaben damit. Die hier ist sehr alt.«

Ich mache den Deckel wieder zu, stelle die Schreibmaschine an ihren Platz zurück und wende mich als nächstes dem danebenstehenden Rattankorb zu. Darin findet sich ein Picknickset. Ordentlich festgebundene Gedecke aus Messern, Gabeln, Tellern und Tassen, mit vergilbten, ehemals wohl weißen Servietten. Ebenfalls ein Relikt vergangener Tage. Heute, nachdem Aluminiumteller und Pappbecher Einzug gehalten haben, schleppt niemand mehr so ein Zeug mit sich herum.

In einer großen Reisetasche aus Schweinsleder sind hauptsächlich Kleidungsstücke. Anzüge, Hemden, Krawatten, Socken, Unterwäsche – das meiste von Motten zerfressen und kaum mehr erkennbar. Dazwischen liegen eine Toilettentasche und ein Flachmann. Die Borsten sowohl der Zahnbürste als auch des Rasierpinsels sind ganz hart und steif geworden, und aus dem Flachmann dringt nicht der leiseste Hauch von Alkohol mehr, als ich den Verschluß abschraube und daran rieche. Sonst ist in der Tasche nichts. Weder ein Buch noch ein Notizblock, auch kein Taschenkalender.

Ich öffne noch ein paar andere Koffer und Reisetaschen, aber die Inhalte unterscheiden sich kaum voneinander. Kleidung und das Allernötigste an Kleinkram – alles sieht aus wie lieblos und in großer Hast zusammengepackt. Den Gepäckstücken fehlt dieses gewisse persönliche Etwas, das Menschen normalerweise mit auf die Reise nehmen, und gerade das vermittelt dem Betrachter den Eindruck von Unnatürlichkeit. Kein Mensch verläßt doch sein Heim nur mit ein paar Kleidungsstücken und Toilettenartikeln im Gepäck! Wie dem auch sei, ich vermag in den Taschen jedenfalls keinen einzigen Hinweis auf Persönlichkeit oder Leben der Besitzer zu entdecken.

Die Kleidung ist bestenfalls als herkömmlich zu bezeichnen. Weder ausgesprochen hochwertige Sachen noch auffallend schäbige sind darunter. Ich kann gerade eben Epoche und Jahreszeit unterscheiden sowie geschlechts- und generationsabhängige Modeunterschiede ausmachen – es ist nichts darunter, was irgendeinen besonderen Eindruck hinterlassen würde. Sogar der Geruch ist ähnlich. Das meiste ist von Motten zerfressen. Nirgendwo ist ein Name angebracht. Als ob jemand mit größter Sorgfalt jedes Gepäckstück einzeln durchgesehen und alle Namen und alles Persönliche daraus entfernt hätte. Übriggeblieben ist nichts als namenlose Gewebeproben verschiedener Zeitalter.

Beim fünften oder sechsten Stück gebe ich auf und lasse die Koffer Koffer und die Taschen Taschen sein. Es staubt unerträglich, und ich beschließe, daß es eher unwahrscheinlich ist, hier irgendwo ein Musikinstrument zu finden. Falls es in der Stadt überhaupt welche geben sollte, dann bestimmt nicht hier.

»Komm, laß uns gehen«, sage ich. »Es ist so staubig hier, die Augen tun mir schon weh.«

»Bist du enttäuscht, weil wir kein Instrument gefunden haben?«

»Ja. Aber vielleicht finden wir ja irgendwo anders eins«, sage ich.

Als ich mich von ihr verabschiedet habe und alleine den Westhügel hinaufsteige, kommt plötzlich heftiger Monsun auf, der hinter mir den Berg hochfegt, als habe er es auf mich abgesehen.

Der Wald heult auf, schrill und himmelzerreißend. Ich drehe mich um und sehe über dem Uhrturm die Mondhälfte stehen, einsam und verlassen; dicke Wolken ziehen an ihr vorüber. Pechschwarz glänzt der Fluß im Mondenschein.

Plötzlich fällt mir der warme Schal wieder ein, den ich in einem der Koffer im Archiv gefunden habe. Er hat zwar schon einige Mottenlöcher, aber wenn man ihn mehrmals um den Hals schlingt, wird er schon warm genug sein. Ich werde den Wächter fragen, er wird mir bestimmt Auskunft geben können, denke ich mir, zum Beispiel, wem die Sachen gehören und ob ich sie benutzen darf oder nicht. Ohne Schal tun mir die Ohren im Wind jedenfalls so weh, als würden sie mit einem scharfen Messer bearbeitet. Morgen früh werde ich als erstes dem Wächter einen Besuch abstatten. Ich muß außerdem in Erfahrung bringen, wie es meinem Schatten geht.

Ich drehe der Stadt wieder den Rücken zu und gehe die vereiste Straße zum Beamtenviertel hinauf.

## Löcher, Egel, Der Turm

»Nein, kein Erdbeben«, sagte meine dicke Gefährtin. »Etwas viel, viel Schlimmeres.«

»Zum Beispiel was?«

Sie holte Luft, um etwas zu sagen, schüttelte aber gleich darauf den Kopf: »Das zu erklären ist jetzt keine Zeit. Lauf, so schnell du kannst, immer nach vorne. Das ist die einzige Rettung. Dein Bauch wird ein bißchen weh tun, aber das ist immerhin besser, als zu sterben, oder?«

»Vermutlich«, sagte ich.

Durch das Seil verbunden liefen wir in dem Graben mit voller Kraft voraus. Die Lampe in ihrer Hand schwankte wie wild auf und ab und malte ein bizarres Zickzackmuster an die hohen Wände. Das Zeug in meinem Rucksack sprang klappernd hin und her. Die Büchsen, die Feldflasche, der Whiskey. Am liebsten hätte ich bis auf die wirklich notwendigen Sachen alles weggeschmissen, doch stehenzubleiben konnte ich mir nicht leisten. Ich blieb ihr nur verbissen auf den Fersen, Muße, an meine Schmerzen zu denken, hatte ich nicht. Uns verband das Seil, ich konnte nicht einfach langsamer machen. Ihr fliegender Atem und das Geklapper meines Rucksackes hallten rhythmisch durch das Dunkel, überlagert schließlich vom immer lauter werdenden Dröhnen der Erde.

Zum einen wurde es deshalb immer lauter und deutlicher, weil wir geradewegs darauf zuliefen, und zum anderen, weil das Dröhnen selbst ständig an Stärke zunahm. Was sich zuerst wie ein aus der Tiefe der Erde kommendes Donnern angehört hatte, wandelte sich schließlich zu einem gewaltigen Keuchen. Ein Geräusch, als wolle sich aus gigantischen Lungen gepreßte Luft tief in der Kehle zu Sprache formen. Dem folgte ein Knirschen wie von Felsgestein, und die Erde begann zu beben. Etwas Verhängnisvolles nahm unter unseren Füßen seinen Lauf; was, wußte ich nicht, aber es war drauf und dran, uns zu verschlingen.

Der Gedanke, geradewegs auf das Zentrum des Dröhnens zuzulaufen, war wenig erhebend, doch das Mädchen hatte diese Richtung eingeschlagen, mir blieb keine Wahl. Ich mußte laufen, solange es ging.

Glücklicherweise gab es keine Hindernisse auf dem schnurgeraden Weg, der zudem flach war wie eine Bowlingbahn, so daß wir beruhigt drauflosrennen konnten.

Das Keuchen wurde immer schneller. Es schien, während es die unterirdische Dunkelheit in Wallung versetzte, auf einen einzigen fatalen Punkt hinzusteuern. Gelegentlich war ein Knirschen und Krachen zu hören, als würden riesige Felsbrocken gegeneinander verschoben, als kämpften alle im Dunkel eingeschlossenen Kräfte einen verzweifelten Kampf, sich von ihrem Joch zu befreien.

Das ging eine Zeitlang, dann brach das Knirschen abrupt ab. Eine Sekunde herrschte Stille, dann setzte ein seltsames Zischen und Zischeln ein wie von Tausenden von alten Männern, die Luft durch die Zähne saugen. Sonst war nichts zu hören. Kein Dröhnen, kein Keuchen, kein Knirschen von Fels. Nur ohrenbetäubendes Zischeln erfüllte die Dunkelheit. Es hechelte wie von wilden Tieren, die sich in Vorfreude auf nahende Beute zum Sprung bereithalten, es rauschte wie von unzähligen Würmern, die aus irgendeiner Ahnung heraus in wilder Eile ihre ekligen Körper krümmten und streckten. Doch woher es auch stammte – dieses Geräusch war so gräßlich und heimtückisch, wie ich noch keines gehört hatte.

Das Gräßlichste daran war, daß es uns nicht zu ignorieren, sondern geradezu zu locken schien. Der Urheber des Geräusches wußte, daß wir uns näherten, und frohlockte darüber mit jeder Faser seiner schwarzen Seele. Beim Laufen gefror mir vor Angst das Mark in den Knochen. Nein, das war kein Erdbeben, das Mädchen hatte recht gehabt. Es war etwas viel, viel Schlimmeres. Nur was, das vermochte ich nicht zu sagen. Die ganze Situation hatte meine Vorstellungskraft schon seit langem überstiegen, ich war sozusagen an den Grenzen des Bewußtseins angelangt. Vorstellen konnte ich mir gar nichts mehr. Ich bewegte nur meinen Körper, bis an das Limit seiner Leistungsfähigkeit, und übersprang nacheinander die unendlich tiefen Gräben, die sich zwischen Phantasie und realer Situation auftaten. Das war immerhin besser, als gar nichts zu tun.

Genau weiß ich es nicht, aber wir waren, schien mir, eine ganze Weile gerannt. Drei, vier Minuten vielleicht, vielleicht auch dreißig oder vierzig. Die Angst und das die Angst verursachende Chaos hatten mein Zeitgefühl gelähmt. Ich spürte die Erschöpfung nicht mehr, sogar die Schmerzsignale meiner Bauchverletzung drangen nicht mehr bis ins Hirn vor. Nur meine Ellbogen schienen merkwürdig steif zu sein, ansonsten spürte ich meinen Körper beim Laufen nicht. Im Grunde hatte ich nicht einmal die Empfindung, daß ich lief. Meine Beine schnellten immer wieder von alleine nach vorn. Es war, als triebe mich eine fette Luftblase vor sich her, immer weiter, immer weiter.

Die Steife in den Ellbogen kam, glaube ich – beim Laufen war mir das allerdings keineswegs klar –, von den Ohren. Ich hatte, um mich nicht von den gräßlichen Luftgeräuschen mitreißen zu lassen, ganz automatisch meine Ohren versteift, was eine Spannung in den Schultern bewirkte und sich von da auf die Ellbogen übertrug. Klar wurde mir das, als ich meine Gefährtin über den Haufen rannte, noch im Fallen bemüht, über sie hinweg weiter voranzukommen. Ihren warnenden Schrei hatte ich nicht eigentlich gehört. An mein Ohr gedrungen war er zwar, doch da ich bewußt meine Fähigkeit, das materielle Signal – ihre Stimme nämlich – in Sinn zu übertragen, blockiert hatte, vermochte ich nicht, ihre Warnung als Warnung wahrzunehmen.

Das war es, was mir in der Sekunde, bis ich Kopf voran auf dem felsigen Boden aufschlug, durch den Kopf schoß. Ich hatte unwillkürlich meinen Gehörsinn reguliert. War das nicht eine Art »Dephonation«? In Grenzsituationen entwickelt der Mensch erstaunliche Fähigkeiten. Möglicherweise war ich auch ein Stück auf der Stufenleiter der Evolution vorangekommen.

Danach – beziehungsweise, um präzise zu sein: gleichzeitig damit durchzuckte ein überwältigender Schmerz meine Schläfen. Die Dunkelheit vor meinen Augen explodierte, die Zeit stand still, ich fiel, glaubte ich, in rasender Drehung in ein Vakuum. So heftig war der Schmerz. Ich mußte einen Schädelbasisbruch erlitten haben, bestimmt war der Schädel eingedrückt, die Schädeldecke war weggesprengt, mein Hirn wer weiß wohin verspritzt. Ich war also schon tot, nur Fetzen meines Bewußtseins zuckten noch wie der Schwanz einer in Stücke gehauenen Eidechse.

Doch nach dieser einen Sekunde wußte ich, daß ich noch am Leben war, daß ich noch atmete. Denn ich verspürte grauenhaften Schmerz. Tränen traten mir in die Augen und liefen mir übers Gesicht, in die Mundwinkel, tropften auf den harten Fels. So fürchterlich hatte ich mir den Kopf noch nie angeschlagen.

Ich meinte, auf der Stelle in Ohnmacht fallen zu müssen, doch irgend etwas hielt mich in dieser Welt des Schmerzes und der Dunkelheit fest – ein Fetzen Erinnerung, daß ich zu etwas unterwegs gewesen war. Richtig, ich hatte etwas tun wollen. Ich war gerannt, gestolpert und hingefallen. Ich war vor etwas geflohen. Ich durfte hier nicht einschlafen. Es war ein armseliger Fetzen Erinnerung, doch ich klammerte mich mit aller Macht daran.

Ich klammerte mich wirklich daran, im wahrsten Sinne des Wortes. Doch mit dem langsam wieder einsetzenden Bewußtsein merkte ich, daß es kein Erinnerungsfetzen war, an den ich mich klammerte. Es war das Nylonseil. Einen Augenblick lang glaubte ich, ein schweres, vom Wind gebeuteltes Wäschestück zu sein. Ich leistete Widerstand gegen den Wind, gegen die Schwerkraft, gegen alle Kräfte, die auf mich einwirkten und mich zu Boden schleudern wollten, ich gab mir alle Mühe, meiner Mission als Wäschestück gerecht zu werden. Warum ich solches Zeug dachte, weiß ich nicht. Vielleicht lag es an meiner Gewohnheit, Situationen und Zustände in praktische Bilder zu übersetzen.

Meine nächste Empfindung war, daß mein Ober- und mein

Unterkörper sich in sehr verschiedenem Zustand befanden. Um genau zu sein: Mein Unterkörper war fast völlig taub. Die Empfindungen in meiner oberen Körperhälfte standen unter Kontrolle: Mein Kopf schmerzte, mit dem Gesicht lag ich auf dem kalten Felsboden, meine Hände umklammerten das Nylonseil, der Magen hing mir knapp unter dem Kinn, und etwas Spitzes drückte auf meine Brust. So weit war alles klar. Doch was mit meinem Unterkörper los war, wußte ich nicht.

Vielleicht ist er weg, dachte ich. Die Wucht des Aufpralls hatte mich ungefähr in Höhe der Bauchwunde in zwei Stücke gerissen, und den unteren Teil hatte es wer weiß wohin geschleudert. Meine Beine – dachte ich –, meine Zehen, mein Bauch, mein Penis, meine Hoden, meine ... Nein, das konnte nicht sein. Wenn mein Unterkörper weg wäre, müßte ich ganz andere Schmerzen empfinden.

Ich versuchte, die Lage kühl zu überdenken. Mein Unterkörper ist da. Er ist da, befindet sich jedoch in einem Zustand, der mich nichts fühlen läßt. Ich schloß die Augen, ließ die Wellen von Kopfschmerzen, die immer wieder heranrollten, vorbeirauschen und konzentrierte mich mit jeder Faser meines Seins auf meinen Unterkörper. Die Anstrengung glich jener, einen Penis, der sich nicht aufrichten will, durch pure Konzentration zur Erektion zu zwingen. Ich pumpte Kraft in einen leeren Raum.

Mein Unterkörper, erkannte ich, befand sich in einem Zustand des Weder-Noch. In einer Art Schwebezustand ... genau! Er hing im leeren Raum jenseits des Felsgesteins, und mein Oberkörper bewahrte ihn mit knapper Not vor dem Absturz. Deshalb umklammerten meine Hände das Nylonseil!

Als ich die Augen aufschlug, blendete mich grelles Licht. Das dicke Mädchen leuchtete mir ins Gesicht.

Ich packte das Seil fester und versuchte, mich auf den Felsen hochzuziehen.

»Schnell!« sagte das Mädchen. »Mach schnell, sonst gehen wir beide drauf!«

Ich wollte die Beine auf die Felsplatte schwingen, schaffte es aber nicht. Ich konnte sie auch nirgendwo abstützen. Mutig ließ ich das Seil fahren, stützte fest beide Ellbogen auf und hangelte mich hoch. Mein Körper war furchtbar schwer, und der Boden war seltsam glitschig, wie von Blut. Doch Zeit, mir darüber Gedanken zu machen, hatte ich nicht. Ich rutschte mit dem Bauch über die Felskante, und ein Schmerz durchfuhr mich, als würde ich ein zweites Mal aufgeschlitzt. Mir war, als würde ich von jemand mit den Stiefeln zu Boden gedrückt, als würde alles zermalmt, mein Körper, mein Dasein, mein Ich.

Trotzdem schaffte ich es, mich Zentimeter um Zentimeter hochzuhangeln. Mein Gürtel hatte sich an der Felskante verhakt; zugleich wurde an dem am Gürtel befestigten Seil gezogen. Doch das half mir in meinen Anstrengungen nicht, sondern lenkte meine Aufmerksamkeit im Gegenteil auf die Schmerzen im Bauch.

»Laß das Seil los!« schrie ich in die Richtung, aus der das Licht kam. »Nicht ziehen! Ich schaff das schon!«

»Geht's?«

»Es muß.«

Die Gürtelschnalle weiter an der Felskante verhakt, nahm ich alle meine Kraft zusammen, schwang ein Bein auf den Felsen und schaffte es schließlich, mich aus dem verrückten schwarzen Loch zu befreien. Als sie sicher war, daß ich nicht mehr in dem Loch hing, kam die Kleine heran und tastete mich am ganzen Körper ab, wie um festzustellen, ob auch nichts fehle.

»Ich konnte dich nicht herausziehen, tut mir leid«, sagte sie. »Ich hatte alle Hände voll damit zu tun, mich da an dem Felsen festzuhalten; sonst wären wir beide in das Loch gefallen.«

»Schon gut. Aber warum hast du nicht Bescheid gesagt, daß hier ein Loch ist?«

»Dazu war keine Zeit. Ich hab aber doch *Stop!* geschrien.«

»Hab ich nicht gehört«, sagte ich.

»Jedenfalls müssen wir schleunigst hier weg«, sagte das Mädchen. »Hier gibt's jede Menge von diesen Löchern, wir müssen sie vorsichtig umgehen. Es ist nicht mehr weit. Aber wenn wir uns nicht beeilen, saugen die uns das Blut aus und wir schlafen in den Tod.«

»Die? Blut?«

Sie richtete ihre Lampe auf das Loch, dem ich mit knapper Not entkommen war. Es war kreisrund, wie mit dem Zirkel gezogen, und hatte etwa einen Meter Durchmesser. Sie schwenkte ihre Lampe: Ringsum, soweit das Auge reichte, war der Boden von solchen Löchern übersät. Wie eine gigantische Honigwabe.

Die steil beiderseits des Weges aufragenden Felswände waren verschwunden, vor uns erstreckte sich flaches Gelände mit Myriaden von Löchern. Das Wegnetz dazwischen hatte an den breitesten Stellen einen Meter, an den engsten nur etwa dreißig Zentimeter, schmale Grate, doch durchaus zu bewältigen, wenn man Obacht gab.

Das Problem war, daß der Boden sich zu bewegen schien. Er bot einen sonderbaren Anblick. Der Untergrund, der doch hart und felsig sein mußte, wand sich und waberte wie Treibsand. Zuerst dachte ich, ich hätte mir bei dem Sturz den Sehnerv verletzt und strahlte deshalb mit der Taschenlampe meine Hand an. Doch sie zitterte nicht und verschwamm auch nicht. Es war meine gute alte Hand. Meine Augen waren also in Ordnung. Was sich bewegte, war tatsächlich der Boden.

»Egel«, sagte das Mädchen. »Die kommen massenweise aus den Löchern. Wenn wir nicht voranmachen, saugen sie uns aus, bis wir Haut und Knochen sind.«

»Na großartig«, sagte ich. »Ist das die große Gefahr, von der du gesprochen hast?«

»Nein. Die Egel sind nur Vorboten. Das wirklich Schlimme kommt danach. Schnell!«

Weiter durch das Seil verbunden, bahnten wir uns den Weg über den Egelfelsen. Die unzähligen, von den Gummisohlen meiner Tennisschuhe zerquetschten Egel ließen mich wie in Schlamm gehen, ein Gefühl, das von den Beinen bis in den Rükken hochkroch.

»Paß auf, wo du hintrittst! Wenn du in ein Loch fällst, ist es aus! Da sind Massen drin, ein ganzes Meer von Egeln!« sagte die Kleine.

Sie klammerte sich an meinen Ellbogen, ich hielt sie am Saum ihrer Jacke. Im Dunkeln einen dreißig Zentimeter schmalen, glitschigen Grat entlangzuwandern ist kein Kinderspiel. Die zertretenen Egel klebten wie Gelee an den Sohlen, die Füße fanden keinen richtigen Halt. Ein paar Egel, die sich bei dem Sturz in meiner Kleidung festgesetzt hatten, saßen mir am Hals und an den Ohren und saugten, das spürte ich ganz deutlich, doch ich konnte sie nicht wegwischen. Ich brauchte beide Hände: In der linken hielt ich die Taschenlampe, und mit der rechten hatte ich den Jackensaum des Mädchens gepackt. Mit der Lampe leuchtete ich den Weg aus und mußte dabei wohl oder übel die ganze Zeit auf Egel starren. Es waren so viele, daß einem schlecht werden konnte. Immer mehr, immer mehr krochen aus den schwarzen Löchern hervor.

»Bestimmt haben die Schwärzlinge ihre Opfer früher in diese Löcher geschmissen«, sagte ich.

»Brillant«, sagte sie. »Du bist ein kluges Köpfchen.«

»Man tut, was man kann«, sagte ich.

»Man hielt die Egel für die Sendboten des Fisches. Für seine Untergebenen sozusagen. Deshalb brachten sie auch den Egeln Opfer dar, wie dem Fisch. Schöne frische Opfer, mit viel Fleisch und viel Blut. Meistens waren es Menschen, die sie irgendwo aufgriffen und herschleppten.«

»Heute existiert dieser Brauch doch nicht mehr, oder?«

»Ich glaube nicht. Die Schwärzlinge fressen ihr Menschenfleisch lieber selbst. Als symbolisches Opfer, sagt mein Großvater, bringen sie den Egeln und dem Fisch höchstens noch die abgetrennten Köpfe dar. Zumindest seit man das hier zur Heiligen Stätte erklärt hat, kann ja auch kaum noch jemand her.«

Wir umrundeten Loch um Loch und zertraten bestimmt Zehntausende von Egeln. Ein paarmal wären wir beinahe ausgeglitten, sie oder ich, aber irgendwie schafften wir es jedesmal, uns gegenseitig festzuhalten.

Das ekelhafte Gurgeln und Rauschen der Luft schien unten aus den Löchern zu kommen. Wie schwarzes Gesträuch in der

Nacht streckte es seine Fühler aus und griff nach uns. Wenn man genau hinhörte, klang es wie Röcheln. Als ob eine Horde Enthaupteter aus offenen Kehlen Klage erhöbe.

»Das Wasser steigt«, sagte das Mädchen. »Die Egel sind nur die Vorboten. Wenn sie verschwinden, kommt das Wasser. Es quillt dann aus allen Löchern, das alles hier wird ein einziges Moor. Die Egel wissen das, deshalb kriechen sie heraus. Irgendwie müssen wir es bis zum Altar schaffen, bevor das Wasser kommt.«

»Du hast das gewußt?« sagte ich. »Warum hast du mir nicht vorher Bescheid gesagt?«

»Genau habe ich es ja nicht gewußt. Das Wasser kommt nicht jeden Tag, nur zwei-, dreimal im Monat vielleicht. Woher sollte ich wissen, daß es ausgerechnet heute wieder soweit ist?«

»Ein Unglück kommt selten allein.« Ich sprach aus, was mir schon seit dem Morgen im Kopf herumspukte.

Vorsichtig tasteten wir uns weiter vor, von einem Loch zum nächsten. Es nahm und nahm kein Ende. Die Löcher erstreckten sich womöglich bis ans Ende der Welt. An unseren Sohlen klebten so viele Egel, daß man den Boden unter den Füßen nicht mehr spürte. Die Konzentration auf jeden einzelnen Schritt machte stumpf, es wurde zunehmend schwieriger, das Gleichgewicht zu halten. Körperlich wächst man in extremen Situationen nicht selten über sich hinaus, die Konzentrationsfähigkeit jedoch ist viel begrenzter, als man denkt. In länger andauernden kritischen Situationen, egal welchen, nimmt sie unweigerlich ab. Die Einschätzung der Krise und die Todesphantasien verlieren an Schärfe, im Kopf herrscht zunehmend Leere.

»Ein kleines Stück noch«, sagte das Mädchen zu mir. »Ein kleines Stück noch, und wir sind in Sicherheit.«

Mir war jedes Wort zuviel, ich nickte nur. Bis mir auffiel, daß Nicken im Dunkeln gar keinen Sinn macht.

»Hast du gehört? Ist alles in Ordnung?«

»Alles in Ordnung. Mir kommt's nur hoch«, gab ich zur Antwort.

Ich hatte schon die ganze Zeit das Gefühl, erbrechen zu müssen. Das Gewimmel der Egel, ihr Gestank und ihr Schleim, das widerwärtige Röcheln, die Dunkelheit, meine Erschöpfung und der Wunsch nach Schlaf, all das wirkte zusammen und legte sich wie ein Eisenring um meinen Magen. Schon lag mir der üble Geschmack von Magensäften auf der Zunge. Mit meiner Konzentrationsfähigkeit ging es zu Ende. Ich kam mir vor wie ein fünf Jahre nicht mehr gestimmtes Klavier, das nur über Tasten für drei Oktaven verfügt. Wie viele Stunden wanderte ich denn schon in dieser Dunkelheit umher? Wie spät mochte es jetzt draußen in der Welt sein? War es schon hell? Wurden die Zeitungen schon ausgetragen?

Ich konnte nicht einmal auf die Uhr sehen. Ich hatte genug damit zu tun, den Boden abzuleuchten und einen Fuß vor den anderen zu setzen. Gern hätte ich die Morgendämmerung gesehen, wie der Himmel langsam aufhellt. Und warme Milch getrunken, das morgendliche Grün gerochen und in der Zeitung geblättert. Von Dunkelheit und von Egeln, von Löchern und von Schwärzlingen hatte ich die Schnauze voll. Jedes Organ, jeder Muskel, jede Faser meines Körpers sehnte sich nach Licht. Schon der kleinste Strahl hätte mir genügt. Anständiges Licht wollte ich sehen, kein Taschenlampenlicht, einen kleinen, winzigen, elenden Strahl nur.

Bei dem Gedanken an Licht zog sich mir der Magen zusammen, als würde er in einer Faust zerquetscht, meinen Mund füllte übler Geruch. Ein Geruch wie von verdorbener Salamipizza.

»Wenn wir hier durch sind, kannst du dich übergeben, soviel du willst. Halt noch ein bißchen durch!« sagte das Mädchen. Dann drückte sie feste meinen Ellbogen.

»Ich übergeb mich nicht«, stöhnte ich.

»Glaub mir«, sagte sie. »Das alles geht vorüber. Ein Unglück kommt selten allein, mag sein, aber irgendwann hat alles sein Ende. Es kann nicht ewig dauern.«

»Ich glaub's«, antwortete ich.

Doch die Löcher schienen ewig anzuhalten. Als ob wir im Kreise liefen. Ich dachte wieder an meine druckfrische Zeitung.

Sie ist so frisch, daß die Druckerschwärze mir die Finger verfärbt. Sie enthält einen dicken Stapel Reklameeinlagen. In der Zeitung steht alles. Alles, was das Leben auf der Erde betrifft. Um wieviel Uhr der Premierminister aufgestanden ist, die Lage am Aktienmarkt, der Freitod einer ganzen Familie, Rezepte für das Abendessen, die neusten Rocklängen, Schallplattenkritiken, Makleranzeigen, alles.

Das Problem war: Ich hatte gar keine Zeitung abonniert. Ich las schon ungefähr drei Jahre keine Zeitung mehr. Warum ich damit aufgehört hatte, weiß ich selbst nicht genau, jedenfalls las ich keine mehr. Vielleicht, weil Zeitungsartikel und Fernsehprogramme in meinem Leben keinen Platz haben. Mein einziger Bezug zur Welt sind die mir zugeteilten Zahlen, die ich im Kopf in andere Werte transformiere, und in meiner Freizeit lese ich alte Romane, sehe mir auf Video Hollywoodschinken an und trinke Bier und Whiskey dazu. Zeitungen und Zeitschriften durchzusehen ist nicht nötig.

Doch in dieser Welt des verlorenen Lichts, in dieser unsinnigen Dunkelheit, inmitten unzähliger Löcher und umgeben von Myriaden von Egeln, verlangte es mich unbändig nach einer Zeitung. Ich würde mich an einem sonnigen Plätzchen niederlassen und sie von vorne bis hinten durchlesen, jeden einzelnen Buchstaben, so wie ein Kätzchen Milch vom Teller schleckt. Ich würde die kunterbunten Splitter und Fragmente des Lebens, das die Leute unter der Sonne führten, in mich aufsaugen und jede einzelne Zelle meines Körpers damit netzen.

»Da vorne ist der Altar«, sagte das Mädchen.

Beinahe wäre ich ausgeglitten, deshalb gelang es mir nicht, die Augen zu heben. Doch von welcher Form und Farbe der Altar war, würden wir sowieso erst sehen, wenn wir dort anlangten. Ich musterte die Reste meiner Konzentration und ging vorsichtig weiter.

»Noch zehn Meter oder so«, sagte das Mädchen.

Wie auf Kommando war das aus den Löchern gedrungene Röcheln mit einemmal weg. So urplötzlich und unnatürlich, als hätte jemand in der Tiefe der Erde mit einem gigantischen Beil die Tonquelle auf einen Hieb zerschlagen. Ohne Vorzeichen und ohne jeden Nachhall war das aus der Tiefe gequollene, in den Ohren sausende, alles beherrschende Geräusch von einem Augenblick zum anderen weg. Man hätte glauben können, nicht das Röcheln, sondern der Raum, in dem es hallte, an sich wäre verschwunden. Das Geräusch verschwand derart plötzlich, daß ich für einen Augenblick das Gleichgewicht verlor und beinahe gestürzt wäre.

Um uns herrschte fast schmerzhafte Stille. In der Dunkelheit plötzlich einsetzende Stille ist schlimmer als jedes noch so widerwärtige Geräusch. Auf Geräusche, welche auch immer, können wir uns einstellen. Doch Stille ist null, ist nichts. Sie existiert nicht, und doch hüllt sie uns ein. Auf meinen Ohren lastete ein Druck, als hätte sich die Atmosphäre verdichtet. Sie wußten auf die plötzliche Veränderung nicht recht zu reagieren und arbeiteten auf Hochtouren, um aus der Stille irgendwelche Signale herauszufiltern.

Doch die Stille war vollkommen. Das Röcheln war weg, es kam nicht wieder. Wir beide verharrten und lauschten. Um den Druck in den Ohren loszuwerden, schluckte ich, doch das wirkte kaum; es gab nur ein unnatürlich lautes Knacken, wie wenn bei einem Plattenspieler die Nadel den Teller berührt.

»Ist das Wasser zurückgegangen?« fragte ich.

»Nein, es kommt jetzt erst«, sagte sie. »Das Gurgeln kam von der in den Windungen des Wasserlaufs gestauten Luft, die durch den Druck herausgepreßt worden ist. Jetzt hält das Wasser nichts mehr auf.«

Sie nahm mich an der Hand, und wir umrundeten die letzten Löcher. Die auf dem Felsboden umherkriechenden Egel, vielleicht bildete ich mir das auch nur ein, waren weniger geworden. Nach fünf, sechs Löchern standen wir wieder auf flachem, festem Grund. Keine Löcher mehr, keine Egel. Sie waren anscheinend in die andere Richtung geflüchtet. Das Schlimmste hatte ich hinter mir. Der Wassertod war allemal besser, als in einem Loch voller Egel zu verrecken.

Fast automatisch griff ich mir an den Hals, um die dort sitzenden Egel abzulösen. Doch das Mädchen packte meinen Arm und hielt mich davon ab.

»Später«, sagte sie. »Zuerst müssen wir den Turm hoch, sonst ertrinken wir.« Sie eilte voran, mich weiter am Arm gepackt. »Von fünf, sechs Egeln stirbst du nicht, außerdem reißt du dir die ganze Haut mit ab, wenn du's mit Gewalt versuchst. Weißt du das nicht?«

»Nein«, sagte ich. Ich bin blöd wie eine Boje.

Nach zwanzig, dreißig Schritten hielt sie mich am Arm zurück und leuchtete mit ihrer großen Handlampe den riesigen »Turm« ab, der vor uns in die Höhe ragte. Glatt, zylindrisch und kerzengerade ragte er in das Dunkel über uns. Er verjüngte sich nach oben hin wie ein Leuchtturm, doch wie hoch er war, ließ sich nicht feststellen. Er war zu groß, um die ganze Struktur auszuleuchten, und wir hatten auch gar nicht die Zeit dazu. Meine Gefährtin ließ nur kurz ihr Licht über den »Turm« gleiten, dann lief sie ohne jedes weitere Wort los und begann über eine Art Treppe, die an der Seite hochführte, mit dem Aufstieg. Ich sah natürlich zu, daß ich nachkam.

Aus einiger Entfernung und im schwachen Lampenlicht hatte der »Turm« wie ein prächtiges, erhabenes, von Menschenhand über lange Jahre und mit bewundernswerter Kunstfertigkeit errichtetes Monument gewirkt, doch wenn man heranging und mit den Händen fühlte, merkte man, daß es bloß roher, ungeschliffener Felsen war, das zufällige Produkt natürlicher Erosion. Auch die von den Schwärzlingen angelegte Treppenspirale verdiente kaum den Namen. Die Stufen waren uneben und unregelmäßig, kaum breit genug für einen Fuß, und manchmal fehlten sie ganz. In solchen Fällen konnte man mit den Füßen Halt im Felsen suchen, doch da wir, um nicht abzustürzen, die Hände zu Hilfe nahmen und deshalb nicht jede Stufe ausleuchten konnten, kam es mehr als einmal vor, daß wir ins Leere traten. Für die Schwärzlinge, die im Dunkeln sehen konnten, mochte diese Treppe angehen, für uns war es ein unbequemer, ja gefährlicher Notbehelf. Wie Geckos klebten wir an der Wand und tasteten uns Stufe für Stufe nach oben. Auf der sechsunddreißigsten Stufe – ich bin ein notorischer Stufenzähler – hörte ich im Dunkeln unter mir ein merkwürdiges Geräusch, ein Klatschen, als würde ein gigantisches Stück Roastbeef mit Wucht an eine glatte Wand geschleudert. Ein flaches, feuchtes und finales Klatschen. Dann folgte, der das Drama ankündigende Taktstock quasi hoch in der Luft, ein interimistischer Moment widerwärtiger Stille. Ich hing in der Wand, die Hände fest in den Felsen gekrallt, und wartete auf das, was kommen würde.

Was kam, war Rauschen, und zwar das Rauschen von Wasser. Es schoß aus den unzähligen Löchern, die wir eben hinter uns gelassen hatten. Das waren keine Pfützen. Ich mußte an den Dokumentarfilm von der feierlichen Eröffnung eines Staudammes denken, den ich als Grundschüler gesehen hatte. Auf einen Knopfdruck des behelmten Gouverneurs – oder wer immer das gewesen sein mag – öffneten sich die Schleusen, und heraus tosten mächtige Säulen von Wasser und Gischt. Das war zu der Zeit, als man in den Kinos noch Nachrichten und Zeichentrickfilme zeigte. Ich hatte mir damals schaudernd vorgestellt, was wohl wäre, wenn ich aus irgendeinem Grunde dort unter den herausdonnernden Wassermassen stünde. Seitdem war ein Vierteljahrhundert vergangen, und die Vorstellung, daß ich jemals in eine solche Situation geraten könnte, fiel mir nicht leicht. Kinder neigen zu der Annahme, daß bei allen denkbaren Katastrophen ein Schutzengel über sie wacht und sie am Ende rettet. Jedenfalls dachte *ich* das, als ich klein war.

»Wie hoch steigt denn das Wasser?« fragte ich die Kleine, die ein paar Stufen über mir war.

»Hoch«, gab sie kurz und bündig zurück. »Wenn wir nicht ertrinken wollen, müssen wir höher. Bis ganz oben steigt es jedenfalls nicht. Mehr weiß ich auch nicht.«

»Wie viele Stufen sind es noch bis oben?«

»Viele«, sagte sie. Eine nette Antwort, danke schön.

So schnell es eben ging, kletterten wir die Spirale des »Turms« hinauf. Vom Rauschen des Wassers zu urteilen, mußte der »Turm«, an dessen Wand wir hingen, mitten aus der weiten, zu allen Seiten von Egellöchern übersäten Ebene aufragen. Wir erkletterten also sozusagen den mitten in einem überdimensionalen Springbrunnen errichteten Zierstab. Und der Platz um den Brunnen, das heißt die weite Ebene, verwandelte sich, wenn das Mädchen recht hatte, in ein überschwemmtes Moor, aus dem als Insel nur der obere Teil des »Turms« beziehungsweise seine Spitze herausragte.

Das Licht der auf den Hüften des Mädchens tanzenden Lampe zeichnete ein wirres Muster in die Dunkelheit. Ich kletterte allein dieser Lichtquelle nach. Das Stufenzählen hatte ich irgendwann aufgegeben, doch hundertfünfzig oder zweihundert hatten wir bestimmt schon erklommen. Das anfängliche Tosen des Wassers schwächte sich zum Rauschen eines Wildbaches und dann zu einem Murmeln ab. Das Wasser stieg, keine Frage. Wie hoch es schon stand, konnte ich nicht sehen, aber es hätte mich nicht gewundert, es jeden Moment kalt an den Füßen zu spüren. Ich kam mir vor wie in einem bei schlechter Laune geträumten und die Laune immer weiter verschlechternden Alptraum. Etwas jagte mir nach, ich kam nicht recht voran, das Etwas rückte immer näher und griff nach mir, kalt, schlüpfrig. Im Traum schon eine hoffnungslose Situation, in der nackten Wirklichkeit um so schlimmer. Ich gab das Treppensteigen auf und zog mich mit beiden Händen direkt am Felsen hoch.

Plötzlich kam mir die Idee, mich einfach mit dem Wasser nach oben treiben zu lassen. Das wäre erstens bequemer, und zweitens bestünde keine Gefahr mehr, abzustürzen. Ich wälzte die Idee eine Weile im Kopf; dafür, daß sie von mir stammte, schien sie gar nicht so schlecht zu sein.

Doch als ich sie zum besten gab, sagte das Mädchen kategorisch, das ginge nicht. »Unter der Wasseroberfläche herrscht eine starke Strömung. Wenn du in die Strudel kommst, tauchst du nie wieder auf. Doch selbst wenn: Wo willst du denn in der Dunkelheit hinschwimmen?«

Es blieb, mit einem Wort, nur der eine Weg, Stück für Stück weiterzuklettern, so schwer es auch fiel. Wie das Brummen eines langsamer werdenden Motors nahm das Rauschen zusehends ab, wandelte sich zu dumpfem Stöhnen. Der Pegel stieg unaufhörlich. Wenn wir nur anständiges Licht hätten, dachte ich. Ein kleines bißchen nur. Bei anständigem Licht könnten wir bequem den Felsen erklettern und außerdem den Wasserstand sehen. Dann wäre es wenigstens mit dieser alptraumhaften Ungewißheit, wann das Wasser uns einholen würde, vorbei. Ich haßte die Dunkelheit von ganzem Herzen. Was mich jagte, war nicht das Wasser. Es war die zwischen dem Wasser und meinen Füßen liegende Dunkelheit. Diese Dunkelheit flößte mir kaltes Grausen ein.

In meinem Kopf lief immer noch der Film von dem Damm. Aus den gigantischen Schleusenbögen ergoß sich weiter Wasser in das darunter liegende mörserförmige Becken. Beharrlich nahm die Kamera das Schauspiel aus allen möglichen Winkeln auf. Von oben, von der Seite, aus der Frontale verfolgte sie die Springflut. Auf der Betonmauer des Damms zeichnete sich der Schatten des Wassers ab. Er tanzte auf der glatten, weißen Wand, als wäre er selber Wasser. Ich starrte hin, und plötzlich wurde der Schatten zu meinem eigenen. Auf der Betonkrümmung des Damms tanzte mein eigener Schatten! Ich saß im Kinostuhl und sah meinem Schatten zu. Daß es *mein* Schatten war, wußte ich sofort, aber wie ich als Kinobesucher mich dazu verhalten sollte, wußte ich nicht. Ich war ein neun- oder zehnjähriger machtloser Knirps. Vielleicht hätte ich zur Leinwand laufen und mir meinen Schatten zurückholen sollen. Oder in den Projektionsraum und die Filmrolle klauen. Ich wußte aber nicht, ob das rechtens wäre. Also blieb ich nur so sitzen und sah meinem Schatten zu.

Er tanzte ewig weiter. Er flackerte stumm wie eine in der Hitze flimmernde ferne Landschaft. Er konnte nicht sprechen, offenbar auch nichts mit den Händen signalisieren. Trotzdem war ich sicher, daß er mir etwas mitteilen wollte. Er wußte genau, daß ich im Kino saß und ihn sah. Doch er war ebenso machtlos wie ich. Er war nur ein Schatten.

Von den anderen Kinobesuchern schien niemand zu bemerken, daß der Wasserschatten an der Wand des Dammes in Wirklichkeit *mein* Schatten war. Nicht einmal mein großer Bruder, der im Sitz neben mir saß. Wenn er es gemerkt hätte, hätte er es mir garantiert ins Ohr geflüstert. Der konnte einen im Kino mit seinem Geflüster richtig nerven.

Ich selbst sagte auch niemandem, daß der Schatten an der Wand mein Schatten war. Wahrscheinlich hätte mir sowieso keiner geglaubt. Und außerdem sah es so aus, als ob mein Schatten das, was er mitzuteilen hatte, *nur mir allein* mitteilen wollte. Aus einer anderen Welt und einer anderen Zeit heraus bediente er sich der Kinoleinwand, um mir etwas zu sagen.

Einsam war mein Schatten auf der gekrümmten Wand, von allen verlassen. Wie er dort hingekommen war und was er weiter vorhatte, wußte ich nicht. Wahrscheinlich würde ihn die irgendwann einsetzende Dunkelheit verschlucken. Oder er würde von den Fluten mitgerissen und bis zum Meer geschwemmt, um dort vielleicht wieder seine Rolle als mein Schatten zu erfüllen. Bei dem Gedanken kam ich mir furchtbar verlassen vor.

Dann waren die Dammnachrichten vorbei, die Leinwand zeigte die Krönungsfeierlichkeiten irgendeines Königs. Quer über einen großen, gepflasterten Platz fuhr eine schöne, von federbuschgeschmückten Pferden gezogene Karosse. Ich suchte wieder nach meinem Schatten, aber zu sehen waren nur Gebäudeschatten und die der Karosse und der Pferde.

An mehr konnte ich mich nicht erinnern. Ob mir das alles damals wirklich passiert war, vermochte ich nicht zu entscheiden. Denn als wirkliche Vergangenheit hatte ich mich an das, was mir eben durch den Kopf geschossen war, zuvor noch nie erinnert. Vielleicht war es nur ein imaginäres Bild, heraufbeschworen vom Rauschen des Wassers in dieser grotesken Dunkelheit. Von solchen selbstproduzierten Bildern habe ich einmal in einem Psychologiebuch gelesen. Der Mensch, meinte der Autor, neige in Extremsituationen dazu, zum Schutz vor der rauhen Wirklichkeit in Tagträume zu fliehen. Doch dafür war das Bild, das mir vor Augen gestanden hatte, zu genau, zu lebendig gewesen, es hatte eine Kraft besessen, als wäre es mit meiner Zukunft verwoben. Ich konnte mich genau an die Gerüche und Geräusche erinnern, die mich umgeben hatten. Und ich konnte die Verwirrung und das Durcheinander und die ungewisse Angst nachempfinden, die ich als Neun- oder Zehnjähriger empfunden hatte. Man konnte sagen, was man wollte: Das war mir zugestoßen. Es war von irgendeiner Macht in den hintersten Winkel meines Unterbewußtseins verbannt und nun, in dieser Extremsituation, freigesetzt worden.

Von irgendeiner Macht?

Das konnte nur mit der Gehirnoperation zusammenhängen, die sie wegen des Shufflings an mir vorgenommen hatten. Sie hatten meine Erinnerungen in die Mauern meines Bewußtseins eingeschlossen. Sie hatten mir meine Erinnerungen gestohlen!

Ich wurde wütend. Dazu hatte niemand das Recht! Das waren meine ganz privaten, ureigenen Erinnerungen, sie gehörten mir. Erinnerungen zu stehlen hieß nichts weniger, als Lebensjahre zu stehlen. Ich wurde immer wütender, meine Angst war mir scheißegal. Ich schwor mir, um jeden Preis zu überleben. Ich mußte überleben, dieser verrückten Welt der Dunkelheit entfliehen und jede, aber auch jede Erinnerung, die man mir gestohlen hatte, zurückerobern. Das Ende der Welt und pipapo, scheißegal. Ich hatte mich selbst wiederherzustellen.

»Ein Seil!« schrie die Kleine plötzlich.

»Ein Seil?«

»Ja, komm schnell! Hier hängt ein Seil runter!«

Ich kletterte hastig die drei oder vier Stufen zu ihr hoch und tastete mit der Hand die Felswand ab. Da hing tatsächlich ein Seil. Ein gutes Bergsteigerseil, wenn auch nicht besonders dick; das Ende baumelte in Brusthöhe vor mir. Ich packte es mit einer Hand und prüfte vorsichtig, ob es hielt. Es schien irgendwo ordentlich festgemacht zu sein.

»Das muß Großvater gewesen sein!« rief das Mädchen. »Er hat es für uns heruntergelassen!«

»Laß uns lieber noch etwas höher klettern«, sagte ich.

Ungeduldig mit den Füßen Halt suchend, arbeiteten wir uns eine Spiraldrehung höher. Das Seil hing noch an seiner Stelle. Alle dreißig Zentimeter war es verknotet. Wenn es wirklich bis zur Spitze des »Turms« reichte, konnten wir eine Menge Zeit sparen.

»Das war Großvater, ganz bestimmt. Er denkt an alles.«

»In der Tat«, sagte ich. »Kommst du da hoch?«

»Was denkst du denn?« sagte sie. »Im Seilklettern war ich schon als Kind gut. Hab ich dir das nicht erzählt?«

»Dann kletter vor«, sagte ich. »Gib mir ein Blinksignal, wenn du oben bist. Ich komm dann nach.«

»Bis dahin ist das Wasser hier. Können wir nicht zusammen hochklettern?«

»Ein Seil, ein Mann: alte Bergsteigerregel. Erstens, weil das Seil reißen könnte, und zweitens, weil Klettern zu zweit schwieriger ist und mehr Zeit kostet. Wenn das Wasser wirklich bis hierhin steigt, kann ich mich immer noch am Seil festhalten und irgendwie hochklettern.«

»Du bist mutiger, als du aussiehst«, sagte sie.

Ich wartete im Dunkeln still auf meinen zweiten Kuß, doch sie stieg geschwind das Seil hoch, ohne sich um mich zu scheren. Ich klammerte mich an den Fels und sah zu, wie ihr baumelndes Lampenlicht Höhe gewann. Es wankte wie eine Seele, die sturzbetrunken gen Himmel fährt. Der Anblick machte mir Lust auf einen Schluck Whiskey, doch der war in meinem Rucksack, und in meiner unsicheren Stellung den Rucksack abzusetzen und die Whiskeyflasche herauszukramen war ein Ding der Unmöglichkeit. Also begnügte ich mich mit der bloßen Vorstellung, einen zu mir zu nehmen: Eine ruhige, saubere Bar, ein Schälchen mit Nüssen, im Hintergrund spielt leise *Vendome* von MJQ, auf dem Tresen ein doppelter Whiskey *on the rocks*. Eine Weile sehe ich das Glas nur an. Whiskey will zuerst betrachtet werden. Erst sattsehen, dann trinken. Das ist wie mit einer schönen Frau.

An dieser Stelle fiel mir ein, daß ich ja gar keinen Anzug und keinen Mantel mehr hatte. Das verrückte Duo hatte doch meine gesamte Garderobe zerschlitzt. Großartig, dachte ich. Was sollte ich für den Barbesuch denn anziehen? Zuerst mußte ich mich einkleiden. Ich entschied mich für einen dunkelblauen Tweed-Anzug. Klassisch. Elegantes Blau, drei Knöpfe, unwattierte Schultern, nicht auf Taille gearbeitet. Ein Anzug, wie ihn George Peppard in den Sechzigern getragen hat. Bleichblaues Hemd, wunderbar abgestimmt. Dickes Oxford-Cotton, möglichst orthodoxer Kragen. Die Krawatte zweifarbig gestreift. Rot und Grün. Das Rot gesetzt, das Grün wie das Meer bei Sturm, ein unbestimmtes, fast blaues Grün. Das alles in einer eleganten Herrenboutique besorgen, in die Bar und einen doppelten Scotch *on the rocks* bestellen. Die Egel, die Schwärzlinge, der Krallenfisch – die ganze Untererde konnte mir gestohlen bleiben. Ich saß über der Erde, trug meinen dunkelblauen Tweed-Anzug und schmeckte Schottland.

Plötzlich fiel mir auf, daß das Rauschen weg war. Offenbar quoll aus den Löchern nichts mehr nach. Oder das Wasser stand so hoch, daß das Gurgeln nicht mehr zu hören war. Egal. Wenn das Wasser steigen wollte, sollte es nur steigen. Ich hatte beschlossen zu überleben. Ich würde mir meine Erinnerungen wiederholen. Mit mir kann keiner mehr den Hanswurst machen. Ich hätte es der ganzen Welt ins Gesicht schreien mögen: Mit mir kann keiner mehr den Hanswurst machen!

Ich schrie jedoch nicht. Was hätte es auch genutzt, in der unterirdischen Dunkelheit, an eine Felswand gepreßt. Statt dessen verrenkte ich mir den Hals, um soweit wie möglich in die Höhe zu schauen. Das Mädchen war schon viel höher, als ich gedacht hatte. Wie hoch genau, war schwer zu sagen, aber bestimmt drei, vier Kaufhausstockwerke. Abteilung Damenoberbekleidung, vielleicht auch schon Stoffe und Gardinen. Wie hoch mochte dieser verdammte Felsen wohl sein? Wir waren schon ein schönes Stück geklettert, wenn das oben so weiterging, hatte das Ding gewaltige Ausmaße. Aus einer Laune heraus bin ich einmal ein sechsundzwanzigstöckiges Hochhaus zu Fuß hinauf, und so hoch, schien mir, war der Fels hier mit Sicherheit auch.

Wie auch immer: Es war jedenfalls ein Glück, daß man in der Dunkelheit unten nichts sah. Ohne Ausrüstung und nur in Tennisschuhen in einer so hohen Wand, da würde man sich, Bergsteigererfahrung hin oder her, bei einem Blick nach unten in die

Hose machen. Das wäre das gleiche, wie an einem Wolkenkratzer ohne Sicherheitsnetz und Gondel Fenster zu putzen. Solange man nur klettert, ist alles gut, aber ein kleines Zögern oder ein falscher Gedanke, und die Höhe zerrt an den Nerven.

Ich verrenkte mir noch einmal den Hals, um nach oben zu schauen. Sie schien noch zu klettern, ihr Licht baumelte, war aber schon viel höher als zuvor. Anscheinend konnte sie wirklich gut seilklettern. Mein lieber Mann, war das hoch. Geradezu blödsinnig hoch. Warum mußte der Alte ausgerechnet so einen bombastischen Fluchtweg nehmen? Hätte er einfach an einem ruhigen, stillen Plätzchen auf uns gewartet, wäre uns das alles erspart geblieben.

Als ich mir das durch den Kopf gehen ließ, meinte ich, von oben eine Stimme zu hören. Ich sah hoch; dort blinkte ein kleines gelbes Licht, langsam, wie am Seitenruder eines Flugzeugs. Sie hatte es offenbar geschafft. Ich packte mit einer Hand das Seil, zog mit der anderen die Taschenlampe aus der Hosentasche und gab das gleiche Signal zurück. Dann richtete ich den Strahl nach unten, um zu sehen, wie hoch das Wasser stand, doch das Taschenlampenlicht war einfach zu schwach. In der dichten Dunkelheit konnte man nur etwas sehen, wenn man mit der Lampe ganz nah heranging. Meine Armbanduhr zeigte 4:12 Uhr. Es war immer noch nicht Tag, die Zeitung noch nicht ausgetragen. Es fuhr noch keine Bahn, die Leute schliefen ihren festen, ahnungslosen Schlaf.

Ich legte beide Hände ans Seil, atmete einmal tief durch und begann den Aufstieg.

## Das Schattenfeld

Drei Tage später ist das herrliche Wetter mit einem Schlag vorbei. Ich wache morgens auf, und der Himmel ist mit dicken, dunklen Wolken verhangen. Die Sonnenstrahlen haben längst ihren warmen Glanz eingebüßt, wenn sie die Wolkendecke durchdrungen haben und endlich unten angekommen sind. In dem aschgrauen, kalten Licht sehen die kahlen Äste der Bäume wie Risse im Himmel aus. Das Rauschen des Flusses klingt hart und laut. Den Wolken nach zu urteilen, würde es mich nicht wundern, wenn jeden Moment Schnee fiele. Aber es schneit nicht.

»Heute wird es nicht schneien«, klärt mich der Alte auf. »Das da sind keine Schneewolken.«

Ich öffne das Fenster und sehe mir den Himmel noch einmal genauer an, kann aber keinen Unterschied zu »Schneewolken« feststellen.

Der Wächter sitzt ohne Schuhe vor seinem großen Kanonenofen und wärmt sich die Füße. Der Ofen sieht genauso aus wie der in der Bibliothek. Oben hat er zwei Platten für Kessel oder Töpfe, ganz unten eine Schublade für die Asche. Vorne sind Türen wie bei einer Kommode, mit großen gußeisernen Griffen. Der Wächter sitzt auf einem Stuhl, die Füße auf den Griffen. Von den Dampfschwaden des Wasserkessels und dem Rauch irgendeines billigen Krauts – offenbar der hier übliche Ersatz für Pfeifentabak – ist es im Zimmer so stickig, daß es mir den Atem verschlägt, ganz zu schweigen vom Gestank seiner Füße. Hinter dem Stuhl steht der große Holztisch, darauf liegen der Schleifstein und eine Menge blitzender Messer und Beile, ordentlich aufgereiht. Die Griffe sind verfärbt und sehen stark abgenutzt aus.

Ich komme sofort zur Sache: »Ich brauche einen Schal, sonst ist es mir am Hals zu kalt.«

»Das mag wohl sein!« sagt der Wächter vollkommen ernst. »Kann ich gut verstehen.«

»Im Archiv hinten in der Bibliothek liegen ein paar Sachen herum, die anscheinend niemand mehr braucht, und ich dachte, ich könnte mir vielleicht was davon nehmen.«

»Ach, den Kram meinst du«, sagt der Wächter. »Den kannst du haben. In deinem Fall hab ich nichts dagegen. Nimm, was dir gefällt, Schals, Mäntel, alles.«

»Und was ist mit den Besitzern?«

»Um die brauchst du dich nicht zu kümmern. Selbst wenn es sie noch geben sollte – die Sachen da sind längst vergessen. Apropos – du suchst ein Musikinstrument, wie?«

Ich nicke. Er scheint einfach alles zu wissen.

»Hier in der Stadt gibt es grundsätzlich keine Musikinstrumente«, sagt er. »Aber absolut unmöglich ist nichts. Du machst deine Arbeit gewissenhaft, warum solltest du dann nicht auch dein Instrument bekommen? Geh zum Kraftwerk und frag dort mal den Verwalter. Vielleicht kann der dir eins besorgen.«

»Zum Kraftwerk?« frage ich überrascht.

»Was hast du denn gedacht, selbstverständlich haben wir ein Kraftwerk!« sagt der Wächter und deutet auf die Glühbirne über seinem Kopf. »Wo soll denn der Strom sonst herkommen – aus den Apfelbäumchen vielleicht?« Lachend zeichnet er mir auf, wie ich zum Kraftwerk komme. »Du nimmst den Weg südlich des Flusses und gehst eine Weile flußauf. Nach ungefähr einer halben Stunde siehst du rechterhand einen alten Getreidespeicher, der schon kein Dach und kein Tor mehr hat. Dort biegst du rechts ab und folgst dem Weg bis zu einer Anhöhe; hinter dieser Anhöhe beginnt der Wald. Wenn du ungefähr fünfhundert Meter in den Wald hineingehst, kommst du zum Kraftwerk. Verstanden?«

»Ich glaube, ja«, sage ich. »Aber ist es nicht gefährlich, im Winter den Wald zu betreten? Alle warnen mich davor, und ich hab schon eine schlimme Erfahrung hinter mir.«

»Ach ja, richtig. Hatte ich jetzt ganz vergessen. Ich hab dich ja selbst auf den Wagen geladen und über die Anhöhe zurück in die Stadt gefahren«, sagt der Wächter. »Hast du dich inzwischen erholt?«

»Ja, alles bestens. Danke.«

»Hast wohl erst mal die Nase voll, was?«

»Könnte man so sagen, ja.«

Der Wächter grinst breit und ändert die Position seiner Füße auf den Ofengriffen. »Aber das ist gut so. Die Menschen werden vorsichtig, wenn sie sich einmal die Finger verbrannt haben. Und wenn sie vorsichtig sind, verletzen sie sich nicht mehr. Die besten Holzfäller sind die mit einer Narbe. Nur eine, nicht mehr und nicht weniger. Du verstehst, was ich meine?«

Ich nicke.

»Aber du brauchst keine Angst davor zu haben, zum Kraftwerk zu gehen. Es liegt gleich hinter den ersten Bäumen, nur ein einziger Weg führt hin, du kannst dich also nicht verlaufen. Das Waldpack triffst du dort auch nicht. Gefährlich ist es nur tief im Wald und direkt an der Mauer. Wenn du diese Stellen meidest, brauchst du dich nicht zu fürchten. Aber den Weg darfst du unter keinen Umständen verlassen, und du darfst auch nicht jenseits des Kraftwerks tiefer in den Wald gehen. Sonst passiert dir wieder so etwas wie letztes Mal!«

»Gehört der Verwalter des Kraftwerks zu den Leuten, die im Wald leben?«

»Nein, nein, der doch nicht. Der ist anders als das Waldpack, aber auch anders als wir hier in der Stadt. Nichts Halbes und nichts Ganzes. Er kann weder ganz in den Wald gehen noch in die Stadt zurückkommen. Harmlos, aber keinen Mumm in den Knochen.«

»Was sind denn das für Leute, die im Wald wohnen?«

Der Wächter legt den Kopf schief und sieht mich eine Weile schweigend an. »Wie ich am Anfang gesagt habe: Du kannst fragen, was du willst, aber ob ich antworte, ist meine Sache.«

Ich nicke.

»Gut. Auf diese Frage will ich nicht antworten«, sagt der

Wächter. »Apropos, du wolltest doch immer deinen Schatten besuchen. Wie wär's damit? Es ist Winter, und seine Kräfte haben ziemlich nachgelassen. Du kannst ihn jetzt sehen.«

»Geht es ihm schlecht?«

»Nein, nein. Prächtig geht's ihm. Ich lasse ihn mehrere Stunden täglich raus, damit er sich bewegt. Über seinen Appetit kann man auch nicht klagen. Sicher, im Winter, wenn die Tage kürzer sind und es kalt wird, verschlechtert sich der Zustand eines Schattens schon, das ist nun mal so. Niemand kann dafür. Das Natürlichste von der Welt ist das, die Natur hat es so eingerichtet. Weder deine noch meine Schuld. Aber frag ihn doch gleich selbst, ich bring dich zu ihm.«

Der Wächter nimmt den Schlüsselbund von der Wand, steckt ihn sich in die Jackentasche und zieht sich gähnend die massiven Schnürstiefel aus Leder an. Furchtbar schwer sehen sie aus, die Sohlen sind mit Spikes beschlagen, für Eis und Schnee.

Das »Schattenfeld« liegt genau zwischen beiden Welten, zwischen der Stadt und der Welt draußen. Ich kann nicht nach draußen, der Schatten nicht in die Stadt. Deshalb ist dies der einzig mögliche Ort, wo wir uns treffen können: ein Mensch ohne Schatten und ein Schatten ohne Mensch. Das Schattenfeld liegt direkt am Hinterausgang der Wachhütte. »Feld« ist übertrieben – der Platz heißt zwar so, ist aber kaum größer als ein normaler Garten und durch einen massiven Eisenzaun hermetisch abgeriegelt.

Der Wächter holt den Schlüsselbund aus der Tasche, schließt das Eisentor auf, läßt mich hineingehen und kommt dann selbst nach. Das Schattenfeld ist streng quadratisch, auf der gegenüberliegenden Seite wird es von der Mauer abgeschlossen. In einer Ecke steht eine alte Ulme, darunter eine karge Holzbank. Die Ulme ist so fahl, daß man nicht sagen kann, ob sie noch lebt oder schon abgestorben ist.

In der Mauerecke steht eine notdürftig aus alten Ziegeln und Schrott zusammengeschusterte Hütte mit einer einfachen Pendeltür und scheibenlosen Fenstern. Einen Kamin kann ich nicht entdecken, also gibt es wohl auch keine Heizung.

»In der Hütte da drüben übernachtet dein Schatten«, sagt der Wächter. »Sie ist gar nicht so unkomfortabel, wie sie aussieht. Fließendes Wasser, Klo – alles da. Sie hat sogar einen Keller, wo der Wind nicht durchpfeifen kann. Nun ja, kein Drei-Sterne-Hotel, aber die Hütte schützt vor Regen und Wind. Willst du mal reingehen?«

»Nein, ich warte lieber draußen auf ihn«, sage ich. Die verpestete Luft in der Wachhütte hat mich ganz benommen gemacht. Ich habe Kopfschmerzen. Hier draußen ist es zwar kalt, aber ich bin wenigstens an der frischen Luft.

»Wie du willst. Dann hol ich ihn«, sagt der Wächter und verschwindet in der Hütte.

Ich schlage den Mantelkragen hoch, setze mich auf die Bank unter der Ulme und scharre mit den Absätzen auf dem Boden herum. Die Erde ist hart, hier und da ist noch ein Fleckchen vereisten Schnees zu sehen. Nur im Schatten der Mauer, wo die Sonne nicht hinkommt, hat es noch nicht getaut.

Nach einer Weile kommt der Wächter mit dem Schatten aus der Hütte. Der Wächter stampft mit seinen Spikes über den Platz, als wolle er die gefrorene Erde unter seinen Füßen zermalmen, mein Schatten schleicht ihm langsam hinterher. Er sieht keineswegs so kerngesund aus, wie der Wächter behauptet hat. Sein Gesicht ist erschreckend eingefallen und besteht praktisch nur noch aus Augen und Bart.

»Ich laß euch zwei mal ein bißchen allein«, sagt der Wächter. »Ihr habt euch sicher viel zu erzählen, und dazu sollt ihr Ruhe haben. Aber nicht zu lange! Und daß ihr mir nicht auf die Idee kommt, euch wieder zusammenzutun! Dann muß ich wieder Zeit verplempern, um euch auseinanderzureißen. Bringt sowieso nichts, außer Unannehmlichkeiten für beide Seiten. Verstanden?«

Ich tue so, als sei ich einverstanden, und nicke. Vielleicht hat er ja recht. Wir würden nur wieder auseinandergerissen, kaum daß wir zusammen wären. Und dann finge alles bloß wieder von vorne an.

Mit den Augen verfolgen wir, wie der Wächter das Tor abschließt und in seiner Hütte verschwindet: Seine Spikes fressen sich in den Boden, das Kratzen und Knirschen entfernt sich langsam, endlich fällt die schwere Holztür ins Schloß. Als er weg ist, setzt sich der Schatten neben mich und beginnt genau wie ich, mit seinen Absätzen auf dem Boden herumzuscharren. Er hat einen steifen, grobmaschigen Pullover, eine Arbeitshose und die alten Stiefel an, die ich ihm geschenkt habe.

»Na, wie geht's?« frage ich.

»Siehst du doch!« antwortet er. »Es ist viel zu kalt, und das Essen ist fürchterlich.«

»Ich hab gehört, du darfst jeden Tag raus, zur Bewegung.«

»Bewegung?« wiederholt er und sieht mich empört an. »Schöne Bewegung! Ich muß dem Wächter helfen, die Tiere zu verbrennen, nur dafür schleppt er mich jeden Tag hier raus! Kadaver aufladen, zum Apfelwäldchen fahren, Kadaver abladen, mit Öl übergießen und verbrennen. Vorher hackt er ihnen fein säuberlich den Kopf ab. Du hast doch seine tolle Kollektion gesehen, oder? Nichts als Messer und Beile. Der Kerl ist nicht ganz bei Trost, das kann man drehen und wenden, wie man will. Wenn man ihn ließe, würde er am liebsten durch die Welt rennen und alles abschneiden, was ihm zwischen die Finger kommt – schnipp-schnapp, schnipp-schnapp!«

»Er ist doch einer aus der Stadt, oder?«

»Nein, nein! Die haben den Kerl bloß angestellt. Der freut sich doch richtig, wenn er die Tiere verbrennen kann! Daran würde einer aus der Stadt nicht mal im Traum denken. Seit Wintereinbruch haben wir schon eine Unmenge Tiere verbrannt. Heute morgen waren drei tot. Die werden gleich verbrannt.«

Er scharrt wieder eine Weile mit seinen Absätzen auf dem Boden herum, ich auch. Die Erde ist hart wie Stein. Auf einem Ast über uns sitzt ein Wintervogel. Er stößt einen spitzen Schrei aus und fliegt weg.

»Die Karte hab ich gefunden«, sagt er. »Sie ist besser, als ich erwartet hatte. Auch die Erläuterungen sind gut. Kam nur ein bißchen zu spät.«

»Ich war furchtbar krank«, sage ich.

»Hab davon gehört. Aber es war trotzdem zu spät. Der Winter hatte schon eingesetzt, und ich wollte sie vorher haben. Dann wäre alles glatt gelaufen, und den Plan hätten wir auch schon fertig haben können.«

»Welchen Plan?«

»Na, wie wir hier ausbrechen natürlich! Was denn sonst, Mensch? Hast du etwa gedacht, ich hätte die Karte nur zum Spaß haben wollen?«

Ich schüttele den Kopf. »Ich habe gehofft, du könntest mir erklären, was es mit dieser seltsamen Stadt auf sich hat. Du hast schließlich fast alle meine Erinnerungen mitgenommen.«

»Das stimmt nicht ganz«, sagt der Schatten. »Sicher, ich besitze den Großteil deiner Erinnerung, aber ich kann nichts Vernünftiges damit anfangen. Dazu müßten wir erst wieder zusammenkommen. Das ist gegenwärtig unmöglich. Wenn wir das täten, würden sie uns nie mehr zueinanderlassen und der Plan käme erst gar nicht zustande. Deshalb hab ich mir erst mal alleine Gedanken gemacht. Über den Sinn dieser Stadt, meine ich.«

»Und, hast du was rausbekommen?«

»Ja, ein bißchen, aber das kann ich dir jetzt noch nicht sagen. Ich muß die Anhaltspunkte noch miteinander verbinden, für sich genommen haben sie keine Überzeugungskraft. Laß mir noch ein bißchen Zeit. Ich werd schon noch was rauskriegen, wenn ich lange genug nachdenke. Vielleicht ist es dann aber schon zu spät. Nach Einbruch des Winters ist es mit mir jedenfalls rapide bergab gegangen, und wenn das so weitergeht, kann ich nicht mal dafür garantieren, daß ich genügend Kraft haben werde, den Fluchtplan auch durchzuführen, gesetzt den Fall, wir stellen ihn überhaupt fertig. Deshalb wollte ich die Karte unbedingt vor Wintereinbruch haben.«

Ich schaue zur Ulmenkrone auf. Durch das Gitter ihrer dikken Äste sehe ich Fetzen dunkler Winterwolken.

»Aber wir kommen hier nicht raus«, sage ich. »Du hast die Karte doch selbst gesehen! Es gibt keinen Fluchtweg. Hier ist das Ende der Welt. Wir können nicht vor und nicht zurück.«

»Hier mag das Ende der Welt sein, aber es gibt trotzdem einen Ausgang. Mit Sicherheit, das weiß ich. Am Himmel steht geschrieben, daß es einen Ausweg gibt. Die Vögel können die Mauer doch überwinden, oder? Wohin fliegen sie denn? Nach draußen natürlich, in eine andere Welt. Hinter der Mauer liegt ohne Zweifel eine andere Welt, und nur deshalb ist die Stadt von einer Mauer umgeben – damit die Menschen nicht hinaus können. Wenn da nichts wäre, müßte man keine Mauer bauen. Und einen Ausgang gibt es bestimmt auch irgendwo.«

»Oder auch nicht«, sage ich.

»Ich werde diesen Ausgang finden und dann mit dir zusammen von hier fliehen. In dieser gottverdammten Stadt will ich nicht sterben!« Der Schatten verstummt und scharrt wieder auf dem Boden herum. »Ich hab's dir am Anfang schon mal gesagt, glaube ich, mit der Stadt hier stimmt etwas nicht, sie ist unnatürlich«, sagt er. »Und davon bin ich immer noch überzeugt. Unnatürlich und verkehrt ist sie. Aber das Problem ist, daß sie darin vollkommen ist. Weil alles unnatürlich und verdreht ist, ist letztendlich alles in sich stimmig. Perfekt. So ungefähr.« Er malt mit dem Absatz einen Kreis auf den Boden. »Der Kreis schließt sich. Deshalb, wenn man lange genug hier ist und hin und her überlegt, muß es einem langsam, aber sicher so vorkommen, als ob *die* recht hätten und man selbst schief läge. Eben weil bei ihnen alles so gut zusammenpaßt, so perfekt aussieht. Verstehst du, was ich meine?«

»Ja, verstehe. Genau das hab ich nämlich manchmal auch schon gedacht.«

»Aber es stimmt nicht!« sagt der Schatten und malt dabei sonderbare Figuren neben den Kreis. »*Wir* haben recht und *die* liegen schief. *Wir* sind natürlich, *die* sind unnatürlich. Daran mußt du glauben, und zwar mit aller Kraft. Wenn du das nämlich nicht tust, wirst du selbst früher oder später von der Stadt verschlungen, ohne daß du es merkst. Und dann ist alles zu spät.«

»Aber richtig und falsch – das ist doch immer relativ! Und meine Erinnerungen, das wichtigste Kriterium, um beides gegeneinander abwägen zu können, sind mir genommen worden.«

Der Schatten nickt. »Ich verstehe ja, daß du verwirrt bist. Aber überleg mal: Glaubst du, daß es ein Perpetuum mobile geben kann?«

»Nein. Das ist prinzipiell unmöglich.«

»Eben. Und genauso verhält es sich mit der Stadt: Eine vollendete, perfekte Welt ist prinzipiell und überall so unmöglich wie ein Perpetuum mobile. Aber diese Welt hier ist perfekt. Folglich muß es irgendwo einen Haken geben. Genau wie bei den Maschinen, die sich scheinbar von selbst ständig weiterbewegen, die aber trotzdem irgendeine versteckte äußere Kraft nutzen, die dem bloßen Auge verborgen bleibt.«

»Und die hast du entdeckt?«

»Nein, noch nicht. Aber, wie ich eben schon sagte, ich habe eine These, die ich noch untermauern muß. Und dazu brauche ich noch etwas Zeit.«

»Ich könnte dir vielleicht dabei helfen, wenn du mir deine These verrätst, was meinst du?«

Der Schatten zieht die Hände aus den Hosentaschen, haucht sie an und reibt sie zwischen den Knien. »Nein. Für dich wird das unmöglich sein. Ich bin nur körperlich angeschlagen, aber bei dir ist die Seele verletzt. Die wieder zu heilen ist deine vordringliche Aufgabe. Sonst sind wir beide verloren, bevor wir noch fliehen können. Überlaß das Denken nur mir und kümmere dich erst mal um dich selbst. Das ist jetzt das Wichtigste.«

Ich blicke auf den Kreis am Boden und sage: »Du hast schon recht, ich bin verwirrt. Ich weiß nicht mehr weiter, weiß nicht einmal, was ich früher für ein Mensch gewesen bin. Wieviel Kraft kann denn eine Seele schon aufbringen, die ihre Identität verloren hat? Noch dazu in einer Stadt, die diese immense Macht besitzt und so starke Maßregeln setzt! Seit der Winter da ist, weiß ich über meine Seele immer weniger und hab kaum noch Selbstbewußtsein.«

»Das stimmt nicht«, sagt der Schatten. »Du hast deine Identität nicht verloren. Deine Erinnerung ist auf geschickte Weise verschüttet worden, nur deshalb bist du verwirrt. Du mußt an deine innere Kraft glauben. Sonst reißt dich diese äußere Macht mit fort, und du bist verloren!«

»Ich werde tun, was ich kann«, sage ich.

Der Schatten nickt, sieht eine Weile zum bewölkten Himmel auf, schließt aber bald die Augen und versinkt in Gedanken.

»Wenn ich unsicher bin, sehe ich mir immer die Vögel an«, sagt er. »Dann spüre ich ganz deutlich, daß ich recht habe. Den Vögeln ist diese ganze perfekte Stadt schnurzpiepegal. Sie kümmern sich weder um Mauer, Tor oder Horn. Nimm dir ein Beispiel an ihnen, wenn du mal wieder nicht weiter weißt!«

In dem Moment ruft mich der Wächter. Er steht am Tor des Käfigs und bedeutet mir, die Besuchszeit sei vorüber.

»Komm mich jetzt eine Zeitlang nicht besuchen«, flüstert der Schatten mir zum Abschied ins Ohr. »Wenn ich dich brauchen sollte, werd ich es schon so drehen, daß wir uns sehen. Der Wächter ist mißtrauisch. Wenn wir zu häufig zusammenhängen, kommt er bestimmt darauf, daß da was läuft, wird vorsichtig, und damit wären mir die Hände gebunden. Noch eins: Falls er fragen sollte, wie's gelaufen ist, tust du so, als hättest du dich mit mir nicht mehr so recht verstanden, klar?«

»Geht in Ordnung«, sage ich.

»Na, wie war's?« fragt der Wächter, als ich in die Hütte zurückkomme. »War doch bestimmt nett, seinen Schatten nach so langer Zeit mal wiederzusehen, oder?«

»Ich weiß nicht recht«, sage ich und schüttele zweifelnd den Kopf.

»Tja, so ist das nun mal«, sagt der Wächter zufrieden.

## Die Mahlzeit, Die Elefantenfabrik, Die Falle

Verglichen mit der Spiraltreppe war der Aufstieg per Seil geradezu bequem. Alle dreißig Zentimeter kam ein gut geknüpfter Knoten, und auch das Seil selbst lag gut in der Hand. Ich packte es mit beiden Händen, schaukelte ein wenig hin und her und zog mich, den Schwung ausnutzend, Stück für Stück nach oben. Ich kam mir vor wie im Zirkus. Freilich versieht man dort die Seile nicht mit Knoten. Das Publikum nähme die Nummer sonst nicht ernst.

Ab und zu schaute ich nach oben, konnte aber die Entfernung nicht abschätzen, da mich das direkt nach unten gerichtete Licht blendete. Das Mädchen behielt mich die ganze Zeit im Auge; wahrscheinlich machte es sich Sorgen. In der Bauchwunde pulsierte wieder dumpfer Schmerz. Außerdem hatte ich immer noch Kopfschmerzen von dem Sturz. Nicht so starke, daß sie den Aufstieg unmöglich gemacht hätten, aber doch Schmerzen.

Mit jedem erstiegenen Knoten tauchte mich die Lampe des Mädchens in helleres Licht. Das war gut gemeint, kam mir aber ganz und gar ungelegen. Ich hatte mich darauf eingestellt, im Dunkeln hochzuklettern, und verlor nun im Licht meinen Rhythmus, glitt sogar mehrfach mit den Füßen ab. Es war einfach nicht möglich, die korrekte räumliche Distanz zwischen Hell und Dunkel festzustellen. Die hellen Stellen wirkten überaus konvex, die dunklen überaus konkav. Und das Licht blendete. Der Körper stellt sich wirklich schnell um. Daß die Schwärzlinge sich der unterirdischen Dunkelheit angepaßt hatten, in der sie seit ewigen Zeiten lebten, war kein Wunder.

Nach sechzig oder siebzig Knoten kam ich an einer Art Gipfel an. Wie ein Schwimmer, der aus dem Becken klettert, stützte ich die Hände an der Felskante auf und zog mich hoch. Dazu brauchte ich einige Zeit, denn ich hatte kaum noch Kraft in den Armen. Als wäre ich ein oder zwei Kilometer gekrault. Die Kleine half nach, indem sie mich am Gürtel zog.

»Das war knapp«, sagte sie. »Ein paar Minuten später, und es hätte uns erwischt.«

»Großartig«, sagte ich, streckte mich auf dem flachen Felsen der Länge nach hin und atmete tief durch. »Wie hoch ist das Wasser denn gestiegen?«

Sie legte die Lampe auf den Boden und holte das Seil ein. Beim dreißigsten Knoten drückte sie es mir in die Hand. Es war durchnäßt. Das Wasser stand ziemlich hoch. Hätten wir das Seil ein paar Minuten später erreicht, wäre es in der Tat knapp geworden.

»Hast du inzwischen deinen Großvater entdeckt?« fragte ich.

»Natürlich«, sagte sie. »Er ist hinten im Altar. Er hat sich allerdings den Fuß verstaucht. Er ist unterwegs in ein Loch getreten und hängengeblieben.«

»Und hat sich dann mit dem verstauchten Fuß bis hierher geschleppt?«

»In unserer Familie sind alle sehr robust.«

»Sieht so aus«, sagte ich. Ich hatte gedacht, *ich* wäre robust, aber denen konnte ich nicht das Wasser reichen.

»Gehn wir. Großvater wartet. Er hat dir allerhand zu erzählen, sagt er.«

»Ich ihm auch.«

Ich schulterte wieder meinen Rucksack und ließ mich von dem Mädchen zum Altar führen, der allerdings nichts weiter als eine Höhle in der Felswand war. Sie war geräumig wie ein großes Zimmer. In einer Nische stand eine Gaslampe, die schummeriges gelbes Licht verbreitete. Die Unebenheiten im Felsen warfen unzählige bizarre Schatten. Der Professor saß neben der Lampe, in eine Decke gehüllt. Sein Gesicht lag halb im Schatten. Es sah so aus, als lägen die Augen tief in den Höhlen, doch in Wirklichkeit war der Mann quicklebendig und munter.

»Na, das scheint ja wirklich knapp gewesen zu sein«, sagte er heiter. »Daß das Wasser kommen würde, wußte ich, hatte aber damit gerechnet, euch früher hier zu sehen, und mir deshalb keine großen Sorgen gemacht.«

»Ich hab mich in der Stadt verlaufen, Großvater«, sagte das dicke Mädchen. »So haben wir fast einen ganzen Tag verloren.«

»Macht nichts, macht nichts«, sagte der Professor. »Ob früh oder spät, das macht jetzt keinen Unterschied mehr.«

»Was macht keinen Unterschied mehr?« fragte ich.

»Die komplizierten Dinge besprechen wir später, ja? Setzen Sie sich erst mal. Zunächst müssen nämlich die Blutegel runter. Das gibt sonst Narben.«

Ich ließ mich in der Nähe des Professors nieder. Das Mädchen setzte sich neben mich, holte Streichhölzer aus der Tasche und flämmte die Egel, die mir am Hals klebten, ab. Die Viecher hatten sich vollgesogen, sie waren fett wie Flaschenkorken. In der Streichholzhitze zischten sie richtig. Sie fielen zu Boden und wanden und krümmten sich dort, bis das Mädchen sie mit seinen Joggingschuhen zertrat. Meine Haut spannte wie nach einer Brandverletzung. Ich hatte das Gefühl, sie würde aufplatzen wie eine überreife Tomate, wenn ich zu heftig den Kopf bewegte. Noch eine Woche in diesem Stil, und man könnte mit Bildern von meinen Wunden ein ganzes medizinisches Lehrbuch illustrieren. Oder ein schönes Farbposter komponieren, jede Wunde ein kleines Foto, wie bei den Fußpilzplakaten, die in den Apotheken hängen. Ein aufgeschlitzter Bauch, eine Beule am Kopf, Blutegelstriemen – und ein kleines Beispiel für Erektionsinsuffizienz. Das wäre das Fürchterlichste.

»Habt ihr etwas zu essen dabei?« sagte der Professor. »Ich mußte überstürzt aufbrechen und konnte nicht genug einpakken, seit gestern hab ich nur Schokolade gegessen.«

Ich machte meinen Rucksack auf, holte Dosen, Brot und die Feldflasche mit Wasser heraus und reichte ihm alles, zusammen mit einem Dosenöffner.

Zuerst trank er genüßlich etwas Wasser, dann studierte er nacheinander die Büchsen, als suche er sich aus einer Reihe

Weinflaschen den besten Jahrgang aus. Schließlich machte er die Pfirsiche und eine Dose Corned Beef auf.

»Möchtet ihr auch etwas?« fragte der Professor. Wir lehnten dankend ab. Unter den gegebenen Umständen und zu dieser Zeit wollte sich bei uns kein rechter Appetit einstellen.

Der Professor brach sich Brot ab, legte ein ordentliches Stück Corned Beef darauf und kaute genüßlich. Dann verzehrte er ein paar Pfirsiche, setzte anschließend die Dose an und schlürfte den Saft. Unterdessen packte ich den Flachmann aus und genehmigte mir zwei, drei Schluck. Gleich ging es mir, was meine diversen Schmerzen betraf, etwas besser. Nicht, daß sie nachgelassen hätten, doch der Alkohol betäubte die Nerven so weit, daß die Schmerzen mir quasi wie autonome Existenzen vorkamen, die mit mir direkt nichts zu tun hatten.

»Ah, das kam zur rechten Zeit!« sagte der Professor zu mir. »Normalerweise habe ich hier immer einen Notvorrat liegen, der für ein paar Tage reicht, aber diesmal hatte ich vergessen, wieder aufzufüllen. Wirklich unverzeihlich! Wenn die Tage ruhig dahinplätschern, läßt man in seiner Vorsicht nach. Das wird mir eine Lehre sein. Spare in der Zeit, dann hast du in der Not. Die Sprichwörter unserer Vorfahren sind wirklich nicht dumm!« Der Professor ließ ein Weilchen sein dröhnendes Lachen hören.

»Jetzt haben Sie gegessen, gut«, sagte ich. »Kommen wir zur Sache. Erzählen Sie bitte von Anfang an, der Reihe nach. Was hatten Sie vor? Was haben Sie schließlich getan? Welche Folgen ergaben sich daraus? Welche Rolle kommt mir dabei zu? Erzählen Sie bitte alles.«

»Das wird aber ziemlich fachspezifisch«, meinte der Professor zweifelnd.

»Erklären Sie es in einfachen Worten. Ich will nur den groben Hergang wissen und was konkret zu tun ist.«

»Wenn ich rückhaltlos alles erzähle, werden Sie wahrscheinlich wütend auf mich werden ...«

»Ich werde nicht wütend«, sagte ich. »Was sollte Wut jetzt schon noch nützen?«

»Zunächst muß ich mich bei Ihnen entschuldigen«, sagte der Professor. »Ich habe Sie getäuscht und benutzt, wenn auch aus wissenschaftlichen Gründen, und damit in diese Klemme gebracht. Das war nicht richtig. Das ist kein Lippenbekenntnis, es tut mir wirklich von Herzen leid. Nur sind meine Studien – das müssen Sie verstehen – von unvergleichlicher Bedeutung und von unvergleichlichem Wert. Wissenschaftler, die auf eine Ader der Erkenntnis stoßen, neigen dazu, alles andere aus den Augen zu verlieren. Aber gerade deshalb kommt die Wissenschaft immer wieder voran, ohne Brüche. Überspitzt formuliert, speist sie sich aus dieser motivischen Lauterkeit ... äh, haben Sie Platon gelesen?«

»So gut wie nicht«, sagte ich. »Aber kommen Sie doch bitte zur Sache. Die motivische Lauterkeit wissenschaftlicher Forschung habe ich begriffen.«

»Verzeihen Sie. Ich wollte nur sagen, daß diese Lauterkeit mitunter vielen Menschen zum Schaden gereichen kann. Auf dieselbe Weise, wie Naturereignisse dem Menschen zum Schaden gereichen können. Vulkane, die ganze Städte unter ihren Lavamassen begraben, Überschwemmungen, die Menschen mit fortreißen, Erdbeben, die Verwüstungen anrichten – doch darf man daraus folgern, daß solche Naturereignisse an sich böse ...«

»Großvater!« warf das dicke Mädchen ein. »Haben wir wirklich Zeit für so weitschweifige Erklärungen?«

»Du hast recht, mein Kind, du hast recht«, sagte der Professor und tätschelte die Hand seiner Enkelin. »Äh, womit fange ich an? Die Dinge linear und eingleisig zu begreifen, liegt mir nicht, was soll ich denn wie erklären?«

»Sie haben mir Zahlenmaterial zum Shuffeln gegeben, nicht wahr? Was hatte es damit auf sich?«

»Um das zu erklären, muß ich drei Jahre zurückgreifen.«

»Bitte, greifen Sie zurück!«

»Ich arbeitete damals im Forschungslabor des *Systems*. Allerdings nicht als regulärer wissenschaftlicher Mitarbeiter, sondern sozusagen als Leiter eines privaten Stabes. Ich hatte vier, fünf Leute unter mir, ein bestens bestücktes Institut und ein unbeschränktes Budget. Das Budget war mir egal, und abhängig zu arbeiten ist mir eigentlich zuwider, doch das *System* bot reiches Experimentiermaterial, das anderweitig kaum zu bekommen gewesen wäre. Die Ergebnisse meiner Studien in der Praxis testen zu können, war eine Verlockung, der ich nicht widerstehen konnte.

Das *System* befand sich damals in einer ziemlichen Krise. Die zum Schutz der Daten ersonnenen Scrambling-Systeme hatten die Semioten praktisch samt und sonders geknackt. Wenn das *System* seine Verfahren komplizierte, zogen die Semioten in einer Spirale ohne Ende mit noch komplizierteren Entschlüsselungstechniken nach. Eine Art Zaunziehwettbewerb: Einer zieht einen Zaun um sein Haus, der Nachbar errichtet einen höheren. Irgendwann werden die Zäune so hoch, daß sie gar keinen praktischen Sinn mehr haben. Was aber keineswegs dazu führt, daß einer nachgäbe. Wer nachgibt, verliert. Wer verliert, verliert seine Existenzberechtigung. Da entschloß sich das *System*, ein Scrambling-Verfahren zu entwickeln, das auf ganz anderen Prinzipien beruhte, ein schlichtes, aber entschlüsselungssicheres Verfahren. Und berief mich an die Spitze der Forschercrew.

Sie hatten genau die richtige Wahl getroffen. Auf dem Gebiet der Neurophysiologie war ich damals – und natürlich bin ich das auch heute noch – der fähigste und der ambitionierteste Wissenschaftler. Zwar wurde ich von der Wissenschaftsgemeinde ignoriert, weil ich weder Aufsätze publizierte noch auf Tagungen Vorträge hielt – solchen Tinnef ersparte ich mir –, aber an mein Wissen über das menschliche Gehirn reichte niemand heran. Das *System* wußte das. Und genau deshalb berief man mich. Man wollte eine völlige Neustrukturierung. Keine Verkomplizierung bestehender Verfahren, kein zusätzliches Raffinement, sondern eine drastische, bis in die Wurzeln gehende Umstrukturierung, etwas ganz Neues. Wissenschaftler, die sich von morgens bis abends in den Studierzimmern ihrer Universitäten mit alberner Aufsatzschreiberei abmühen oder ihre Gehälter nachrechnen, können so etwas von vornherein nicht leisten. Ein wirklich schöpferischer Wissenschaftler muß unabhängig sein.«

»Aber mit dem Eintritt ins *System* haben Sie diese Unabhängigkeit doch aufgegeben, nicht wahr?« fragte ich.

»So ist es, so ist es«, sagte der Professor. »Sie haben völlig recht. Auch das war nicht richtig. Ich bereue es nicht, aber es war nicht richtig. Ich wollte nur unbedingt – das soll keine Rechtfertigung sein, verstehen Sie mich nicht falsch – die Theorie, die ich hatte, in die Praxis umsetzen. In meinem Kopf lag sie fix und fertig vor, aber ich hatte keine Möglichkeit, sie in der Praxis zu überprüfen. Das ist ein Schwachpunkt der Gehirnphysiologie des Menschen, man kann nicht einfach wie andere Physiologien mit Tieren experimentieren. Affenhirne verfügen hinsichtlich tiefenpsychologischer oder mnemotechnischer Fragestellungen über eine nur ungenügend komplexe Struktur.«

»Also haben Sie *uns* als Versuchskaninchen benutzt«, sagte ich.

»Immer langsam, so schnell schießen wir nicht. Zuerst will ich in schlichten Worten meine Theorie erläutern. Hinsichtlich Kodes gibt es eine Standardauffassung, die da lautet: Kodes, die nicht zu knacken sind, gibt es nicht. Diese Auffassung ist richtig. Sie ist deshalb richtig, weil ein Kode immer auf einem bestimmten Prinzip aufbaut. Und ein Prinzip, wie komplex und raffiniert es auch sein mag, ist eine Art psychische Instanz, die letztendlich viele Menschen teilen und begreifen können. Wer das Prinzip begreift, kann daher den Kode entschlüsseln. Das verläßlichste Kodierverfahren ist das Buch-Buch-System – das heißt ein System, bei dem zum Kodieren und zum Entschlüsseln bestimmte Wörter bestimmter Seiten und Zeilen ein und desselben Buches benutzt werden, das beide Seiten besitzen. Doch dieser Kode hält nur, solange man nicht weiß, um welches Buch es sich handelt. Die Benutzer müssen es immer in ihrer Nähe haben. Das ist sehr riskant.

Hier setzten meine Überlegungen ein. Es gibt nur einen Weg, einen hundertprozentig sicheren Kode zu schaffen: Man muß auf der Basis eines Systems verzerren, das niemand begreift. Die Verzerrung der Daten muß, mit anderen Worten, in einer perfekten Black Box erfolgen, und die Entzerrung ebenso. Inhalt und Prinzip der Black Box dürfen selbst dem Verschlüsselnden nicht bekannt sein. Der Kodierer – und Dekodierer – kann die Box benutzen, obwohl er nicht weiß, was sie ist. Und da es der Betreffende selbst nicht weiß, können die Daten auch mit Gewalt nicht entwendet werden. Perfekt, nicht wahr?«

»Diese Black Box ist das Unterbewußtsein, ja?«

»Ganz recht. Lassen Sie mich weiter erklären. Jeder Mensch handelt aufgrund ureigener, spezifischer Prinzipien. Zwei identische Menschen existieren nicht. Es geht, kurz, um das Problem der Identität. Was ist Identität? Identität ist aufgrund angehäufter Erfahrungswerte entstandene Individualität der Denkstruktur. Einfacher ausgedrückt: die Seele, das Herz eines Menschen. Jeder Mensch hat ein anderes, zwei gleiche gibt es nicht. Doch der Mensch begreift seine eigene Psychostruktur so gut wie gar nicht. Das ist bei mir so und bei Ihnen nicht anders. Was wir begreifen oder zu begreifen meinen, sind allenfalls fünf bis sieben Prozent dieser Struktur. Das ist nicht einmal die berühmte Spitze des Eisbergs. Versuchen wir es mal mit einer einfachen Frage: Sind Sie mutig oder feige?«

»Ich weiß nicht«, antwortete ich ehrlich. »Manchmal mutig, manchmal feige. Absolut läßt sich das nicht sagen.«

»Genau so verhält es sich mit der Psychostruktur. Nichts ist absolut. Je nach Situation und Anforderung wählen Sie automatisch und beinahe augenblicklich irgendeinen Punkt zwischen den Extremen Feigheit und Mut. So genau und präzise ist Ihr internes Programm. Doch über den Inhalt und die Struktur dieses Programms wissen Sie so gut wie nichts. Das brauchen Sie auch gar nicht. Sie funktionieren als Sie selbst auch ohne dieses Wissen. Genau das meine ich mit Black Box. In unserem Hirn befindet sich sozusagen ein gigantischer Elefantenfriedhof, den noch nie eines Menschen Fuß betreten hat, der Menschheit – abgesehen vom All – letzte Terra incognita.

Nein, Elefantenfriedhof ist nicht der richtige Ausdruck. Denn dort lagert ja nicht tote Psyche. Genauer müßte man von Elefanten*fabrik* sprechen. Dort werden Myriaden von Erinnerungs- und Erkenntnischips sortiert und zu komplexen Strängen verbunden, die ihrerseits komplexe Bündel bilden, aus denen ein System entsteht. Das ist in der Tat eine *Fabrik*. Eine Fabrik, die produziert. Chef der Fabrik sind Sie, doch besichtigen können Sie sie leider nicht. Zum Eintauchen bedarf es, wie in *Alice im Wunderland*, einer besonderen Medizin. Lewis Carroll hat da wirklich ein Meisterstück geliefert.«

»Unser Verhalten wird demnach bestimmt von den Instruktionen, die von dieser Elefantenfabrik ausgehen, ja?«

»Ganz recht«, sagte der Alte. »Das heißt ...«

»Einen Augenblick!« unterbrach ich ihn. »Ich habe eine Frage.«

»Bitte, bitte.«

»Im wesentlichen ist mir das klar. Doch Verhalten kann nicht wirklich bis hin zu an der Oberfläche vollzogenen Handlungen determiniert werden. Ob ich morgens zum Brot Milch trinke, Kaffee oder Tee, hängt das nicht bloß von meiner Laune ab?«

»In der Tat«, sagte der Professor und nickte. »Das Unterbewußtsein unterliegt ständigem Wandel, das ist ein weiteres Problem. Es ist, um eine Metapher zu gebrauchen, eine Enzyklopädie, von der täglich eine revidierte Auflage erscheint. Das sind die beiden Probleme, die es zu überwinden gilt, wenn man die Psychostruktur des Menschen stabilisieren will.«

»Probleme?« sagte ich. »Probleme sind das? Ist es nicht eher ganz normales menschliches Verhalten?«

»Langsam, langsam«, sagte der Professor besänftigend. »So kommen wir in theologisches Fahrwasser. Determinismus, Fatalismus. Ist alles Handeln des Menschen von Gott vorherbestimmt, oder entscheidet der Mensch alle seine Handlungen nach freiem Willen? Die Wissenschaft betont seit der Moderne die physiologische Spontaneität des Menschen. Auf die Frage, was freier Wille denn eigentlich sei, gibt allerdings niemand eine befriedigende Antwort. Warum? Weil niemand das Geheimnis der Elefantenfabrik in uns begreift. Freud und Jung haben diverse Theorien veröffentlicht, aber das sind letztlich nichts als terminologische Prägungen, die lediglich erlauben, über dieses Phänomen sprechen zu können. Das ist einfacher geworden, gewiß, doch wird dadurch eine Bestimmung der menschlichen Spontaneität geliefert? Keineswegs. Aus meiner Sicht hat man die Psychologie lediglich scholastisch eingefärbt.«

Hier gab der Professor wieder sein dröhnendes Lachen zum besten. Das Mädchen und ich warteten geduldig, bis er fertig war.

»Ich bin im Grunde Pragmatiker«, fuhr der Professor fort. »Gott, was Gottes, und dem Kaiser, was des Kaisers ist, um ein altes Wort zu gebrauchen. Die Metaphysik ist praktisch semiotischer Small talk. Davon kann man sich betören lassen, wenn man die in fest abgesteckten Bereichen wartenden Berge von Arbeit erledigt hat. Zum Beispiel unser Black-Box-Problem. Es genügt, die Box Box sein zu lassen, sie sich nur als Box zunutze zu machen. Zu lösen sind dabei allerdings«, sagte der Professor und hob seinen Zeigefinger, »die beiden Probleme, die ich eben erwähnte. Das eine ist der Zufallscharakter von Oberflächenhandlungen, das andere die sich mit jeder neuen Erfahrung vollziehende Veränderung der Black Box. Das sind keine Kleinigkeiten. Es handelt sich nämlich, wie Sie eben richtig sagten, um für den Menschen ganz alltägliches Handeln. Der Mensch macht sein Leben lang Erfahrungen, jede Minute, jede Sekunde häufen sie sich an. Wenn man das unterbinden wollte, könnte man ebensogut sein Todesurteil unterzeichnen.

Was wäre aber, lautete meine Überlegung, wenn man die Black Box eines Menschen zu einem gegebenen Zeitpunkt fixierte? Beliebigen Veränderungen danach stünde nichts entgegen. Die zu dem bewußten Zeitpunkt gegebene Black Box aber wäre stabil und könnte jederzeit in ihrer fixierten Form aufgerufen werden. Ein Art *time freezing*.«

»Moment, bitte!« sagte ich. »Das wäre also die Implantation einer zweiten Psychostruktur, nicht wahr?«

»Ganz recht, ganz recht«, sagte der Alte. »Sie haben völlig recht. Sie begreifen schnell, ich habe es nicht anders erwartet.

Sie haben ganz recht. Permanent besteht die Struktur A. Auf einer anderen Ebene verwandelt sie sich ununterbrochen, A', A", A"' ... In die rechte Hosentasche steckt man eine Uhr, die nicht mehr geht, in die linke eine, die funktioniert. So in etwa. Welche man wann befragt, erfolgt nach Belieben. Damit wäre das eine Problem vom Tisch.

Das zweite läßt sich nach demselben Prinzip lösen. Man schaltet nur auf der Oberflächenebene der ursprünglichen Psychostruktur A die Fakultativität aus. Verstehen Sie?«

Ich verneinte.

»Man trägt die Oberfläche ab, so wie der Zahnarzt Schmelz entfernt. Nur die zentralen Faktoren, nur das, was man braucht, den Kern des Bewußtseins also, läßt man bestehen. Fehler können dann nicht mehr auftreten. Die oberflächenbefreite Psychostruktur friert man ein und wirft sie in den Brunnen. Plumps, fertig. Das ist die Rohform des Shuffling-Verfahrens. Soweit meine Theorie, wie sie bestand, als ich ins *System* eintrat.«

»Man muß also am Gehirn operieren.«

»Das ist unumgänglich«, sagte der Professor. »In Zukunft wird sich dieser Eingriff wohl irgendwann vermeiden lassen. Wahrscheinlich wird man durch eine externe Operation, eine Art Hypnose, den gewünschten Zustand herbeiführen können. Beim heutigen Stand ist das aber noch unmöglich. Das Gehirn muß elektrisch stimuliert werden. Die gegebenen Schaltwege müssen, mit anderen Worten, künstlich verändert werden. Das ist gar nichts Ungewöhnliches. Es entspricht in etwa der Standardprozedur, wie sie heute bei psychisch bedingter Epilepsie Anwendung findet. Dabei werden die zerebralen Distorsionsströme eliminiert und, äh, soll ich die fachlichen Details nicht lieber weglassen?«

»Ich bitte darum«, sagte ich. »Die Hauptpunkte genügen.«

»Kurzum, man errichtet Schaltstellen für die Gehirnströme. Weichen sozusagen. Dort werden Elektroden und Miniaturbatterien implantiert. Auf ein bestimmtes Signal hin werden die Weichen umgestellt.«

»Das heißt, ich habe jetzt solche Batterien und Elektroden im Gehirn?«

»Selbstverständlich.«

»Na großartig!« sagte ich.

»Das ist nichts so Besonderes und Schlimmes, wie Sie sich vorstellen. Die Dinger sind nicht einmal erbsengroß, irgendwelche Implantate dieser Größenordnung tragen viele Menschen auf der Welt mit sich herum. Es gibt aber noch einen Punkt, den ich erwähnen muß. Der Schaltkreis der ursprünglichen Psychostruktur, also jener der stehengebliebenen Uhr, ist blind. Wenn Sie sich dort einklinken, können Sie kognitiv nicht das geringste ausrichten. Sie wissen dann, mit anderen Worten, weder, was Sie denken, noch, was Sie tun. Das mußte so angelegt werden, weil andernfalls die Gefahr bestanden hätte, daß Sie diese Struktur selbst verändern.«

»Gab es außerdem nicht Probleme durch Abstrahlen, durch Gleißen des von seiner Oberfläche befreiten Psychokerns? Einer Ihrer Mitarbeiter sprach nach meiner Operation davon. Das Gleißen könne unter Umständen das Hirn in Mitleidenschaft ziehen.«

»Das stimmt. Diesbezüglich waren die Ansichten aber durchaus geteilt. Man konnte nur Vermutungen anstellen. Man hatte so etwas noch nie versucht, man konnte nur spekulieren.

Sie sprachen eben von menschlichen Versuchskaninchen – wir haben, um die Wahrheit zu sagen, tatsächlich einige Experimente an Menschen durchgeführt. Wir konnten nicht von Anfang an euch Kalkulatoren heranziehen, dazu wart ihr zu wertvoll. Das *System* hat zehn Leute ausgesucht; die haben wir operiert und anschließend beobachtet.«

»Was waren das für Leute?«

»Das hat man uns nicht gesagt. Jedenfalls waren es gesunde junge Männer. Sie durften nicht psychisch krank gewesen sein und mußten einen IQ von 120 oder darüber haben, das war Bedingung. Was sie waren und woher sie kamen, wußten wir nicht. Das Ergebnis konnte sich sehen lassen. Bei sieben der zehn Probanden arbeitete die Weiche reibungslos. Bei dreien gab es Probleme, entweder, weil die Psychostruktur sich auf nur ein System beschränkte oder weil Mischdenken auftrat. Aber sieben waren okay.«

»Was passierte mit den Mischdenkern?«

»Wir haben den Urzustand wiederhergestellt. Niemand wurde geschädigt. Bei den verbliebenen sieben traten dann allerdings während des anschließenden Trainings einige Probleme auf. Zum einen technische, zum anderen Probleme auf seiten der Probanden. Eins war der Kode zum Aufrufen der Weiche, es gab Fehlleitungen. Zuerst hatten wir als Kode beliebige fünfstellige Zahlenkombinationen ausgegeben; bei ein paar Probanden kam es jedoch zu Weichenumstellungen, wenn sie reinen Traubensaft rochen. Warum, weiß ich nicht. Das zeigte sich, als wir zum Mittagessen einmal Traubensaft ausgegeben hatten.«

Das dicke Mädchen neben mir kicherte, aber ich fand das gar nicht zum Lachen. Nach meiner Behandlung und Shuffling-Ausbildung hatten mich alle möglichen Gerüche beunruhigt. Beispielsweise das nach Melonen duftende Eau de Parfum des Mädchens, bei dem ich im Kopf Töne zu hören glaube. Wenn sich bei diesem oder jenem Geruch die Psychostruktur umschaltete, wäre das eine Katastrophe!

»Wir haben das gelöst, indem wir die Zahlen mit besonderen Schallwellen polsterten. Die Reaktion auf gewisse Gerüche ähnelte jener, die die Kodes erzeugten. Ein weiteres Problem war, daß bei manchen Probanden die ursprüngliche Struktur nicht mehr richtig arbeitete. Wir haben das eingehend untersucht und kamen zu dem Schluß, daß in diesen Fällen der Psychokern der Probanden von vornherein qualitativ zu dünn und instabil gewesen war. Die Männer waren gesund und intelligent, doch ihre psychische Identität war nicht ausgebildet, sie hatten keine Persönlichkeit. Umgekehrt kam auch mangelnde Selbstbeherrschung vor. Die psychische Identität war da, doch nicht so weit strukturiert, daß man sie hätte einsetzen können. Es ergab sich, mit einem Wort, daß man nicht einfach irgendwen operieren und ihm das Shuffeln beibringen kann, sondern daß eine gewisse Eignung vorliegen muß.

Am Ende blieben drei Kandidaten übrig. Bei diesen drei schaltete die Weiche auf das Kodesignal hin um, und die eingefrorene ursprüngliche Psychostruktur arbeitete stabil, sie ließ sich effektiv nutzen. Nach einem Monat weiterer Experimente bekamen wir dann grünes Licht.«

»Kandidaten fürs Shuffeln zu suchen?«

»Ganz recht. Wir testeten und führten persönliche Gespräche mit beinahe fünfhundert Kalkulatoren, um schließlich sechsundzwanzig psychisch stabile männliche Persönlichkeiten auszuwählen, die zudem ihre Handlungen und Gefühle kontrollieren konnten, die körperlich gesund und noch nie in psychologischer Behandlung gewesen waren. Der Auswahlprozeß war ungeheuer aufwendig und kostete viel Zeit. Schließlich gab es Punkte, die allein durch schriftliche Tests und Gespräche nicht zu klären waren. Anschließend legte das *System* für jeden dieser sechsundzwanzig eine detaillierte Personalakte an, in der alles verzeichnet wurde, was zur Person gehört, Herkunft, schulische Leistungen, Familie, Geschlechtsleben, Eß- und Trinkgewohnheiten, schlichtweg alles. Man legte euch bloß wie die Säuglinge. Sie kenne ich deshalb so gut wie mich selbst.«

»Eins verstehe ich nicht«, sagte ich. »Soweit ich gehört habe, werden unsere Psychokerne, die Black Boxes also, in der Bibliothek des *Systems* aufbewahrt. Wie ist das möglich?«

»Wir sind euren Denkstrukturen bis in die feinsten Verästelungen gefolgt, haben sie simuliert und als zentrale Datenbank konserviert. Sonst wären uns ja, falls euch etwas zustoßen sollte, die Hände gebunden. Eine Art Versicherung.«

»Ist die Simulation perfekt?«

»Nein, ganz natürlich nicht, aber das saubere Abtragen der Oberflächenschicht machte vieles leichter, so daß die Simulation funktionell ziemlich nah an die Perfektionsgrenze heranreichte. Im einzelnen setzt sich das simulierte Modell aus drei zweidimensionalen Koordinatensystemen und einer Holographie zusammen. Mit herkömmlichen Computern ist da natürlich nichts zu machen, aber die jetzige Computergeneration verfügt ja selbst über elefantenfabrikähnliche Elemente und kommt insofern mit solch komplexen mentalen Strukturen zurecht. Es ist, mit anderen Worten, ein Fixationsproblem, doch das zu erklären würde zu lange dauern. Ganz grob und mit einfachen Worten werden die mentalen Prozesse folgendermaßen verfolgt: Zunächst werden wiederholt Patterns der von Ihnen emanierten Gehirnströme in den Computer eingegeben. Diese Patterns weisen jeweils subtile Unterschiede auf, da Sie ja ständig Chips in den Strängen auswechseln und Stränge in den Bündeln. Manche dieser Auswechslungen sind von meßbarer Signifikanz, andere nicht. Diese Unterscheidung trifft der Computer. Die nicht signifikanten scheidet er aus, die signifikanten schreibt er als Basispattern fest. Diesen Vorgang wiederholt er wieder und wieder, jeweils in Millionen von Einheiten. So wie Plastikfolie Schicht um Schicht wächst. Sobald kein Zuwachs mehr festzustellen ist, schreibt der Computer das gewonnene Pattern als Black Box fest.«

»Eine Reproduktion des Gehirns?«

»Nein, das Gehirn läßt sich nicht reproduzieren. Ich habe lediglich Ihre Psychostruktur auf phänomenologischer Ebene fixiert. Und zwar die Struktur eines gegebenen Zeitpunktes. Hinsichtlich der Flexibilität, die das Gehirn gegenüber Zeitlichkeit aufweist, können wir nur resignieren. Ich bin allerdings noch einen Schritt weitergegangen: Mir ist es gelungen, diese Black Box zu visualisieren.« Der Professor sah mich und seine dicke Enkelin erwartungsvoll an. »Die Visualisierung des Psychokerns! Völliges Neuland! Das hatte noch niemand unternommen – weil es unmöglich war. Ich habe es möglich gemacht. Und wie habe ich das gemacht, was meinen Sie?«

»Ich habe keine Ahnung.«

»Ich habe Probanden Gegenstände gezeigt, die bei der visuellen Erfassung als Reaktion freigesetzten Gehirnströme analysiert, in Zahlenwerte transformiert und diese dann in Dots. Zuerst ergaben sich nur grobe Skizzen, doch bei stetiger Kompensation und Verfeinerung zeigte sich schließlich auf dem Computermonitor ein Bild der Dinge, wie es der Proband tatsächlich sah. In Worten läßt sich gar nicht beschreiben, wie unerhört mühsam und zeitaufwendig diese Prozedur war. Grob ging der Vorgang jedoch wie beschrieben vonstatten. Nach unendlich vielen Wiederholungen griff der Computer schließlich das Pattern auf und erzeugte aufgrund der Gehirnstromreaktionen automatisch Bilder. Computer sind wirklich reizende Geschöpfe. Sofern man ihnen logische Anweisungen gibt, liefern sie logische Arbeit.

Im nächsten Schritt fütterte ich den Computer, der dieses Pattern intus hatte, mit einer Black Box. Und er gab den Psychokern tatsächlich in Bildern wieder, ausgezeichnet. Sie waren natürlich äußerst fragmentarisch und chaotisch, im Rohzustand ohne jeden Sinn. Sie mußten ediert werden. So wie man einen Film ediert. Indem man Dubletten herausschneidet oder hinzufügt, indem man Bilder stehenläßt oder neu komponiert. So fügen sie sich zu einer Geschichte mit einem roten Faden.«

»Zu einer Geschichte?«

»So verwunderlich ist das gar nicht«, sagte der Professor. »Hervorragende Musiker setzen Bewußtsein in Töne um, Maler in Farben und Formen, Romanciers in Geschichten. Es ist dasselbe Prinzip. Natürlich gibt es dabei Aberrationen, und nicht alles läßt sich präzise verfolgen, aber im großen und ganzen kann man das Bewußtsein auf diese Weise sinnvoll erfassen. Bei der Betrachtung einer Folge bloß chaotischer Bilder, egal, wie präzise sie sind, bleibt man inhaltlich auf der Strecke. Präzision in allem und jedem ist nicht erforderlich. Die Visualisierung habe ich aus rein privatem Interesse betrieben, quasi als Hobby.«

»Als Hobby?«

»Früher – vor dem Krieg schon – war ich mal so was wie Assistenzcutter beim Film, ich mache solche Arbeiten deshalb wirklich gut. Chaos ordnen, meine ich. Ich habe mich in mein Labor zurückgezogen und ganz alleine ediert, ohne die anderen Mitarbeiter. Ich glaube nicht, daß jemand weiß, was ich da gemacht habe. Die visualisierten Daten habe ich als Privatsachen unter der Hand mit nach Hause genommen. Sie gehören mir.«

»Haben Sie alle sechsundzwanzig zerebralen Strukturen visualisiert?«

»Ja. Alle. Ich habe jede mit einem Titel versehen, der zugleich Titel der jeweiligen Black Box wurde. Ihrer lautete ›Das Ende der Welt‹, nicht wahr?«

»Genau. ›Das Ende der Welt‹. Aber warum? Der Titel hat mich, ehrlich gesagt, immer gewundert.«

»Darüber sprechen wir später«, sagte der Professor. »Jedenfalls wußte niemand von der erfolgreichen Visualisierung der sechsundzwanzig zerebralen Strukturen. Und ich habe es niemandem erzählt. Ich wollte diese Studien aus dem *System* heraushalten. Das vom *System* in Auftrag gegebene Projekt hatte ich erfolgreich abgeschlossen, und ich durfte die für mich notwendigen Experimente am Menschen durchführen. Darüber hinaus zum Profit anderer Studien zu betreiben hatte ich keine Lust. Ich wollte als Wissenschaftler wieder frei sein, mal in jenes Problem schauen, mal in dieses. Ich bin nicht der Typ, der sich dauernd nur einer Aufgabe widmet. Ich muß mehrere Sachen parallel verfolgen, das liegt mir. Hier die Kraniologie, dort die Akustik, und zusätzlich beispielsweise die Neurophysiologie. Doch als abhängig Beschäftigter geht das kaum. Deshalb teilte ich dem *System* mit, daß ich aufhören wolle – die wissenschaftlichen Arbeiten seien erledigt, mein Auftrag erfüllt, der Rest seien nur noch technische Fragen. Doch man ließ mich nicht gehen. Ich wußte zuviel. Man glaubte, wenn ich in dem damaligen Stadium zu den Semioten überliefe, könnten die Shufflingpläne wie eine Seifenblase zerplatzen. Für das *System* ist schon Feind, wer nicht Freund ist. Man bat mich, drei Monate zu warten. Ich könnte in dem Institut völlig frei forschen, brauchte keinerlei Arbeit für das *System* zu leisten, man würde mir eine Sonderprämie zahlen und so weiter. In drei Monaten wäre das hochgeheime Protektionsverfahren fertig, dann könnte ich gehen. Ich muß frei sein, an der Kette zu liegen behagt mir überhaupt nicht, aber die Bedingungen waren nicht schlecht. Deshalb blieb ich die drei Monate, tat mal dies, mal jenes und ließ es mir ansonsten gutgehen.

Doch zuviel Muße bekommt dem Menschen nicht. Die viele freie Zeit brachte mich auf den Gedanken, den Probanden – euch also – einen weiteren, einen dritten zerebralen Schaltkreis zu legen. In diesen Schaltkreis implantierte ich den von mir edierten Psychokern.«

»Wozu denn das nun wieder?«

»Zum einen wollte ich sehen, welchen Effekt das auf die Probanden haben würde. Ich wollte wissen, wie ein von fremder Hand ediertes, strukturiertes Bewußtsein in den Probanden funktionieren würde. Ein beispielloser Fall in der gesamten Geschichte der Menschheit. Zum anderen – das war natürlich nur ein Nebeneffekt – wollte ich, wenn das *System* mich schon manipulierte, auch meinerseits ein bißchen das *System* manipulieren. Ich wollte wenigstens *eine* Funktion installieren, von der das *System* nichts wußte.«

»Das war Ihr einziger Grund?« sagte ich. »Deshalb haben Sie in unseren Köpfen so eben mal ein paar Gleise für Ihre elektronische Eisenbahn verlegt?«

»So können Sie das sehen, und ich schäme mich dafür. Ich schäme mich bodenlos. Aber die wissenschaftliche Neugierde, ich weiß nicht, ob Sie das verstehen, läßt sich nicht so einfach unterdrücken. Natürlich verachte auch ich die zahlreichen Experimente und Vivisektionen, die mit den Nazis kollaborierende Somatologen in den Konzentrationslagern durchgeführt haben, doch zugleich frage ich mich im Grunde meines Herzens, warum man diese Experimente, wenn man sie schon durchführte, nicht geschickter und wirkungsvoller gestaltet hat. Wissenschaftler, deren Gegenstand der menschliche Körper ist, denken im Grunde alle so. Außerdem habe ich mit meiner Arbeit nie menschliches Leben gefährdet. Ich habe lediglich aus zwei drei gemacht. Ich habe den Stromkreis ein wenig verändert, dabei ist aber für das Gehirn keine Mehrbelastung entstanden. Ich habe mit den vorhandenen Alphabetbausteinen ein neues Wort buchstabiert, weiter nichts.«

»Außer mir sind alle Shuffling-Kandidaten gestorben. Weshalb?«

»Ich weiß es nicht«, sagte der Professor. »Von den sechsundzwanzig für das Shufflingsystem präparierten Kalkulatoren sind fünfundzwanzig gestorben, das stimmt. Und alle auf die gleiche Weise, wie nach Schablone. Sie gingen zu Bett, schliefen ein und wachten nicht wieder auf.«

»Das könnte mir also auch noch blühen?« sagte ich. »Ich schlafe ein, und morgen bin ich tot?«

»So einfach liegen die Dinge nicht«, sagte der Professor und bewegte sich in seiner Decke unruhig hin und her. »Die Todeszeitpunkte konzentrieren sich auf ein halbes Jahr. Zwischen dem vierzehnten und zwanzigsten Monat nach der Shuffling-Präparation. Alle fünfundzwanzig starben in diesem halben Jahr. Sie dagegen können noch immer ohne Schaden shuffeln, jetzt, nach neununddreißig Monaten noch. Das heißt: Sie müssen über eine besondere Veranlagung verfügen, die den anderen nicht eigen war.«

»Was meinen Sie damit, in welcher Hinsicht besonders?«

»Warten Sie, langsam. Sagen Sie, sind bei Ihnen nach der Präparierung vielleicht merkwürdige Symptome aufgetreten? Halluzinationen, Ohrensausen, Ohnmachtsanfälle, so etwas?«

»Nein«, sagte ich. »Nichts dergleichen. Ich meine nur, seitdem viel empfindlicher auf bestimmte Gerüche zu reagieren. Meistens auf solche von Früchten.«

»Das war bei allen so. Das Aroma bestimmter Früchte wirkt sich auf das Schaltimplantat aus. Warum, weiß ich nicht, aber es ist so. Ohnmachtsanfälle, Hörprobleme oder Halluzinationen hatten Sie aber nicht deshalb?«

»Nein«, antwortete ich.

»Aha.« Der Professor dachte eine Weile nach. »Haben Sie sonst etwas bemerkt?«

»Es ist mir eben erst aufgefallen, aber ich meine, daß verschüttete Erinnerungen wieder auftauchen. Zuerst waren es nur Bruchstücke, die mir nicht allzu viel sagten, doch gerade eben sind sie ganz deutlich gewesen und haben länger angehalten. Der Auslöser war zweifellos das Tosen des Wassers. Aber Halluzinationen sind das nicht. Es sind Erinnerungen. Eindeutig.«

»Nein, das sind keine Erinnerungen«, beschied mich der Professor. »Sie mögen Ihnen wie Erinnerungen vorkommen, aber es sind von Ihnen selbst produzierte künstliche Brücken. Zwischen Ihrer ureigenen Persönlichkeitsstruktur und dem von mir edierten Bewußtsein treten selbstredend Abweichungen auf; die versuchen Sie zu überbrücken, quasi zur Legitimierung Ihrer Existenz.«

»Das verstehe ich nicht. Das ist mir bisher noch nie passiert. Warum gerade jetzt?«

»Weil ich die Weichen umgelegt und den dritten Schaltkreis freigegeben habe«, sagte der Professor. »Doch gehen wir chronologisch vor. So läßt sich besser erzählen, und auch für Sie wird die Geschichte verständlicher.«

Ich zog den Whiskey heraus und nahm noch einen Schluck. Garantiert kam wieder etwas Furchtbares.

»Nach dem Tod der ersten acht Kalkulatoren wurde ich zum *System* zitiert. Ich sollte die Todesursache bestimmen. Offen gesagt, wollte ich eigentlich mit dem *System* nichts mehr zu tun haben, doch schließlich stammte die Technik von mir, und da es um Menschenleben ging, konnte ich die Sache nicht einfach abtun. Ich ging also zunächst einmal hin, um mich informieren zu lassen. Man beschrieb mir die Todesumstände und legte mir die Autopsieergebnisse vor. Die acht waren, wie ich eben sagte, alle auf die gleiche Weise ums Leben gekommen, die Ursache war unklar. Weder die Körper noch die Gehirne zeigten Spuren von Gewalteinwirkung, ganz ruhig hatte die Atmung ausgesetzt. Als wären sie eingeschläfert worden. Auch auf den Gesichtern konnte man keinerlei Spuren eines Kampfes entdekken.«

»Haben Sie die Todesursache bestimmen können?«

»Nein. Natürlich kann man dies und das vermuten und Hypothesen aufstellen. Wenn nacheinander acht für das Shuffling konditionierte Kalkulatoren wegsterben, läßt sich das nicht als bloßer Zufall abtun. Man muß Maßnahmen ergreifen. Das ist die Pflicht des Wissenschaftlers. Meine Vermutungen waren die folgenden: Entweder hatte eine funktionelle Lockerung oder

Ausschaltung oder Zerstörung der implantierten Weiche das zerebrale System zersetzt, die Gehirnfunktionen konnten die freigewordenen Energien nicht tolerieren. Oder aber das Implantat war in Ordnung – dann mußte ein grundlegendes Problem hinsichtlich der beim Shuffling notwendigen, wenn auch nur kurzfristigen Freisetzung des Psychokerns vorliegen, eine Freisetzung, die das menschliche Gehirn nur schwer aushalten kann.« Der Professor zog sich die Decke bis unters Kinn und fuhr nach einer kleinen Pause fort: »Soweit meine Vermutungen. Es muß nicht so sein, doch wenn man die gesamte Situation überdenkt, kommen diese beiden denkbaren Ursachen, vielleicht auch beide zusammen, am ehesten in Frage.«

»Hat denn die Autopsie der Gehirne nichts ergeben?«

»Das Gehirn ist kein Toaster oder Waschvollautomat. Man sieht keine Leitungen, man sieht keine Schalter. Was sich ändert, ist lediglich der nicht sichtbare Verlauf von Gehirnströmen, eine postmortale Untersuchung der Weichen hat überhaupt keinen Sinn. Am lebenden Hirn lassen sich Störungen verfolgen, ja, am toten nicht. Zu sehen sind nur Verletzungen oder Tumore. Aber es gab keine. Das war alles völlig in Ordnung.

Deshalb haben wir von den noch lebenden Versuchspersonen zehn ins Labor bestellt und einer erneuten Untersuchung unterzogen. Wir haben Enzephalogramme erstellt, haben zwischen den Denkstrukturen hin und her geschaltet, um sicherzugehen, daß die Weichen richtig arbeiten. Wir haben ausführliche Gespräche geführt, haben gefragt, ob physische oder psychische Beschwerden vorliegen, Hörprobleme, Halluzinationen – nichts. Nichts, was von Belang gewesen wäre. Alle waren kerngesund, alle shuffelten auch ohne Probleme. Wir nahmen deshalb an, daß bei den verstorbenen acht Kalkulatoren ein inhärenter zerebraler Defekt vorgelegen haben müsse, daß sie fürs Shuffling nicht geeignet gewesen seien. Was für ein Defekt, war zwar nicht klar, aber das lasse sich gewiß erforschen, es genüge, diesen Punkt bis zur Präparierung der zweiten Shuffler-Generation zu klären.

Das erwies sich als Fehler. Im Monat darauf starben nämlich wieder fünf, darunter drei von denen, die wir eingehend untersucht hatten. Es starben Leute, die wir nach allen Regeln der Kunst untersucht und als völlig in Ordnung eingestuft hatten. Das war ein Schock. Die Hälfte der sechsundzwanzig Probanden war tot, ohne daß die Todesursache geklärt werden konnte. Das war keine Frage mehr von Eignung oder Nicht-Eignung, hier lag ein substantielles Problem vor. Mit anderen Worten: Das Umschalten zwischen zwei verschiedenen Psychostrukturen erwies sich für das Gehirn von vornherein als Ding der Unmöglichkeit. Ich empfahl also dem *System*, das Projekt einzufrieren. Das Shuffling sollte eingestellt und bei den Überlebenden die Implantate entfernt werden. Andernfalls müßte mit dem Tod aller sechsundzwanzig gerechnet werden. Das *System* meinte jedoch, das sei unmöglich. Es wies meinen Vorschlag zurück.«

»Weshalb?«

»Das Shuffling-System funktionierte ausgezeichnet, es mit einemmal ganz zu kappen sei aus praktischen Gründen ausgeschlossen. Alles würde lahmgelegt. Ferner stehe keineswegs fest, daß alle sechsundzwanzig sterben würden, und wenn jemand überleben würde, gäbe er hervorragendes Material ab für die weitere Forschung. Daraufhin bin ich ausgestiegen.«

»Und ich als einziger habe überlebt.«

»So ist es.«

Ich lehnte den Kopf an den Fels hinter mir, starrte die Decke an und rieb mir mit der Hand über die Bartstoppeln. Wann hatte ich mich das letztemal rasiert? Ich wußte es nicht mehr. Ich mußte scheußlich aussehen.

»Weshalb bin denn ich nicht gestorben?«

»Auch dafür habe ich nur eine Hypothese«, sagte der Professor. »Eine auf Hypothesen aufgebaute Hypothese. Doch meine Intuition sagt mir, daß ich damit nicht so weit daneben liege. Wahrscheinlich verhält es sich so, daß Sie schon immer eine doppelte Denkstruktur eingesetzt haben. Unbewußt natürlich. Unbewußt und ganz automatisch haben Sie Ihre Persönlichkeitsstruktur geteilt. Um mein Bild von eben noch einmal zu benutzen: Sie hatten schon immer eine Uhr in der linken und eine Uhr in der rechten Hosentasche, die Weiche war vorgegeben, deshalb waren Sie psychisch immun. Das ist meine Hypothese.«

»Gibt es Indizien dafür?«

»Die gibt es. In den vergangenen zwei, drei Monaten habe ich mir noch einmal alle sechsundzwanzig visualisierten Black Boxes, sprich Denkstrukturen, angesehen. Dabei ist mir aufgefallen, daß Ihre am klarsten strukturiert ist, keine Brüche aufweist, einen durchgehenden roten Faden besitzt. Mit einem Wort: Sie ist perfekt. Sie ginge ohne weiteres als Roman durch oder als Film. Bei den anderen fünfundzwanzig ist das keineswegs der Fall. Alles ist chaotisch, dunkel, fragmentarisch, auch ediert zusammenhanglos, rätselhaft. Kaum mehr als eine Aneinanderreihung von Träumen. Ihre Black Box ist völlig anders. Sie unterscheidet sich wie das Bild eines professionellen Kunstmalers von Kinderzeichnungen.

Ich habe hin und her überlegt, warum das so ist, und glaube, daß es nur einen Schluß gibt: Sie haben selbst eingegriffen und gestaltet. Deshalb findet sich in der Anhäufung von Bildern diese überaus klare Struktur. Um noch einmal ein Bild zu benutzen: Sie sind in die Elefantenfabrik in ihrem Unterbewußtsein hinabgestiegen und haben selbst einen Elefanten geschaffen. Ohne es zu wissen natürlich.«

»Das kann ich nicht glauben«, sagte ich. »Wie soll das möglich sein?«

»Da spielen verschiedene Faktoren eine Rolle«, sagte der Professor. »Kindheitserfahrungen, familiäre Umgebung, Überobjektivierung des Ich, Schuldbewußtsein ... In Ihrem Falle vor allem die Neigung zu extremer Selbstabschottung. Stimmt das nicht?«

»Doch, vielleicht«, sagte ich. »Was wird denn nun, vorausgesetzt, das alles trifft zu?«

»Nichts wird. Sie könnten, wenn man Sie in Ruhe ließe, steinalt werden. Aber es spricht einiges dagegen, daß man Sie in

Ruhe läßt. Sie haben, ob Ihnen das paßt oder nicht, in diesem lächerlichen Datenkrieg eine Schlüsselstellung inne. Das *System* wird binnen kurzem ein Folgeprojekt anleiern, mit Ihnen als Modell. Man wird Sie gründlichst analysieren, praktisch von Kopf bis Fuß auseinandernehmen. Was man konkret machen wird, weiß ich nicht. Aber es wird Ihnen wenig Spaß machen, soviel weiß ich, auch wenn ich ein bißchen weltfremd bin. Ich wollte Ihnen helfen, irgendwie.«

»Großartig«, sagte ich. »Sie werden bei diesem Folgeprojekt nicht mitmachen?«

»Wie ich schon ein paarmal gesagt habe: Meine Studien zu verhökern liegt mir nicht. Außerdem will ich mich nicht an einem Projekt beteiligen, bei dem man nicht weiß, wie viele Menschen es das Leben kosten kann. Ich habe bei der Sache auch einiges gelernt. Mir ist das alles zuviel geworden, deshalb habe ich mein unterirdisches Labor eingerichtet und meide den Umgang mit Menschen. Wenn es nur das *System* wäre, das ginge noch an, aber jetzt wollen mich auch die Semioten noch einspannen. Diese gigantischen Organisationen liegen mir einfach nicht. Denen ist das Hemd immer näher als der Rock.«

»Warum haben Sie sich denn meinetwegen soviel Mühe gemacht? Warum haben Sie mich unter Vorspiegelung falscher Tatsachen zu sich bestellt und Berechnungen anstellen lassen?«

»Ich wollte, bevor das *System* oder die Semioten Sie schnappen und auf den Kopf stellen, meine Hypothese überprüfen. Wenn ich sie belegen könnte, kämen Sie vielleicht ungeschoren davon. In dem Zahlenmaterial, das ich Sie habe berechnen lassen, befand sich der verschlüsselte Kode zur Aktualisierung des dritten Schaltkreises. Sie haben, mit anderen Worten, nach dem Umschalten zur zweiten Psychostruktur einen weiteren Hebel umgelegt und die Berechnungen im dritten System durchgeführt.«

»Das dritte System ist das von Ihnen visualisierte und edierte System, nicht wahr?«

»Exakt«, nickte der Professor.

»Wieso hilft Ihnen das bei der Verifizierung Ihrer Hypothese?«

»Es geht um Abweichungen«, sagte der Professor. »Unbewußt haben Sie Ihren Psychokern richtig erfaßt. Deshalb treten bei Einsatz der Zweitstruktur keinerlei Probleme auf. Der dritte Schaltkreis ist aber von mir ediert worden, so daß bei dessen Benutzung mit Sicherheit Abweichungen zu erwarten sind. Und diese Abweichungen sollten bei Ihnen irgendwelche Reaktionen hervorrufen. Diese Reaktionen wollte ich messen. Die Ergebnisse hätten Sie in die Lage versetzen sollen, die Stärke, das Wesen und die Bedingtheiten der in Ihrem Bewußtsein versiegelten *Dinge* besser abschätzen zu können.«

»*Hätten* versetzen *sollen*?«

»Genau. Hätten. Sollen. Das ist jetzt alles vorbei. Die Semioten haben sich mit den Schwärzlingen zusammengetan und mein Labor verwüstet. Alle Unterlagen sind weg. Ich bin, nachdem die Kerle verschwunden waren, noch einmal ins Labor zurück, um mich zu vergewissern. Von den wirklich wichtigen Unterlagen war nichts mehr da, rein nichts. So kann ich die Abweichungen unmöglich bestimmen. Die Kerle haben sogar die visualisierten Black Boxes mitgehen lassen.«

»Was hat das alles mit dem Ende der Welt zu tun?« fragte ich.

»Genau gesagt, ist es nicht das Ende unserer Welt, der Welt, die wir kennen. Es ist das Ende der Welt *in* jemand.«

»Das verstehe ich nicht«, sagte ich.

»Es geht, mit einem Wort, um Ihren Psychokern. Sie haben in Ihrem Bewußtsein das Ende der Welt entworfen. Warum Sie so etwas in Ihre Psyche eingraviert haben, weiß ich nicht. Jedenfalls ist es so. In Ihrem Kopf geht die Welt zu Ende. Anders herum ausgedrückt, lebt Ihr Bewußtsein im Ende der Welt. In dieser Welt fehlt beinahe alles, was unsere Welt auszeichnet. Es gibt weder Zeit noch sich ausdehnenden Raum, es gibt weder Leben noch Tod, es gibt keine echten Werte und kein echtes Ich. Die Identität der Menschen wird dort von Tieren kontrolliert.«

»Von Tieren?«

»Von Einhörnern«, sagte der Professor. »In Ihrer Stadt gibt es Einhörner.«

»Haben die etwas mit dem Einhornschädel zu tun, den Sie mir geschickt haben?«

»Das ist eine von mir angefertigte Nachbildung. Sehr gelungen, fanden Sie nicht? Ich habe sie nach Ihren visuellen Vorstellungen gestaltet, das war ziemlich mühsam. Der Schädel hat keine eigentliche Bedeutung, ich habe ihn aus rein anatomischem Interesse gebastelt. Ein Geschenk für Sie.«

»Moment mal, langsam«, sagte ich. »In meinem Unterbewußtsein existiert so eine Welt, gut, das habe ich verstanden. Sie haben diese Welt etwas klarer herausgearbeitet und als dritten Schaltkreis in mein Gehirn implantiert. Dann haben Sie ihn per Kodewort aufgerufen, mit meinem Bewußtsein bestückt und mich shuffeln lassen. Ist das soweit richtig?«

»Völlig richtig.«

»Nach der Beendigung des Shuffling schloß sich der Schaltkreis automatisch, und mein Bewußtsein kehrte zum ursprünglichen ersten Schaltkreis zurück.«

»Falsch«, sagte der Professor und kratzte sich den Hinterkopf. »Dann wäre alles kein Problem. Aber der dritte Schaltkreis schließt sich nicht automatisch.«

»Er steht also ständig offen?«

»So könnte man sagen, ja.«

»Aber ich denke und handle jetzt doch nach dem ersten Schaltkreis!«

»Weil der zweite verstöpselt ist. Schauen Sie, im Diagramm sieht das folgendermaßen aus«, sagte der Professor, zog Notizblock und Kugelschreiber aus der Tasche, malte ein Diagramm auf und gab es mir.

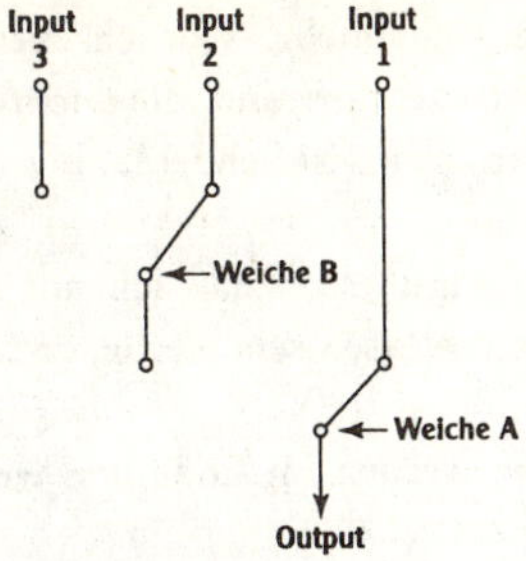


»Das ist Ihr Normalzustand. Weiche A liegt an Input 1, Weiche B an Input 2. Zur Zeit sieht die Sache aber so aus.« Der Professor zeichnete ein neues Diagramm.

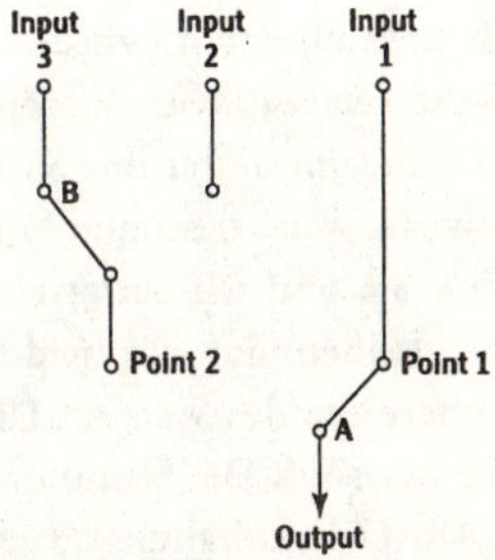


»Sehen Sie? Weiche B liegt am dritten Schaltkreis, so daß Weiche A automatisch auf Input 1 schaltet. Deshalb können Sie nach Schaltkreis 1 denken und handeln. Das geht jedoch nur temporär. Die Weiche B muß schleunigst auf Schaltkreis 2 umgestellt werden. Schaltkreis 3 sind nämlich nicht hundertprozentig Sie. Wenn man nichts unternimmt, brennt Weiche B aufgrund der entstehenden Aberrationsenergie durch, Sie bleiben permanent im dritten Schaltkreis, dessen Ströme Weiche A auf Punkt 2 ziehen und diese Weiche dann ebenfalls durchbrennen lassen. Um das zu vermeiden, müßte man die Aberrationsenergie messen und den Urzustand wieder herstellen.«

»*Müßte* man?«

»Ich kann es nicht mehr. Wie ich eben sagte: Die Idioten haben mein Labor zerstört und alle wichtigen Unterlagen mitgenommen. Es tut mir wirklich leid, aber ich kann Ihnen nicht mehr helfen.«

»Heißt das«, sagte ich, »daß ich auf ewig in den dritten Schaltkreis eingeschlossen sein werde, daß ich nie mehr zurück kann?«

»So ist es. Sie werden im Ende der Welt leben. Es tut mir leid.«

»Es tut Ihnen leid?« sagte ich verdutzt. »Und damit, glauben Sie, ist es getan? Ihnen tut es leid! Wunderbar – und was wird aus mir? Sie haben das Ganze doch angezettelt. Das ist doch ein Witz! Und zwar der verrückteste, den ich je gehört habe!«

»Wie konnte ich denn ahnen, daß die Semioten und die Schwärzlinge sich zusammentun würden? Das hätte ich im Traum nicht gedacht. Die wußten, daß ich an etwas sitze, und haben mich überfallen, um hinter das Shuffling-Geheimnis zu kommen. Mittlerweile weiß bestimmt auch das *System* Bescheid. Für die sind Sie und ich ein zweischneidiges Schwert. Verstehen Sie? Die glauben, daß wir beide etwas ausgekungelt haben, gegen die Interessen des *Systems*. Und daß die Semioten hinter dieser Sache her sind. Die Semioten haben das dem *System* so gesteckt. Aus Geheimhaltungsgründen will es uns deshalb eliminieren, selbst wenn dabei das Shuffling-Verfahren mit draufgeht. Schließlich haben wir das *System* hintergangen. Wir sind die Hauptpersonen in der Shuffling-Planung, wenn wir den Semioten in die Hände fallen sollten, hat das *System* verloren. Die Semioten haben das wunderbar hingekriegt. Wenn das *System* uns erledigt, ist das Shuffling gestorben, gut; wenn wir davonkommen und den Semioten in die Arme laufen, bitte sehr, auch gut. Sie gewinnen in jedem Fall.«

»Großartig«, sagte ich. Die beiden, die meine Wohnung verhackstückt und mir den Bauch aufgeschlitzt hatten, waren also doch Semioten gewesen. Sie hatten Theater gespielt, um die Aufmerksamkeit des *Systems* auf mich zu lenken. Und ich war genau in ihre Falle getappt. »Ich stehe also mit dem Rücken zur

Wand, nicht wahr? Die Semioten jagen mich, das *System* jagt mich, und wenn ich stillhalte, gehe ich ganz von alleine drauf.«

»Sie gehen nicht drauf. Sie schlüpfen nur in eine andere Welt.«

»Wo ist da der Unterschied?« sagte ich. »Hören Sie, ich weiß sehr gut, daß ich so klein und unbedeutend bin, daß man eine Lupe braucht, um mich wahrzunehmen. Das war schon immer so. Suchen Sie mich mal auf einem Klassenfoto heraus, das dauert! Ich habe keine Familie, wenn ich jetzt von der Bildfläche verschwinde, gerät niemand in Not. Ich habe keine Freunde, keiner wird trauern, wenn ich nicht mehr da bin. Das weiß ich alles. Trotzdem, es hört sich vielleicht komisch an, aber ich war mit der Welt, wie sie ist, zufrieden. Warum, weiß ich nicht. Vielleicht war ich auch zwei und hab mich köstlich mit mir selbst amüsiert. Ich weiß es nicht. Jedenfalls fühle ich mich in dieser Welt wohl. Vieles darin gefällt mir nicht, und manchen scheine ich nicht zu gefallen, doch anderes gefällt mir, und was mir gefällt, gefällt mir *sehr*. Ob ich der Welt gefalle, ist mir scheißegal. Das ist mein Leben. Ich will nicht woanders hin. Unsterblichkeit brauche ich nicht. Alt werden ist nicht einfach, doch es betrifft mich ja nicht allein. Alle werden alt. Einhörner will ich nicht, ich will auch keinen Zaun!«

»Es ist kein Zaun, es ist eine Mauer«, korrigierte der Professor.

»Scheißegal! Ich brauche weder Zaun noch Mauer!« sagte ich. »Darf ich meiner Wut nun doch ein bißchen Ausdruck verleihen? Es kommt selten vor, aber jetzt will ich mich nicht mehr beherrschen.«

»Nun ja, Grund genug haben Sie«, sagte der Professor und kratzte sich am Ohr.

»Das Ganze ist zu hundert Prozent Ihre Schuld! Ich habe damit nichts zu tun. Sie haben die Sache angefangen, Sie haben sie aufgebläht, Sie haben mich hineingezogen! Sie haben mir im Gehirn herumgepfuscht, Sie haben einen Auftrag gefälscht und mich shuffeln lassen, Sie haben das *System* betrogen, mir die

Semioten auf den Hals gehetzt, mich in diese idiotischen unterirdischen Gänge gelockt, und nun sind Sie dabei, mich aus der Welt zu entfernen! Finden Sie nicht, daß das ein bißchen viel ist? Sie müssen mich wieder in den alten Zustand zurückversetzen!«

»Hm«, brummte der Alte.

»Er hat recht, Großvater«, warf das dicke Mädchen ein. »Manchmal denkst du nur an dich und kümmerst dich nicht darum, was aus den andern wird. Denk nur an das Experiment mit den Fußflossen! Du mußt etwas unternehmen!«

»Ich hatte nur gute Absichten, bestimmt, doch dann lief alles schief«, ächzte der Alte. »Jetzt sind mir die Hände gebunden. Es gibt nichts, was ich tun könnte, und nichts, was Sie selbst tun könnten. Das Rad dreht sich jetzt immer schneller, aufhalten kann es niemand mehr.«

»Na großartig«, sagte ich.

»In der anderen Welt können Sie aber alles wiedergewinnen, was Sie hier verloren haben. Alles, was Sie verloren haben, und alles, was Sie zu verlieren im Begriff sind.«

»Was ich verloren habe?«

»Ja«, sagte der Professor. »Was Sie verloren haben. Es ist alles dort.«

## Das Kraftwerk

Nach dem Traumlesen erzähle ich der Bibliothekarin, daß ich zum Kraftwerk gehen will. Ihre Miene verdunkelt sich. »Das Kraftwerk liegt im Wald!« sagt sie und füllt rotglühende Kohlestücke in einen Eimer, um sie mit Sand zu löschen.

»Ja, aber nicht weit drin«, sage ich. »Und der Wächter meint, dort sei es vollkommen ungefährlich.«

»Ach, weiß der Himmel, was der Wächter meint! Das Kraftwerk liegt im Wald, ob weit drin oder nicht, und der Wald ist gefährlich.«

»Versuchen werde ich es jedenfalls mal. Ich will unbedingt ein Musikinstrument haben.«

Sie hat die ganze Kohle herausgeholt. Jetzt zieht sie die Aschenlade heraus und leert sie über dem Eimer. Dabei schüttelt sie immer wieder den Kopf.

»Ich komme mit«, sagt sie.

»Warum? Du fürchtest dich doch vor dem Wald, oder? Außerdem will ich dich nicht in die Sache hineinziehen.«

»Man kann dich aber nicht alleine lassen. Anscheinend hast du immer noch nicht begriffen, wie gefährlich der Wald ist!«

An einem bewölkten Morgen gehen wir am Fluß entlang, Richtung Osten. Es ist frühlingshaft warm. Es geht kein Wind, und auch der Fluß rauscht nicht mehr hell und kalt, sondern irgendwie dunkler. Nach einer Viertelstunde ziehe ich mir Handschuhe und Schal aus.

»Wie im Frühling, nicht?« sage ich.

»Ja. Aber diese Wärme hält immer nur einen Tag. Das ist jedes Jahr so. Danach setzt sofort der Winter wieder ein«, entgegnet sie.

Sobald wir das dünn besiedelte Gebiet südlich der Brücke hinter uns gelassen haben, sind rechterhand nur noch Felder zu sehen; das Kopfsteinpflaster endet, die Straße mündet in einen schmalen Lehmweg. Wie Kratzwunden ziehen sich zwischen den Rainen ein paar Linien festgefrorenen Schnees über die Felder. Das Flußufer links von uns wird von Weiden gesäumt, die ihre biegsamen Zweige ins Wasser tauchen. Ein Vögelchen läßt sich auf diesem unsicheren Terrain nieder, versucht immer wieder, sich auf dem Weidenzweig zu halten, doch der schwingt hin und her – schließlich gibt der kleine Vogel auf und fliegt zu einem anderen Baum. Das Sonnenlicht ist matt und sanft. Ich halte immer wieder mein Gesicht hinein, um diese ruhige Wärme auszukosten. Die Bibliothekarin hat ihre rechte Hand in ihre, die linke in meine Manteltasche geschoben. Ich halte in der linken Hand einen kleinen Koffer und mit der rechten ihre Hand in der Tasche. Der Koffer enthält unser Mittagessen und Geschenke für den Verwalter.

Ich spüre ihre warme Hand in meiner und denke bei mir: Wenn der Frühling erst da ist, wird bestimmt alles einfacher. Wenn meine Seele den Winter übersteht und der Schatten durchhält, kriege ich meine Seele schon wieder in den Griff. Wie der Schatten sagte, ich muß nur den Winter besiegen.

Gemächlich gehen wir flußaufwärts und genießen die Landschaft. Die ganze Zeit reden wir kaum – nicht, weil wir uns nichts zu sagen haben, sondern weil Worte nicht nötig sind. Die weißen Schneereste entlang der Gräben im Boden, die roten Beeren in den Vogelschnäbeln, das feste, fleischige Wintergemüse auf den Feldern, das klare Wasser in den kleinen Becken im Flußlauf, die schneebedeckten Berghänge – das alles prägen wir uns genau ein, während wir vorüberwandern. Was wir auch erblicken, scheint sich mit der plötzlichen, vergänglichen Wärme vollzusaugen, scheint sie eindringen zu lassen in jeden Winkel ihres Daseins. Sogar dem von Wolken verhangenen Himmel fehlt die drückende Schwere. Ich spüre eine seltsame Geborgenheit, als läge unsere kleine Welt wohlbehütet in einer sanften Hand.

Wir sehen auch ein paar Tiere auf den verdorrten Wiesen umherirren und nach Futter suchen. Ihr goldenes Fell hat einen matten, weißlichen Schimmer bekommen und ist viel länger und dichter als im Herbst. Trotzdem sieht man ihnen deutlich an, daß sie inzwischen stark abgemagert sind. Die Nackenknochen treten so klar und deutlich hervor wie die Sprungfedern eines alten Sofas, die Köpfe sind nur noch Haut und Knochen, die Backen hängen schlaff herunter. Die Augen haben ihren Glanz verloren, die Kniegelenke stehen kugelförmig dick heraus. Nur an dem weißen Horn, das ihnen mitten aus der Stirn wächst, hat sich nichts verändert. Es erhebt sich genauso gerade und majestätisch gen Himmel wie immer.

In Dreier- oder Vierergruppen wandern die Tiere über die Raine zwischen den Feldern, ziehen von einem kargen Sträuchlein zum nächsten. Doch Beeren, Nüsse oder zarte grüne Blätter, die sich als Futter eignen würden, sind kaum noch zu sehen. An den höheren Ästen der Bäume hängen noch ein paar Früchte, an die die Tiere jedoch nicht heranreichen können – also suchen sie darunter vergebens nach herabgefallenen Früchten oder schauen traurig hoch zu den Vögeln, die oben daran picken.

»Warum fressen die Tiere denn nicht das, was noch auf den Feldern steht?« frage ich sie.

»Weil es ein Verstoß gegen die Vorschrift wäre. Warum, weiß ich auch nicht«, sagt sie. »Niemals würden die Tiere etwas anrühren, was für die Menschen bestimmt ist. Es sei denn, wir füttern sie damit, dann fressen sie es natürlich, aber sonst niemals!«

Einige Tiere kauern mit eingeschlagenen Vorderläufen am Ufer vor einem Becken im Fluß und trinken. Auch als wir ganz nah daran vorbeigehen, hebt keines von ihnen den Kopf. Alle trinken weiter. Ihre weißen Hörner, die sich klar und deutlich auf dem Wasser spiegeln, sehen aus wie auf den Grund des Flusses gesunkene bleiche Knochen.

Nach knapp dreißig Minuten finden wir kurz hinter der Ostbrücke rechterhand den kleinen Weg, von dem der Wächter gesprochen hat. Wären wir unter normalen Umständen hier vorbeispaziert, wir hätten ihn glatt übersehen, so schmal und eng ist er. Äcker gibt es hier nicht mehr; zu beiden Seiten des Weges wächst nur hohes Gras. Wie eine Grenze zieht sich diese Wiese zwischen Ostwald und den Feldern.

Wir folgen dem Pfad durch die Wiese; erst geht es ein wenig bergan, dann wird es immer steiler und das Gras immer dünner. Die Steigung wird zur Böschung und schließlich zu einem felsigen Berghang. Berghang ist vielleicht zuviel gesagt, denn wir müssen natürlich keine unwegsame Felswand erklimmen, man hat ordentliche Stufen hineingehauen. Es ist relativ weicher Sandstein, die Stufen sind an den Kanten ausgetreten. Nach ungefähr zehn Minuten erreichen wir den Gipfel. Insgesamt scheint die Anhöhe ein klein wenig niedriger zu sein als der Westhügel, auf dem ich wohne.

Die Südseite des Hügels ist ganz anders als seine Nordseite: Hier geht es sanft bergab über eine weite, verdorrte Wiese; wie die tiefe See erstreckt sich dahinter der finstere Ostwald.

Wir setzen uns an diesem höchsten Punkt eine Weile hin, um Luft zu schöpfen und uns die Landschaft anzuschauen. Von Osten her vermittelt die Stadt einen völlig anderen Eindruck. Der Fluß wirkt erstaunlich gerade, wie ein künstlich angelegter Kanal; nicht eine einzige Sandbank ist zu sehen, und das Wasser fließt schnurstracks geradeaus. Am gegenüberliegenden Ufer beginnt das nördliche Sumpfgebiet. Rechts davon frißt sich der Ostwald wie ein Fremdkörper in die Landschaft, durchschnitten vom Fluß. Diesseits des Flusses sind linkerhand die Felder zu sehen, an denen vorbei wir hierher gewandert sind. Weit und breit nicht die Spur eines menschlichen Anwesens, und sogar die Ostbrücke wirkt öde und leer. Strengt man die Augen an, kann man das Arbeiterviertel und den Uhrturm ausmachen, die unwirklich wirken wie eine weit, weit entfernte Fata Morgana.

Nach der kleinen Pause steigen wir die Anhöhe herab und gehen auf den Wald zu. Kurz vor dem Wald liegt ein Teich, so seicht, daß man auf den Grund sehen kann. Aus seiner Mitte ragt noch der abgestorbene, knochenfarbig verwitterte Stumpf eines riesigen Baumes, auf dem sich zwei weiße Vögel niedergelassen haben, die zu uns herüberstarren. Der Schnee ist so hartgefroren, daß wir keine Spuren hinterlassen. Der lange Winter hat die Stimmung im Wald vollkommen verwandelt. Es gibt keine Insekten mehr, auch kein Vogelgezwitscher. Nur die riesigen Bäume recken sich dem düster bewölkten Himmel entgegen und ziehen ihre Lebenskraft aus den Tiefen der Erde, wo der Frost nichts ausrichten kann.

Wir folgen dem Weg in den Wald hinein, als plötzlich ein seltsames Geräusch an unser Ohr dringt, das dem Rauschen des Windes im Wald ähnelt. Es weht aber kein Wind, zumindest gibt es absolut keine Anzeichen dafür, ganz abgesehen davon, daß der Laut viel zu monoton ist dafür, es fehlen die Höhenunterschiede. Der Ton wird lauter und deutlicher, je weiter wir in den Wald kommen, doch wir haben beide keine Ahnung, was es sein könnte. Die Bibliothekarin ist schließlich auch zum erstenmal hier.

Eine alte Eiche taucht auf, dahinter ein leerer Platz vor einem Gebäude. Das muß das Kraftwerk sein – was nicht heißen soll, daß irgendwelche besonderen Kennzeichen es als solches ausweisen würden. Nein, es steht da wie ein riesiger Speicher, nichts weiter. Man sieht keine speziellen Anlagen, nicht einmal Hochspannungsleitungen. Das seltsame Geräusch scheint direkt aus diesem einfachen Ziegelbau zu kommen. Das Eingangstor besteht aus zwei massiven Eisenflügeln, ganz oben in die Außenwand sind einige kleine Fenster eingelassen. Der Weg führt bis zum Platz und endet dort.

»Das muß das Kraftwerk sein«, sage ich.

Das Tor scheint verschlossen zu sein, jedenfalls bewegt es sich keinen Millimeter, auch nicht, als wir mit vereinten Kräften daran rütteln.

Wir entschließen uns zu einer Runde um das Gebäude. Es zieht sich weit nach hinten, die Seitenwand ist bedeutend länger als die Front und besitzt ganz oben ebenfalls eine Reihe kleiner

Fenster, aus denen das seltsame Brausen dringt. Aber eine weitere Tür finden wir nicht, nur eine hohe, glatte Ziegelwand. Die Ziegel sehen auf den ersten Blick aus wie die der Stadtmauer, bei näherem Hinsehen entpuppen sie sich jedoch als grob und von viel geringerer Qualität. Sie fühlen sich rauh an, und hier und da ist ein Stück herausgebrochen.

An die Rückwand des Gebäudes grenzt ein gewöhnliches Wohnhäuschen aus den gleichen Ziegeln, ungefähr von der Größe der Wachhütte. Es hat eine ganz normale Tür, Fenster, die anstelle der Vorhänge mit Getreidesäcken verhängt sind, und auf dem Dach einen rußschwarzen Kamin. Hier riecht man wenigstens menschliches Leben! Ich klopfe dreimal an die hölzerne Haustür und wiederhole das noch zweimal – keine Antwort. Die Tür ist verschlossen.

»Da drüben ist noch ein Eingang zum Kraftwerk«, sagt sie und nimmt meine Hand. Ich sehe in die Richtung, in die ihr Finger zeigt – tatsächlich, in einer Ecke der Rückwand des Kraftwerks gibt es noch eine kleine Eisentür, die offensteht.

Vor der Tür angekommen, wird das seltsame Geräusch ohrenbetäubend. Im Gebäude ist es viel dunkler als erwartet. Wir schirmen unsere Augen mit den Händen vor dem Licht draußen ab, um sie an die Dunkelheit zu gewöhnen, und äugen hinein, können aber absolut nichts entdecken. Es gibt kein Licht – ein Kraftwerk, in dem keine einzige Lampe brennt, ist schon ziemlich verwunderlich. Nur weit oben an der Decke sieht man schwaches Tageslicht, das durch die kleinen Oberlichter einfällt. Einzig das seltsame Brausen spielt sich auf, als ob das leere Gebäude ihm alleine gehöre.

Wir rufen. Da uns aber niemand zu hören scheint, stelle ich mich in die Tür, nehme die dunkle Brille ab und warte, bis meine Augen sich an die Dunkelheit gewöhnt haben. Sie bleibt ein paar Schritte hinter mir stehen und scheint dem Gebäude möglichst nicht zu nahe kommen zu wollen. Das Brausen und die Dunkelheit machen ihr angst.

Da Dunkelheit meinen Augen mittlerweile nicht mehr fremd ist, brauche ich nicht lange, um den Mann zu entdecken, der mitten im Raum steht. Ein magerer, kleiner Mann. Vor ihm erhebt sich eine dicke, runde Eisensäule von ungefähr drei bis vier Metern Durchmesser geradewegs bis zur Decke. Der Mann starrt darauf. Mit Ausnahme dieser Säule ist das Gebäude vollkommen leer – keine Anlagen, keine Maschinen, wie eine Reithalle. Der Boden ist mit denselben Ziegeln ausgelegt, aus denen die Wände bestehen. Das Ganze sieht aus wie ein riesiger, steinerner Backofen.

Ich lasse die Bibliothekarin am Eingang stehen und gehe alleine hinein. Als ich ungefähr die Hälfte des Weges von der Tür bis zur Säule zurückgelegt habe, scheint der Mann mich zu bemerken. Er dreht nur seinen Kopf in meine Richtung – der Rest des Körpers bleibt unbewegt – und starrt mich an. Es ist ein junger Mann. Vielleicht ein paar Jahre jünger als ich. Seine Erscheinung ist das genaue Gegenteil des Wächters. Arme und Beine, Nacken und Hals sind spindeldürr, seine Gesichtsfarbe bleich. Glatte Haut, nicht die Spur eines Bartes, der Haaransatz über der hohen Stirn hat sich weit nach hinten zurückgezogen. Er ist sauber und ordentlich gekleidet.

»Guten Tag«, sage ich.

Er starrt mich nur weiter mit fest zusammengekniffenen Lippen an und nickt mir dann knapp zu.

»Störe ich Sie?« frage ich. Wegen des ohrenbetäubenden Lärms muß ich brüllen.

Der Mann schüttelt nur den Kopf, um auszudrücken, daß ich nicht störe, und deutet mit dem Finger auf ein postkartengroßes Glasfensterchen in der Säule – was wohl heißen soll, ich möge dort hineinschauen. Ich sehe genauer hin und erkenne, daß das Fensterchen zu einer Tür in der Säule gehört, die mit einem Bolzen fest verriegelt ist. Dahinter ist parallel zum Boden ein riesiges ventilatorähnliches Ding befestigt, das sich mit unglaublicher Geschwindigkeit dreht. Als steckte ein Motor mit abertausend PS dahinter. Offenbar wird hier die Kraft des Windes – wer weiß, woher – genutzt, um den Ventilator zu bewegen, der damit wiederum Strom erzeugt.

»Wind?« sage ich.

Der Mann nickt. Dann faßt er mich am Arm und führt mich zum Eingang zurück. Er ist knapp einen halben Kopf kleiner als ich. Wie zwei gute Freunde gehen wir einträchtig nebeneinander zur Tür, wo die Bibliothekarin wartet. Der junge Mann nickt ihr ebenso kurz zu, wie mir vorhin.

»Guten Tag«, sagt sie.

»Guten Tag«, erwidert diesmal auch der Mann.

Er führt uns auf ein Feld hinter dem Häuschen, wo man den Wind nicht so hört. Wir setzen uns auf Baumstümpfe, die beim Abholzen des Waldes stehengeblieben sind.

»Entschuldigen Sie, ich kann nicht so laut sprechen«, sagt der junge Verwalter, als müsse er sich rechtfertigen. »Sie sind von der Stadt, nicht wahr?«

Ich bejahe.

»Wie Sie selbst gesehen haben«, sagt der junge Mann, »wird die Stadt durch Windenergie mit Elektrizität versorgt. Man nutzt dazu den Wind, der durch das riesige Loch in der Erde hier hochbläst.« Der Mann starrt eine Weile schweigend auf den Feldboden zu seinen Füßen. »Der Wind kommt einmal alle drei Tage hoch. Hier drunter sind eine Menge Höhlen, in denen sich Wind und Wasser hin und her bewegen. Ich halte die Anlage in Ordnung. Wenn kein Wind bläst, blockiere ich den Ventilator zum Beispiel oder fette ihn ein. Und ich achte darauf, daß die Hebel nicht einfrieren. Die Elektrizität, die hier erzeugt wird, leite ich durch ein unterirdisches Kabel zur Stadt hinunter.«

Der Verwalter läßt seine Augen über das von hohen Bäumen eingeschlossene Feld schweifen. Der Ackerboden ist sauber gepflügt, doch angebaut ist noch nichts. »Immer wenn ich etwas Zeit habe, holze ich hier so nach und nach ein Stück Wald ab, um Felder anzulegen. Keine große Sache natürlich, ich bin ja alleine. Die ganz großen Bäume spare ich aus und wähle Flächen, die ich alleine bewältigen kann. Es tut mir gut, mit eigenen Händen etwas zu schaffen. Im Frühjahr kann ich sogar Gemüse anbauen. – Sind Sie gekommen, um sich das hier mal anzuschauen?«

»So ungefähr, ja.«

»Die Leute aus der Stadt interessiert das hier normalerweise nicht«, sagt der Verwalter. »Niemand kommt in den Wald hinein. Außer der Lieferant natürlich. Er bringt mir jede Woche, was ich zum Essen und zum Leben brauche.«

»Leben Sie schon lange so alleine hier?« frage ich.

»Ja. Sehr lange schon. Die Maschine kenne ich aus dem Effeff, ich brauche nur hinzuhören, um zu wissen, was mit ihr los ist. Es ist, als würde ich jeden Tag mit ihr reden. Wenn man das so lange gemacht hat wie ich, weiß man Bescheid. Wenn sie gut läuft, geht es mir auch gut. Mit den Geräuschen des Waldes kenne ich mich auch aus. Er besitzt ganz unterschiedliche Stimmen. Als wäre er lebendig.«

»Fällt es Ihnen denn nicht schwer, so ganz alleine im Wald zu leben?«

»Ich wüßte nicht, was daran schwerer sein soll, als anderswo zu leben«, antwortet er. »Hier ist nun mal der Wald, und ich wohne hier. Basta. Einer muß schließlich auf die Maschine aufpassen. Außerdem liegt das Kraftwerk ganz vorn im Wald, wie es weiter drinnen aussieht, weiß ich nicht so genau.«

»Gibt es außer Ihnen niemanden, der im Wald lebt?« fragt die Bibliothekarin.

Der Verwalter denkt eine Weile nach und nickt dann ein paarmal leicht. »Doch. Ganz tief im Wald leben schon noch ein paar Leute, das weiß ich. Sie graben nach Kohle, roden und legen Felder an. Aber getroffen hab ich nur ganz wenige, und mit denen hab ich kaum ein paar Worte gewechselt. Sie akzeptieren mich nämlich nicht. Für sie ist der Wald die Heimat, ich wohne bloß hier, deshalb. Weiter hinten sollen noch viel mehr von ihnen leben, das ist aber schon alles, was ich weiß. Ich gehe nicht ins Waldesinnere, und sie kommen fast nie bis hierher.«

»Haben Sie nicht irgendwann einmal eine Frau gesehen?« fragt sie. »Eine Frau Anfang Dreißig vielleicht?«

Der Verwalter schüttelt den Kopf. »Nein, eine Frau habe ich nie gesehen. Nur Männer.«

Ich sehe sie an, aber sie fragt nicht weiter.

## Der Enzyklopädiestab, Unsterblichkeit, Büroklammern

Na großartig«, sagte ich. »Und man kann wirklich gar nichts mehr tun? Wie steht denn die Lage im Moment, nach Ihren Berechnungen?«

»Die Lage in Ihrem Kopf?« sagte der Professor.

»Natürlich«, sagte ich. Welche Lage denn sonst! »Wie weit ist die Zerstörung schon fortgeschritten?«

»Nach meinen Berechnungen ist Weiche B wahrscheinlich schon vor etwa sechs Stunden geschmolzen. Was natürlich nicht heißt – das Wort *schmelzen* ist nur ein terminologischer Behelf –, daß ein Teil Ihres Gehirns geschmolzen wäre, sondern ...«

»Daß der zweite Schaltkreis tot und der dritte fixiert ist, nicht wahr?«

»Ganz recht. Der Überbrückungsprozeß, von dem ich eben sprach, hat also bereits eingesetzt. Mit anderen Worten, die Produktion von Erinnerung. Es werden, wenn ich eine Metapher gebrauchen darf, den Veränderungen in Ihrer unterbewußten Elefantenfabrik entsprechend die Röhren zum Oberflächenbewußtsein neu verlegt.«

»Heißt das«, sagte ich, »daß auch Weiche A nicht mehr ordentlich funktioniert? Daß also aus dem unterbewußten Schaltkreis Daten heraussickern?«

»Nicht ganz«, sagte der Professor. »Die Röhren existieren immer und dürfen nicht unterbrochen werden, egal, wie viele Schaltkreise aufgefächert werden. Das heißt, Ihr Oberflächenbewußtsein, Ihr Schaltkreis 1 also, speist sich aus Ihrem Unterbewußten, will sagen Schaltkreis 2. Diese Röhre ist die Wurzel des Baumes, zugleich ist sie auch die Erdung. Ohne sie kann das Hirn des Menschen nicht arbeiten. Wir haben sie deshalb nicht angetastet bzw. eine Minimalstruktur belassen, so daß keine unerwünschten Lecks oder Gegenströmungen auftreten. In Ihrem Fall hat diese Röhre aber aufgrund der durch das Schmelzen von Weiche B freigesetzten Energie einen irreparablen Schaden erlitten. Das Gehirn reagiert darauf mit einem Überbrückungsprozeß.«

»Setzt sich diese Produktion neuer Erinnerungen immer weiter fort?«

»Ja. Sie haben, einfach ausgedrückt, Déjà-vus. Das Prinzip ist dasselbe. Das wird eine Weile anhalten. Bis Sie schließlich mit den produzierten Erinnerungen die Welt neu strukturieren.«

»Die Welt neu strukturieren?«

»Ja. Sie bereiten gerade Ihren Übergang in eine andere Welt vor. Deshalb verändert sich auch Stück für Stück die Welt, in der Sie sich gerade befinden. So ist das mit der Erkenntnis. Eine einzige Erkenntnis verändert die Welt. Natürlich ist die Welt jetzt und hier so, wie sie ist. Phänomenologisch betrachtet, ist sie jedoch nur eine aus einer unendlichen Zahl von Welten. Überspitzt könnte man sagen, daß sich die Welt schon ändert, je nachdem, ob Sie Ihren rechten oder Ihren linken Fuß vorsetzen. Da muß es nicht wundern, daß sie sich ändert, wenn die Erinnerungen sich ändern.«

»Klingt ziemlich sophistisch«, sagte ich. »Und zu abstrakt. Außerdem vergessen Sie die Zeitlichkeit. Solche Probleme können nur innerhalb eines Zeitparadoxons auftreten.«

»In gewissem Sinne *handelt* es sich um ein Zeitparadox«, sagte der Professor. »Sie produzieren Erinnerung und kreieren damit eine individuelle parallele Welt.«

»Die Welt, die ich jetzt erfahre, verschiebt sich also Stück für Stück von der, die ich ursprünglich kannte?«

»Genau weiß man das nicht, und beweisen kann es niemand. Ich sage nur, daß diese Möglichkeit nicht auszuschließen ist. Ich spreche natürlich nicht von so extremen parallelen Welten, wie SF-Romanciers sie erfinden. Das Ganze ist, ich sage es noch einmal, ein Problem der Erkenntnis. Die Gestalt der Welt hängt ab von der Art und Weise, wie sie gesehen wird. Diese Gestalt, denke ich, wird sich in vielerlei Hinsicht ändern.«

»Danach wird Weiche A umgelegt, und eine ganz andere Welt taucht auf, in der ich werde leben müssen, nicht wahr? Und an der Konversion führt kein Weg vorbei, ich kann nur noch abwarten und Tee trinken, ja?«

»So ist es.«

»Wie lange wird diese Welt andauern?«

»Ewig«, sagte der Professor.

»Das verstehe ich nicht«, sagte ich. »Wieso *ewig*? Die Physis lebt nicht ewig. Mit dem Körper stirbt auch das Gehirn. Und mit dem Gehirn das Bewußtsein. Ist es nicht so?«

»Nein. Das Denken kennt keine Zeit. Das ist der Unterschied zwischen Denken und Träumen. Das Denken kann alles im Augenblick erfassen. Es kann auch Ewigkeit erfahren. Es kann einen geschlossenen Kreislauf einrichten und sich darin in Unendlichkeit wiederholen. Anders als ein Traum kann es nicht unterbrochen werden. Es hat einiges mit dem Enzyklopädiestab gemein.«

»Enzyklopädiestab?«

»Das ist ein Gedankenspiel, ein Wissenschaftler hat es erdacht. Theoretisch läßt sich eine ganze Enzyklopädie auf einem Zahnstocher eingravieren. Wie macht man das, was meinen Sie?«

»Keine Ahnung.«

»Es ist ganz einfach. Man transformiert die Daten, also den Text der Enzyklopädie, in Zahlen. Jeder Buchstabe erhält einen zweistelligen Zahlenwert. A ist 01, B 02, und so weiter. 00 bezeichnet Spatien, auch die Interpunktionszeichen werden transformiert. Man reiht die Zahlen aneinander und setzt vorne an die erste Stelle ein Dezimalkomma, erhält also einen extrem langen Dezimalbruch. Beispielsweise 0,1732000631... Den markiert man an der entsprechenden Stelle des Zahnstochers. 0,50000... befände sich genau in der Mitte, 0,3333... würde den ersten Punkt des zweiten Drittels markieren. Ist das so weit verständlich?«

»Ja.«

»Auf diese Weise lassen sich mit einem einzigen Punkt auf

einem Zahnstocher beliebig lange Datenketten darstellen. Natürlich nur theoretisch, praktisch ist das unmöglich. Ein so feiner Punkt läßt sich mit den zur Verfügung stehenden Techniken nicht eingravieren. Doch das Bild mag Ihnen helfen, das Wesen des Denkens zu verstehen. Die Zeit ist die Länge des Zahnstochers. Die eingravierte Datenmenge hat damit nichts zu tun. Sie läßt sich beliebig vermehren. Fast bis ins Unendliche. Und bei periodischen Zahlen *ist* man im Unendlichen. Es hört nicht auf. Verstehen Sie? Das Problem ist ein Problem der Software. Die Hardware hat nicht das geringste damit zu tun. Ob man nun einen Zahnstocher nimmt, einen 200-Meter-Baum oder den Äquator, das ist völlig gleichgültig. Ihr Körper mag sterben und Ihre Psyche vergehen, Ihr Denken wird den Augenblick unmittelbar davor auf ewig weiterteilen. Denken Sie an das alte Paradoxon vom fliegenden Pfeil: Ein Pfeil, der fliegt, steht. Der Tod des Körpers ist der fliegende Pfeil. Er fliegt in einer geraden Linie auf Ihr Gehirn zu. Ihm ausweichen kann niemand. Jeder Mensch stirbt irgendwann, der Körper verfällt. Die Zeit treibt den Pfeil voran. Aber wie ich eben sagte: Das Denken teilt die Zeit, teilt sie unaufhörlich. Deshalb konstituiert sich dieses Paradoxon. Der Pfeil trifft nie.«

»Mit anderen Worten«, sagte ich, »Unsterblichkeit.«

»Genau. Der ins Denken getauchte Mensch ist unsterblich. Streng genommen zwar nicht ganz, aber unendlich nahe daran. Es ist das ewige Leben.«

»Das war das eigentliche Ziel Ihrer Forschungen, nicht wahr?«

»Nein, keineswegs«, sagte der Professor. »Das ist mir erst später aufgefallen. Im Verlaufe von Forschungen, die aus einem anfangs nur winzigen ernsthaften Interesse erwuchsen. Und dabei entdeckte ich: Der Mensch erreicht die Unsterblichkeit nicht, indem er die Zeit aufbläht; er erreicht sie, indem er sie teilt.«

»Und dann haben Sie mich in diese Welt der Unsterblichkeit gestoßen, ja?«

»Nein, das war ein Unfall. Ich hatte das nie vor. Nie. Bitte glauben Sie mir: Sie in diese Lage zu bringen, hatte ich nie vor. Doch die Qual der Wahl haben Sie jetzt nicht mehr. Für Sie gibt es nur noch einen Weg, der Unsterblichkeit zu entrinnen.«

»Welchen?«

»Sie sterben sofort.« Der Professor sagte es sehr geschäftsmäßig. »Sie sterben, bevor Weiche A schaltet. Dann bleibt nichts.«

In der Höhle herrschte Schweigen. Der Professor räusperte sich, das dicke Mädchen seufzte. Ich zog den Whiskey heraus und trank einen Schluck. Niemand sagte ein Wort.

»Was«, fragte ich schließlich den Professor, »was ist das für eine Welt, diese Welt der Unsterblichkeit?«

»Wie ich eben schon sagte«, sagte der Professor. »Eine friedliche Welt. *Ihre* Welt, eine Welt, die Sie selbst geschaffen haben. Dort können Sie Sie selbst sein. Dort gibt es alles, und zugleich gibt es nichts. Können Sie sich so eine Welt vorstellen?«

»Nein.«

»Und doch haben Sie sie unbewußt selbst geschaffen. Das kann nicht jeder. Widersprüchliche, unsinnige Welten, in denen man ewig im Chaos umherirrt, ja. Ihre Welt aber ist anders. Die Unsterblichkeit liegt Ihnen.«

»Wann geht der Übergang vonstatten?« fragte das dicke Mädchen.

Der Professor sah auf seine Armbanduhr, ich auf meine. 6 Uhr 25. Die Nacht war vorbei. Die Zeitung war ausgetragen.

»Nach meinen Berechnungen«, sagte der Professor, »in neunundzwanzig Stunden und fünfunddreißig Minuten. Mit einer möglichen Abweichung von plus minus fünfundvierzig Minuten. Ich habe auf zwölf Uhr mittags programmiert, das ist leichter zu merken. Also morgen mittag um zwölf.«

Damit es leichter zu merken war? Ich schüttelte den Kopf. Und trank noch einen Schluck Whiskey. Doch der Alkohol wirkte nicht. Es schmeckte nicht einmal nach Whiskey. Mein Magen war wie versteinert.

Das Mädchen legte mir die Hand aufs Knie. »Was willst du nun tun?« fragte es.

»Keine Ahnung«, sagte ich. »Auf alle Fälle will ich aber hier raus. Hier unten möchte ich die Dinge nicht abwarten. Ich will hoch, ans Licht. Alles andere überleg ich mir später.«

»Waren meine Erläuterungen ausführlich genug?« fragte der Professor.

»Ja, danke«, antwortete ich.

»Sie sind wütend auf mich, nicht wahr?«

»Ein bißchen, ja«, sagte ich. »Aber Wut bringt mich nicht weiter; außerdem ist das Ganze so hanebüchen, daß ich es noch gar nicht richtig fassen kann. Die Wut kommt wahrscheinlich später. Aber dann bin ich vermutlich in dieser Welt schon tot.«

»Ich wollte Ihnen das alles gar nicht so genau erklären«, sagte der Professor. »So etwas ist besser vorbei, bevor man weiß, was los ist. Psychisch wäre es bestimmt leichter gewesen. Aber vergessen Sie nicht: Sie sterben nicht. Sie verlieren nur auf ewig das Bewußtsein.«

»Wo ist da der Unterschied?« sagte ich. »Aber egal, ich wollte jedenfalls Bescheid wissen. Immerhin ist es mein Leben. Ich wollte nicht, daß der Schalter ohne mein Wissen umgelegt wird. Ich nehme mich selbst in die Hand. Wo ist der Ausgang, bitte?«

»Der Ausgang?«

»Der Ausgang nach oben, ans Tageslicht.«

»Der Weg kostet Zeit und führt direkt am Nest der Schwärzlinge vorbei. Wollen Sie trotzdem gehen?«

»Ja. Wovor sollte ich jetzt noch Angst haben?«

»Gut«, sagte der Professor. »Steigen Sie den Berg hinunter bis zum Wasser. Es dürfte sich mittlerweile beruhigt haben, Sie können es leicht durchschwimmen. Schwimmen Sie immer Südsüdwest. Ich zeige Ihnen die Richtung mit der Lampe an. Wenn Sie sie einhalten, stoßen Sie am anderen Ufer auf einen kleinen Durchgang in der Wand, knapp über der Wasseroberfläche. Er führt zur Kanalisation. Die gehen Sie immer weiter, bis Sie zu den Gleisen kommen, zur U-Bahn.«

»Zur U-Bahn?«

»Ganz recht. Zur Ginza-Linie, ziemlich genau zwischen Gaiemmae und Aoyama Itchōme.«

»Wieso gibt's denn da eine Verbindung zur U-Bahn?«

»Weil das ganze Netz von den Schwärzlingen beherrscht wird. Nachts jedenfalls. Dann machen Sie sich großspurig in den Tunneln breit. Der Tōkyōter U-Bahn-Bau hat den Aktionsradius der Biester enorm erweitert. Man hat ihnen praktisch Durchgänge gebaut. Ab und zu überfallen sie Gleisarbeiter und fressen sie auf.«

»Warum dringt denn nichts davon an die Öffentlichkeit?«

»Wenn man das bekanntmachte, wäre ja nicht auszudenken, was passiert! Wer würde dann noch bei der U-Bahn arbeiten wollen? Wer würde noch fahren wollen? Die Behörden wissen es natürlich, man stellt sich darauf ein, verstärkt Wände, stopft Löcher, verbessert die Beleuchtung. Aber so ist den Schwärzlingen nicht beizukommen. Eine Wand können die in einer einzigen Nacht durchstoßen, Elektrokabel zernagen sie im Nu.«

»Wenn ich also zwischen Gaiemmae und Aoyama Itchōme herauskomme, befinden wir uns hier wo?«

»Irgendwo unter dem Meiji-Schrein, Omotesandō-Seite. Ganz genau weiß ich es selber nicht. Es gibt jedenfalls nur den einen Weg. Er ist eng und schlängelt sich hin und her, das kostet Zeit, aber verirren kann man sich nicht. Von hier bewegen Sie sich zuerst Richtung Sendagaya. Denken Sie daran, daß sich das Nest der Schwärzlinge ein Stück vor dem Nationalstadion befindet. Dort biegt der Weg nach rechts ab, führt weiter Richtung Jingū-Baseballstadion, von dort zum Kunstforum und zur Ginza-Linie, Aoyama-dōri. Bis zum Ausgang brauchen Sie zirka zwei Stunden. Ist das in etwa klar?«

»Klar.«

»Am Nest der Schwärzlinge müssen Sie zusehen, rasch vorbeizukommen. Dort herumzutrödeln kann nur Ihr Schade sein. Und achten Sie auf die Bahn! Dort liegen Starkstromkabel, und die Züge fahren pausenlos. Es wird gerade Stoßzeit sein. Mit knapper Not hier raus und dann überfahren werden, das wäre doch nicht schön!«

»Ich paß auf«, sagte ich. »Apropos, was werden Sie denn nun tun?«

»Mein Fuß ist verstaucht, außerdem hätte ich nur das *System* und die Semioten auf den Fersen, wenn ich jetzt draußen auftauchte. Ich bleibe eine Weile hier. Hier kommt keiner her. Dank Ihnen habe ich ja jetzt ein paar Lebensmittel. Ich esse nicht viel, damit komme ich drei, vier Tage über die Runden«, sagte der Professor. »Gehen Sie nur. Um mich brauchen Sie sich keine Sorgen zu machen.«

»Was ist mit den Signalgeräten? Man braucht beide für den Weg, Ihnen bleibt dann keins!«

»Nehmen Sie meine Enkelin mit«, sagte der Professor. »Sie kann dann wieder zurückkommen und mich abholen.«

»In Ordnung«, sagte das Mädchen.

»Und wenn ihr etwas zustößt? Wenn die Schwärzlinge sie schnappen, was dann?«

»Die schnappen mich nicht«, sagte das Mädchen.

»Keine Sorge«, sagte der Professor. »Sie ist für ihr Alter sehr robust. Ich vertraue ihr. Außerdem ist es nicht so, daß ich im Notfall hilflos wäre. Mit einer Batterie, Wasser und dünnen Metallstückchen läßt sich ein provisorisches Abschreckungsgerät basteln. Primitiv zwar und nicht ganz so wirksam, aber ich kenne mich hier unten aus, ich kann die Biester damit in Schach halten. Auf dem Weg hierher habe ich doch Metallstückchen verstreut, nicht wahr, Sie haben sie gesehen? Die Schwärzlinge hassen sie. Wirken aber nur fünfzehn, zwanzig Minuten.«

»Meinen Sie mit Metallstückchen die Büroklammern?« fragte ich.

»Ganz recht. Büroklammern eignen sich vorzüglich. Sie sind billig, nehmen keinen Platz weg, laden sich leicht magnetisch auf und sind formbar; man kann sie sich als Kette um den Hals hängen. Büroklammern sind einfach am besten.«

Ich griff in die Seitentasche meiner Windjacke und gab dem Professor eine Handvoll. »Genügen die?«

»Wer sagt's denn!« sagte der Professor überrascht. »Die kommen gerade recht. Tatsächlich habe ich auf dem Weg ein paar zu viel verstreut und schon befürchtet, daß sie nicht mehr reichen. Sehr aufmerksam, wirklich! Haben Sie vielen Dank! So umsichtig wie Sie sind nicht viele!«

»Wir müssen langsam gehen, Großvater«, sagte die Enkelin. »Es bleibt nicht mehr viel Zeit.«

»Paß schön auf«, sagte der Professor. »Die sind heimtükkisch, die Schwärzlinge.«

»Keine Sorge. Ich komme zurück«, sagte die Enkelin und küßte den Professor auf die Stirn.

Der Professor wandte sich zu mir: »Ihnen habe ich großes Unrecht getan. So großes, daß ich, wenn es ginge, gerne an Ihre Stelle träte. Ich habe mein Leben genossen, ich könnte ohne Bedauern abtreten. Für Sie ist es wahrscheinlich noch ein bißchen früh. Und alles ging so schnell, Sie konnten sich nicht darauf einstellen; bestimmt hatten Sie in dieser Welt noch einiges vor.«

Ich nickte nur.

»Doch fürchten Sie sich nicht zu sehr«, sagte der Professor. »Dazu besteht kein Grund. Denken Sie daran: Was Sie erwartet, ist nicht der Tod. Es ist das ewige Leben. Und Sie werden Sie selbst sein. Damit verglichen ist unsere Welt nur bloßer Schein. Vergessen Sie das nicht!«

»Gehen wir«, sagte die Enkelin und zog mich am Arm.

## Musikinstrumente

Der junge Verwalter des Kraftwerks lädt uns in sein Häuschen ein. Er sieht zunächst nach dem Feuer im Ofen, dann nimmt er den Kessel mit kochendem Wasser herunter, geht damit in die Küche und brüht uns Tee auf. Wir sind steif gefroren von der Kälte im Wald, der heiße Tee tut uns gut. Wir sind dankbar. Der Wind macht immer noch ohrenbetäubenden Lärm.

»Das ist Tee aus dem Wald«, sagt der Verwalter. »Den ganzen Sommer über lasse ich ihn im Schatten trocknen, im Winter kann man ihn dann trinken. Er ist gesund und wärmt.«

»Mmh, ist der gut!« sagt die Bibliothekarin.

Der Tee ist aromatisch und besitzt eine feine, echte Süße.

»Aus welcher Pflanze machen Sie ihn denn?« frage ich.

»Tja, so gut kenne ich mich da nicht aus, tut mir leid«, sagt der junge Mann. »Irgendein Kraut, das im Wald wächst. Es roch so gut, und da hab ich es mal als Tee probiert. Es ist grün, wächst nicht sehr hoch und blüht so ungefähr im Juli. Dann pflücke ich die jungen Blättchen ab und hänge sie zum Trocknen auf. Die Tiere sind ganz wild auf die Blüten.«

»Die Tiere kommen bis hierher?« frage ich.

»Ja, aber nur bis Anfang Herbst. Sobald der Winter in der Luft liegt, wagen sie sich plötzlich nicht mehr in die Nähe des Waldes. In den wärmeren Jahreszeiten kommen immer mal wieder kleine Grüppchen her und spielen mit mir. Ich füttere sie nämlich mit meinen Vorräten. Aber im Winter kommen sie gar nicht. Sie trauen sich nicht mehr in den Wald, obwohl sie wissen, daß sie bei mir zu fressen bekommen. Deshalb bin ich im Winter immer ganz allein.«

»Wollen wir nicht zusammen zu Mittag essen, was meinen Sie?« sagt die Bibliothekarin. »Wir haben Butterbrote und Obst mitgebracht, viel zu viel für uns beide. Wie wär's, möchten Sie?«

»Ach, das ist nett, vielen Dank!« sagt der Verwalter. »Ich habe schon lange nichts mehr gegessen, was jemand anders zubereitet hat. Es ist auch noch etwas Suppe da, aus frischen Waldpilzen. Möchten Sie einen Teller?«

»Ja, gerne!« sage ich.

Wir essen also zu dritt die Pilzsuppe und die Brote, die die Bibliothekarin geschmiert hat. Zum Nachtisch gibt es Obst mit Tee. Während des Essens reden wir kaum. Wie kristallklares Wasser stürzt das Brausen des Windes in das stille Zimmer und begräbt das Schweigen. Sogar das Klirren von Besteck und Geschirr klingt vor dieser Geräuschkulisse irgendwie unecht.

»Verlassen Sie den Wald denn nie?« frage ich den Verwalter.

»Nein«, sagt er leise und schüttelt den Kopf. »Das ist Vorschrift so. Ich soll hier bleiben und das Kraftwerk in Ordnung halten, das ist meine Arbeit. Vielleicht kommt mich irgendwann einmal jemand ablösen. Wann das sein wird, weiß ich nicht, aber dann werde ich jedenfalls den Wald verlassen und in die Stadt zurückkehren können. Doch bis dahin geht das nicht. Ich darf nicht einen Schritt aus dem Wald tun. Ich muß auf den Wind warten, der alle drei Tage hochkommt.«

Ich nicke und trinke meinen Tee aus. Es kann noch nicht sehr lange her sein, daß der Wind zu wehen begonnen hat, und er wird wohl noch zwei bis zweieinhalb Stunden so weiterbrausen. Muß eine ziemlich einsame Sache sein, so ganz allein mitten im Wald in dem leeren Kraftwerk zu sitzen und dauernd diesen Lärm anhören zu müssen, stelle ich mir vor.

»Aber Sie sind doch bestimmt nicht einzig und allein hierhergekommen, um sich das Kraftwerk anzusehen, oder?« fragt mich der junge Mann. »Wie gesagt, die Leute aus der Stadt interessiert das normalerweise nicht.«

»Wir suchen ein Musikinstrument«, sage ich. »Mir wurde gesagt, ich soll Sie fragen, Sie wüßten schon, wo welche zu finden sind.«

Er nickt ein paarmal und starrt eine Weile auf die Gabel und das Messer, mit denen er seinen Teller kunstvoll dekoriert hat. »Wenn Sie Musikinstrumente suchen, sind Sie bei mir richtig. Ich habe eine Menge davon, aber sie sind alt, und ob sie funktionieren, weiß ich nicht. Aber nehmen Sie ruhig alle mit, die noch zu gebrauchen sind. Ich kann ohnehin nicht damit umgehen. Ich seh sie mir bloß an, wie sie so dastehen. Möchten Sie sie mal sehen?«

»Ja, gerne, wenn Sie gestatten«, sage ich.

Er schiebt den Stuhl zurück und steht auf, ich folge seinem Beispiel.

»Kommen Sie mit. Die Instrumente sind in meinem Schlafzimmer«, sagt er.

»Ich bleibe hier, räume das Geschirr ab und schütte uns schon mal einen Kaffee auf«, sagt die Bibliothekarin.

Der Verwalter macht die Tür zum Schlafzimmer auf, knipst das Licht an und läßt mich eintreten.

»Da sind sie«, sagt er.

An der Wand stehen alle möglichen Musikinstrumente, so alt, daß man sie getrost als antik bezeichnen könnte, größtenteils Saiteninstrumente. Mandolinen, Gitarren, Cellos, eine kleine Harfe und so weiter. Die Saiten sind entweder verrostet, gerissen oder fehlen völlig. Dafür in der Stadt Ersatzteile zu finden, kann ich mir wohl aus dem Kopf schlagen.

Einige sind darunter, die ich noch nie gesehen habe. Zum Beispiel eines aus Holz mit einem waschbrettartigen Klangkörper, an dem eine Reihe fingernagelförmiger Metallvorsprünge angebracht sind. Ich nehme es in die Hand und versuche zu spielen – vergebens, nicht einen einzigen Ton kann ich ihm entringen. Ein anderes Instrument besteht aus einer Reihe kleiner Trommeln, wofür sogar spezielle Stöcke bereitliegen, doch es ist mir schlichtweg unmöglich, damit eine Melodie zustande zu bekommen. Auch ein riesiges, fagottähnliches Blasinstrument ist darunter, das aber nicht den Eindruck macht, als ob ich damit umgehen könnte.

Der Verwalter setzt sich auf sein kleines Bett aus Holz und

sieht mir zu, wie ich ein Instrument nach dem anderen untersuche. Das Bett ist ordentlich gemacht, Bezug und Kissen sind sauber.

»Ist was Brauchbares dabei?« fragt er unvermittelt.

»Tja, ich weiß nicht recht«, antworte ich. »Ziemlich alt alle, aber ich werde mein Bestes versuchen.«

Daraufhin steht er auf, geht zur Tür, schließt sie und kommt wieder zurück. Das Schlafzimmer hat kein Fenster, der Wind ist jetzt nicht mehr so laut zu hören.

»Wundert es Sie nicht, daß ich Musikinstrumente sammle?« fragt er mich. »In der Stadt interessiert sich nämlich sonst kein Mensch für so etwas. Die Leute hier bringen für rein *gar nichts* auch nur einen Funken Interesse auf. Natürlich, sie haben alles, was man zum Leben braucht: Töpfe, Messer, Laken, Kleidung und solche Sachen. Aber damit hat es sich auch schon. Für sie müssen die Dinge bloß ihren *Nutzen* haben, mehr nicht. Höhere Ansprüche stellt hier niemand. Aber ich bin anders. Ich liebe gerade solche Dinge hier. Warum, weiß ich selbst nicht, aber so etwas zieht mich magisch an, diese komplizierten Formen – *schöne* Dinge.« Er hat die eine Hand auf den Tisch gelegt, die andere steckt in seiner Hosentasche. »Wenn ich ehrlich bin, gefällt mir deshalb auch das Kraftwerk so«, fährt er fort. »Der Ventilator, die verschiedenen Meßgeräte, die Transformatoren. Vielleicht hatte ich ja immer schon diese Neigung und wurde deswegen hierher geschickt. Das ist nun schon so lange her – was davor war, habe ich vollkommen vergessen. Und daher habe ich manchmal das Gefühl, daß ich nie wieder in die Stadt zurückkehren kann. Jemanden mit einer solchen Neigung nimmt die Stadt doch bestimmt nie wieder auf!«

Ich nehme eine Violine in die Hand, die nur noch zwei Saiten besitzt, und zupfe darauf herum. Das Ergebnis ist ein trockenes *staccato*.

»Woher bekommen Sie eigentlich die Instrumente?« frage ich.

»Das ist ganz verschieden«, sagt er. »Ich habe den Mann, der mir die Nahrungsmittel vorbeibringt, gebeten, sie für mich zu sammeln. Sie lagen bei vielen Leuten einfach im Wandschrank oder in der Scheune herum. Weil man nichts damit anzufangen wußte, waren die meisten schon zu Brennholz verarbeitet worden, aber ein paar sind verschont geblieben. Er hat für mich danach gesucht und sie mir mitgebracht. Musikinstrumente haben grundsätzlich eine schöne Form. Ich weiß weder, wie man sie handhabt, noch habe ich große Lust, sie zu benutzen, aber beim bloßen Ansehen fühle ich ihre Schönheit. Sie sehen kompliziert aus, haben aber nichts Überflüssiges. Ich setze mich oft hierhin und sehe sie mir in aller Ruhe an. Das genügt mir schon. Meinen Sie, daß ich verrückt bin?«

»Musikinstrumente *sind* wunderschön!« sage ich. »Nein, Sie sind absolut nicht verrückt.«

Mein Blick fällt auf eine zwischen einem Cello und einer Trommel eingezwängte kleine Ziehharmonika. Ich ziehe sie heraus. Anstelle der Klaviatur hat sie noch altmodische Knöpfe, wie eine Konzertina. Der Balg ist hart geworden und hat hier und da kleine Risse, sieht aber ganz danach aus, als würde er die Luft halten können. Ich stecke meine Hände in die Schlaufen an den Seiten und ziehe und quetsche ein paarmal. Dazu ist mehr Kraft nötig, als ich vermutet habe, aber wenn die Knöpfe gut funktionieren, müßte das Instrument zu gebrauchen sein. Eine Ziehharmonika ist schwer kaputtzukriegen, solange der Balg nicht undicht wird, und selbst wenn – das ließe sich verhältnismäßig leicht reparieren.

»Darf ich mal?« frage ich.

»Aber bitte, ich hab nichts dagegen. Dazu sind die Instrumente ja da«, sagt der junge Mann.

Ich ziehe den Balg weit auseinander, quetsche ihn wieder zusammen und drücke dabei der Reihe nach die Knöpfe, von unten nach oben. Bei einigen erklingt zwar nur ein leises Tönchen, aber es kommt eine vollständige Tonleiter heraus, und das ist die Hauptsache. Ich spiele die Klaviaturknöpfe noch einmal durch, diesmal von oben nach unten.

»Das hört sich ja seltsam an«, sagt der junge Mann interessiert. »Als ob der Ton die Farbe wechseln würde.«

»Je nachdem, welchen von diesen Knöpfen man drückt, ändert sich die Wellenlänge der Töne«, sage ich. »Alle sind verschieden, und je nach Wellenlänge entstehen Töne, die zusammenpassen und solche, die nicht zueinander passen.«

»Das verstehe ich nicht so ganz: was heißt ›zusammenpassen‹ – daß sie aufeinander angewiesen sind?«

»Genau«, sage ich und versuche einen Akkord zu spielen. Die Intervalle sind zwar nicht astrein, doch im großen und ganzen klingt er stimmig genug, um das Ohr nicht zu beleidigen. Aber ein Lied fällt mir nicht ein, nur Akkorde.

»Das waren jetzt passende Töne, oder?«

»Genau«, sage ich.

»Ich weiß nicht, was ich dazu sagen soll«, sagt er. »Höchstens, daß das seltsame Klänge sind. Ich höre so etwas zum erstenmal. Ich verstehe nichts davon. Sie klingen anders als der Wind, aber auch anders als das Zwitschern der Vögel«, sagt er, legt die Hände auf seine Knie und schaut abwechselnd mich und dann wieder die Konzertina an. »Das Instrument da gehört jetzt jedenfalls Ihnen. Nehmen Sie ruhig alle, die Ihnen gefallen. In Händen, die was davon verstehen, sind sie besser aufgehoben als bei mir. Ich kann sowieso nichts damit anfangen.« Er lauscht eine Weile auf den Wind. »Ich muß noch mal nach der Maschine sehen. Alle dreißig Minuten habe ich zu prüfen, ob sich der Ventilator auch ordnungsgemäß dreht, ob die Transformatoren problemlos arbeiten und so weiter. Warten Sie doch bitte so lange im Zimmer nebenan, ja?«

Der junge Mann geht hinaus. Ich kehre in das Wohn- und Eßzimmer zurück und trinke den Kaffee, den die Bibliothekarin aufgebrüht hat.

»Das ist also ein Musikinstrument?« fragt sie.

»Ja, eines von vielen verschiedenen Musikinstrumenten«, sage ich. »Es gibt eine ganze Reihe unterschiedlicher Arten, und jede davon klingt anders.«

»Das sieht ja aus wie ein Blasebalg!«

»Ja, es funktioniert auch nach demselben Prinzip.«

»Darf ich es anfassen?«

»Ja, natürlich«, sage ich und reiche ihr das Instrument. Sie nimmt es entgegen, als handele es sich um ein verletzliches Tierjunges – ganz vorsichtig und mit beiden Händen. Staunend mustert sie es.

»Ein komisches Ding«, sagt sie und lächelt unsicher. »Aber schön, daß du jetzt ein Instrument hast. Bist du glücklich?«

»Der Weg hierher hat sich jedenfalls gelohnt.«

»Der Verwalter ist einer, der sich nicht ganz von seinem Schatten lösen konnte. Ein klitzekleines Stück nur ist davon hängengeblieben, aber er hat eben noch etwas von seinem Schatten«, sagt sie leise. »Deshalb lebt er im Wald. Seine Seele ist zwar nicht stark genug, um ihn ins Waldesinnere zu schicken, aber in die Stadt zurück kann er auch nicht. Ein bedauernswerter Mensch.«

»Glaubst du, daß deine Mutter auch im Wald lebt?«

»Ja, vielleicht – oder auch nicht«, sagt sie. »Ich weiß es nicht. Es ist mir eben nur plötzlich in den Sinn gekommen.«

Sieben oder acht Minuten später kommt der junge Mann in das Häuschen zurück. Ich bedanke mich für die Ziehharmonika, mache den Koffer auf, hole die Geschenke heraus und stelle sie auf den Tisch: ein kleiner Reisewecker, ein Schachspiel und ein Benzinfeuerzeug. Alles Dinge, die ich aus den Koffern im Archiv habe.

»Das ist für Sie, für das Instrument. Bitte«, sage ich.

Der junge Mann ziert sich zunächst, nimmt die Sachen aber schließlich an. Er besieht sich die Uhr, dann das Feuerzeug und zu guter Letzt jede einzelne Schachfigur.

»Wissen Sie, wie die Sachen funktionieren?« frage ich.

»Ach, das geht schon in Ordnung. Sie brauchen mir nichts zu erklären«, sagt er. »Es ist schön genug, sie einfach zu betrachten, und nach und nach komme ich bestimmt von selber darauf, wie sie funktionieren und was man damit machen kann. Ich habe schließlich Zeit, mehr als genug!«

Ich sage, daß wir uns langsam verabschieden müßten.

»Och, haben Sie es so eilig?« sagt er traurig.

»Ich möchte vor Sonnenuntergang wieder in der Stadt sein, damit ich noch etwas schlafen kann, bevor ich mich an die Arbeit mache«, erkläre ich.

»Ja, verstehe«, sagt der junge Mann. »Was sein muß, muß sein. Kommen Sie, ich bringe Sie hinaus. Ich würde Sie ja gerne bis zum Waldrand begleiten, aber während der Arbeit darf ich das Kraftwerk nicht verlassen.«

Wir verabschieden uns vor seinem Häuschen.

»Kommen Sie doch bitte wieder mal vorbei. Dann spielen Sie mir etwas auf dem Instrument vor, ja?« sagt der junge Mann. »Sie sind jederzeit willkommen.«

»Vielen Dank«, sage ich.

Je weiter wir uns vom Kraftwerk entfernen, desto schwächer wird das Brausen des Windes. Kurz vor dem Waldrand ist es dann nicht mehr zu hören.

## Der See, Strumpfhosen

Das dicke Mädchen und ich rollten unsere Sachen in die Ersatzhemden ein und banden sie uns, damit sie beim Schwimmen nicht naß würden, um den Kopf. Wir sahen ziemlich schräg aus, doch Zeit, uns darüber lustig zu machen, hatten wir nicht. Die Lebensmittel, den Whiskey und alles überflüssige Zeug ließ ich zurück, so daß sich mein Gepäck in Grenzen hielt: Taschenlampe, Pullover, Schuhe, Geldbeutel, Messer und ein Signalgerät. Das Mädchen hatte nicht mehr.

»Paßt gut auf!« sagte der Professor. In dem düsteren Licht wirkte er wesentlich älter, als es anfangs den Anschein gehabt hatte. Seine Haut war schlaff, sein Haar schütter wie auf falschem Boden gepflanztes Kraut, und sein Gesicht bedeckten Altersflecken. Ein müder alter Mann. Die Menschen altern und sterben. Auch Genies.

»Auf Wiedersehen«, sagte ich.

Im Dunkeln hangelten wir uns das Seil hinab bis zur Wassergrenze. Ich kletterte voran; unten angekommen, gab ich mit der Taschenlampe Zeichen. Das Mädchen kam nach. Sich im Dunkeln ins Wasser gleiten zu lassen, war irgendwie unheimlich, aber wir konnten es uns natürlich nicht aussuchen. Ich tauchte zuerst ein Bein ein und ließ mich dann bis zu den Schultern hineingleiten. Das Wasser war eiskalt, ansonsten aber offenbar in Ordnung: ganz normales Wasser, mit nichts versetzt. Ringsum war es still wie auf dem Grund eines Brunnens. Nichts rührte sich, die Luft nicht, das Wasser nicht, die Dunkelheit nicht. Nur die von uns im Wasser verursachten Geräusche hallten vielfach verstärkt durch die Dunkelheit, Geräusche wie von riesigem Seegetier, das Beute verschlingt. Im Wasser fiel mir ein, daß ich ganz vergessen hatte, mir vom Professor die Bauchwunde behandeln zu lassen.

»Hier wird doch nicht dieser Krallenfisch herumschwimmen?« fragte ich in die Richtung, in der ich das Mädchen vermutete.

»Nein«, sagte es. »Der gehört ins Reich der Legende. Glaube ich jedenfalls.«

Trotzdem wurde ich den Gedanken nicht los, daß aus den Tiefen plötzlich ein Riesenfisch auftauchen und mir die Beine zerfleischen würde. Dunkelheit fördert alle möglichen Ängste.

»Und Egel?«

»Keine Ahnung. Ich glaube aber nicht«, gab das Mädchen unbekümmert zur Antwort.

Durch das Seil verbunden, umrundeten wir brustschwimmend, in ruhigen Zügen, damit das Gepäck nicht naß wurde, den »Turm«; auf der Rückseite sahen wir das Taschenlampenlicht des Professors. Es durchbohrte die Dunkelheit wie der Lichtstrahl eines zum Wasser gekrümmten Leuchtturmes und tauchte die Wasseroberfläche auf einer geraden Linie in fahles Gelb.

»Immer in diese Richtung«, sagte die Kleine. Hauptsache also, das Licht auf dem Wasser und das Licht der Taschenlampe lagen auf einer Linie.

Ich schwamm vor, sie hinterher. Abwechselnd hallte es von meinen, dann von ihren Wasserschlägen. Hin und wieder hielten wir inne und schauten zurück, um gegebenenfalls den Kurs zu korrigieren.

»Paß auf, daß kein Wasser an die Sachen kommt«, rief das Mädchen. »Die Signalgeräte funktionieren nicht, wenn sie naß sind!«

»Keine Sorge«, sagte ich. Tatsächlich bedurfte es jedoch einiger Anstrengung, die Sachen trocken zu halten. Ringsum war es stockdunkel, ich hatte keine Ahnung, bis wohin das Wasser eigentlich reichte. Manchmal wußte ich nicht einmal, wo sich meine Hände gerade befanden. Beim Schwimmen dachte ich an Orpheus, der, um ins Reich der Toten zu gelangen, den Styx überqueren mußte. Auf der Welt wimmelt es nur so von Religionen und Mythen, doch wenn es um den Tod geht, sind sie alle mehr oder weniger gleich. Orpheus überquerte den Fluß der Finsternis in einem Nachen. Ich mußte schwimmen, mein Bündel auf dem Kopf. Die alten Griechen waren schon clever, cleverer als ich jedenfalls. Meine Verletzung machte mir Sorgen, doch was half das schon? Wegen der Anspannung hielten sich die Schmerzen in Grenzen, und sterben würde ich schon nicht, auch wenn die Naht platzen sollte; so schlimm war die Wunde nun doch nicht.

»Bist du wirklich nicht so böse auf meinen Großvater?« fragte die Kleine. Ich hatte keine Ahnung, in welcher Richtung sie wie weit entfernt war, so merkwürdig hallte es in der Dunkelheit.

»Ich weiß nicht. Ich weiß es selbst nicht«, rief ich aufs Geratewohl. Auch meine eigene Stimme echote aus unbestimmbarer Richtung zurück. »Irgendwann eben beim Zuhören war mir plötzlich alles scheißegal.«

»Scheißegal?«

»Soviel taugt mein Leben nicht. Und mein Gehirn auch nicht.«

»Eben hast du aber gesagt, du wärst zufrieden mit deinem Leben!«

»Nichts als Worte. Irgendein Banner braucht jede Armee.«

Das Mädchen überlegte offenbar, was meine Worte zu bedeuten hätten. Schweigend schwammen wir weiter. Über dem unterirdischen See lag Stille, tief und schwer wie der Tod an sich. Wo war der Fisch, dieser unheimliche, krallenbewehrte Fisch? Irgendwo existierte er bestimmt! Schlief er auf dem Grund des Wassers? Oder schwamm er in einer anderen Höhle herum? Hatte er uns vielleicht gewittert und schoß gerade auf uns zu? Ich stellte mir vor, wie sich seine Krallen in meine Beine bohrten, und zitterte am ganzen Leibe. Sehr bald schon würde ich sterben oder meinetwegen auch erlöschen, doch in diesem elenden Loch von einem Fisch gefressen werden, das wollte ich auf keinen Fall. Der Tod sollte mich unter der vertrauten Sonne ereilen. In dem kalten Wasser wurden mir die Arme schwer, doch ich schwamm aus Leibeskräften weiter.

»Du bist wirklich schwer in Ordnung«, sagte die Kleine. Ihre Stimme verriet nicht die Spur von Erschöpfung. Eine Plauderstimme wie aus dem Badehaus.

»Der Meinung ist eigentlich kaum jemand«, sagte ich.

»Ich schon!«

Ich schaute mich um. Das Lampenlicht des Professors war schon in weite Ferne gerückt, doch meine Hände ertasteten noch immer nicht das Ziel, die Felswand. Warum, dachte ich, ist das bloß so verdammt weit? Und wenn es so weit war – hätte er nicht ein Wort sagen können? Ich hätte mich darauf einstellen können. Wo blieb der Fisch? Hatte mich wohl noch nicht bemerkt, was?

»Ich will meinen Großvater nicht rechtfertigen«, sagte die Kleine, »aber er hatte nichts Böses vor. Er vergißt nur alles um sich herum, wenn er von einer Sache besessen ist. Auch bei dir, er hatte nur Gutes im Sinn. Bevor das *System* wer weiß was mit dir anstellt, wollte er das Rätsel auf seine Art lösen, wollte dich retten. Daß er kooperiert und an Menschen Experimente durchgeführt hat, beschämt ihn selbst zutiefst. Das war nicht richtig von ihm.«

Ich schwamm wortlos weiter. *Das war nicht richtig von ihm.* Was sollte das jetzt noch?

»Verzeih ihm bitte«, sagte sie.

»Ob ich deinem Großvater verzeihe oder nicht, wird ihm herzlich egal sein. Warum hat er denn das Projekt wieder ausgegraben? Warum hat er seine Forschungen nicht, wenn die Verantwortung so schwer auf ihm lastete, innerhalb des *Systems* vorangetrieben, um weitere Opfer zu vermeiden? Er arbeitet nicht gerne in großen Organisationen, schön, aber aufgrund seiner Studien sind die Leute gestorben wie die Fliegen.«

»Er konnte dem *System* nicht mehr trauen«, sagte sie. Das *System* und die *Fabrik* seien, sagte er, wie die linke und die rechte Hand ein und derselben Person.«

»Was soll das heißen?«

»Daß das *System* technisch gesehen genau dasselbe machen würde wie die *Fabrik*.«

»Technisch, ja. Aber wir schützen Daten, und die Semioten stehlen welche. Die Zielsetzung ist ganz anders!«

»Wenn aber das *System* und die *Fabrik* tatsächlich von ein und derselben Person manipuliert würde? Wenn also die linke Hand stehlen würde, und die rechte schützen?«

Ich teilte im Dunkeln ruhig das Wasser und ließ mir durch den Kopf gehen, was sie gesagt hatte. Es war verrückt, aber nicht unmöglich. Ich hatte für das *System* gearbeitet, zweifellos, und wäre auf Befragen doch nicht in der Lage gewesen, seine innere Struktur zu beschreiben. Es war einfach zu groß und gab aus Geheimhaltungsgründen interne Daten nur sehr beschränkt heraus. Wir bekamen Anweisungen von oben, danach arbeiteten wir. Wie dieses Oben aussah, davon hatten marginale Leute wie ich keine Ahnung.

»Wenn du recht hättest, wäre das eine Goldgrube«, sagte ich. »Die könnten in fiktivem Wettbewerb die Preise nach Belieben in die Höhe treiben. Und brauchten, solange sie Balance halten, nicht zu fürchten, daß sie purzeln.«

»Großvater kam darauf, als er für das *System* forschte. Letztlich sei es nichts anderes als ein Privatunternehmen mit staatlicher Beteiligung. Privatunternehmen streben nach Gewinn. Für Gewinn tun sie alles. Das *System* hätte sich den Schutz des Datencopyrights auf die Fahne geschrieben, aber das wäre nur ein Vorwand. Großvater befürchtete, daß sich aufgrund seiner Forschungen die Lage noch verschlechtern würde. Wenn man das menschliche Gehirn nach Belieben umstrukturieren könne, hätte das für die Menschen und die Welt katastrophale Folgen. Man brauche eine Bremse, man brauche Kontrolle. Das sei weder im *System* noch in der *Fabrik* gegeben. Deshalb ist Großvater ausgestiegen. Es tat ihm leid um dich und die anderen Kalkulatoren, aber unter diesen Umständen konnte er nicht weiterforschen. Es hätte nur immer mehr Opfer gegeben.«

»Nur eine Frage noch«, sagte ich. »Hast du das alles von Anfang an gewußt?«

»Ja«, gestand sie nach kurzem Zögern.

»Warum hast du mir nichts davon gesagt? Wir hätten uns

diesen idiotischen Weg hier schenken können, und Zeit hätten wir auch gespart!«

»Ich wollte, daß du Großvater triffst, daß er dir selbst alles erklärt«, sagte sie. »Mir hättest du doch sowieso nicht geglaubt, oder?«

»Kann sein«, sagte ich. Wenn sie aus heiterem Himmel angefangen hätte, vom dritten Schaltkreis und von Unsterblichkeit zu reden, wäre das in der Tat nur schwer zu schlucken gewesen.

Nach ein paar weiteren Zügen stieß ich plötzlich an etwas Hartes. Ich war in Gedanken und deshalb zuerst verwirrt, wußte nicht, was es zu bedeuten hatte, bis mir schließlich dämmerte, daß es sich um die Felswand handelte. Wir hatten den unterirdischen See durchschwommen.

»Wir sind da«, sagte ich. Sie schwamm heran und überzeugte sich selbst. Hinter uns in der Dunkelheit blinkte das Taschenlampenlicht wie ein kleiner Stern. Der Lichtlinie folgend bewegten wir uns etwa zehn Meter weiter nach rechts.

»Hier muß es irgendwo sein«, sagte das Mädchen. »Das Loch liegt ungefähr einen halben Meter über dem Wasserspiegel.«

»Jetzt vielleicht darunter.«

»Nein, nein. Es ist schon richtig angelegt.«

Vorsichtig suchte ich aus dem Bündel auf dem Kopf die Taschenlampe heraus. Mit der einen Hand am Felsen, leuchtete ich mit dem grellen, gelben Licht einen halben Meter über uns die Wand ab. Es dauerte eine ganze Weile, bis sich die Augen an das Licht gewöhnt hatten.

»Da ist kein Loch«, sagte ich.

»Versuch's ein bißchen weiter rechts«, sagte das Mädchen.

Ich hangelte mich ein Stück weiter, das Licht nach oben gerichtet. Doch ein Loch war nicht zu sehen.

»Nach rechts, bist du sicher?« fragte ich. Nun, da ich nicht mehr schwamm, drang mir die Kälte des Wassers bis ins Mark. Meine Gelenke schienen wie eingefroren, selbst vernünftig sprechen konnte ich nicht mehr.

»Ja. Noch ein Stück nach rechts!«

Zitternd hangelte ich mich weiter. Schließlich berührte meine linke, am Felsen entlangstreichende Hand etwas Merkwürdiges. Etwas Rundes, gewölbt wie ein Schild, ungefähr von der Größe einer Langspielplatte. Ich tastete es ab. Irgendein künstliches Muster. Ich richtete die Taschenlampe darauf, um es genauer zu untersuchen.

»Ein Relief, nicht wahr?« sagte das Mädchen.

Ich brachte keinen Ton mehr heraus und nickte nur. Ein Relief derselben Art, die wir am Eingang zum Sanktuarium gesehen hatten. Zwei unheimliche Krallenfische, Kopf an Schwanz und Schwanz an Kopf, in ihrer Mitte die Welt. Wie ein ins Meer getauchter Vollmond lagen zwei Drittel des runden Schildes über, ein Drittel unter dem Wasserspiegel. Wie die beiden vorigen war auch dieses Relief filigran gestaltet. An diesem instabilen, unzugänglichen Ort mußte eine so feine Arbeit enorme Mühe gemacht haben.

»Das ist der Ausgang!« sagte das Mädchen. »Wahrscheinlich hängen an allen Ein- und Ausgängen solche Reliefs. Guck mal ein Stück höher!«

Ich ließ das Licht nach oben gleiten. Der Felsen sprang ein Stück vor, wegen der Schattenbildung konnte ich deshalb nichts Genaues erkennen. Irgend etwas schien da aber zu sein. Ich beschloß hochzuklettern und reichte dem Mädchen die Taschenlampe.

Über dem Relief befand sich glücklicherweise eine Vertiefung, in der ich mich mit den Händen abstützen konnte. Mit ganzer Kraft zog ich meinen steifen Körper hoch und schwang ein Bein über das Relief. Mit der ausgestreckten rechten Hand bekam ich eine Nase im Fels zu fassen, so daß ich mich weiter hochziehen und über den Rand der vorspringenden Wand sehen konnte. Dort war tatsächlich ein Loch. Mehr konnte ich wegen der Dunkelheit nicht sehen, aber ich spürte eine schwache Brise, unangenehm kühle und modrige Luft, die verriet, daß dort ein Tunnel sein mußte. Ich stützte mich an der Felskante ab und zog mich ganz hoch.

»Hier ist der Tunnel!« schrie ich nach unten, die Schmerzen im Bauch unterdrückend.

»Gott sei Dank«, sagte das Mädchen.

Ich nahm die Taschenlampe in Empfang und zog dann das Mädchen hoch. Eine Weile blieben wir zitternd vor dem Loch hocken. Mein Hemd und die Hosen waren so kalt, als hätten sie klatschnaß im Gefrierfach gelegen. Ich kam mir vor, als hätte ich ein gigantisches Glas Whiskey *on the rocks* durchschwommen.

Schließlich band ich mein Bündel vom Kopf und wechselte das Hemd. Meinen Pullover gab ich dem Mädchen. Das nasse Hemd und die Jacke warf ich fort. Von der Taille abwärts war ich naß, aber was sollte ich machen? Hosen und Unterwäsche zum Wechseln hatte ich nicht dabei.

Während das Mädchen die Signalgeräte prüfte, gab ich dem Professor auf dem »Turm« mit der Taschenlampe wiederholt Blinkzeichen, daß wir sicher an dem Loch angekommen waren. Der kleine gelbe Lichtpunkt des Professors flackerte ebenfalls ein paarmal, dann erlosch er. Die Welt hatte ihre perfekte Dunkelheit wieder. Eine Welt ohne Entfernungen, ohne Dicke, ohne Tiefe, eine Welt des Nichts.

»Gehn wir«, sagte das Mädchen. Ich ließ meine Armbanduhr aufblinken. 7 Uhr 18. Die Zeit, in der auf allen Kanälen die Morgennachrichten laufen. Die Leute oben frühstückten und stopften sich noch halb schlafend mit Informationen voll, mit dem Wetterbericht und mit Werbung für Kopfschmerzmittel und dem Stand der Dinge in der prekären Frage des Automobilexportes in die Vereinigten Staaten. Daß ich eine ganze Nacht in diesem unterirdischen Labyrinth umhergeirrt war, wußte niemand. Daß ich hatte schwimmen müssen, daß Blutegel an mir gesaugt hatten, daß mein Bauch schmerzte, davon wußte niemand. Und niemand wußte, daß in 28 Stunden und 42 Minuten meine Welt ablaufen würde. Solche Nachrichten bringt das Fernsehen nicht.

Der Durchgang war der bei weitem engste bisher, wir mußten praktisch kriechen. Zudem schlängelte sich der Weg wie Gedärm, nach links und rechts, bergab, bergauf. Mal ging es abwärts wie in einem Schacht, dann mußten wir wieder klettern. Der Tunnel beschrieb Loopings wie eine Achterbahn. Es ging nur sehr langsam und mühsam voran. Er war offenbar durch natürliche Erosion entstanden, die Schwärzlinge hatten ihn nicht gegraben. Einen so beschwerlichen Durchgang würden nicht einmal die anlegen.

Nach einer halben Stunde wechselten wir die Signalgeräte, nach weiteren zehn Minuten war der enge Schlängelpfad zu Ende, und wir traten plötzlich auf einen weiten Platz mit hoher Decke. Dort war es still und dunkel wie in der Eingangshalle eines alten Gebäudes, es roch nach Moder. T-förmig führte der Durchgang nach rechts und links weiter; von rechts kam ein leichter Windhauch. Das Mädchen leuchtete mit der großen Handlampe in die Seitenarme. Beide zogen sich kerzengerade in die Dunkelheit.

»Welchen nehmen wir?« fragte ich.

»Den rechten«, sagte sie. »Das ist die grobe Richtung, außerdem kommt von da der Wind. Wir sind hier ungefähr unter Sendagaya, wie Großvater gesagt hat, nach rechts geht's zum Jingū-Baseballstadion.«

Ich versuchte, mir die Welt über uns ins Gedächtnis zu rufen. Wenn sie recht hatte, standen wir unter zwei Nudelsuppenrestaurants, unter dem Verlag Kawade und den Victor Studios. Und ganz in der Nähe befand sich auch mein Friseur. Ich frequentierte ihn schon seit über zehn Jahren.

»Hier in der Nähe liegt mein Stammfriseur«, sagte ich.

»Ach ja?« Das Mädchen zeigte wenig Interesse.

Es wäre, schien mir, keine schlechte Idee, noch einmal zum Friseur zu gehen und mir die Haare schneiden zu lassen, bevor die Welt unterging. Was konnte man in 24 Stunden schon noch groß bewerkstelligen? Schön baden, frische Sachen anziehen und zum Friseur gehen, das wäre schon was.

»Sei vorsichtig«, sagte das Mädchen. »Wir sind bald am Nest

der Schwärzlinge. Man riecht sie schon. Hörst du die Stimmen? Bleib dicht hinter mir.«

Ich spitzte die Ohren und schnupperte, roch und hörte aber nichts. Keine Stimmen jedenfalls, nur merkwürdigen Schall.

»Ob die wissen, daß wir in der Nähe sind?«

»Natürlich«, sagte das Mädchen. »Das ist ihr Reich. Hier entgeht denen nichts. Außerdem sind sie wütend. Wütend, daß wir uns ihrem Nest nähern, durch ihr Sanktuarium hindurch. Wenn sie uns schnappen, drehen sie uns durch die Mangel. Bleib also dicht hinter mir. Sonst greifen sie dich aus dem Dunkel heraus und schleppen dich irgendwo hin.«

Wir kürzten das Seil, das uns verband, auf zirka fünfzig Zentimeter.

»Paß auf! Hier ist keine Wand mehr!« sagte sie scharf und strahlte nach links. Tatsächlich verschwand die Wand, von einem Augenblick zum nächsten, wie sie gesagt hatte. Statt dessen gähnte dort ein Loch dichter Schwärze. Wie ein Pfeil durchdrang es der Lichtstrahl in einer geraden Linie, nur um weiter vorn von noch dichterer Finsternis verschluckt zu werden. Es war, als ob die Dunkelheit lebte, als ob sie atmete, sich wand. Eine Dunkelheit wie Gelee, wabbelig, unheimlich.

»Hörst du?« fragte sie.

»Ja«, sagte ich. Jetzt konnte auch ich die Stimmen der Schwärzlinge klar vernehmen. Allerdings handelte es sich genau gesagt eher um ein Rauschen, wie bei Ohrensausen. Es durchschnitt die Dunkelheit und drang mit der Schärfe eines Sägeblattes ins Ohr, ein Gebrumm wie von unzähligen geflügelten Insekten. Es hallte von allen Wänden wider und riß und zerrte am Trommelfell. Ich war nahe daran, die Taschenlampe wegzuwerfen, mich hinzuhocken und mir die Ohren zuzuhalten. Mir war, als raspelten an jedem einzelnen meiner Nerven tausend Feilen aus Haß.

Dieser Haß war anders als jeder Haß, den ich kannte. Er brauste heran wie ein Sturm aus der Hölle, versuchte, uns in Stücke zu reißen. Auf uns lastete ein gigantischer Block aus schwarzen Gedanken, schwarz wie das Kondensat der gesamten unterirdischen Finsternis und der in dieser licht- und augenlosen Welt verschmutzten und verzerrten Zeit. Daß Haß so schwer sein kann, hatte ich nicht gewußt.

»Nicht stehenbleiben!« schrie das Mädchen nah an meinem Ohr. Ihre Stimme war trocken und dürr, doch sie zitterte nicht. Erst als sie mich anschrie, wurde mir bewußt, daß ich stehengeblieben war.

Sie riß an dem Seil, das uns verband. »Nicht stehenbleiben! Wenn du stehenbleibst, ist es aus! Die ziehen dich weg in die Finsternis!«

Doch ich vermochte mich nicht zu rühren. Der Haß der Schwärzlinge fesselte mich an die Stelle, wo ich stand. Die Zeit schien rückwärts zu fließen, zurück zur Erinnerung an unsägliche, urvergangene Zeiten. Ich konnte nirgendwo mehr hin.

Sie gab mir eine schallende Ohrfeige. Sie schlug so fest zu, daß ich einen Moment nichts mehr hörte.

»Rechts!« hörte ich sie schreien. »Rechts! Verstehst du! Das rechte Bein vor! Rechts, sag ich, bist du blöd?«

Schließlich schaffte ich es, schwerfällig das rechte Bein vorzusetzen. Ich meinte, in den Stimmen der Schwärzlinge eine kleine Enttäuschung zu vernehmen.

»Links!« schrie sie. Ich setzte den linken Fuß vor.

»So ist's recht. Einen Fuß vor den andern. Alles in Ordnung?«

Alles in Ordnung, sagte ich, wußte aber nicht, ob ich es wirklich artikuliert hatte. Alles, was ich wußte, war, daß die Schwärzlinge – wie das Mädchen gesagt hatte – versuchten, uns in das dichte Dunkel zu ziehen. Sie tröpfelten uns Angst ein, erst in die Ohren, lähmten uns, um uns dann langsam hinüberzuholen.

Nachdem ich mich wieder bewegen konnte, verspürte ich umgekehrt den Impuls loszurennen. Ich wollte weg von diesem unsäglichen Ort, je schneller, desto besser.

Doch das Mädchen, als hätte es meine Gedanken gelesen, streckte den Arm aus und faßte mich am Handgelenk. »Leuchte auf die Füße«, sagte sie. »Den Rücken zur Wand, dann Schritt für Schritt zur Seite. Verstanden?«

»Verstanden«, sagte ich.

»Auf keinen Fall das Licht nach oben richten!«

»Warum nicht?«

»Weil da Schwärzlinge sind. Direkt über uns«, flüsterte sie. »Du darfst sie auf keinen Fall anschauen. Sonst kommst du keinen Schritt mehr weiter!«

Wir leuchteten sorgfältig den Boden aus und bewegten uns schrittweise zur Seite. Hin und wieder streifte ein kalter, ekelhafter, nach totem Fisch stinkender Hauch meine Wange; jedesmal stockte mir der Atem. Mir war, als wäre ich im überbordenden, madenzerfressenen Gedärm eines Riesenfisches eingeschlossen. Die Schwärzlinge erhoben noch immer ihre Stimmen. Unangenehme Stimmen, wie mit Gewalt aus tonlosen Räumen gequetscht. Meine Trommelfelle verzogen und versteiften sich, im Mund sammelte sich fauliger Speichel.

Und doch bewegte ich mich automatisch zur Seite. Ich konzentrierte mich nur darauf, abwechselnd das linke und das rechte Bein zu bewegen.

Das Mädchen sagte ab und zu etwas, aber ich konnte es nicht richtig verstehen. *Diese Stimmen*, dachte ich, würde ich zeit meines Lebens nicht aus dem Gedächtnis bannen können. Irgendwann würden sie mich aus tiefem Dunkel heraus wieder anfallen. Und irgendwann würden mich schleimige Schwärzlingpfoten an den Boden fesseln.

Wieviel Zeit vergangen war, seit wir in diese alptraumhafte Welt eingedrungen waren, wußte ich nicht mehr. Das Signalgerät, das das Mädchen in der Hand hielt, zeigte noch grünes Licht, es arbeitete also noch, viel Zeit konnte demnach nicht vergangen sein. Mir kam es wie Stunden vor.

Irgendwann jedoch veränderte sich schlagartig die Atmosphäre. Der Fäulnisgeruch wurde dünner, der Druck auf den Ohren verebbte, der Widerhall der Töne veränderte sich. Die Stimmen der Schwärzlinge waren nur noch wie fernes Meeresrauschen zu vernehmen. Das Schlimmste hatten wir hinter uns. Das Mädchen richtete ihre Taschenlampe nach oben; der Lichtstrahl zeigte wieder Felsen. Wir lehnten uns an die Wand, holten tief Luft und wischten uns den kalten Schweiß aus dem Gesicht.

Lange Zeit sagten wir nichts. Schließlich verschwanden auch die fernen Stimmen der Schwärzlinge, die Stille hatte uns wieder. Irgendwo schlugen Wassertropfen auf, es hallte schwach und hohl.

»Was zum Teufel hassen die denn so?« fragte ich meine Gefährtin.

»Die Welt des Lichts und ihre Bewohner«, sagte sie.

»Ich kann einfach nicht glauben, daß die Semioten sich mit denen eingelassen haben. Welcher Preis auch immer gewunken haben mag.«

Sie sagte nichts dazu. Statt dessen drückte sie noch einmal fest meine Hand. »Weißt du, was ich diesmal gedacht habe?«

»Keine Ahnung«, sagte ich.

»Wie schön es wäre, wenn ich mit in die Welt könnte, in die du bald gehst.«

»Du würdest diese Welt hier aufgeben?«

»Klar«, sagte sie. »Die ist doch langweilig! In deinem Kopf zu leben stell ich mir viel spannender vor!«

Ich sagte nichts, schüttelte nur den Kopf. *Ich* wollte nicht in meinem Kopf leben. Ich wollte in niemandes Kopf leben.

»Laß uns jedenfalls erst mal weitergehen«, sagte sie. »Hier können wir nicht ewig bleiben. Wir müssen den Weg zur Kanalisation suchen, zum Ausgang. Wie spät haben wir denn?«

Ich drückte auf die Leuchtanzeige meiner Armbanduhr. Meine Finger zitterten immer noch ein bißchen. Und so schnell würden sie damit wohl nicht aufhören.

»Zwanzig nach acht«, sagte ich.

»Ich wechsle die Geräte«, sagte die Kleine, schaltete das neue ein und klemmte sich das alte, nachdem sie es auf Aufladen gestellt hatte, problemlos zwischen Hemd und Rock. Es war also genau eine Stunde vergangen, seit wir die Höhle betreten hatten. Wenn der Professor recht hatte, mußte bald eine Biegung nach links kommen, Richtung Allee des Kunstforums. Von dort konnte es bis zu den Gleisen der U-Bahn nur noch ein

Katzensprung sein. Und die U-Bahn war immerhin die Verlängerung der überirdischen Kultur. Von dort würden wir irgendwie dem Reich der Schwärzlinge entfliehen können.

Kurze Zeit später bog der Weg wie erwartet im rechten Winkel nach links. Höchstwahrscheinlich befanden wir uns unter der Ginkgo-Allee. Es war Anfang Herbst, die Blätter vermutlich noch saftig grün. Ich rief mir das warme Sonnenlicht, den Geruch von Gras und den frühen Herbstwind ins Gedächtnis. Dort oben hätte ich mich stundenlang hinlegen mögen und den Himmel anschauen. Zum Friseur, dann zu Fuß zum Park, ins Gras legen und den Himmel anschauen. Dazu ein schönes kaltes Bier. Vor dem Weltuntergang.

»Ob draußen schönes Wetter ist?« fragte ich die Kleine, die voranging.

»Wer weiß? Ich habe keine Ahnung. Woher auch?« sagte sie.

»Hast du nicht den Wetterbericht gesehen?«

»Nein. Ich bin den ganzen Tag rumgeirrt, um deine Wohnung zu finden.«

Ich versuchte mich zu erinnern, ob gestern nacht, als ich das Haus verließ, die Sterne geleuchtet hatten. Vergeblich. Alles, was mir einfiel, war das junge Pärchen, das in seinem Nissan Skyline Duran Duran gehört hatte. Auf die Sterne konnte ich mich einfach nicht besinnen. Genaugenommen hatte ich sie schon monatelang nicht mehr betrachtet. Wenn sie vor drei Monaten allesamt vom Himmel gefegt worden wären: Es wäre mir nicht im mindesten aufgefallen. Was ich gesehen hatte, woran ich mich erinnern konnte, das waren die Silberkettchen am Handgelenk der Frau und die Eiskremstielchen im Topf des Gummibaumes, solches Zeug, sonst nichts. So gesehen, hatte ich ein völlig ungenügendes, ganz unangemessenes Leben geführt. Wenn ich, schoß es mir durch den Kopf, als jugoslawischer Schäfer geboren worden wäre, hätte ich jede Nacht den Großen Bären anschauen können. Der Skyline, Duran Duran, die Silberkettchen, das Shuffling, der dunkelblaue Tweed-Anzug, das alles kam mir vor wie ein in ferner Vergangenheit geträumter Traum. Alle Erinnerung war merkwürdig platt, wie ein Automobil, das in der Hochdruckpresse zu einer bloßen Metallscheibe zerquetscht wird, platt – bei erhaltener Komplexität – wie eine Kreditkarte. Von vorne gesehen nur ein kleines bißchen unnatürlich, von der Seite jedoch nichts als ein Strich, beinahe ohne jeden Sinn. Die Karte enthielt mich, alles, ohne Frage, aber war doch nichts als eine Plastikscheibe. Solange man sie nicht in den Schlitz des dafür gebauten Lesegerätes steckte, hatte sie keinerlei Sinn.

Wahrscheinlich wurde der erste Schaltkreis schwächer. Deshalb wirkten meine tatsächlichen Erinnerungen so platt, als gehörten sie zu jemand anders. Mein Kopf stand im Begriff, sich von mir zu entfernen. Die Karte meiner Identität würde immer dünner werden, dünn wie Papier, und dann ganz verschwinden.

Während ich automatisch hinter dem Mädchen hertappte, rief ich mir noch einmal das Pärchen in dem Skyline in Erinnerung. Warum ich mich derart auf die beiden kaprizierte, war mir schleierhaft, doch ich wußte nicht, an was ich sonst hätte denken sollen. Was die beiden jetzt, morgens um halb neun, wohl machten? Ich konnte es mir nicht vorstellen. Vielleicht schliefen sie noch fest, vielleicht standen sie in der Bahn, jeder für sich, und fuhren zur Arbeit. Das eine oder das andere – was wußte ich. Zwischen der realen Welt und meiner Phantasie gab es keine vernünftige Verbindung mehr. Ein Fernsehspielautor würde einfach irgendeinen Plot entwerfen: Die Frau hat in Frankreich studiert und einen Franzosen geheiratet; der liegt nach einem Verkehrsunfall im Dauerkoma. Sie wird dieses Lebens überdrüssig, verläßt ihren Mann, kehrt nach Tōkyō zurück und arbeitet bei der belgischen oder der Schweizer Botschaft. Die Silberkettchen sind ein Geschenk ihres Mannes. Rückblende: Der Strand von Nizza, Winter. Sie legt die Silberkettchen nie ab. Nicht im Bad, nicht bei der Liebe. Der Mann ist ein Ex-68er und trägt wie der Held in Wajdas *Asche und Diamant* ständig eine Sonnenbrille. Er ist Starregisseur beim Fernsehen und träumt oft Alpträume von Tränengas. Seine Frau hat sich vor fünf Jahren die Pulsadern aufgeschnitten. Cut. (Ein Fernsehspiel mit wirklich vielen Cuts und Rückblenden.) Jedesmal, wenn er die am linken Handgelenk der Frau baumelnden Silberkettchen sieht, muß er an das offene, blutige Handgelenk seiner Frau denken. Er bittet das Mädchen, die Silberkettchen rechts zu tragen. »Das geht nicht«, sagt sie. »Ich trage die Kettchen nur links.«

Einen Klavierspieler könnte man noch einsetzen, wie in *Casablanca*. Einen Alkoholiker. Auf dem Klavier steht immer ein Glas Gin, Gin mit einem Spritzer Lime. Der Klavierspieler ist ein gemeinsamer Freund der beiden, kennt beider Geheimnis. Er war ein begnadeter Jazzpianist, hat sich aber um Kopf und Kragen gesoffen.

An dieser Stelle gab ich auf, es wurde mir zu blöd. Der Plot hatte nicht das geringste mit der Realität zu tun. Aber was ist Realität? Diese Frage stürzte mich nur noch mehr in Verwirrung. Die Realität ist stumpf und schwer wie ein randvoll mit Sand gefüllter Pappkarton, und sie ist unsinnig. Ich hatte schon Monate nicht mehr die Sterne gesehen!

»Ich halt's nicht mehr aus!« sagte ich.

»Was hältst du nicht mehr aus?« fragte die Kleine.

»Alles, die Dunkelheit, den Modergeruch, die Schwärzlinge. Meine nassen Hosen, die Wunde am Bauch, alles, alles. Wir wissen noch nicht mal, wie das Wetter draußen ist. Welchen Wochentag haben wir heute?«

»Bald haben wir's geschafft«, sagte sie. »Bald sind wir draußen.«

»In meinem Kopf geht alles durcheinander«, sagte ich. »Ich weiß nicht mehr genau, wie es draußen ist. Alle meine Gedanken laufen in die falsche Richtung.«

»Denk an nichts. Es dauert nicht mehr lange, dann sind wir draußen.«

Also dachte ich an nichts. Dabei wurde mir bewußt, daß mir die Hosen kalt an den Beinen klebten. Was meinen Körper unterkühlte und die Wunde wieder dumpf schmerzen ließ. Doch trotz der Kälte verspürte ich merkwürdigerweise nicht den

Drang, zu urinieren. Wann hatte ich eigentlich das letztemal gepinkelt? Ich kratzte sämtliche Erinnerungsfetzen zusammen und wühlte darin herum, vergeblich. Ich wußte es nicht mehr.

Seit wir in die Untererde abgetaucht waren, hatte ich jedenfalls nicht gepinkelt. Und davor? Davor hatte ich meinen Wagen gesteuert. Hatte einen Hamburger gegessen und das Pärchen in dem Skyline gesehen. Und davor? Davor hatte ich geschlafen. Die Dicke war gekommen und hatte mich geweckt. Hatte ich da gepinkelt? Nein, wahrscheinlich nicht. Sie hatte mich, so wie man Wäsche in einen Koffer stopft, mit beiden Händen wachgestampft und gleich mitgenommen. Zeit zum Pinkeln war nicht. Und davor? Daran konnte ich mich nicht mehr genau erinnern. Ich mußte beim Arzt gewesen sein. Er hatte mir den Bauch genäht. Aber was für ein Arzt? Keine Ahnung. Jedenfalls ein Arzt. Ein Arzt im weißen Kittel hatte mir knapp über der Schambehaarung den Bauch zusammengenäht. Hatte ich davor gepinkelt?

Keine Ahnung.

Wahrscheinlich nicht. Wenn ich davor gepinkelt hätte, hätte ich wegen der Wunde mit Sicherheit Schmerzen dabei gehabt und könnte mich erinnern. Ich erinnerte mich aber nicht, also hatte ich bestimmt nicht gepinkelt. Demnach hatte ich also schon ziemlich lange nicht mehr gepinkelt. Wie viele Stunden?

Die Zeit. In meinem Kopf ging es zu wie in einem Hühnerstall am frühen Morgen. Zwölf Stunden? Achtundzwanzig Stunden? Zweiunddreißig? Wohin war mein Harn verschwunden? Ich hatte doch Bier getrunken, Cola, Whiskey! Wo war das denn alles hin?

Halt, den Bauch hatte man mir vielleicht schon vorgestern aufgeschlitzt, im Krankenhaus war ich vorgestern gewesen. Gestern war, schien mir, ein ganz anderer Tag. Aber was für einer? Was war passiert? Ich hatte nicht die geringste Ahnung. Gestern war ein vager Klumpen Zeit. Rund wie eine ins gigantische aufgedunsene Zwiebel, die Wasser gezogen hat. Was wo war, was sich hier tat, wenn man dort drückte, nichts, nichts war klar.

Ich näherte mich den Dingen und entfernte mich wieder, wie auf einem Karussell. Wann hatten die beiden mir den Bauch aufgeschlitzt, wann war das gewesen? Ich hatte im Morgengrauen an der Kaffeebar im Supermarkt gesessen. War das davor oder danach? Wann hatte ich gepinkelt? Und: Warum beschäftigte mich diese Frage so?

»Da ist es!« sagte sie, drehte sich zu mir um und packte mich am Ellbogen. »Die Kanalisation! Der Ausgang!«

Ich wischte meine Pinkelgedanken beiseite und starrte auf die Stelle in der Wand, die sie mit der Taschenlampe anstrahlte. Ein Loch, viereckig wie eine Schuttrutsche, gerade groß genug, daß sich eine Person hindurchzwängen konnte.

»Mit Kanalisation hat das aber nicht viel zu tun«, sagte ich.

»Die ist dahinter. Das Loch hier führt hin. Riech doch mal! Abwasser!«

Ich steckte den Kopf in das Loch und schnüffelte. Der altvertraute Geruch von Abwasser, zweifellos. Nach dem Irrgang durch das unterirdische Labyrinth rührte mich selbst dieser Gestank. Es wehte außerdem Luft heraus, eindeutig. Dann erzitterte der Boden, und ich hörte, wie weit hinten die U-Bahn über die Gleise rauschte. Das Rauschen hielt zehn, fünfzehn Sekunden an, bis es verebbte wie ein Wasserhahn, der langsam zugedreht wird. Kein Zweifel. Hier war der Ausgang.

»Wir haben's geschafft, endlich«, sagte sie und gab mir einen Kuß auf den Nacken. »Wie fühlst du dich?«

»Frag lieber nicht«, sagte ich. »Ich weiß nicht, wo mir der Kopf steht.«

Sie kroch zuerst in das Loch, kopfüber. Nachdem ihr weicher Hintern darin verschwunden war, kroch ich nach. In der engen Röhre ging es geradeaus. Meine Taschenlampe beleuchtete den Hintern und die Waden der Frau. Die Waden erinnerten mich an weiß-glattes chinesisches Gemüse. Ihr Rock war pitschnaß; er klebte und hing an ihren Schenkeln wie ein Haufen Straßengören.

»Bist du noch da?« schrie sie.

»Ja«, schrie ich zurück.

»Hier liegt ein Schuh!«

»Was für ein Schuh?«

»Ein schwarzer Herrenschuh, Leder.«

Bald sah ich ihn auch. Es war ein alter Schuh, der Absatz schiefgelaufen. Der Dreck an der Spitze war hart und weiß geworden.

»Wieso liegt denn hier ein Schuh rum?«

»Warum wohl? Den wird einer verloren haben, als er von den Schwärzlingen geschnappt wurde.«

»Was du nicht sagst!« sagte ich.

Da es nichts anderes zu sehen gab, schaute ich beim Kriechen auf ihren Rock. Ab und zu rutschte er weit über die Schenkel, dann war sauberes, weißes, fülliges Fleisch zu sehen. Ungefähr dort, wo die Frauen früher ihre Nylons an den Strapsen befestigten. Früher, bevor man die Strumpfhose erfand, gab es zwischen Strümpfen und Strumpfhalter ein Stück entblößte Haut.

Auf diese Weise entlockte mir ihre weiße Haut Erinnerungen an alte Zeiten. An die von Jimi Hendrix und den Cream, die von Otis Redding und den Beatles. Ich pfiff den Anfang von Peter and Gordons *I go to pieces*. Ein schönes Lied. Herz und Schmerz. Tausendmal besser als Duran Duran. Aber vielleicht empfand ich das auch nur, weil ich alt geworden war. *I go to pieces* war vor über zwanzig Jahren aktuell gewesen. Wer konnte denn damals schon den Advent der Strumpfhose vorhersehen?

»Warum pfeifst du denn?« schrie sie.

»Ich weiß nicht. Einfach so«, antwortete ich.

»Was ist das für ein Lied?«

Ich nannte ihr den Titel.

»Kenn ich nicht.«

»Klar. Das war ein Hit, bevor du auf die Welt gekommen bist.«

»Worum geht's denn dabei?«

»Um einen Menschen, der in Stücke zerbricht.«

»Warum pfeifst du denn so was?«

Ich überlegte eine Weile, aber ein besonderer Grund fiel mir nicht ein. Das Lied war mir einfach in den Sinn gekommen. »Ich weiß es nicht«, sagte ich.

Während ich noch nach einer anderen Melodie suchte, erreichten wir die Kanalisation. Eigentlich war es nur eine dicke Betonröhre von etwa anderthalb Metern Durchmesser, die zwei Zentimeter hoch Wasser führte. Entlang des Rinnsals war sie von schleimigem, moosartigem Zeug bewachsen. Weiter vorn rauschte die x-te Bahn vorbei. Das Rauschen war jetzt ganz deutlich, fast schon Lärm, und man sah sogar schwachen gelben Lichtschein.

»Warum führt die Kanalisation eigentlich zu den Gleisen?« fragte ich.

»Genaugenommen ist das keine Kanalisation«, sagte sie. »Hier wird nur Grundwasser abgeschöpft und in die U-Bahn-Gräben geleitet. Es ist aber schmutzig, weil Abwasser mit einsickert. Wie spät ist es jetzt?«

»9 Uhr 23«, sagte ich.

Sie zog das Signalgerät aus dem Rock und tauschte es gegen das, das in Betrieb gewesen war.

»Nur noch ein kleines Stück. Aber nicht übermütig werden, hörst du? Die Schwärzlinge beherrschen auch die U-Bahn-Anlagen. Du hast den Schuh gesehen, ja?«

»Hab ich«, sagte ich.

»Ernüchternd, oder?«

»Ziemlich.«

Wir marschierten in der Betonröhre weiter, am Wasser entlang. Das Schmatzen unserer wassertretenden Gummisohlen hallte von den hohlen Wänden, überlagert vom Brausen herannahender und sich entfernender Züge. So glücklich hatte mich die U-Bahn noch nie gemacht. Es hallte und brauste wie das Leben selbst, erfüllt von glitzerndem Licht. Alle möglichen Leute fuhren mit, jeder seinem Ziel entgegen, die Zeitung lesend, in Illustrierten blätternd. Ich erinnerte mich an die bunten Werbeplakate, die in den Abteilen von der Decke hängen, und an die Netzpläne über den Türen. Die Ginza-Linie wird auf den Plänen immer gelb dargestellt. Warum, weiß ich nicht, jedenfalls gelb. Bei der Ginza-Linie fällt mir deshalb immer Gelb ein.

Bis zum Ausgang war es gar nicht so weit. Er war vergittert, aber das Metall war beschädigt, so daß gerade eine Person hindurchpaßte. Der Beton der Röhre war ausgehöhlt, alle Eisenstreben herausgezogen. Ohne Frage das Werk der Schwärzlinge, doch diesmal war ich ihnen ausnahmsweise einmal dankbar. Wäre das Gitter intakt gewesen, wären wir, die Welt direkt vor unseren Augen, keinen Schritt mehr weitergekommen.

Vor dem runden Ausgang war eine Ampel zu sehen und ein viereckiger Holzkasten, für Werkzeug vielleicht. Zwischen den Gleisen reihten sich in gleichmäßigen Abständen schwarz verfärbte Betonpfeiler. Die dort angebrachten Lampen tauchten den Tunnel in trübes Licht, das mir gleichwohl überaus grell in die Augen stach. Ich war zu lange unter der Erde gewesen, meine Augen hatten sich ganz auf die Dunkelheit eingestellt.

»Wir warten hier ein bißchen, bis sich die Augen an das Licht gewöhnt haben«, sagte das Mädchen. »Zehn, fünfzehn Minuten müßten für das schwache Licht hier genügen. Dann gehen wir wieder ein Stück und gewöhnen uns an das hellere Licht. Sonst laufen wir Gefahr, geblendet zu werden und gar nichts mehr sehen zu können. Bis dahin nicht in die vorbeifahrenden Züge schauen! Verstanden?«

»Verstanden«, sagte ich.

Sie nahm mich am Arm und führte mich zu einer trockenen Stelle, wo wir uns hinhockten. Dann umfaßte sie, als müsse sie mich stützen, mit beiden Händen meinen rechten Oberarm.

Ein Zug kam; wir senkten den Kopf und schlossen fest die Augen. Eine Zeitlang tanzte und flackerte es gelb vor den Lidern, bis mit dem ohrenbetäubenden Lärm auch das Licht wieder verschwand. Es war so grell, daß mir Tränen in die Augen traten und über die Wangen kullerten. Mit dem Hemdärmel wischte ich sie weg.

»Keine Sorge, das geht gleich vorbei«, sagte sie. Auch ihr

liefen Tränen übers Gesicht. »Noch drei, vier Züge warten wir ab. Dann haben sich die Augen an das Licht gewöhnt, und wir können bis kurz vor die Station laufen. Bis dorthin wagen sich die Schwärzlinge nicht vor. Und wir können ins Freie.«

»Ich habe das Gefühl, das schon einmal erlebt zu haben«, sagte ich.

»Was? Im U-Bahn-Tunnel zu laufen?«

»Nein, nicht das. Ich meine das Licht. Daß Licht mich so blendet, daß ich weinen muß.«

»Das hat jeder schon mal erlebt.«

»Nein, nein, nicht so. Mit besonderen Augen, mit besonderem Licht. Es war bitterkalt. Meine Augen waren über lange Zeit an Dämmer gewöhnt, wie jetzt, vertrugen kein Licht. Es waren ganz besondere Augen.«

»Kannst du dich noch an mehr erinnern?«

»Nein, nur an das. Das ist alles.«

»Das sind bestimmt gegenläufige Erinnerungen«, sagte sie.

Sie hatte sich an mich gelehnt, so daß ich am Arm die Wölbung ihres Busens spürte. Die pitschnaße Hose hatte meinen ganzen Körper unterkühlt, nur dort, wo ihr Busen mich berührte, war es warm.

»Hast du etwas Bestimmtes vor, wenn wir draußen sind? Möchtest du irgendwo hin, etwas Besonderes tun, jemanden treffen?« fragte sie und linste dabei auf meine Uhr. »Es sind noch fünfundzwanzig Stunden und fünfzig Minuten.«

»Ich will nach Hause, baden. Und mich umziehen. Danach vielleicht zum Friseur«, sagte ich.

»Dann hast du immer noch Zeit.«

»Alles weitere überleg ich, wenn es soweit ist.«

»Darf ich mitgehen?« fragte sie. »Ich würde auch gern baden und mich umziehen.«

»Meinetwegen«, sagte ich.

Da die zweite Bahn herannahte, aus Richtung Aoyama Itchōme, senkten wir wieder den Kopf und schlossen die Augen. Das Licht blendete immer noch, doch die Augen tränten nicht mehr so stark.

Meine Gefährtin leuchtete mich mit der Taschenlampe an: »Deine Haare sind gar nicht so lang, daß du zum Friseur müßtest. Lange Haare würden dir bestimmt gut stehen.«

»Von langen Haaren habe ich die Nase voll.«

»Jedenfalls brauchst du noch nicht zum Friseur. Wann warst du denn das letztemal?«

»Keine Ahnung«, sagte ich. Ich wußte es einfach nicht mehr. Kein Wunder, wenn ich mich nicht mal mehr daran erinnern konnte, wann ich das letztemal gepinkelt hatte. Alles, was Wochen zurücklag, war für mich Steinzeit.

»Hast du zu Hause was zum Anziehen für mich, in meiner Größe?«

»Ich weiß nicht, glaub eher nicht.«

»Macht nichts, wird schon irgendwie gehen«, sagte sie. »Brauchst du das Bett?«

»Das Bett?«

»Um mit jemand zu schlafen, einem Callgirl zum Beispiel.«

»An so was hatte ich nicht gerade gedacht«, sagte ich. »Nein, ich glaub nicht, daß ich es brauche.«

»Darf ich dann drin schlafen? Bevor ich wieder zu Großvater gehe, würde ich mich gern ein bißchen ausruhen.«

»Meinetwegen. Aber es könnte sein, daß die Semioten bei mir auftauchen oder die vom *System*. In der letzten Zeit bin ich ziemlich beliebt. Und die Tür steht offen.«

»Das macht mir nichts aus«, sagte sie.

Wahrscheinlich macht es ihr tatsächlich nichts aus, dachte ich. Dem einen macht dies nichts aus, dem anderen jenes.

Aus Richtung Shibuya rauschte die dritte Bahn vorbei. Ich schloß die Augen und zählte. Bei 14 waren die Schlußlichter weg. Die Augen schmerzten fast gar nicht mehr. Die erste Stufe hatten wir hinter uns. Die Schwärzlinge würden mich nicht mehr kriegen, in keinen Brunnen hängen, und der Riesenfisch würde mich nicht zerfleischen.

»Gut«, sagte sie und ließ meinen Arm los. »Gehn wir!«

Ich nickte, erhob mich auch und folgte ihr auf die Gleise. Dann liefen wir los, Richtung Aoyama Itchōme.

## Löcher

Am nächsten Morgen wache ich auf, und die ganze Geschichte im Wald kommt mir vor, als wäre sie meinen Träumen entsprungen. Aber es kann kein Traum gewesen sein. Auf dem Tisch liegt die alte Ziehharmonika, klein und zusammengerollt wie ein schwaches Tierjunges. Es ist alles wahr, wirklich passiert: der Ventilator, der von Wind aus den Tiefen der Erde angetrieben wird, der junge Verwalter mit dem unglücklichen Gesicht und der Sammlung von Musikinstrumenten.

Abgesehen davon geistert ein seltsam irreales Geräusch in meinem Kopf herum, die ganze Zeit schon. Als würde ständig irgend etwas hineingerammt. Pausenlos sticht und schiebt sich ein flaches Ding in meinen Kopf. Weh tut es nicht, mein Kopf ist sogar selten klar, bis auf dieses irreale Geräusch eben.

Vom Bett aus sehe ich mich im Zimmer um, doch nichts hat sich verändert, nicht das geringste. Die Decke, die vier Wände, die durchgetretenen Dielen, die Vorhänge vor dem Fenster – alles ist wie immer. Auf dem Tisch liegt die Ziehharmonika. An der Wand hängen mein Mantel und der Schal. In den Manteltaschen stecken die Handschuhe.

Ich recke und strecke meine Glieder, eines nach dem anderen. Alles funktioniert tadellos. Die Augen tun mir auch nicht weh. Alles völlig normal.

Trotzdem, das flache Geräusch schiebt immer noch in meinem Kopf herum, unregelmäßig und konzentriert. Viele gleichartige, übereinanderliegende Töne. Ich versuche herauszufinden, woher sie kommen, doch ich kann die Ohren spitzen, wie ich will, eine Richtung vermag ich nicht zu bestimmen. Die Töne scheinen meinem Kopf zu entspringen.

Vorsichtshalber stehe ich aber auf und schaue aus dem Fenster. Da endlich kann ich das Geräusch zuordnen: Es stammt von Spaten, die in die hart gefrorene Erde gestochen werden, denn auf dem freien Platz direkt unter meinem Fenster sind drei alte Männer dabei, ein großes Loch zu graben. Die Luft ist gespannt, das Stechen und Kratzen tanzt eigentümlich hin und her, was mich wohl in die Irre geführt hat. Hinzukommen mag noch, daß meine Nerven momentan nicht die allerstärksten sind, weil alles mögliche auf einmal passiert.

Die Uhr zeigt schon kurz vor zehn. Noch nie habe ich so lange geschlafen! Wieso hat der Oberst mich nicht geweckt? Bisher hat er doch immer Punkt neun mit dem Tablett in meiner Tür gestanden, um mich zu wecken und mit mir zusammen zu frühstücken. Die einzige Ausnahme hat er gemacht, als ich Fieber hatte.

Ich warte bis halb elf, aber der Oberst taucht nicht auf. Schließlich hole ich mir in der Küche unten Brot und etwas zu trinken, kehre auf mein Zimmer zurück und frühstücke alleine. Aber es schmeckt mir nicht – wahrscheinlich habe ich mich mittlerweile daran gewöhnt, in Gesellschaft zu essen. Ich schaffe das Brot nur halb; den Rest hebe ich für die Tiere auf. Dann wickle ich mich in meinen Mantel, setze mich aufs Bett und warte, bis der Ofen das Zimmer einigermaßen aufgeheizt hat.

Die unglaubliche Wärme des gestrigen Tages ist über Nacht verflogen, im Zimmer herrscht die übliche beißende Kälte, wie jeden Morgen. Draußen weht zwar kein starker Wind, doch sonst sieht die Landschaft wieder ganz winterlich aus. Vom nördlichen Bergkamm bis zu der Wildnis im Süden hängen schneeschwere Wolken tief und drückend am Himmel.

Auf dem Platz unter meinem Fenster sind die vier Alten immer noch dabei, das Loch zu graben.

Vier?

Als ich vorhin hinausgesehen habe, sind es ganz sicher nur drei gewesen. Drei alte Männer, die mit Spaten ein Loch gruben. Aber jetzt sind es vier. Vermutlich hat sich unterdessen einer hinzugesellt. Verwunderlich wäre es nicht. Im Beamtenviertel wimmelt es schließlich von alten Männern. Die vier stehen an den vier Ecken und heben schweigend die Grube zu ihren Füßen aus. Ab und zu fährt ihnen eine launische Bö unter die Jacken und schlägt sie hoch, doch die Kälte scheint den Alten nichts auszumachen – unermüdlich und mit geröteten Wangen stechen sie ihre Spaten wieder und wieder in die Erde. Einem ist offenbar sogar zu warm geworden, er hat seine Jacke ausgezogen. Wie eine abgestreifte Schlangenhaut hängt sie an einem Ast und flattert im Wind.

Im Zimmer ist es jetzt warm genug. Ich setze mich auf den Stuhl vor dem Tisch, nehme die Ziehharmonika in die Hand, ziehe den Balg langsam auseinander und drücke ihn wieder zusammen. Jetzt, in meinem eigenen Zimmer, in aller Ruhe betrachtet, erkenne ich, daß sie bedeutend feiner gearbeitet ist, als es im Wald zunächst den Anschein gehabt hat. Tastatur und Balg sind zwar verschossen, doch der Lack auf dem Holzkörper ist noch nirgends abgesplittert, und auch die in grüner Farbe aufgemalten feinen Arabesken sind vollkommen unbeschädigt erhalten. Die Konzertina könnte ohne weiteres als Kunstwerk durchgehen. Wie erwartet, ist der Balg etwas steif geworden und bewegt sich nur mühsam, aber das beeinträchtigt das Spiel kaum. Ohne Zweifel hat das Instrument lange Zeit unberührt herumgelegen. Was für Menschen haben es wohl früher einmal gespielt? Auf welchem Weg mag es hierher gekommen sein? – Ich habe keine Ahnung. Das Ganze ist ein einziges Rätsel.

Nicht nur der Ornamente wegen bin ich versucht, die Funktionstüchtigkeit dieser Ziehharmonika anzuzweifeln. Sie ist zu klein. Zusammengedrückt paßt sie glatt in eine Manteltasche. Trotzdem, die musikalischen und instrumentalen Funktionen leiden darunter überhaupt nicht – die Ziehharmonika hat alles, was eine Ziehharmonika haben muß.

Ich drücke und ziehe ein paarmal, bis ich mich an die Eigenarten des Balgs gewöhnt habe. Dann probiere ich der Reihe nach die Knöpfe auf der rechten Seite aus und drücke dazu die Baßknöpfe der Begleitseite. Ich spiele die Töne einmal kurz durch und lausche dann auf die Geräusche von draußen.

Ich höre die Alten immer noch das Loch graben. Das Stechen und Schieben ihrer vier Spaten dringt mit seinem absurden, unregelmäßigen Rhythmus seltsam deutlich zu mir ins Zimmer herauf. Ab und zu rüttelt der Wind am Fenster. Draußen sieht man den Hang, auf dem hier und da noch Schnee liegt. Ich weiß nicht, ob die Alten die Töne der Ziehharmonika hören können. Wahrscheinlich nicht. Sie sind leise, und der Wind weht genau aus entgegengesetzter Richtung.

Es ist elend lange her, daß ich das letztemal eine Ziehharmonika gespielt habe, und das war ein modernes Modell, ein Akkordeon mit Klaviatur. So kostet es einige Zeit und Mühe, bis ich mich an den altmodischen Aufbau und die Anordnung der Knöpfe gewöhnt habe. Da alles auf engstem Raum untergebracht werden mußte, sind die Knöpfe klein und liegen zudem noch unglaublich nah beieinander. Für ein Kind oder eine Frau mag das angehen, aber für einen ausgewachsenen Mann wie mich ist es schon ein ziemliches Kunststück. Obendrein muß man noch seinen Rhythmus finden, um den Balg effektiv drükken und ziehen zu können.

Trotzdem, nach ein bis zwei Stunden bin ich soweit, daß ich die richtigen Knöpfe zur rechten Zeit finde und ein paar einfache Akkorde fehlerlos spielen kann. Aber in meinem Kopf taucht einfach keine Melodie auf. Wieder und wieder drücke ich die Knöpfe und versuche, eine Melodie zu erwischen – heraus kommt aber immer nur eine bedeutungslose Abfolge von Tonleiternoten, die mich nirgendwohin führen. Manchmal bringt mich eine zufällige Tonfolge ganz nah heran: Ich denke, gleich, gleich erinnere ich mich – aber schon entgleitet mir alles und löst sich in Luft auf.

Ich habe das unbestimmte Gefühl, die Spatengeräusche der Alten sind mit schuld, daß ich keine Melodie ausfindig machen kann. Sicher, das ist es nicht allein, aber das Stechen und Schieben geht mir doch auf die Nerven und stört mich in der Konzentration. Vorhin war ich schließlich schon fast soweit zu glauben, die Alten säßen direkt in meinem Kopf und grüben dort ihr Loch, weil ihre Arbeitsgeräusche dermaßen laut in meinen Ohren dröhnen. Sie graben und graben, und das Loch in meinem Kopf wird größer und größer.

Kurz vor Mittag frischt der Wind plötzlich auf, Schnee beginnt sich darunter zu mischen. Schneeflocken, klein, weiß, aber hart wie Eis, klopfen trocken an die Scheiben und fallen in unregelmäßigen Abständen auf das Fensterbrett, um bald wieder vom Wind fortgerissen zu werden. Noch bleiben sie nicht liegen, doch sehr bald werden es mehr werden; immer feuchtere, dickere und weichere Flocken werden fallen. Das ist jedesmal so, genau in dieser Reihenfolge. Und am Ende wird die Erde wieder in ein weißes Kleid gehüllt sein. Eisiger Schnee ist stets der Vorbote starken Schneefalls.

Die Alten draußen scheint das Wetter nicht sonderlich zu stören; sie graben einfach weiter, als hätten sie von vornherein gewußt, daß Schnee fallen wird. Keiner von ihnen sieht zum Himmel auf, keiner legt den Spaten aus der Hand, keiner sagt etwas. Sogar die Jacke bleibt am Ast hängen. Wild flattert sie im Wind.

Es sind jetzt sechs alte Männer da draußen. Von den beiden, die hinzugestoßen sind, hat einer eine Hacke, der andere einen Handkarren. Der mit der Hacke steht im Loch und schlägt den harten Boden auf, der mit dem Handkarren schaufelt die neben dem Loch aufgehäufte Erde auf den Karren und fährt sie zur Böschung, wo er sie ablädt. Selbst das Heulen des heftigen Windes vermag die Geräusche von Spaten, Schaufel und Hacke nicht zu übertönen.

Ich lasse das Lied Lied sein, stelle die Konzertina auf den Tisch zurück, gehe zum Fenster und sehe den Alten eine Weile bei der Arbeit zu. Einen Vorarbeiter scheinen sie nicht zu haben, alle arbeiten gleichberechtigt nebeneinander, niemand weist an oder gibt Befehle. Der mit der Hacke zerstößt sauber und effektiv den harten Boden, die vier heben die Erde mit ihren Spaten aus dem Loch, und der mit der Handkarre fährt sie still zur Böschung.

Aber wenn ich mir das Loch so ansehe, bekomme ich meine Zweifel. Für eine Müllgrube ist es unnötig groß, außerdem, so kurz vor dem großen Schnee macht es absolut keinen Sinn. Es muß einen ganz bestimmten Zweck haben. Trotzdem, der Schnee wird hineinwehen, und bis morgen früh wird das Loch vollkommen zugeschneit sein. Die Alten sehen die Wolken doch auch, ihnen muß das alles doch bewußt sein! Der Schnee hat schließlich jetzt schon den Fuß des nördlichen Bergkamms erreicht. Das Massiv ist hinter einer Wand aus Schnee und Nebel verschwunden.

Immer wieder lasse ich meine Gedanken um dieses Problem kreisen, doch ich bringe einfach keinen Sinn in die Arbeit der Alten; schließlich forsche ich nicht weiter nach, kehre auf meinen Stuhl vor dem Ofen zurück und starre in die rotglühende Kohle. Ein Lied wird mir wohl auch nie mehr einfallen, mit oder ohne Musikinstrument – ist sowieso alles egal. Man kann Noten aneinanderreihen, solange man will – ohne Melodie sind und bleiben sie nur eine Abfolge von Tönen, nichts weiter. Und die Konzertina auf dem Tisch ist und bleibt nichts weiter als ein schönes *Ding*. Plötzlich verstehe ich nur zu gut, was der Verwalter des Kraftwerks meinte, als er sagte: »Man braucht die Instrumente nicht zu spielen, sie sind einfach so schön, zum Ansehen.« Ich schließe die Augen und lausche den Schneeflokken, die ans Fenster klopfen.

Um die Mittagszeit hören die Alten endlich auf zu graben und verschwinden im Haus. Spaten und Hacken lassen sie einfach auf dem Boden liegen.

Ich sitze auf dem Stuhl vor dem Fenster und schaue auf das verlassene Loch hinunter, da klopft es an die Tür, und der Oberst von nebenan kommt herein. Er hat wie immer seinen dicken Mantel an und die Arbeitskappe auf, den Schirm vorne tief ins Gesicht gezogen. Kappe und Mantel sind voller Schneeflocken.

»Schätze, bis heute abend werden wir eingeschneit sein«, sagt er. »Soll ich das Mittagessen holen?«

»Ja, danke«, sage ich.

Nach knapp zehn Minuten kommt er mit einem Topf zurück,

den er auf den Ofen setzt. Dann zieht er mit größter Sorgfalt, wie ein Krustentier, das seine Schale abstößt, Mütze, Mantel und Handschuhe aus. Schließlich streicht er sich mit den Fingern die zerzausten Haare glatt, setzt sich auf einen Stuhl und seufzt. »Konnte zum Frühstück nicht vorbeikommen, tut mir leid«, sagt der Alte. »Hatte von morgens früh an so viel zu tun, daß ich nicht mal Zeit zum Essen fand.«

»Sie haben doch nicht etwa ein Loch gegraben?«

»Ein Loch? Ach so, *das* Loch meinst du. Das ist nicht meine Arbeit. Nicht, daß es mir etwas ausmachen würde ...«, sagt der Oberst und grinst. »Nein, ich war in der Stadt zum Arbeiten.«

Unser Essen ist heiß. Er verteilt es auf zwei Teller, die er auf den Tisch stellt. Gemüseeintopf mit Nudeln. Er nimmt einen Löffel voll, bläst darauf und schiebt ihn genüßlich in den Mund.

»Was hat denn das Loch da draußen zu bedeuten?« frage ich den Oberst.

»Nichts«, sagt der Oberst, während er den nächsten Löffel zum Mund führt. »Selbstzweck: Sie graben ein Loch, um ein Loch zu graben. In diesem Sinne das reinste aller Löcher.«

»Das verstehe ich nicht.«

»Ganz einfach: Sie *wollen* ein Loch graben, also graben sie eins. Einen anderen Grund gibt es nicht.«

Ich beiße in mein Brot und lasse meine Gedanken um der Welt reinstes Loch kreisen.

»Sie graben eben von Zeit zu Zeit Löcher«, sagt der Alte. »Ist im Prinzip wohl dasselbe wie mein Schachfimmel. Es hat keinen Sinn und führt zu nichts. Aber das ist auch egal. Niemand braucht einen Grund, weil niemand etwas erreichen will. Wir alle hier sind gewissermaßen dabei, reine Löcher zu graben, jeder auf seine Weise. Handlungen ohne Ziel, Mühe ohne Fortschritt, Schritte, die zu nichts führen – ist das nicht wunderbar? Keinem wird wehgetan und keiner tut weh. Niemand überholt und niemand wird überholt. Keine Siege, aber auch keine Niederlagen.«

»Langsam begreife ich, was Sie meinen.«

Der Alte nickt ein paarmal, widmet sich wieder seinem Gemüseeintopf und ißt den letzten Löffel.

»Mag sein, daß dir einiges hier in der Stadt unnatürlich erscheint. Aber für uns ist das alles natürlich. Natürlich, rein und friedlich. Du wirst das irgendwann auch noch begreifen – das wünsche ich mir jedenfalls. Ich war lange Zeit Soldat, und ich bereue es nicht. Es war ein gutes Leben. Ich erinnere mich heute noch manchmal an den Geruch von Kanonenpulver und Blut, an das Funkeln der Bajonette, an die Trompeten vor dem Sturmangriff. Doch an die Dinge, die uns damals zum Kampf angetrieben haben – das heißt an so etwas wie Ehre, Vaterlandsliebe, Kampfeslust oder Haß –, kann ich mich nicht mehr erinnern. Du fürchtest dich wahrscheinlich jetzt davor, deine Seele zu verlieren. Ich jedenfalls habe mich gefürchtet, damals. Dafür braucht man sich nicht zu schämen.« Hier bricht der Oberst ab und starrt eine Zeitlang in die Luft, als ringe er um die rechten Worte. »Aber eines mußt du immer bedenken dabei: Wenn du dich von deiner Seele trennst, bekommst du Ruhe. Eine Ruhe, so tief, wie du sie noch nie genossen hast im Leben.«

Ich nicke und sage nichts.

»Übrigens, ich habe von deinem Schatten gehört, in der Stadt«, sagt der Oberst, während er seinen Teller mit Brot auswischt. »Demnach scheint es ihm von Tag zu Tag schlechter zu gehen. Er erbricht alles sofort wieder, was er zu sich genommen hat, und seit drei Tagen soll er sein Bett im Keller nicht mehr verlassen haben. Er macht's wahrscheinlich nicht mehr lange. Geh ihn doch besuchen, wenn's dir irgend möglich ist. Er möchte dich nämlich, wie's aussieht, unbedingt noch einmal sehen.«

»Hm, ja ...«, sage ich und tue so, als wüßte ich nicht so recht. »Ich persönlich hätte nichts dagegen, aber wird mich der Wächter denn zu ihm lassen?«

»Selbstverständlich wird er das! Dein Schatten liegt im Sterben, und wenn ein Schatten im Sterben liegt, hat der angehörige Mensch das Recht, ihn zu sehen. So lautet die Vorschrift. Für die

Stadt ist der Tod eines Schattens ein feierlicher Akt, und egal, was der Wächter meint, stören darf er ihn nicht. Er hätte auch keinen Grund dazu.«

»Tja, dann werde ich mich jetzt gleich mal auf den Weg machen«, sage ich nach einer kleinen Pause.

»Ja, das wird das beste sein«, sagt der Alte, tritt mir zur Seite und klopft mir auf die Schulter. »Geh lieber gleich, bevor am Abend alles zuschneit. Man kann sagen, was man will, aber der eigene Schatten steht einem Menschen doch noch immer am nächsten. Sei in seiner letzten Stunde bei ihm, verabschiede dich ordentlich, dann machst du dir hinterher keine Vorwürfe. Laß ihn in Frieden sterben. Es mag zwar schwer für dich sein, aber es ist das beste so.«

»Ja, das weiß ich nur zu gut«, sage ich, ziehe den Mantel an und wickele mir den Schal um den Hals.

## Die Sperre, Police, Chemie

Vom Ende der Röhre bis zum U-Bahnhof Aoyama Itchōme war es nicht sehr weit. Wir liefen die Gleise entlang; wenn ein Zug nahte, drückten wir uns in den Schatten eines Stützpfeilers. Wir konnten jedesmal in die Abteile sehen, doch von den Fahrgästen schaute niemand zu uns her. Wer U-Bahn fährt, schaut nicht aus dem Fenster. Manche lasen Zeitung, andere saßen oder standen einfach nur da. Die U-Bahn ist für die Leute nichts weiter als ein bequemes und effizientes städtisches Transportmittel. Niemand gerät vor Freude aus dem Häuschen, wenn er es benutzt.

Die Bahnen waren nicht besonders voll. Kaum jemand stand. Zwar war die Stoßzeit schon vorbei, doch ich hatte die Ginza-Linie morgens um zehn voller in Erinnerung.

»Welchen Wochentag haben wir heute?« fragte ich das Mädchen.

»Ich weiß nicht. So was war mir immer egal«, sagte es.

»Für einen Werktag kommen mir die Bahnen ziemlich leer vor«, sagte ich zweifelnd. »Vielleicht ist heute Sonntag.«

»Und, was wäre dann?«

»Nichts wäre. Sonntag halt«, sagte ich.

Auf den Gleisen ließ sich einfacher laufen, als ich gedacht hatte. Platz war mehr als genug, und es gab keine Hindernisse, keine Ampeln, keine Autos. Keine Mautgebühr, keine Betrunkenen. Die Neonröhren an den Wänden erhellten die Gleise zur Genüge, die Ventilation sorgte für frische Luft. Im Vergleich zu dem modrigen Mief, den wir vorher genossen hatten, konnten wir uns jedenfalls nicht beschweren.

Zuerst ließen wir eine Bahn Richtung Ginza passieren, als nächstes eine Richtung Shibuya. Dann waren wir schon in der Nähe des Bahnhofs Aoyama Itchōme und sondierten aus dem

Schatten eines Pfeilers heraus die Lage oben auf dem Bahnsteig. Hauptsache, wir wurden nicht von Bahnangestellten erwischt. Ich hätte nicht gewußt, wie wir uns da hätten herausreden sollen. Am Ende des Bahnsteigs befand sich ein Leiteraufgang. Die hölzerne Absperrung oben würde man leicht übersteigen können. Das einzige Problem war, dabei nicht von Bahnleuten gesehen zu werden.

Von unserem Pfeiler aus beobachteten wir, wie eine Bahn aus Richtung Shibuya einfuhr, am Bahnsteig hielt, die Türen öffnete, Fahrgäste ausspuckte, neue einsteigen ließ und die Türen wieder schloß. Wir sahen, wie der Schaffner ausstieg, die Leute beim Aus- und Einsteigen beobachtete, dann die Türen schloß und das Signal zur Abfahrt gab. Sobald die Bahn weg war, verschwanden auch die Bahnangestellten irgendwohin. Auf der gegenüberliegenden Plattform war auch kein Bahnmensch zu sehen.

»Auf geht's!« sagte ich. »Nicht rennen, ganz normal gehen, als ob nichts wäre. Sonst werden die Leute mißtrauisch.«

»Alles klar«, sagte das Mädchen.

Wir lösten uns aus dem Schatten, gingen zügig zur Leiter, kletterten hinauf und überstiegen mit unbeteiligter Miene den Holzbock, ganz unbedarft, als machten wir jeden Tag nichts anderes. Ein paar Leute schauten verwundert zu uns her; sie fragten sich wohl, was wir für Typen wären. Nach Bahnangestellten sahen wir nicht aus. Wir waren verdreckt, meine Hosen und der Rock des Mädchens waren pitschnaß, unsere Haare waren durcheinander, und das grelle Licht trieb uns die Tränen in die Augen. So sehen Bahnangestellte nicht aus. Doch läuft sonst jemand freiwillig durch U-Bahn-Tunnel?

Wir sahen zu, daß wir, bevor die Leute ihre Schlüsse zogen, zur Sperre kamen. Erst da fiel mir ein, daß wir keine Fahrkarten hatten. »Wir haben keine Fahrkarten«, sagte ich.

»Sag, wir hätten sie verloren, wir zahlen nach«, sagte das Mädchen.

Ich sagte dem jungen Mann an der Sperre, daß wir unsere Fahrkarten verloren hätten.

»Haben Sie auch gut nachgeschaut?« sagte der Mann. »In den vielen Taschen! Schauen Sie doch noch mal!«

Wir durchwühlten alle unsere Taschen. Der Mann an der Sperre beäugte uns mißtrauisch.

Ich sagte, die Karten wären wirklich weg.

»Wo sind Sie denn zugestiegen?«

Ich sagte, in Shibuya.

»Wieviel haben Sie bezahlt, von Shibuya bis hier?«

Ich sagte, ich hätte es vergessen. »120 oder 140 Yen, so was.«

»Sie wissen es nicht mehr?«

»Ich war in Gedanken«, sagte ich.

»Sie sind wirklich in Shibuya zugestiegen, ja?«

»Das ist doch der Bahnsteig für Züge von Shibuya, oder etwa nicht! Wo sollen wir denn sonst herkommen?« gab ich zurück.

»Man kann auch von dem anderen Bahnsteig hierher. Und die Ginza-Linie ist lang, nicht wahr? Beispielsweise kann man mit der Tōzai-Linie von Tsudanuma bis Nihombashi, dort umsteigen und dann bis hier!«

»Tsudanuma?«

»Beispielsweise«, sagte der Mann an der Sperre.

»Wieviel kostet es denn von Tsudanuma aus? Ich zahle. Das geht dann in Ordnung, ja?«

»Sie sind in Tsudanuma zugestiegen?«

»Nein«, sagte ich. »Ich war noch nie in Tsudanuma.«

»Warum wollen Sie dann Tsudanuma – Aoyama Itchōme zahlen?«

»Weil Sie es gesagt haben.«

»Ich sagte *beispielsweise*, oder nicht?«

Die nächste Bahn kam an, ungefähr zwanzig Leute stiegen aus und gingen durch die Sperre, hinaus, ins Freie. Ich sah ihnen zu. Nicht einer war dabei, der keine Fahrkarte gehabt hätte. Danach nahmen wir wieder unsere Verhandlung auf.

»Von wo aus soll ich denn bezahlen? Womit wären Sie zufrieden?« fragte ich.

»Von da, wo Sie zugestiegen sind«, sagte der Bahnmann.

»Shibuya, das sagte ich doch!« sagte ich.

»Aber Sie wissen das Fahrgeld nicht mehr!«

»Ich vergesse so was immer«, sagte ich. »Oder wissen Sie, was ein Kaffee bei McDonald's kostet?«

»Ich trinke keinen McDonald's-Kaffee«, sagte der Mann. »Das ist rausgeschmissenes Geld.«

»Nur *beispielsweise*«, sagte ich. »Solche kleinen Sachen vergißt man doch immer!«

»Jedenfalls wollen alle, die ihre Fahrkarte verloren haben, immer zu wenig bezahlen. Alle kommen zu der Sperre auf dieser Seite, alle sind sie in Shibuya zugestiegen. Alle!«

»Ich sagte doch, ich zahle, von wo Sie wollen. Wo soll ich denn zugestiegen sein?«

»Woher soll ich das denn wissen?«

Ich legte ihm, da mir diese fruchtlose Auseinandersetzung auf die Nerven ging, einen Tausend-Yen-Schein hin und ging einfach raus. Wir hörten ihn hinter uns herrufen, kümmerten uns aber nicht darum. Bald würde die Welt untergehen, was sollte ich mich da lange um ein oder zwei U-Bahn-Tickets scheren. Ich nahm sowieso fast nie die U-Bahn.

Draußen regnete es. Ein nadelfeiner Regen, die Erde und die Bäume waren durch und durch naß. Wahrscheinlich hatte es die ganze Nacht über geregnet. Der Regen stimmte mich ein bißchen traurig. Heute war mein letzter, kostbarer Tag. Ich wollte keinen Regen. Ich wollte ein, zwei Tage hellen Sonnenschein. Danach könnte es meinetwegen einen Monat lang schütten wie in den Romanen von J. G. Ballard, das wäre mir egal. Ich wollte mich unter der Sonne ins Gras legen, Musik hören und ein kaltes Bier dazu trinken. War das zuviel verlangt?

Allerdings sah es nicht so aus, als würde der Regen bald nachlassen. Wolken von einem Grau, als wären sie mit mehreren Lagen Frischhaltefolie umwickelt, verhängten den ganzen Himmel; es nieselte unaufhörlich. Ich hätte mir gerne eine Zeitung gekauft, um den Wetterbericht zu lesen, hätte dafür aber bis zum U-Bahn-Kiosk zurückgehen müssen und eine erneute fruchtlose Auseinandersetzung mit dem Mann an der Sperre riskiert. Also verzichtete ich auf die Zeitung. Der Tag fing nicht besonders gut an. Welcher Wochentag war, wußte ich auch noch nicht.

Die Leute hatten alle Schirme. Das Mädchen und ich waren die einzigen ohne. Wir stellten uns irgendwo unter und starrten lange in die Gegend, als hätten wir die Ruinen der Akropolis vor Augen. Kolonnen von Autos in allen möglichen Farben schoben sich über die nasse Kreuzung. Man mochte kaum glauben, daß sich tief unter uns die unheimliche Welt der Schwärzlinge erstreckte.

»Gut, daß es regnet«, sagte das Mädchen.

»Wieso?«

»Sonnenschein wäre noch zu grell für uns, wir hätten nicht sofort rausgekonnt. Das ist doch gut, oder?«

»Wie man's nimmt«, sagte ich.

»Was machen wir jetzt?« fragte sie.

»Erst mal was Warmes trinken. Dann nach Hause und ins Bad.«

Wir gingen ins nächste Kaufhaus und bestellten am Sandwich-Stand gleich am Eingang zwei Tassen Maiscreme-Suppe und ein Schinken-Ei-Sandwich. Das Mädchen hinter der Theke schien ob unserer verdreckten Gestalten erst etwas erschrocken zu sein, nahm aber dann, als ob nichts sei, geschäftsmäßig die Bestellung auf: »Zwei Tassen Maissuppe und ein Schinken-Ei-Sandwich, nicht wahr?«

»Ganz recht«, sagte ich und schob die Frage nach: »Welchen Wochentag haben wir heute?«

»Sonntag«, sagte die Bedienung.

»Na, was hab ich gesagt!« sagte ich zu dem dicken Mädchen.

Die Zeit, bis die Suppen und das Sandwich kamen, vertrieb ich mir mit der Lektüre der *Sports Nippon*, die jemand am Nebenplatz hatte liegenlassen. Ich glaubte zwar nicht, daß es Sinn hatte, eine Sportzeitung zu lesen, aber es war besser als gar keine Lektüre. Die Zeitung war auf Sonntag, den 2. Oktober datiert. Sie enthielt zwar keinen Wetterbericht, brachte dafür aber in der Sparte Pferderennen Details zur Regenfront. Gegen Abend würde der Regen voraussichtlich nachlassen, was jedoch, hieß es, auf die letzten Rennen kaum Auswirkungen haben dürfte; auf den großen Rennplätzen sei überall mit schweren Bodenverhältnissen zu rechnen. Im Jingū-Baseballstadion fochten die Swallows ihr letztes Saisonspiel gegen die Dragons aus; die Swallows lagen 2 zu 6 zurück. Kein Wort davon, daß sich direkt unter dem Stadion das Nest der Schwärzlinge befand.

Meine dicke Begleiterin wollte die hinteren Seiten haben, ich gab sie ihr. Offenbar interessierte sie sich für den Artikel »Macht Männersamen schöne Haut?« Darunter stand der *Wahre Bericht* einer Frau: »In den Käfig gesperrt und vergewaltigt!« Wie vergewaltigte man eine in einen Käfig gesperrte Frau? Ich wußte es nicht. Wahrscheinlich gab es auch dafür eine besonders geeignete Methode. Aber mühselig war es bestimmt. Nichts für mich.

»Sag mal, magst du, wenn man deinen Samen schluckt?« fragte das Mädchen mich.

»Ist mir egal«, antwortete ich.

»Hör zu, was hier steht: ›Die meisten Männer haben es gern, wenn Frauen bei der Fellatio den Samen schlucken. Sie finden darin die Bestätigung, daß sie ganz von der Frau angenommen werden. Es ist eine Art Ritual und ein Zeugnis.‹«

»Verstehe ich nicht«, sagte ich.

»Hat deinen schon mal jemand geschluckt?«

»Ich kann mich nicht erinnern. Wahrscheinlich nicht.«

»Ach«, sagte sie und las weiter.

Ich widmete mich den Baseball-Ranglisten. Die besten Schlagmänner der Central und der Pacific League.

Das Essen wurde gebracht. Wir schlürften unsere Suppe und teilten das Sandwich. Es schmeckte nach Toast und Schinken und Eiweiß und Eigelb. Ich wischte mir mit der Serviette ein paar Krümel und ein bißchen Eigelb aus den Mundwinkeln und seufzte. Ein einziger, tiefer Seufzer, stellvertretend für alle, die sich in mir angesammelt hatten. Ein Seufzer, wie man ihn im Leben nicht alle Tage zustande bringt.

Wir verließen das Kaufhaus und versuchten, ein Taxi zu bekommen. Wir waren so verdreckt, daß es ziemlich dauerte, bis eins hielt. Der Fahrer war ein langhaariger junger Mann; auf dem Beifahrersitz hatte er einen großen Radiorecorder, aus dem *Police* dröhnte. Ich schrie ihm das Fahrtziel zu und ließ mich ins Polster sinken.

»Warum seid'n ihr so dreckig?« Der Fahrer schaute in den Rückspiegel.

»Wir haben uns im Regen eine Schlacht geliefert«, antwortete das Mädchen.

»Stark, Mann!« sagte der Fahrer. »Trotzdem, ihr seht furchtbar aus. Du hast da Riesenflecken am Hals!«

»Ich weiß«, sagte ich.

»Aber egal, mir macht das nichts«, sagte der Fahrer.

»Warum nicht?« fragte das dicke Mädchen.

»Ich nehm nur junge Leute mit, solche, von denen ich glaube, daß sie auf Rockmusik stehen. Dreckig dürfen sie ruhig sein. Ich brauch nur die Musik, das bringt's. Mögt ihr *Police*?«

Ich bot ihm ein »Ziemlich« an.

»Die Zentrale will nich, daß ich das Ding hier laufen lasse. Ich soll das Radio einstellen, auf Volksmusik. Das ist doch'n Witz! *Match* oder Matsuda Seiko, das kann ich mir nich antun. *Police*, die sind super. Die könnt ich den ganzen Tag hörn. Reggae bringt's aber auch. Was haltet ihr von Reggae?«

»Nicht schlecht«, sagte ich.

Als das *Police*-Band zu Ende war, legte der Fahrer Bob Marley ein, ein Live-Mitschnitt. Das ganze Armaturenbrett war voll von Kassetten. Ich war erschöpft, müde, mir war kalt, mein Körper wollte sich in seine Bestandteile auflösen – kein Zustand, in der ich mich der Musik hätte hingeben können; doch ich war dankbar, daß der Fahrer uns überhaupt mitgenommen hatte. Müde sah ich vom Rücksitz aus zu, wie er beim Steuern reggae-rhythmisch die Schultern schaukeln ließ.

Als der Wagen vor meinem Apartmenthaus hielt, zahlte ich,

stieg aus und gab ihm einen Tausender Trinkgeld: »Für neue Kassetten!«

»Das freut mich aber, vielen Dank!« sagte er. »Vielleicht bis demnächst mal!«

»Ja, vielleicht«, sagte ich.

»Könnte sein, daß in zehn, fünfzehn Jahren die meisten Taxis Rock spielen. Das wär geil, was?«

»Und wie«, sagte ich.

Aber ich hielt es für sehr unwahrscheinlich. Jim Morrison war schon über zehn Jahre tot, und ich hatte noch nie in einem Taxi die *Doors* gehört. Manches ändert sich in der Welt, manches nicht. Aber was sich nicht ändert, ändert sich nie. Und dazu gehört die Musik in den Taxis. Man hört Volksmusik oder lauscht schlechtem Talk-Show-Gequatsche und Baseball-Live-Übertragungen. Aus Kaufhauslautsprechern dudelt das Raimond-Lefebvre-Orchester, in den Bierhallen dröhnt Polka-Musik, und in den Einkaufsstraßen erklingen ab Ende Herbst die Weihnachtslieder.

Wir fuhren mit dem Aufzug hoch. Die Tür zu meiner Wohnung hing immer noch aus den Angeln, aber jemand hatte sich die Mühe gemacht, sie in den Rahmen zu drücken, so daß man auf den ersten Blick hätte meinen können, sie sei abgeschlossen. Wer immer es gewesen war, es hatte ihn bestimmt Zeit und Kraft gekostet. Wie ein Cromagnon-Mensch den Stein vor seiner Höhle schob ich die Stahltür ein Stück zur Seite und ließ das Mädchen hinein. Von innen schob ich sie wieder zu, so daß man nicht in die Wohnung sehen konnte, und hakte für alle Fälle die Sicherheitskette ein.

Die Wohnung war so säuberlich aufgeräumt worden, daß ich einen Augenblick lang glaubte, mir die Zerstörung nur eingebildet zu haben. Das umgestürzte Mobiliar stand, wo es hingehörte, die auf dem Boden zerstreuten Lebensmittel waren weggeräumt, die Glasscherben und das zerbrochene Geschirr verschwunden, meine Bücher standen auf dem Regal, die Schallplatten waren eingeordnet, die Kleidung hing im Schrank. Küche, Bad und Schlafzimmer waren blitzeblank, nichts lag herum.

Doch bei genauem Hinsehen zeigten sich die Spuren der Verwüstung überall. Statt des zertrümmerten Bildschirms gähnte im Fernseher ein Loch, schwarz wie ein Zeittunnel. Den Kühlschrank hatte man ganz ausgeräumt, er war tot. Die zerschlitzten Kleidungsstücke hatte man alle weggeworfen, der Rest, der im Schrank hing, hätte in eine kleine Reisetasche gepaßt. Im Küchenschrank waren nur mehr ein paar Teller und Gläser verblieben. Die Wanduhr stand, und keines der elektrischen Geräte funktionierte, wie es sollte. Alles, was nicht mehr zu gebrauchen zu sein schien, war von irgend jemand weggeworfen worden. Meine Wohnung wirkte entschlackt und geradezu geräumig; es gab nichts Überflüssiges mehr. Wahrscheinlich fehlte auch einiges Notwendige, doch was sollte jetzt für mich schon noch unbedingt notwendig sein?

Im Badezimmer prüfte ich den Gasboiler. Er war funktionstüchtig, ich ließ Badewasser ein. Seife, Rasierzeug, Zahnbürste, Handtücher, alles war da, auch die Dusche funktionierte. Sogar mein Bademantel hatte die Schlacht überstanden. Bestimmt war auch im Badezimmer einiges verschwunden, doch was, hätte ich nicht zu sagen vermocht.

Während ich das Badewasser einließ und mich in der Wohnung umsah, las die Dicke auf dem Bett Balzacs *Bauern*. »Du, in Frankreich hat's früher auch Ottern gegeben«, rief sie.

»Klar, warum auch nicht?« sagte ich.

»Ob's jetzt immer noch welche gibt?«

»Keine Ahnung.« Woher sollte ich das wissen?

In der Küche setzte ich mich auf einen Stuhl und überlegte, wer den Müllhaufen von Wohnung aufgeräumt haben könnte. Jemand hatte sich zu irgendeinem Zweck der Mühe unterzogen, gründlichst sauberzumachen. Vielleicht das Duo von der *Fabrik*, vielleicht auch Leute vom *System*. Aufgrund welcher Normen die welche Überlegungen anstellten und welche Handlungen ausführten, wußte ich nicht. Doch dafür, daß sie aufgeräumt hatten und geputzt, war ich den rätselhaften Saubermännern dankbar. In eine saubere Wohnung heimkommen ist doch etwas Schönes.

Als das Badewasser fertig war, ging ich ins Schlafzimmer und sagte der Kleinen, daß sie zuerst hinein könne. Sie machte ein Eselsohr ins Buch, lief in die Küche und zog sich flink aus. Es ging so schnell und war so natürlich, daß ich auf der Bettkante sitzen blieb und ihr zusah. Sie hatte einen eigenartigen Leib, nicht den eines Kindes und nicht den einer Erwachsenen. Ein fleischiger, wie gleichmäßig mit Gelee überzogen, weiß glänzender Leib. Ihre körperliche Fülle war von solcher Ausgewogenheit, daß man beinah vergaß, daß sie eigentlich dick war. Die Arme, die Schenkel, der Nacken und der Bauch wölbten sich auf wunderbare Weise und glänzten wie die Haut eines Wales. Ihre Brüste waren vergleichsweise klein, aber recht hübsch geformt, ihr Gesäß war fest.

»Ich seh nicht so schlecht aus, oder?« rief sie mir von der Küche aus zu.

»Ganz und gar nicht«, antwortete ich.

»So viel Fleisch anzusetzen war furchtbar mühsam. Ich mußte jede Menge Reis essen und fetthaltige Kost und Kuchen«, sagte sie.

Ich nickte nur.

Während sie im Bad war, entledigte ich mich des Hemdes und der nassen Hosen, zog etwas von den übriggebliebenen Sachen an, legte mich aufs Bett und überlegte, was ich noch tun könnte. Es war beinahe halb zwölf. Mir blieben nur noch gut 24 Stunden. Ich mußte einen genauen Plan aufstellen. Den letzten Tag meines Lebens konnte ich nicht einfach nehmen, wie er kam.

Draußen regnete es noch. Ein feiner, stiller, mit den Augen kaum zu erkennender Nieselregen, angezeigt nur von den Tropfen, die von der Traufe über dem Fenster zu Boden fielen. Hin und wieder wischten vor dem Haus Autoreifen über den nassen Asphalt. Ein paar Kinder riefen nach jemand. Das Mädchen im Badezimmer sang ein Lied, das ich nicht kannte. Bestimmt wieder ein selbstgemachtes.

Auf dem Bett fielen mir fast die Augen zu, doch einschlafen durfte ich nicht. Wenn ich schlief, würden Stunden verrinnen, ohne daß ich etwas tat. Doch was, außer schlafen, sollte ich tun, was unternehmen? Ich wußte es nicht. Ich zog den Gummiring vom Schirm der Stehlampe neben dem Bett, spielte eine Weile damit herum und machte ihn dann wieder fest. In der Wohnung konnte ich jedenfalls nicht bleiben. Hier tatenlos herumzusitzen würde gar nichts bringen. Ich mußte raus. Erst mal raus, alles andere konnte ich mir anschließend überlegen.

Nur noch 24 Stunden zu leben zu haben, war eine hochmerkwürdige Sache. Ich hätte tausend Dinge zu erledigen haben sollen und konnte mich doch auf nichts, auf nicht das geringste besinnen. Ich löste wieder den Ring vom Lampenschirm und ließ ihn um den Finger kreisen. Mir fiel das Plakat von Frankfurt ein, das im Supermarkt angeschlagen gewesen war. Es gab einen Fluß, es gab eine Brücke, es gab Schwäne. Nicht schlecht. Dort mein Leben zu beenden, wäre kein schlechter Gedanke. Doch erstens war es kaum möglich, innerhalb von 24 Stunden nach Frankfurt zu kommen, und zweitens wollte ich, wenn es denn möglich wäre, nicht über zehn Stunden in einem engen Flugzeugsitz zubringen und ungenießbare Flugzeugkost essen müssen. Außerdem war nicht auszuschließen, daß das Plakat-Frankfurt schöner war als die wirkliche Stadt. Mit einer Enttäuschung sollte mein Leben auf keinen Fall enden. Alle Reisepläne waren also zu streichen. Reisen kostet Zeit, und in aller Regel ist es nicht so schön, wie man es sich vorher ausgemalt hat.

Am Ende fiel mir nur eines ein: Mit einer Frau ausgehen, schön essen, etwas trinken. Ich blätterte in meinem Notizbuch, suchte die Nummer der Stadtbücherei heraus, wählte und ließ mich mit der jungen Frau von der Auskunft verbinden.

»Hallo?« meldete sie sich.

»Vielen Dank für die Einhornbücher neulich«, sagte ich.

»Ich habe zu danken, für Speis und Trank!« sagte sie.

»Apropos, hättest du Lust, heute abend mit mir zu essen?« lud ich sie ein.

»*Es-sen*«, wiederholte sie. »Heute abend habe ich ein Seminar.«

»Ein Seminar?« wiederholte ich.

»Über die Verschmutzung der Flüsse. Über das Fischsterben,

wegen der Einleitung chemischer Mittel und so. Wir arbeiten darüber. Heute abend bin ich mit meinem Referat dran.«

»Das scheint ein nützliches Seminar zu sein«, sagte ich.

»Das ist es. Könnten wir das Essen nicht auf morgen abend verschieben? Morgen ist Montag, die Bibliothek ist geschlossen, wir könnten uns Zeit nehmen.«

»Morgen nachmittag bin ich nicht mehr da. Ich kann es dir am Telefon nicht lang erklären, aber ich muß eine Weile weg, weit weg.«

»Weit weg? Verreist du?« fragte sie.

»So ähnlich«, sagte ich.

»Entschuldige, einen Moment bitte, ja?« sagte sie.

Offenbar hatte sie einem Besucher Auskunft zu geben. Durch den Hörer bekam ich mit, wie es an diesem Sonntagmittag in der Bibliothek zuging. Ein kleines Mädchen schrie, sein Vater schalt es deswegen. Die Tastatur eines Computers wurde angeschlagen. Die Welt war im Lot, alles verlief normal. Die Leute liehen sich in der Bibliothek Bücher aus, Bahnangestellte funkelten Passagiere an, die keine oder die falschen Fahrkarten hatten, auf der Galopprennbahn starteten auch im Regen die Rennen.

»Informationsmaterial zur Modernisierung des Eigenheims«, hörte ich das Mädchen erklären, »schauen Sie bitte bei Regal F 5, dort finden Sie drei Werke dazu.«

Der Besucher sagte etwas, dann meldete sich das Mädchen wieder am Telefon: »Verzeihung. Okay, in Ordnung. Ich lass' das Seminar sausen. Dafür werde ich hier aber ganz schön was zu hören kriegen!«

»Das tut mir leid!«

»Macht nichts. In den Flüssen hier in der Gegend gibt's sowieso schon lange keine Fische mehr. Da kann ich mein Referat ruhig um eine Woche verschieben, das schadet niemand.«

»So gesehen, schon«, sagte ich.

»Wo essen wir denn? Bei dir?«

»Nein, das ist nicht zu machen. Der Kühlschrank ist kaputt, ich hab auch kaum noch Geschirr. Kochen geht nicht.«

»Ich weiß«, sagte sie.

»Du weißt?«

»Ja. Hab ich nicht schön aufgeräumt?«

»Ach, *du* warst das?«

»Ja. Hätte ich es lieber bleibenlassen sollen? Ich wollte dir heute morgen noch ein Buch vorbeibringen, die Tür stand offen, da hab ich die Sachen, die herumlagen, weggeräumt. Bin deswegen ein bißchen zu spät zur Arbeit gekommen, aber immerhin hast du mich neulich ja eingeladen. War's dir nicht recht?«

»Doch, doch«, sagte ich. »Vielen Dank!«

»Okay, holst du mich um zehn nach sechs an der Bibliothek ab? Sonntags haben wir bis sechs Uhr auf.«

»Mach ich«, sagte ich. »Und danke!«

»Nichts zu danken«, sagte sie. Dann legte sie auf.

Ich suchte im Schrank etwas zum Anziehen für den Abend, als die Dicke aus dem Bad kam. Ich reichte ihr ein Handtuch und einen Bademantel. Eine Weile blieb sie nackt vor mir stehen, das Handtuch und den Bademantel in der Hand. Sie hatte sich die Haare gewaschen, sie klebten ihr in der Stirn und an den Wangen, nur die Ohren standen spitz heraus. An den Läppchen baumelten die Goldohrringe.

»Behältst du immer im Bad die Ohrringe an?« fragte ich.

»Ja, sicher. Hab ich dir doch schon erzählt. Die gehen garantiert nicht auf, die verlier ich nicht. Gefallen sie dir?«

»Sehr«, sagte ich.

Im Bad hingen ihre Unterwäsche, ihr Rock und die Bluse zum Trocknen. Ein rosa BH, ein rosa Slip, ein rosa Rock und eine blaßrosa Bluse. Beim bloßen Anblick pochten mir die Schläfen vor Schmerz. Ich hatte es nie gemocht, wenn im Bad Unterwäsche und Strümpfe zum Trocknen aufgehängt wurden. Man frage mich nicht, warum; ich mochte es einfach nicht.

Ich seifte mich ein, wusch mir schnell die Haare, putzte mir die Zähne und rasierte mich. Dann machte ich, daß ich rauskam, trocknete mich ab und zog Unterhose und Hosen an. Die Wunde am Bauch war seit gestern wesentlich besser geworden, und das bei dem, was ich alles mitgemacht hatte. Erst im Bad war mir überhaupt wieder bewußt geworden, daß ich verletzt war. Das dicke Mädchen saß auf dem Bett, fönte sich die Haare und las dabei Balzac. Der Regen draußen schien nicht nachlassen zu wollen. Im Bad hing Unterwäsche, auf dem Bett fönte sich eine Frau die Haare und las dabei, draußen fiel Regen – mir war, als hätte man die Zeit zurückgedreht, als wäre ich wieder verheiratet.

»Brauchst du den Fön?« fragte das Mädchen.

»Nein«, sagte ich. Meine Frau hatte ihn dagelassen, als sie mich verließ. Ich trage das Haar kurz, ich brauche keinen Fön.

Ich setzte mich neben das Mädchen aufs Bett, lehnte den Kopf an die Rückwand und schloß die Augen. Im Dunkel hinter den Lidern erschienen und verschwanden die verschiedensten Farben. Kein Wunder, ein paar Tage schon hatte ich nicht mehr richtig geschlafen. Sobald ich mich hinlegte, war jemand gekommen, um mich wachzurütteln. Die Augen geschlossen, fühlte ich, wie der Schlaf mich ins Reich der Dunkelheit ziehen wollte. Wie die Schwärzlinge reckte und streckte er aus der Tiefe des Dunkels seine Arme nach mir aus.

Ich machte die Augen auf und rieb mir übers Gesicht. Nach dem Waschen und der Rasur, ich hatte es lange nicht getan, war die Haut trocken und spannte wie das Fell einer Trommel. Das Gesicht, das ich rieb, schien gar nicht das meine zu sein. Die Stellen, wo die Egel gesessen hatten, brannten. Die zwei Viecher hatten mir offenbar allerhand Blut abgezapft.

»Du«, sagte das Mädchen und legte das Buch zur Seite. »Das mit dem Samen. Möchtest du wirklich nicht, daß ich ihn schlucke?«

»Nicht jetzt«, sagte ich.

»Du bist nicht in der Stimmung?«

»Nein.«

»Du willst auch nicht mit mir schlafen?«

»Nicht jetzt.«

»Weil ich dick bin, nicht wahr?«

»Das hat damit nichts zu tun«, sagte ich. »Du bist wirklich schön.«

»Warum schläfst du dann nicht mit mir?«

»Ich weiß nicht«, sagte ich. »Warum, weiß ich nicht, aber ich habe das Gefühl, jetzt nicht mit dir schlafen zu dürfen.«

»Aus moralischen Gründen? Weil es deiner Auffassung von Moral widerspräche?«

»Moral?« wiederholte ich. Das Wort klang seltsam. Ich schaute zur Decke und dachte eine Weile darüber nach. »Nein«, sagte ich dann, »Moral, nein. Es ist etwas anderes. Instinkt vielleicht, Intuition, so etwas. Vielleicht hat es auch mit gegenströmender Erinnerung zu tun. Ich kann es nicht gut erklären. Ich würde nichts lieber tun, als jetzt mit dir zu schlafen. Doch mein Instinkt, meine Intuition, dieses *Etwas*, was immer es ist, hält mich ab, sagt mir, jetzt sei nicht die Zeit dafür.«

Sie stützte den Ellbogen aufs Kopfkissen und sah mir in die Augen: »Lügst du auch nicht?«

»In solchen Sachen lüge ich nie.«

»Und das geht dir wirklich im Kopf herum?«

»Nein, ich *spüre* es.«

»Kannst du das beweisen?«

»Was beweisen?« fragte ich verblüfft.

»Beweisen, daß du mit mir schlafen möchtest.«

»Ich habe eine Erektion«, sagte ich.

»Zeig!« sagte sie.

Erst war ich unschlüssig, ließ dann aber doch die Hosen herunter. Ich war zu erschöpft, um mich länger mit ihr auseinanderzusetzen, und lange würde ich eh nicht mehr in dieser Welt verweilen. Außerdem war kaum anzunehmen, daß es sich zu einem größeren gesellschaftlichen Skandal ausweiten würde, wenn ich einem siebzehnjährigen Mädchen einen gesunden, erigierten Penis vorzeigte.

»Tatsächlich«, sagte das Mädchen, während es meinen angeschwollenen Penis betrachtete. »Darf ich mal anfassen?«

»Nein!« sagte ich. »Aber das ist Beweis genug, oder?«

»Na ja, schon.«

Ich zog die Hose wieder hoch und verstaute meinen Penis. Draußen brummte ein großer Lkw vorbei.

»Wann gehst du zu deinem Großvater zurück?« fragte ich.

»Wenn ich ein bißchen geschlafen habe und die Sachen trokken sind«, sagte sie. »Gegen Abend wird auch das Wasser zurückgegangen sein, dann nehm ich wieder den Weg durch die U-Bahn.«

»Bei dem Wetter werden deine Sachen erst morgen früh trokken sein.«

»Meinst du?« sagte sie. »Was mach ich denn da?«

»In der Nachbarschaft gibt's einen Waschsalon, da kannst du sie trocknen.«

»Und wie soll ich ohne Kleider da hin?«

Ich zerbrach mir den Kopf, aber mir fiel nichts Gescheites ein. Es blieb mir nichts anderes übrig, als mich selbst zum Waschsalon aufzumachen. Ich ging ins Bad und stopfte die Wäsche in eine Lufthansa-Plastiktasche. Dann suchte ich unter den restlichen Kleidungsstücken eine olivgrüne Baumwollhose und ein blaues Hemd mit Knopfkragen heraus und zog braune Freizeitschuhe an. So kam es, daß ich einen Teil der mir noch verbleibenden kostbaren Zeit ohne Sinn und Verstand auf einem elenden Rohrstühlchen zubringen mußte, in einem Waschsalon. Die Uhr zeigte 12 Uhr 17.

## Der Schatten auf dem Totenbett

Ich schiebe das Tor zur Wachhütte auf. Der Wächter steht am Hintereingang und hackt Holz.

»Sieht nach einer Menge Schnee aus«, sagt er mit dem Beil in der Hand. »Heute morgen waren vier tot. Morgen werden es viel mehr sein. Dieses Jahr haben wir wirklich einen besonders kalten Winter.«

Ich ziehe meine Handschuhe aus, stelle mich vor den Ofen und halte die Hände darüber. Der Wächter bündelt die dünn gespaltenen Scheite, stapelt das Brennholz unterm Dach und hängt das Beil an die Wand zurück. Dann tritt er an meine Seite, um sich ebenfalls die Hände zu wärmen.

»Sieht außerdem so aus, als müßte ich die Tierkadaver die nächste Zeit alleine verbrennen. Dein Schatten war mir eine große Hilfe, wirklich, aber da kann man nichts machen. Ist ja eigentlich auch meine Arbeit.«

»Geht es ihm sehr schlecht?«

»Nun ja, gut geht's ihm nicht gerade«, sagt der Wächter und wackelt mit seinem riesigen Kopf. »Nein, gut nicht. Er liegt schon drei Tage im Bett. Tja, ich werde nach ihm sehen, so gut es geht, aber ich kann ihn nicht am Leben erhalten, wenn er sterben muß. Der Mensch hat seine Grenzen.«

»Kann ich zu ihm?«

»Ja, sicher, natürlich. Aber nur dreißig Minuten. Ich muß nämlich in ungefähr einer halben Stunde weg, um die Tiere zu verbrennen.«

Ich nicke.

Der Wächter nimmt den Schlüsselbund von der Wand und öffnet damit das Eisentor zum Schattenfeld. Er geht voran, überquert schnellen Schrittes den Platz, öffnet die Tür zur Hütte und läßt mich eintreten. Innen ist es vollkommen leer, nicht ein einziges Möbelstück; der Fußboden besteht aus blanken, kalten Ziegeln. Durch die Fenster pfeift der eisige Wind herein, die Luft scheint jeden Moment zu gefrieren. Wie in einem Eisschrank!

»Nicht meine Schuld«, verteidigt sich der Wächter. »Ich habe deinen Schatten nicht aus Spaß an der Freud hier hineingesteckt. Das ist Vorschrift, Schatten haben in dieser Hütte zu wohnen, ich führe nur Befehle aus. Deiner hat außerdem noch Glück gehabt! In schlechten Zeiten muß ich hier zwei oder drei auf einmal unterbringen – hat's alles schon gegeben!«

Was soll ich dazu sagen? Bringt sowieso nichts mehr, also schweige ich und nicke nur. Aber ich hätte meinen Schatten nie und nimmer in diesem Verlies zurücklassen sollen.

»Dein Schatten ist unten«, sagt er. »Da ist es etwas wärmer. Aber es stinkt ein bißchen. – Komm.«

Der Wächter geht in eine Ecke des Raumes und zieht eine vor Feuchtigkeit ganz dunkle Holzluke im Boden auf. Darunter befindet sich nicht etwa eine Treppe – nur eine einfache Leiter. Er steigt ein paar Sprossen hinab und winkt mir zu, ich solle nachkommen. Ich klopfe mir den Schnee vom Mantel und folge ihm.

Sofort steigt mir der bestialische Gestank von Kot und Urin in die Nase. Unten gibt es keine Fenster, die verpestete Luft kann also nicht abziehen. Der Kellerraum hat die Größe einer Abstellkammer, das Bett allein nimmt schon ein Drittel des Platzes ein. Auf dem Bett liegt mein völlig abgemagerter Schatten, auf der Seite, das Gesicht zur Luke gewandt. Unterm Bett steht ein Nachttopf aus Porzellan. Außerdem gibt es noch einen altersschwachen, halb kaputten Tisch, auf dem eine alte Kerze brennt – sonst sehe ich nichts, was Licht oder Wärme spenden könnte. Der Fußboden besteht einfach aus festgetretenem Lehm. Hier unten herrscht eine feuchte Kälte, die einem bis ins Mark dringt. Der Schatten liegt vollkommen reglos unter seiner Decke, die er sich bis über die Nase gezogen hat, und sieht mit leblosen Augen zu mir auf. Der Alte hat recht gehabt – lange macht er es sicher nicht mehr.

»Ich geh schon mal«, sagt der Wächter, der den Gestank offenbar nicht länger ertragen kann. »Ihr könnt euch alleine unterhalten. Redet, worüber ihr wollt, ich hab nichts dagegen. Der Schatten hat sowieso nicht mehr die Kraft, sich mit dir zusammenzutun.«

Als er weg ist, wartet der Schatten noch einen Moment, um die Lage zu prüfen, und winkt mich dann ans Bett.

»Sei so gut und sieh mal oben nach, ob der Wächter nicht lauscht, ja?« flüstert er mir zu.

Ich nicke, schleiche die Leiter hinauf, hebe die Luke an und sehe mich um. Nichts. Ich steige wieder hinunter.

»Die Luft ist rein«, sage ich.

»Ich habe mit dir zu reden«, sagt er. »Mir geht's gar nicht so schlecht, wie es aussieht. Ich spiele dem Wächter bloß was vor. Ich bin ziemlich schwach geworden, das stimmt schon. Aber die Kotzerei und die Bettlägerigkeit ist Theater. Keine Sorge, aufstehen und herumlaufen kann ich noch.«

»Alles wegen der Flucht, nicht wahr?«

»Na klar. Sonst würd ich doch nicht so einen Zirkus veranstalten. Ich habe damit drei Tage gewonnen. Und in diesen drei Tagen werden wir fliehen. Denn danach werde ich vielleicht wirklich nicht mehr stehen können. Die Luft hier unten geht ganz schön an die Nieren, sag ich dir. Und die feuchte Kälte zieht einem in die Knochen. – Apropos, wie steht's denn mit dem Wetter draußen?«

»Es schneit«, sage ich, die Hände in den Taschen vergraben. »Heute abend soll es noch schlimmer werden. Und furchtbar kalt.«

»Wenn es schneit, sterben viele Tiere«, sagt der Schatten. »Wenn viele Tiere sterben, hat der Wächter alle Hände voll zu tun. Und wir können ungestört von hier abhauen, während der Kerl im Apfelwäldchen Kadaver verbrennt. Du nimmst den Schlüsselbund von der Wand, schließt den Käfig auf, und wir fliehen.«

»Durch das Tor?«

»Nein, zu gefährlich. Das Tor ist von außen abgeschlossen,

und selbst wenn wir hinauskämen – der Wächter würde uns im Nu wieder erwischen. Über die Mauer geht auch nicht, nur die Vögel können sie überwinden.«

»Ja, wo kommen wir denn dann raus?«

»Überlaß das nur mir. Ich habe alles mehr als genau geplant, bis ins letzte Detail. Ich konnte nämlich eine Menge Informationen über die Stadt sammeln. Löcher hab ich in deine Karte gestarrt, so genau hab ich sie studiert, und aus dem Wächter hab ich auch einiges herausbekommen. Seit er glaubt, daß ich nicht mehr in der Lage bin zu fliehen, erzählt er mir schön freundlich alles über die Stadt, was ich wissen will. Du scheinst ihn gut eingeseift zu haben – der Kerl ist ganz schön unvorsichtig geworden. Na ja, hat zwar alles etwas länger gedauert, als ich mir vorgestellt hatte, aber jetzt steht der Plan. Alles läuft wie geschmiert. Der Wächter hat zwar recht, wenn er sagt, daß ich nicht mehr genug Energie habe, um mich mit dir zusammenschweißen zu können, aber wenn wir erst hier raus sind, erhole ich mich, und dann werden wir wieder eins. Ich brauche hier nicht zu sterben, und du kriegst deine Erinnerung zurück und wirst wieder du selbst, wie früher.«

Ich sage nichts, starre nur in die Flamme der Kerze.

»Was hast du denn auf einmal?« fragt der Schatten.

»Wie war ich denn früher? *Ich selbst* – wer ist das?« sage ich.

»He, komm, jetzt hör schon auf, du hast doch wohl nicht etwa Zweifel?« sagt der Schatten.

»Doch. Ich weiß wirklich nicht, was ich tun soll«, sage ich. »Ich erinnere mich doch gar nicht an mein früheres Ich! Lohnt es sich überhaupt, in die Welt da draußen zurückzukehren? Ist der Mensch, der ich früher war, es wert?«

Der Schatten will etwas sagen, aber ich hebe die Hand und komme ihm zuvor. »Warte, laß mich ausreden. Ich hab zwar vergessen, was ich früher für ein Mensch war, aber mein jetziges Ich beginnt, so was wie Zuneigung für die Stadt hier zu empfinden. Ich fühle mich von der Bibliothekarin angezogen, und auch der Oberst ist ein guter Mensch. Ich liebe es, den Tieren zuzuschauen. Der Winter ist hart hier, aber die anderen Jahreszeiten sind dafür wunderschön. Hier tut keiner dem anderen weh, man kämpft nicht gegeneinander. Das Leben ist einfach, aber erfüllt, und alle sind gleich. Es gibt niemanden, der schlecht über einen redet, und niemanden, der anderen etwas wegnimmt. Man arbeitet, aber alle haben Freude dabei. Es ist Arbeit um der Arbeit willen, reine Arbeit. Niemand zwingt einen dazu, und man macht sie nicht widerwillig. Man beneidet die anderen auch nicht, niemand jammert und niemand leidet.«

»Und es gibt weder Geld noch Vermögen, weder Stand noch Rang. Es gibt keine Gerichte und auch keine Krankenhäuser«, stimmt der Schatten ein. »Man wird nicht älter, nicht wahr, und nicht von Todesängsten geplagt. Stimmt's?«

Ich nicke. »Und jetzt nenne du mir einen einzigen Grund, warum ich diese Stadt verlassen sollte!«

»Tja«, sagt der Schatten, zieht eine Hand unter der Decke hervor und streicht sich mit dem Finger über seine trockenen Lippen. »Was du sagst, klingt auf den ersten Blick vernünftig. Eine solche Welt wäre das wahrhaftige Utopia, und ich hätte dem nichts entgegenzusetzen – wenn es sie denn geben würde. Du könntest von mir aus machen, was du willst. Ich würde alles einsehen und hier sterben. Aber du übersiehst ein paar Dinge. Und zwar ein paar ganz wichtige.«

Der Schatten bekommt einen Hustenanfall. Ich warte, bis er weiterreden kann.

»Als du das letztemal hier warst, sagte ich dir, daß mit dieser Stadt etwas nicht stimmt, daß sie unnatürlich ist. Und ich sagte, daß sie in dieser Verkehrtheit und Unnatürlichkeit vollkommen ist. Nun, du hast gerade über die vollkommene, die perfekte Seite gesprochen. Deshalb laß mich jetzt über die unnatürliche und verkehrte reden. Also, hör gut zu. Erstens, und das ist das Wichtigste, meine Hauptthese: Es gibt keine Vollkommenheit auf dieser Welt. Genauso wie es – und ich wiederhole mich schon wieder – ein Perpetuum mobile prinzipiell nicht geben kann. Die Entropie nimmt stets zu. Wohin aber läßt die Stadt sie ab? Sicher, die Leute hier – nun ja, den Wächter muß man wohl ausnehmen – tun einander nicht weh, fügen sich kein Leid zu, haben keine Begierden. Alle führen ein erfülltes, friedvolles Leben. Warum wohl? Na, weil sie keine Seele haben natürlich!«

»Das weiß ich doch längst!« sage ich.

»Die Menschen dieser Stadt haben diese Vollkommenheit mit ihren Seelen bezahlt. Und durch den Verlust der Seele steckt jeder in unendlich verlängerter Zeit. Deshalb wird niemand älter, deshalb stirbt keiner. Zunächst reißt man einem den Schatten, den Nährboden der Identität, vom Leibe und wartet auf seinen Tod. Und wenn der Schatten erst einmal tot ist, erledigt sich der Rest beinahe von selbst. Man braucht bloß zu warten, bis die Seele sich verausgabt hat, bis die winzigen Absonderungen, die sie Tag für Tag produziert, wie Schaum abgeschöpft worden sind.«

»Abgeschöpft?«

»Darüber reden wir später noch. Zunächst das Problem mit der Seele. Du hast eben gesagt, die Stadt kenne keinen Kampf, keinen Haß, keine Begierde. Toll ist das, Klasse! Wenn ich besser drauf wäre, würde ich glatt Beifall klatschen. Aber: Ohne Kampf, Haß und Begierde gibt es auch das Gegenteil nicht – keine Freude, kein Glück, keine Liebe. Gerade weil es Verzweiflung, Enttäuschung und Trauer gibt, entsteht Freude. Ohne Verzweiflung kann es auch kein Glück geben. Genau das meine ich mit *Natürlichkeit*. – Dann gibt es da selbstverständlich noch die Liebe. Und schon sind wir bei der Kleinen aus der Bibliothek, von der du eben sprachst: Du magst sie lieben, sicher. Aber dein Gefühl führt zu nichts. Warum? Weil sie keine Seele hat. Menschen ohne Seele sind nichts weiter als Puppen auf Beinen, Gespenster. Was hat es denn für einen Sinn, so etwas zu erobern? Hast du es auf die Unsterblichkeit abgesehen? Willst du etwa selbst auch so ein Gespenst werden? Begreif doch: Wenn ich hier sterbe, kommst du nie wieder aus der Stadt raus, du wirst einer von *denen*, für immer und ewig!«

Ein erdrückendes, kaltes Schweigen legt sich auf den Kellerraum. Der Schatten hustet wieder.

»Aber ich kann sie hier nicht zurücklassen! Egal, was sie ist und wie sie ist – ich liebe sie, und ich brauche sie. Wenn ich jetzt fliehe, werde ich es sicher später bereuen, und wenn ich einmal draußen bin, kann ich nie mehr zurück.«

»Ach, du lieber Gott«, sagt der Schatten, setzt sich im Bett auf und lehnt sich an die Wand. »Dich zu überzeugen, wird mich einiges an Kraft kosten, scheint mir. Ich kenn dich ja nun schon ziemlich lange und weiß nur zu gut, daß du ein unverbesserlicher Dickschädel bist, aber mußt du unbedingt auf den allerletzten Drücker noch die kompliziertesten Probleme auspacken? Was willst du denn eigentlich? Sag jetzt bloß nicht, daß du zu dritt, mit mir *und* der Kleinen, fliehen willst – das ist vollkommen ausgeschlossen! Ein Mensch ohne Schatten kann in der Welt draußen nicht leben.«

»Das weiß ich ja!« sage ich. »Was ich meine, ist, daß du es vielleicht alleine versuchen solltest. Ich helfe dir auch dabei.«

»Unsinn. Du scheinst immer noch nicht kapiert zu haben«, sagt der Schatten, den Kopf an die Wand gelehnt. »Wenn ich abhaue und du alleine hierbleibst, wird deine Lage hoffnungslos. Das weiß ich vom Wächter. Alle Schatten müssen *hier* sterben; auch solche, die hinausgelassen wurden, kehren kurz vor ihrem Tod hierher zurück, um zu sterben. Kommt ein Schatten nicht zurück, stirbt also nicht hier, sondern draußen, bleibt sein Tod unvollkommen. Das bedeutet für dich, daß du mit deiner Seele leben müßtest, für immer. Und zwar im Wald. Dort leben alle, die ihren Schatten nicht ordnungsgemäß zu töten in der Lage waren. Du würdest dorthin verbannt und müßtest auf ewig mit all deinen Gedanken im Wald umherirren. Über den Wald weißt du Bescheid?«

Ich nicke.

»Aber nicht, daß du denkst, du könntest die Kleine mitnehmen in den Wald«, fährt der Schatten fort. »Das geht nicht. Warum? Weil sie *perfekt* ist – beziehungsweise keine Seele hat. Perfekte Menschen wohnen in der Stadt, sie können im Wald nicht leben. Das heißt, du wärst alleine. Und was hat es dann noch für einen Zweck, hier zu bleiben?«

»Wohin verschwinden denn die Seelen der Menschen?«

»Menschenskind, *du* bist doch der Traumleser!« sagt der Schatten fassungslos. »Sag bloß, das weißt du nicht?«

»Ich weiß es nicht, na und?« sage ich.

»Tja, dann muß ich's dir wohl verraten: Die Seelen werden durch die Tiere nach draußen vor die Mauer gebracht. Das nennt man abschöpfen. Die Tiere treiben Seelen ein, saugen sie sozusagen auf und bringen sie nach draußen, in die andere Welt. Und wenn der Winter kommt, sterben die Tiere – mit allen Identitäten, die sie in sich angesammelt haben. Was sie umbringt, ist weder Kälte noch Nahrungsmangel, sondern die Last der Identitäten, die ihnen die Stadt aufbürdet. Das tötet sie. Im Frühjahr werden dann Junge geboren, nur so viele, wie alte gestorben sind. Und wenn diese Jungen herangewachsen sind, belädt man sie genauso wie ihre Väter und Mütter mit weggeworfenen Identitäten der Menschen, bis auch sie sterben. Sie zahlen den Preis der Perfektion. Was hat denn eine solche Vollkommenheit für einen Sinn, wenn man sie bloß bewahren kann, indem man schwache, wehrlose Wesen dafür bezahlen läßt?!«

Ich sage nichts, sondern starre nur auf meine Schuhspitzen.

Der Schatten fährt fort: »Wenn die Tiere verendet sind, schneidet der Wächter ihnen den Kopf ab. In ihren Schädeln sind die Identitäten nämlich fein säuberlich eingekerbt. Die Schädel werden sorgfältig gesäubert und für ein Jahr in der Erde vergraben, damit ihre Kraft nachläßt. Dann werden sie in die Bibliothek gebracht, wo der Traumleser die Identitäten an die Atmosphäre freigibt. Die Aufgabe des Traumlesers muß immer ein Mensch übernehmen, der frisch in die Stadt gekommen und dessen Schatten noch nicht gestorben ist. Die von ihm gelesenen Identitäten werden von der Atmosphäre aufgesogen und verschwinden. Weißt du jetzt, was sogenannte ›alte Träume‹ sind? Du spielst bei der ganzen Sache in etwa dieselbe Rolle wie das Erdungskabel im elektrischen Stromkreis. Verstehst du, was ich meine?«

»Verstehe schon«, sage ich.

»Sobald sein Schatten tot ist, gehört der Traumleser zur Stadt und legt seine Arbeit nieder. So dreht sich die Stadt auf ewig weiter, in einem perfekten Kreislauf. Für ihre Unvollkommenheiten läßt sie unvollkommene Wesen bezahlen, für sich selbst schöpft sie nur den Rahm ab und lebt davon. Findest du das etwa richtig?! Kommt dir eine solche Welt echt vor? Soll sie so aussehen für dich? Sieh sie dir an mit den Augen der Schwachen und Unvollkommenen, hörst du, mit den Augen der Tiere, der Schatten und der Menschen im Wald!«

Ich starre so lange ins Kerzenlicht, bis mir die Augen wehtun. Ich nehme die Brille ab und wische mir mit dem Handrücken die herunterlaufenden Tränen weg.

»Morgen um drei bin ich da«, sage ich. »Du hast recht. Diese Stadt ist nichts für mich.«

## Wäsche bei Regen, Der Mietwagen, Bob Dylan

Es war Sonntag, und es regnete: Die vier Trockner im Waschsalon waren alle besetzt. An den Griffen hingen verschiedenfarbige Plastiktüten und Einkaufstaschen. Im Waschsalon befanden sich drei Frauen. Eine war eine Hausfrau Ende Dreißig. Die beiden anderen kamen offenbar aus dem Wohnheim der nahegelegenen Frauenuni. Die Hausfrau machte nichts; sie saß reglos auf ihrem Rohrstühlchen und schaute der rotierenden Wäsche zu, als sähe sie fern. Die Studentinnen blätterten zusammen in einer Ausgabe von *JJ*. Als ich eingetreten war, hatten die Frauen mich erst eine Weile beäugt, sich bald aber wieder der Wäsche und dem Magazin gewidmet.

Ich setzte mich auf einen Stuhl, nahm die Lufthansa-Tasche auf den Schoß und wartete, daß die Reihe an mich käme. Die Studentinnen hatten kein Gepäck dabei, ihre Wäsche befand sich mithin bereits im Trockner. Sobald einer von den vier Trocknern zum Stillstand kam, war demnach ich an der Reihe. Nun ja, so lange konnte das nicht dauern, ich war erleichtert. Allein der Gedanke, hier womöglich eine ganze Stunde rotierende Wäsche anstarren zu müssen, hätte mich in Depressionen gestürzt. Mir blieben eh keine 24 Stunden mehr.

Ich saß völlig entspannt und fixierte einen unbestimmten Punkt im Raum. Es roch nach Waschsalon, nach dem eigentümlichen Geruch von Wäsche, die heißluftgetrocknet wird, vermengt mit dem Geruch von Waschpulver. Die Studentinnen neben mir unterhielten sich über Strickmuster. Weder die eine noch die andere war besonders hübsch. Gescheite Mädchen blättern nicht sonntags mittags im Waschsalon Illustrierte durch.

Allen Erwartungen zum Trotz wollten die Trockner nicht

aufhören, sich zu drehen. Waschsalons haben ihre eigenen Gesetze. Eines davon lautet: Trockner, auf die man wartet, kommen erst nach einer halben Ewigkeit zum Stillstand. Die Trommel dreht und dreht sich weiter, obwohl die Wäsche darin schon knochentrocken aussieht.

Ich wartete eine Viertelstunde, doch alle Trockner blieben in Bewegung. Unterdessen kam eine schlanke, gepflegte junge Frau mit einer Papiertüte herein, schmiß einen Armvoll Windeln in eine der Waschmaschinen, riß ein Beutelchen Waschpulver auf, schüttete es dazu, machte die Maschine zu und warf Münzen ein.

Ich hätte gern die Augen geschlossen und ein Nickerchen gemacht, doch der Gedanke, daß unterdessen womöglich die Trommeln zum Stillstand kommen könnten und jemand anders vor mir seine Wäsche einlegen würde, hieß mich wachsam sein. Ich würde sonst nur wieder kostbare Zeit vergeuden.

Ich bereute, mir nichts zum Lesen mitgebracht zu haben. Dann bestünde keine Gefahr einzuschlafen, und die Zeit ginge auch schneller vorbei. Ob das allerdings das Richtige wäre, wußte ich nicht. In meiner Lage müßte ich wohl eher ein Interesse daran haben, daß die Zeit langsam verging. Aber ausgerechnet in diesem Waschsalon? Welchen Sinn sollte das haben? Wäre das nicht nur in die Länge gezogene Sinnlosigkeit?

Das Nachdenken über die Zeit bereitete mir Kopfschmerzen. Die Zeit ist zu sehr Begriff. Und wenn wir die Zeitlichkeit mit Substanz füllen, wissen wir bald nicht mehr, ob das, was herauskommt, was entsteht, zur Zeit gehört oder zur Substanz.

Ich hörte auf, über die Zeit nachzudenken, und widmete mich statt dessen der Frage, was ich tun wollte, wenn ich den Waschsalon hinter mir hatte. Zunächst mußte ich etwas zum Anziehen kaufen. Etwas Anständiges. Zum Ändern von Hosen war keine Zeit mehr, den Tweed-Anzug, für den ich mich unter der Erde entschieden hatte, mußte ich mir aus dem Kopf schlagen. Schade, aber nicht zu ändern. Ich würde mich mit den Leinenhosen begnügen, die ich trug, und nur ein Hemd, eine Krawatte und einen Blazer kaufen. Außerdem einen Trenchcoat. So ausgestattet, käme ich in jedes Restaurant. Der Kleiderkauf würde wahrscheinlich anderthalb Stunden in Anspruch nehmen. Dann wäre ich gegen drei Uhr fertig und hätte bis zur Verabredung um sechs noch drei Stunden.

Ich überlegte, was ich in den drei Stunden anstellen könnte, aber mir fiel nichts ein. Müdigkeit und Erschöpfung blockierten mein Denken, blockierten es in Regionen, an die ich nicht herankam.

Während ich mich bemühte, die Blockade zu brechen, kam der Trockner ganz rechts zum Stillstand. Erst vergewisserte ich mich, daß ich nicht halluzinierte, dann sah ich mich um. Die Hausfrau und die beiden Studentinnen schauten flüchtig hin, machten aber keine Anstalten, sich zu erheben. Den Waschsalongesetzen entsprechend machte also *ich* den Trockner auf, füllte die warme Wäsche in die am Türknauf hängende Einkaufstasche und leerte dann meine Lufthansa-Tasche in die Trommel. Dann schloß ich die Tür, warf Münzen ein, überzeugte mich, daß die Trommel zu rotieren begann, und kehrte zu meinem Stühlchen zurück. Die Uhr zeigte 12 Uhr 50.

Die Hausfrau und die Studentinnen hatten alle meine Bewegungen genauestens verfolgt. Nun schauten sie zu der Trommel, die ich beschickt hatte, dann zu mir. Ich sah zu meinem Trockner. Es gab ein fundamentales Problem: Die eingelegte Wäschemenge war bei weitem zu klein, es handelte sich ausschließlich um Damenkleidung und Damenunterwäsche, und alles war von einer Farbe – rosa. Sehr auffällig. *Zu* auffällig. Ein ungutes Gefühl. Ich hängte meine Plastiktasche an den Trocknerknauf und beschloß, die nächsten zwanzig Minuten anderswo zu verbringen.

Es nieselte immer noch, der gleiche feine Regen, der seit dem Morgen ununterbrochen niedergegangen war, als wollte er die Welt auf etwas hinweisen. Ich spannte meinen Schirm auf und spazierte durch das Viertel. Jenseits der ruhigen Wohnblocks verlief eine Straße mit allerlei Geschäften. Es gab einen Friseur, eine Bäckerei, einen Laden für Surferbedarf – wenn mir auch nicht klar war, was so ein Laden in Setagaya sollte –, ein Tabakwarengeschäft, eine Confiserie, einen Videoverleih, eine Wäscherei. An der Wäscherei hatte man ein Schild ausgehängt: *An Regentagen auf alle Wäsche 10% Rabatt!* Weshalb man bei Regen die Preise senkte, war mir nicht klar. Ich sah, wie drinnen der kahlköpfige Inhaber mit griesgrämigem Gesicht ein Oberhemd bügelte. Wie Lianen liefen von der Decke ein paar dicke Schläuche zu dem Bügeleisen. Eine gute alte Wäscherei, in der der Besitzer noch selbst das Eisen führte. Irgendwie gefiel mir der Mann. Wahrscheinlich benutzte er auch keine Heftklammern, um die Zettelchen mit den Nummern an den Hemden zu befestigen. Weil ich diese Klammern haßte, brachte ich meine Hemden nie zur Reinigung.

Vor der Wäscherei stand eine Art Bank mit Blumentöpfen. Ich betrachtete die Blumen eine Weile, konnte aber keine einzige benennen. Warum ich nur so wenig Blumennamen kannte, war mir selbst ein Rätsel. Die Blumen sahen alle ganz gewöhnlich aus, mir schien, daß man sie normalerweise ausnahmslos benennen können müßte. Aus der Regenrinne tropfte es auf die schwarze Erde in den Kübeln. Irgendwie wurde mir weh ums Herz. Nun hatte ich 35 Jahre in dieser Welt zugebracht und kannte nicht einmal die Namen der alltäglichsten Blumen.

An dieser einen Wäscherei machte ich gleich mehrere für mich neue Entdeckungen. Unter anderem, daß ich, was Blumen anging, ein Ignorant war und daß Wäschereien an Regentagen billiger waren. Fast täglich war ich diese Straße entlanggegangen und hatte bisher nicht einmal bemerkt, daß vor der Wäscherei eine Bank mit Blumenkübeln stand.

Auf der Bank kroch eine Schnecke, auch das eine neue Entdeckung für mich. Bisher hatte ich geglaubt, daß es Schnecken nur in der Regenzeit gibt. Doch wenn sie wirklich nur in der Regenzeit herauskommen, wo sind sie dann und was machen sie in den anderen Jahreszeiten?

Ich setzte die Oktoberschnecke in einen Blumentopf, dann auf ein grünes Blatt. Erst schwankte sie auf ihrem Blatt, dann stabilisierte sie sich in ihrer Schräglage und sondierte die Umgebung.

Ich ging zum Tabakwarenladen zurück und kaufte mir eine Schachtel *Lark Long Size* und ein Feuerzeug. Ich hatte zwar vor fünf Jahren mit dem Rauchen aufgehört, doch eine Schachtel am letzten Tag des Lebens, das sollte nicht groß schaden. Noch unter der Dachtraufe des Ladens steckte ich mir eine an. Das Gefühl, einen Fremdkörper zwischen den Lippen zu haben, war stärker als erwartet. Langsam inhalierte ich, tief, und langsam atmete ich aus. In den Fingerspitzen kribbelte es, im Kopf setzte Nebel ein.

Dann ging ich in die Confiserie und kaufte vier Stückchen Kuchen. Jedes hatte einen langen französischen Namen, Namen, an die ich mich, sobald der Kuchen in der Schachtel lag, schon nicht mehr erinnern konnte. Mein Französisch hatte ich mit dem Abgang von der Universität restlos verdrängt. Die Kuchenverkäuferin war hochgewachsen wie eine Tanne und beim Schleifchenbinden schrecklich ungeschickt. Ich bin noch nie einem hochgewachsenen Mädchen begegnet, das mit den Fingern geschickt gewesen wäre. Ob das ein weltweit gültiges Theorem ist, weiß ich natürlich nicht. Möglicherweise beruht es nur auf meinem individuellen Begegnungspattern.

Den benachbarten Videoverleih hatte ich hin und wieder frequentiert. Das Besitzerehepaar war ungefähr mein Jahrgang, die Frau eine richtige Schönheit. In dem am Eingang plazierten großformatigen Display-Fernseher lief Walter Hills *Street Fighter*. Charles Bronson spielte einen Straßenboxer, der sich barfäustig schlug, James Coburn seinen Manager. Ich trat ein, ließ mich auf dem Sofa nieder und sah mir zum Zeitvertreib ein paar Kampfszenen an.

Die Besitzerin hütete allein das Geschäft, hinten, hinter der Theke; sie langweilte sich offenbar. Ich offerierte ihr ein Stück Kuchen. Sie nahm sich ein Birnentörtchen, ich mir den Käsekuchen. Dann sah ich Kuchen essend zu, wie Charles Bronson sich mit einem kahlköpfigen Gorilla schlug. Die Mehrheit der Zuschauer erwartete, daß der Gorilla gewinnen würde, aber ich hatte den Film vor ein paar Jahren schon einmal gesehen und wußte zuversichtlich, daß Bronson den Sieg davontragen würde. Nachdem ich den Kuchen gegessen, eine halbe Zigarette geraucht und mich von Charles Bronsons Sieg überzeugt hatte, stand ich auf.

»Schauen Sie sich doch in Ruhe noch den Rest an«, sagte die Besitzerin.

Ich würde gerne, sagte ich, doch ich hätte im Waschsalon noch Wäsche im Trockner. Ich sah auf die Armbanduhr; sie zeigte 1 Uhr 25. Der Trockner war schon vor Zeiten abgelaufen. »Na großartig!« sagte ich.

»Keine Sorge. Jemand wird die Sachen herausgenommen und in die Tasche gefüllt haben. Ihre Unterwäsche stiehlt schon niemand.«

»Ja, schon«, sagte ich kraftlos.

»Nächste Woche bekommen wir drei alte Hitchcocks rein!« sagte die Frau.

Ich ging denselben Weg zurück. Glücklicherweise hielt sich niemand mehr im Waschsalon auf; die Wäsche hatte auf dem Boden der Trommel ruhig auf meine Rückkehr gewartet. Nur einer der vier Trockner lief. Ich stopfte die Wäsche in die Tasche und ging zu meiner Wohnung zurück.

Das dicke Mädchen lag in meinem Bett und schlief wie ein Murmeltier. Sie schlief so tief und fest, daß ich im ersten Augenblick fürchtete, sie könnte tot sein, doch als ich mein Ohr zu der Schlafenden neigte, hörte ich sie leise atmen. Ich legte ihr die trockene Wäsche neben das Kopfkissen und stellte die Kuchenschachtel neben der Stehlampe ab. Am liebsten wäre ich neben sie ins Bett gekrochen, um gleich einzuschlafen, aber das ging nicht.

Nachdem ich in der Küche ein Glas Wasser getrunken und dann, es fiel mir plötzlich ein, pinkeln gegangen war, setzte ich mich auf einen Küchenstuhl und sah mich um. Es gab alle möglichen Geräte, Instrumente, Einrichtungsgegenstände: Wasserhahn, Gasboiler, Küchenabzug, Gasherd, Töpfe in allen Größen, Wasserkessel, Kühlschrank, Toaster, Geschirrschrank, Messerblock, eine große Brooke Bond-Teedose, Elektrokocher,

Kaffeemaschine. Man spricht einfach von »Küche« und meint doch eine komplexe Vielfalt von Geräten und Gegenständen damit. Beim neuerlichen ruhigen und sorgsamen Betrachten der Küche spürte ich die Stille, die der der Weltordnung eigenen Rätselhaftigkeit innewohnt.

Als ich in diese Wohnung zog, hatte ich noch eine Frau gehabt. Das war nun schon acht Jahre her; damals hatte ich oft spät nachts allein an diesem Küchentisch gesessen und gelesen. Meine Frau hatte auch einen sehr leisen Schlaf gehabt, so daß ich manchmal fürchtete, sie läge tot im Bett. Auf meine Weise hatte ich sie geliebt, nicht vollkommen vielleicht, aber ich hatte sie geliebt.

Nun wohnte ich also schon acht Jahre hier. Vor acht Jahren waren wir zu dritt gewesen, meine Frau, unsere Katze und ich. Zuerst ging meine Frau, dann die Katze. Jetzt war ich an der Reihe. Ich rauchte eine Zigarette, benutzte dabei als Aschenbecher eine alte Kaffeetasse, deren Untertasse nicht mehr da war. Dann trank ich noch etwas Wasser. Ich wunderte mich, daß ich ganze acht Jahre hier verbracht hatte. Die Wohnung gefiel mir gar nicht besonders, und die Miete war keineswegs niedrig. Von Westen bekam sie zuviel Sonne, und der Hausmeister war unfreundlich. Und seit ich hier wohnte, war mein Leben auch nicht gerade heiterer geworden: zuviel Bevölkerungsschwund.

Wie auch immer. Alles ging aufs Ende zu.

Ewiges Leben – ging es mir durch den Kopf. Unsterblichkeit.

Ich sei im Begriff, unsterblich zu werden, hatte der Professor gesagt. Das Ende sei kein Tod, sondern eine Verwandlung, in der neuen Welt könne ich *ich selbst* sein und würde alles, was ich je verloren hätte und zu verlieren im Begriff sei, wiederfinden.

Ich hatte die Worte des Professors nicht angezweifelt, keines davon. Das alles war nur zu abstrakt, zu nebulös. Ich war, schien mir, auch jetzt zur Genüge ich selbst, und die Frage, wie ein Unsterblicher seine Unsterblichkeit empfindet, überstieg mein Vorstellungsvermögen bei weitem. Dasselbe galt für die

Einhörner und die hohe Mauer: Selbst der *Zauberer von Oz* kam mir realistischer vor.

Was hatte ich denn eigentlich verloren? Ich kratzte mich nachdenklich am Kopf. Ich hatte, in der Tat, vieles verloren. Wenn ich alles haarklein aufschriebe, könnte ich wahrscheinlich einen ganzen Notizblock füllen. Ich hatte Dinge verloren, denen ich keine große Bedeutung beigemessen und deren Verlust mich erst später geschmerzt hatte – und umgekehrt. Ich hatte Dinge verloren, Menschen und Gefühle. Die Tasche des Mantels, der mein Leben war, hatte ein fatales Loch, das sich mit keiner Nadel und keinem Faden stopfen ließ. Gesetzt den Fall, jemand steckte den Kopf bei mir zum Fenster herein und schrie: »Dein Leben ist Null!« – was könnte ich ihm schon entgegnen? Nichts, absolut nichts.

Und doch, wollte mir scheinen, würde ich mein Leben, hätte ich es noch einmal zu führen, wieder auf dieselbe Weise leben. Denn dieses verlustreiche Leben war *ich*. Für mich gab es keinen anderen Weg, als ich selbst zu werden. Wie sehr ich die Leute oder die Leute mich mißachteten, welch schöne Gefühle, überragende Qualitäten und Träume auch zerrinnen mochten, ich würde doch nie etwas anderes werden können als ich selbst.

Früher, als ich jünger war, hatte ich gedacht, vielleicht etwas anderes als ich selbst werden zu können. Hatte sogar gedacht, daß es keineswegs unmöglich wäre, in Casablanca eine Bar aufzumachen und Ingrid Bergman kennenzulernen. Oder, realistischer – ob tatsächlich realistischer, sei dahingestellt –, daß es möglich sein müßte, ein meinem ureigenen Ich angemesseneres, nützlicheres Leben zu führen. Auf dieses Ziel hin trainierte ich sogar, übte die Selbstrevolution. Ich las *Die grüne Revolution* und schaute mir dreimal *Easy Rider* an. Und doch kam ich, wie ein Boot mit verkantetem Ruder, immer wieder an dieselbe Stelle zurück. Zu meinem Ich. Mein Ich ging nirgendwo hin. Es blieb, wo es war, und wartete, daß ich zurückkäme.

Wie nennt man das? Verzweiflung?

Ich weiß es nicht. Vielleicht. Turgenjew würde es wahrscheinlich Desillusionierung nennen. Dostojewski würde es als Hölle bezeichnen. Und Somerset Maugham als Realität. Doch wer immer welchen Namen dafür findet, es ist mein Ich.

Eine Welt der Unsterblichkeit konnte ich mir nicht vorstellen. Vielleicht würde ich dort wirklich wiederfinden, was ich verloren hatte, und ein neues Ich etablieren. Vielleicht klatschte jemand in die Hände, vielleicht erteilte mir jemand seinen Segen. Und ich würde glücklich werden, würde ein meinem ureigenen Ich angemessenes, nützliches Leben führen können. Doch das wäre ein anderes Ich, hätte mit mir hier und jetzt nicht das geringste zu tun. Ich jetzt und hier hatte mein jetziges Ich. Das war eine historische Tatsache, an der niemand rütteln konnte.

Am Ende meiner Überlegungen kam ich zu dem Schluß, die bessere Annahme sei, daß ich in zweiundzwanzig Stunden und ein paar Minuten *sterben* würde. Alle Überlegungen eines Überganges in eine Welt der Unsterblichkeit klangen nach Lehren des Don Juan, hatten einen schlechten Beigeschmack.

Also dachte ich, aus praktischen Gründen: Ich werde sterben. Das klang eher nach mir. Und es verschaffte mir ein wenig Erleichterung.

Ich drückte meine Zigarette aus, ging ins Schlafzimmer, betrachtete dort eine Weile das Gesicht des schlafenden Mädchens und vergewisserte mich dann, daß ich alles Notwendige eingesteckt hatte. Doch wenn ich genau, wirklich genau überlegte, gab es fast nichts mehr, was ich jetzt noch brauchte. Geldbörse und Kreditkarte – und was sonst? Die Tür brauchte ich nicht abzuschließen. Meine Kalkulator-Lizenz? Unnötig. Auch das Notizbuch war überflüssig, ebenso die Autoschlüssel, da ich den Wagen irgendwo hatte stehenlassen. Nicht einmal das Messer brauchte ich mehr. Münzgeld? Auch das war nicht nötig. Ich legte alles, was ich in den Hosentaschen hatte, auf den Tisch.

Zuerst fuhr ich mit der Bahn zur Ginza, kaufte bei Paul Stuart ein Hemd, eine Krawatte und einen Blazer und bezahlte mit meiner American Express Card. So angezogen machte ich vor dem Spiegel keine schlechte Figur. Nein, ganz und gar keine schlechte Figur. Gut, die Bügelfalte der olivgrünen Leinenhose war kaum mehr zu sehen, doch wer sprach schon von Perfektion? Der marineblaue Flanellblazer und das dunkelorangefarbene Hemd verliehen mir in der Kombination das Flair eines jungen, aufstrebenden Werbeagenturangestellten. Jedenfalls sah ich nicht mehr aus wie einer, der eben noch unter der Erde umhergekrochen ist und in zirka einundzwanzig Stunden von der Bildfläche verschwinden wird.

Mir fiel auf, daß, wenn ich gerade stand, der linke Ärmel des Blazers um anderthalb Zentimeter kürzer war als der rechte. Das heißt, genaugenommen war nicht der Ärmel zu kurz, sondern mein linker Arm zu lang. Wieso, war mir ein Rätsel. Ich bin Rechtshänder und konnte mich nicht entsinnen, den linken Arm überaus beansprucht zu haben. Der Verkäufer empfahl mir, den Saum etwas auszulassen, das ließe sich in zwei Tagen leicht bewerkstelligen; ich lehnte selbstverständlich ab.

»Spielen Sie vielleicht, wenn ich fragen darf, Baseball?« fragte der Verkäufer, während er mir die Kreditkartenquittung gab.

Ich verneinte.

»Die meisten Sportarten führen zu körperlichen Verzerrungen«, belehrte er mich. »Was Anzüge angeht, können übermäßige Bewegung, übermäßiges Essen und Trinken nur schaden.«

Ich bedankte mich und ging. Die Welt ist voller Regeln und Gesetze. Wer will, entdeckt bei jedem Schritt ein neues.

Es regnete immer noch, aber vom Kleiderkaufen hatte ich genug, so daß ich auf den Trenchcoat verzichtete und statt dessen in eine Bierhalle einkehrte, wo ich Bier vom Faß trank und frische Austern aß. In der Bierhalle spielte man merkwürdigerweise eine Sinfonie von Bruckner. Die Nummer wußte ich nicht, aber wer weiß die schon? Jedenfalls war es das erstemal, daß ich in einer Bierhalle Bruckner hörte.

Außer mir waren nur drei andere Gäste da. Ein junges Pärchen und ein zierlicher alter Mann mit Hut. Der alte Mann nahm immer mal wieder einen Schluck von seinem Bier, das Pärchen dagegen, das sich leise über irgend etwas unterhielt, kümmerte sich fast gar nicht um seine Gläser. Eine typische Bierhalle an einem regnerischen Nachmittag.

Ich hörte Bruckner, träufelte Zitronensaft auf meine fünf Austern, aß sie im Uhrzeigersinn auf und leerte meinen halben Liter. Die Zeiger der riesigen Bierhallen-Wanduhr würden in fünf Minuten drei Uhr anzeigen. Unter dem Zifferblatt standen sich zwei Löwen gegenüber, auf den Hinterpfoten, und drehten sich, vom Federwerk angetrieben, vor und zurück. Beides waren Männchen, die Schweife gebogen wie Garderobenhaken. Schließlich war die lange Bruckner-Sinfonie zu Ende, man wechselte zu Ravels *Bolero*. Eine merkwürdige Kombination.

Ich bestellte ein zweites Bier und ging wieder pinkeln. Es lief und lief, wollte gar nicht mehr aufhören. Ich hatte keine Ahnung, weshalb ich dermaßen viel Wasser lassen konnte, da aber nichts Dringendes anstand, ließ ich es in aller Ruhe laufen. Der Strahl hielt, glaube ich, bestimmt zwei Minuten. Im Hintergrund lief derweil *Bolero*. Zu Ravels *Bolero* zu urinieren war irgendwie seltsam. Ich hatte das Gefühl, daß es ewig weiterfließen würde.

Nach der langen Pinkelei fühlte ich mich wie neu geboren. Ich wusch mir die Hände, warf einen Blick in den verzerrenden Spiegel, ging zum Tisch zurück und trank mein Bier. Ich wollte mir eine Zigarette anstecken, stellte aber fest, daß ich die Schachtel *Lark* zu Hause in der Küche liegengelassen hatte, rief den Kellner, kaufte bei ihm eine Packung *Seven Stars* und bekam Streichhölzer dazu.

In der leeren Bierhalle hatte man das Gefühl, die Zeit stünde still, tatsächlich jedoch rückte sie unerbittlich vor. Die Löwen vollführten abwechselnd ihre 180-Grad-Drehungen, die Uhrzeiger standen schon auf zehn nach drei. Die Ellbogen aufgestützt, starrte ich auf diese Zeiger, Bier trinkend, rauchend. Die Zeit damit zu verbringen, eine Uhr anzustarren, war die pure Sinnlosigkeit, aber etwas Besseres fiel mir nicht ein. Fast alles Handeln des Menschen kommt aufgrund der Prämisse zustande, daß man noch lange zu leben hat; fällt diese Prämisse weg, bleibt so gut wie nichts.

Ich zog mein Portemonnaie aus der Hosentasche und schaute nach, was alles drin war. Fünf Zehntausender, ein paar Tausender. In der rückwärtigen Falte zwanzig mit einer Klammer zusammengehaltene Zehntausender. Außer dem Bargeld enthielt das Portemonnaie zwei Kreditkarten, American Express und Visa, ferner zwei Bankkarten. Die Bankkarten zerbrach ich und warf sie in den Aschenbecher. Ich würde sie sowieso nicht mehr gebrauchen können. Die Klubkarte fürs Hallenbad, die des Videoverleihs und die Rabattheftchen zum Abstempeln, die man beim Kaffeekauf bekommt, gingen denselben Weg. Den Führerschein behielt ich, zwei alte Visitenkarten warf ich fort. Der Aschenbecher war voll mit den Überresten meines Lebens. Was mir am Ende blieb, waren Bargeld, Kreditkarten und der Führerschein.

Als die Zeiger der Uhr auf halb vier vorrückten, erhob ich mich, zahlte und ging. Der Regen hatte fast gänzlich nachgelassen, so daß ich den Schirm im Schirmständer stehenließ. Kein schlechtes Zeichen: Das Wetter erholte sich, mir wurde leichter ums Herz.

Ohne Schirm fühlte ich mich richtig befreit und bekam Lust, woanders hinzugehen. Möglichst dahin, wo viele Menschen zusammenkommen. Am Sony Building blieb ich eine Weile stehen und sah mir zusammen mit einer Gruppe arabischer Touristen das Spalier der laufenden Fernsehmonitore an, dann stieg ich die Stufen zur U-Bahn hinab und löste ein Ticket für die Marunouchi-Linie, bis Shinjuku. Sobald ich saß, muß ich eingenickt sein, denn als ich die Augen aufschlug, lief die Bahn schon in Shinjuku ein.

An der Sperre fiel mir ein, daß ich hier ja den Schädel und die geshuffelten Daten zur Gepäckaufbewahrung gegeben hatte. Zwar wußte ich nicht, was ich mit den Sachen jetzt noch anfangen sollte, hatte auch den Gepäckschein nicht dabei, aber da ich sonst nichts zu tun hatte, beschloß ich, die Sachen auszulösen. Ich nahm die Treppe hoch zur temporären Gepäckaufbewahrung und sagte dem Mann am Schalter, ich hätte den Schein verloren.

»Haben Sie denn auch gründlich gesucht?« fragte er.

Ja, das hätte ich, sagte ich.

»Um was handelt es sich denn?«

»Um eine blaue Sporttasche mit Nike-Emblem«, sagte ich.

»Nike-Emblem, wie sieht das aus?«

Ich ließ mir Papier und Bleistift geben, malte eine Art gestauchten Bumerang auf und schrieb NIKE darüber. Der Mann warf einen zweifelnden Blick darauf und schritt dann mit dem Zettel in der Hand die Regale ab; schließlich kam er mit meiner Tasche zurück.

»Die hier?« fragte er.

»Genau«, sagte ich.

»Ihre Personalien bitte. Können Sie sich ausweisen?«

Ich reichte ihm meinen Führerschein. Der Mann verglich die Daten mit dem an der Tasche befestigten Gepäckschein. Dann machte er den Schein ab und legte ihn mir mit einem Kugelschreiber auf den Tresen: »Hier unterschreiben!« Ich unterschrieb, bekam die Tasche und bedankte mich.

Das Gepäck hatte ich zwar nun erfolgreich ausgelöst, aber die blaue Sporttasche mit dem Nike-Emblem paßte einfach nicht zu meinem Outfit. Damit konnte ich unmöglich das Mädchen zum Essen ausführen. Ich spielte mit dem Gedanken, eine neue zu kaufen, doch um den Schädel unterzubringen, würde ich entweder eine von der Größe einer Reisetasche erstehen müssen oder einen Bowlingkugelschoner. Eine Reisetasche wäre zu schwer, und der Kugelschoner kam nicht in Frage – dann könnte ich ebensogut mit der Nike-Tasche herumlaufen.

Am Ende meiner Überlegungen kam ich zu dem Schluß, daß es das beste wäre, einen Wagen zu mieten und die Tasche auf dem Rücksitz unterzubringen. Dann mußte ich die Tasche nicht herumtragen und mir außerdem keine Sorgen machen, ob sie zu meiner Kleidung paßte oder nicht. Am besten wäre ein schnittiger europäischer Wagen. Nicht, daß ich europäische Autos besonders mochte, aber immerhin handelte es sich um einen ganz besonderen Tag in meinem Leben, da war es, schien mir, durchaus angebracht, ein entsprechendes Modell zu fahren.

Bisher hatte ich immer nur schrottreife Volkswagen und japanische Kleinwagen gefahren.

Ich ging in ein Café, lieh mir ein Branchenverzeichnis, markierte mit dem Kugelschreiber vier in der Nähe des Bahnhofs liegende Autovermietungen und rief sie der Reihe nach an. Keine hatte europäische Autos. Sonntags stünden um diese Jahreszeit kaum Wagen zur Verfügung, und ausländische Marken führe man überhaupt nicht. Zwei der vier Vertretungen hatten gar nichts mehr, was man als Pkw hätte bezeichnen können. Eine konnte einen Honda Civic anbieten. Die vierte hatte noch einen Toyota Carina 1800 GT Twincam Turbo und einen Toyota Corona Mark II. Beide seien brandneu und hätten Stereoanlage, sagte das Mädchen am Telefon. Ich hatte keine Lust, weiter herumzutelefonieren, und entschied mich für den Carina 1800 GT Twincam Turbo. Eigentlich interessierte ich mich ja gar nicht für Autos, im Grunde war jedes recht. Ich wußte nicht einmal, wie der neue Carina 1800 GT Twincam Turbo und der Corona Mark II aussahen.

Dann ging ich in einen Plattenladen und kaufte ein paar Tonbandkassetten. *The Best of Johnny Mathis*, Schönbergs *Verklärte Nacht*, dirigiert von Zubin Mehta, Kenny Burrells *Stormy Sunday*, Duke Ellingtons *Popular Ellington*, die *Brandenburgischen Konzerte*, gespielt von Trevor Pinnock, und eine Bob Dylan-Kassette mit *Like a Rolling Stone*. Ein ziemlicher Mischmasch, aber unumgänglich: Schließlich hatte ich keine Ahnung, was für Musik ich in dem Carina 1800 GT Twincam Turbo würde hören wollen. Vielleicht würde ich ins Polster sinken und mir James Taylor wünschen. Oder einen Wiener Walzer. Vielleicht auch *Police*. Oder *Duran-Duran*. Vielleicht würde ich auch gar nichts hören wollen. Ich wußte es noch nicht.

Ich warf die sechs Kassetten in die Nike-Tasche, ging zum Autoverleih, ließ mir den Wagen zeigen, produzierte meinen Führerschein und unterschrieb die Papiere. Verglichen mit meinem eigenen Wagen kam mir der Fahrersitz des Carina 1800 GT Twincam Turbo wie die Pilotenkanzel eines Space Shuttle vor. Leuten, die so einen Wagen fuhren, käme meiner wahrscheinlich wie eine Höhle auf Rädern vor. Ich legte Bob Dylan ein und verwendete, während *Watching the River Flow* ertönte, viel Zeit darauf, die einzelnen Knöpfe und Schalter auszuprobieren. Beim Fahren würde ich es mir nicht leisten können, einen falschen zu drücken.

Während ich bei dem stehenden Wagen die diversen Schalter betätigte, kam die nette junge Frau, die mich betreut hatte, aus dem Büro, stellte sich neben das Auto und fragte, ob vielleicht etwas nicht in Ordnung sei. Sie lächelte ein sauberes, wohltuendes Fernsehwerbungslächeln. Ihre Zähne waren weiß, die Mundpartie straff, ihr Lippenstift von schönem Rot.

Nein, nein, sagte ich, ich schaue nur, daß ich beim Fahren keine Schwierigkeiten bekomme.

»O ja«, sagte sie und lächelte wieder. Ihr Lächeln erinnerte mich an ein Mädchen aus meiner Gymnasialzeit. Ein frisches, gescheites Ding. Soviel ich gehört hatte, hatte sie auf der Uni einen Revoluzzer kennengelernt und geheiratet, zwei Kindern das Leben geschenkt, dann Mann und Kinder im Stich gelassen und war verschwunden, niemand wußte, wohin. Das Lächeln des Büromädchens der Autovermietung erinnerte mich an diese Schulkameradin. Wer hätte damals geahnt, daß das siebzehnjährige Ding, das J. D. Salinger und George Harrison mochte, ein paar Jahre später einem Revoluzzer zwei Kinder schenken und dann spurlos verschwinden würde?

»Wenn nur alle Kunden so vorsichtig wären!« sagte das Büromädchen. »Die Autos sind heute so hochtechnisiert, da muß man sich erst eingewöhnen.«

Ich nickte. Ich war also nicht der einzige, der nicht Bescheid wußte. »Wo muß ich drücken, wenn ich die Wurzel von 185 wissen will?« fragte ich.

»Das wird erst im nächsten Modell eingebaut«, sagte sie lachend. »Bob Dylan, nicht wahr?«

»Genau«, sagte ich. Bob Dylan sang gerade *Positively Fourth Street*. Ein guter Song ist und bleibt ein guter Song, auch nach zwanzig Jahren.

»Bob Dylan höre ich immer sofort heraus«, sagte sie.

»Weil er schlechter Mundharmonika spielt als Stevie Wonder?«

Sie lachte. Sie zum Lachen zu bringen machte mir Spaß. Ich konnte ein junges Mädchen noch zum Lachen bringen!

»Nein, wegen seiner Stimme«, sagte sie. »Eine Stimme wie ein kleines Kind, das vom Fenster aus dem Regen zusieht.«

»Das ist ein schöner Vergleich«, sagte ich. Es war ein schöner Vergleich. Ich hatte ein paar Bücher über Bob Dylan gelesen, doch ein so passendes Wort war mir dabei nie untergekommen. Kurz und treffend. Ich sagte ihr das, und sie errötete ein wenig.

»Ich weiß nicht. Ich empfinde die Stimme nur so.«

»Das, was man empfindet, in eigene Worte zu kleiden, ist furchtbar schwierig«, sagte ich. »Empfindungen hat jeder, aber präzise artikulieren kann sie kaum jemand.«

»Mein Traum ist, Schriftstellerin zu werden«, sagte sie.

»Sie werden bestimmt eine gute Schriftstellerin«, sagte ich.

»Vielen Dank!«

»In Ihrem Alter hört man sonst aber selten Bob Dylan, oder?«

»Ich mag Oldies. Bob Dylan, die Beatles, die Doors, die Byrds, Jimi Hendrix und so.«

»Ich hätte Lust, mich mit Ihnen einmal in Ruhe zu unterhalten!« sagte ich.

Sie lachte und neigte den Kopf zur Seite, eine Spur nur. Gescheite Mädchen kennen hundert verschiedene Antworten auf solche Anliegen. Und sie geben sie, auch einem fünfunddreißigjährigen geschiedenen, müden Mann. Ich bedankte mich bei ihr und fuhr los. Dylan sang *Memphis Blues Again*. Dank des Mädchens war meine Laune erheblich gestiegen. Gut, daß ich mich für den Carina 1800 GT Twincam Turbo entschieden hatte!

Die digitale Uhr am Armaturenbrett zeigte 4:42. Der sonnenlose Himmel über der Stadt ging in Dämmerung über. Durch die verstopften Straßen kroch ich Richtung Zuhause. Es herrschte nicht nur der Verkehr, wie er an regnerischen Sonntagen herrscht – er lag geradezu tragisch lahm: Ein kleiner grüner Sportwagen hatte seine Nase zu weit in die Seite eines mit Betonblöcken beladenen Achttonners gesteckt. Der grüne Flitzer war verformt wie ein leerer Karton, auf dem jemand Platz genommen hat. Ein paar Polizisten in schwarzen Regenmänteln standen herum, das Wrack wurde gerade an einen Abschleppwagen gekettet.

Es hatte ziemlich lange gedauert, bis ich an der Unfallstelle vorbei war, doch bis zu meiner Verabredung blieb immer noch Zeit, so daß ich in Ruhe eine rauchte und weiter Bob Dylan hörte. Dann versuchte ich mir vorzustellen, wie es wäre, mit einem Revoluzzer verheiratet zu sein. Durfte man Revoluzzertum als Beruf auffassen? Strenggenommen ist Revolution natürlich kein Berufsfeld. Politik andererseits sehr wohl, und Revolution war immerhin eine Spielart von Politik. Ein Urteil wollte mir aber nicht gelingen.

Würde der Ehemann, wenn er abends von der Arbeit nach Hause kam, am Tisch ein Bier trinken und vom Fortgang der Revolution erzählen?

Bob Dylan begann sein *Like a Rolling Stone*; ich ließ die Revolution Revolution sein und summte statt dessen mit. Wir alle werden älter. Daran läßt sich so wenig rütteln wie an Regenwetter.

## Schädel

Vögel ziehen vorüber. Sie fliegen tief über den verschneiten Westhügel und verschwinden aus meinem Blickfeld.

Ich stehe vorm Ofen, um mir Hände und Füße zu wärmen, und trinke dabei den heißen Tee, den der Alte mir eingegossen hat.

»Willst du auch heute abend wieder zum Traumlesen? Wenn das so weitergeht, werden wir bis dahin mächtig zugeschneit sein, und dann ist der Weg runter zur Bibliothek und zurück gefährlich. Kannst du dir nicht einen Tag freinehmen?« sagt der Alte.

»Gerade heute geht das nicht«, sage ich.

Der Alte schüttelt den Kopf und geht hinaus, kommt aber bald mit ein paar Schneestiefeln zurück, die er irgendwo für mich aufgetrieben hat. »Zieh die hier an. Damit rutschst du auf den verschneiten Wegen wenigstens nicht aus.«

Ich probiere sie an – sie passen wie angegossen. Ein gutes Zeichen.

Es wird Zeit. Ich wickle mir den Schal um den Hals, ziehe die Handschuhe an und leihe mir die Mütze des Alten aus. Dann drücke ich die Konzertina zusammen und stecke sie in die Manteltasche. Ich habe die kleine Ziehharmonika so liebgewonnen, daß ich sie ständig bei mir tragen will.

»Paß auf dich auf«, sagt der Alte. »Das ist jetzt die kritischste Zeit für dich. Wenn jetzt etwas passieren sollte, ist es nicht wieder gutzumachen.«

»Ja, ich weiß«, sage ich.

Wie ich mir gedacht habe, ist das Loch schon ziemlich mit Schnee zugeweht. Die Alten sind weg, die Werkzeuge haben sie fortgeräumt. Wenn es so weiterschneien sollte, wird das Loch morgen früh mit Sicherheit nicht mehr zu sehen sein. Ich stelle mich an den Rand und schaue lange Zeit zu, wie der Schnee hineinweht. Schließlich reiße ich mich aber doch los und gehe den Hügel hinab.

Es schneit so heftig, daß ich keine zwei Meter weit sehen kann. Ich nehme die Brille ab, stecke sie in die Tasche, ziehe mir den Schal bis über die Nase und gehe weiter den Hang hinab. Die Schneestiefel mit den Spike-Sohlen schmatzen angenehm, und ab und zu höre ich aus dem Gebüsch den Ruf eines Vogels. Keine Ahnung, was die Vögel von dem Schnee halten. Und die Tiere erst. Wenn es schneit ohne Ende, was denken sie dann bloß?

Ich treffe ungefähr eine Stunde früher in der Bibliothek ein als sonst, aber die Bibliothekarin hat das Zimmer vorgeheizt und wartet schon auf mich. Sie klopft mir den Schnee vom Mantel und kratzt das Eis von den Stiefeln, das sich zwischen den Spikes festgesetzt hat.

Die Bibliothek kommt mir so lieb und teuer vor wie nie zuvor, obwohl sie sich seit gestern doch kaum verändert haben kann. Die Lampe, deren gelber Schein sich im Milchglas spiegelt, die vertraute, wohlige Wärme, die der Ofen ausstrahlt, der Duft von Kaffee, den die dampfende Tülle der Kaffeekanne verströmt, stille Erinnerungen an alte Zeiten, die sich bis in den hintersten Winkel des Raumes eingenistet haben, die leisen, sparsamen Bewegungen der Bibliothekarin – das alles scheint mir nun längst verloren. Ich lasse mich fallen, tauche noch einmal tief ein in diese friedliche Welt und denke daran, daß ich sie für immer verlieren werde.

»Sollen wir jetzt zu Abend essen? Oder lieber etwas später?«

»Ich will nichts essen. Hab keinen Hunger«, sage ich.

»Gut. Sag mir nur Bescheid, sobald du Hunger bekommst. Wie wär's mit einem Kaffee?«

»Ja, danke.«

Ich ziehe die Handschuhe aus und hänge sie zum Trocknen an

die Ofengriffe. Dann wärme ich mir vor dem Ofen die Hände – ich muß jeden Finger einzeln auftauen – und schaue ihr zu, wie sie die Kanne von der Platte nimmt und Kaffee in zwei Tassen gießt. Sie reicht mir eine davon, setzt sich dann alleine an den Tisch und trinkt ihren Kaffee.

»Draußen schneit es wie verrückt. Man kann die Hand vor Augen nicht sehen!« sage ich.

»Ja, und das wird auch noch ein paar Tage so weitergehen. Bis die dicken Wolken, die am Himmel hängen, all ihren Schnee losgeworden sind.«

Ich trinke den heißen Kaffee halb aus und setze mich mit der Tasse in der Hand auf den Stuhl ihr gegenüber. Dann stelle ich die Tasse ab und sehe die Bibliothekarin eine Weile wortlos an. Mir wird furchtbar traurig zumute dabei, es ist, als geriete ich in einen Sog, der mich unaufhaltsam von ihr wegzieht.

»Warte nur, bis es erst aufgehört hat zu schneien. Dann liegt so viel Schnee, wie du noch nie in deinem Leben zu Gesicht bekommen hast, bestimmt!« sagt sie.

»Das werde ich mir wahrscheinlich nicht mehr ansehen können.«

Sie blickt von ihrer Tasse auf und sieht mich an.

»Warum? Jeder kann den Schnee sehen.«

»Mir ist heute nicht danach, alte Träume zu lesen, ich möchte viel lieber mit dir reden«, sage ich. »Über etwas sehr Wichtiges. Ich habe dir viel zu sagen, ich will aber auch einiges von dir erfahren. Okay?«

Sie faltet ihre Hände auf dem Tisch, sieht mich verdutzt an und nickt, ohne zu wissen, wohin das Gespräch führen wird.

»Mein Schatten liegt im Sterben«, beginne ich. »Wie du sicher weißt, ist der Winter dieses Jahr besonders streng, und der Schatten wird ihn kaum überstehen. Ich glaube, er macht es nicht mehr lange. Es ist nur noch eine Frage der Zeit. Wenn er stirbt, verliere ich meine Seele – für immer. Deshalb muß ich hier und jetzt einige Entscheidungen treffen. Entscheidungen, die mich selbst betreffen, die dich betreffen – ach, und noch alles mögliche. Zeit zum Nachdenken bleibt mir kaum noch, doch selbst wenn ich so viel Zeit gehabt hätte, wie ich wollte – ich glaube, es wäre letztendlich dasselbe dabei herausgekommen. Mein Entschluß steht fest.«

Ich trinke meinen Kaffee und wälze im Kopf noch einmal den Entschluß, den ich gefaßt habe, prüfe, ob es auch der richtige ist. Er ist richtig. Doch soviel ist sicher: Egal, welchen Weg ich einschlage, ich werde immer verlieren dabei, viel verlieren, unwiederbringlich.

»Ich werde morgen nachmittag sehr wahrscheinlich die Stadt verlassen«, sage ich. »Ich habe keine Ahnung, von wo aus und wie. Das weiß der Schatten. Wir werden die Stadt zusammen verlassen, in unsere alte Welt zurückkehren und dort leben, wo wir hergekommen sind. Ich werde wie früher meinen Schatten mit mir herumtragen, zweifeln und leiden, alt werden und sterben. Ich glaube, die Welt da draußen paßt besser zu mir. Ich werde damit leben müssen, von meiner Seele gebeutelt und hin- und hergerissen zu werden. Du wirst das wahrscheinlich nicht verstehen können, aber ...«

Sie sieht mich forschend an – nein, es wirkt vielmehr so, als würde sie auf einen Fleck in der Luft starren, wo sich zufällig mein Gesicht befindet.

»Gefällt es dir hier nicht?«

»Du hast mir ganz zu Anfang einmal gesagt, wenn es Ruhe wäre, nach der ich suchte, würde es mir bestimmt gefallen in der Stadt. Und tatsächlich gefallen mir die Ruhe und der Friede hier. Ich weiß auch, daß dieser Friede vollkommen wird, sobald ich meine Seele verloren habe. Hier gibt es nichts, was den Menschen Schmerzen zufügen könnte. Wahrscheinlich werde ich mein ganzes Leben lang bereuen, daß ich die Stadt aufgegeben habe. Trotzdem – ich kann nicht bleiben, es geht einfach nicht. Meine Seele läßt nicht zu, daß der Schatten und die Tiere geopfert werden, damit ich hierbleiben kann. Und deshalb, egal, wieviel Ruhe und Frieden ich auch bekommen würde, kann ich meine Seele nicht täuschen, selbst wenn eben diese Seele bald unwiederbringlich verschwindet. Das ist wieder eine andere Sache. So etwas wie die Seele bleibt für immer verletzt, wenn man sie einmal hintergeht, selbst wenn sie vollkommen ausgelöscht wird. Kannst du verstehen, was ich sagen will?«

Sie starrt schweigend auf ihre Finger. Lange, so lange, bis der Kaffee in ihrer Tasse aufhört zu dampfen. Im Zimmer rührt sich nichts, man könnte eine Stecknadel fallen hören.

»Du kommst nie mehr zurück, nicht wahr?«

Ich nicke. »Wenn ich einmal weggehe, kann ich nie mehr zurück. Soviel steht fest. Selbst wenn ich es versuchen würde – die Tore der Stadt würden sich für mich nicht mehr öffnen.«

»Und das macht dir gar nichts aus?«

»Dich zu verlieren ist sehr schlimm für mich. Aber ich liebe dich, und das ist das Wichtigste. Daß dieses Gefühl da ist, meine ich, und daß es bleibt. Ich kann nicht zulassen, daß es unnatürlich verkommt, abflacht – dieser Preis, dich zu besitzen, wäre mir zu hoch. Bevor es soweit kommt, ist es für mich erträglicher, dich hier und jetzt und im Vollbesitz meiner Seele zu verlieren.«

Wieder senkt sich Schweigen über den Raum. Die Kohle im Ofen knistert und knackt übertrieben laut. Neben dem Ofen hängen mein Mantel, der Schal, die Mütze und die Handschuhe. Alles habe ich von der Stadt bekommen. Schlichte Kleidung, aber sie gefällt mir, ich habe mich von ganzem Herzen daran gewöhnt.

»Ich habe auch daran gedacht, dem Schatten die Flucht zu ermöglichen und alleine hier zu bleiben«, sage ich ihr. »Doch dann würde ich in den Wald verbannt und könnte dich nie mehr wiedersehen. Für dich ist es unmöglich, im Wald zu leben. Das können nur Menschen, die ihren Schatten nicht nach den Vorschriften der Stadt opfern konnten und deshalb noch Seele in sich haben. Ich habe eine Seele, du nicht, deshalb ... Nicht einmal sehnen könntest du dich nach mir!«

Sie nickt leise. »Ja, es stimmt, ich habe keine Seele. Meine Mutter hatte eine, aber ich nicht. Und weil sie noch ein Stück Seele besaß, hat man sie in den Wald verbannt. Ich habe dir das bisher verschwiegen, aber ich weiß noch ganz genau, wie sie verjagt wurde. Ich muß auch heute noch oft daran denken.

Wenn ich nur eine Seele hätte ... dann hätte ich damals bei ihr bleiben können, ich hätte mit ihr zusammen im Wald leben können. Und jetzt ... ich würde mich nach dir sehnen können, wenn ich nur eine Seele hätte!«

»Du willst eine Seele haben, selbst wenn du dann in den Wald verbannt würdest?«

Sie starrt weiter auf ihre gefalteten Hände auf dem Tisch. Plötzlich spreizt sie die Finger. »Meine Mutter hat gesagt, solange man nur seine Seele habe, gäbe es nichts zu verlieren, egal, wohin man ginge. Ich erinnere mich gut daran. Stimmt das?«

»Ich kann es dir nicht sagen«, sage ich. »Ich weiß nicht, ob es stimmt. Aber deine Mutter hat doch daran geglaubt, oder? Das Problem ist, ob du selbst daran glauben kannst.«

»Ich denke, ich kann«, sagt sie und sieht mir tief in die Augen.

»Ist das wahr?« frage ich überrascht nach. »Du kannst wirklich daran glauben?«

»Vielleicht«, sagt sie.

»Denk ganz genau nach. Das ist jetzt sehr, sehr wichtig«, sage ich. »An etwas zu glauben, egal woran, ist nämlich nichts anderes als eine Funktion der Seele. Verstehst du? Gesetzt den Fall, du könntest wirklich an etwas glauben, und gesetzt den Fall, dieser Glaube würde sich als falsch erweisen, dann müßtest du Enttäuschung spüren können, und das ist eine Regung der Seele, eindeutig. – Hast du eine Seele?«

Sie schüttelt den Kopf. »Ich weiß es nicht. Ich habe vorhin nur an das gedacht, was meine Mutter gesagt hat, weiter nichts. Es muß mir doch möglich sein, daran zu glauben, hab ich gedacht, mehr nicht.«

»Ich glaube, daß tief in dir drin noch irgend etwas übriggeblieben ist, das mit der Seele in Zusammenhang steht. Es scheint nur tief verschüttet zu sein und dringt nicht nach außen. Deshalb hat dich die Mauer bisher in Ruhe gelassen, sie konnte es nicht finden!«

»Du meinst, daß ich meinen Schatten auch nicht richtig opfern konnte, genau wie meine Mutter, daß ich also noch Seele habe?«

»Nein, wahrscheinlich nicht. Dein Schatten muß tatsächlich gestorben sein, hier in der Stadt, er liegt im Apfelwäldchen begraben. Das steht auch so in den Akten. Nein, bei dir scheint eher so etwas wie ein Nachbild oder ein Fragment der Seele deiner Mutter weiterzuexistieren, vermittelt durch deine Erinnerung an sie. Das wird es sein, was dich durcheinanderbringt. Und ich glaube, wenn du dem nachspürst, werden wir einer Lösung näherkommen.«

Es ist unnatürlich still im Zimmer. Draußen tanzt der Schnee; er scheint jegliche Geräusche wie Watte aufzusaugen. Ich schätze, irgendwo da draußen hält die Mauer den Atem an und spitzt die Ohren, um unser Gespräch zu belauschen. Es ist viel zu still.

»Laß uns über die alten Träume reden«, sage ich. »Tag für Tag wird alles, was eure Seelen absondern, von den Tieren absorbiert, und das werden dann die alten Träume, nicht wahr?«

»Ja, genau. Sobald die Schatten tot sind, werden unsere Seelen von den Tieren restlos eingezogen, aufgesogen und weggebracht.«

»Aber müßte ich dann nicht aus den alten Träumen nach und nach deine Seele herauslesen können?«

»Nein, das geht nicht. Die Seelen werden nämlich nicht als Ganzes aufgesogen, sondern zerstückelt. Die Einzelteile meiner Seele befinden sich also in den Schädeln verschiedener Tiere, auf das komplizierteste verwoben mit den Seelenfragmenten anderer Leute, so daß man sie nicht gesondert herauslesen kann. Zu unterscheiden, was davon zu mir und was zu anderen Menschen gehört, wird dir unmöglich sein. Du liest jetzt schon so lange alte Träume, aber könntest du benennen, welches davon meine waren? – Du kannst es nicht, nicht wahr? So ist das mit den alten Träumen. Niemand kann sie entwirren. Das Chaos bleibt Chaos und wird als Chaos ausgelöscht.«

Ich verstehe nur zu gut, was sie sagen will. Tag für Tag habe ich alte Träume gelesen, die ganze Zeit über, doch verstanden habe ich kein Fitzelchen, das Sinn gemacht hätte. Jetzt bleiben mir läppische einundzwanzig Stunden. Und in diesen einundzwanzig Stunden muß ich irgendwie zu ihrer Seele vordringen. Ist schon komisch, das Ganze. Hier bin ich, in der Stadt der Unsterblichkeit, und meine Zeit ist auf läppische einundzwanzig Stunden begrenzt, die noch dazu vollgestopft sind mit allen möglichen Entscheidungen, die getroffen werden wollen. Ich schließe die Augen und seufze ein paarmal aus tiefstem Herzen. Ich muß mich konzentrieren, muß mich zusammenreißen, um den roten Faden zu finden, der uns aus diesem Schlamassel herausführt!

»Komm, wir gehen ins Magazin«, sage ich.

»Ins Magazin?«

»Ja. Laß uns die Schädel anschauen und dann weitersehen. Vielleicht finden wir ja dabei die Lösung!«

»Glaubst du wirklich, daß du meine Seele lesen kannst?« fragt sie mich und sieht mich prüfend an.

»Ja, ich glaube, ich kann deine Seele lesen«, antworte ich leise.

»Wie denn?«

»Das weiß ich noch nicht«, sage ich. »Aber ich kann es, bestimmt. Das weiß ich ganz genau. Es gibt sicher eine gute Methode dazu. Und die werde ich herausfinden!«

»Ach, du versuchst doch einen Regentropfen zu finden, der in den Fluß gefallen ist!«

»Nein, hör zu: Eine Seele ist kein Regentropfen. Sie fällt nicht vom Himmel, und vor allem: Sie ist unverwechselbar. Vertrau mir, wenn es dir nur irgend möglich ist, bitte! Ich werde deine Seele finden, ganz bestimmt. Hier in der Stadt gibt es alles – und nichts. Aber das, was ich unbedingt brauche, werde ich, wenn ich suche, finden, verlaß dich drauf!«

»Dann suche meine Seele!« sagt sie nach einer langen Pause.

## Der Nagelknipser, Buttersauce, Eine Eisenvase

Als ich den Wagen vor der Bibliothek parkte, war es 5 Uhr 20. Ich hatte noch viel Zeit, stieg also aus und ging spazieren. Die Stadt nach dem Regen. Ich vertrieb mir die Zeit, indem ich in einem kleinen Stehcafé bei einer Tasse Kaffee im Fernsehen eine Golf-Live-Übertragung verfolgte und in einer Spielhalle ein Video-Game absolvierte. Es galt, mit Panzerabwehrkanonen eine über einen Fluß anrückende Panzerbrigade abzuknallen. Anfangs war ich im Vorteil, aber im Verlaufe des Spiels vermehrten sich die feindlichen Panzer wie die Lemminge, so daß sie schließlich meine Stellung dem Erdboden gleichmachten. Bei der Zerstörung blitzte es wie bei einer Nuklearexplosion, der Bildschirm wurde weiß. Danach erschien die Schriftzeile GAME OVER – INSERT COIN. Ich folgte der Anweisung und steckte noch eine 100-Yen-Münze in den Schlitz. Es ertönte ein melodisches Signal, und meine Abwehrstellung tauchte wieder auf, unversehrt. Eine im wahrsten Sinne des Wortes auf Verlust angelegte Schlacht. Wenn ich nicht verlor, würde das Spiel nie zu Ende gehen, und ein Spiel, das nie zu Ende geht, hat keinen Sinn. Schlecht für die Spielhalle und schlecht für mich. Bald war meine Stellung von neuem zerstört, es blitzte wieder. GAME OVER – INSERT COIN.

Neben der Spielhalle befand sich eine Eisenwarenhandlung. Im Schaufenster lag in hübscher Anordnung allerlei Werkzeug aus. Sätze von Schraubschlüsseln und Schraubenziehern, Heftmaschinen und Elektroschraubenzieher. Auch ein Lederköfferchen mit einem Satz deutscher Präzisionswerkzeuge. Es war nicht größer als eine Damenhandtasche, enthielt aber, fein verstaut, von der mittelgroßen Handsäge über Hammer und Strompürfer alles, was man so braucht. Daneben lag ein dreißigteiliger Satz Schnitzwerkzeuge. Daß es dreißig und mehr Schnitzklingen geben könne, war mir bisher noch nie in den Sinn gekommen; sie so beieinander zu sehen, überraschte mich nicht wenig. Jede war anders geformt, ein paar in einer Weise, daß ich mir nicht vorstellen konnte, wie man sie benutzen sollte. Verglichen mit dem Spielhallenkrach war es in der Eisenwarenhandlung still wie auf der rückwärtigen Seite eines Eisberges. Hinten in dem dunklen Laden saß ein schütterer, bebrillter Mann mittleren Alters hinter der Theke und nahm mit dem Schraubenzieher etwas auseinander.

Ich hatte, einer Eingebung folgend, den Laden betreten und suchte nach einem Nagelknipser. Sie lagen neben den Rasiersets, schön aufgereiht wie Schmetterlinge auf dem Spannbrett. Einer war dabei von so merkwürdiger Form, daß mir absolut nicht klar war, wie man sich damit die Nägel knipsen sollte. Den nahm ich und brachte ihn zur Theke. Es war ein etwa fünf Zentimeter langes, schlankes Stück Edelstahl; wo man wie drücken mußte, um sich die Nägel kürzen zu können, war mir ein Rätsel.

Der Inhaber legte seinen Schraubenzieher und einen halb auseinandergenommenen Elektroquirl zur Seite und erklärte mir den Nagelknipser. »Schauen Sie, ja? Nummer eins. So – zwei. Und Nummer drei: ein Nagelknipser!«

»Alle Achtung!« sagte ich. Das Ding hatte sich in der Tat in einen richtigen Nagelknipser verwandelt. Der Mann brachte ihn wieder in seine ursprüngliche Form und gab ihn mir zurück. Ich wiederholte, was er gemacht hatte – ein Nagelknipser.

»Ein gutes Stück«, sagte der Mann, als vertraue er mir ein Geheimnis an. »Henckels, Deutschland, hält ein ganzes Leben. Sehr praktisch auf Reisen. Rostet nicht, und die Schneide ist top. Damit können Sie sogar Ihrem Hund die Krallen stutzen!«

Ich zahlte 2800 Yen. Der Knipser kam in ein schwarzes Lederbeutelchen. Der Mann gab mir heraus und widmete sich dann wieder seinem Elektroquirl. Vor ihm standen saubere, weiße Tellerchen, darin nach Größe geordnet die vielen Schrauben des Elektroquirls. Die schwarzen Schrauben auf den weißen Tellern sahen alle glücklich aus.

Ich ging mit dem Nagelknipser zum Auto zurück und hörte mir, während ich auf die Bibliothekarin wartete, die *Brandenburgischen Konzerte* an. Dabei dachte ich darüber nach, warum die schwarzen Schrauben auf den Tellerchen so glücklich ausgesehen hatten. Vielleicht, weil sie aufgehört hatten, Teile eines Quirls zu sein, und wieder nichts als Schrauben sein durften. Oder weil die weißen Teller für die Schrauben ein rechter Ehrenplatz waren. Wie auch immer: Dinge glücklich zu sehen, war schön anzuschauen.

Ich holte den Nagelknipser noch einmal aus der Tasche meines Blazers, ließ ihn aufschnappen, knipste mir probeweise ein Stückchen Nagel ab, brachte ihn wieder in die ursprüngliche Form und verstaute ihn in dem Lederbeutelchen. Er knipste nicht schlecht. Irgendwie ähneln Eisenwarenhandlungen Aquarien, die niemand besuchen möchte.

Kurz vor sechs Uhr, dem Ende der Öffnungszeit, strömten die Leute aus der Bibliothek. Die meisten waren Gymnasiasten, die wohl im Lesesaal gearbeitet hatten. Viele trugen eine Sporttasche aus Plastik, wie ich sie hatte. Bei genauem Hinsehen wirkten die Gymnasiasten alle irgendwie unnatürlich. Alles an ihnen war zu groß, und doch nicht vollständig. Aus ihrer Sicht allerdings war ich vermutlich noch unnatürlicher. So geht es zu auf der Welt. Das heißt dann *generation gap*.

Aber auch ein paar alte Männer waren dabei. Die verbrachten ihre Sonntagnachmittage im Zeitschriftenlesesaal, lasen Magazine und vier verschiedene Tageszeitungen. Wie die Elefanten häuften sie Wissen an und gingen dann nach Hause, wo das Abendessen wartete. Die Alten kamen mir nicht so unnatürlich vor wie die Gymnasiasten.

Als alle draußen waren, ertönte irgendwo eine Sirene. Sechs Uhr. Bei dem schrillen Ton wurde mir bewußt, daß ich Hunger hatte. Kein Wunder: Gestern hatte ich so gut wie nichts gegessen, und seit heute früh nur ein halbes Schinken-und-Ei-Sandwich, ein kleines Stück Käsekuchen und ein paar frische Austern. Der Hunger war wie ein großes Loch. Ein dunkles, tiefes Loch, in das man Steine, wie ich sie unter der Erde gesehen hatte, werfen könnte, ohne ein Geräusch zu vernehmen. Ich klappte die Rückenlehne herunter, starrte den niedrigen Himmel an und dachte an Eßbares. Alle möglichen Speisen tauchten vor meinem Auge auf und verschwanden wieder. Auch ein mit Schrauben gefüllter weißer Teller war dabei. Mit weißer Sauce übergossen und mit Kresse verziert sahen sie köstlich aus.

Die junge Frau von der Auskunft kam um viertel nach sechs Uhr aus der Bibliothek.

»Ist das dein Wagen?« fragte sie.

»Nein, den hab ich gemietet. Paßt er nicht zu mir?«

»Nicht besonders. Solche Autos fahren doch sonst nur ganz junge Leute, oder?«

»Die Autovermietung hatte keinen anderen. Ich hab ihn nicht genommen, weil er mir besonders gefällt. Mir wäre jeder Wagen recht gewesen.«

»Ach so«, sagte sie, ging um das Auto herum, als ob sie es begutachten wolle, und stieg dann auf der Beifahrerseite ein. Drinnen untersuchte sie alles genau, zog den Aschenbecher heraus, schaute ins Handschuhfach.

»Die *Brandenburgischen*?« sagte sie.

»Magst du sie?«

»Ja, sehr sogar. Höre ich mir dauernd an. Am besten gefällt mir die Version von Karl Richter. Das hier scheint eine ziemlich neue Aufnahme zu sein. Wer ist das noch gleich?«

»Trevor Pinnock«, sagte ich.

»Dir gefällt Pinnock am besten?«

»Eigentlich nicht. Die Kassette fiel mir ins Auge, da hab ich sie gekauft. Ist aber nicht schlecht.«

»Hast du schon mal Pablo Casals' *Brandenburgische Konzerte* gehört?«

»Nein.«

»Solltest du aber. Nicht gerade orthodox, aber dafür sehr eindringlich!«

»Ich hör sie mir mal an«, sagte ich, obwohl ich nicht wußte, ob ich die Zeit dafür finden würde. Mir blieben nur noch achtzehn Stunden, und ein bißchen wenigstens würde ich schlafen müssen. So kurz der Rest meines Lebens war, die ganze Nacht konnte ich nicht aufbleiben.

»Was wollen wir essen?« fragte ich.

»Wie wär's mit italienisch?«

»Prima.«

»Ich kenne ein Restaurant in der Nähe. Die machen alles ganz frisch.«

»Ich hab einen Riesenhunger«, sagte ich. »Ich könnte Schrauben essen.«

»Ich auch«, sagte sie. »Schönes Hemd.«

»Danke«, sagte ich.

Das Restaurant lag zirka fünfzehn Autominuten von der Bibliothek entfernt. Wir schlängelten uns sachte durch eine Wohngegend, Fußgängern und Fahrrädern ausweichend, bis auf halber Höhe einer Steigung plötzlich ein italienisches Restaurant in Sicht kam. Ein zur Trattoria umfunktioniertes weißes Wohnhaus, ein Holzbau im westlichen Stil, mit kleinem Schild, leicht zu übersehen. Ringsum stille, hoch umzäunte Häuser mit hoch aufragenden Himalayazedern und Kiefern, deren Äste sich schwarz gegen den abendlichen Himmel abzeichneten.

»Das liegt ja ganz schön versteckt«, sagte ich, während ich den Wagen auf dem Parkplatz abstellte.

Das Restaurant war eher klein; es hatte drei Tische und vier Thekenplätze. Ein beschürzter Kellner führte uns zu dem hintersten Tisch. Vor dem Fenster waren die Zweige eines Pflaumenbaumes zu sehen.

»Was wollen wir trinken? Wein?« fragte das Mädchen.

»Such du ihn aus«, sagte ich. Ich kannte mich besser mit Bier aus. Während sie mit dem Kellner in allen Einzelheiten die Weinfrage besprach, betrachtete ich den Pflaumenbaum vor dem Fenster. Ein italienisches Restaurant, und im Garten ein Pflaumenbaum, das kam mir merkwürdig vor. Auch wenn es vielleicht gar nicht so merkwürdig war. Schließlich gab es auch in Italien Pflaumenbäume. Und Biber in Frankreich. Sobald der Wein feststand, klappten wir die Speisekarte auf und entwarfen unsere Eßstrategie. Die Wahl der Speisen dauerte ziemlich lange. Als Antipasti entschieden wir uns für Krabbensalat mit Erdbeersoße, frische Austern, Leberpastete à l'italienne, in der eigenen Tinte gedünsteten Tintenfisch, käseüberbackene Auberginen, marinierten Stint, dazu Tagliatelle für mich und Spaghetti Basilico für sie.

»Du, wie wär's, wenn ich noch die Maccaroni mit Fischsauce bestelle, ißt du die Hälfte?« sagte sie.

»Gern«, sagte ich.

»Welchen Fisch können Sie heute empfehlen?« fragte sie den Kellner.

»Wir haben frischen Barsch«, sagte der Kellner. »Gedünstet, mit Mandeln garniert, eine Köstlichkeit.«

»Das nehme ich«, sagte sie.

»Ich auch«, sagte ich. »Und Spinatsalat und das Pilzrisotto.«

»Für mich das warme Gemüse und Risotto *al pomodoro*«, sagte sie.

»Unsere Risotti sind recht reichlich«, sagte der Kellner leicht beunruhigt.

»Keine Sorge. Ich habe seit gestern fast nichts gegessen, und sie hat eine Magenerweiterung«, sagte ich.

»Praktisch ein schwarzes Loch«, sagte sie.

»Sehr wohl«, sagte der Kellner.

»Zum Nachtisch bitte Traubensorbet, Zitronensoufflet und einen Espresso«, sagte das Mädchen.

»Für mich dasselbe«, sagte ich.

Als der Kellner, der sich sorgsam unsere Bestellung auf seinem Block notiert hatte, gegangen war, lachte das Mädchen mich fröhlich an: »Du hast doch nicht so viel bestellt, weil du mit mir mithalten möchtest, oder?«

»Nein, ich hab wirklich Hunger«, sagte ich. »Hunger wie schon lange nicht mehr.«

»Wunderbar«, sagte sie. »Leuten, die wie die Spatzen essen, traue ich nämlich nicht. Mir kommt's immer so vor, als hielten die sich dafür an was anderem schadlos, was meinst du?«

»Ich weiß nicht«, sagte ich. Ich wußte es wirklich nicht.

»*Ich weiß nicht* ist eine stehende Redewendung von dir, nicht wahr?«

»Kann sein«, sagte ich.

»*Kann sein* auch.«

Ich hatte nichts mehr zu sagen und nickte deshalb nur.

»Warum? Weil alles Denken unstet ist?«

Ich weiß nicht, kann sein, murmelte ich im Geiste, als der Kellner nahte und ehrfürchtig wie der kaiserliche Hoforthopäde, der den Kronprinzen wegen einer Verrenkung zu behandeln hat, den Wein entkorkte und einschenkte.

»Der Held in *Der Fremde* sagt immer: ›Ist nicht meine Schuld.‹ Wie hieß er noch gleich, warte ...«

»Meursault«, sagte ich.

»Genau, Meursault«, wiederholte sie. »Hab ich gelesen, als ich in der Oberstufe war. Die Gymnasiasten heute lesen so was nicht mehr. Ich hab dazu neulich in der Bibliothek eine Untersuchung gemacht. Welchen Schriftsteller magst du denn?«

»Turgenjew.«

»Turgenjew ist kein großer Schriftsteller. Und altmodisch.«

»Kann sein«, sagte ich. »Aber ich mag ihn. Gut sind auch Flaubert und Thomas Hardy.«

»Liest du nichts Neues?«

»Ab und zu ein bißchen Somerset Maugham.«

»Als neu kann man den nun auch nicht gerade bezeichnen«, sagte sie, ihr Weinglas schräg haltend.

»Ist aber interessant. *Auf Messers Schneide* habe ich dreimal gelesen. Kein großer Roman, aber unterhaltsam. Besser als umgekehrt.«

»Meinst du?« sagte sie zweifelnd. »Aber egal. Das orangefarbene Hemd steht dir wirklich gut.«

»Danke schön«, sagte ich. »Dein Kleid ist auch sehr hübsch.«

»Man dankt«, sagte sie. Sie trug ein dunkelblaues Samtkleid mit kleinem weißen Spitzenkragen. Um den Hals hatte sie zwei feine Silberkettchen. »Nach deinem Anruf bin ich schnell nach Hause und hab mich umgezogen. Nah am Arbeitsplatz zu wohnen ist enorm praktisch.«

»Ach so, deshalb«, sagte ich. Deshalb.

Die ersten Antipasti wurden gebracht; eine Weile aßen wir schweigend. Alles war von schlichter Eleganz, die Zutaten frisch. Die Austern rochen nach Mutter Meer, wie gerade erst eingeholt.

»Ist die Sache mit den Einhörnern jetzt abgeschlossen?« fragte sie, während sie mit der Gabel eine Auster aus der Schale löste.

»Na ja«, sagte ich und wischte mir mit der Serviette Tintenfischtinte aus dem Mundwinkel. »Wie man's nimmt.«

»Wo waren sie denn?«

»Hier«, sagte ich und tippte mir mit dem Zeigefinger an die Stirn. »Sie leben in meinem Kopf. Eine ganze Herde.«

»Symbolisch, meinst du?«

»Nein, nein. Ganz ohne Symbolik. Sie leben in meinem Kopf, wirklich und tatsächlich. Jemand hat das für mich herausgefunden.«

»Klingt interessant. Erzähl mir mehr davon!«

»So interessant ist es gar nicht«, sagte ich und schob ihr den Teller Auberginen hin. Sie gab mir dafür den Stint.

»Ich möchte es aber gerne hören!«

»Tief im Bewußtsein gibt es eine Art für den Betreffenden selbst nicht sinnlich wahrnehmbaren Kern. In meinem Fall ist es eine Stadt. Ein Fluß fließt hindurch, und sie ist von einer hohen Mauer aus Ziegelsteinen umgeben. Die Bewohner können nicht heraus. Nur die Einhörner können die Stadt verlassen. Wie Löschpapier saugen sie die Identität, das Ego der Bewohner auf und transportieren es vor die Stadt. Deshalb gibt es in der Stadt keine Identität, kein Ego. Ich wohne in der Stadt – vielmehr soll darin wohnen. Mehr kann ich dazu nicht sagen, ich hab sie ja mit eigenen Augen gar nicht gesehen.«

»Das ist eine sehr originelle Geschichte«, sagte sie. Nachdem ich ihr die Sache erklärt hatte, fiel mir auf, daß der Professor von einem Fluß kein Wort gesagt hatte. Offenbar zog es mich Stück für Stück in diese Welt hinein.

»Ich habe sie aber nicht bewußt kreiert«, sagte ich.

»Aber du *hast* sie kreiert, wenn auch vielleicht unbewußt, nicht wahr?«

»Schon«, sagte ich.

»Der Stint ist nicht schlecht, oder?«

»Ganz im Gegenteil.«

»Sag mal, findest du nicht, daß diese Geschichte der russischen Einhorn-Geschichte ähnelt, die ich dir vorgelesen habe?« sagte sie, während sie mit dem Messer eine Aubergine zerteilte. »Die ukrainischen Einhörner bildeten doch auch eine von Klippen abgeschirmte eigene Gemeinschaft.«

»Das stimmt«, sagte ich.

»Vielleicht gibt es da Berührungspunkte!«

»Bevor ich's vergesse«, sagte ich und griff in die Tasche meines Blazers. »Ich habe ein Geschenk für dich!«

»Ich liebe Geschenke!« sagte sie.

Ich zog den Nagelknipser heraus und gab ihn ihr. Sie holte ihn aus dem Beutelchen hervor und betrachtete ihn verwundert. »Was ist denn das?«

»Gib mal her«, sagte ich und nahm den Knipser wieder in Empfang. »Schau genau hin! Nummer eins, Nummer zwei – und drei!«

»Ein Nagelknipser?«

»Exakt. Auf Reisen sehr praktisch. Zurück geht's genau umgekehrt. Da, schau!« Ich verwandelte den Knipser wieder in den ursprünglichen Edelstahlblock und gab ihn ihr zurück. Sie probierte es selbst einmal. Knipser, Block.

»Interessant. Vielen Dank!« sagte sie. »Sag mal, schenkst du Frauen oft so was?«

»Einen Nagelknipser das erstemal. Ich war eben in einer Eisenwarenhandlung und wollte irgendwas kaufen, da hab ich den Knipser genommen. Der Satz Schnitzmesser war zu groß.«

»Der Knipser ist schon recht, danke schön. Ich verleg sie immer, ich werd ihn in die Handtasche stecken, in die Innentasche.« Sie steckte ihn in das Beutelchen und dann in ihre Handtasche.

Der Kellner räumte die Vorspeisenteller ab und brachte die *paste*. Mein Riesenhunger hielt unvermindert an. Die sechs Vorspeisen hatten in dem Loch des Nichts in mir so gut wie keine Spuren hinterlassen. In relativ kurzer Zeit verdrückte ich die Tagliatelle, eine reichliche Menge, und aß dann die Hälfte der Maccaroni in Fischsauce. Endlich schien in meiner Hungerdunkelheit ein Lichtlein aufzugehen.

Nach den *paste* tranken wir, bis der Barsch kam, Wein.

»Du, übrigens«, sagte sie, die Lippen am Rand ihres Glases, weshalb ihre Stimme seltsam dumpf klang. »Die Verwüstung deiner Wohnung: War da jemand mit einer Maschine am Werk? Oder waren das mehrere?«

»Weder noch«, sagte ich. »Das war ein einzelner Mann.«

»Na, der muß aber Kräfte gehabt haben!«

»Er ist nicht mal müde geworden dabei.«

»Ein Bekannter von dir?«

»Nein, vorher nie gesehen.«

»Die Wohnung hätte nicht so wüst ausgesehen, wenn man Rugby drin gespielt hätte!«

»Ohne Frage«, sagte ich.

»Hatte das mit der Einhorn-Geschichte zu tun?« fragte sie.

»Ich glaube schon.«

»Ist das jetzt alles geklärt?«

»Nein. Jedenfalls nicht für die.«

»Aber für dich ist es geklärt?«

»Ja und nein«, sagte ich. »Nein, weil ich nicht selbst gewählt habe, und ja, weil es gar keine Wahl gab. Bei dieser Sache gab man meinem Willen von Anfang an nicht die geringste Chance. Als hätte ich als einziger Mensch mit Robben Wasserball gespielt.«

»Und deshalb gehst du morgen weit weg?«

»Wie man's nimmt.«

»Das scheint eine komplizierte Sache zu sein, in die du da verwickelt bist.«

»So kompliziert, daß ich nicht mal selbst weiß, was los ist. Die Welt wird immer komplizierter. Kernenergie, Zerschlagung des Sozialismus, Computerisierung, künstliche Befruchtung, Spionagesatelliten, Kunstherzen, Lobotomien. Selbst bei den Armaturenbrettern weiß man nicht mehr, was was ist. Wenn ich es in einfachen Worten sagen soll: Ich bin in einen Datenkrieg geraten. Und zwar als Lückenbüßer. Bis die Computer über eine Persönlichkeit, über ein Ich verfügen.«

»Werden sie das irgendwann?«

»Wahrscheinlich«, sagte ich. »Dann werden sie selbst ihre Daten verzerren und neu zusammenstellen, so daß niemand sie mehr stehlen kann.«

Der Kellner brachte den Barsch und die Risotti.

»Ich verstehe das nicht«, sagte sie, während sie mit dem Fischmesser den Barsch zerteilte. »In der Bibliothek geht alles sehr friedlich zu. Es gibt Bücher, und die Leute kommen, um sie zu lesen. Die Daten stehen allen zur Verfügung, niemand streitet sich darum.«

»Ich wäre besser auch Bibliothekar geworden«, sagte ich. Es wäre wirklich besser gewesen.

Wir verspeisten jeder unseren Fisch und ließen von den Risotti kein Reiskörnchen übrig. Endlich war mein Hungerloch nicht mehr bodenlos.

»Ach, war der Barsch gut!« sagte sie zufrieden.

»Der Kniff ist die Buttersauce«, sagte ich. »Feingehackte Schalotten vorsichtig in guter Butter dünsten. Wenn man beim Dünsten nicht aufpaßt, kommt der Geschmack nicht raus.«

»Du kochst gerne, nicht wahr?«

»Die wirklich gute Küche hat sich seit dem 19. Jahrhundert kaum verändert. Frische Zutaten, Sorgfalt bei der Zubereitung, Geschmacksempfinden, ästhetische Anordnung, das ändert sich nie.«

»Das Zitronensoufflet schmeckt auch himmlisch«, sagte sie. »Kannst du noch?«

»Klar«, sagte ich. Von den Soufflets jedenfalls hätte ich noch fünf essen können.

Ich aß mein Traubensorbet, mein Soufflet und trank meinen Espresso. Das Soufflet war wirklich phantastisch. So guter und so viel Nachtisch muß sein. Auch das Aroma des Espresso war stimmig und rund.

Nachdem wir alles den riesigen Löchern in uns anvertraut hatten, kam der Küchenchef zur Begrüßung an unseren Tisch. Wir sagten ihm, wir seien äußerst zufrieden.

»Wenn so gespeist wird, macht das Kochen besondere Freude«, sagte er. »Es gibt nicht viele Menschen, die so viel essen können, selbst in Italien nicht.«

»Vielen Dank«, sagte ich.

Als der Chef wieder in der Küche war, rief ich den Kellner und bestellte noch zwei Espresso.

»Du bist der erste, der beim Essen mit mir mitgehalten hat, ohne aus den Nähten zu platzen«, sagte sie.

»Ich könnte noch mal zulangen«, sagte ich.

»Ich habe Tiefkühlpizza zu Hause und eine Flasche *Chivas Regal.*«

»Auf geht's«, sagte ich.

Sie wohnte tatsächlich nahe bei der Stadtbücherei. Sie hatte ein kleines Haus für sich, ein Reihenhäuschen zwar, doch immerhin. Mit einer richtigen Diele und einem Garten, in dem sich eine Person langlegen konnte. Der Garten schien nicht viel Sonne zu bekommen, war aber in einer Ecke mit Azaleen bepflanzt. Ein Obergeschoß gab es auch.

»Ich war verheiratet, als wir das Haus gekauft haben«, sagte sie. »Den Kredit habe ich von der Lebensversicherung meines Mannes zurückgezahlt. Wir hätten gern Kinder gehabt, für eine Person ist es eigentlich zu groß.«

Ich stimmte ihr zu und sah mich vom Sofa im Wohnzimmer aus um.

Sie nahm die Pizza aus dem Gefrierschrank, steckte sie in den Ofen und brachte dann den *Chivas*, Gläser und Eis zum Wohnzimmertisch. Ich schaltete die Stereoanlage und das Tonband ein. Das Band, das ich wahllos herausgegriffen hatte, enthielt Musik von Jackie MacLean, Miles Davis, Wynton Kelly. Bis die Pizza fertig war, hörten wir noch Bags' Groove und Surrey with a Fringe on Top. Ich trank Whiskey, sie hatte sich eine Flasche Wein aufgemacht.

»Magst du alten Jazz?« fragte sie.

»Auf der Oberschule bin ich immer in Jazzkneipen gewesen, ich hab nichts anderes gehört«, sagte ich.

»Neue Musik hörst du nicht?«

»Police, Duran Duran, ich höre alles. Es wird ja überall gespielt.«

»Aber du legst dir so was nicht selbst auf?«

»Dazu besteht keine Notwendigkeit«, sagte ich.

»Er – mein verstorbener Mann – hat immer nur Oldies gehört.«

»Wie ich.«

»Ja, ihr seid euch wirklich ein bißchen ähnlich. Er ist im Bus mit einer eisernen Vase erschlagen worden.«

»Wieso denn das?«

»Ein junger Kerl versprühte im Bus Haarspray, den wies er zurecht, worauf der dann mit der Eisenvase zuschlug.«

»Wieso hatte der denn eine eiserne Vase dabei?«

»Ich weiß es nicht«, sagte sie. »Das ist mir ein Rätsel.«

Mir war es das auch.

»Im Bus erschlagen zu werden ist jedenfalls ein furchtbarer Tod, findest du nicht?«

»Das kann man wohl sagen. Furchtbar«, stimmte ich zu.

Die Pizza war fertig. Wir aßen jeder die Hälfte, setzten uns zusammen aufs Sofa und tranken Whiskey und Wein.

»Möchtest du mal einen Einhornschädel sehen?« fragte ich.

»Klar«, sagte sie. »Hast du denn einen?«

»Keinen echten, nur eine Nachbildung.«

»Ich würd ihn trotzdem gern sehen.«

Ich ging zum Wagen, den ich vor dem Haus geparkt hatte, und holte die Sporttasche vom Rücksitz. Die Nacht war frühoktoberlich mild. Hier und da war die Wolkendecke aufgerissen, dazwischen lugte ein fast voller Mond hervor. Morgen würde es bestimmt schön. Zurück im Wohnzimmer machte ich die Tasche auf, wickelte den Schädel aus dem Handtuch und reichte ihn ihr. Sie stellte ihr Weinglas auf dem Tisch ab und untersuchte ihn vorsichtig.

»Gut gemacht.«

»Von einem Kraniologen«, sagte ich und trank einen Schluck Whiskey.

»Sieht aus wie echt.«

Ich stellte das Tonband ab, holte die Zange aus der Tasche und klopfte damit auf den Schädel. Er gab sein hohes Brummen von sich.

»Was ist das denn?«

»Jeder Schädel hat seinen ureigenen Ton«, sagte ich. »Der Kraniologe kann daraus Erinnerungen herauslesen.«

»Die Geschichte gefällt mir«, sagte sie. Dann klopfte sie selbst einmal mit der Zange auf den Schädel. »Der ist wie echt!«

»Der Mann, der ihn gemacht hat, gibt sich mit halben Sachen nicht ab.«

»Der Schädel meines Mannes war gespalten. Da kämen bestimmt keine Töne heraus.«

»Wer weiß«, sagte ich.

Sie stellte den Schädel auf den Tisch, nahm ihr Glas und trank einen Schluck. Wir saßen auf dem Sofa, die Schultern aneinandergelehnt, die Gläser in der Hand, und betrachteten den Schädel. Der entfleischte Tierschädel schien uns anzugrinsen, dann wieder sah es aus, als holte er tief Luft.

»Mach ein bißchen Musik«, sagte sie.

Ich zog aus dem Berg von Bändern wieder wahllos eins heraus, legte es ein, drückte den Knopf und ging zum Sofa zurück.

»Ist es dir hier recht? Oder willst du lieber nach oben ins Schlafzimmer?« fragte sie.

»Hier ist okay«, sagte ich.

Aus den Lautsprechern ertönte Pat Boones *I'll Be Home*. Die Zeit schien in die verkehrte Richtung zu fließen, doch das war mir nun schon egal; sie mochte fließen, wohin sie wollte. Die Bibliothekarin zog am Fenster, das zum Garten ging, die Spitzenvorhänge zu und löschte das Licht. Dann entkleidete sie sich, im Schein des Mondes. Sie legte ihre Halskettchen und ihre wie ein Armreif geformte Uhr ab und zog das Samtkleid aus. Ich streifte ebenfalls meine Uhr ab und warf sie aufs Sofa. Dann zog ich den Blazer aus, lockerte die Krawatte und stürzte den im Glas verbliebenen Rest Whiskey hinunter.

Als sie ihre Strumpfhose zu den Knöcheln rollte, wechselte die Musik; Ray Charles sang *Georgia on My Mind*. Ich schloß die Augen, legte die Beine auf den Tisch und schwenkte, so wie man im Whiskeyglas die Eiswürfel schwenkt, im Kopf die Zeit. Alles, das alles war vor Zeiten schon einmal passiert. Nur die Kleider, die ausgezogen wurden, die Musik und die Worte unterschieden sich ein wenig. Doch das machte keinen Unterschied. Man drehte sich und drehte sich, nur um wieder und wieder an derselben Stelle anzukommen. Ein totes Rennen auf dem Karussell. Keiner zieht vorbei, keiner bleibt zurück, das Ziel ist stets dasselbe.

»Das alles, alles ist, scheint mir, vor Zeiten schon einmal passiert«, sagte ich mit geschlossenen Augen.

»Natürlich«, sagte sie. Dann nahm sie mir das Glas aus der Hand und knöpfte mein Hemd auf, langsam, bedächtig, als putze sie Bohnen.

»Wieso weißt du das?«

»Weil ich weiß«, sagte sie. Und gab mir einen Kuß auf die nackte Brust. Ihr langes Haar hing auf meinen Bauch herab. »Alles, alles ist früher schon einmal passiert. Es dreht sich nur, wiederholt sich nur, wolltest du sagen, nicht wahr?«

Ich behielt die Augen geschlossen, überließ mich ihren Küssen und der Berührung ihres Haars. Ich dachte an den Barsch, an den Nagelknipser, an die Schnecke auf der Bank vor der Wäscherei. Die Welt ist voller Andeutungen.

Ich öffnete die Augen und nahm die Frau sachte in die Arme,

um den Büstenhalter hinten aufzuhaken. Er hatte keinen Haken.

»Vorne«, sagte sie.

Fortschritt – es gab ihn also doch.

Wir schliefen dreimal miteinander, duschten, wickelten uns auf dem Sofa in eine Decke und hörten Bing Crosby. Ich fühlte mich wunderbar. Mein Penis hatte gestanden wie die Pyramide von Giseh, ihr Haar duftete herrlich nach Balsamspülung, und die Polsterung des Sofas war nicht zu weich, ein wirklich gutes Sofa. Ein Sofa aus den Zeiten, als man noch gute Sofas machte, es roch nach Sonne vergangener Tage. Ein Sofa aus einer Zeit, als solche Sofas eine Selbstverständlichkeit waren.

»Ein gutes Sofa hast du«, sagte ich.

»Ach, das alte Ding! Ich wollte mir schon lange ein neues kaufen.«

»Behalt es lieber.«

»Gut, ich behalt's«, sagte sie.

Bing Crosby sang *Danny Boy*; ich sang mit.

»Du magst dieses Lied?«

»Sehr«, sagte ich. »In der Grundschule hab ich es bei einem Mundharmonikawettbewerb gespielt und dafür den ersten Preis bekommen, ein Dutzend Bleistifte. Ich konnte früher wirklich gut Mundharmonika spielen.«

Sie lachte. »Das Leben ist wirklich komisch.«

»Das kann man wohl sagen«, sagte ich.

Sie legte noch einmal *Danny Boy* auf, und ich sang noch einmal mit. Diesmal wurde ich irgendwie traurig dabei.

»Schreibst du mir mal?« fragte sie.

»Klar«, sagte ich. »Falls man von dort Briefe schicken kann.«

Wir teilten uns den Rest des Weines, der noch in der Flasche war.

»Weißt du, wie spät es ist?« fragte ich.

»Mitternacht«, antwortete sie.

## Die Konzertina

Du *fühlst* es, nicht wahr?« sagt die Bibliothekarin. »Du fühlst, daß du meine Seele lesen kannst.«

»Ja. Sie muß hier irgendwo sein, greifbar nahe, ich habe nur noch nicht erkannt, wo! Außerdem kommt es mir so vor, als hätte ich auch die Methode, sie zu finden, schon einmal vor Augen gehabt.«

»Wenn du es fühlst, wird es stimmen.«

»Aber ich kann sie einfach nicht finden!«

Wir sitzen im Magazin auf dem Boden, Seite an Seite, an die Wand gelehnt und sehen zu den Schädelreihen auf. Die Schädel starren schweigend zurück, nicht einer verrät auch nur eine Silbe.

»Denk mal nach: Versuche, dich an alles zu erinnern, was um dich herum geschehen ist, seit es deinem Schatten schlechter geht, an jedes Detail. Darin könnte der Schlüssel versteckt liegen, der Schlüssel zu meiner Seele«, sagt sie und sieht mich erwartungsvoll an.

Ich sitze auf dem kalten Fußboden und lausche mit geschlossenen Augen dem dröhnenden Schweigen der Schädel.

»Heute morgen haben ein paar alte Männer ein Loch ausgehoben, direkt unter meinem Fenster. Keine Ahnung, was sie darin begraben wollen, aber es ist ein sehr großes Loch geworden. Das Stechen und Kratzen ihrer Spaten hat mich aufgeweckt. Es hat sich angehört, als würden die Alten das Loch direkt in meinem Kopf schaufeln. Dann hat es angefangen zu schneien, und der Schnee hat das Loch unter sich begraben.«

»Und sonst?«

»Ich bin mit dir zum Kraftwerk gegangen. Aber das weißt du ja selber, nicht? Ich habe den jungen Verwalter getroffen und mit ihm über den Wald gesprochen. Dann hat er mir noch die

Turbine über dem Windloch gezeigt. Das Brausen des Windes war furchterregend – als käme es direkt aus den Tiefen der Hölle zu uns herauf. Der Verwalter ist ein stiller Mann, jung und abgemagert.«

»Weiter?«

»Von ihm hab ich die kleine Ziehharmonika bekommen, eine Konzertina, die man ganz flach zusammendrücken kann. Sie ist zwar alt, funktioniert aber tadellos.«

Sie sitzt auf dem Boden und denkt nach, lange. Mir ist, als würde es von Augenblick zu Augenblick kälter im Magazin.

»Die Ziehharmonika!« sagt sie. »Die Ziehharmonika könnte ... nein, sie *ist* der Schlüssel, bestimmt.«

»Die Ziehharmonika?« sage ich.

»Ja, ganz logisch: Die Ziehharmonika steht für Musik, Musik steht für meine Mutter und meine Mutter für das, was von meiner Seele übriggeblieben ist. Könnte das nicht sein?«

Ich stehe auf, gehe in die Bibliothek zurück zu meinem Mantel, der neben dem Ofen hängt, hole die Konzertina aus der Tasche, kehre damit ins Magazin zurück und setze mich wieder neben die Bibliothekarin. Ich stecke meine Hände in die Schlaufen an beiden Seiten und spiele ein paar Akkorde.

»Das hört sich sehr schön an«, sagt sie. »Sollen diese Laute den Wind nachahmen?«

»Es *ist* Wind«, sage ich. »Die Ziehharmonika erzeugt Wind, der die verschiedensten Laute macht, und setzt sie zusammen.«

Sie hält die Augen geschlossen und lauscht dem Klang der Harmonien.

Ich spiele der Reihe nach alle Akkorde, die mir einfallen. Mit den Fingern der rechten Hand taste ich mich dabei sachte die Tonleiter herauf und herunter, doch eine Melodie gibt sich nicht zu erkennen. Das ist mir mittlerweile aber auch schon egal. Es reicht, wenn ich ihr mit der Ziehharmonika das Lied des Windes vorspiele. Nach mehr zu suchen ist gar nicht nötig. Ich brauche mich nur von ganzem Herzen dem Wind zu überlassen, wie ein Vogel.

Nein, es geht einfach nicht, ich kann meine Seele unmöglich im Stich lassen. So schwer ihre Last auch wiegt, so traurig sie mich oft auch macht ... Aber manchmal, da tanzt sie eben wie ein Vögelchen im Wind, da überschaut sie mit einemmal die ganze Ewigkeit! Ich kann sie ja jetzt sogar im Klang der kleinen Ziehharmonika wiederfinden.

Ich meine zu hören, wie der Winterwind draußen durch die Stadt wirbelt. Er pfeift um die Ecken der Bibliothek, dreht sich um den hoch emporragenden Uhrturm, fährt unter der Brücke hindurch und schüttelt die Weidenzweige entlang des Flusses. Er rauscht durch den Wald, streicht über die Wiesen, surrt in den Stromleitungen des Fabrikgeländes und hämmert gegen das Tor. Die Tiere zittern vor Kälte, und die Menschen in den Häusern halten den Atem an. Ich schließe die Augen und lasse im Geiste die Bilder der Stadt an mir vorüberziehen. Die Sandbank im Fluß, die Aussichtstürme an der Mauer im Westen, das Kraftwerk im Wald, die sonnigen Flecken vor der Beamtensiedlung, wo die Alten sitzen und schwatzen, die Wasserbecken im Fluß, vor denen die Tiere kauern, um zu saufen, das im Wind zitternde grüne Unkraut, das im Sommer zwischen den Steinstufen am Kanal wächst. Auch an den See im Süden, wo ich zusammen mit der Bibliothekarin gewesen bin, kann ich mich klar und deutlich erinnern, ebenso an das kleine Feld hinter dem Kraftwerk, an die Wiesen im Westen, wo die alten Kasernen liegen, und an die verlassene Ruine des Anwesens mit dem alten Brunnen im Ostwald, direkt an der Mauer.

Die Menschen gehen mir durch den Kopf, die ich hier kennengelernt habe. Der Oberst von nebenan und die Alten aus dem Beamtenviertel, der Verwalter des Kraftwerks und schließlich der Wächter – sicher sitzen sie jetzt alle in ihren Zimmern und hören dem Schneesturm draußen zu.

Die Plätze, die Menschen – alle, jeden einzelnen von ihnen werde ich verlieren, und zwar für immer. Ach, und *sie* erst, die Bibliothekarin! Doch ich werde diese Welt und ihre Bewohner niemals vergessen können, ich werde mich immer daran erinnern, als ob es gestern gewesen wäre. Mag die Stadt in meinen

Augen noch so unnatürlich und verkehrt sein, und mögen die Menschen, die hier leben, keine Seele mehr haben – wenn schon, es ist schließlich nicht ihre Schuld. Ich werde wahrscheinlich sogar den Wächter vermissen. Er ist doch auch nur ein Rädchen im Getriebe, einer von vielen, um die die Stadt ihre unlösbaren Fesseln gelegt hat. Irgend etwas hat diesen gigantischen Mauerring errichtet; die Menschen sind bloß hineingeraten und eingepfercht worden, weiter nichts. Ich glaube, ich könnte diese Stadt, ihre Plätze und ihre Menschen lieben. Nur hierbleiben kann ich nicht. Trotzdem liebe ich dies alles, ich liebe es einfach.

In diesem Moment packt mich etwas, leise und undeutlich. Eine Harmonie bleibt plötzlich in mir hängen, wartet beharrlich, als fordere sie etwas ein. Ich mache die Augen auf und spiele den Akkord noch einmal. Dann suche ich mit der rechten Hand nach Tönen, die dazu passen könnten. Mühsam schaffe ich es, die ersten vier Töne zu dem Akkord zu finden. Sie sind wie sanfte Sonnenstrahlen, die vom Himmel her langsam in mein Herz hineintanzen. Die vier Töne brauchen mich, und ich brauche sie.

Ich halte diesen einen Akkordknopf des Baßteils gedrückt und spiele auf der Melodieseite immer wieder diese vier Töne dazu. Sie verlangen nach den nächsten Tönen und einem anderen Dreiklang. Zuerst suche ich den Akkord. Ich finde ihn sofort. Die Melodie kostet mich etwas mehr Mühe, doch die ersten vier Töne führen mich zu den nächsten fünf. Der nächste Akkord mit drei weiteren Tönen folgt auf dem Fuß.

Das ist ein Lied! Noch kein vollständiges, aber die ersten Takte, immerhin. Ich wiederhole die drei Akkorde mit den zwölf Tönen immer und immer wieder. Es muß ein Lied sein, das ich sehr gut kenne.

*Danny Boy!*

Ich schließe die Augen und spiele es zu Ende. Jetzt, wo mir der Titel eingefallen ist, fließen mir Melodie und Akkorde nur so aus den Fingern, ganz von selbst. Ich spiele das Lied immer und immer wieder. Ich kann ganz genau fühlen, wie die Melodie mein Herz erfüllt, wie sie jeden Muskel meines angespannten Körpers lockert. Ich spüre, wie das lange verschüttete Lied mir im Ohr klingt, wie es mir durch Mark und Bein geht – wie sehr muß ich mich aus tiefster Seele danach gesehnt haben! Ich glaubte das Lied so lange verloren, daß ich sogar den Hunger danach zu fühlen verlernt hatte. Die Musik taut mir die im langen Winter gefrorenen Glieder und Muskeln und meine Seele auf, sie gibt meinen Augen das heißersehnte Licht zurück.

Mir ist, als könnte ich mit der Musik das Atmen der Stadt spüren. Ich bin in der Stadt und die Stadt ist in mir. Sie atmet, bewegt sich im Rhythmus meines Körpers. Sie zittert. Auch die Mauer bebt und wogt. Sie fühlt sich an wie meine eigene Haut.

Ich überlasse mich der Melodie von *Danny Boy*, spiele das Lied wieder und wieder, ganz lange. Dann setze ich das Instrument auf dem Boden ab, lehne mich an die Wand und schließe die Augen. Ich kann das Beben meines Körpers immer noch spüren. Mir ist, als sei das alles hier ich selbst. Die Mauer, das Tor, die Tiere, der Wald, der Fluß, das Windloch, der See – alles, alles bin bloß ich selbst. All das ist *in mir*. Selbst der lange Winter ist offenbar ein Teil von mir.

Die Bibliothekarin macht die Augen nicht wieder auf, auch nachdem ich die Konzertina aus der Hand gelegt habe. Tränen quellen unter ihren geschlossenen Lidern hervor, während sie mit beiden Händen meinen Arm fest umklammert hält. Ich lege ihr den Arm um die Schulter und berühre ihre Lider mit den Lippen. Die Tränen sind ganz warm, ihre Haut fühlt sich feucht und zart an. Ein mysteriöser, sanfter Lichtstrahl läßt ihre Wangen erstrahlen und ihre Tränen glitzern. Das Licht kann nicht von der trüben Birne stammen, die im Magazin von der Decke baumelt. Es ist klar wie Sternenlicht und doch warm.

Ich stehe auf und knipse die Lampe aus. Jetzt kann ich die Lichtquelle erkennen – es sind die Schädel! Die Schädel leuchten! Im Zimmer ist es taghell. Das Licht ist sanft wie die Frühlingssonne und still wie der Mondenschein. Mit einem

Schlag scheint das vergessene Leuchten, das in unzähligen Schädeln auf den Regalen schlummerte, erwacht zu sein. Lautlos glitzern und funkeln die Schädelreihen wie die Meeresoberfläche in der Morgensonne. Doch obwohl ich genau hineinsehe, fühle ich mich nicht geblendet, meine Augen tun kein bißchen weh. Das Licht hüllt mich vielmehr in wohlige Ruhe und erfüllt meine Seele mit der Wärme alter Erinnerungen. Ich kann spüren, daß meine Augen längst geheilt sind. Nichts kann sie jetzt noch verletzen.

Ein herrlicher Anblick! Überall ringsum blitzen und blinken die Lichter. Vereint im Schwur des Schweigens funkeln sie wie Edelsteine auf dem Grunde eines klaren Sees. Ich nehme einen der Schädel in die Hand und streiche sanft mit den Fingerspitzen die Schädeldecke entlang. Dabei kann ich ihre Seele fühlen. Ihre Seele ist da! Klein und zart schmiegt sie sich an meine Fingerspitzen. Die vereinzelten feinen Strahlen ihrer Seele haben nur schwache Wärme und Helligkeit, aber es *ist* Helligkeit und Wärme, und die kann ihr niemand mehr nehmen.

»Da ist sie, deine Seele!« sage ich. »Was da leuchtet, ist allein deine Seele.«

Sie nickt nur ganz leise und sieht mich mit tränenerfüllten Augen an.

»Jetzt kann ich deine Seele lesen, jetzt kann ich die einzelnen Teile zu einem Ganzen zusammenfügen. Deine Seele ist nicht mehr verloren und zerstückelt. Sie ist da, und niemand kann sie dir mehr entreißen.«

Ich küsse sie noch einmal auf die Augenlider.

»Und jetzt laß mich bitte eine Weile hier allein«, sage ich. »Bis zum Morgen möchte ich deine Seele zu Ende gelesen haben. Danach werde ich ein wenig schlafen.«

Sie nickt noch einmal, läßt ihre Augen über die Reihen leuchtender und funkelnder Schädel schweifen und verläßt das Magazin. Als sie die Tür hinter sich geschlossen hat, lehne ich mich an die Wand und sehe die unzähligen feinen, glitzernden Lichter aus den Schädeln an – ewig lange. Es sind die alten Träume, die sie früher hegte, und gleichzeitig auch meine eigenen. Nur um sie endlich wiederzufinden, bin ich den langen Weg durch diese von Mauern umschlossene Stadt gegangen. Nun bin ich am Ziel. Ich nehme einen der Schädel, lege meine Hände auf und schließe langsam die Augen.

## Licht, Introspektion, Sauberkeit

Wie lange ich geschlafen hatte, wußte ich nicht. Jemand rüttelte mich an den Schultern. Was ich zuerst bemerkte, war der Geruch des Sofas. Dann kam der Ärger, daß man mich aus dem Schlaf riß. Alle, alle kamen sie, wie die Heuschrecken im Herbst, und brachten mich um meinen süßen Schlaf!

Und doch wurde ich von etwas in mir gezwungen, nachzugeben und aufzuwachen. Das Etwas in mir zog mir eine große Eisenvase über den Schädel: Jetzt ist keine Zeit zu schlafen.

»Steh auf, bitte«, sagte die Bibliothekarin.

Ich richtete mich auf und öffnete die Augen. Ich hatte einen orangefarbenen Bademantel an. Sie trug ein weißes Herren-T-Shirt und rüttelte mich, als gelte es ihr Leben. In dem weißen T-Shirt und ihrem kleinen weißen Slip wirkte sie wie ein kleines, zerbrechliches Kind. Ein Windstoß nur, und sie würde zu Staub zerwehen. Wo waren bloß all die Mengen Spaghetti, Fisch und Risotto geblieben, die sie verdrückt hatte? Meine Uhr war auch weg. Es war noch dunkel. Wenn meine Augen nicht in Mitleidenschaft gezogen waren, mußte es noch Nacht sein.

»Schau auf den Tisch!« sagte sie.

Ich sah zum Tisch. Dort glitzerte es wie von einem Weihnachtsbaum. Dafür war es allerdings zu klein, und außerdem hatten wir erst Oktober. Die Hände am Aufschlag des Bademantels, starrte ich das Ding auf dem Tisch an. Nein, das war kein Weihnachtsbaum. Es war der Schädel, den ich dort hingestellt hatte. Beziehungsweise den sie dort hingestellt hatte. Ich wußte nicht mehr, wer. Egal. Was dort auf dem Tisch wie ein Weihnachtsbaum glitzerte, war jedenfalls der Einhornschädel, den ich mitgebracht hatte. Lichtpunkte überzogen ihn.

Sie waren winzig klein und das Licht nur schwach. Und doch leuchteten die Punkte über dem Schädel wie die Sterne am Himmelsgewölbe. Das Licht war weiß, matt und mild. Jeder Punkt war wie überlagert vom Licht des nächsten, die Umrisse verschwammen in mildem Nebel, was den Eindruck verstärkte, daß das Licht nicht auf dem Schädel leuchtete, sondern über ihm schwebte. Vom Sofa aus schauten wir uns lange wortlos das kleine Lichtermeer an. Sie hielt sachte meinen Arm, während meine Hände nach wie vor am Aufschlag des Bademantels lagen. Es war noch tiefe Nacht, ringsum herrschte Stille.

»Ist das irgendwie eingebaut?«

Ich schüttelte den Kopf. Ich hatte schon eine Nacht mit dem Schädel verbracht, da hatte er nicht geleuchtet. Wenn eine Art fluoreszierender Anstrich die Ursache des Lichtes wäre, würde er nicht einmal leuchten und dann wieder nicht. Er würde im Dunkeln immer leuchten. Außerdem: Bevor wir einschliefen, hatte er auch nicht geleuchtet. Nein, das war nicht »eingebaut«. Das stammte nicht von Menschenhand. So weiches, mildes Kunstlicht gab es nicht.

Ich löste sachte meinen rechten Arm aus ihren Händen, langte zum Tisch und nahm den Schädel auf den Schoß.

»Hast du keine Angst?« fragte sie leise.

»Nein«, sagte ich. Ich hatte keine Angst. Irgendwie hatte das etwas mit mir zu tun. Und vor sich selbst hat niemand Angst.

Ich verspürte in den Händen eine Wärme wie von winzigem, ersterbendem Feuer. Selbst meine Finger schienen von fahlem Licht umhüllt zu sein. Die Augen geschlossen, die Finger in die laue Wärme getaucht, spürte ich in meiner Seele Wolken ferner Erinnerungen aufziehen.

»Nach Nachbildung sieht das nicht aus«, sagte sie. »Der Schädel ist echt, meinst du nicht? Und birgt ferne Erinnerungen aus ferner Zeit ...«

Ich nickte nur. Was wußte ich schon? Ob Nachbildung oder nicht, der Schädel strahlte Licht ab, und ich hielt es in Händen. Ich wußte nur, daß dieses Licht mir etwas erzählte. Das spürte ich unmittelbar. Es deutete mir etwas an. Vielleicht die neue Welt, vielleicht die alte, die ich bald hinter mir lassen würde. Ganz konnte ich es nicht erfassen.

Ich öffnete die Augen und sah mir das Licht, das meine Finger tünchte, noch einmal genau an. Was es bedeutete, begriff ich nicht, aber ich spürte deutlich, daß es nichts Böses, nichts Feindliches enthielt. Es schmiegte sich in meine Hände, dort zu sein, schien ihm zu genügen. Mit den Fingerspitzen zeichnete ich den Lichtbogen nach. Nein, Angst brauchst du nicht zu haben, dachte ich. Vor mir selbst Angst zu haben, gab es keinen Grund.

Ich stellte den Schädel wieder auf den Tisch und berührte mit den Fingerspitzen die Frau an der Wange.

»Wie warm!« sagte sie.

»Das Licht ist warm«, sagte ich.

»Darf ich es auch mal anfassen?«

»Sicher!«

Sie legte die Hände auf den Schädel und schloß die Augen. Auch um ihre Finger floß nun weißes Licht.

»Ich spüre etwas«, sagte sie. »Was es ist, weiß ich nicht, aber ich kenne es irgendwoher. Luft, Licht, Töne, so etwas. Ich kann es nicht beschreiben.«

»Ich auch nicht«, sagte ich. »Ich habe Durst.«

»Möchtest du ein Bier? Oder lieber Wasser?«

»Ein Bier«, sagte ich.

Während sie das Bier und Gläser holte, suchte ich meine Uhr; sie lag hinter dem Sofa. Es war 4:16. In gut einer Stunde würde die Sonne aufgehen. Ich holte das Telefon und wählte meine Nummer. Da ich noch nie bei mir angerufen hatte, dauerte es eine Weile, bis sie mir einfiel. Niemand nahm ab. Ich ließ es fünfzehnmal klingeln, legte dann auf, wählte neu und ließ es wieder fünfzehnmal klingeln. Dasselbe. Niemand ging an den Apparat.

Ob die Dicke schon wieder unterwegs zu ihrem Großvater war, der unter der Erde auf sie wartete? Oder hatten die Semioten oder die Leute vom *System* sie vielleicht in meiner Wohnung aufgegriffen? Wie auch immer, sie würde es schon schaffen. Sie schaffte alles, zehnmal besser als ich. Dabei war sie nicht mal halb so alt wie ich. Das war schon enorm. Ich legte auf; bei dem

Gedanken, sie nie mehr wiederzusehen, wurde es mir ein wenig weh ums Herz. Weh wie beim Anblick eines Hotels, das geschlossen wird – man trägt die Sofas heraus, nimmt die Kronleuchter ab; Fenster um Fenster werden die Vorhänge entfernt, geht eins ums andere zu.

Wir saßen auf dem Sofa, tranken Bier und schauten auf das weiße Licht, das von dem Schädel ausging.

»Ist das Leuchten eine Reaktion auf dich?« fragte sie.

»Ich weiß es nicht«, sagte ich. »Aber ich glaube schon. Wenn auch vielleicht nicht direkt.«

Ich leerte den Rest Bier in mein Glas und trank es langsam aus. In der vormorgendlichen Welt war es still wie in einem einsamen Wald. Auf dem Teppichboden verstreut lagen unsere Kleidungsstücke. Mein Blazer, das Hemd, die Krawatte, die Hosen, ihr Kleid, ihre Strümpfe, ihr Slip. Der Kleiderhaufen kam mir vor wie das Gestalt gewordene Resultat meines fünfunddreißigjährigen Lebens.

»Was schaust du dir denn da so genau an?« fragte sie.

»Die Kleidungsstücke.«

»Warum denn das?«

»Bis vor kurzem waren sie noch ein Teil von mir. Und deine ein Teil von dir. Jetzt nicht mehr. Sie sehen anders aus, als gehörten sie anderen Leuten. Sie sehen nicht aus, als ob sie zu uns gehörten.«

»Das liegt daran, daß wir miteinander geschlafen haben«, sagte sie. »Nach dem Sex wird man oft introspektiv.«

»Nein, nein, das ist es nicht«, sagte ich, das leere Glas in der Hand. »Ich bin nicht in mich gekehrt. Mir fallen jetzt nur stärker die kleinen Dinge der Welt ins Auge. Eine Schnecke, eine Dachtraufe, die Sachen im Schaufenster einer Eisenwarenhandlung. Diese Dinge brennen mir auf der Seele.«

»Soll ich aufräumen?«

»Nein, laß. Laß es, wie es ist.«

»Erzähl mir von der Schnecke.«

»Vor einer Wäscherei habe ich eine Schnecke gesehen«, sagte ich. »Ich wußte nicht, daß es im Herbst Schnecken gibt.«

»Schnecken gibt es das ganze Jahr.«

»Scheint so.«

»In Europa hat die Schnecke mythische Bedeutung«, sagte sie. »Das Gehäuse repräsentiert die Welt der Dunkelheit. Das Herauskriechen der Schnecke kommt dem Advent des Lichtes gleich. Deshalb klopfen die Leute, wenn sie eine Schnecke sehen, instinktiv auf das Gehäuse, um sie herauszulocken. Hast du das schon mal gemacht?«

»Nein«, sagte ich. »Du weißt allerhand, nicht wahr?«

»Wenn man in einer Bibliothek arbeitet, bekommt man so einiges mit.«

Ich griff nach der Packung *Seven Stars* auf dem Tisch und zündete mir mit den Streichhölzern aus der Bierhalle eine an. Dann besah ich mir wieder die Kleidungsstücke auf dem Boden. Quer über ihre blaßblauen Strümpfe streckte sich ein Ärmel meines Hemdes. Das Samtkleid knickte merkwürdig verrenkt in der Taille ab, daneben ruhte schlaff ihr Hauch von Slip. Halskettchen und Armbanduhr hatte sie aufs Sofa geworfen, die schwarzlederne Schultertasche lag auf dem Beistelltischchen in einer Ecke des Zimmers.

Ihre abgelegten Sachen sahen mehr nach ihr selbst aus als sie selbst. Und meine mehr nach mir als ich selbst.

»Weshalb bist du eigentlich Bibliothekarin geworden?« fragte ich sie.

»Weil ich Bibliotheken mag«, sagte sie. »Ruhe, viele Bücher, gesammeltes Wissen. In einer Bank oder einer Handelsfirma wollte ich nicht arbeiten, und Lehrerin zu werden kam gar nicht in Frage.«

Ich blies den Rauch meiner Zigarette zur Decke und sah ihm eine Weile nach.

»Möchtest du mehr von mir wissen?« fragte sie. »Wo ich geboren bin, was für eine Kindheit ich hatte, auf welcher Uni ich war, wann ich meine Jungfernschaft verloren habe, welche Farbe ich am liebsten mag, all das?«

»Nein«, sagte ich. »Nicht jetzt. Und nicht alles auf einmal.«

»Ich würde gerne mehr von dir wissen – nach und nach.«

»Ich bin am Meer groß geworden«, sagte ich. »Am Morgen nach Taifunen lag am Strand immer alles mögliche herum, angeschwemmtes Zeug. Du kannst dir nicht vorstellen, was alles – von Flaschen, Holzsandalen, Mützen und Brillenetuis bis hin zu Stühlen und Tischen. Warum solches Zeug angeschwemmt wurde, war mir immer ein Rätsel. Aber ich liebte es, danach zu suchen, und freute mich auf jeden Taifun. Wahrscheinlich kam es von anderen Stränden, mitgerissen vom Meer, und wurde dann bei uns angespült.« Ich drückte im Aschenbecher die Zigarette aus und stellte das leere Glas auf den Tisch. »Das angeschwemmte Zeug war immer merkwürdig sauber. Alles Müll und unbrauchbar, aber sauber. Nichts war so dreckig, daß man es nicht hätte anfassen können. Das Meer ist schon etwas Besonderes. Wenn ich mein Leben überdenke, kommt mir immer dieser Strandmüll in den Sinn. Genau so war nämlich mein Leben. Ich habe Müll gesammelt und auf meine Weise sauber gemacht – dann aber nicht benutzt, sondern nur wieder weggeworfen. Um es verrotten zu lassen.«

»Immerhin hattest du Stil, oder? Du hast saubergemacht!«

»Stil, Stil! Stil hat jede Schnecke! Ich bin immer nur von Strand zu Strand gezogen. Was sich in den Zwischenzeiten ereignete, weiß ich zwar, aber das ist auch alles. Ich weiß es, weiter nichts. Mit meinem Jetzt hat es nicht das geringste zu tun. Es ist sauber, aber nicht zu gebrauchen.«

Sie legte mir die Hand auf die Schulter, stand auf und ging zur Küche. Sie holte Wein aus dem Kühlschrank, goß sich ein, stellte das Glas und ein neues Bier für mich auf ein Tablett und brachte es ins Wohnzimmer.

»Ich mag die dunkle Stunde vor Sonnenaufgang«, sagte sie. »Vielleicht, weil sie sauber ist und nicht zu gebrauchen.«

»Sie wird bald vorbei sein. Es wird dämmern, die Zeitung wird ausgetragen, die Milch gebracht, und dann fahren die ersten Bahnen.«

Sie kuschelte sich an mich, zog sich die Decke bis zur Brust und nippte an ihrem Wein. Ich schenkte mir Bier ein und betrachtete, das Glas in der Hand, den Schädel auf dem Tisch, der sein Strahlen noch nicht verloren hatte. Er warf sein fahles Licht auf die Flaschen, den Aschenbecher und die Streichhölzer. Ihr Kopf lag auf meiner Schulter.

»Als du eben aus der Küche zurückkamst, hab ich dich beobachtet.«

»Und?«

»Du hast tolle Beine.«

»Sie gefallen dir?«

»Außerordentlich!«

Sie stellte ihr Glas ab und küßte mich unters Ohr. »Weißt du was?« sagte sie. »Ich liebe Komplimente!«

Mit der Dämmerung verlor der Schädel, wie von der Sonne gewaschen, nach und nach seinen Lichterglanz, bis er schließlich nur mehr als glatter, weißer Knochen auf dem Tisch stand. Wir hielten uns auf dem Sofa umschlungen und sahen zu, wie jenseits des Vorhanges das Morgenlicht die Dunkelheit verdrängte. Feucht lag der warme Atem der Frau auf meiner Schulter, ihre Brüste waren klein und weich.

Sie trank den letzten Schluck Wein, kuschelte sich in diese Nische der Zeit und schlief ein. Die Sonne hob das Dach des Nachbarhauses aus dem Dunkel, Vögel ließen sich im Garten nieder und flogen wieder davon. Die Stimme eines Fernsehansagers war zu hören, irgendwo ließ jemand sein Auto an. Ich war nicht mehr müde. Wie lange ich geschlafen hatte, wußte ich nicht, jedenfalls war meine Müdigkeit wie weggeblasen, auch verspürte ich keinen Rausch vom Alkohol. Sachte schob ich ihren Kopf zur Seite, ging in die Küche, trank ein paar Glas Wasser und rauchte eine Zigarette. Dann schloß ich die Tür zum Wohnzimmer und stellte leise das Radio auf dem Küchentisch an. Musik auf UKW. Ich hätte gerne Bob Dylan gehört, aber man spielte Roger Williams – *Autumn Leaves*. Es war Herbst.

Ihre Küche war meiner sehr ähnlich. Spüle, Dunstabzug, Kühl- und Gefrierschrank, Gasboiler. Auch Größe, Funktionalität und die Anzahl des Geschirrs und der Küchengeräte waren in etwa gleich. Allerdings hatte sie keinen Gasofen, sondern einen Elektroherd. Und eine Kaffeemaschine. Küchenmesser besaß sie ein ganzes Sortiment, doch der Schliff ließ zu wünschen übrig. Es gibt nicht viele Frauen, die anständig schleifen können. Die Schüsseln waren alle aus hitzebeständigem Pyrex, die Pfanne säuberlich mit Öl ausgewischt. Auch das Abfallsieb in der Spüle hatte sie geleert.

Warum ich mich so für ihre Küche interessierte, war mir selbst nicht klar. Ich hatte keineswegs vor, bei ihr herumzuschnüffeln; die Dinge fielen mir einfach nur ins Auge. Nach Roger Williams spielte das Frank Chacksfield Orchestra *Autumn in New York*. Ich stand im herbstlichen Morgenlicht und sah mir die Töpfe, die Pfannen und die Gewürzgläser in den Schränken an. Die Küche schien wie die Welt an sich. Ein Satz wie von Shakespeare: Die Welt ist eine Küche.

Nach der Musik kündigte eine Frauenstimme an, daß es Herbst sei. Dann sprach sie vom Geruch des ersten Pullovers, den man im Herbst überzieht. John Updike liefere in einem seiner Romane eine wunderbare Beschreibung dieses Geruches. Das nächste Lied war Woody Hermans *Early Autumn*. Der Kitchen Timer auf dem Tisch zeigte 7:25. Montag, der 3. Oktober, 7 Uhr 25. Der Himmel spannte sich in klarer, tiefer Bläue, wie mit scharfer Klinge geschnitzt. Kein schlechter Tag, um sein Leben zu beenden.

Ich machte Wasser heiß, blanchierte die Tomaten, die ich im Kühlschrank gefunden hatte, hackte Knoblauch und das vorhandene Gemüse, bereitete aus dem Ganzen eine Tomatensoße, rührte Tomatenmark unter und ließ in der Soße Elsässer Würstchen garen. In der Zwischenzeit machte ich aus Weißkohl und Paprikaschoten einen Salat, stellte die Kaffeemaschine an, besprenkelte ein Stück Baguette mit Wasser, wickelte es in Alufolie und legte es in den Ofentoaster. Als das Frühstück fertig war, weckte ich die Bibliothekarin und räumte die Gläser und leeren Flaschen vom Wohnzimmertisch.

»Das riecht aber gut!« sagte sie.

»Kann ich mich jetzt anziehen?« fragte ich. Ich kann es nicht haben, wenn meine Partnerin vor mir angezogen ist. Vielleicht ein Tribut an die Zivilisationsgesellschaft.

»Natürlich, bitte, bitte!« sagte sie und zog ihr T-Shirt aus. Das Morgenlicht zeichnete feine Schatten um ihre Brüste und ihren Bauch und ließ den Flaum auf ihrer Haut glänzen. Sie sah eine Zeitlang an sich herab und sagte dann: »Nicht schlecht, oder?«

»Ganz im Gegenteil«, sagte ich.

»Nicht zu dick, und noch keine Falten und Ringe am Bauch. Noch nicht jedenfalls«, sagte sie. Sie stützte die Hände aufs Sofa und sah mich an. »Aber irgendwann wird das vorbei sein, ganz plötzlich. Wie ein Faden, der reißt. Und dann ist es vorbei. Ich könnte heulen, wenn ich dran denke.«

»Laß uns essen«, sagte ich.

Sie ging ins Nebenzimmer und zog eine gelbe Trainingsjacke und eine alte, verblichene Jeans an. Ich trug meine Leinenhose und das Hemd. Dann setzten wir uns einander gegenüber an den Küchentisch, aßen das Brot, die Würstchen und den Salat und tranken Kaffee.

»Findest du dich immer so schnell in fremden Küchen zurecht?« fragte sie.

»Küchen sind fast überall gleich«, sagte ich. »Man kocht dort, man ißt dort. Fast überall dasselbe.«

»Bist du das Single-Dasein nicht manchmal über?«

»Ich weiß nicht. Darüber hab ich noch nie nachgedacht. Ich war zwar fünf Jahre verheiratet, aber ich weiß schon gar nicht mehr, wie das war. Mir kommt's so vor, als hätte ich schon immer alleine gelebt.«

»Möchtest du nicht wieder heiraten?«

»Das ist mir egal«, sagte ich. »Eins ist wie das andere. Wie bei einer Hundehütte mit einem Ein- und einem Ausgang: Durch welchen der Hund hineingeht und durch welchen er herauskommt, macht keinen großen Unterschied.«

Sie lachte und wischte sich mit einem Papiertuch Tomatensoße aus dem Mundwinkel. »Daß jemand die Ehe mit einer Hundehütte vergleicht, hör ich zum erstenmal.«

Nach dem Essen wärmte ich den Rest Kaffee auf und goß uns beiden ein.

»Die Tomatensoße war lecker«, sagte sie.

»Sie hätte noch besser geschmeckt, wenn du Lorbeerblätter und Oregano gehabt hättest«, sagte ich. »Und die Würstchen hätten zehn Minuten länger kochen müssen.«

»Es war trotzdem lecker. So gut habe ich schon lange nicht mehr gefrühstückt«, sagte sie. »Was hast du denn heute für Pläne?«

Ich sah auf die Uhr. Halb neun.

»Um neun will ich aus dem Haus«, sagte ich. »Wir könnten in einen Park gehen, uns in die Sonne legen und ein Bier trinken. Um halb elf setz ich dich dann mit dem Wagen irgendwo ab und mach mich auf. Und du, was hast du heute noch vor?«

»Ich geh dann nach Hause, wasche, putze und denke anschließend an Sex. Nicht übel, oder?«

»Nicht übel«, sagte ich. Nicht übel.

»Aber denk ja nicht, daß ich mit jedem gleich ins Bett gehe«, fügte sie hinzu.

»Ich weiß«, sagte ich.

Während ich das Geschirr abwusch, ging sie duschen; sie sang dabei. Mit irgendeinem pflanzlichen Mittel, das fast keinen Schaum gab, spülte ich die Teller und Töpfe, trocknete dann ab und stellte die Sachen auf den Tisch. Dann wusch ich mir die Hände und putzte mir mit einer Zahnbürste, die in der Küche lag, die Zähne. Anschließend ging ich ins Bad und fragte sie, ob sie nicht Rasierzeug hätte.

»Schau mal im Schränkchen rechts oben. Da müßte noch das von meinem Mann stehen.«

Das Schränkchen enthielt in der Tat eine Dose Gillette Lemon-Lime Foam und einen Schick-Naßrasierer. Die Dose war noch halb voll, an der Düse klebte ein bißchen weißer Schaum. Der Tod läßt halbvolle Dosen Rasierschaum zurück.

»Hast du's?« fragte sie.

»Ja«, sagte ich, nahm Rasierschaum, Rasierer und ein frisches Handtuch mit in die Küche, setzte Wasser auf und rasierte mich. Danach wusch ich die Klinge sauber aus. Im Abfluß verschwanden meine Stoppeln und ein paar des Toten.

Während die Bibliothekarin sich anzog, ließ ich mich im Wohnzimmer auf dem Sofa nieder und las die Zeitung. Ein Taxifahrer hatte während der Fahrt einen Herzanfall erlitten und war mit dem Wagen gegen den Pfeiler einer Überführung geprallt – tot. Die Fahrgäste, eine zweiunddreißigjährige Frau und ein vierjähriges Mädchen, trugen schwere Verletzungen davon. In der Kantine eines Gemeinderates waren zu Mittag schlechte fritierte Austern serviert worden, zwei Tote. Der Außenminister äußerte Befremden gegenüber der amerikanischen Hochzinspolitik, eine Versammlung amerikanischer Bankiers prüfte den Zinssatz nach Mittel- und Südamerika zu vergebender Kredite, der peruanische Finanzminister kritisierte die ökonomische Invasion Südamerikas durch die Vereinigten Staaten, der westdeutsche Außenminister unterstrich die Notwendigkeit eines Ausgleichs des deutsch-japanischen Handelsungleichgewichtes. Syrien übte Kritik an Israel, Israel an Syrien. Außerdem gab es Ratschläge für einen von seinem achtzehnjährigen Sohn körperlich bedrohten Vater. Es stand, mit anderen Worten, nichts in der Zeitung, was mir in meinen letzten Stunden von Nutzen gewesen wäre.

Die Bibliothekarin stand in beigen Baumwollhosen und einer braunkarierten Bluse vor dem Spiegel und bürstete sich das Haar. Ich band mir die Krawatte um und zog den Blazer an.

»Was soll mit dem Einhornschädel passieren?« fragte sie.

»Ich schenk ihn dir«, sagte ich. »Stell ihn irgendwo auf.«

»Auf dem Fernseher wäre ganz nett, oder?«

Ich nahm den lichterlosen Schädel vom Tisch und plazierte ihn auf dem Fernseher, der in der Ecke des Wohnzimmers stand.

»Na, was meinst du?«

»Nicht übel«, sagte ich.

»Ob er noch einmal leuchtet?«

»Bestimmt«, sagte ich. Dann nahm ich sie noch einmal in die Arme und prägte mir ihre Wärme ein.

## Die Flucht

In der Morgendämmerung wird das Leuchten der Schädel immer schwächer, verblaßt und verschwindet schließlich ganz: Durch das kleine Oberlicht direkt unter der Decke fällt aschfahles Dämmerlicht ein und beginnt, die Wände des Magazins zu bleichen. Das Funkeln und Leuchten verliert nach und nach seine Kraft; ein Lichtstrahl nach dem anderen zieht sich mitsamt seinen Erinnerungen wieder in die tiefe Dunkelheit der Schädel zurück.

Ich lasse meine Fingerspitzen über die Schädel gleiten und ihre Wärme in mich eindringen, bis der allerletzte Schimmer verloschen ist. Ich habe keine Ahnung, welchen Bruchteil von Strahlen ich in dieser Nacht habe lesen können. Die Menge stand in keinem Verhältnis zu der Zeit, die mir zur Verfügung stand. Aber ich habe mich bemüht, nicht an die Zeit zu denken, sondern jeden einzelnen Schädel mit gebührender Sorgfalt und Aufmerksamkeit abzutasten. In jedem Augenblick habe ich dabei ihre Seele mit den Fingerspitzen fühlen können, klar und deutlich. Allein darauf kommt es an, Probleme der Quantität spielen keine Rolle. Die Seele eines Menschen würde sich sowieso nie gänzlich »auslesen« lassen, da könnte man sich noch so anstrengen. Ihre Seele ist da, hier und jetzt, und ich kann sie fühlen, erfassen. Was will ich mehr?

Ich stelle den letzten Schädel aufs Regal zurück, setze mich auf den Boden und lehne mich an die Wand. Durch das Oberlicht hoch über mir kann ich die Wetterlage nicht erkennen, die Lichtverhältnisse versprechen aber nichts als düstere Wolken. Die trübe Dämmerung steht still im Zimmer wie weiche Flüssigkeit, die Schädel sind wieder in ihren tiefen Schlummer versunken. Ich schließe die Augen und lasse mir von der morgendlichen Kälte den Kopf kühlen. Als ich die Hände an die Wangen lege, merke ich, daß meine Finger noch ganz warm sind von den Lichtstrahlen.

Ich bleibe in der Ecke des Magazins sitzen, bis die Stille und die Kälte meine aufgewühlte Seele beruhigt haben. Ich habe kein Gefühl mehr für Zeit, sie kommt mir unzusammenhängend vor, aus dem Lot. Doch solange ich auch sitze, an dem fahlen Licht, das durch das Fenster einfällt, ändert sich nichts, die Schatten bleiben an denselben Stellen. Ich spüre, wie die Seele der Bibliothekarin in mir kreist, sich in meine eigene Identität mischt, wie ich sie mir einverleibe bis in die letzten Winkel meines Ichs. Es wird wohl noch einige Zeit dauern, bis ich mir ein klareres Bild ihrer Seele machen kann. Und noch länger, bis ich sie ihr erzählt haben werde und sie sich wieder in ihr verankert haben wird. Doch wie lange dies auch dauern, wie unvollkommen das Ganze auch bleiben mag – ich bin jetzt in der Lage, ihr die Seele zurückzugeben. Außerdem glaube ich fest daran, daß sie sie aus eigener Kraft wird vervollkommnen können.

Ich stehe auf und verlasse das Magazin. Die Bibliothekarin sitzt allein im Lesesaal am Tisch und wartet auf mich. Das trübe Dämmerlicht läßt ihre Konturen noch flüchtiger und verschwommener erscheinen als sonst. Es war eine lange Nacht für mich, aber auch für sie. Als sie mich sieht, steht sie wortlos auf und stellt die Kanne auf den Ofen. Während der Kaffee warm wird, wasche ich mir über der Spüle im Hinterzimmer die Hände und trockne sie mit dem Handtuch ab. Dann setze ich mich vor den Ofen, um mich aufzuwärmen.

»Na, wie geht's? Müde?« fragt sie.

Ich nicke. Ich habe zwölf Stunden ohne Pause durchgelesen, und mein Körper ist schwer wie ein Lehmklumpen; allein den Arm zu heben, kostet mich größte Mühe. Doch meine Seele hat die Erschöpfung nicht erreicht. Wie die Bibliothekarin am allerersten Tag sagte, als ich zum Traumlesen hierherkam: Egal, wie erschöpft der Körper ist, auf keinen Fall darf man die Müdigkeit in die Seele dringen lassen.

»Du hättest nach Hause gehen und dich ausruhen sollen«, sage ich. »Du hättest doch nicht hierzubleiben brauchen!«

Sie gießt Kaffee in eine Tasse und gibt sie mir. »Solange du hier bist, bleibe ich auch hier.«

»Ist das Vorschrift?«

»Ja, *meine* Vorschrift«, sagt sie lächelnd. »Was du da gelesen hast, ist außerdem *meine* Seele. Ich kann doch meine Seele nicht einfach irgendwo liegenlassen und weggehen, oder?«

Ich nicke und trinke den Kaffee. Die Zeiger der alten Standuhr stehen auf Viertel nach acht.

»Soll ich Frühstück machen?«

»Ich will nichts essen«, sage ich.

»Aber du hast doch seit gestern nichts mehr zu dir genommen!«

»Ich hab keinen Hunger. Ich will lieber sofort einschlafen. Macht es dir etwas aus, so lange bei mir sitzen zu bleiben und mich um halb drei zu wecken? Ich möchte gerne, daß du meinen Schlaf bewachst. Tust du das für mich?«

»Wenn du es wünschst«, sagt sie, immer noch mit einem Lächeln auf dem Gesicht.

»Es gibt nichts, was ich mir mehr wünschen würde«, sage ich.

Sie holt zwei Decken aus dem hinteren Zimmer und wickelt mich darin ein. Ihr Haar berührt meine Wange, genau wie damals. Ich mache die Augen zu und höre das Knistern der brennenden Kohle. Ihre Hand liegt auf meiner Schulter.

»Wann wird der Winter zu Ende sein?« frage ich sie.

»Das weiß ich nicht«, antwortet sie. »Niemand weiß, wann der Winter vorüber ist. Aber es dauert sicher nicht mehr allzu lange. Das wird der letzte große Schnee sein.«

Ich strecke die Hand aus und lege meine Finger auf ihre Wange. Sie schließt die Augen und genießt eine Weile die Wärme.

»Das ist meine Wärme, nicht wahr, mein Licht?«

»Wie fühlt es sich an?«

»Wie die Frühlingssonne«, sagt sie.

»Ich denke, ich kann dir von deiner Seele erzählen«, sage ich. »Das wird zwar seine Zeit dauern, aber wenn du nur fest daran glaubst, werde ich sie dir irgendwann mitteilen können, ganz bestimmt.«

»Ich weiß«, sagt sie. Dann legt sie sachte die Hände auf meine Augen. »Schlaf jetzt.«

Ich schlafe ein.

Sie weckt mich genau um halb drei. Ich stehe auf und ziehe Mantel, Schal, Handschuhe und Mütze an. Die ganze Zeit sagt sie nichts und trinkt nur ihren Kaffee. Da ich den Mantel neben den Ofen gehängt habe, ist er inzwischen vollkommen trocken und schön warm.

»Kannst du die Konzertina bitte für mich aufbewahren?« sage ich.

Sie nickt, nimmt die Konzertina vom Tisch, hält sie eine Weile in Händen, wie um ihr Gewicht abzuschätzen, und legt sie dann wieder an ihren Platz zurück.

»In Ordnung. Ich werde sie hüten wie meinen Augapfel«, sagt sie und nickt.

Draußen fallen nur noch vereinzelte Flocken; der Wind hat sich gelegt. Der heftige Schneesturm des gestrigen Abends scheint sich schon vor einigen Stunden ausgetobt zu haben, doch tief am Himmel hängen immer noch düstere, graue Wolken, die bereits den nächsten großen Schnee ankündigen, der die Stadt heimsuchen wird. Die augenblickliche Ruhe ist nur ein Intermezzo.

Als ich gerade die Westbrücke Richtung Norden überquert habe, sehe ich, wie jenseits der Mauer grauer Rauch aufzusteigen beginnt – wie immer um diese Zeit. Zunächst steigen wie aus Versehen weiße Rauchfetzen auf, die sich aber bald in die dunklen Schwaden riesiger Mengen verbrannten Fleisches verwandeln. Der Wächter ist also im Apfelwäldchen. Ich eile auf die Wachhütte zu und wundere mich selbst über die gestochen scharfen Fußabdrücke, die ich hinterlasse, denn der Schnee reicht mir bis kurz unters Knie. Lautlos und friedlich liegt die Stadt da, als würden alle ihre Geräusche vom Schnee geschluckt. Es weht kein Lüftchen, kein Vögelchen singt. Nur die Spikes meiner Schneestiefel fressen sich mit merkwürdig lautem Hallen in den frisch gefallenen Schnee.

In der Wachhütte herrscht wie immer atemberaubender Mief, niemand ist zu sehen. Das Feuer im Ofen kann erst vor kurzem erloschen sein, die Wärme liegt noch in der Luft. Auf dem Tisch steht dreckiges Geschirr, die Pfeife des Wächters liegt herum; Messer und Beile hängen in Reih und Glied an der Wand und blitzen weiß. Obwohl ich den Rauch gesehen habe, befällt mich in diesem Zimmer plötzlich die Wahnvorstellung, der Wächter könne jeden Augenblick lautlos hinter meinem Rücken auftauchen und mir mit seiner Pranke auf die Schulter hauen. Ich fühle mich, als würden das Bataillon von Messern, der Kessel, die Pfeife und all die anderen Dinge im Raum meinen Verrat im stillen mißbilligen.

Hastig strecke ich die Hand aus und nehme den Schlüsselbund von der Wand – wobei ich aber höllisch aufpasse, die unheimliche Messergarde nicht zu berühren. Die Schlüssel in der Faust, verschwinde ich durch den Hintereingang Richtung Schattenfeld. Blütenweiß und noch von jeglichen Fußspuren unberührt liegt es vor mir, nur der schwarze Stamm der Ulme ragt daraus auf. Für einen Augenblick kommt es mir vor wie eine heilige Stätte, die ich unmöglich mit meinen Füßen beflecken kann. Alles wirkt wohlgeordnet, in ausgewogener Ruhe, wie versunken im wohligen Schlaf der Gerechten. Der Wind hat den Schnee mit wunderschönen Mustern verziert; ein paar Ulmenäste haben ihre weiße Last abgeworfen und recken die gebogenen Arme erleichtert in den Himmel; nichts regt sich. Es hat beinahe völlig zu schneien aufgehört. Nur der Wind rauscht ab und zu leise über den Platz. Ich habe das Gefühl, *sie* werden mir wohl nie vergessen, daß ich ihren kurzen, friedlichen Schlaf mit Füßen getreten habe.

Aber es gibt jetzt kein Zurück mehr, zum Zaudern bleibt mir keine Zeit. Entschlossen packe ich den Schlüsselbund und stecke mit eisstarren Fingern die vier großen Schlüssel nacheinander ins Schloß. Keiner von ihnen paßt. Ich spüre, wie mir unter den Achseln der kalte Schweiß ausbricht. Ich versuche, mich noch einmal daran zu erinnern, wie der Wächter das Tor geöffnet hat. Er hatte diese vier Schlüssel, wie ich jetzt. Nein, es besteht kein Zweifel. Ich habe damals genau gezählt. Einer von diesen vieren muß ins Schloß passen.

Ich stecke die Schlüssel wieder in die Manteltasche zurück, reibe meine Hände, bis sie warm genug sind, und probiere dann die Schlüssel noch einmal der Reihe nach aus. Der dritte läßt sich problemlos bis zum Anschlag einführen. Mit lautem, trokkenen Knacken dreht er sich im Schloß. Auf dem menschenleeren Platz fährt mir der klare, metallene Ton durch Mark und Bein. Der Krach muß überall in der Stadt zu hören gewesen sein. Ich bleibe eine Weile wie versteinert stehen und lausche, die Hand am Schlüssel im Schloß – doch niemand scheint sich zu rühren. Ich kann weder Rufen noch Schritte vernehmen. Schließlich schiebe ich das schwere Eisentor einen Spalt weit auf, schlüpfe hindurch und lasse es möglichst lautlos ins Schloß zurückfallen.

Der Schnee auf dem Schattenfeld ist weich wie Schaum und verschlingt meine Füße vollkommen. Laut hallt das Knirschen meiner Schritte; es hört sich an, als würde ein riesiges Lebewesen bedächtig seine Beute zwischen den Zähnen zermalmen. Ich überquere den Platz, gehe an der hoch mit Schnee bedeckten Bank vorbei, hinter mir die gerade Linie von Fußabdrücken eines Zweibeiners zurücklassend. Die Ulmenzweige schauen bedrohlich zu mir herab. Von irgendwoher dringt der schrille Ruf eines Vogels an mein Ohr.

In der Hütte ist es noch kälter als draußen, mir gefriert fast das Blut in den Adern. Ich öffne die Falltür und steige die Leiter hinab.

Der Schatten sitzt auf seinem Bett und wartet auf mich.

»Ich dachte schon, du kommst nicht mehr!« sagt er und atmet dabei weiße Wölkchen aus.

»Ich hab es doch versprochen, oder? Und ich halte meine Versprechen«, sage ich. »Komm, laß uns schleunigst verschwinden. Der Gestank hier drin ist ja nicht zum Aushalten!«

»Ich komm die Leiter nicht mehr hoch«, stöhnt der Schatten. »Ich hab's eben schon versucht – es ging nicht. Sieht so aus, als ob ich doch schlechter dran bin, als ich dachte. Zum Lachen ist das! Da spiele ich die ganze Zeit den Schwächling und merke am Ende gar nicht mehr, wie schlecht es mir wirklich geht. Besonders die Kälte von gestern nacht scheint mir mächtig in die Knochen gefahren zu sein.«

»Ich schleppe dich mit hoch.«

Der Schatten schüttelt den Kopf. »Nein, das nützt alles nichts, wenn ich danach sowieso nicht weiterlaufen kann. Bis zu unserem Schlupfloch schaff ich es nie. Es ist alles aus und vorbei!«

»Du hast das Ganze angezettelt! Du kannst jetzt unmöglich im allerletzten Moment schlappmachen!« sage ich. »Ich trage dich – auf meinen Schultern. Egal, was passiert, du wirst hier rauskommen und weiterleben!«

Der Schatten sieht mich an; seine Augen liegen tief in den Höhlen. »Wenn du das sagst ... dann bin ich natürlich dabei«, sagt er. »Aber es wird ganz schöne Knochenarbeit für dich werden, mit mir auf dem Rücken durch den Schnee zu hetzen, das sage ich dir!«

Ich nicke. »Mit einem netten kleinen Spaziergang hab ich auch nicht gerechnet!«

Wie einen nassen Sack ziehe ich meinen Schatten die Leiter hoch, lade ihn auf die Schultern und trage ihn über den Platz. Rechts von uns ragt die kalte, schwarze Mauer auf und blickt schweigend uns und unseren Fußspuren nach. Ein Ulmenast kann seine schwere Last offenbar nicht mehr tragen, Schneeklumpen fallen zu Boden. Ich sehe, wie der Ast zurückschnellt und schwingt.

»Ich hab fast gar kein Gefühl mehr in den Beinen«, sagt der Schatten. »Ich hatte mir fest vorgenommen, mich körperlich fit zu halten, während ich den Kranken spielte, damit ich nicht so abbaue, aber der Raum war zu klein dafür.«

Ich schleife den Schatten hinter mir her durch das Eisentor

und zur Wachhütte. Vorsichtshalber hänge ich den Schlüsselbund an seinen Platz zurück. Vielleicht – wenn alles gutging – würde der Wächter zunächst gar nicht bemerken, daß wir geflohen sind.

»Und jetzt – wohin gehen wir?« frage ich den Schatten, der zitternd vor dem längst erkalteten Ofen steht.

»Nach Süden, zum See«, sagt er.

»Zum See?« wiederhole ich unwillkürlich. »Und was gibt es da?«

»Na, den See natürlich, was denn sonst. Wir springen hinein und fliehen. Um diese Jahreszeit werden wir uns aller Voraussicht nach eine Erkältung zuziehen, aber einen luxuriöseren Abgang können wir uns in unserer Lage nicht leisten.«

»Aber in dem See gibt es heftige Strudel, die uns hinunterziehen bis zum Grund. Wenn wir da hineinspringen, sind wir in Null Komma nichts tot!«

Der Schatten zittert am ganzen Leibe und hustet ein paarmal. »Nein, das stimmt nicht. Es gibt nur diesen einen Ausweg aus der Stadt. Ich habe das Problem von vorne und hinten durchdacht und in alle Richtungen gedreht und gewendet. Unser Fluchtweg ist der See im Süden! Einen anderen kann es gar nicht geben. Sicher, deine Furcht ist nicht ganz unbegründet. Aber vertrau mir und laß mich machen, nur dieses eine Mal noch. Ich setze schließlich mein Leben aufs Spiel, und da werd ich den Teufel tun und leichtfertig handeln. Genaueres erklär ich dir auf dem Weg. In einer oder anderthalb Stunden kommt der Wächter zurück. Er wird ziemlich bald entdecken, daß wir abgehauen sind, und uns verfolgen. Wir können es uns nicht leisten, hier herumzutrödeln!«

Draußen vor der Wachhütte ist niemand zu sehen. Im Schnee gibt es nur zwei Fußspuren: meine eigenen, die zur Hütte führen, und die des Wächters, die wegführen, Richtung Tor. Außerdem die Radspuren seines Karrens. Ich nehme den Schatten wieder Huckepack. Er ist abgemagert und deshalb ganz leicht geworden; trotzdem bedeutet er eine ziemliche Last für mich, besonders als ich den Hügel hinaufzusteigen beginne. Ob ich in der Lage sein werde, das die weite Strecke durchzuhalten, kann ich selbst noch nicht abschätzen, zumal sich mein Körper an das leichte Leben ohne Schatten gewöhnt hat. »Zum See ist es ziemlich weit. Wir müssen über die Ostseite des Westhügels, dann um den Südhügel herum und zu guter Letzt den Weg durch das Dickicht hinter uns bringen.«

»Denkst du, daß das überhaupt zu machen sein wird?«

»Jetzt sind wir schon so weit gekommen, wir müssen es eben versuchen«, entgegne ich.

Wir machen uns also durch die verschneite Landschaft Richtung Osten auf. Ganz deutlich sind noch die Fußspuren zu sehen, die ich beim Hinweg hinterlassen habe; sie geben mir das Gefühl, an meinem vergangenen Ich vorüberzugehen. Außer meinen eigenen Spuren sind nur noch die zierlichen Hufabdrücke der Tiere zu sehen. Ich blicke zurück; jenseits der Mauer steigt immer noch die Rauchsäule auf. Dick, grau und kerzengerade sieht sie aus wie eine aschfarbene Pagode des Unglücks, deren Spitze von den Wolken verschlungen wird. Ihrer Dicke nach zu urteilen, hat der Wächter heute eine riesige Menge Tiere zu verbrennen. Die Schneemassen, die in der Nacht heruntergekommen sind, haben wohl so viele getötet wie nie zuvor. Es wird zweifellos einige Zeit in Anspruch nehmen, bis er sie alle verbrannt hat, und das bedeutet für uns, daß mit seiner Verfolgung erst viel später als angenommen zu rechnen ist. Mir kommt es so vor, als wollten die Tiere uns durch ihren stillen Tod bei der Flucht helfen.

Auf der anderen Seite jedoch behindert mich der tiefe Schnee. Er setzt sich zwischen den Spikes fest und vereist; meine Füße werden schwer wie Blei, ich rutsche. Warum habe ich bloß nicht daran gedacht, mir Schneeschuhe, Skier oder so etwas zu besorgen, bereue ich im stillen. In einer Gegend, wo so viel Schnee fällt, muß es so etwas einfach geben. In der Abstellkammer der Wachhütte hätte ich bestimmt etwas Brauchbares finden können, zumal der Wächter dort alle möglichen und unmöglichen Geräte aufbewahrt. Aber jetzt kann ich nicht mehr zur Hütte zurück. Ich bin schon kurz vor der Westbrücke; ich würde eine

Menge Zeit verlieren, wenn ich jetzt wieder umkehrte. Mir wird heißer und heißer, der Schweiß tropft mir von der Stirn.

Der Schatten hinter mir dreht sich um und sagt, mit Blick auf den zurückliegenden Weg: »Die Fußspuren werden uns sofort verraten.«

Während ich weiter durch den Schnee stapfe, stelle ich mir vor, wie uns der Wächter verfolgt. Vermutlich wird er uns durch den Schnee hinterherrennen wie der Teufel persönlich. Er ist ungleich kräftiger als ich, überhaupt kein Vergleich, und er muß keinen Schatten tragen. Außerdem kann ich sicher sein, daß er die richtige Ausrüstung hat, um sich im Schnee vollkommen problemlos bewegen zu können. Jeder Schritt Vorsprung ist wertvoll, bevor er in seine Hütte zurückkehrt, sonst ist alles aus!

Ich sehe die Bibliothekarin vor mir, wie sie im Lesesaal vor dem Ofen sitzt und auf mich wartet. Die kleine Ziehharmonika liegt auf dem Tisch, im Ofen glühen die Kohlen, die Kaffeekanne dampft. Ich kann fühlen, wie ihr Haar meine Wange berührt, kann ihre Hand auf meiner Schulter spüren. – Nein, ich darf den Schatten hier nicht sterben lassen! Wenn der Wächter ihn zu fassen kriegt, wirft er ihn wieder in das Kellerloch zurück, wo der sichere Tod auf ihn wartet. Ich nehme alle meine Kräfte zusammen, setze einen Fuß vor den anderen, rechts, links, rechts, links – und drehe mich wieder und wieder um, um mich zu vergewissern, daß jenseits der Mauer immer noch grauer Rauch aufsteigt.

Auf dem Weg treffen wir ein paar Tiere. Sie irren im tiefen Schnee umher und suchen vergebens nach Futterresten. Mit ihren tiefen, blauen Augen schauen sie, wie ich mit dem Schatten auf dem Rücken, weißen Atem verströmend, an ihnen vorüberziehe. Sie scheinen genauestens Bescheid zu wissen über uns und die Bedeutung unseres Tuns.

Als es steiler wird, bleibt mir die Luft weg. Das Gewicht des Schattens beginnt Wirkung zu zeigen, meine Füße bleiben förmlich im Schnee stecken. Genau besehen, habe ich mich schon ewig nicht mehr sportlich betätigt. Mein weißer Atem wird immer dichter, die Schneeflocken, die jetzt wieder heruntersegeln, beißen in den Augen.

»Alles in Ordnung?« fragt der Schatten hinter mir. »Mußt du dich ein bißchen ausruhen?«

»Nur fünf Minuten, tut mir leid. In fünf Minuten bin ich wieder okay.«

»Völlig in Ordnung, mach dir keine Sorgen. Daß ich nicht laufen kann, ist schließlich meine Schuld. Du kannst so lange Pause machen, wie du Lust hast. Mein Gott, ich scheine dir wirklich alles vorzuschreiben!«

»Aber das hier tue ich doch auch für mich«, sage ich. »Oder etwa nicht?«

»Ich will es hoffen«, sagt der Schatten.

Ich setze ihn ab, lasse mich in den Schnee fallen und schnappe nach Luft. Mein Körper ist derart überhitzt, daß ich nicht einmal mehr die Kälte des Schnees spüre. Meine Beine sind steif und starr, sie fühlen sich an wie zwei Steine, die mir von der Hüfte bis zu den Zehenspitzen reichen.

»Doch manchmal kommen sogar mir Zweifel«, sagt der Schatten. »Zum Beispiel, daß du hier vielleicht doch zufrieden und glücklich hättest werden können, wenn ich nur den Mund gehalten hätte und ohne Aufhebens gestorben wäre.«

»Ja, vielleicht«, sage ich.

»Und ich habe es dir vermasselt.«

»Was du mir gesagt hast, *mußte* ich wissen«, sage ich.

Der Schatten nickt. Dann schaut er hoch und sagt mit einem Blick auf den grauen Rauch, der aus dem Apfelwäldchen aufsteigt: »Sieht ganz danach aus, daß der Wächter noch ein Weilchen braucht, bis er alle Tiere verbrannt hat. Den Aufstieg haben wir außerdem bald geschafft. Dann müssen wir nur noch außen um den Südhügel, und wir sind fürs erste in Sicherheit. Der Wächter kann uns nicht mehr einholen.« Der Schatten hebt eine Handvoll von dem weichen Schnee auf und läßt ihn wieder auf den Boden rieseln. »Am Anfang war es nur eine Art Intuition, daß ich von der Existenz eines geheimen Ausgangs aus dieser Stadt überzeugt war. Aber dann wurde es mehr und mehr zur Gewißheit. Warum? Weil diese Stadt vollkommen ist. Und Vollkommenheit setzt voraus, daß es alle denkbaren Möglichkeiten gibt. Genaugenommen ist das hier nicht einmal eine Stadt, sondern etwas Fließendes, ein ganzer Kosmos. Die Stadt bietet alle Möglichkeiten, ändert unaufhörlich ihr Aussehen und erhält sich damit die Vollkommenheit. Das heißt, Vollendung bedeutet in dieser Welt hier keinen starren Zustand, sondern einen allmählichen Prozeß, Bewegung. Wenn ich mir also einen Fluchtweg wünsche, gibt es auch einen! Verstehst du, was ich meine?«

»Nur zu gut!« sage ich. »Ich bin auch erst gestern darauf gekommen. Daß das hier eine Welt der Möglichkeiten ist, meine ich. Hier gibt es alles – und nichts.«

Der Schatten bleibt im Schnee sitzen und sieht mich lange an. Er sagt kein Wort, nickt nur ein paarmal. Es schneit jetzt etwas stärker. Auf die Stadt scheint wieder ein Schneesturm zuzukommen.

»Setzt man erst einmal voraus, daß es einen Ausgang gibt, braucht man bloß noch die unwahrscheinlichen Stellen auszuschließen«, fährt der Schatten fort. »Als erstes kann man das Tor streichen. Selbst wenn wir durch das Tor fliehen könnten – der Wächter hätte uns im Nu wieder eingefangen. Der Kerl kennt doch in der Gegend da jeden Ast und jeden Grashalm! Außerdem denken alle bei Flucht sofort an das Tor. Der Ausgang kann unmöglich an einer Stelle sein, die einem sofort einfällt. Die Mauer kann man auch ausschließen. Ebenso das Osttor. Das ist absolut dicht; der Zulauf des Flusses ist mit dicken Gittern versperrt. Da kommt man auf keinen Fall durch. Also bleibt nur noch der See im Süden. Wir werden die Stadt gemeinsam mit dem Fluß verlassen.«

»Bist du ganz sicher?«

»Ja, absolut. Das kann man doch förmlich riechen! Alle anderen Ausgänge sind schwerstens verbarrikadiert, nur der See nicht, ihn hat man einfach so gelassen, keinen Finger hat man gerührt. Nicht einmal umzäunt ist er. Findest du das nicht komisch? Nur einen *Zaun aus Angst* haben sie um den See gezogen. Wenn wir es schaffen, diese Angst zu überwinden, dann können wir die Stadt besiegen.«

»Wann ist dir das denn aufgefallen?«

»Als ich den Fluß zum erstenmal sah. Der Wächter hat mich einmal mitgenommen, fast bis zur Westbrücke. Ich sah den Fluß und dachte, man merkt ihm absolut nichts Böses an, im Gegenteil, das Wasser sprüht vor Lebenskraft. Ich dachte, wenn wir diesem Wasser folgen, wenn wir uns dem Fluß anvertrauen, dann wird er uns aus der Stadt herausführen, zurück in die Welt, wo das echte, wirkliche Leben ist. Kannst du glauben, was ich sage?«

»Ja«, sage ich. »Ich kann glauben, was du sagst. Vielleicht wird uns der Fluß dorthin führen. Zurück in die Welt, die wir hinter uns gelassen haben. Ich kann mich jetzt an immer mehr Details aus dieser Welt erinnern. An die Luft, die Geräusche, das Licht – an all das. Ein Lied hat mir die Erinnerungen zurückgebracht.«

»Ich kann dir nicht sagen, ob diese Welt so toll ist, ich weiß es auch nicht«, sagt der Schatten. »Aber es ist zumindest die Welt, in die wir gehören. Eine Welt, in der es Gutes gibt und Schlechtes und Dinge, die weder gut sind noch schlecht. Du wurdest dort geboren, und du wirst dort sterben. Wenn du stirbst, werde auch ich verschwinden. Das ist das Natürlichste von der Welt.«

»Vielleicht hast du recht«, sage ich.

Dann sehen wir beide noch einmal auf die Stadt hinunter. Der Uhrturm, der Fluß, die Brücken, die Mauer, der Rauch – alles ist hinter heftigem Schneetreiben verschwunden. Wir sehen nur noch eine einzige riesige Schneewand, die wie ein Wasserfall vom Himmel auf die Erde herunterbraust.

»Komm, laß uns weitergehen, oder hast du dich noch nicht erholt?« fragt der Schatten. »Bei diesem Wetter bricht der Wächter die Einäscherung der Tiere vielleicht vorzeitig ab und geht früher nach Hause.«

Ich nicke, stehe auf und klopfe mir den Schnee von der Mütze.

## Popcorn, Lord Jim, Erlöschen

Auf dem Weg zum Park hielt ich bei einem Getränkehändler und kaufte Dosenbier. Auf meine Frage, welche Marke sie bevorzuge, antwortete die Bibliothekarin, das sei ihr egal – Hauptsache, es schäume und schmecke nach Bier. Das deckte sich in etwa mit meiner Auffassung. Über uns erstreckte sich der Himmel so fleckenlos blau, als wäre er gerade erst erschaffen worden, und es war Anfang Oktober: Was wollte man da groß nach der Marke fragen – Hauptsache, es schäumte und schmeckte nach Bier.

Da ich aber Geld übrig hatte, erstand ich sechs Dosen Importbier. Die goldenen Miller Highlife-Dosen funkelten, als hätte die Sonne höchstselbst sie gefärbt. Auch Duke Ellington paßte wunderbar zu dem heiteren Oktobermorgen. Ellington würde allerdings auch zu einem Silvesterabend am Südpol passen.

Die Hände am Steuer, pfiff ich Lawrence Browns einzigartiges Posaunensolo in *Do Nothing Till You Hear From Me* mit. Dann spielte Johnny Hodges sein Solo in *Sophisticated Lady*.

Ich parkte den Wagen am Hibiya-Park, dann legten wir uns auf den Rasen und tranken Bier. In dem montagmorgendlichen Park war es still und leer wie auf dem Deck eines Flugzeugträgers nach dem Start aller Maschinen. Nur Grüppchen von Tauben wanderten hier und da auf dem Rasen umher, als absolvierten sie Aufwärmübungen.

»Keine Wolke am Himmel!« sagte ich.

»Da hinten ist eine«, sagte sie und deutete mit dem Finger über die Hibiya Hall. Eine Wolke, zweifellos. Weiß wie ein Wattebausch hing sie an der Astspitze eines Kampferbaumes.

»Ein Wölkchen«, sagte ich. »Das zählt nicht.«

Sie hielt sich die Hand über die Augen, um die Wolke genau zu betrachten. »Na ja, klein ist sie schon«, sagte sie.

Lange sahen wir uns wortlos das bißchen Wolke an, dann machten wir unser zweites Bier auf.

»Warum hast du dich scheiden lassen?« fragte sie.

»Im Sommer vor fünf oder sechs Jahren ist meine Frau weg. Und kam nicht wieder. Das ist alles.«

»Hast du sie nie wiedergesehen?«

»Nein«, sagte ich, setzte die Dose an und nahm einen langen Schluck. »Wozu auch?«

»Habt ihr euch nicht gut verstanden?«

»Doch, sehr gut sogar«, sagte ich, die Dose betrachtend. »Das hat mit dem eigentlich Wesentlichen aber nicht viel zu tun. Man schläft zu zweit im selben Bett und ist, wenn man die Augen zumacht, doch allein. Verstehst du, was ich meine?«

»Ja, ich glaub schon.«

»Man kann die Menschen nicht alle in die eine oder andere Schublade stecken, die Visionen, die Träume und Vorstellungen, die sie haben, aber schon, glaube ich. Im wesentlichen gibt es zwei Sorten: allumfassende und begrenzte. Ich lebe eher in einer klar abgegrenzten Vorstellungswelt. Wo man die Grenzen zieht, ist nicht das Problem. Nur irgendwo müssen welche sein. Diese Auffassung teilt aber noch lange nicht jeder.«

»Selbst wenn man sie teilt, könnte man bemüht sein, die Grenzen weiter nach außen zu verschieben.«

»Mag sein. Ich jedenfalls nicht. Muß man Musik denn unbedingt auf Stereo hören? Ist Musik nur dann und nur deshalb Musik, wenn man die Geigen von links und den Kontrabaß von rechts hört? Das ist doch nichts weiter als eine Komplizierung des Mittels, Bilder zu erzeugen.«

»Ist das nicht ein bißchen eigensinnig?«

»Das hat sie auch immer gesagt.«

»Wer? Deine Frau?«

»Ja«, sagte ich. »Schwarz-weiß und inflexibel. Bier?«

»Danke«, sagte sie.

Ich riß das vierte Miller Highlife auf und gab es ihr.

»Wie siehst du dich denn selbst?« fragte sie. Sie trank nicht, sondern starrte nur in das Loch in der Dose.

»Hast du *Die Brüder Karamasow* gelesen?« fragte ich.

»Ja. Ist aber schon lange her.«

»Lies es ruhig noch einmal. Da steht allerhand drin. Ziemlich am Ende sagt Aljoscha zu dem jungen Studenten Kolja Krasotkin: ›Hören Sie, Kolja, unter anderem werden Sie im Leben auch ein sehr unglücklicher Mensch sein. Aber im ganzen werden Sie dennoch das Leben preisen.‹« Ich leerte mein zweites Bier und öffnete nach kurzem Zögern das dritte. »Aljoscha«, fuhr ich fort, »weiß alles mögliche. Doch als ich den Satz das erstemal las, hatte ich ziemliche Zweifel: Kann man ein unglückliches Leben im ganzen wirklich preisen?«

»Und hast du deshalb dein eigenes eng abgegrenzt?«

»Vielleicht«, sagte ich. »Eigentlich hätte ich anstelle deines Mannes im Bus mit einer Eisenvase erschlagen werden sollen. Das wäre der mir angemessene Tod gewesen. Direkt, zusammenhanglos, ein geschlossenes Bild. Und keine Zeit zum Nachdenken.«

Ich hob den Kopf und schaute in die Richtung, wo vorhin die Wolke gewesen war. Sie war weg. Verborgen vom Laub des Kampferbaumes.

»Kann ich auch mit hinein in deine begrenzte Welt?« fragte sie.

»Jeder kann hinein, und jeder kann sie wieder verlassen«, sagte ich. »Das ist das Schöne an begrenzten Welten. Nur bitte beim Hereinkommen die Schuhe gut abtreten, und beim Verlassen die Türe schließen. Daran halten sich alle.«

Sie lachte, stand auf und klopfte sich das Gras von der Baumwollhose. »Gehn wir! Es wird doch langsam Zeit, oder?«

Ich sah auf die Armbanduhr. 10 Uhr 22.

»Ich fahr dich nach Hause«, sagte ich.

»Nein, laß«, sagte sie. »Ich geh hier noch ins Kaufhaus und fahr dann mit der Bahn nach Hause. Das ist besser so.«

»Gut, dann verabschieden wir uns hier. Ich bleib noch ein bißchen, mir gefällt's hier.«

»Vielen Dank für den Nagelknipser.«

»Keine Ursache«, sagte ich.

»Rufst du mich an, wenn du zurück bist?«

»Ich komme in die Bücherei«, sagte ich. »Ich sehe gerne Leuten beim Arbeiten zu.«

»Auf Wiedersehen!« sagte sie.

Wie Joseph Cotten im *Dritten Mann* sah ich ihr lange nach, wie sie sich auf dem schnurgeraden Weg mitten durch den Park entfernte. Nachdem sie zwischen den Bäumen verschwunden war, beobachtete ich die Tauben. Jede hatte ihren besonderen Gang. Ein Weilchen später kam eine Dame mit einem kleinen Mädchen an der Hand und streute Popcorn aus, so daß die Tauben in meiner Nähe alle aufflogen, dem Popcorn zu. Das Mädchen war drei, vier Jahre alt und lief, wie alle Mädchen in diesem Alter, mit ausgebreiteten Armen auf die Tauben zu, um sie zu umarmen. Die ließen sich natürlich nicht einfangen, Tauben führen ihr eigenes kleines Leben. Die vornehme Mutter warf nur einmal einen kurzen Blick zu mir, dann sah sie nicht mehr her. Jemand, der am frühen Montagmorgen im Park auf dem Rasen liegt, fünf leere Bierdosen neben sich, kann kein anständiger Mensch sein.

Ich schloß die Augen und versuchte, mich an die Namen der Brüder Karamasow zu erinnern. Mitja, Iwan, Aljoscha und der uneheliche Smerdjakow. Wie viele Menschen mochte es wohl auf der Welt geben, die die Namen der Brüder Karamasow hersagen konnten?

Den Himmel betrachtend, kam ich mir vor wie ein kleines Boot, das in den Weiten des Ozeans treibt. Kein Wind, keine Wellen, nur ich, der dort treibt. Ein auf dem Ozean treibendes Boot hat etwas Besonderes, sagt Joseph Conrad in *Lord Jim*, im Schiffbruch-Abschnitt. Der Himmel war hoch und strahlte heiter wie eine über jeden menschlichen Zweifel erhabene Idee. Von der Erde aus betrachtet erscheint der Himmel mitunter als reines Kondensat allen Daseins. Ebenso das Meer. Wenn man tagelang das Meer betrachtet, glaubt man, die Welt sei nichts als Meer. Conrad dachte wahrscheinlich genau wie ich. Ein in die Weiten des Ozeans geworfenes, von der Fiktion Schiff losgelöstes Boot hat in der Tat etwas Besonderes, etwas, dem sich niemand entziehen kann.

Ich trank, auf dem Rasen liegend, das letzte Bier, rauchte eine Zigarette und vertrieb alle literarischen Gedanken. Die Realität rief. Mir blieben nur noch eine Stunde und ein paar Minuten.

Ich stand auf und brachte die leeren Bierdosen zum Abfalleimer. Dann nahm ich die Kreditkarten aus dem Portemonnaie und verbrannte sie im Aschenbecher. Die vornehme Mutter schaute wieder kurz zu mir her. Ein anständiger Mensch verbrennt montags morgens im Park nicht seine Kreditkarten. Zuerst verbrannte ich die American Express-, dann die Visa-Karte. Sie fingen lustig Feuer. Ich spielte mit dem Gedanken, auch die Paul Stuart-Krawatte zu verbrennen, ließ es dann aber sein. Es wäre zu auffällig gewesen, und es bestand auch gar keine Notwendigkeit, die Krawatte zu verbrennen.

Anschließend erstand ich am Kiosk zehn Tüten Popcorn, von denen ich neun für die Tauben auf dem Boden verstreute und eine auf einer Bank selbst verzehrte. Die Tauben scharten sich um das Popcorn wie Statisten in einem Film zum Jubiläum der Oktoberrevolution. Ich aß mit ihnen. Ich hatte schon lange kein Popcorn mehr gegessen, es schmeckte wirklich gut.

Die vornehme Mutter und ihre kleine Tochter schauten dem Springbrunnen zu. Die Mutter schien ungefähr in meinem Alter zu sein. Sie erinnerte mich an meine Klassenkameradin, die den Revoluzzer geheiratet, ihm zwei Kinder geboren hatte und dann spurlos verschwunden war. Die konnte nicht einmal mehr mit ihren Kindern in den Park gehen. Wie sie das empfand, wußte ich natürlich nicht, doch mir schien, daß ich zumindest in dem Punkt, daß mein Leben bald vorbei sein würde, mit ihr etwas gemeinsam hatte. Sie würde wahrscheinlich abstreiten, irgend etwas mit mir gemeinsam zu haben. Wir hatten uns fast zwanzig Jahre nicht gesehen, zwanzig Jahre, in denen sich allerhand ereignet hatte. Unser Umfeld war verschieden, und wir dachten verschieden. Beide verabschiedeten wir uns aus unserem Leben, doch sie hatte es, anders als ich nun, aus freien Stücken getan. Mir hatte man im Schlaf mit Gewalt das Laken weggezogen.

Bestimmt würde sie mich dafür kritisieren. Was hast du denn schon gewählt, hm? würde sie sagen. Und sie hätte recht. Ich hatte nicht gewählt, nichts. Höchstens, daß ich dem Professor verziehen und mit seiner Enkelin nicht geschlafen hatte. Doch was half mir das? Würde sie aufgrund dessen zugestehen, daß ich meine Rolle bei der Auslöschung meiner selbst damit erfüllt hatte?

Ich wußte es nicht. Zwischen uns lag ein Graben von zwanzig Jahren. Was sie aufgrund welcher Überlegungen zugestehen würde und was nicht, lag außerhalb dessen, was ich mir vorstellen konnte.

Innerhalb lag fast nichts mehr. Nur Tauben, ein Springbrunnen, Rasen, eine Mutter mit Kind. Und doch dachte ich beim Anblick dieses Bildes das erstemal in diesen Tagen, daß ich nicht aus dieser Welt scheiden wollte. In welche andere Welt ich käme, war mir scheißegal. Sollte ich in den vergangenen fünfunddreißig Jahren 93 Prozent meiner besten Zeit aufgebraucht haben, bitte sehr, so wollte ich doch an den verbleibenden sieben festhalten und den weiteren Verlauf *dieser* Welt verfolgen. Warum, weiß ich nicht, aber das schien mir meine Pflicht zu sein. Irgendwann hatte ich angefangen, mein Leben zu verpfuschen, gewiß. Aber immer hatte es irgendwelche Gründe dafür gegeben, ich mußte handeln, wie ich handelte, auch wenn niemand es verstehen konnte.

Doch dieses verpfuschte Leben aufgeben, es wegwerfen wollte ich nicht. Ich hatte die Pflicht, es zu Ende zu leben. Andernfalls wäre ich mir selbst gegenüber nicht aufrichtig. Nein, mein Leben wegwerfen durfte ich nicht.

Wenn mein Erlöschen bei niemandem Trauer erzeugte, wenn in niemandes Herzen eine Lücke blieb, wenn es so gut wie von niemand überhaupt bemerkt wurde, dann war das allein mein Problem. Ja, ich hatte viel verloren, viel zuviel. Außer mir selbst hatte ich, schien mir, kaum noch etwas zu verlieren. Doch der Nachglanz dessen, was ich verloren hatte, glühte weiter in mir, er war es, der mich mein Leben hatte weiterleben lassen.

Nein, ich wollte nicht weg aus dieser Welt. Wenn ich die

Augen schloß, spürte ich deutlich das Schwanken und Wanken meiner Seele. Keine Trauer, keine Einsamkeit, sondern mächtige Wellenbewegungen, die mein Dasein von Grund auf in Bewegung brachten. Eine Welle nach der anderen rollte heran. Ich lehnte mich auf der Bank zurück, stützte die Ellbogen auf und widerstand. Niemand kam mir zu Hilfe. Niemand konnte mich retten. Wie auch ich nie jemanden gerettet hatte.

Ich hätte gerne laut geschluchzt, doch weinen durfte ich nicht. Für Tränen war ich schon zu alt, hatte ich schon zu viel durchgemacht. Es gibt eine Trauer, die man nicht beweinen kann. Eine Trauer, die man niemandem erklären kann und die niemand, selbst wenn man sie erklären könnte, begreifen kann. Diese Trauer läßt sich in nichts transformieren, sie legt sich leise auf die Seele, wie Schnee in einer windstillen Nacht.

In jüngeren Jahren habe ich versucht, diese Trauer in Worte zu fassen. Doch wie viele Worte ich auch fand, ich konnte mich niemandem mitteilen, nicht einmal mir selbst, so daß ich es am Ende aufgab. Ich schloß meine Sprache, und ich schloß mein Herz. Tiefe Trauer findet nicht einmal mehr Tränen.

Ich wollte eine Zigarette rauchen, doch die Schachtel war weg. In meiner Tasche steckte nur das Streichholzbriefchen. Es enthielt nur noch drei Hölzchen. Ich zündete eins nach dem anderen an und warf sie auf den Boden.

Als ich erneut die Augen schloß, waren die Wellen weg. Nur sachtes Schweigen schwebte wie Staub in meinem Kopf. Lange fixierte ich diesen Staub. Er hob sich nicht, noch senkte er sich. Er schwebte nur. Ich spitzte die Lippen und atmete ein, doch der Staub rührte sich nicht. Kein Sturm der Welt würde ihn aufwirbeln können.

Dann dachte ich an die Bibliothekarin, von der ich mich gerade verabschiedet hatte. An ihr Samtkleid, ihre Strümpfe und ihren Slip, die auf dem Teppich gelegen hatten. Ob sie immer noch dort lagen, so, als wären sie die Bibliothekarin selbst? War ich ihr gegenüber aufrichtig gewesen? Nein, wohl kaum. Doch wer verlangte schon Aufrichtigkeit? Niemand! Niemand außer mir! Welchen Sinn aber hatte ein Leben ohne Aufrichtigkeit? Ich mochte sie genauso, wie ich ihre Kleider mochte, die sie auf den Boden geworfen hatte. War das eine Form meiner Aufrichtigkeit?

Aufrichtigkeit ist einer der Begriffe, die nur in einer sehr begrenzten Welt verstanden werden. Und doch erstreckt er sich auf alles. Auf Schnecken, auf Eisenwarenhandlungen, auf die Ehe. Niemand braucht sie, doch für mich ist sie das einzige, was ich zu geben habe. In diesem Sinne ähnelt die Aufrichtigkeit der Liebe. Was man gibt, stimmt nicht mit dem überein, was der andere braucht. Gerade deshalb ist vieles an mir vorübergegangen, ist vieles *in mir* vorübergegangen.

Womöglich sollte ich mein Leben bereuen. Auch das wäre eine Form von Aufrichtigkeit. Doch ich habe nichts zu bereuen. Wenn es wie der Wind an mir vorbeigerauscht sein sollte, so war es doch nur, wie ich es gewollt hatte. Und geblieben ist nichts als der weiße Staub in meinem Kopf.

Am Kiosk kaufte ich Zigaretten und Streichhölzer und rief für alle Fälle noch einmal bei mir zu Hause an. Ich rechnete nicht damit, daß jemand abheben würde, doch als letzten Akt noch einmal bei sich selbst anzurufen, schien mir keine schlechte Idee zu sein. Klar und deutlich stand mir das klingelnde Telefon vor Augen. Wider Erwarten nahm jedoch jemand beim dritten Klingeln ab. Und sagte »Hallo?« Es war das dicke, rosafarbene Mädchen.

»Bist du immer noch da?« fragte ich erschrocken.

»Wo denkst du hin?« sagte die Dicke. »Ich bin schon wieder zurück. Soviel Zeit hätte ich mir nun doch nicht lassen können. Ich wollte nur das Buch zu Ende lesen.«

»Den Balzac?«

»Ja. Der Roman ist wirklich interessant. Man spürt so etwas wie die Macht des Schicksals.«

»Und?« fragte ich. »Hast du deinen Großvater herausgeschleust?«

»Natürlich. Es war ganz einfach. Das Wasser war zurückgegangen, und ich kannte ja den Weg. Außerdem hatte ich vorsorglich U-Bahn-Karten gekauft. Großvater geht es gut. Er läßt dich grüßen.«

»Ich danke«, sagte ich. »Was hat er denn jetzt vor?«

»Er ist nach Finnland abgereist. In Japan könne er sich nicht auf seine Studien konzentrieren, es gäbe zuviel Ärger. Er richtet sich ein Labor in Finnland ein. An einem schönen, stillen Ort. Mit Rentieren.«

»Und du? Fährst du nicht?«

»Ich hab mich entschlossen hierzubleiben, in deiner Wohnung.«

»In meiner Wohnung?«

»Ja, warum nicht? Sie gefällt mir sehr. Die Tür lass' ich reparieren, Kühlschrank, Video und so kaufe ich noch. War alles kaputt. Hast du etwas dagegen, wenn ich das Bett rosa beziehe und rosa Vorhänge anbringe?«

»Nein.«

»Außerdem möchte ich eine Zeitung abonnieren. Wegen des Fernsehprogramms.«

»Nur zu«, sagte ich. »Aber in der Wohnung zu bleiben ist gefährlich. Es könnten welche vom *System* auftauchen, oder Semioten.«

»Das macht mir nichts«, sagte sie. »Die sind hinter Großvater her und hinter dir, ich habe damit nichts zu tun. Gerade eben waren zwei komische Kerle da, ein großer und ein kleiner, ich hab sie verjagt.«

»Wie hast du das denn gemacht?«

»Ich hab dem großen ein Ohr abgeschossen. Dem wird das Trommelfell geplatzt sein. Nichts Ernstes.«

»In der Wohnung schießen, gab das keinen Riesenauflauf?«

»Nicht die Spur«, sagte sie. »Bei einem einzelnen Schuß denken die Leute höchstens, ein Auto hätte fehlgezündet. Wenn man rumballert, klar, aber ich bin gut, bei mir genügt ein Schuß.«

»Junge, Junge«, sagte ich.

»Übrigens denke ich daran, dich einzufrieren, wenn du das Bewußtsein verloren hast. Was hältst du davon?«

»Bitte sehr, ganz wie du willst. Ich werde sowieso nichts mehr spüren«, sagte ich. »Ich fahr jetzt zum Hafen, Harumi-Pier, da kannst du mich auflesen. Ich fahre einen weißen Carina 1800 GT Twin Turbo. Ich kann ihn dir nicht weiter beschreiben, jedenfalls läuft eine Kassette von Bob Dylan.«

»Bob wer?«

»Er singt wie ein kleines Kind, das ...«, wollte ich erklären, doch dann war es mir zuviel. »Ein Sänger, der krächzt!«

»Wenn ich dich einfriere, entwickelt Großvater vielleicht in der Zwischenzeit eine neue Methode, um dich wiederherzustellen. Allzu große Hoffnungen solltest du dir nicht machen, aber die Möglichkeit besteht immerhin.«

»Wer ohne Bewußtsein ist, macht sich keine Hoffnungen«, stellte ich klar. »Wer friert mich denn ein? Du selbst etwa?«

»Keine Angst, das geht in Ordnung. Einfrieren ist meine Spezialität. In Tierexperimenten habe ich schon Hunde und Katzen eingefroren, die noch ziemlich lebendig waren. Ich friere dich ein und versteck dich an einem Ort, wo dich niemand findet«, sagte sie. »Wenn alles gutgeht und du dein Bewußtsein wiedererlangst, schläfst du dann mit mir?«

»Sicher«, sagte ich. »Wenn du dann noch mit mir schlafen willst.«

»Ich meine, so richtig?«

»Ich werde mein Bestes geben«, sagte ich. »Doch wer weiß, in wie vielen Jahren das sein wird.«

»Jedenfalls werde ich nicht mehr siebzehn sein«, sagte sie.

»Der Mensch wird älter«, sagte ich. »Auch wenn man ihn einfriert.«

»Leb wohl!« sagte sie.

»Du auch!« sagte ich. »Noch einmal mit dir sprechen zu können, hat mir gutgetan.«

»Weil sich die Möglichkeit ergeben hat, doch in diese Welt zurückkehren zu können? Das ist gar nicht so sicher, man muß ...«

»Nein, nicht deshalb. Natürlich wäre das eine gute Sache. Aber das meinte ich nicht. Ich bin nur sehr glücklich, noch einmal mit dir gesprochen zu haben. Deine Stimme gehört zu haben, zu wissen, was du machst.«

»Möchtest du weitersprechen?«

»Nein, es reicht. Ich hab auch nicht mehr allzuviel Zeit.«

»Du«, sagte das dicke Mädchen. »Hab keine Angst! Wenn du wirklich auf ewig verloren sein solltest, ich denke an dich, mein Leben lang. In meinem Herzen gehst du nicht verloren. Vergiß das bitte nicht!«

»Ich vergesse es nicht«, sagte ich. Dann legte ich auf.

Um elf Uhr suchte ich die nächste Toilette auf, pinkelte und verließ dann den Park. Ich startete den Wagen und fuhr Richtung Hafen, im Kopf allerlei Gedanken übers Eingefrorenwerden. Auf der Ginza wimmelte es von Herren in Schlips und Kragen. An einer Ampel hielt ich Ausschau nach der Bibliothekarin, die dort irgendwo zum Einkaufen unterwegs sein mußte, doch ich konnte sie leider nicht entdecken. Ich sah nur unbekannte Gesichter.

Am Hafen parkte ich neben einem verlassenen Speicherhaus, zündete mir eine Zigarette an und legte Bob Dylan ein. Ich klappte die Rücklehne des Sitzes nach hinten, legte die Füße aufs Steuer und atmete ruhig ein und aus. Ich hätte gerne noch ein Bier getrunken, doch ich hatte keins mehr. Die Bibliothekarin und ich hatten im Park alle sechs Dosen geleert. Die Sonne schien durch die Windschutzscheibe und tauchte mich in ihr Licht. Wenn ich die Augen schloß, spürte ich, wie sie mir die Lider wärmte. Bei dem Gedanken, daß das Sonnenlicht eine lange Strecke bis zu diesem kleinen Planeten zurückzulegen hatte und dann ein Stückchen seiner Kraft darauf verwandte, mir die Lider zu wärmen, überkam mich eine merkwürdige Rührung. Im Kosmos war an alles gedacht, selbst an eine Winzigkeit wie meine Augenlider. Ich glaubte, Aljoscha Karamasow nun ein wenig verstehen zu können. Begrenztem Leben wird begrenzte Lobpreisung zuteil.

Bei der Gelegenheit pries und segnete ich gleich den Professor, seine dicke Enkelin und die Bibliothekarin. Ob ich das Recht dazu hatte, wußte ich nicht, doch schließlich war nicht zu befürchten, daß mich jemand zur Rechenschaft ziehen würde: Ich stand kurz vor dem Erlöschen. Den Police- und Reggae-Taxifahrer nahm ich auch mit auf die Segensliste: Er hatte uns verdreckte Gestalten mitgenommen. Ihn nicht zu segnen, bestand kein Grund. Wahrscheinlich drehte er gerade irgendwo seine Runden, Rockmusik hörend, auf der Suche nach jungen Fahrgästen.

Vor mir lag das Meer. Ich sah einen alten Frachter, dessen Ladung gelöscht war, die Wasserlinie deutlich gehoben. Hier und da Möwen, wie weiße Flecken. Bob Dylan sang *Blowin' in the Wind*. Ich hörte ihm zu und dachte an die Schnecke, den Nagelknipser, den Stint, die Buttersauce, den Rasierschaum. Offenbarungen zeigen sich in vielfältiger Gestalt.

Auf dem Meer glitzerte und schaukelte das frühherbstliche Sonnenlicht, als hätte jemand einen riesigen Spiegel zerschlagen. In kleine und kleinste Stücke, so daß niemand ihn mehr würde zusammensetzen können. Kein König und keine Armee.

Bob Dylans Stimme erinnerte mich unwillkürlich an die junge Frau vom Autoverleih. Richtig, auch sie gehörte auf meine Segensliste. Sie hatte einen sehr netten Eindruck gemacht. Ich durfte sie auf keinen Fall auslassen.

Ich rief mir in Erinnerung, wie sie ausgesehen hatte. Sie hatte einen Blazer getragen, blaßgrün wie der Rasen im Baseballstadion zu Beginn der Saison, eine weiße Bluse und ein schwarzes Halstuch. Wahrscheinlich die Uniform des Autoverleihs. Sonst würde wohl kaum jemand zu einem grünen Blazer ein schwarzes Halstuch tragen. Sie hörte alte Dylan-Songs und dachte dabei an Regen.

Ich malte mir ebenfalls Regen aus. Er war so fein, daß man nicht wußte, ob es regnete oder nicht. Doch es war Regen. Er fiel auf Schnecken, auf Hecken, auf Kühe. Niemand konnte ihn stoppen. Niemand konnte sich ihm entziehen. Regen fällt immer gerecht.

Schließlich legte sich der Regen als verschwommener, undurchsichtiger Vorhang auf mein Bewußtsein.

Der Schlaf kam.

Nun bekomme ich zurück, was ich verloren habe, dachte ich. Ich hatte es verloren, doch verloren war es nie. Ich schloß die Augen und überließ mich dem tiefen Schlaf. Bob Dylan sang *A Hard Rain's A-Gonna Fall.*

## Der Vogel

Als wir am See im Süden ankommen, fällt so dichter Schnee, daß es mir den Atem raubt. Es sieht aus, als wäre der Himmel zerbrochen und falle nun in Stücken auf uns herab. Weiße Massen stürzen in den See und werden von dem unheimlich tiefblauen Wasser lautlos verschlungen. Inmitten der geweißten Erde tut sich wie eine riesige Pupille nur das runde Loch des Sees auf.

Mein Schatten und ich stehen wie versteinert im Schnee und sehen lange wortlos diesem Schauspiel zu. Wie beim letztenmal, als ich hier war, sind auch jetzt wieder unheimliche Wassergeräusche zu hören, doch diesmal sind sie viel dumpfer und klingen wie fernes Dröhnen der Erde. Ich sehe zum Himmel auf. Er hängt viel zu tief. Ich schaue nach Süden zur Mauer hinüber. Schwarz und konturenlos scheint sie hinter der Wand aus Schnee zu schweben. Sie hat mir nichts mehr zu sagen. Was sich mir bietet, ist nichts als der kalte Anblick einer Einöde, die zu ihrem Namen paßt: DAS ENDE DER WELT.

Langsam häuft sich der Schnee auf meinen Schultern und dem Schirm meiner Mütze, immer mehr, ohne Ende. Unsere Fußspuren müßten mittlerweile längst zugeschneit und nicht mehr zu sehen sein. Ich schaue zum Schatten hinüber, der etwas abseits steht. Die Augen zu Schlitzen zusammengekniffen, beobachtet er angestrengt den See und klopft sich dabei ab und zu den Schnee ab.

»Das ist unser Fluchtweg. Ich bin ganz sicher«, sagt der Schatten. »Die Stadt kann uns nun nicht mehr gefangen halten. Wir werden frei sein, frei wie die Vögel!« Dann wirft er den Kopf in den Nacken, schließt die Augen und läßt sich den Schnee aufs Gesicht fallen wie heißersehnten Regen. »Wunderbares Wetter! Der Himmel ist blau, es weht ein laues Lüftchen«, sagt er und lacht. Als habe man ihn von schweren Fesseln befreit, scheinen sich seine Lebensgeister langsam wieder zu regen. Er kommt – noch leicht schleppenden Schrittes zwar – aus eigener Kraft auf mich zu.

»Richtig fühlen kann ich es!« sagt er. »Da draußen hinter dem See liegt die andere Welt. Was ist mit dir? Hast du etwa immer noch Angst davor, hier hineinzuspringen?«

Ich schüttele den Kopf.

Der Schatten hockt sich auf den Boden und zieht die Schnürsenkel seiner Stiefel auf. »Wenn wir hier noch lange so herumstehen, frieren wir noch fest! Komm, laß uns hineinspringen! Zieh die Schuhe aus, wir binden unsere Gürtel aneinander, damit wir uns nicht verlieren, bevor wir draußen ankommen. Das Kind soll schließlich nicht mit dem Bade ausgeschüttet werden!«

Ich nehme die Mütze vom Kopf, die mir der Oberst geliehen hat, klopfe den Schnee ab und sehe sie mir genau an. Eine alte Feldkappe. Der Stoff ist an einigen Stellen eingerissen, die Farbe weiß verschossen. Offensichtlich hat der Oberst die Kappe jahrzehntelang getragen, gehütet und gepflegt. Ich klopfe sie noch einmal sauber ab und setze sie wieder auf.

»Ich möchte hierbleiben«, sage ich.

Der Schatten starrt mich vollkommen entgeistert an. Seine Augen haben ihren Fokus verloren.

»Ich habe mir das gut überlegt«, sage ich ihm. »Tut mir leid, aber es ist das, was ich für mich entschieden habe, und ich habe lange darüber nachgedacht. Ich weiß, was es bedeutet, alleine hierzubleiben. Und ich weiß auch ganz genau, daß es unter diesen Umständen das Vernünftigste wäre, mit dir zusammen in die alte Welt zurückzukehren. Ich weiß, daß dort die wirkliche, reale Welt auf mich wartet und daß meine Entscheidung, davor zu fliehen, falsch ist. Aber ich kann einfach nicht weg von hier.«

Der Schatten schüttelt immer wieder langsam den Kopf, die Hände in den Taschen vergraben.

»Aber warum nur? Hast du nicht vorhin noch versprochen,

mit mir von hier zu fliehen? Nur deshalb habe ich die Flucht bis ins Detail vorbereitet, nur deshalb hast du mich auf den Schultern hierher getragen! Weshalb denn nun wieder diese Drehung um hundertachtzig Grad? Ist es die Frau?«

»Ja, sie natürlich auch«, sage ich. »Aber sie ist es nicht allein. Ich habe etwas entdeckt, eine bestimmte Sache, deshalb habe ich mich entschlossen hierzubleiben.«

Der Schatten seufzt. Dann wirft er noch einmal seinen Kopf in den Nacken. »Du hast ihre Seele gefunden, nicht wahr? Du hast dich entschlossen, mit ihr zusammen im Wald zu leben, und mich willst du verkaufen dafür, so ist es doch, oder?«

»Ich sage es noch einmal: Es geht nicht allein um sie«, sage ich. »Ich habe endlich herausgefunden, wer diese Stadt hier eigentlich erschaffen hat. Und deshalb ist es meine Pflicht und Verantwortung hierzubleiben. – Willst du denn gar nicht wissen, wer diese Stadt erschaffen hat?«

»Nein, interessiert mich nicht die Bohne«, sagt der Schatten. »Ich weiß es nämlich längst. Die ganze Zeit schon. Du selbst hast die Stadt erschaffen. Du hast das alles erfunden. Die Mauer, den Fluß, den Wald, die Bibliothek, das Tor, den Winter – alles, von A bis Z. Auch den See und den Schnee. – Wenn es das ist, was du meinst, das weiß ich längst.«

»Ja, und warum hast du mir das nicht früher gesagt?«

»Dann hättest du dich doch von vorneherein entschlossen hierzubleiben, oder etwa nicht!? Ich wollte aber unbedingt, daß du hier rauskommst! Die Welt, in der du leben solltest, ist da, da draußen!« Der Schatten läßt sich in den Schnee fallen und wirft den Kopf heftig hin und her. »Aber jetzt, wo du alles entdeckt hast, hörst du sowieso nicht mehr auf mich, stimmt's?«

»Ich habe Verantwortung zu übernehmen!« sage ich. »Ich kann doch die Menschen und die Welt, die ich mir selbst ausgedacht habe, nicht einfach im Stich lassen und gehen, nur weil es mir gerade so paßt! Ich weiß, daß das dir gegenüber nicht fair ist, wirklich, und es fällt mir schwer, mich von dir zu trennen. Aber ich muß Verantwortung übernehmen für das, was ich getan habe. Das hier ist meine Welt. Die Mauer schließt mich selbst ein, der Fluß fließt durch mich hindurch und der Rauch, der Rauch steigt auf, wenn mein eigenes Fleisch brennt.«

Der Schatten steht auf und starrt auf den stillen See. Wie er so dasteht, reglos im Schnee, habe ich den Eindruck, daß er an Tiefe verliert und seine eigentliche Gestalt zurückbekommt, flach und zweidimensional. Lange stehen wir beide schweigend da. Nur unser weißer Atem steigt auf und verflüchtigt sich.

»Ich weiß, daß ich dich nicht mehr davon abbringen kann«, sagt der Schatten. »Aber das Leben im Wald ist viel härter, als du dir vorstellst. Im Wald ist alles, wirklich alles anders als in der Stadt. Du mußt hart arbeiten, nur um am Leben zu bleiben, und die Winter sind lang und streng. Wenn du einmal in den Wald gehst, kannst du nie mehr zurück. Du mußt für immer und ewig dort bleiben!«

»Darüber habe ich auch lange nachgedacht.«

»Aber es hat nichts geändert an deinem Entschluß, oder?«

»Nein«, sage ich. »Ich werde dich nie vergessen. Im Wald werde ich mich schon nach und nach an die alte Welt erinnern. Es wird unzählige Dinge geben, an die ich mich werde erinnern müssen. An Menschen, an Orte, an Licht, an Lieder.«

Der Schatten faltet die Hände vor dem Bauch, knetet sie und zieht sie wieder auseinander, immer wieder. Die Schneeflocken, die auf ihn herabfallen, verleihen seiner Gestalt seltsame Schattierungen, die sich langsam auszudehnen und zusammenzuziehen scheinen. Er hält den Kopf leicht zur Seite geneigt, als müsse er dem Reiben und Kneten seiner Hände lauschen.

»Ich muß langsam gehen«, sagt er. »Ist schon ein merkwürdiges Gefühl, zu wissen, daß man sich nie mehr wiedersehen wird. Ich weiß nicht, was ich sagen soll. Mir fallen einfach keine passenden Abschiedsworte ein.«

Ich nehme noch einmal die Mütze vom Kopf, klopfe den Schnee ab und setze sie wieder auf.

»Ich wünsche dir, daß du glücklich wirst«, sagt der Schatten. »Ich habe dich sehr gern gehabt. Auch wenn man mal davon absieht, daß ich dein Schatten war.«

»Danke«, sage ich.

Ich starre noch lange auf die Stelle, wo der See meinen Schatten verschlungen hat. Auf dem Wasser ist nicht einmal mehr ein Ring zu sehen. Es ist blau und still wie die Augen der Tiere. Ich habe meinen Schatten verloren – ein Gefühl, als wäre ich ganz allein an einem entlegenen Flecken im Universum zurückgelassen worden. Ich kann jetzt nirgendwo mehr hin und zu nichts mehr zurück. Hier ist das Ende der Welt, und von hier führt kein Weg mehr irgendwohin. Hier tut die Welt ihren letzten Atemzug und steht still.

Ich wende dem See den Rücken zu und mache mich durch den Schnee auf den Weg, Richtung Westhügel. Hinter dem Westhügel liegt die Stadt, fließt der Fluß, ist die Bibliothek, wo sie und die Konzertina auf mich warten.

Im Schneetreiben sehe ich einen weißen Vogel Richtung Süden davonfliegen. Er überwindet die Mauer und wird vom weißen Himmel verschluckt. Danach bin ich mit dem Knirschen meiner Schritte im Schnee allein.

# NACHWORT

Tōkyō, ferne Gegenwart (1989 zum Beispiel, 1995, 2000). Es herrscht Datenkrieg. Das *System*, die Organisation der – gar nicht so guten – ewig Guten, entwickelt immer ausgeklügeltere Verschlüsselungstechniken, die von der *Fabrik*, einer Art Datenmafia, immer wieder geknackt werden. Ein genialer greiser Wissenschaftler, der Professor, entwirft dem *System* jedoch ein absolut sicheres Kodierverfahren: Einer Gruppe professioneller Datenwäscher, allesamt Mitarbeiter des *Systems*, isoliert er die Persönlichkeitsstruktur, den »Psychokern«, und implantiert ihn den Kandidaten als jederzeit per Kodesignal aufzurufende Black Box ins Gehirn. Ver- und Entschlüsselungen können nun im Unterbewußtsein stattfinden, jeder unerwünschte Zugriff auf Daten wird verhindert. Doch nur der Held und Ich-Erzähler überlebt die Prozedur – und findet sich zwischen allen Fronten. Das *System* jagt ihn, um das Verfahren weiter erforschen und verfeinern zu können, die *Fabrik*, um genau dies zu verhindern. Zugleich leidet er an immer häufigeren Einbrüchen vermeintlich erlebter Vergangenheit: Sein vom Professor zu einer durchgängigen Geschichte edierter Psychokern sickert in sein eigentliches Bewußtsein und droht es gänzlich zu dominieren. Nach einem von der *Fabrik* gesteuerten Überfall auf das unterirdische Geheimlabor des Professors, bei dem wesentliche Unterlagen gestohlen werden, läßt sich dieser Prozeß nicht mehr umkehren. Die Bombe im Hirn tickt unerbittlich weiter. Nach Ablauf einer letzten Frist wird der Held dazu verurteilt, für immer in der ursprünglich von ihm selbst geschaffenen fiktiven Welt zu leben, einer von allen äußeren Einflüssen abgeschotteten Stadt des ewigen Lebens, dem *Ende der Welt*. Der Preis der Unsterblichkeit: die Aufgabe seiner Persönlichkeit.

Auf seinen parallelen Reisen durch das mehr oder weniger reale Wunderland Tōkyō und die phantastische Stadt in seinem Kopf hat der Erzähler eine Menge Abenteuer zu bestehen und viel Wundersames zu berichten. In der Großstadt hat er es mit dem zwar gutmeinenden, doch am Ende nur Desaster herbeiführenden Professor zu tun, mit einem scharfsinnigen Zwerg und einem gewalttätigen Riesen, im Duo agierenden Vertretern der *Fabrik*, und muß auf der Flucht zweimal in die Untererde abtauchen, wo es die Schwärzlinge zu überlisten gilt, mit böser Vernunft begabte unheimliche Kreaturen, die die Stadt unterwühlen – ihr Nest liegt direkt unter dem Nationalstadion, nicht allzu weit entfernt vom Kaiserpalast. Im *Ende der Welt* spürt er dem Geheimnis goldener Einhörner und der die Stadt umschließenden unzerstörbaren Mauer nach und liest aus konservierten Einhornschädeln Träume.

Murakami beschreibt die mal rasante, mal beschauliche Zwei-Welten-Fahrt seines dreigespaltenen Helden, der sich im »Wunderland« in der ersten Person Singular stets als *Watakushi* (›ich‹), im *Ende der Welt* dagegen als *Boku* sowie – der Schatten – *Ore* (beide ebenfalls ›ich‹) bezeichnet, in phantastischen, von großer Fabulierkunst und außerordentlicher Lust am Erzählen zeugenden Bildern, gepaart mit kühler Lakonie und viel trockenem Witz. Hinzu kommen allerlei Disneywerk mit bunten Türmchen und Zinnen und, gelegentlich, ein Ballen Zuckerwatte – im tränenreichen Kapitel 36 beispielsweise, in dem es *Boku* gelingt, mit der wunderbaren, heilenden Macht oder Musik – nicht Lyra, aber Konzertina spielend – die Seelensplitter seiner Geliebten zu kitten. So fällt es leichter, dem Schatten Ade zu sagen, im *Ende der Welt* zu verharren und damit die »Verantwortung« für die eigene Fiktion zu übernehmen. Und warum auch nicht: Mit Seele und Gedächtnis bietet der »Ostwald« (ganz davon abgesehen, daß ein anderer Schluß kaum überzeugen könnte) schließlich ein ganz annehmbares Asyl der Imagination, ein Asyl, in dem sich alles, alles wiedererschaffen läßt, einschließlich Tōkyō, *System* und *Fabrik*. Auch der »Ostwald« läßt sich mit rosafarbenen Mädchen und hungrigen

Bibliothekarinnen besiedeln, auch hier lassen sich Sportwagen mieten, kann man ans Meer fahren, in die Polster sinken, die Augen schließen und Bob Dylan hören: Orpheus singt im Kopf.

*Hard-boiled Wonderland und das Ende der Welt* ist Murakamis vierter Roman und zugleich, nach *Hitsuji-o meguru bōken* (1982; deutsch 1991 als *Wilde Schafsjagd* bei Insel), der zweite, den er als freier Schriftsteller verfaßte, den er nicht mehr nur nebenbei schreiben mußte, spätabends oder nachts, wenn sein Kneipencafé »Peter Cat« geschlossen hatte. In dem Roman, für den man dem Autor im Jahr des Erscheinens (1985) den renommierten Tanizaki-Preis zuerkannte, kommen alle Murakami-typischen Ingredienzien zur Geltung: Ein alleinlebender, namenloser Held in den Dreißigern (im »Wunderland« 35, so alt wie Murakami bei der Niederschrift), der weniger arbeitet denn jobbt, der kaum je etwas entscheidet, sondern sich immer in *vorgegebenen* Situationen befindet, die sich beinahe von selbst zu abstrus-komischen Indiana-Jones-Abenteuern entwickeln, die er dann, Whiskey oder Dosenbier trinkend, mit der Coolness eines Philip Marlowe bravourös besteht. Unabhängig von der erzählten Zeit ist der wehmütige Blick des Ich-Erzählers dabei stets in die Vergangenheit gerichtet, auf die nostalgischen 60er und 70er Jahre, die er im Grunde zwar verpaßt hat, mit einer Fülle von Film- und Musikzitaten immer wieder heraufzubeschwören aber nicht müde wird. Weitere Zutaten sind: Spaghetti, McDonald's, der unvermeidliche Nagelknipser und hin und wieder ein Elefant. Dies alles, eine Vielzahl von Metaphern und Vergleichen, die vor allem den japanischen Leser mitunter sicherlich verblüffen (»Ich war der kleine Prinz Verzweiflung, gewandet in Probleme. Um mich wachzuküssen, mußte schon ein Frosch von der Größe eines VW-Golfs daherkommen.«), sowie eine Sprache, die zuweilen bis in die syntaktische Struktur hinein Züge des Englischen trägt, verrät den enormen Einfluß, den die moderne amerikanische Literatur auf Murakamis Schaffen genommen hat. Eine stattliche Zahl amerikanischer Autoren, F. Scott Fitzgerald zum Beispiel, Tim O'Brien, John

Irving, Paul Theroux (*World's end*; Erzählungen), C. D. B. Bryan, Truman Capote und vor allem Raymond Carver hat Murakami selbst ins Japanische übersetzt. Zweifellos großen Einfluß hatten ferner Kurt Vonnegut, der Murakami nach eigenem Bekenntnis in seiner Frühphase »die Augen geöffnet« habe, Raymond Chandler, dessen Kriminalromane er liebt – gewisse Parallelen zwischen Chandlers *Long Goodbye* (1954; erste vollständige deutsche Übersetzung 1975 unter dem Titel *Der lange Abschied*) und der *Wilden Schafsjagd* sind unverkennbar –, Stephen King mit seinen Horrorromanen und der stilistisch unvergleichliche Richard Brautigan.

Diese und eine Vielzahl anderer westlicher Autoren (westliches Essen, westliche Musik, westliche Literatur) werden in Murakamis Werken immer wieder zitiert oder zumindest genannt. In dem zwei Jahre nach dem »Wunderland« veröffentlichten *Norway-no mori*, einer melodramatischen Teenie-Romanze um Liebeserwachen und Liebesleid, die schon 1989 in vier Millionen Exemplaren kursierte und die Massenmedien ob dieser selbst für japanische Verhältnisse schier astronomischen Verkaufszahlen in eher hilfloser Erklärungsnot das Wort vom Murakami-Haruki-Phänomen prägen und repetieren ließ (ein Wort, das nach dem literarischen Debüt der mittlerweile noch erfolgreicheren Yoshimoto Banana übrigens flugs um diesen Namen erweitert wurde beziehungsweise als »Haruki-Banana-Phänomen« neu in Umlauf kam), finden folgende Namen Erwähnung: Aischylos, Balzac, Georges Bataille, Truman Capote, Raymond Chandler, Claudel, Joseph Conrad, Dante, Dickens, Dostojewski, Euripides, Faulkner, F. Scott Fitzgerald, Hermann Hesse, Eugène Ionesco, Thomas Mann, Racine, Shakespeare, Sophokles, John Updike, Boris Vian und, indirekt, Salinger. Kein Kawabata also – Wie im »Wunderland« –, kein Mishima, kein Ōe. Mit der Literatur ihrer Eltern haben Murakamis moderne *drifter* nichts oder allenfalls wenig im Sinn.

Der enorme Erfolg von *Norway-no mori* – bei dem die Beatles nicht nur den Titel stellten (»Norwegian Wood«: *I once had a girl, / or should I say / she once had me*), sondern auch, wie Murakami Haruki im Nachwort des Romans vermerkt, »a little help« beim Schreiben boten: Den Anfang habe er in einer lauten griechischen Taverne verfaßt, über Kopfhörer immer wieder »Sgt. Pepper's Lonely Hearts Club Band« abhörend – wirkte sich auch auf den Verkauf seiner früheren und seiner folgenden Romane und Erzählbände aus. Als Autor war Murakami damit bald allgegenwärtig: Literaturzeitschriften widmeten ihm Sonderhefte (*Eureka*, Juni 1989; zuletzt *Kokubungaku*, März 1995), und der Verlag Kōdansha brachte Anfang der 90er Jahre in acht Bänden die »Gesammelten Werke 1979-1989« heraus (die übrigens auf nachdrücklichen Wunsch Murakamis die zuerst 1980 veröffentlichte Erzählung *Machi-to, sono futashika-na kabe* (›Die Stadt mit der ungewissen Mauer‹) nicht enthält; Murakami hielt sie für wenig gelungen, schrieb sie um und montierte sie als »zweites Triebwerk« auf seinen »doppelstrahligen Turbolader« *Hard-boiled Wonderland und das Ende der Welt*). Die Person Murakami dagegen zog und zieht sich zurück: Er tritt nicht im Fernsehen auf, macht keine Werbung, gibt selten Interviews, hält nicht einmal die üblichen Vorträge. Hier ist einer, der sich dem Zirkusrummel der Massenmedien entzieht, ja sogar dem vielbeschworenen engmaschigen Netz der japanischen Sozialstruktur überhaupt, einer, der einfach das Land verläßt. Murakamis Aufenthalte in Italien und Griechenland (1986-1989), später in den USA, galten somit nicht einfach als längere Auslandsaufenthalte, sondern wurden schlicht als Japanflucht aufgefaßt, ein Begriff, den der Autor im übrigen auch selbst verwendet. Der dosierte Selbstentzug geht so weit, daß trotz der enormen Popularität des Schriftstellers verläßliche biographische Daten nur schwierig aufzufinden sind. Die meisten einschlägigen Lexika und Nachschlagewerke liefern nach wie vor falsche oder sich widersprechende Angaben. Korrekt scheinen die folgenden Daten: Geboren am 12. 1. 1949 in Kyōto; aufgewachsen in Nishinomiya und Ashiya (bei Kōbe); Vater Lehrer; 1968 bis 1975 Studium der Literatur- und Theaterwissenschaften an der Waseda-Universität; 1971 Heirat.

Doch ob Geburt in Kyōto oder in Ashiya und ganz gleich, wo

sein Schreibtisch steht – in Rom, in Athen, in Princeton oder in Tōkyō: Wichtig ist, daß Murakami Haruki, der »Erzählstar der japanischen Postmoderne« (Ludger Lütkehaus), uns weiter seine virtuosen Thriller spinnt. Dann lehnen wir uns gerne zurück, schließen am Ende des Jagens und Suchens mit ihm und seinem müden Helden die Augen, schmecken den letzten Rest Zuckerwatte nach (was wäre ein Rummelplatz ohne?) und lauschen – zum Beispiel – Bob Dylan: *A Hard Rain's A-Gonna Fall.*